张笔魁

山西省翼城县南官庄村人。在南官庄村七年制学校读小学、初中，在翼城中学读高中，经高考，考入山西省隰县师范文科班，任班长。

青春之际，响应国家号召，志愿赴青藏高原工作，到最艰苦地方去，到祖国最需要地方去，乃心中激荡胸怀之最强音。以坚实脚步书写人生大美，以赤子之心拥抱祖国山河，以无私无畏精神走向生命禁区。尝云：

我将我躯献华夏，岂以得失枉论之。
年少壮歌西天去，回首昆仑立玉姿。

天外大荒归，履职于大都长安。历时十年余，撰写《大荒外》，一百二十经传，奉献于历史与苍生。

桃影柳踪绝塞畿，腾雾摩云喧闹稀。牧马长风吹边草，胡天寒月荡虏旗。
笑迎雪漫流冰广，泪对霞飞征雁迷。情寄空寥大荒地，挥鞭跃马与日齐。

大荒外诗作　　张笔魁

柳柔条嫩弯折易，年少情痴动情迷。不晓前方行何处，任由风烈踏雪泥。

大荒外诗作　　张笔魁

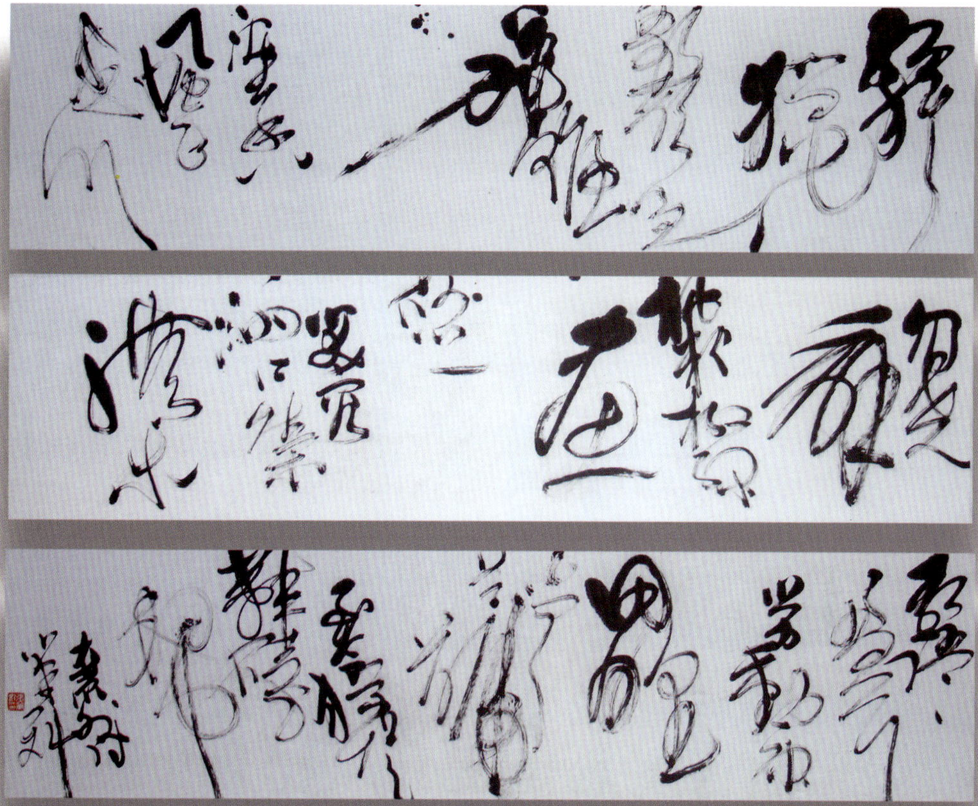

红旗猎猎歌声亮，斧头镰刀泥土香。风正光明写尧舜，桃粉柳绿画故乡。
笑容满口集体乐，喜语盈耳劳动康。田野不闻上工号，至今犹忆鞋磕帮。

大荒外诗作　　张笔魁

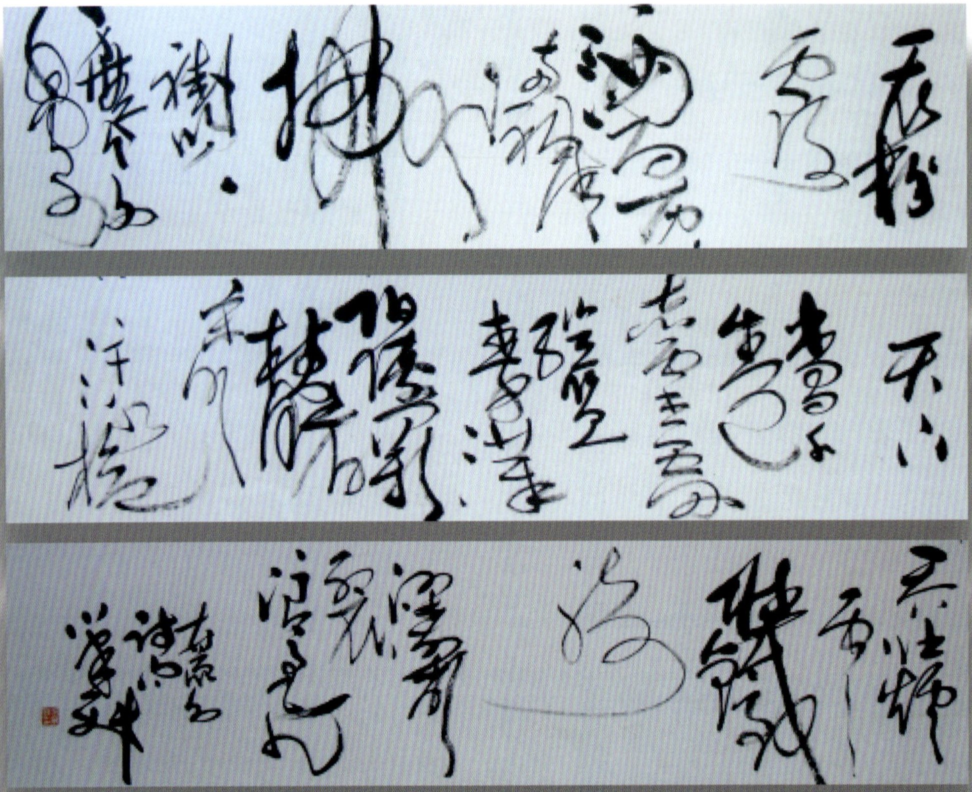

一衣粉霞满面灰，两袖清风拂褂吹。身无分文忧天下，书有千卷志霄雷。纵览秦汉阳陵阙，横睹宋明汴水桅。吞吐烟云听铁骑，河涛声裂浪高飞。

大荒外诗作　　张笔魁

天涯落日暮归来，羯袍少女娉婷前。　　张笔魁

寂寥荒漠青海头，难忘藏妹一瞥笑。　　张笔魁

手可摸天云拂耳，谁说江南胜高原。　　　张笔魁

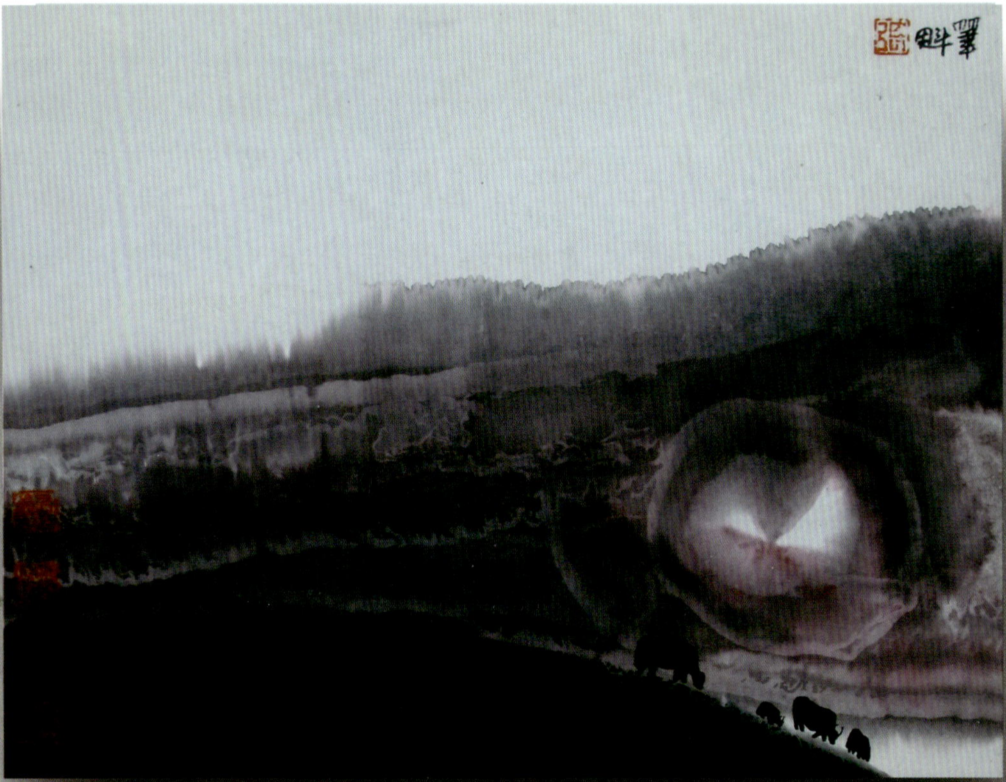

日兮月兮年复年，痴情不更大荒边。　　　张笔魁

青春豪迈西天去，藏女红衣入梦来。　　　张笔魁

遥远天国江河头，几曾识我胡风中。　　张笔魁

大荒外

张笔魁 著

中国文联出版社
http://www.clapnet.cn

图书在版编目（CIP）数据
大荒外 / 张笔魁著. -- 北京 ： 中国文联出版社,2017.11
ISBN 978-7-5190-3249-4
Ⅰ. ①大… Ⅱ. ①张… Ⅲ. ①长篇小说－中国－当代Ⅳ. ①I247.5
中国版本图书馆CIP数据核字(2017)第272760号

大荒外

作　　者：张笔魁
出 版 人：朱　庆
终 审 人：奚耀华　　复 审 人：王柏松
责任编辑：周小丽　　责任校对：张　瑜
封面设计：東方朝阳　　责任印制：陈　晨
出版发行：中国文联出版社
地　　址：北京市朝阳区农展馆南里10号，100125
电　　话：010-85923036（咨询）85923000（编务）85923020（邮购）
传　　真：010-85923000（总编室），010-85923020（发行部）
网　　址：http://www.clapnet.cn　　http://www.claplus.cn
E-mail：clap@clapnet.cn　　zhouxl@clapnet.cn
印　　刷：北京长宁印刷有限公司
装　　订：北京长宁印刷有限公司
法律顾问：北京天驰君泰律师事务所徐波律师
本书如有破损、缺页、装订错误，请与本社联系调换
开　　本：710×1000　　1/16
字　　数：404千字　　印　张：26.5
版　　次：2018年 6月第1版　　印　次：2018年 6月第1次印刷
书　　号：ISBN 978-7-5190-3249-4
定　　价：69.00元

一杆笔，通天彻地
一声唱，廓柝八极

推一史而知兴亡
览一叶而识春秋

序

天陵尧尧生，吾友也。生于轩辕之丘，古称天陵，又曰丹陵，陵北有尧山，陵下有唐水，西入河。户乃耕读人家，居茁壮园。

吾友早年家寒，当逢二三月，青黄不接，常有断炊之忧。家艰，欲具灶火之燃，隆冬东山毛禚驮炭，夏日老小争抢刨花，亦颇辛酸。

吾友尧尧生，幼而聪，少而敏，长而行走天下，远赴大荒。胡地关山，莽原荒草，寂寥长野，百里无人。其言为国西去，死而无悔。然其远走，家接连罹难，惊声悲讯，桩桩相继。翘首东望，遥天长哭。西风如刀，瀚海阑干。后，虽半生竭力，终无以回天。相逢日，生生相对，泪如雨下。卿常谓我曰："恨无分身术，国一家一，宁不安乎？"噫！家败如花落，流水似逝烟。自古忠孝难两全。今睹，诚不谬也。

其作《大荒外》，历时十年余。经传记体，百二十回。春来秋往，日月磨穿。其苦其辛，撼天震地。其才其华，光耀日月。展卷读之，唯见珠玑玲珑，满纸黼黻，摄人魂魄，催人泪下，激荡胸怀，崛崛昂昂。吁！横空出世，数百年不遇也。

今书成，聊作数语，以弁其首。

丰中园

甲午暮冬记于轩辕之丘

题

苍天，昊冥杳杳，星斗繁烁，夜夜临空，年年悬照。来者纷纷，去者纭纭。何人望星穹窿对，万古风烟无一踪。寂寂，清清，寥寥。无命有命，有命无命。尔何欤，彼何欤？璇玑玉衡，司笔付翰，传之竹帛，后敏不蒙。

春秋千年，经传记昔。王正月，记王侯将相也。吾以经传，记苍生也。卑矣微矣，博焉宏焉，自我始也。

江河如斯，奔流不息。俯仰天地，叹吾生之须臾，慨太虚之恒永。嗟嗟欤？西出昆仑，化为水焉，东而润物，西而冰洁，仰不见其首，广不尽其身，渺渺乎云天之外也。

吁！

少年昆仑走西域，壮岁丹霞利中华。
轩辕尧舜古唐地，珠穆朗玛第一家。
回首云烟成往事，青春笑靥灿若花。
人生代代无穷竭，代代青春梦无涯。
我以我身换霞明，世无一人哀痛笳。
大同世界人无差，你呼我唤歌声姱。

天陵尧尧生

甲午星回节题于轩辕之丘

歌

予弱冠之季，入青海藏区，朝迎长风，暮览大野，献国家以青春，抱凌云以壮志。桃靥笑语，群鸟翱集仙湖；壮士悲歌，狂风啸摧瀚海。飞沙扑面，荒遐无遮无掩；凝冰贯天，嫩肤如割如裂。年年相伴，岁岁共息。吾乃天外大荒客，吾乃仙宫折桂人。云：高哉，莽莽昆仑；伟哉，泱泱大河。今者，矢志不移，青春不悔。俚歌结曰：

我爱我的祖国
冰雪不能阻挡
流沙不能恐吓

我爱我的祖国
幸福留给别人
苦难挑在肩上

我爱我的祖国
用心儿拥抱山河
用双脚丈量蛮荒

我爱我的祖国
每一寸土地都无比美丽
每一种语言都悦耳心扬

我爱我的祖国

不论遥远贫瘠
不论艰辛凄凉

我爱我的祖国
愿逐大雁诗行
愿写生命华章

我爱我的祖国
竭身为你兴旺
竭身为你富强

大风中
我们来了
你的男儿
你的女儿

轩辕子
乙未桂月补序于轩辕之丘

目　录

元经

天陵，轩辕之丘，黄帝所居。晨曦生此，长此。

贵公去私。

丹陵，尧山，唐水，尧诞之地，陶唐遗风。

翁携童，担笈负箧，入古庙。

拜先祖。

先祖观书，唯见满纸黼黻，字字珠玑。

诗，图，目不暇接。

晨曦出身农家，少耕田畴，挥鞭阡陌。高考，金榜题名。

人生，与他人利。

【大开眼界。如此作小说，古未之有也。作者言，史也。反观，然。癸巳夏，雅艳斋。】

元传

丹陵翁山庙拜先祖　天池主豆棚语沧桑

诗曰：

关山苍茫西天远，九曲黄河星宿边。
荒草摇首横旷野，藏牦扬尾荡莽原。
昆仑冰迤群峰愧，青海仙飘众水惭。
激烈胸怀年少事，狂风怒雪立云端。

桃影柳踪绝塞畿，腾雾摩云喧闹稀。
牧马长风吹边草，胡天寒月荡虏旗。
笑迎雪漫流冰广，泪对霞飞征雁迷。
情寄空寥大荒地，挥鞭跃马与日齐。

【诗作豪迈之至。以见晨曦当年情怀。读此诗，边塞之风扑面而来。自唐高适、岑参以降，后继者，寥也。今读书前诗，又见边塞诗复归也。作者传书又传诗，数百年不遇也。唱叹轩。】【惟诗作抒怀，已尽兴矣。雅艳斋。】

此开卷第一回也。话说轩辕之丘，尧陵舜田，群山环绕，青峰翠壁，川回水流，烟云缥缈，鹿呦鹤舞，虎啸龙吟。是处桑林丛生，日之出焉，红霞生焉。暖意融融，人乐陶陶。是地众皆劳作，无争无忧。红光满天，其名曰绛。翠竹掩隐之中，鸟语花香之处，古迹俨然。“陶唐遗风”“世守唐风”【古唐国，今翼城之地。】诸匾额，散见村落。斯地有一大陵，巍然孑立，雄浑高阔，摩荡天宇，形似轩辕，古曰轩辕之丘，【轩：《说文》曲輈轓车也。

大夫以上车，此为天子车。辕：车辕，车前驾牲畜之直木。黄帝时为独辕。车字籀文，独辕车之形。丘：《正韵》阜也，高也。《崇丘》：亡《诗》篇名，言万物得极其高大也。《山海经》：昆仑之丘。】黄帝所居，名曰轩辕黄帝。【黄帝生于寿丘，［今翼城南官庄陵之东三四里处，寿城之丘。今有遗址。］居轩辕之丘，［翼城南官庄陵，大陵，周围群山环抱，大陵居中，陵为正南正北向，陵中后为绵山（今称）。大陵整体远观，酷似古代独辕车，山形似车厢，整体似巨大天子车驰骋于天地之间，气势雄浑伟岸，观者无不震撼。黄帝居此，征南伐北，以德统天下，天之隆意，世无堪比者。轩辕之丘又曰轩丘，天子车喻。轩辕之丘即翼城南官庄陵也。］娶西陵之女嫘祖为正妃。［翼城南官庄陵之西恰有西陵，今有遗址。］】此陵又曰天陵，【天陵，即天子之陵，高大之陵。《郑太子碑铭》载郑太子“葬于天陵南”。葬地为翼城南官庄陵南之云唐村，碑立于此。云唐村，本地口语称龙塘村，远古时养龙之地。天陵，即翼城南官庄陵，因乃黄帝轩辕之丘及尧诞之地，故义。】又曰丹陵，尧诞于此。【丹，帝王所居，帝王所属也。如丹诏（帝王诏书）、丹跸（帝王车驾）、丹书铁券（帝王颁给功臣使其世代享受免罪特权诏书）。丹字籀文，如车形，又如人抬之轿，中之点为乘者也。丹字仍是尊贵之义。誉帝王，籀字为凭。丹陵：帝王之陵。陵：《尔雅·释地》大阜曰陵。《释名》陵，崇也。体崇高也。尧诞丹陵。尧为黄帝玄孙。】【尧：帝尧。传说中五帝之一，号陶唐氏。《书·尧典》曰若稽古帝尧。古帝尧像题：天道斯成，地道斯平，一中授受，万世文明。《说文》高也，从垚，在兀上，高远也。尧尧：崇高也。《白虎通》尧，犹峣也。峣峣，至高貌。《谥法》翼善传圣，善行德义，皆曰尧。】又曰房陵，【《尔雅·释天》天驷，房也。注：房四星谓之天驷。《玉篇》四马一乘也。《诗·鄘风·干旄》良马五之。疏：驷者，一乘四马，两服、两骖是也。董氏曰：马在车中为服，在车外为骖。《汉书·郊祀志》秦祀四畤，每畤用木寓龙一驷，木寓车马一驷，各如其帝色。师古曰：一驷亦四龙也。《尚书·运期授》所谓房四表之道。四表：四方极远之地，泛指天下。故房陵，似四马所拉车也。翼城南官庄陵似四马所拉天子车也。陵西南有高地似拉天子车之马，此处恰有其名，名曰天马。此名所对严丝合缝。】今曰南官庄陵。【翼城南官庄。】丹陵者，尧诞之地也。史载尧之母，感赤龙之祥，孕十有四月生尧于丹陵。尧，最早之圣贤君主，禅位于舜。【《史记》舜，……作什器于寿丘。】陵之北，有一山，名曰尧山，又曰封山，又曰绵山，俗曰鼓琈坡山。丹陵之下有一水，名曰唐水，今曰浍水，俗曰仙河，西入黄河。【《帝王世纪》尧封唐，尧山在北，唐水西入河。】陵之东南，崇山峻岭，名曰历山，舜耕之所。陵之东北，环有一山，似仰面人首，【《列仙传·黄帝》黄帝采首山之铜，铸鼎于荆山之下。自择亡日，……至于卒，还葬桥山。首山：今翼城二峰山。著名铜矿，今仍在开采。荆山：金山。翼城南官庄陵北有环山，东北曰二峰山，西北曰塔儿山，此线有金矿，今仍开采。陵上绵山有金牛洞，传说金牛拉屎乃金。陵北之河，今说仍可淘金。翼城南官庄之地，北有金山（荆山），旁有金水。春秋唐叔虞死后，其子燮父继位，改唐为晋，始有晋国，金水亦更晋水也。《史记·河渠书》注：桥，直辕车也。此解同轩辕。桥山，即似直辕车之山陵也。此乃翼城南官庄陵。黄帝葬此，即葬故乡也。】【轿从桥化出。今翼城口语中仍将抬轿称抬桥也。轿者，人抬车也。轿（qiao）：《集韵》《韵会》渠骄切。《正韵》祁尧切，并音桥。】数山相连，如大佛横卧天地，气势雄伟，护佑其间。陵之周多泉，多水泊，且有热泉者，泉泉相傍，日夜奔流，名曰海头。【桑梓之景，一一点清。】远古，尧少时，在封山下受封唐侯，称帝后复封其兄挚为唐侯，有村名纪之。【翼城口语中，将南官庄简称官庄时，为别他之官庄，补称“封比官庄”也。封比有来历也。比者，古籀文乃两人并列也。封比者，乃两人皆在此封也。尧十五岁时，在封山下受封为唐侯。二十岁时，其兄帝挚让位于尧。尧践帝位后，复封其兄挚为唐侯。南官庄北之地界内，有一高大封台，甚大。晨曦小时，曾沿旁边盘道上去割草。彼时，封台基本完整，台面甚平，四周有高大夯土筑墙。封台方正，正南正北。后在此建砖窑，取土。】【翼城南官庄村位居丹陵中心位置，方正若城，位甚正。尧山在其正北，不偏不斜。】【唐朝开国皇帝李渊，上之三辈皆封唐国公，今翼城之地。开国后，定国号为唐，始为唐朝。太原，即最大之原，亦即天子之原。“原”是会意字，金文中“原”字形似泉水从高陵下流出。籀文表示众多泉水从高陵下流出。“原”字本义指“水泉本也”，即出水之陵。今翼城南官庄陵，四处出水。翼城南官庄陵乃中华始祖天子之陵，曰太原，乃崇敬之意。

今山西省会太原之谓，始于女皇武则天时，之前称并州。唐武后天授元年颁诏："其并州宜置北都，改州为太原府。""太原"之名，与"天陵"之名同义，皆源于轩辕黄帝及尧之中华先祖天子也。又，翼城华夏大戏（今称蒲剧）三花脸地位甚高，演戏前开戏箱，三花脸坐其上，众戏者拜曰："拜过皇帝！"方能开戏箱。演戏时，三花脸无定位，四处可走，任随其性，坐椅、坐桌更是由他。此传统与本地所出唐国皇帝喜欢大戏，会唱大戏，且扮三花脸有关。故在此地，其传统一直延续至解放前。晨曦爷爷年轻时唱戏，则如是也。】【此传统非戏者杜撰，在等级森严之封建社会里，若无此事，若无形成此习惯，无人敢称皇帝也。若犯此罪，诛九族也。】斯地，四山环绕，中有一山，【今翼城南官庄陵上之绵山。】又曰中山，【中山，顾名思义即正中一山。《史记》集解，张晏曰："尧为唐侯，国于中山。"孙中山革命时，取中山之号，即此意，代表中国也，华夏也，以志驱除鞑虏。】又曰华夏，【夏，大房也；房者，驷车也。华，花也。丹，又牡丹花也。彼时丹陵，牡丹花树遍生，花开时彤红一片，花名盛之。所以华夏本义即指牡丹花与天子大车也。此地即轩辕之丘也，丹陵也。华夏之地，原指今翼城南官庄陵。远古为黄帝居此，尧诞此，是为圣地，故华夏又为中华民族之号也。】【丹陵，黄帝、帝尧之帝王陵，上多生牡丹花，满陵红色，故又将丹引申为红。《大戴礼记·易本命》丘陵为牡。是故牡丹花，即帝王陵上之花。因生在黄帝轩辕之丘、帝之丹陵，故名牡丹花，因而牡丹花殊为尊贵，在中国传统文化中有其独特地位，被誉为百花之王。今称国花，仍非其莫属。今翼城南官庄陵仍有广植牡丹花之传统。】又曰中国。【中国曰华夏。古华夏之地，今山西翼城之地。中国从中山化出，即"国之中山"之简谓也。"中"字，古籀文仍为车形，尚有画车上飘幡者。彼时黄帝造字时，仍以当时轩辕之丘之形造为"中"字，仍显示此字出天陵，天下尊也。后有天下以中为尊之说。今我国仍将国名沿用传统尊称中国也。】【今山西翼城南官庄陵，远古为轩辕之丘，又称天陵、丹陵，古称华夏、中山、中国（赤县、神州之意亦同此。）华夏始祖所诞之地，亦作者所诞之地，思同意当，神通五千年，亦奇哉！】【作者好一段考古之文，写得滴水不漏，甚为透彻。大谜若破，重大关联处一一可对；所考若谬，样样不能合也。】

且说一日，丹陵古庙前，忽来一翁一童，伛偻提携，杳杳而至。翁则鹤发长髯，蹒跚扶杖。童则担笈负箧，迤逦而随。翁童二人至庙前，见廊柱之上镌有一联，依稀可辨。联曰：

天下大道推尧舜，尧舜天下出绛宇。【开篇见作者情怀。】

童谓曰："先生，绛乃何地耶?"翁曰："吾乡也。"童曰："吾乡，何以绛谓?"翁曰："红也。"二人入庙内，但见松柏森森，庙宇严严，桃李芬芳，枝高生烟。其穿檐绕廊，过数院。幽静处忽见一殿，殿门之内立一杌，杌腿歪折，有女坐其上，丰肌雪肤，貌甚美，然杌响不已，四下摇晃。【波澜之笔。】童注目，翁牵衣而走。又穿数廊，忽见素壁之上有男女相拥交媾之图，童立愣。翁急拽其臂，转身而走。当走之时，童见殿门前有对联一副。联曰：

柏府觐鱼茅趋候，蔓窟事姊幄兴食。【香艳之词，雅出。】

童不解，问曰："先生，此联何意，吾不明也?"翁急走，曰："汝年少莫睹。此乃修行之事，莫问之。"已而叹曰："艳极，淫极矣!"【红楼之笔。】翁童又转数廊，童问曰："先生，将往何殿欤?"翁嗫嚅未答。少时，又至一殿，但见云飞房檐，龙盘廊柱，巍峨雄壮，气宇轩昂。童见殿前之柱，镌有一联，联曰：

丰姒秀娥海酩鎏盅醉卧槽，
藻瀫泱膳耿地怡田吉资被。【香艳之词。】

童观半日，似解非解。翁又牵童而走。童曰："先生，此乃何庙？寺庙者，清静之地。莫非先生错入山门乎?"翁曰："否，未也。"童曰："吾等始进大门，方见其宏然气昂，高古雅致，何至此，则如是哉？尤甚者，抑将香艳私密之图张绘于壁，何也?"翁曰："此乃修行之法，尔幼弗明，长则知之。汝嫌秽目，掩袖而走。"【作者善起波澜之笔。写来鲜活有趣，不板也。虽为实景，然作者所写不凡，一波三折，步步惊心，为人迭送惊奇。读此叫绝，好看煞！甲午荷月，雅艳斋。】【欲以重笔浓写西北大荒百里无人之萧煞，先用闲笔开篇聊缀东地桃李香艳之氤氲，以不使整书枯索。天下文章，古今一理。《大荒外》爱国鸿篇。为国，孤志西去，不计环境险恶，不顾个人得失。青春豪迈故事，撼山震岳，催人泪下。然执笔以文，当以文理为要，所求赏心悦目，使人观长卷小说，琳琅满目，帧帧新颖，不使读者困倦耳。然非大手笔，不能若是为。作者写书十年余，字字句句当以精之，故事穿插当以灵之。番新，番悦，番美。今观，果不凡也。昔往，有人读作者文，譬如三伏天吃西瓜也。虽喻俗，然以爽而概，亦适之也。观《大荒外》之文，不亚于历代前贤小说，犹如红楼、金瓶之再世。甲午荷月，雅艳斋。】【似也太过，虚怀为要。红楼、金瓶为《大荒外》之师，焉能如是说。不妥。】

翁童绕廊继行，蓦见高台凌云，雄昂青天，仰视良久，拾级而上。至顶，忽出大雄宝殿，魁岸踞肆，巍峨四方。翁童仰顾，殿额无名，门旁无联。【无字庙也。】入殿内，但见金像迎门，高大威赫。童问曰："此乃何神?"翁曰："吾祖，玉皇也。"【妙。】彼等入殿，篚置门侧，翁仰观金像，扑通一声跪于蒲团，伏身拜曰："先祖！仆乃丹陵翁，不知吾祖尚识否?"一语未了，大殿风起，呼啸连声，天响滚雷，霹雳炸耳。俄顷，大地摇晃，梁柱撼动。【丹陵翁何神也?】书童望骇，忙偎翁曰："噫！先生！天将塌耶!"翁舒臂安童。顷而廊庙之上有语曰："叟！彼日，吾与尔会，尔乃少年，何须臾之间则成翁欤?"语毕，金像撼动，书童大惊，紧拽翁衣。翁曰："吾童莫惧。先祖显灵也。"少安，翁对曰："祖遇晚辈时，晚辈正年少。惟先祖何忘，洞中一日，世上千年之说哉?"玉皇曰："曩日，吾与丹朱弈棋丹陵，【尧造围棋，丹朱善之。丹陵，大棋之诞地。今人不知，憾哉!】尔自田中来，荷锄以观。是时吾棋正困，汝语一二，危则立解。彼时，吾则知汝慧聪明敏也。"翁曰："彼时，晚辈年少，不知天高地厚，请祖见恕!"玉皇曰："尔挽危局，天资颖秀，何恕之有?"翁曰："晚辈鲁钝，任性率直。祖之不责，已大幸矣。"玉皇颜悦，问曰："后之何如?"翁曰："烂柯之事，诚痛心也。彼日，晚辈归村，所见之人面孔皆生。吾不识彼，彼不识我，惟乡音依旧。吾问村人，数代已过。霎间，吾惊村人亦惊。后人不知前人事，常来问我，吾答之。此问彼问，吾继答之，然久而不胜其累，固将故往之事，择要付翰，著成此书。不期书成之日，竟惹大祸矣！【大书不凡，惊天地，泣鬼神。】故晚辈前来，则为是也。”玉皇惊曰：“汝著书，记人间往事，善之善者也，何祸之有?”

一语未了，翁仆地大哭曰：“吾书杀人也!”【骇语。惊人之笔。波澜之法。作者好手笔也。甲午荷月。】玉皇大惊，问曰：“何出此言?”翁泣曰：“晚辈著书，十有年矣。书成，端放书箧。不想某夜，有女翩然至，身姿娉婷，容颜秀美，颇似吾书所记之人。晚辈惊骇，与其语之。彼可言昔日之事，娓娓所道，纹丝不谬。晚辈且惊且喜，与其迭叙旧日之话。语毕，女欲观书，吾未多思，予之。不谓女览后，哭而奔走。吾急追，已不睹其影也。越夕，女又至，然其花容凋敝，容颜大改，通身着素，脚蹬红鞋，泪痕满面，戚戚怨怨。晚辈望之大骇，问曰：‘何也?’女曰：‘鬼也。’吾惊曰：‘何故?’女曰：‘投水死也。’【草蛇灰线，伏其后文。此女，为晨曦旧时女学生也。彼终跳水而死，作者至西北大荒后，天涯闻之，心痛不已。不想，那般青春美丽容颜，竟永逝矣。彼女，情女也。叹叹。甲午荷月，丰中园。】晚辈毛发悚然，试问其详。女曰：‘观先生之书所致。’霎时，吾心大痛，急曰：‘何如是哉?’吾平素善人，悲悯吾类。人之苦，吾之苦；人之乐，吾之乐。吾囊中不隆，当竭力济困于人。众有畏难，吾自身前。能烛他人之一步亮，吾则焚身而不顾。【轩辕、尧舜之志。】何今未及善人，反害人欤?【苛己之话。】噫!若之何?”玉皇思曰：“汝书，吾可一观乎?”翁曰：“唯，吾正为此而来。箧中之书，则为是书。晚辈意欲将书寄于先祖之处，不知何如?苟置敝寓，恐人又观，害其性命；若是，晚辈罪深孽重耳。”语毕，书呈玉皇。玉皇凝神端览，只见书封之上，赫写“大荒”字样，曰：“大荒者，四海之外，极远之地，神仙所居，有何惧之?”遂展书翻叶，大喜曰：“是书甚好!情动于中，意弥于外，感人肺腑，豪迈之至。吾当惠赠是书一语耳!”乃赐曰：

浩天雁阵入诗行，满纸黼黻惊鬼神。

翁忙叩谢不止。

玉皇再阅，见书中多图，图画甚美。披览首画，但见土岭翠柏，枝干遒劲，浓叶繁茂，葱葱郁郁，勃勃翳翳。树旁，有一倭汉折枝。树顶，锦雀跳跃其上，怒目横对。画旁有《踏莎行》词。词曰：

烈暴夜空，娇羞童面，天河星汉鹊桥远。粗服玉腕手纤纤，窈窕长辫花衣艳。

寸寸芳心，丝丝香汗，柔声笑语至亲唤。幽深世海渡无舟，深沟大壑孤山伴。【忆极。】

玉皇览毕，曰："花青罩色，石绿点苔，绛赭染羽，黛墨醒斑。笔精墨妙，好一幅画图。然图甚怪，不解其寓。"翁曰："晚辈酷爱山川，常听苦瓜和尚言，搜尽奇峰打草稿也。有日偶出，见是景，触目不忘，遂绘之。"玉皇颔首，复览下图，俄见烟水群山，茅屋岫云，斜阳西墙，有女眷依。美目盼兮，妙笑倩兮。画旁有《天仙子》词。词曰：

东望翔峰传青籁，一日公行走烟霭。云外小庙遇仙姝，梦中态，意中黛，玉姿翩翩屋彩彩。

蓬户无茶礼招待，粗钵热汤情溢载。相逢惊诧似故人，心跳快，身震骇，墙立夕阳心翻海。【思极。】

玉皇曰："此图甚为眼熟，似曾相识。"翁曰："祖居天上，多观仙子。此景，殆有类也。"玉皇复览下图，但见群山巍巍，沟壑纵横，皓月当空，莽原无路。曰："月无径，西天移；地无径，人何行。汝不知，山水之画，意境幽邃深远，可观可游可居者乎？尔画，榛莽荒秽，惟可观可游，然难栖居，何佳乎？"画旁有《声声慢》词。词曰：

嬉嬉笑笑，蜜蜜甜甜，绵绵散散闹闹。女儿叠鸦堆翠，涌争春俏。莺声燕语醉耳，目明明，牵衣喧噪。念切切，意悬悬，偷将伊人身靠。

诗卷萦随瓦灶，绮丽句，柴禾跃飞锅鏊。匆处一秋，花儿未开即凋。浓情怎生托付，雨黄昏，洒洒渺渺。这苦日，咋样个打发是好。【怀极。】

玉皇览毕，一声长叹，又翻左图。只见图中木架草棚，藤蔓遮顶，缶炉艾香，青烟缭绕，麻雀飞上，灰烬落下。图侧有《小重山》词。词曰：

初日相逢意态淑。温情慢慢道，手清酥。衣着素素目舒舒。轻声语，玉腕露雪肤。

芳命运长辜。意差一日远，不忍书。万般事儿总是孤。砸天去，鬼神亦相呼。【愤极。】

玉皇复翻叶，又见图。只见冰山峥峥，雪铺莽野，脚印一行，孤接天涯。玉皇笑曰：“此画境，殊异也。意境融切，全出画色之外，似有冥会之形，寂寥音声，绝佳之。”画旁有《临江仙》词。词曰：

教室排排书声朗，山青水绿花黄。清纯一笑赛严妆。六花飞舞，牵手雪满乡。

烟月不知仙官意，昆仑雄傲穹苍。西天王母赐霓裳。沙流风疾，红袖立大荒。【行极。】

玉皇览毕，复翻左叶，又见图出。但见大海浩瀚，水色湛蓝，云烟升腾，瑰异诡谲。图画老妪，手提红绳，旁立七女。【七仙女乎?】图中隐约有字，模糊难辨，惟“痴也”字样，尚能审明。有诗为证：

真纯年少时，语浓情也痴。花颜芙蓉面，娉婷柳腰肢。
满目粉与黛，娇音立玉姿。牵衣纤手袖，绵绵秋水思。
临风吟屈子，桐荫诵唐诗。皎洁映雪展，浩渺浣纱滋。
推门笑声盈，见面呼语嬉。长长三两岁，短短一年期。
桃红乍暖日，喧闹忽静时。天高日不久，朝明夜黑持。
盛宴方摆罢，人起致散辞。弦续音已断，理琴歌迟迟。
荷锄牵牛归，濯足田边池。尘土扑婉面，落日涂胭脂。
鸡喔鹅嘎嘎，猪哼马嘶嘶。守得鹏鸟飞，朝朝望晨曦。
山荒树不茂，百灵鸣崦嵫。辗转龙门渡，远望河中坻。
童音语喳喳，尚不辨雄雌。出落窈窕女，身披同氏衣。
千里寻故旧，人去家已移。孑然东向去，泪落秦山畦。
白雪连昆仑，咏赋倒淌溪。长夜续前梦，梦飞西海栖。
双双天路去，寒风冻铁衣。磨难取经道，缺一不致熹。
王母有深意，大难尚扶犁。昆仑雪化日，豪情同天齐。
【红粉吟。】

玉皇将图悉数览毕，复观其文。又见字字珠玑，叶叶锦绣，叹曰：“千古之作，神品也！百万之言，费尽心血耳！吾观，是书甚好，何不善欤？”【玉皇一览之语。】翁曰：“逼人死命，恶莫大焉，何善之有？”

玉皇观后掩卷，凝眉锁目，谓曰：“是书，泣血之作，阅者览而泪下。然情真浓烈，移人之性，令人痴失，况事中人乎？”【玉皇二览之语。】翁曰：“固吾书难寓也。”玉皇曰：“昔，他书有类乎？”翁曰：“然也，非也。”玉皇曰：“何若是谓？”翁曰：“前代有者，若《金瓶梅》《红楼梦》是也。【《大荒外》继之，三足鼎立。大惊魂是也。】然未闻有致人死命者也。”玉皇曰：“汝知其故乎？”翁曰：“晚辈陋钝，敬请先祖明示。”玉皇曰：“《金瓶梅》《红楼梦》者，所记亦人众事怆，然作者犹不知，况论书中人，故无累耳。”一语未已，翁大悟，叹曰：“嗟夫！吾祖之言极是！《金瓶梅》《红楼梦》隐作者颇深，书中之事不知记何人之事，而晚辈著书，四围之人皆知，秘不可保，固有今日之痛。吁！悔之晚矣！”【深知大书创作三昧。】语毕，玉皇问曰：“汝知前世乎？”【作者又起波澜。】翁闻大骇，曰：“祖笑晚辈耳。晚辈凡夫。自来世上，一世尚不明，何论三世哉！”玉皇曰：“前世，汝乃天上紫微星，降世济人。昔者吾与丹朱弈棋丹陵，意欲见汝一面。观之，汝虽年少，但英俊潇洒，天资明敏。质朴敦厚，不掩狂放豪情；粗衣粝食，难遮天下胸襟。古人云，万物负阴以抱阳，冲气以为和。大方无隅，大器晚成，大音希声，大象无形。澹兮，其若海；飂兮，若无止。不知其理者乎？故天降大任于斯人，必苦难加身弗能免之。”

翁大惊曰：“天莫欺人也！吾一生大苦大悲，亦自罢矣，何害我至亲，陷其于四处无投之地。吾虽竭力一生，终不能解其一困。吾今老矣，彼将奈何？安令其以是而入地府乎？”玉皇曰：“万物皆有定数。试问，汝难几何？”翁大痛曰：“难自摧心。一难犹甚，况论三哉？泪纷如江河，安能复数乎？”玉皇曰：“九九八十一难，少一不成耳。汝不知乎？”翁涕曰：“一难不去，此难又来，难难相摧，终不离也。人静之时，吾常独哭。老天欺人，天不善欤！吾常思，莫非天在上，人在下，天不知人，固而胡为，甚助纣为虐乎？”玉皇曰：“且莫若是。天自公也。天若不公，何度众生于彼岸欤？”翁叹曰：“嗟夫！莫非青天之上，则为地之府乎？”玉皇曰：“莫如是哉！吾知汝平生遭际堪伤，苦难甚多。然天之意，亦难尽善耳。”翁曰：“晚辈问祖，吾孩提年少之时，绵山书院有一师翁，虬髯鹤发，常骑马而至，与吾等授天下之理，所言皆非三生石上话，亦非孟婆之语。后师翁久而不见，不知其走何地欤?”【此仙翁乃晨曦启蒙师，亦乃吾师，乃吾辈少年金阳庄书院之师。彼时，恩师年过半百，须发已白。其居书院关帝庙西屋北房。姓柴，名华甫。真人也。翔山前人氏。去年，晨曦春节归，吾尝与其谈柴师也。曩日柴师与吾等言社会科学之至理，铭记于心，不想作者将其入小说也。甲午荷月，丰中园。】玉皇曰：“汝少时，经师尚多，何独念斯师乎?”一语未了，翁凝目而愣，已而叹曰：“先祖不言，吾亦自知几分也。”玉皇默然，未几再问曰：“天将汝安于绵上，金牛柳桩之事尚记乎?”翁曰：“‘足下’之事不忘矣。”玉皇曰：“绵上之修，何如?”翁曰：“晚辈不晓前世，生来耕种绵上，吆牛扶犁，粪耕耙耱，知劳之辛，亦知劳为上也。”玉皇曰：“如今绵上，旧碑可存乎?”翁曰：“何碑耶?”玉皇曰：“即‘以志吾过，且旌善人’之碑也。”翁曰：“勿望碑存千年，雷震一声而碎，也未可知。惟知绵上之土，绵也。”玉皇曰：“天赐尔绵土，隆意也。田之绵，天下安也。”

正话间，书童忙推翁臂，撼曰：“先生！彼之语，童何一句不解耳?”翁曰：“吾祖者，天也。天之言，安能一语参透乎?”霎时皆默。少时，玉皇复观其书，俄尔蹙眉凝目，陡变色曰：“噫！是书当焚哉!”【览此大骇。作者全无安闲之笔，又起波澜也。】【玉皇三览之语。】一语未已，翁大惊曰：“何也?”玉皇曰：“吾复披览，方知此书催命甚焉。”翁默良久，谓曰：“焚哉！焚哉!”【大痛之语。】语毕，泪水顿落。童见状，猛拍地而起，手指玉皇，【惊人之举】大呼曰：“汝乃何祖，敢出此言？吾家先生，日日夜夜，青灯孤影，汗流三伏，身瑟三冬，耗纸万张当写不尽，废笔千管业已成冢。整日枯坐如禅，泪水凝铸，字字句句，泣血而就。惟女观书，不幸殒命，扰我先生心神不宁，方来求祖善存。何方盛赞其佳，而陡间则呼‘焚’欤？是何居心?”【非知其苦者，不能有斯言。】翁急拽童，忙阻曰：“吾童，莫大不敬也。恭闻先祖之言耳。”童急曰：“先生，莫听耶!”玉皇大惊，急目视之，稍思，反喜曰：“叟！汝不愧丹陵翁也，惟身旁书童尚如此不凡耳。”翁忙叩首曰：“请祖恕罪！童尚稚幼，冒犯先祖，晚辈之罪也。”玉皇曰：“吾观书童之身，则窥尔早年之影，可见人当胜天也。”翁惊曰：“闻祖之语，莫非吾

白胡师翁可在天庭乎?”【念念不忘柴师，亦见当年柴师之训，明晚辈者甚远矣。作者有情之生也。】

玉皇笑曰：“汝作是书，意欲何为?”翁正欲言，童曰：“传千古之事!”玉皇曰：“复何为?”童嗫嚅不能答。翁曰：“日过留影，鸟过留声，况晚辈年少之事，与他人利，心亦崇明，又兼少男少女故事，赤诚真挚，私语情话，亦感人肺腑，乃浣砚濡墨，当以记之。写书之日，置身苗壮园内，【老宅也。其名不虚。】老屋古宅，窗破房漏，片镜半梳，断桌绳腿，数声虫吟，一盏寒灯，【是此样。】不计酷暑严冬，倾力而为，为后世传一叶也。”玉皇曰：“汝书裂人肺腑，摧人心肝。情浓处，方览数行，已心痛不已，几欲堕泪，况痴情少女乎？可见斯书，摧心夺命不谬!【《大荒外》者，痴情之书也。】【文者，情之物也。无情而无文也。感人肺腑之作，皆浓情化就之，亦移性也。在下奉告天下之人，凄苦之时莫读之。断肠痛心，犹如此女。著者情痴，若阅者也情痴，必神伤也。苟出性命，则贻大害。叹叹！唱叹轩。】为不使其再害人命，莫如焚之，存之何?”一语未讫，翁曰：“作书之日，晚辈未曾如是想也。然作书之时，故人故事，纷至沓来。辛酸之处，声泪俱下，断肠泣血。书成，方晓其害。终，果出人命。呜呼！作书本当善为，未善而害人，何善为？为使当世之人灵魂所安，欲焚则焚欤!”一语未尽，泪水潸下，浮尘溅起。【作者波澜之笔，读者当慎，且莫为之移性。切记！切记！雅艳斋。】有诗为证：

我为尔哭，我为尔喜。我为尔守，我为尔弃。
舍了肉身，入了净地。空空荡荡，大荒语稀。
纤尘不染，微霞不期。苦僧打坐，明镜菩提。
穹之繁星，累愧我字。天长大纸，羞纳我辞。
雄兵百万，威武千师。浩浩汤汤，叹为观止。
九朽一罢，字字虹霓。寒暑不辨，句句珠玑。
泣血滚泪，悠魂夜啼。百卷成之，雷震天地。
嗟尔回首，雨墙逝尺。推窗望空，树自天齐。
告慰先俊，企兆后麒。秉烛明程，尺寻当怡。
昆仑雪皑，青海云奇。华岳耸峙，大河奔曦。

【作者此诗，吾读百遍，写作艰辛，非常人所知。著者始作之时，依其才华，觉三年可终。不想书成之日，绵绵十年余，然意犹未尽。作者谓我，今作大书，方知《金瓶梅》《红楼梦》作者写作之辛。前者，著书山中，大好年华，以写其愤。磨镜人大有寓意。后者，其言披阅十载，增删五次，诚乃耗时终身。人逝，书稿仍未竟也。叹叹！唱叹轩。】

顷间，大殿前，百卷之书，抛之炉鼎。俄旋呼啸阵阵，火光冲天，大地嘶鸣，墙倾屋摇。

翁望炉鼎，心痛不已，口不能言，扑通栽地。童急扶翁，翁曰："莫顾我哉！莫顾我哉！"忽地，童大哭曰："天杀人耶！尔乃何天何祖，皆伪天伪祖！吾先生书杀人，乃人情痴，乃情杀人，非我先生杀人！今焚书，莫非杀我先生乎?"【一语正鹄。】语罢，一跃而起，急冲炉鼎而去。翁忙拽不及，童已近炉前。是时，火已成势，熊熊烈烈，呼啸而鸣，何能救起！书童急甚，四下忙寻，见侧远一帚，执而猛扑。隙间，伸手则抢，一团火苗拉出。童忙伸手急扑，火灭，双手尽黑，痛不可忍。抖看，书已成灰，余无数字耳。正乱间，忽见青云一团，扶摇而上，至天，云中呼曰："何焚我哉？人之亡，与我何故？死者为鬼，鬼又为鬼，仍鬼也。怪我罪何？人则伪之。心内有鬼，不敢正视。鬼则鬼也，何以类为？吾冤哉！吾冤哉！"【作者何出如此故事，亏能想来。】【作者善用虚幻之笔，令人上天入地，目不暇接，其思恣肆汪洋，奔涌不歇。非大手笔者，莫能为之。观尘世之书，如睹神话，亦一奇耳。甲午荷月，雅艳斋。】翁闻声，老泪纵横，忙扑地曰："快焚！快焚欤！"【作者总是善用揪心之笔，写得惊心动魄。让人读来，波波而涌，放不下书也。观古今之书，何书在其上也？雅艳斋。】【谦虚为要。】正是：

慈悲帆挂，善悯风吹。
撑般若之扁舟，游死生之苦海。

有诗为证：

满卷泪纷语，一篇恣纵言。
伤情花落尽，风烈自天边。

【此乃标题诗。】【人生激荡，胸臆豪迈，有别他书。】

忽地，大风呼啸，纸灰满天，扶摇直上，飘荡云端。书童望之，跌足不止。少焉，俄见空中纸灰青烟，化为彤云。顷间，片片瓣瓣，逶迤而下。细观，朵朵红花也。霎时天降红雨，地涌丹霞，满目红遍也。【与丹陵一照。】童望之大奇，忙谓翁曰："先生！快看！红花遍地耶！"翁昂首望之，惊愕半晌，喃喃语曰："善哉！善哉！"一时泪水顿溢，身仆于地。【丹陵所生，遇红而喜，喜极而泪。】正乱间，忽电闪长空，大地彻明。书童急观，俄见天外一朵红云，飘缈而至，红云之上，有一白胡仙翁骑马擎杖，立于云端。【吾将仙翁乃柴师身份点明，不知作者怪我乎？阅者嫌我多嘴乎？若是，则有封阅者想象力之嫌耳。罪过！罪过！甲午荷月，丰中园。】书童忙曰："吁！先生，快看！神仙来耶！"翁昂首睹之，泪水顿飞，忙谓曰："恩师！少年一别，不见先生久矣。先生何去哉？数十年未见，学生好想恩师也！"【读此句，令我动情，泪亦夺眶出也。柴师在天之灵当知，亦心慰永永也。不想，此书中尚书柴师一笔，柴师之幸也。甲午荷月，丰中园。】仙翁一笑，相与数语，抛之一绢，逶迤而下，翁童接览，只见上书蝇头小楷数行。字曰：

大书伟岸，兴亡以观。天下无疆，江山无番。
惟民是命，民命是天。无尊无卑，无贵无贱。
至高身朴，至大式微。混沌一物，真理是辨。
天下大同，不待期年。四海怡风，和畅永载。
功在尔辈，利在辽远。天上人间，吾在尔前。
助尔长驱，铲恶除奸。助尔征伐，风雨雷电。
白黄棕黑，五洲同轩。无压无剥，歌乐四边。

翁览罢无语，童曰："绢书何意？"翁曰："师翁之嘱，意在九天。知天下者，师翁也。江河不歇者，昆仑高也。万物茁壮者，红日悬也。风雨涤荡者，世不平也。人间正道者，生民同也。晚生谨记，不负旧托，纵荆棘丛生，风雨永前。看石榴三红，果实累累，万子笑颜。"一语未已，白胡师翁又抛下一书，接看，《天下经》也。【伏线千里】正欲披阅，忽闻惊雷一声，仙翁云间而逝。翁童仰观，半日不能回神。

且说这日怪事连连。绵山之南，丹陵之上，俄见二仙，一胖一瘦，一高一矮，翩翩逸逸，紫光闪闪，自云中飘然而下，降至丹陵东畔。二仙者何？一曰雷电大仙，一曰风云大仙。二仙来此，原为了却一桩公案，乃摇身一变，化为当地老儿模样，外人莫辨。【又出神话。作者海阔天空之思何如此多哉？令人不得不敬服也。甲午荷月，雅艳斋。】却说二仙自陵东而来，四下望之，遥见柿树成阵，榆杨成排，又见田野肥沃，地堰齐整。不禁叹曰："斯地之民勤劳也。"少时走过一程，再转数弯，俄见茂林修竹，杂花若绮，又闻林木之外仙乐声鸣，清清泠泠，飘飘渺渺，穿林越陌而来。二仙惊诧，不知端倪。正惑间，但见林隙之间亮光闪烁，明晃耀眼，注目察之，汪洋大水也。二仙度过林木，又见蒲苇冥冥，鸥鹭翩翩，大水浩渺，接地连天，汤汤乎不穷其边。【陡起仙地，令人神往。】

二仙诧曰："莫非吾等又回瑶池乎？"行至大水岸边，俄见一碑，业已断残。然碑上有文，字迹尚辨。文曰：

> ……兼修天池序……上有□□村焉震门之外天池南岸……兴废矣近修年月西壁书存与……在□□己酉岁者规模焕然□□……骇然皆曰重修但首倡乏人徒托……又创砌享台悬扁正殿形势□□……后至者之景仰乎至于天池……年不涸其有益不亦大哉兹与……缵之……吉旦

【断碑尚存。旧有拓片两张，今犹在。文实录，无一字虚。癸巳六月，雅艳斋。】

二仙览毕，方知此水乃天池。叹曰："噫！不想天池落人间也。若是，人间天上，有何异哉？"

二仙且行且语，又转过数景，俄见有一村落，村东兀出巨石，扶摇青冥，摩荡云天，神武赫然，威镇八荒。巨石之畔有一古刹。近之，但见大殿巍巍，气宇轩轩，千栌赫奕，万拱崚层，长廊幽径，钟鸣月影，牌坊泮池，云壁龙柱，勃勃郁郁焉。【又一实景。晨曦幼少之年皆在此上学，故事甚多。少年伙伴悉在，一人一口皆文也。当不赘述。丰中园。】【有一少年同学，数月前亡。晨曦返故里，每探望之。彼为人甚诚，而遭人骗。一难难返。家境凋敝，无落脚之处，寄他人旧院居之。近年，两颊红彤，眼肿，后陡语障。去年春节，众同学欢聚，彼则住院，晨曦探望。彼见晨曦来，甚为动容。其卧病床，语不能言，身不能翻，而紧攥晨曦之手，无声大哭，泪水纷落。不期，数月前落床而亡。叹叹！公历 2015 年元旦补之。丰中园。】至村，但见围墙峨峨，震门昂昂，街间阔直，俨然若城。街中，古树斜出，千年有余，老洞新枝，丰彤荫蔚。【真街景。晨曦少年时日日走其中也。】【南官庄村，大村，村方方正正，四周有村墙，街巷经纬笔直，俨然若城。】

且说二仙一路且行且观，行至村畔，见村东有户人家，有院无门，【彼时，如此户者多矣。】院内有说话声，乃循声而入。至院，但见主人坐于豆棚架下，青绿丛中，饮水乘凉。【农家常景也。一写。】斯时，主人正与东屋之人喊话吆喝。当院豆棚架下，摆有数石，石乃五彩，绚烂之极。

主人正喊话间，忽见二老至，忙起身迎迓。二仙施礼曰："吾等路经此地，口渴，过贵门，讨碗水喝。"主人忙请二老坐石上，连呼西房老妻拿碗来。老妻顷至，倒水施礼毕，转身复入西房而去。主人招呼二老，且饮且语。少焉，二仙观架下彩石，甚觉眩目，惊问彩石之历。主人答曰："女娲补天之石。"【是地果有此石。石乃五彩，出历山，舜耕之地。其言不谬。】二仙诧异，俯身细观。主人曰："吾地之石，尚有一奇。"二仙问："何奇哉？"主人曰："石上出字，天然之文。"【真事。】一语未了，二仙又诧，环视以辨，果也。主人扭身遥指院外云天曰："二老见其巨石乎？"二仙望曰："巨石擎天，焉不识乎？"主人曰："石上有字，二老辨乎？"二仙略惊，遥对细观，唯见巨石峥雄巍峨，风生云荡，辨之半日，不见其字。主人曰："'天地之柱'也。"【夺人目也。】二仙对视愕然。主人曰："先祖言，往昔字迹尚清，然年代久之，已模糊难辨也。"二仙再观，似隐约有迹。主人曰："乡人皆语，天降斯石于此，不凡也，以示吾地当出雄才耳！"二仙再对望，齐曰："果奇哉！吾等不虚此行也！"【使命在身。】主人兴犹浓烈，手指五彩石案，谓曰："二老再睹，此斑斓石桌，亦有文也。"二仙复观，果见奇石花纹当为字形。再观，又见石上有画，画如火焰，燃之熊熊。细辨其字，杂乱繁夥，不成语句。乱字云：

来化飞同宇霾妖刺天以哀遍九寒暖开破尧天陵丹横外

尧云忽乍至州地我冲剑破雾环大日雪甘

乱字之外尚有乱字，余者，字迹难辨。【多矣。】

宾主双方正赏奇石，忽见东房内有多人进出其间，步履匆匆，言行诡秘。二仙疑惑。主人笑曰：“近日吾乡出一奇事，煞为怪异，邻里皆知，自来拥观。”二仙问：“何事欤?”主人曰：“吾先祖一生慈悲为怀，济贫扶困，除妖降魔，为乡人谋不少善事。乡人每言吾祖，自怀敬意，语之滔滔，言而不穷。后，吾祖仙逝，乡人悲甚，常缅怀悼念。之后，吾乡人若遇妖孽作祟，则悬吾祖之像，方安宁无虞。”【叙之全。】二仙曰：“灵乎?”主人曰：“灵哉！某户孩童生病，久疣不治，村民悬吾祖之像，默悼之。顷见仙气飘来，缭绕童身，良久始去，去则大愈。【可谓善人。】村民过喜，忙仆身叩谢不止。是夜，彼梦吾祖，慈眉善目，告之一事。”二仙问：“何事乎?”主人曰：“悬罗写字，助人之法也。”二仙愈诧。主人曰：“且，彼醒而验之，果也。于是，喜而奔告左右。吾家知之，亦支罗以试，竟亦出字，且益灵哉！二老说，奇不奇乎?”【此事非神话，真事。读者有心，当往金阳庄，彼时之人皆能语之。用罗写字之事，各有故事，个个生动焉。有心之人若能往，吾当于瓜棚架下侍茶待客，再语作者少年之事，汝可满筐而去，所获丰也。吾与作者乃同班同学，凡三十余人，今皆在，无一人逝，也算上帝赐福也。甲午荷月，老友。】

一语未了，二仙惊曰：“吾乃走南闯北之人，自见过不少世面，然悬罗写字，从未闻也。【世之清明。】敢问主人，可令我一观乎?”【陡起波澜。观则生事。】主人笑曰：“吾祖慈悲为怀，助人济世，四方之众多知之。二老欲睹，何拒哉!”遂领二仙径往东房而去。且说二仙正褰帘欲入，陡见屋内金光耀眼，灿烂目眩，顷间令人浑物不辨。【光灿之极，反不见物，悲也夫!】少时，方见迎门之壁悬一大画，画中人物、山水、花鸟，样样俱全，中有曦日一轮，喷薄而出，山川皆红。画两旁有南宋艳词骚人豆米菜【有此人乎?】所书对联一幅。对联云：

天降九星托宇宙，地升一日照乾坤。

二仙看罢，浑身震颤。

且说二仙正无可奈何之际，主人将其引入内间。方入，陡见画像悬壁，二仙见罢，慌乱之极，忙扑通跪地，伏身稽拜。斯时，围观面罗写字之众，闻声大惊，忙上前搀扶。二仙曰：“噫！此乃摩鏊大仙也！天之尊神，何悬若屋?”主人笑曰：“此乃吾祖，现已仙逝百年。倘言其为天上尊神，亦不为过。”二仙曰：“摩鏊大仙者，居九天之上，除恶降妖，拯救黎民，天庭亦敬甚焉！不期，大仙在人间之时，原为尔之祖乎?”【作者之笔，真令我佩服，似真似假，似幻似实，将我亦看晕也。】【吾与作者，少年顽伴，金阳庄七年制学校同学，在县城上高中时又为同学。回家时，我常乘作者自行车而归。某日，走至林荫道上，谈师教古文。吾两人对背《木兰辞》，今犹记在心。其曰：“旦辞爷娘去，暮宿黄河边。不闻爷娘唤女声，但闻黄河流水鸣溅溅。”彼时，吾等方十四五岁。不想弱冠之后，作者果别去爷娘，为国西去天边，作木兰二也。今思之，感慨良多。从此，吾友至大西北，离家甚远，家有难，不得归也。其言，欠家太多。常语之泪落。我亦叹之。自古忠孝难两全，亦苦难凝铸之语。甲午荷月。老友。】彼此言过，众人复聚，观面罗写字。二仙望之，见有孩童二人，各以一指支罗帮。罗倒扣，上插筷箸。罗下设案，敷面，其筷箸疾走于案而出字也。【面罗写字，于当地盛极一时。家家支罗而写，言者欣喜，奔走相告。当年，报纸皆有载也。老友。】

斯时，屋内众人，忽见面罗之下又出字。有人念曰：“此二老非人，乃仙也。”一语未了，二仙闻之大骇，不知如何是好。主人、众人皆惊。正纳罕间，面罗下又出字焉。字曰：“此二仙为我所使，至人间了一公案，尔等善待之。”正是：

> 团团一罗，俊俊两童。筷箸虽小韵味长，案板虽窄乾坤大。向神明问，用心意写，把奇迹看，让字迹画。隔墙能问窗外事，阻山能闻月底音。齐呼唤，争拥观。粉面开，字迹出。慈容现，青烟绕。一别百年过，再呼九重隔。雀噪堂阶啄馍渣，情送圣阁掏情话。

众人吵嚷：“大仙之言，平素无误，何斯时谬哉？此二老，诚乃人也，何谓仙哉?”主人笑曰：“吾祖从不诳言，能言二老为仙，定仙也。吾自以仙待之。”众人阔笑。

主人与二仙出，复至豆棚架下，席石而座，主人又添水闲话。雷电大仙曰：“昔者汝村有一童，名曰晨曦，今可安好?”【晨曦之名书中首出，不想竟出仙人之口。】主人曰：“莫非问潘家之子乎?”雷电大仙曰：“诺。”主人曰："目今，晨曦远在京城读大学，半年方归。"风云大仙曰："彼能考取京城，果不凡耳。"主人曰："请问老者，何知斯子乎？"雷电大仙曰："吾与彼家为远亲，往年尝走动，后老辈已逝，遂走稀焉。昔知有此子，随口问之。"主人曰："斯子与吾家三子为儿时顽伴，幼少之时常顽一处。稍长，同劳于生产队也。【彼时之谓，实写。】每言晨曦，众大人皆赞不绝口。斯子勤劳朴实，聪颖好学，生产队里吆牛扶犁之事，所善早之。【其言实也。】此活，极不易学。今众人犹不能为，况彼时少年郎乎？【后生产队解散，多人再不善此技。】是年秋，其为生产队耕地无数。"又曰："噫！斯子尚有一德，犹乐于助人。吾家窑洞五孔，皆土坯所券，所用土坯甚夥，为盖房数倍。然打土坯之事，煞费时费力，而晨曦所助，自始至终，未落一天也。【晨曦半世后，当归故里，其家人则至户探视，感念旧恩不已。今此房仍在。晨曦望之，见曩日少年之劳，亦慨叹久之。唱叹轩。】吾家甚念其恩。遇他人盖房，彼亦倾力相助，盖如是也。"【昔日，助人盖房，有一兄常与晨曦随。上年，此兄逝也。晨曦闻之，嘘叹良久。昔者之语，今犹在耳。叹叹。癸巳夏，丰中园。】

有顷，主人又曰："斯子，尚有一德，乃鬼神不惧也。且说某年天大旱，大队抗旱浇地。彼时村北某生产队，以拖拉机载大油罐装池水。孰料，此之创举，则惹大祸矣。彼日，大油罐装满水，注水者坐其上。当拖拉机行至田间坑凹道时，猛一颠簸，大油罐顷间而下。上之二人，俄被巨罐所压。村人见状，呼喊成片。一阵乱后，众人将二人扒出。后，绑担架者二，径抬县城医院而去。彼时天已昏黑，晨曦闻讯急往，途半遇之，随行而去。且说担架抬之良久，晨曦见被抬之人甚为安静，殊觉其异。彼时，被抬者脚露被外，夜光中颤颤巍巍，甚是瘆人。旁之人，皆不敢动，亦不问之，惟肩抬人扛而去。然晨曦不惧，伸手摸之，顿觉冰凉。【当年，果如是耳。众人惟抬担架，旁则不顾。晨曦年少，抬担架身不够高，则伴担架之后。其摸彼脚，早冰之，则知人逝多时矣。此事，则见晨曦心慧胆大也。】晨曦心头乍惊，自知端底。至医院，医生曰：'人蚤死耶！二人胸廓悉被压扁，宁能活乎？尔等不睹哉？'【当年，医生之语若是。其怪众人何将死人抬来。众闻，无一人言。彼时，女医生之神态，晨曦至今犹记。众人将两副担架自急救室抬至大厅之侧，尸蒙其被。晨曦望之，无限神伤。不想，一普通劳动之事，则死人矣。后，大队开追悼会。其中某亡者之女，乃晨曦同学。斯事，眨眼三十七年矣。今睹文，历历在目，犹如昨日耳。癸巳夏，丰中园。】众人皆低头不语。彼时，担架队里惟晨曦年最幼也。”

二仙颔首，倾心以听。主人曰：“惟说晨曦，无可挑剔，然家境甚劣。斯家人口多，劳力少。当今农村，则为大忌。【著者在此删数叶文字。为不使其枝蔓旁生，忍痛割爱，惜墨如金也。】孰知，正当其可接力之时，国家恢复高考，晨曦又考中而去也。【村人语，实在话。】每语此情，村人无不敬服。彼高中毕业之后，尝外出学画一程，后则于生产队专事劳动。其能吃苦，人品且优。众人之事则冲于前，集体之劳则做于前。不久，脱颖而出矣。后，大队遣德优能强者为艰之事，彼则列其首也。是年，莫看晨曦年少，然功早卓耳!”语毕，又思一事，曰：“彼年春节前夕，其与众伙伴至城市换浮谷米，家方过一好年。春节后走亲戚，至舅家，晨曦之父将斯事欣说。晨曦舅曰：‘此非正路。晨曦于校时，所学佳之，何不令其返校再读，以备高考，方为正途。’【晨曦舅功绩大矣。其父，不善预。在此，略见一斑耳。】其父闻言，渐开窍。县城中学开学后，往校语之。校教导主任曰：‘噫！甚晚矣！一年之时，大半已过，何能考中哉？无数学子，一年学满，犹不及第，况半年不足乎?’【当年，晨曦父归，则如是言。句句实也。】惟碍人情，学校应之。”

少间，主人又曰：“二老尚有不知，是日，晨曦正参加公社共青团代表大会哉!【此事记清。彼时，晨曦于农村，思想进步，热爱劳动，大公无私。其以全部热情，投入到社会主义建设中。为其汗之，为其劳之，诸样于前，出类拔萃。其参加此会，当视为一生荣耀，深铭其心。老来常曰：“倘无高考，吾与乡亲同劳。众望所归，业犹隆耳。”晨曦所诞尧诞之地，尧品当继，尧尧也。老友。】后，老天开眼，晨曦终以其聪颖苦学之功，于半年不到之时，金榜题名，诚天下奇闻也。此讯轰动四方，无人不晓，令人叹为观止，敬服有加。是岁，高考所录者百之一也。晨曦当录，诚不易耳。又闻，晨曦之班学生七十余，而考取者惟其一也。诚若登天之难耶!【晨曦才高，翘楚也。高考则为一证。斯事，家人视为荣耀。彼复入校以学，半载不足，则金榜题名。且考班内之首，所录者惟其一也。幸哉！发榜前，晨曦正在生产队劳动，其父至校问讯，教导主任曰：“考中矣！”归，既夜。其父走至塌墙外，未及进院，则隔墙喜呼曰：“晨曦！考中耶！”倏地，全家惊喜之声，弥震院落。丰中园。】【晨曦高考时，家无手表。其家人相语自亲戚家借之，但晨曦思后，终未借，觉在校几乎日日考试，时可概估。是年高考，我戴手表，考至最终一堂，吾觉所考之况，不能录也，乃将手表予晨曦。晨曦戴我手表考最终一堂，此堂乃政治课，晨曦考之极佳。彼始终未忘此事。吾两人友情至老真挚。此事屈指三十五年矣。当年乃公历 1979 年 7 月。甲午荷月，老友。】古人有语，寒家出贵子，此乃又证也。当今高考，一人金榜题名，全村荣耀耳。”正是：

寒家柴门塌土墙，红纸玉壁题龙榜。

正说间，忽闻“喳”叫一声，二仙骤惊，忙扭头观看。有诗为证：

神仙飘荡至人间，欲问凡情重隔天。
倏忽一去八万里，柴禾灶火滚青烟。

又：

情天恨海断肠地，惟睹真情花落溪。
裂胆摧肝抛清泪，庭前霜冷雪枝低。

欲知端底，且阅下篇经传。

史公曰：“斯书，爱国之书也，泣血之作也。不以家贫而失其志，不以身苦而沦俗尘。昆仑天外，大荒语稀。雪域寒冽，生息难觅。为国西去，崛崛昂昂，其情撼日月，其光披山河。众儿女，舍身为国，千里奔往。国之兴也，民之福也。”

二经

夏，水车，驴戴安眼，小渠，水荡绿毛，丝丝绦绦。

豆角地，葱郁繁茂，有井掩内，一女坠亡。翁提刀奋砍，不能赎己。

春杏如县。

大雾陡起，遮天蔽野。晨曦与春杏途遇无辨，大错铸就。

晨曦同祖母如云台。

祖母言绵山、二郎神、王母娘娘、西海瑶池。

晨曦言若长，定西至天边，看天何样。

祖母慨叹不已。

祖母知长孙绝非凡辈。其志，非隅所囿。志在远方，志在天下。

二传

潘晨曦林雾遇表妹　韩素珍土梁识长孙

诗曰：

窈窕少女农家妹，娇面桃花淡扫眉。
两小无猜常对视，一长有意少当偎。
知音心话融融暖，畅怀情声阵阵霏。
只缘雾烟来天半，红云掣闪惊风吹。

话说二仙正与主人说话之际，忽闻喳叫，原来稚童三四，抱数兔于隅，令其媾配。彼时则见公兔趴于母兔之身，母兔则跑，童则紧追而按，提雌兔之尾，令其复配。公兔复趴于身，抱肚迭尾。忽入彀，一阵紧耸，喳声尖叫，滚作一团。二仙与主人望之，一阵好笑。【紧笔之间，忽插闲笔，轻松自然。可谓文武之道，一张一弛。斯景之中，农家童趣，土腥烟火之味十足。非农家子，无此记也。】后，二仙谢过主人，辞行而去。正行间，忽见空中紫云缭绕，二仙腾空而上，瞭望一阵。径往紫云生处而去，不在话下。

却说某夜，月隐星没，天空漆黑。苍穹下，群山连绵，沟壑纵横。深涧峡谷之中，有水咆啸而过，浩浩港港，彪彪淜淜。河畔，铁路相傍，穿山越岭，逶迤其间。彼时，正有一列火车身闪橘灯，宛若金龙，呼啸疾驰。晨曦正乘此列火车，驶往故园。彼时，经长夜煎熬，东方始亮。俄顷，晨光熹微，红日初上。晨曦身倚火车靠背，揉眼伸腰，环顾四方。但见车厢内众乘客东倒西歪，仍未睡醒。忽地，车厢内广播声响。列车女播音员曰：“某某车站将至，下车乘客，请早备之。且看座位、行李架、衣帽钩诸处有物遗乎？”一语未了，车厢内骤时躁动，欲下车乘客四下乱之。晨曦往窗外望去，只见谙熟之景掠窗而过，顷而周身暖流激奔。彼车站，乃中转之站。斯站至，则距故乡县城不远矣。

斯站所属小城市，晨曦往年已走无数。少年之时，其骑自行车换浮谷米，则至之。芭栖寺厂为其换米之处。当年伙伴吆喝之声，犹记于耳。【此乃实事。当年，吾与晨曦及伙伴四五人进城，以粘米粜城内人之玉米面或卖钱。进城叫卖之时，晨曦口贵，吾等助呼，将其售罄。彼城距金阳庄八十里，当归之时，天已大黑。众皆骑车以载，而归路为慢坡，道长则累。适有小四轮拖拉机者同向而行，其速相当。众伙伴则令其载行一程。不想中途，小四轮愈开愈快。晨曦见之不妙，忙告同伴，急追，自载之。众伴齐赞晨曦，皆言若彼走脱，则大残矣。今回首，当年日月之艰，今之少年多不知也。叹叹！老友。】彼车站近处之电杆、村庄、田地诸样皆熟，乃铁路弯道、墙壁标语，亦铭刻于心。今睹之，心犹怦然。彼时，其离座立身，自行李架上取下包裹，又手伸衣兜，摸火车票及行李托运单。【记全。一丝不乱。】是时，火车减速，车厢猛簸。

少顷，车站绿色标志可见，水泥站牌亦缓缓掠过。晨曦喜曰："终至矣。"彼时，女广播员柔美之声又起，已而车驻。霎时，车厢过道内人群拥挤，大呼小喊之声，聒噪于耳。某男呼之曰："吁！将包拎好哉！"对曰："诺，汝亦拎好哉！"某少年呼姊曰："囊者五，尽持乎？"姊低头复数曰："诺，然！"某妇呼夫曰："囊甚重，拎而费力，肩之也！"夫曰："唯唯，诺！"话音未落，又曰："肩之不雅也。"妇曰："情急，尚顾颜乎？"人甚挤，二男互斥。一男叱曰："嗟！将包拎高哉！莫看撞人头乎？"彼男扭首，怒曰："咄！此乃旅外，安在尔家乎？"过道内，又有夫妇高呼之。夫曰："汝惟将子抱好，别物莫顾。吾悉肩之！"对曰："诺！"众挤甚，某莽汉大呼曰："懿！何挤甚哉？弗挤，不能下车乎？"某汉曰："吾国之民，则如是也。不挤，非中国人也。若是，焉能与外国人比乎？"某汉曰："外国好，尔何不往欤？留中国作甚？咄！洋奴也！"某父子力呼人群。子呼曰："车票持好，出门查票耶！"对呼："诺！紧攥之也！"【好生热闹，当代之人熟知之景。写来，场景活也。癸巳夏。】但见：

熙熙攘攘，你推我搡涌荡；喊喊叫叫，老呼少应挤饿。人甚多，车甚少。上车稀有空闲地，落座难得轻松处。此背娃，彼提筐，一根扁担几绳索；彼被褥，此皮箱，十节车厢万臂膀。出门难，上车难，人下车厢方伸展；走时嘱，别时嘱，脚落大地始松坦。

人群嘈杂拥挤，狂呼乱喊。晨曦随人潮而出。

晨曦在此中转签字，未几换乘火车，径往故里县城而去。上车，车厢内空敞人少，独坐长椅，甚为宽展，心下愉悦。此归，乃大学毕业，且公事所遣，归之蚤也。斯时，身近故乡，心思所恋之人心犹喜之。此归，殊异往之。今大学毕业，将分配工作，当领工资，勿需父母再助，且可反哺于家，心乐无比。

彼时，身靠火车椅背，眺望窗外之景，心胸怡然。少时，困顿而睡。蓦地，身至家门，欣喜而入，母正于庭院挽袖俯身，浣洗衣裳，乃呼母曰："吾归哉!"母柳玉莲，惊闻其声，扭首急观，果为长子，忙直腰甩手，大喜曰："已！吾儿果归哉！母夜梦之，今果是也。"于是急忙上前，接子背囊。母子相见，欣喜不已。柳玉莲望子，见其愈发清瘦，心疼数语。

话间，父潘林泉、二弟晨明、三弟晨亮、小妹晨花及祖母韩素珍闻讯，齐自北房、西厦呼喊而出。顷间，一家人笑语不止，欢声不断，熙熙怡怡也。且说正乐间，忽疾风陡至，翻墙入院，摇树撼瓦，呼当作响。铁丝所搭方洗之衣骤然飞起，猛打柳玉莲之面。晨曦见状，急步上前，手拽铁丝，以控其势。然狂风甚疾，终难控之。其思，弗能衣击其母，弗能令衣落地，倘衣落而沾泥土，需母再洗，然村中用水甚难，是以死拽不放。须臾骤风益劲，呼啸一声，晨曦俄飞空中，直抵云霄。彼大惧，高呼而醒，南柯一梦。【作者善起波澜，忽插梦境。】斯时再顾，只见身处火车之中，方知原委，乃仰靠长椅，急喘粗气。有诗为证：

十年学子寒窗冷，一日报答父母恩。
未至故园先成梦，斑烂流彩啭黄莺。

晨曦正恍惚间，有男童闹甚，蹦跳于车厢过道。彼时，有一小伙急走，愣头愣脑，手提保温壶，水尚滴嗒，尚未至家人处，老远呼曰："抑！有开水也！未想，如此短途，尚供开水哉！"【记史。彼时尚延共产主义之风，一

切为人民服务，非假也。后，火车站上厕所也要钱也。一切向钱看，时风变矣。此小事，记史证也。】

正说间，咣当一声，车厢猛簸。俄闻乓之一声，小伙与童相撞，水壶猛碰童头，足则猛踩童脚，童大哭，揉头跺脚，连呼曰：“印里登登！【土语，我的头。】印里爬爬！【土语，我的脚。】”孩童家人，忙伸臂揽怀，母望曰：“尚未将尔登登烫耶！”父训曰：“噫！何乱哉？火车将至县城，就占一疙截，【土语，就这一段路。】【此处以方言记文，点明故里。作者有意为之。此地方言，天下独奇，为国古语。闻此方言，故里之人则知记何地也。此乃以隐为现之法。雅艳斋。】则不能安然乎？”小伙家人训彼曰：“吁！何兴哉？尔不能走慢乎？若伤童，奈何？”小伙曰：“吾方走此处，彼横冲而至，适火车激簸，立撞其头也。”乃望童处，曰：“所撞不轻耳！”又眼瞅水壶。家人曰：“何也？”小伙曰：“吾观水壶撞扁乎？”一语未已，家人愤曰：“噫！尔顽甚焉！全无怜悯之心。出此事，不先观人，反观水壶，何德之有！”【写得活泼，甚为有趣。】喧闹一阵。

少时，火车抵达故乡县城车站。晨曦下车，肩背行囊，径往故园金阳庄而去。不想行至半途，生大事矣。【又起波澜之笔。】正是：

麻雀堂前语依然，雾霭道上魂惊纷。

原来晨曦至畤尚村【畤尚村，官名寿城。古代“畤”、“寿”同字。《国语》：陆、阜、陵、墐、井、田、畤均，则民不憾。《礼·乐令》疏：谷田曰田，麻田曰畤。麻不腐烂，引为寿。华夏葬俗腰缠麻绳，脚穿麻鞋，是也。寿城北为寿丘，黄帝所诞之地。西之轩辕之丘（南官庄陵）为黄帝所居，两者比邻而依。丙申荷月再补。】林荫道，仰见白杨高耸入云，挺立道之两旁。是处农田平整，皆可水浇高产。缘居丹陵之下，水源丰沛，四周泉水奔涌不歇。道南不远，有阔口水井，上置水车。斯地林荫道皆为土路，一年四季，坑洼不平。若逢雨天，人践马踏，车辙泥巴，狼藉于道。倘若晴日，毒日暴晒，泥硬若铁。人行道中，需拣平坦处走。久之，乃为道中道也。【非亲历，不得知也。写此处，非农家子莫能为之，倘为城里人，泥路不敢走也。连泥路都不敢走之人，将来又能有何出息哉？于国于民又有何益哉？】

且说晨曦肩背行囊，行走于此。遥闻道南有咿呀之声，扭首望去，只见不远处有毛驴拉水车，逍遥自适，旁有一老守之。晨曦正口渴，望之甚喜，乃拐道而去。近，水车之声愈发清幽，吱吱呀呀，响于田野。【一派农田祥和风光。】再近，又见毛驴头戴安眼，老农手拿长烟袋，坐一矮凳，【石头。】抽烟以观。至，只见水车地处圆形高台，径两丈，台侧周栽白杨树，树身均外展。再细观水车，只见水出绞链，过铁槽，入小渠，渠宽仅尺余，水清澈明透，汩汩涌前，渠内生绿毛长绦，随流飘曳。晨曦望此，伏身而饮，只觉清甜甘冽，爽身舒心。但见：

> 艳阳高照，凉风轻吹，一鞭乡陌云气蒸；白杨劲挺，清水萦绕，数只麻雀稼禾迎。天穹下，圆井台，毛驴安眼悠转忙；田地上，方石块，老汉抽烟吟赋闲。渠中绿绦，摇摇荡荡醉意；树上乌鸦，咕咕呱呱闹人。神定气闲万物平，烟罩雾腾一路拧。

饮罢而起，抹嘴甩手，悠观四方。【一幅画也。】

瞭望处，蓦见田间西畔建有耳房，耳房旁广植豆角，蔓延繁茂，高越人头。晨曦望毕，与老农相语。老农问曰："年轻人，何村人哉？"晨曦曰："丹陵金阳庄也。"老农曰："外地上学乎？"晨曦诧曰："何以见之？"老农笑曰："外出之人与蜗居之人殊异也。"晨曦问故，老农以解，且曰："身自带也。"晨曦觉奇，又与老人聊之一阵。少时，晨曦西望菜地，谓曰："老人家，此处菜地，乃老种乎？"老农笑曰："然。"晨曦曰："豆角长势葱茏，遮天蔽日，老人勤谨也。"老农曰："凡至者，皆若是言，盛赞有加，然害孕内，孰知乎？"晨曦诧然，不解其意。老农曰："此地豆角长势虽旺，然暗井藏内，长蔓漫爬四延，外不知害。某日，有少女数人拔草于此，嬉逐于内，不知浓蔓之下早有暗井以待，终一女坠亡。吾惊闻其讯，甚愤，提刀将豆蔓砍之，顷诛一片。彼时，此地种豆角六百五十九株。后，吾于井旁，再不种豆角，令人将害人之井远睹，勿使其再毙人性命也。"【菩萨心肠。】晨曦闻言，顿时神伤，欷歔半日。老农以烟袋锅猛敲臀下矮凳，曰："吾所不能赎己者，盖此事也。此地本种稻米，而令我种菜，今粮米不全菜不成。生此事，其家人怨我，吾亦恨己。丧之好女，百身莫赎！"

正说间，俄见天地昏暗。四下浓雾升腾，遮天蔽日，恶恶浊浊，来势迅猛。【又神来之笔。】晨曦惊曰："方才天尚晴朗，何变速哉？"老人环顾，叹曰："人有旦夕祸福，天有不测风云。天之意，人难料耳。"晨曦见状，辞曰："老人家！吾走矣。再晚，浓雾蔽道，恐路难行耳。"老人曰："浓雾蔽日，道不能见。汝走，定当提神留意，切莫再生灾耳！"【老农奇处。】一语未讫，老人猛敲矮凳，语曰："莫再害人耶！莫再害人耶！"晨曦别过，返道而去。

说话间，大雾至前，道路尽蔽，万物不辨。晨曦依其路熟，返于林荫道中，摸索前行。顷之，陡闻自行车声响于大雾之中，忽地雾开一隙，只见一女穿雾而出，方欲观际，大雾倏合。一瞥之间，猛觉面熟，再思，觉似春杏，然转念思之，天下安有如此巧事乎？纷思间，女子已过，俄顷又闻女子急倒车链之声，晨曦心再提起，然思未成。犹豫间，两下静之。少时，晨曦愈思愈疑。忽惊曰："斯女，莫非果为春杏乎？"忙回首，大雾蒸腾，弥漫裹天，何有人影。

彼呆立良久，魂不守舍。少焉，跺足大恸曰："噫！酿大祸也。彼若果为春杏，可将奈何？"继恸曰："方才何如是哉？何不回首一顾乎？倘若彼非春杏，扭头而顾，则损表妹乎？嗟夫！若今大错铸就，事与愿违，不适得其反乎？此番归来，所急所喜者，莫非欲见心上人乎？何临家门，则陡生此变？吾诚愚也，吾诚愚也！吾诚天下第一愚人也！"正是：

> 少时情人，浓浓情话，远隔千里盼归期；旧日情怀，绵绵情语，近距三村可睹面。一片雾，一阵风，瞬间天地倒悬；半个人，半段树，眨眼是非摇颠。情切切，归来急；影去去，思飞乱。梦中千呼表妹不一般，醒后万唤至爱非数番。有雾不见刀剑影，无云却闻雷霆声。将心割，将肺裂，将身撕，将魂抽，将骨碎，将筋摧。

且说晨曦何出此语，原来，其求学京城之时，心内惟有春杏。除此，彼女不顾，再好之，亦不眄盼。若事稍违，则觉心有不诚，以渎春杏，遂日久成习，固有今变。

晨曦心内翻江倒海，万念俱灰，急归之心戛然而止。一时，魂飞天外，人若木桩。正苦间，忽闻大雾之中又起自行车震动之声。彼时，其思正乱，尚未理清，蓦见又有一人正骑车穿雾而出。晨曦速瞥，霎时惊呆。原来，彼为春杏父也。斯时，不及多思，忙紧步迎上。春杏父亦认出晨曦，急捏闸下车。两人相问，颇为亲热。春杏父曰："吾至火车站送荣娃。其与村民往外地做工去也。"【又真事。无巧不成书也。】语毕，又问曰："今，汝则归乎?"晨曦言故。对曰："万没料到，在此相遇也！思尔所归之日，尚有时矣。"【回照之法。补春杏亦误之因。若一处说完，岂是文乎?】

数语后，晨曦问："方才，前往者可为春杏乎?"【问之，靠实。】春杏父曰："然。亦至火车站送弟也。"一语未了，晨曦顿觉五雷轰顶，天旋地转，顷间身若电击，心如刀搅，纷纷扰扰，痛苦万端。然彼将心事在春杏父前极力掩过。两人再语一番，别之。【无奈之极，苦之极。】

眨眼之间，春杏父亦被迷雾裹去，不见人影。顷之，天上地下，恍如梦幻，空空荡荡。晨曦思此，万不得解，心下泣曰："嗟夫！吾与表妹别后，相思甚苦。昔者，吾往心圣而去，如同攀岩，步步而上，不期，将至峰顶，却失手跌涧。痛也夫哉!"晨曦自知其果，乃不断自责，悲鸣三曲。词曰：

《长相思》：

长路遥，长路遥。长路相思故地巢，盈盈女儿娇。
心绪高，心绪高，心绪腾腾如火烧，不期雾逝消。

《采桑子》：

霎时霹雳云锦裂，魂魄震翻。魂魄震翻，良缘化烟，乱箭射心穿。

愚痴情重反情害，长恨无边。长恨无边，岁月空遣，长夜泪逝年。

《阮郎归》：

雾浓烟锁易情初，杏花飘水浮。落红成阵凄画图，相思言语无。

情吊影，泪模糊，长空雁字徒。一蓑风雨乍何如，孤笠不忍书。

曲罢，踟蹰于道，不得前行。隐约间，忽闻大雾之中，似有人语曰："又害一人欤！又害一人欤！"音似方才老者。晨曦循声望去，再无声也。惟雾漫迷蒙，愈发浓烈。正是：

彷徨兮沉吟，纷纷兮菴薆。

穷圣洁兮玉璧埋，道杳冥兮吁可畏。

且说春杏，原乃晨曦心上之人。彼为晨曦表妹，家住云台村，距晨曦之家十六七里，间有大坡深沟，翻上跃下，行程不易。春杏之家，乃晨曦祖母娘家。因至亲，两家年年走动。晨曦幼时常随祖母往之。春杏亦时随父母来之。彼时，惟两厢年幼，少小无猜，亦多无话。后，随年渐长，两心皆有萌动。乡野农家，无论大人、亲戚、村民，所呼孩童皆为乳名，无人呼其官名，固亲戚之子多知乳名，少知官名。待彼此长大，则受其困。晨曦与春杏则如是也。【彼时彼景若是。想城中少年无此忧，亦无此憾也。此事，非农家子难以体味耳。】晨曦少年之时，见春杏尝有"三好学生"奖状，上书其官名。然待其渐长，两厢有意之时，奖状逝矣。自此，晨曦不知春杏官名。【是此景。】同理，春杏亦不知晨曦官名也。彼时，少年之人多害羞，亦不敢问，惟恐他人知己意耳。若此，何能知之？【少年之思，大人不能全明也。】

却说晨曦幼年之时，某年春节，随祖母韩素珍往云台村走亲戚，至时，天则飘雪。是夜，晨曦宿于春杏家。此乃首次，亦为终生之惟一。乡人过年走亲戚，盖当日往返，无宿者也。然晨曦祖母例外，彼年迈，且小脚，道长路远，走半天，腿脚自疼，故当日莫能返之。再说此乃娘家，住乃常理，居数日，亦不怪也。

且说是夜，雪愈下愈大。少时，已下厚焉。晚饭罢，屋内掌灯，屋外已黑。忽地，屋外吵闹声起。细闻，乃春杏两弟。彼时，已扯一团。春杏大弟乳名荣娃，小弟乳名顺娃。春杏之父在屋内陡闻其变，忙褰帘而出。彼时，晨曦正观雪于房前屋下。春杏父出，问二子曰："何事？如此吵闹乎？"荣娃曰："彼不予我炮！"春杏父观之，见顺娃手内攥数炮，不予。荣娃则一手提灯笼，一手抢夺，顺娃固执不予，扭身躲闪，春杏父忙断官司，半晌语妥。少顷，父令顺娃放起火。顺娃执其细竿，未多问，父已将药捻点燃。霎间，起火嗖喷火焰，顺娃不知所措，反紧纂起火细竿不放。彼时，起火摇头晃脑，嘶呜有声，火焰直喷顺娃之手，顺娃唬得尖叫。其父见险甚，忙惊呼曰："快撒手！快撒手！"一语方出，顺娃应之，起火呼啸入天，顷炸空中。父惊曰："太悬矣，几出乱哉！"又告曰："此乃起火，喷火后自得松手，焉能紧攥不放，将尔几炸乎？"【何不语前，反语后哉？】语过，父子三人嬉笑。

父子正乐间，春杏掀帘而出。其身着崭新花衣，立晨曦迎面，观彼等玩乐。是岁，春杏稍长，渐省人事。立斯，晨曦已有异觉，内心蠢动。彼望春杏，春杏望彼，且与之一笑，脸儿甚甜。晨曦心头顿生蜜意。正斯时，春杏父执雷炮，令晨曦放之。晨曦方接手，尚未定神，春杏父已将炮捻点燃。不期，炮捻燃速极快，未及反应，疾入而内。晨曦急抛，顷炸手边。晨曦蓦觉手指麻烧。因夜黑，未吭一声，将事掩过。待返屋内，偷觑，只见食指业已炸黄，指甲划之，皮肤已硬，灼烧麻痛。【少儿放炮常有之事。然严重者，晨曦惟此一也。】论龄，晨曦长春杏三岁，春杏小晨曦三岁。春杏自幼，清雅秀丽，随渐入妙龄，愈发美生。晨曦自幼，誉绝俊之童。惟各幼，众皆不知日后生情，且爱弥深，始未料也。

晨曦村居丹陵，其陵高大，三面临空，北依绵山。春杏家居绵山西北。两家走亲戚，西绕绵山而行。且说晨曦幼年之时，某日随祖母适云台。晨曦且走且望绵山，谓祖母曰："吾走半日，何绵山照旧，形未移乎？"韩素珍曰："绵山既大且远。吾方走之，何能速见形移欤！"祖孙踯躅于道。少时，韩素珍曰："晨儿，汝日睹绵山，可知绵山旧事乎？"晨曦曰："何事哉？"韩素珍曰："绵山，古称尧山、封山。春秋时，晋国公子重耳逃亡，途无食，介子推割股奉君。后返国，重耳登帝位，介子推不受其禄，负老母归隐绵山。【此地，尧诞之地，圣地也。斯地出帝王，出国之英才、德隆之士。人杰地灵也。】重耳得知，亲往绵山踏寻。至，不见人影。从者献言，举火焚山，【今，绵山林木皆无，寸土皆失，惟石山雄立。】以图此处焚，彼处出焉。不想火起，终不见人出。火灭，众入，则见母子抱柳而死也。"【重耳削柳桩为履纪念之。"足下"之词则缘斯也。】晨曦闻之，怆然不已。

韩素珍曰："绵山四周皆平，惟斯山独隆。吾孙儿可知绵山之由来乎？"晨曦曰："弗明也。"韩素珍曰："远古之时，二郎神担山追日，走至是地，觉鞋内有碜，磕出，则为是山也。"【奇哉。当地神话。】一语未了，晨曦惊曰："噫！一磅巨此乎？若是，二郎神何伟哉？"韩素珍曰："倘不伟，焉能担山追日乎？"继曰："二郎神鞋内尝磕二磅，一大一小。大者如是山，小者则为又山也。"【又奇哉。】晨曦惊问："噫！彼山何在？"韩素珍曰："丹陵之西也。"晨曦曰："可睹乎？"韩素珍曰："天佳，立陵西崖，举目远眺，隐约可见。"晨曦问："今可睹乎？"韩素珍昂首望天，曰："至，看其何如？"但见：

> 大河之东，太行之西，五台之南，王屋之北。山环水绕田林茂，麟走凤栖尧舜道。四围烟腾迷雾重，一山云穿青天迎。众倭倭，独崛崛；众喑喑，独谔谔。迎旭日，送落晖，临寒风，顶霜雪。擎天地，佑子孙，妆风景，流诗韵。身乃神郎一粒沙，仙意氤氲，灵通天涯；气接瑶池万倾波，风声激荡，雷贯琼阁。

晨曦仰观红日，昂首西望，以期所至。

少顷，晨曦又谓祖母曰："吾径西往，可至天边乎？"【大荒外西行先由。】韩素珍惊曰："吾孙何生此念耶？天边者，极远之地也。吾之人，焉能至乎？"晨曦曰："天，果真有边乎？"韩素珍曰："汝祖父言，天圆地方，地之头，则天之边也。"晨曦曰："天边何样哉？"韩素珍曰："祖母未至，弗明也。惟闻西天有瑶池，乃王母娘娘所居之所。倘至瑶池，则至天边也。"【草蛇灰线，千里伏脉。】

已而，丹陵西崖至。晨曦与祖母伫其上，极目西眺。只见极远处，隐约可见一芽小山，青峰孑孑，峭然峻拔，远矗天地之际。【晨曦西眺，果有此山，当信祖母所言不虚。后晨曦问父，父则不知。可见，凡事当遇有心人也。再记。】晨曦问曰："彼处是乎？"韩素珍曰："然。"晨曦奇之。少选，晨曦谓曰："吾长大后，定远走天边，观其何样欤？"韩素珍曰："吾孙又说胡话也。孰能走至天边也。"晨曦曰："吾径西往，抑不至乎？二郎神犹担山追日，况吾独西而不能乎？"韩素珍笑曰："人，焉比神哉？"晨曦曰："吾定能成！有腿则走，何惧哉？诚若弗能，则骑大马，驰骋径西，焉有不至之理乎？吾定西谒瑶池，看瑶池何样欤！【千里伏线。】归，告之祖母，宁不乐乎？"韩素珍笑曰："诺！惟路遥耳。"晨曦曰："吾不惧也！"【晨曦少年之志。初当不凡，则有后事。书之铺陈，故事展矣。】韩素珍手抚孙头，慨曰："吾孙长大后定有出息，比尔父强之百倍。尔父吃鼻屙脓，死者不敢抓，活者不敢拿，甚而说话，亦唯唯诺诺，哼哼不叽半日，诚窝囊废也。"已而手扶孙背，又曰："俗说，人起小看大。祖母观之，吾长孙绝非凡辈也。今尚孩孺，则有此志，明日之志将何大欤？吾观，已日之家弗能囿尔也。汝志定在远方，定在天下也。惟长大后，尔父弱，则需稍顾家也。"【作者下笔甚重，意深味永。此乃全书机枢。读者当细察之，能体味甘苦也。雅艳斋。】

语毕，韩素珍心下凝重，默无一声。彼时，晨曦闻祖母语，亦未全明。有诗为证：

家寒父弱三代过，祖母操劳心虑多。
今看长孙非儒懦，长慰肺腑越土坡。

欲知后事如何，且阅下篇经传。

史公曰："少年，纯真无邪，情痴心诚。熠熠之光，耀照终身。人一生，情中过也。有情，红日升隆；无情，暗夜昏冥。故往之事，纷纷纭纭。惟难忘者，情深氤氲。"

三经

巷口，古井。

众社员，辘轳绞水，聚而畅语，言解放台湾，实现共产主义。

晨曦车载祖母，疾驰云台。

路半，遇坑凹，人车骤翻，祖母拐杖飞远。

正月，串亲，晨曦遇春杏于户，独而无人，两厢语轻，心蠢动。

夏，春杏与母如金阳庄，见晨曦。

春杏娉婷玉姿，大姑娘。

临走，春杏入北厦，独谒晨曦母，母惊喜不已，热情而语。

巷别，春杏、晨曦轻语一二。两厢顾盼，怅别而去。

三传

众乡邻辘轳话心君　独春杏菡萏探情人

诗曰：

绵绵柔语少年起，玉手纤纤雪满畦。
娉婷婀娜摇芙蓉，斑阑光艳落虹霓。
檀郎仙女两贴对，流盼芳情双眷迷。
意蜜并肩行村巷，从此远地念菊衣。

话说晨曦归来，径往金阳庄，行至飞云陵下，陡遇大雾，雾见一女，骑车而过，一时未辨。待思定，追悔莫及。晨曦幼时，常随祖母诣云台，一老一少行之，且语且走，弥多温馨。且说是岁隆冬，大野万物凋零，荒芜萧煞，惟田间柿树铮铮，虽霜叶落尽，然枝干遒劲，冠顶，偶有不落之柿，色红，傲立寒风。【寒冬萧煞，难灭红也。红者，不畏严冬酷寒。红柿伫立寒风，品自高也。在此，作者应补《柿树吟》方是。若书不纳，后见亦佳。甲午冬十一月十八，公历2015年1月8日补记。唱叹轩。】旁之小道，祖孙二人，行走其间，两腿兼尘。因路遥人銔，【銔 guai：翼城黄帝语。困，累。黄帝造字：走路衣上多灰，必銔。】往返两地，颇不易也。后，晨曦十岁，家购崭新飞鸽自行车。此后，晨曦祖母再走娘家则便利多矣。

且说晨曦之家本窭贫无盈，何陡间能购自行车乎？说起缘由，乃晨曦父潘林泉教书绩优之故。是年，其所教数学于公社联考夺冠。彼时，潘林泉工资甚低，二十九元五角。有此佳绩，工资破格上调两级，再加补发，一日领钱一百五六十元。钱如是多，何用之？晨曦母柳玉莲意购自行车。议定，再凑钱，花一百八十元购之。是年，全县惟进飞鸽自行车四辆，潘林泉购其一也。全村罕事，【晨曦父母荣耀事也。】一时佳话。看官若问，潘林泉何有如此业绩乎？盖钻研学问深也。潘林泉平素善思，且多巧法。如学生学圆形、环形、带形、梯形、扇形、偏环形、直角三角形、任意三角形、菱形、圆柱形、圆锥形、圆台形等诸多几何形体面积时，对其公式极易混淆，而潘林泉则研出一法。谓生曰：“汝等莫怯！诸形体公式虽多，然用我一法，悉可解之。且以一贯之，纵千变万化，抑易如反掌耳！”【实事。】其编口诀《十二合一》。诀曰：

圆台带结全梯算，内孕扇形和偏环。

□□□□□□□，勾股圭菱乘折半。

后，县集师观摩，聆其授课。

然观摩课上，陡生一事。原有一人当堂发难，彼乃所谓县数学权威之一也。其呼曰：“此法不准！”一语出之，众师生大惊失色，皆骇然齐观。潘林泉陡闻此变，虽猝不及防，然其真理在手，毫无畏惧，不慌不忙，笑曰：“尔道，书中公式可准乎？”彼曰：“然。”潘林泉曰：“若是，尔观之！”语罢，奋臂推演，顷间导出。霎时，众师叹服之声一片。发难者则瞠目结舌，默无一言，顿失其尊。此乃辱人者辱己也。【实事。】潘林泉尚创有圆面积诸算归类歌诀。诀曰：

周自乘之约十二，径自乘之七五乘。

周径与乘四归是，半方再与派相乘。

除此，潘林泉尚创有隔河测距仪等诸多教学仪器，后又于绘画领域发明倒变画，正观青山，倒观雪山。【潘林泉觉此为终生至高成就，然其国画写生更佳之。】一时，睹者皆惊。有号曰陇山翁者写诗赞曰：

砚笔诗画诗笔砚，先人一步一人先。

乾坤妙运妙坤乾，山连水来水连山。

却说一日，晨曦学自行车归来，见祖母，喜曰：“吾能骑自行车也！倘祖母再走亲戚，吾当载而往之。”韩素珍曰：“吾孙方学，当已善乎？”晨曦曰：“嘻！已成老把式也！比祖母重者犹载之，况祖母乎？”韩素珍笑曰：“能载则好。吾长孙长大成人也。”且说某日，韩素珍果往云台，问晨曦何如？晨曦愿试车技，兴口应之。是岁，晨曦仅十龄，年尚幼，身小，力尚薄。彼时，其骑车之时，臀不及座，则跨车梁直立而蹬。【彼时自行车高大。因年少，莫能坐而蹬之。】晨曦学车之技所进甚速，乡间小道已能应付自如，若遇砖、石、坑、壕、楞等障，悉可轻松躲闪，穿行而过。若道平坦，则可手不执把，车越如飞。【颇谙此技。】

此行，乃晨曦首载祖母也。其方出院门，则令祖母坐之。祖母捱之半时，始坐正。晨曦推车而蹬，嘎哒一阵，方掠梁而上，蹬骑之。俄顷车拐数弯，至潘家巷口。彼时，巷口有水井，众人绞水候之，谈论说笑。有名赵留山者，遥见晨曦载祖母而行，颇奇，前行数步，至路边，高声语曰："噫！晨曦已能车载祖母乎？"韩素珍喜曰："少年郎不吃十年闲饭也！"【当年，祖母如是语。】众人望之，亦皆惊奇不已。晨曦无旁顾，专心骑车而过，出巷至街，径西而去。

却说巷口，所聚众人，除赵留山外，尚有池光明、郭宇簿、池寰旺、任翥图、佘薄砥、惠金墨、库诗望、方枥骧、支耒骎、巩稔维、单倪阂、朱立仁、伊植福、田桑积、吉忠喜诸位。外人不知，绞水者何候多时欤？乃金阳庄水井颇深，深有二十余丈，绞水之时，井绳两端系桶，此上彼下。固绞水之事，颇费时费力，所以候者多，候时长也。

彼时，众人正谈天说地，畅论国之大事。【彼时，生产队时期之常态。】池光明曰："吾等年年说解放台湾，何尚不开战乎？当今，已建国二十有年矣。"一语未了，郭宇薄曰："何急乎？"池光明曰："吾闻国际有规，倘五十年国之不统，彼则独矣。"众人乍听愕然。池寰旺曰："嗟！何处闻之？莫说国际有无此规，若有，亦勿需候之五十年也。"众人曰："再不需多时，台湾定解放也。"任翥图曰："五十年之话，吾亦闻之。"众人曰："嗟！吾弗信，五十年后，彼能独之。"众人吵闹，莫衷一是。佘薄砥曰："绝非如此。台湾若独，无门也。"池光明曰："何知哉？"赵留山曰："彼等争执不下，赌誓哉！"佘薄砥曰："赌亦废话。若干年后，是焉非焉，孰认账乎？"池光明曰："吾绝不反悔！"惠金墨曰："快闭嘴！至时，尚不知尔在何处也！"

库诗望曰："台湾若独，做梦耶！惟毛主席不愿攻之，若攻，早收囊中耳。台湾何大？均之山西，能半乎？"方枥骧曰："三之一也。"支耒骎曰：

"尔等不明其因。台湾者，美帝撑腰也。"巩稔维曰："美帝何惧？昔者，抗美援朝之战，吾等早将其打怕。至今，不敢犯我也！【自豪语。】毛主席说，凡反动派者，悉纸老虎也。莫观素日耀武扬威，尾巴翘天，若打，如夹尾狗也。"库诗望曰："今者，吾国力弥强。毛主席说，吾等需有强大陆军，尚需有强大空军与海军。吾每户所发之画，皆有此图。县粮食局八字门壁亦有绘也。【记清。】倘若毛主席一声令下，解放台湾易如反掌耳！"方枥骧曰："吾必解放台湾，勿令同胞久受压迫、剥削之苦也。"

少时，话题则转。单倪闵曰："吾新中国发展甚速。数年前，当问何为共产主义时，人曰：'电灯电话，楼上楼下。点灯不用油，耕地不用牛。'【晨曦父母辈常如是说。】彼时，吾等尝思，倘若如此，不知需何许年哉？不料，今多成真也。其一，电灯入户，明光灿灿，绝非昔日小煤油灯可比。【切身体会。】煤油灯者，灯火若豆，光照尺寸。倘若捻小，照之不明；倘若捻大，黑烟冒屋。童子读书灯下，至晨，鼻孔尽黑也。其二，村庄通电，大队磨坊已有电动磨面机。百斤之麦顷间磨就，毋需再转石磨也。众忘之，昔推石磨时，不勴【勴 lü：翼城黄帝语，累。黄帝造字：累用力也。】死人乎？"【石磨磨面，繁重体力也。晨曦幼时，家有石磨，父母圈圈而推，晨曦帮之，祖母罗之，甚辛。】朱立仁曰："今者，非但不推石磨，且石碾亦无用矣。至电动磨房，谷倾斗中，电闸一合，顷间米乃米，糠乃糠也。"伊植福曰："吾巷石碾，早成摆设。日间，为稚童玩耍之处。"任翥图曰："倘至秋日，碾韭花辣椒，尚有用矣。"伊植福曰："惟此而已。"郭宇薄曰："噫！田桑积家石磨房今亦无用矣。其石磨巨大，人力不及，需牲口方成。今，牲口皆生产队有之，村又有电动磨面机，其石磨房再无用处，且磨房内光线昏暗，当早拆之。"语毕，又谓田桑积曰："尔家磨房何时拆之，若拆，招呼一声，吾必助之。"田桑积曰："何急哉？吾自留也。未来或有大用，也未可知。"郭宇薄曰："吁！有何用哉？其内尽堆柴火，乱甚。若深夜，望之甚墠。【农家院落常怕墠字。】尔不害磔乎？"【害磔：翼城黄帝语，害怕。磔，古刑法。裂也，剐也。即裂刑，剐刑，故见惧，乃害磔。】田桑积曰："有何惧哉？人自唬也。世上本无鬼，何以鬼惧之？吾家磨房拆否，与尔何干？尔莫咸吃萝卜淡操心也。"众笑之。

忽地，单倪阏曰："说起人之本事，甚奇也。当今之人，甚能。无有不能造者也。"池寰旺曰："能造人乎？"惠金墨曰："噫！何出此言？人乃娘肚生，安出钢铁乎？"赵留山曰："人倘钢铁出，娶妻何用？至夜，搂钢铁而睡不则成乎？"众怪笑。吉忠喜曰："近闻，吾村欲购东方红拖拉机也。若是，诚乃耕地不用牛也。诸生产队头牯圈亦应废之。"赵留山曰："若是，看头牯圈之杨万福者，则不能占头牯粮便宜也。"田粲积曰："尔莫胡言，彼无此事！尔莫见，其将头牯饲养得膘肥体壮，力甚健耳！"伊植福曰："倘若生产队之地悉被拖拉机所耕，吾等何为哉？"赵留山曰："𫝀【𫝀 dou：翼城黄帝语，都，悉，皆。】妋大觉【妋觉 fu jiao：翼城黄帝语，睡觉。黄帝造字：睡，男女同寝，男权女伴，故妋。】帠【帠 qi。】，一觉妋至半饭时，岂不更好。至时，全大队之地二三人种之，则成矣。譬如晨曦与祖母将电钮一按，悉善之！"众笑。

佘薄砥曰："尔想何美哉？汝不动弹，则令稚少老妪养尔乎？"赵留山曰："吁！吾岂能游手好闲乎？彼时，晨曦与祖母按电钮，吾为其夏日扇扇，冬日添炭。何如？"佘薄砥曰："若是说，尔尚有用乎？"赵留山笑曰："嘻！尔以为吾乃废物哉？"佘薄砥曰："常言曰：'共产主义乃天堂，无文化者不能上。'尔乃大老粗，斗大之字不识一二，共产主义天堂，汝能攀之乎？"赵留山曰："嗟！众皆入共产主义，独弃我于外乎？彼可按电钮，吾不能乎？吾文化不够，机器不能造，按电钮尚不善乎？"方栃骧曰："尔想美哉？"赵留山曰："嘻！孰不想美耶？尔搂妇，何思美哉？"众佥指而大笑曰："狗嘴吐不出象牙，三句话不离本行也！"【井旁之景，亲历也。当年，则如是语。作者实写，无虚笔也。当年打赌之人，不知今睹此文，将何观之，彼尚认账乎？言按电钮之赵留山者，数年前已逝矣。叹叹！癸巳夏，丰中园。】【共产主义，中国农民渴求之地。毛泽东时代已睹共产主义曙光。短短二十七年，人间天翻地覆也。二十七年，弹指一挥间，中国劳动人民从数千年阶级压迫之桎梏中解放出来，实现人人平等之社会制度，无压迫、无剥削，夜不闭户，道不拾遗，天下同心，互助友爱，社会无压力，生活无忧愁，白天劳动，黑夜唱戏，四处歌声、笑声、欢乐声。社会大善大美，有难同当，有福共享，有敌同御，孰能撼我共产主义大厦于一毫欤？孰能夺我劳动人民权力

之一丝哉？惜时日甚短，吾未及竭力，憾痛伤永也。丙申蒲月记。】

却说晨曦载祖母出村，抄田间小路而去。道者，雨天车马践踏，坑凹不平。路干，车辙脚印，为楞为块，坚硬如铁。斯时，若遇此路，自行车定难行也。且说晨曦此途，正遇之。其将车行至坑凹处时，祖母车后遥见，曰：“前之难行，吾下车为善。”晨曦曰：“祖母勿下，坐稳。吾径越之。”说罢，急蹬，加速冲前。不料，车轮陷槽，夹之不动，倏地仆地。晨曦冲出数步方止。祖母随车仰倒，拐杖飞之甚远。晨曦见状，羞愧满面，脸烧若炭。【睹文，笑之。当年若是。】彼忙扶起祖母，赧颜曰：“不想此处甚难行也。”韩素珍曰：“无事也。大凡骑车，焉有不倒者乎？此处皆坑凹，过之则好骑也。”有《好事近》一词为证：

村道坑凹常，日晒泥翻石刻。雨雪不闲践踏，累深痕粗辙。

农家年少气贯云，山河写青册。濡墨弯弓风烈，看大荒词客。

此番骑车跌跤，晨曦甚觉难堪。昔者，其骑车载人从未有仆地之事。不想此事竟落祖母之身。本想夸耀一番，不料事与愿违。俄顷越过坑凹，晨曦复载祖母而行，一路顺当，不在话下。

且说家有自行车后，韩素珍往云台村则甚便利，往之多矣。如此数年，晨曦渐大，春杏也至少女时节。某年春节过后，晨曦走亲戚至云台村。彼时，唯见春杏一人在家，旁无他人。晨曦则坐于火台旁之炕沿，与春杏相语。春杏则为晨曦备饭，来回于晨曦身边，时而语之。且说正话间，忽闻堂屋似有人响之声。晨曦纳罕，继闻含混不清之音，晨曦犹惊，忙望春杏，两眼惑之。春杏曰：“咱姑！”【当年，是此语，一字不谬。记清。】语出，晨曦心明，扭头观外，果也。斯姑者，名曰变娃。彼时，其人已至中年。晨曦记事之时，彼则疯矣。晨曦怜之。而春杏语“咱”字，音殊重，情殊浓。晨曦陡闻，觉有殊感猛袭心头。彼两眼望杏，浑身立滚激流，骤然而热。【晨曦与春杏之情，虽生发较早，然斯时尚明。】

斯地，炕沿火台之间甚狭。春杏往来走过，两人身几触之。是岁，春杏正值豆蔻少女之期，非昔稚幼。彼时，其穿黄底白菊棉衣，下穿藏蓝棉裤，脚蹬枣红棉布新鞋。炊间，腰系蓝花围裙。春杏忙之，晨曦坐之。两人矜持，话语不多，然彼此心下翻腾。稍坐，晨曦起身辞别。春杏曰："少待，吃饭再走。"晨曦曰："尚有数户亲戚需走。若晚，不能尽之。"春杏遂送晨曦于庭院门口，别时，两人又数语。春杏眼望晨曦骑车而去，待人影拐过胡同，方入院门。归之北屋，身倚门框，怅惘久之。

却说某年大热天，晨曦放暑假，归家。某日，春杏与母骑车适金阳庄。斯年，春杏已长成大姑娘，若果熟透，浑身流韵，面庞光灿艳丽，愈发秀美撩人。【春杏之美，数笔勾勒，活脱而出，状如其人。】晨曦望之，心头颤动不已。春杏母曰："吾等往县城，路过探姑也。"【此乃托词。有乡野农家之历者，方知其故。后文亦有此也。】其入西厦，与晨曦祖母而语，晨曦与父陪坐。临走，至院中，春杏推自行车，将车后撑方打起之际，忽扭头望晨曦，谓曰："大妈在屋乎？吾拜谒之。"【此一语，晨曦记之半辈。惟后尚有话耳。人之美，情之笃。惟爱，旁则不顾，是谓撼天震地。叹叹！】一语未已，将自行车复撑，径迄北厦。晨曦闻言，内心猛震，陡间浑身血涌，忙伴而去。院内，春杏母、晨曦父及祖母三人立于原地，望而候之。

春杏步履轻盈，诣北厦，拜晨曦母，亲热曰："大妈！吾走矣！"彼时，晨曦母正和面，手在盔中，满粘面团。俄见春杏至，与其语，心头乍喜，忙将手拿出，笑曰："杏儿！汝走乎？"春杏揽晨曦母臂，热情曰："然！今日路过，来家探望。"晨曦母曰："数年未见，杏儿已成大姑娘也。"两人热语一阵。晨曦母送春杏出。春杏谓曰："大妈！莫出之，吾走矣。"【作者实写。此举感动晨曦半辈也。春杏若睹此文，不知作何思哉？】晨曦之母，素勤劳朴实。因早年受难，后渐不知收拾，屋内常乱，衣不整，发扎一头。【今读之，见母苦。诸多往事皆涌心头。想吾母受辱，心酸下泪也。今批，泪水不止，哭哉！泪笔。】【真也。闲补一笔，即为此，亦为彼也。千里伏线，后有其文。丰中园。】故村人亲戚，悉知其故，内心有数。不想今日，春杏忽地专拜，晨曦惊喜不已。

春杏此举，深撼晨曦。其惟记，此乃母受人敬重之隆者首也。晨曦深解春杏之心。春杏出北厦，晨曦亦紧伴其侧，【走近矣。此为所恋也。】举止之间，春杏亦深谙其意。两厢心明，暖意融融。春杏与母走，晨曦及父、祖母齐送之。少顷，众出茁壮园【又点老宅名。】大门，春杏母谓晨曦曰：“汝何时返校乎？”晨曦曰：“数天之后。”春杏母曰：“汝在大学，衣孰洗乎？”【以探虚实。】晨曦笑曰：“某也。”【明告。】已而又曰：“校内有水房，皆自来水。冬日尚有热水，便利也。”语毕，晨曦望春杏，春杏两眼对视，倏忽低头，手推自行车，目直视前轮。拐过数弯，春杏母谓晨曦祖母曰：“姑！汝等皆回，莫再送也。”彼时，春杏抬头，轻谓晨曦曰：“吾走矣。”晨曦亦两眼望之，柔声曰：“路上慢行哉！”春杏点头。彼时，其愈发双目炯明，姿容婉美。须臾，两厢顾盼，惜别而去。

且说春杏与母出潘家巷，走至金阳庄大街。春杏推车，两眼仍直望自行车前轮，目不他顾。母曰：“杏儿，吾观晨儿，有其意也。汝二人，亦颇般配。”春杏欲言又止。母曰：“晨儿若有意，吾可将话挑明。惟不知其在大学可有意中人乎？”春杏曰：“应无也。”母曰：“吾闻其语，亦应若是。倘若有之，衣何自洗乎？”稍后又曰：“然亦心有不安。”春杏望母。母曰：“吾心仍有忧也。一则，晨曦绝佳，学优。大学之内，焉无女喜乎？此者，惑一也。【是极。】二则，当下年轻人婚配，兴大学生互偶。彼艰难考中，跳出农门，成为公家人，岂能再寻农家女乎？安能再回家种地乎？【是极。】此者，惑二也。大凡人者，孰不为己？孰不为己盘算耶？倘若彼以大学生为偶，将来双职工，两人挣钱，生活无忧。何寻苦哉？”【春杏母理之极当，然亦乃春杏最怕之语，亦为事废之祸首。】

一语未了，春杏心头又如刀搅。其所惧者，正斯也。彼时，母又出此语，春杏力又顿消，浑身塌软，半日仅无一语。良久始曰：“吾觉彼非此也。”【心头直觉，亦真情所在，希望所在。】母曰：“晨儿之家，家境甚劣，明摆于斯。吾每至此，心重千斤，似能将人压垮也。此事，汝当慎之。”春杏曰：“吾早言之，光景人闹也，焉能万事不变乎？”母曰：“男女婚事，终身大事。吾女千万思妥。汝若嫁晨儿，吾心亦喜。惟……”春杏闻此，忙阻曰：“母勿再言。彼心吾知也。倘若其心有人，言行自不同耳。【语是。】斯者，最不能骗人，吾能感知也。母毋操心耳。”【恋中人，感知最深。亦乃春杏自信之语。】语未毕，母抚女背，再无语也。有诗为证：

晨曦生在贫寒家，房旧人多浓苦茶。

杏妹不嫌情犹浓，多年不忘映彩霞。

欲知后事如何，且阅下篇经传。

史公曰：“人生匆匆，眨眼之事。老来忆昔，故人故情。惟难忘者，至情，至纯也。不嫌贫贱，不论富贵，惟斯人，余则不顾，何等撼山震岳哉！人生，情为要耳。真情比山重，比黄金贵也。世浊，悲也夫哉！”

四经

晨曦毕业归，父言惊天语。

三月，春杏订婚，人非昨。

晨曦闻，天旋地转。

潘林泉语两家亲缘。

春杏父母呼晨曦祖父为舅，呼晨曦祖母为姑。浑沌廓清，苦难相连。

晨曦祖父之妹嫁云台，未几病亡。祖母拾尸骨，秀发依然。悲甚。

月夜，树影上窗，心碎。

翌日晨，晨曦如云台，急探春杏。

远而望屋，心乱不宁。

四传

父林泉辨昔释困疑　子晨曦察今思明策

诗曰：

欢歌一路家乡奔，未至故园梦成空。
夜火豆灯荧壁红，浓情厚意照堂明。
痴心不改真诚誓，鸿阵犹思儿女盟。
纵至山穷天尽头，亦休言弃抛月轮。

话说某年暑日，晨曦大学放假归家。春杏与母骑车至，以探晨曦虚实。彼时，晨曦春杏两人相见，各自成人，两厢喜悦，爱意弥深。临别，春杏特卑【卑 qi：翼城黄帝语，往，至，去。黄帝造字：由，缘由；下之二竖画形腿。强调主观性。】北房拜谒晨曦母，颇动晨曦之心。自此，春杏于晨曦心内固甚。后，晨曦再赴京城上学，则心盈情笃。春杏亦然。两隔天涯，心犹近之。今晨曦毕业归，将至家，不期半路生事，归而苦闷，又闻父一语，霎时心头再刃。俄顷，万念俱灰，周身寒彻。

潘林泉曰："稍前，春杏父见我，言春杏定婚矣。"一语未了，晨曦浑身震颤。急曰："订婚何人欤？"潘林泉曰："狼窝沟之户也。"霎时，晨曦闻言，眼前猛黑，浑身力去，上下瘫软，心下百般挣扎曰："何如是哉？吾两人心底澈明，何出此事乎？往日之事，安骗人乎？吾心中春杏，美丽温婉，何陡变恶魔，獠牙利爪以袭我乎？"【经过之人，方有此语。】其不敢信，然父语凿凿，无半点含混。

嗟夫！晨曦一日之内，连遭两创，心下痛苦万分。思曰："春杏之龄尚少，虽农家之女订婚早，然亦太早矣，何不能候我半年乎？【一厢之情，两下不知。若知，弗有此果。三十年后见春杏，初见，春杏不敢识。后，春杏语，当年不知晨曦大学地址也。叹叹！】何无一语，而订婚他人欤？”晨曦百般疑惑。潘林泉曰：“吾闻春杏父言，目下春杏长大，上门提亲者众，且尚有亲戚家也。唐城村尔之老舅家，则提婚也。春杏瞧不上其子，然两家带亲，拒之难堪。春杏父曰：‘回绝谁家，得罪谁家。’乃令春杏早日订婚，故择狼窝沟之户也。”【是此语。】语毕，晨曦甚觉荒唐，心下愤曰：“此乃何理？恐他人提亲，而早订亲？违其愿，亦为乎？匪夷所思哉！”

晨曦生于新社会，长于红旗下，婚姻自主，恋爱自由，乃彼时人之权利，亦乃此生之幸。抑父母包办，媒妁之言，渐成旧话。自由恋爱已成少男少女之向往，晨曦犹然。其早年读书，心自憧憬，思自觅爱，然心意，多不与他言。其思，若通媒妁，必损其味，故不为俗风所屈。彼时，其心下虽深恋春杏，然亦有虑，何虑哉？血亲之忌。此虑，素横亘心头。待某日，父言其详，方阴霾散尽。

潘林泉曰：“汝祖父母之婚，换亲所致也。”【旧社会真事。】此言，晨曦早闻，惟无深思。潘林泉曰：“旧社会者，穷人之地狱，地主老财之天堂。穷人家无房无地无钱，子长而不能婚者，则换亲也。彼年，吾先祖家贫，尔祖父二十八岁尚未成婚，曾祖父母则以女换亲，遂成汝祖父之婚。如此，汝祖母嫁此，汝祖父之妹嫁彼。然旧社会缺医少药，汝祖父之妹嫁后，不数年，得疾而亡。”又曰：“汝尚不知，汝祖父之妹因嫁后逝早，无子。”斯言，晨曦似闻。祖母尝曰：“尔祖父之妹去世早，后吾与其迁坟，拾尸骨，肉已化土，而发黑且长，鲜如生初。睹此，吾心甚痛。惜其芳年早逝，悲也夫哉！”祖母语此，甚为动容。晨曦闻之神伤。今父又言，晨曦再闻。潘林泉曰：“此乃春杏父母呼尔祖母为‘姑’，呼尔祖父为‘舅’之故也。”【早年，晨曦不知其意。】言讫，晨曦辨之半晌方明。潘林泉曰：“春杏祖父非亲生，而为抱养。彼时家中女多男寡，乃抱养春杏祖父也。”【且奇且真。】一语未已，晨曦悟其奥，始解长日郁结。原来，两家虽为至亲，然晨曦与春杏却无血缘之系。【若能成婚则幸，然终空矣。】正是：

表妹相恋，血缘横隔。爱意之中添忧丝，情伦之理搅愁缕。肤如雪，腮似霞，眼含秋水，眉隐黛山。常日来，心中圣地长相守；彩云荡，意里琼阁独孑立。窗外石榴横枝遮月，室内灯火摇头照人。扑嗖嗖嗖，鸡卧高枝傍房居；呼闪闪闪，帘垂深堂盘腿坐。一语解开沉枷锁，三更迎来暖红日。

闻此，晨曦甚为兴奋，庆幸天下竟有如此巧事。彼恋表妹春杏，而春杏与其适无血缘之忌。顷间，彼将老天爷感激不尽。

彼深知，因其家庭拖累，不论多佳女子，见其家，多摇头远之，固晨曦心头暗影渐笼。且说今日之变，虽感意外，亦觉在情理之中。其思曰：“吾家境诚劣，纵春杏百之愿意，然其父母亦难免有世俗之思。”【所虑之细。】又思曰：“倘若春杏之心生变，亦未知也。”【难免生疑。疑从俗来。】然此念方出，则立否之。【吁！作者又将念返回，让我批书不及矣。】语曰：“非也，非若是也！春杏非斯人。昔日之情，真而不假。其言，其容，其目，其声，明而不虚也。”【一波三折。心动真情，爱自心生。此番话，非爱者不能出之。】

晨曦虽心喜春杏，然两家路遥，谋面素少。再者，春杏小其数岁，晨曦觉斯事弗紧。依校之例，谈婚论嫁之事，须至大学毕业之后，故未急处。大学内，其思春杏，无以倾诉，心下默语，期攒多话，以归倾诉，故日夜以盼归期。心下常曰：“春杏与我两厢适甚，互为般配。吾二人情投意合，两心相悦，且同出农家，又自小青梅竹马，互知互解，若二人成婚，携手人生，同沐风雨，大幸哉！”若此之思，日复月复也。

吁！且说人生当经风雨，方知世之何味，情乃何物，自此尝也。今大学归来，忽遇不期之事，心下悲痛万分，好生凄苦。倏地，彼又思起春杏之思，曰：“此变，吾心苦，春杏不苦乎？吾与春杏雾中错过，彼将何思哉？此果，彼心不痛乎？”【好人也！】又思曰：“倘若春杏尚念两厢之情，何订婚他人，而不稍候耶？”想此，自又烦躁，一时心苦，遂哼唱一曲。曲曰：

喜望岭头乡路走，一摇一颠步儿稠。不期半途遇阴风，乍时身跌碰破头。心也裂，血也流，只是无处觅根由。

怨命苦，恨老天无情夏化秋。若非，何释琼楼逝雾洲。雁过处，暮云愁。

乡村夤夜，静谧之极。潘林泉见长子千里远归，话语不尽，直至夜深方休。晨曦寝于老屋北房东间，虽颠簸数日，路途劳顿，然待夜深，依然两目圆睁，毫无倦意。斯时借油灯之光，环顾四壁，只见墙皮天长日久，烟薰火燎，业已成黑，【交待所处环境，亦真景。】而壁上之画尚新，则使房间焕发春意。

是时，其心无意趣，万念俱灰，遂聊观四壁。壁有数画。一者，珠穆朗玛峰，冰雪皑皑，傲然天外，巍然屹立，风吹云荡。二者，南京长江大桥，行人熙熙，火车轰鸣，工农兵雕像及三面红旗矗立桥头堡。三者，红旗渠，崇山峻岭之间出人工天河，世界奇迹。四者，革命样板戏智取威虎山，人民军队挺进夹皮沟，深山问苦。五者，朱笔所书毛主席诗词，“四海翻腾云水怒，五洲震荡风雷激。要扫除一切害人虫，全无敌”。六者，王叔晖工笔重彩人物画西厢记，情思悠悠，伊人堪苦。【此段闲笔，亦为实景。此乃闲笔不虚。一为写情，二乃记史。莫忘，作者史笔也。雅艳斋。】

晨曦长思被中，漫无头绪。一时心若磐压，气不得喘，辗转反侧，难以入寐。喃喃语曰：“春杏，吾至爱也。吾爱汝深也。吾当与汝相见而语。吾二人之事，当自定之，毋须媒婆传语。情爱者私事，吾等专属，应自为之。若依俗法，非我之性，亦非吾之愿也。”又曰：“吾归，连遭厄创，心自碎也。吾二人数年之情，安能一风吹乎？若是，心不甘也。无论何如，当见汝一面。有何疑，见而明之。否则，悉为空思。吾诚弗愿若是，一声不响，则事尽矣。吾定见卿也！”思此，陡觉力来，骤然坐起，语曰：“明日，吾定往之！”有《诉衷情》一词为证。词曰：

老屋夤夜苦思伤，榴影照月窗。翻身起坐难卧，望四壁，画艳芳。

怀旧日，割心肺，断人肠。思妹粉面，眸对笑盈，最恋菊香。

若是，晨曦郁气方舒，神情稍缓，复卧于被。少时，则觉困来，乃转身躯，昂首以吹灯灭。再入被内，心思春杏，嘴带微笑，甜梦睡去。

旦，草草饭毕，扬勇鼓气，骑车前往。此行，颇不同以往。行于路上，心下甚为慌恐。沿途，穿村越陌，翻沟爬坡，十余里路，将车且骑且推，毫不轻松。半途，心下乱曰："今，吾往云台，非走亲戚之时。至，何语哉?"遂将夜间所思复念，稍安，疾行之。良久，越过最后一村，翻过最后一沟，始行于慢坡小道之际，心跳骤快。至坡顶，则遥见云台村也。春杏家位居村边，见村，首见其户也。

春杏家有北厦三间，既大且高，颇有年头。北厦西侧有土房两间，矮小。晨曦今来，遥观春杏户院，驻足览之，颇怯，心跳若兔。彼不知前去，光景若何？羞乎，辱乎？不得知也。稍望，又生彷徨。然忆昨夜之思，惟能进莫能退也。于是稍微定神，复前。心曰："今者，纵刀山火海，亦闯之。"

乃蹬车前往，眨眼则至村边。绕过干泊池，拐入东之胡同，则至春杏家院墙外也。【记清，一笔不漏。】此墙，晨曦熟识之极。幼年，其随祖母常至，于此处多有玩耍。院墙乃石基，上筑夯土。缘年代久远，墙头雨蚀，墙根亦凹甚多。晨曦掠院墙，至院门。院门稍大，半扇歪斜，门扉帽钉数排，门内置铜铃，人进铃响。【此景，句句乃实。晨曦印象深刻。三十年后，再睹此景，旧物尚在，老北房尚在。然家生大变故也。顺娃开收割机翻沟下，腰被压断，腰以下无知觉。妻走之，留二子，无人照管。春杏母泣语晨曦，令其带一子而去，觅一活路。斯时，春杏母发已尽白，春杏父得脑梗塞拄拐，语寡。春杏母忽见晨曦至，陡忆往事，声泪俱下。其情其景，痛心难泯。叹叹！丰中园。】有诗为证：

寒家贵子曝鸣镝，历经不平大难奇。
天降重托从苦砺，冰霜烈火锻虹霓。

欲知后事如何，且阅下篇经传。

史公曰："人若有情，天涯咫尺。人若无情，咫尺天涯。夜，清清而冷。风，泠泠而动。思梦中之情人，荡幽思之扁舟。山立巍巍，水逝滔滔。初恋情深，铭刻萦怀。惟春风正暖，落红成阵。"

五经

夏，天炎热，晨曦如云台。

旧时景，新时境。

春杏父母语新俗。

谓当今大学生择偶，兴互偶，无人再以农家姑娘为配。

晨曦言事非皆然，而事弗能更。

远探春杏，未睹。

晨曦方走，春杏则归，闻母语，陡然仆地，气息全无。

双亲骤乱，恐极。忽思晨曦祖父中医急救之法，春杏始鬼门关还。

醒，外望，揪心焚身。痴语。

五传

急上急晨曦走云台　错中错春杏晕庭院

诗曰：

心中有妹如腾火，恨不插翅云雁过。
土土坎坎急越道，村村寨寨忙翻坡。
推门未睹娇羞面，落牖方观彩凤罗。
噗嗤一声失葱捆，腿软身倒乱婆娑。

话说晨曦至云台，将至，心乱纷不前。然忆夜思，横心而入。推院门，门铃响，声传院内，报之人来。迎门，照壁立前，弗大，足以挡风，邪气不入。照壁粉面，素白无画，惟角处墙皮脱落，内露土坯、麦秸泥。院东为路，照壁后为园，种菜植树，夯土矮墙隔之。【甚细，一丝不谬。】园内，种有茄、韭、葱、南瓜诸类。院西，有耳房两间，侧种豆角数畦，五十九株，【虚数实写，仍为虚。】豆蔓缠架，碧绿成片。【农家院落常景也。】

彼时，春杏父母正在园内打豆角蔓头，闻门铃声，【纹丝不乱。】见晨曦来，皆感意外，忙放下农活迎之。晨曦将自行车停驻北房门前。春杏父母将晨曦迎入北房。进屋后，晨曦坐迎门方桌之左，春杏父坐其右。【位置不错。当年如是。记清。】春杏母为晨曦倒水。三人语之。春杏父先问晨曦上大学之事，晨曦一一作答。俄顷，春杏父又曰："汝考大学诚不易也。吾地公社中学，整校未录一人，尽推光头也。"【俗语。】晨曦曰："高考所录者甚少。"春杏母曰："考入大学，则吃公家饭矣。倘若容易，岂不悉端公家饭碗乎?"语毕，又谓晨曦曰："尔自小聪明伶俐，模样又好，观之，则知未来定有出息也。汝少年之时，酷爱劳动，赶牲口驾车，举鞭吆喝，吾等望而喜之。惟高考起，汝走矣。倘在家，定亦佳之。”【春杏母思门当户对也。】春杏父颔首称是。少顷，春杏母曰：“汝在外，有对象乎？”晨曦曰：“未也。”春杏母闻声色变，倒吸一口凉气，眼瞅其夫。【意判错矣。】春杏父曰：“今大学生婚配，兴互之，盖不兴寻农家女也。”【心中症结。】一语未了，晨曦立曰：“亦不尽然！”【亮明其意，省其乱猜。】力语之。

晨曦幼少之季生长于农村，其与土地，情深意厚，与农家姑娘，倍觉亲切。意其纯朴、勤劳、善良，非城市姑娘可比。两厢均之，此熟，此近，此亲；彼生，彼远，彼淡。【思之基也。无此，无前后故事也。此事虽小，折射世界观也，亦全书大关键处，不可忽视。】其与春杏笃情之后，思定此生必与农家姑娘结缘矣。故方才所谈，晨曦明示其意。已而，终未见春杏身影，其父母亦未言之。斯时，晨曦心明，至该走之时也。彼料与春杏之事已如裂帛，两断之，再无奇迹生焉。意此，心陡落千丈，苦水上涌，终起身别之。

春杏母曰：“吾为汝做饭，吃饭再走。”春杏父亦挽留数语。晨曦敷衍数句，出门，推车而行，春杏父母送之。至此，晨曦心内大空，痛而滴血，浑身无力，其思最大之憾，乃未见春杏一面。其初思，倘事不成，若能见之，亦慰长日久苦之思，以了多年之情。不想，惟此一愿亦落空也。于是恨己太过痴情、愚极不已。走至当院，谓曰：“吾有同学，塔儿山人。今归访之。途经，至家一看。”【与当年春杏及母至晨曦家一照。】春杏父母自知其意，再无细问。晨曦出门，陡觉羞愧难当。口虽言之，心别急甚。数语过，蹬车远走。自此，多年所恋表妹，终成永逝故事。正是：

步步程程往圣台，朝朝暮暮奔水月。

且说晨曦离开云台，心下痛甚，反思曰：“倘若吾以农村之法处之，兴许此事可成。然今方思，则晚矣。”少顷，又思曰：“若用此法，观今之情，亦难矣。”乃大吼一声曰：“吾此生，定当恋爱而婚，绝不用媒婆神汉提亲哉！”【其求不变，乃苦生焉。】语震大地。若论恋情之位，晨曦觉其天高地隆也。故于世俗之前，绝不低头。彼年轻之心，燃烧炽烈之火，昂扬冲天之力，久不泯灭。斯时，其骑车疾驰于绵山之西。斯地，土路蜿蜒，梯田层层，沟壑幽深，村堡巍巍。彼深知，眼前小道，后将行稀。是地，创痛甚深，无有极之。抬头东望，绵山沉雄，默然无语。彼蹬车若飞，车颠链响，其耻其辱，欲尽抛田畿道野。

呜呼！悠悠思情，缕缕恋意。昔者，彼与春杏眷爱，何等刻骨铭心。而今一刀两断，难以回神。于是心下苦曰："嗟夫！倘今至，可睹春杏一面，纵使言之数语，无论何果，心亦甘矣。倘若老天开眼，或有转机，也未可知。然我却无此运矣。天不假我，求之何用？"【天意哉？】愈思愈苦，郁郁难终。彼时，乡野土路寥无一人，惟麻雀成群欢跳陇埂，觅食嬉戏。【作者爱写麻雀，在此反写之。】晨曦情爱骤然而空，心遭大戮，颇觉寂孤。俄顷，心底世界空荡也。思曰："若此大事，何无声而终？抑或无声之声，方为了声？"【过来人体味深也。后之大伤，盖如是也。】彼望丘陵田野，陵无声，野无音，清清，寂寂，空空。自此，情摧、火烧、历练、煎熬正相继奔来。【即将成年，苦始此也。亦大书苦之始也。晨曦赤诚一生，苦其一生，老不见脱。叹叹！唱叹轩。】正是：

多年情深暗与语，一朝弦断苦何依。

且说，晨曦方走，春杏始归。彼时，春杏手提大葱一捆，门入自外。行之半院，母曰："方才，晨儿至也。"春杏闻声骤愣，其足立驻，急曰："人欤？"母曰："走已！"一语未了，春杏手提葱捆倏落于地。顷间两眼呆滞，身体僵直。母见状，忽地慌神，急呼曰："杏儿！杏儿！"顷间，只见春杏双腿一软，扑通栽地，气息全无。正是：

人至极时不顾己，情到浓时已忘身。

春杏母大惊，急呼夫曰："吁！快来哉！看女何耶？"斯时，春杏父正在屋内，惊闻急呼之声，断知发生不测，急冲屋而出。方出北房门，已遥见春杏身仆当院，乃大步奔至，只见爱女花面着地，颜色全无。其突遇此事，手抖腿颤，情急万分，不知所以。女方才鲜活，何陡间若是？夫妇几时见过如此光景，急呼狂喊，然女无半点生息。渐望渐恐，心曰："抑女亡乎？"思此，妇立泣曰："吾作何孽，令吾女若是哉？"春杏父亦急呼不止。妇撼女身曰："杏儿，快醒醒！快醒醒！"然无论何为，其状依旧，于事无补。霎间，夫妇方寸愈发大乱，悲情难扼，恐愈甚哉！【无此体验者，无此急文。】但见：

情哥方走，心妹则回。两下错在一时里，一片愁于两痴中。情切切，意悬悬。努尽心力终成空，想竭云彩仍是虚。不忘表妹深情意，惟怪世海长门郁。妹念表哥千里外，盼归期，一日再睹檀郎面；哥遇娇妹咫尺间，摩擦肩，两坑一颠浓雾霰。陡闻哥来，又闻哥去，两腿一软晕厥仆地；忽见霞升，顿见霞灭，秀目一闭迷荡腾空。情是真，情是假，情急之时试真假；爱之深，爱之浅，危难之刻知深浅。一对人，一片情。人可逝灭，情乃恒永。

妇急哭曰："吾可怜之女，焉能如此殁乎？"其夫亦心骇惧极，毫无抓挝。妇两眼望夫，怯曰："奈之何？"夫不能言，惟暗曰："吾女就此逝乎？"于是头上血涌，心如猫抓。正在万般无奈之际，生死关口，春杏父忽生一念，双目陡间炯明，急呼曰："噫！有救耶！"妇疑曰："何也？"夫曰："快掐人中！"

试问，人命悬线，鬼门关前，春杏父何有此计，何出此语？原来，彼忽忆起晨曦祖父潘九星旧话来。潘九星者，老中医也。一生救死扶伤，医病无数。类此气绝之人，亦救数命。早年，春杏父至晨曦家，与晨曦祖父攀语，言及医学急救之事。潘九星曰："穷人之家，争吵多，且多生闲气。古云，穷吵恶斗。气极之时，一气不出，则命休矣。俗曰'山压不倒人，气压倒人'者是也。"【阅此，陡见祖父四十年前之话，忽而下泪。吾想我祖父也！吾今年过半百，身为长孙，而与家无望。悲夫！今泪花滚滚，泣血命笔。癸巳荷月。】【作者著书，以记悲欢，时之耗尽，日月磨穿，其苦其辛，撼天震地。唱叹轩。】遂授中医急救之法。曰："若遇人气绝仆地之事，速针人中、承浆、百会、涌泉之要穴。针之，则救。倘若不醒，则辅针十三鬼穴之别穴。若再不醒，针之十宣，定醒也。"【急救之法，一法不漏。】又谆告曰："汝当知，若身边亲人倘有不幸，已非郎中，亦应针之。事急，救命要紧。"春杏父曰："吾等无针灸针也。"潘九星曰："事急时，身边有何针用何针，缝衣针亦可。倘事益急，人仆地之事则在身边，无暇拿针，则速掐人中穴，且掐，且旋，且呼，片刻不误，若及时，亦救矣。"【作者菩萨心肠。若是写，一则为文，二则藉此教人中医急救之法。大善也。后文，尚有类此者。曩昔，吾尝遇类事，唯见众人无此识，白令家人丢性命也。前年，城中有一对中年夫妇为女看楼，观后返时，其夫忽然仆地，众围之，其妻望而无措。众亦不知急救之法。候急救车来，其医翻目，冷曰："死矣。"痛哉！癸巳仲秋，丰中园。】春杏父曰："掐则成，何须旋，何须呼乎？"潘九星曰："旋，刺激穴位也。呼，乃人之将亡，听之官功最后失之。急呼，则有感应也。"不想今急，春杏父忽忆起昔日之事，心下陡明，忙依法急为。

春杏母闻夫言，试掐女儿人中之穴，方伸手，则曰："吾不敢也！"春杏父忙上前，用大拇指急掐，且旋且呼。旋之半时，见女无应，陡心沉神慌，再继掐继旋，急谓妇曰："快呼！快呼哉！"彼时，春杏父手之所至，知需用力，然恐伤女面，心内纠葛，又知手弗少懈，且掐且呼，煞是纷乱。移时，女仍未醒，夫妇恐意又生。眼前之景，十万火急，春杏父想，弗善，以针针之。然手不能离，若是恐女距生又远矣，急乱之中，百无良策，惟再旋掐以待。已而仍故，夫妇再次恐极，正绝望之际，忽见春杏眼皮稍动，夫妇观之真切，惊喜一呼："吾女目动耶！"至此，春杏父始忆起晨曦祖父所言九旋一松之法，乃将手稍松，令血回流，继又且掐、且旋、且呼。少顷，春杏忽哼出一声。顷间，夫妇紧揪之心立松矣。少顷，春杏双目始睁，呼吸有声。【有此体验。】斯时，夫妇心始落地，长出一气。少选，春杏神智初醒，始坐起。母见女半面皆土，用手掠之。谓曰："吾女！将母吓死也。"

春杏忆方才之事，两目冉冉而动，谓曰："今者，晨卿至乎？"父曰："莫急。少时，进屋语之。"母曰："诺！无多大之事，遂娃心愿。有何事能重于人命乎？"【生死一别，方知命重。】春杏稍坐，渐缓，父母搀起。母扑女身上之土。入北房，春杏又问故，父哼未言。春杏急之，跺足曰："何若是哉？当语，有何惧哉？"父曰："吾言之，汝心当静。切莫……"春杏急曰："事已至此，何言不能语乎？双亲且语，吾无事也。"少时，父母始言。春杏听罢，曰："何令走之？"【爱煞之语。】母望夫，欲言又止。春杏曰："无论如何，晨卿至，理应呼我。其远来，见之不易，欲见一面，或聊数语。成之，非之，亦慰心也。何双亲绝情，自不告我，使其怅走。卿何思哉？"【凡爱者，皆为对方思之。】一语未尽，声泪俱下。

父母见此，不敢多言。惟春杏悲苦，心乱若麻。其思昨日之遇，大雾遮蔽，见晨曦未尝回头，则思其已知订婚之事，不谓误解耳。心痛曰："昨者，吾何不呼哉？当年吾至卿家，何等泼辣乎？今者，其劲何去耶?”乃责己。少顷谓曰：“卿来，有何语乎?”母曰：“彼言，无寻偶也。”春杏听之，立时大怨曰：“吾言，卿心者，吾自知也。今观是乎？彼时吾言，双亲弗信，今信之乎?”春杏愈言，愈心如火焚，父母弗敢多言。少时，母曰：“晨儿家劣，吾等有虑。惟论本人，晨儿绝佳，天下无有匹者。然其考上大学，如同旧之登科及第，事变，不得不令人思前瞻后，乃有今果。晨儿家境，吾女言之不惧。光景者，乃人闹也。人强，家自强也。吾亦以为亲上加亲，更亲也。且杏儿若嫁晨儿，吾等可助。然此乃旧时之话。晨儿考上大学，惟虑其定偶大学生也，不期非也。噫！今何为之？何令吾女婚事不如意耳!”【纸背托染之法。】

少顷，其父曰：“昔者，吾尝与晨儿父言，虽未明说，然意已明。”母曰：“晨儿常年读书于外，彼父焉知其心乎？其心内有话，未必言之，况父母远非定夺之人。”父曰：“晨儿家，烂摊也。其母整日与老姑吵之。家无宁日。老姑每至，则愤言，吾亦愤之，几欲上门问罪也。”【闲来，捎写彼事，以求其丰。】母曰：“噫！汝犯傻乎？多亏未往，否则，今之奈何？人常言清官难断家务事，况亲戚乎？姑来，令其住，宽其心，焉能烈火浇油，不计果乎？汝脾性甚直，应彻改之。”父曰：“细思之，亦乃此理。然吾至彼家，言孩辈之事，其父不搭茬，吾火尤甚焉!”【三十年后，晨曦父见此书稿，上写春杏之事。愧曰：“彼时，父无钱，无应也。”晨曦闻之，心颇震。其父掩是语三十年矣！晨曦有言：“吾不怨父。吾家寒，自知也。父亦不易。今，吾亦为人父，又何如？愧哉!”叹叹！癸巳夏，丰中园。】继曰：“曩昔，吾愤其家。然因女事，又欲攀亲其家，诚啼笑皆非也。吁！斯事至此，悉晚矣。”

春杏倚坐炕沿，闻之泪落，曰：“当初，双亲说我年少。不信吾语，今信之乎?”语毕，犹气愤不止。父曰：“当初吾思，人往高处走，水拣低处流。孰知，晨儿非俗辈。当下大学生婚配兴互之，无闻以农家女偶之。若是，再返田种地，有何益哉？再说，吾意晨儿必偶于外。其出类拔萃，宁无佳丽乎？噫！孰知，又出我预料之外耳。”再曰：“当初，吾尚有一思：彼乃大学生，倘杏儿嫁之，莫非害之乎?”【心底真话。】一语未了，春杏愤然咬牙，猛拍炕而起。【春杏犹不愿听此话也。】

父母见状，忙止之，令其炕沿复坐。母斥父曰："噫！何又提此事哉？不知伤女心乎？"又曰："吾思，将狼窝沟亲事退之，何如？"父骤两眼圆瞪，曰："方才晨儿至，吾则闪过此念。然再思，此法可乎？"母亡语。父曰："此事细思，难度甚大，后果甚重。试想，倘若提出退婚，何故哉？再者，村人何以观之？彼等若问，吾将何语哉？"

春杏闻之，又觉身塌，泪水顿溢，曰："人活世上，何其难哉！"父母对视，两无语。春杏呆之，心下私曰："吾卿，吾诚思君也！卿知乎？卿上大学走后，去则漫长之时，家中之事卿皆不知。今岁，提亲者甚多，父母难之。惟盼卿有音讯，然卿意无法知之。吾心下自明，卿家之寒吾不嫌，吾乃卿表妹，吾倘嫌之，尚论孰乎？吾能操持家务，定能使家兴隆也！【春杏心语，亦好强之语。】吾知卿心，知卿定思我。然父母素言俗语，吾心亦渐茫然。后，则与他人定婚。不想昨日相遇，大雾漫道，两下未识。嗟！吾命何苦哉！卿！吾心之苦，君可知乎？"【爱之人，两厢思之。无此，则无爱也。】少选，又思曰："事已至此，尚有救乎？今卿来，其心自明。若非此，卿何来哉？卿何若是语乎？"思此，忽觉浑身骤热，暖流奔涌，直冲而上，顿时力生。乃骤起，长辫一甩，谓曰："吾寻卿也！"【春杏性格，跃然纸上。】

父母惊诧，急曰："晨儿早走，何能见之？"春杏弗听，愤然出门。母忙曰："脸有土耶！"【极细。点水不漏。】春杏稍愣，未顾，径甩辫出门而去。父母见此，四目呆望，相顾无语。霎时，房内静之。正斯时，有数鸡跃槛入门，鸽毛褷，为首者大公鸡，咕咕叫，引草鸡啄之。春杏父正在火头，望之火起，立飞一脚，猛踢大公鸡。大公鸡嘎嘎逃窜。春杏母急吆草鸡出屋。【农家生活极熟。信手拈来，烟火味浓烈。】

却说春杏走出院门，径抄小道而南，往晨曦归路插去。走出好大一程，方才止步。彼时，其望东南，唯见绵山横亘，四野无人，何有晨曦之影，彼凄苦不堪，自语喃喃。稍时，忽有旋风自东南而来，径前，将其团团围裹。杏曰："风者，乃我心上人乎？是君乎？是卿乎？是卿与我语乎？卿可知，吾在此乎？卿知我在此翘首以望乎？噫！愿风乃卿也，愿卿轻抚吾面，吾身。吾二人，能语之，笑之，将何幸哉？将何乐哉？"风拂不驻，春杏喜甚，粉面红晕泛起。【情，动人心也，移人性也。】【与仆地之时，面色如土一照。】遂吟诗一首。诗曰：

稚时不知事，闲云荡烟岚。
春来人多梦，长思到月残。
吾在绵山后，君在绵山前。
何日得相见，叶起风相连。

吟罢，风声萧萧，长空无语，大地寂寥，田野苍茫。

春杏高岗伫立，遥对绵山，痴情诉语。曩昔，常来斯处，以眺东南。今复立于斯，痛心断肠。恸曰："嗟夫！老天不睁眼哉！何生生戏我，令我如是苦乎？"良久，又曰："吾望君卿，诚心真挚，愿身化石，相守以老，纵海枯石烂，寸心不移！"【内心贞也。】语毕，泪流腮颊，滚落而下。有诗为证：

人生情挚苦作连，两厢心牵泪水涟。
但愿融融风拂柳，轻云明月醉绣帘。

欲知后事端底，且阅下篇经传。

史公曰："少年之情，青枝芽嫩，然弥久愈贞。至老，年少之事，力挥不去，常萦胸怀。早岁，春杏年少，情窦初开，两厢生情，暗自怀春。惟双方极力，终无以回天。呜呼哀哉，悲结永年。"

六经

夏，梧桐叶浓，云楼华殿，威赫森然。

晨曦职衙，身赫于外。

村人闻惊。

夕阳西下，晨曦伴局长，闲步城北。高官小兵，平等以待，彼时良风。

城内通衢。石牌楼，木牌楼，矗立依旧。

城北，居一作家，中国文学史有其名。因写打麻雀，天下闻名。

入某庭院，众妇围坐桐阴下。

女红。纳凉闲聊。陡见客来，手忙脚乱，搬杌换凳，左右慌观。

妇窥晨曦，有谋在先。

六传

威赫赫寒子坐严堂　热炎炎惊妇迎殊客

诗曰：

势薄家弱长年辈，屡遭欺辱花萼垂。
抛尽寒窗酸尘面，迎来威堂赫须眉。
出入尊贵人仰视，行坐旖华目转飞。
一步青云翔彩凤，而今扫去双肩灰。

话说晨曦诣云台村，本欲见春杏一面，不想老天戏人，未能如愿。唯见春杏父母，言谈之中，不涉是事，心明乃走。然晨曦方走，春杏则归。陡闻其讯，昏厥于地，四下纷乱。晨曦归金阳庄，心头苦闷，思事已非，既往难追。不想久长之恋，戛然而止，心苦莫承，抑郁难遣，遂骑车疯驰于外。

已而，晨曦分配至县教育局。自此，别十年寒窗，履人生新境。初入是地，但见威堂森厅，气势雄伟，心舒振然。彼时，民屋公堂，房皆平房，彼此相同。然晨曦职此，则立新楼，远观赫然。彼楼，中之主体三层，两端二层。各楼层中设通道，两侧为屋，既办公室又寝室。主楼南，有土房两间，矮小，为新征地农户所遗旧屋，尚未拆，以作厨房。内置旧桌两张，拼为饭桌。房外有一石桌，甚小，可围坐二三人，亦为旧户所遗。在此餐者，为局内家远常住者。稍近者，则食于家。斯局，正局长一人，副局长二人。正局长与一副局长食宿于此。彼时之饭，甚简，家常便饭，常为面条、馒头，稀饭、凉伴菜之类。伙食费自掏，局长概莫能外。因就餐者少，配厨师一人。【所写甚细，与当今楼堂馆所一照。】

晨曦来此报到上班。初，倍觉新鲜。首日报到，局长吴蔚世与其面谈。

是岁，吴蔚世年五十余，晨曦陡见，人甚和蔼。【为何“陡见”？晨曦分配至县教育局工作，尚不识局长也。若今闻之，觉是笑话。当今，不行政风腐败之潜规，官衔能进乎？故以“陡见”为之。彼时之风，今者远矣。四十岁后之人无此体验也，犹年轻者，更不知之。言起，恍如隔世耳。作者刻画时代，笔力甚劲。力透纸背，入木三分。作者一字概一时代，非腕力劲者，莫能为之。癸巳仲冬，丰中园。】吴蔚世谓晨曦曰：“汝乃高考后大学生分配至局者首也。今，将汝分之人事组，组长辛爨福也。”晨曦诺，喜出。至辛爨福办公室前，敲门而入，俄见室内人众，拥围一人，聆其滔言海语。彼激情高昂，话语振振，间而挥手。此人已届中年，身材适中，体微胖，肤稍黑。【传神。辛爨福概如是也。】晨曦见而心明，语之，果是也。两人握手。辛爨福喜曰：“久闻局长之言，不想今日见之。”寒暄一阵，歉曰：“汝稍候。吾尚有数语语之。毕，吾等专叙。”晨曦诺。众走，两人欣语。辛爨福曰：“人事组惟吾与楚冠逸二人。汝至，添大力也。”【记史。彼时县教育局内人事工作者方两人，加晨曦始三人，工作人员何其少也。今者，些小之地，管人事者则憋满大屋数间，仍嫌不足。叹叹！】

少顷，辛爨福引晨曦至对门，入见楚冠逸。彼此见之，语融人喜。楚冠逸者，人亦中年，身高，体瘦，面净，言语干净利落。少选，辛爨福引晨曦至传达室。内有一老一少二人。老者泽如丰，年近六旬，体胖，身高，人壮，背微驼，以烧锅炉为职，兼传达，司电话。少者载梧旺，年二十七八，人清瘦，长脸，干练，主职传达，多司电话。二人面相俱善。彼年，局内电话惟此一也。【所写精微，甚细，记史。】

介绍毕，辛爨福令载梧旺引晨曦至分配办公室。载梧旺欣诺，取大串钥匙，引之楼上。至三楼西端北侧一门，启户而入，只见内设办公桌、办公椅、单人床、脸盆、脸盆架、提水壶、保温壶诸类，简捷实用，一应俱全。晨曦又见房舍宽敞崭新，尚无人用，心下甚喜。载梧旺问曰：“何如?”晨曦忙曰：“甚佳之。”顷而，载梧旺解钥匙予之。曰：“今后，吾等一处，同要耳!”【毫不造作，真诚相待。人与人坦诚以见，不伪不患。彼时乃公有制，人人平等，社会公平，人无生活、工作之忧。无人能剥夺劳动权力，无人能剥夺劳动所得。社会无剥削、无压迫。工资没人敢扣一分，也到不了他人腰包。若不犯国法，更无失工作之虞，从无下岗失业之说。劳动者，社会主人地位也。因人人平等、社会大同，故有互助友爱之共产主义人际关系，四海之内人乐融融，天下一家。人所付者，惟劳惟善，惟荣惟誉，勿防他人隙以害之，因无利图也。社会正义在天，恶者无存地。此者，非后辈可喻也。叹叹！唱叹轩。】【作者又以一“耍”字概一时代，于不经意间，出大意耳。作者言，此书写史也。史者，当记深邃而入骨也。吁！非大手笔者，难有如此洞穿之力。唱叹轩。】【今人说话，多恐多虑。彼时，有事求人时，常问“忙乎?”彼常答“不忙”，纵忙亦答“不忙”，以示接纳此人，不拒也。偶然相互问候之时也有如是问者，皆亦如是答，以示人不劳累也。此风俗之成显示人之社会地位高也。今人见面问“忙乎?”味则怪矣。多数不知该如何回答是好。是亦不是，非亦不是。甚有人言：“吾最烦他人问我此话也。”何也?社会险恶，人不平等也。一言不慎，恐遭厄运也。有人可置他人于死地也，可剥夺他人生存权力也。记史。丙申夏日。】晨曦曰：“诺！吾初来，后，将有诸事烦君耳。”载梧旺曰：“噫！兄弟，何需客气！若说此话，不见外乎?”【活脱脱之语。】二人初见，则如故知，话语滔滔，一时不尽。良久，载梧旺方喜乐而去。

至此，晨曦始细赏办公室，处处端详，欢喜无比，于室内连蹦数高。大喜曰：“工作之地自非学校可比，两者殊异耳。曩日求学，住学生宿舍，人众而挤。今之办公室兼卧室，一人一间，何其舒哉！斯楼新建，高大气派，又为权力机关，四围何有匹者乎？吾职于斯，荣尊之至。今昔以均，两重天耳！”于是连呼：“噫尔邪！噫尔欤！”【写今之盛，为后文转折伏笔。】欣喜一阵，走出房外，见三楼东西两端皆为大露台，驻足远眺，可见四野风光，远处群山岫云尽收眼底。登斯处，心旷神怡，畅怀无比。但见：

> 府楼虎踞，坐北面南势壮严；宫殿龙盘，横东越西态森然。未近前，雄风威仪人身寒颤；始入内，幽廊曲梯仙魂痴迷。住惯土屋柴房四处灰，今犹石柱云顶八方辉。昨日，家破势弱人小觑；今朝，庭兴气紫语多媚。他言卸鞍久居守宝地，那知振翅长飞凌云天。

于此，晨曦适之甚快，心悦无比，职之颇顺。因年轻慧敏、踏实业勤，又英俊潇洒，人多喜之，局长尤喜。一日，县政府召集国防工作会议，局长吴蔚世遣晨曦往之。其至会议室，飒爽英姿，熠熠生辉，与会者眼前陡亮，注目以观，惊羡有余。其中多不知身份者，相顾偶语。

某日，晚饭罢，日尚高挂，天仍炎热。局长吴蔚世食毕，洗碗讫，稳步返楼。晨曦亦食已碗洗，甩臂疾走，健步而前。正斯时，吴蔚世忽地回头，见晨曦走近，驻步以待，微笑以向。晨曦见状，忙疾步而前。吴蔚世曰："吾两人外出散步，何如?"晨曦忙诺，心内陡暖。少顷，快步登上三楼，放下碗筷，疾驰而下，候于一楼门厅。已而吴蔚世出，脚登黑色布鞋，身着灰色半旧中山装，与晨曦相语而走。

吴蔚世素待人和蔼，素笑容挂面，说话不紧不慢，不装腔作势，无厉言，无废话。然毕竟身为局长，平和外表之下，蕴有冷峻之气，似又令人难有过近之感。正是：

> 官虽高，平民意，无架无势乃大义。心有民，无特殊，一双布鞋平常衣。吃饭也同百姓齐，无盛筵，无酒气。行事说话群众尊，不令而行民附依。绘宏图，展赤旗。行遍天涯怀故旧，梦中犹忆当年事。真公仆，为民立。上下同，心一起。尧舜地，山河丽。

若此，一老一少，高官小兵，两者并肩走于大道。【后，晨曦遇类此者多矣。晨曦与高官，常能走近。他人惧而晨曦却能亲和，此乃其独特之处。】吴蔚世曰："吾等往古城走之。彼处有户人家，主人乃我旧日同事。今日闲暇，正好往而叙之。"晨曦忙诺。

二人且走且语。吴蔚世曰："汝职局内，何如?"晨曦曰："心惬职顺，喜甚也。"吴蔚世曰："若是则善。"晨曦曰："吾尚年少，多向师长学之。若有谬处，敬请局长训示。"吴蔚世笑曰："汝至已有时日，能力强，人慧聪，踏实出力，局内之人悉赞之。"晨曦忙谢曰："吾职于局，甚感荣光，整日心舒气畅。昔，吾入高中，临毕业，国家恢复高考，后为应考，压力甚大，无片时可懈，整日心身紧箍。今大学毕业，再无考试之忧，大石已搬，自觉饭香觉甜，箍亦立解矣。"【诚语。】

吴蔚世又曰："汝年少，局内遣汝以事者多。累乎?"晨曦曰："不累!

吾正年轻，愿多为之。再说，工作之事谈不上累也。工作再累，亦累不过农活；再重，亦重不过高考。吾等精力充沛，公事多则兴致高，若寡若闲，反难受也！”吴蔚世笑曰：“嘻！此乃青春之功，生龙活虎，勃勃蓊蓊。往后，局内有外事，多付尔也。有异议乎？”【一边闲聊，一边将工作说矣。好方法。彼时，人多善之，官多善之，不求其和力求斗争，天下和之；今者，人多恶之，官多恶之，力求其和，力倡其谐，天下乱之。叹叹！唱叹轩。】晨曦喜曰：“唯！乐受派遣！”吴蔚世曰：“汝局内之作，主业佳之，他事亦佳之。向日，遣汝为局做牌，原案不成，汝另想他法，至县五一机械厂做之，其果尤佳，众皆称善也。”【一微事，尚记清。】晨曦曰：“此乃屑事，不足道哉！再者，吾局威名在外，全非吾功也。”【一纸两面之法。实写此，虚写彼。为后铺陈。】吴蔚世曰：“此亦因人异也。有人办事，若遇其变，事则不成，反摊难一堆耳。”【背面敷粉之法。】

少时，两人翻上一坡，至旧城北门外。望城内大街，两牌楼矗立，一曰石牌楼，一曰木牌楼。石牌楼居北，木牌楼居南。南北耸峙，遥相呼应。【又点明故乡。】睹此，晨曦陡忆起曩日求学县城中学之景。彼时，其常自此走过。今又至，感慨万千。昔日，就读高中时，每周背干粮往返于此者两番也。彼时日月甚艰，所背干粮多窝头，常无菜。境况佳时，母炒萝卜装于罐头瓶，可吃数顿。无菜之日长时，困极，则随同学至其亲戚家讨咸菜，亦乃改善。每忆，酸辛也。【彼时实景。求学苦也。】

是时，晨曦再四下望之，样未大更。古城内仍为拥挤人家，且多老房。城外，多乃近年所盖新房。村北口不远，有户人家，乃赵文泰家。彼乃知名作家。【晨曦早年所见最早之作家，中国文学史有其名也。在此，未具真名。晨曦少时，对作家之谓，倍觉神秘。不想后亦入此列也。人生无常耳。亦不按己意走之。】其膝下一女，乃晨曦高中同学。晨曦早年未睹赵文泰之文，故乡之人亦多未睹。赵文泰深居简出。晨曦自其门前走之数年，惟睹其面两回也。赵文泰有《农村奇事》一书行世。据传，赵文泰于“灭四害”运动中，曾写一文，乃灭麻雀之事，尝遭责也。【吾友尧尧生极晚始得赵文泰之书，读之，爱不释手。其书多写农村奇事。语言朴实，生活味醇，且多以家乡话入文。读其文，文美，感情真挚。犹读《桂元的故事》一文时，卧榻披览，竟出泪也。癸巳秋日。老友。】惟晨曦所知，赵文泰工资甚高，有说比时任县长多也。何多？百元上之。晨曦初闻，甚惊，因其父潘林泉早年工资乃二十九元五角，方养八口之家。后，赵文泰家盖新房，房厦高大，间数甚多，院甚阔。当地之户，无人出其右也。斯时，有钱人家置铁门之风兴起，赵文泰首例也。其铁门黑色，门常内锁，外人不得入。【斯景，于当地已属异也。因尧舜之地，各村户，大白天之日，乃院门敞开，无内锁者也。以示坦荡之风，亦不拒外客入也。乃开放者也。亦人来人往，交流便也。不想，时下反锁院闭户。彼时，乃二十世纪八十年代初，时代正在变迁。作者写其变也。记史也。唱叹轩。】外望之，其户势盛，莫有能比者也。

且说吴蔚世与晨曦折北而向，至道东一院前，吴蔚世曰："至矣。斯户是也。"晨曦看去，只见院内北房五间，一砖到顶，玻璃大窗。虽与背后大作家之院无法比之，然于本地亦算上乘者也。

二人推门入院。方进院，则见群妇七八悉坐于屋前桐荫之下，手做女红，纳凉说话。众妇见外人入，且看长者甚有派头，颇有身份，齐扭头顾盼。女主人见之，忙热情迎迓，喜曰："噫！吴局长，快来，快来哉！"【土语。招呼人之热情语。】众妇闻其呼，忙立身，搓手弄衣，不知所措。二客近前，女主人忙曰："请屋内坐之！"【故乡风俗。将人请入屋内相待，方为敬客之礼，以示庄重。尤其贵宾犹是若此。】吴蔚世见众妇皆坐屋外纳凉说话，曰："吾等就此坐之。屋外凉快。"女主人曰："贵客临门，焉能坐外乎？屋内坐哉！"吴蔚世曰："吾等饭罢散步，途经于此，无事也。与众同坐耳。"女主人见状，未再免强，则忙寻杌搬凳。众妇见状，亦忙将己座让之。女主人曰："吾往屋内再寻之。"语罢，快步至屋，搬出一凳，然斯凳不佳，有妇将己坐高椅换之。女主人再左右而寻，已为难矣。众妇见之，又让己座。晨曦见状不妥，则谢不受。女主人心思凡来皆客，以客让客，不善，乃将己坐矮凳递于晨曦。想他少年，亦不介意。歉曰："不甚好也。"原来此矮凳，腿不齐且松，坐之摇晃，犹夹屁股。晨曦忙曰："可矣。"伸手接之。女主人左右复观，己坐时，再无凳也。彼扭首，俄见不远处有一木墩，乃搬来坐之。【所睹此文，甚忙。当日之景，一一写来，纹丝不乱。彼日，悉若是也。当年，晨曦与局长至，众妇聚于庭院，凳则占尽。一时，寻杌换凳，甚为忙

禄。作者所写颇细，交待分明。因身份不同，语亦不同，行亦不同。文之难做，且写绚烂，不易也。雅艳斋。】

众妇见来者之势，细想必有事，坐而扰之，不妥，乃又起身欲走。吴蔚世再语留之，诚言无事，女主人亦诚言莫走。众妇见状，只好作罢。若强走，则不信主人也。众闲话良久，吴蔚世问女主人曰："老王何去耶？"女主人曰："真不凑巧。昨日，往地区开会去也。若知贵客来，则不让其走也。"吴蔚世笑曰："噫！焉能私事扰公事乎？"【记史。彼时公私分明。】语间，女主人不时与客倾茶倒水。吴蔚世将晨曦介绍于女主人。女主人不时瞥视晨曦，倒水之间，言语亦颇亲近不同，时与晨曦言上数语。稍坐，吴蔚世谓女主人曰："姑娘何去耶？"【才入正题。】女主人曰："有女同学数人，呼其玩去矣。"其间，海阔天空聊之一阵。良久，吴蔚世起身告辞，晨曦随出。女主人将二客送至门外，喜语连连，立门外以望，直至拐弯而去方入。归途中，吴蔚世言之一语，晨曦闻而大惊。有诗为证：

> 潇洒英俊乡间客，驰骋五洲他日歌。
> 局长识才知天柱，艳阳笑语付心多。

欲知端底，且阅下篇经传。

史公曰："人生在世，多有意外。晨曦家寒，村内尤甚。不期，一朝登堂，且间显赫，众人仰慕。家人喜，村人赞，盛景空前。晨曦坐高堂，上下融乐，如鱼得水。一时，春风三月耳。"

七经

夏，六月，学童溺毙水库，晨曦受命调查。

临水库，忆昔兴修水库之事。

晨曦母腰被砸伤，每逢阴雨天则痛剧。语，国可偿乎？

天大寒，水凝冰，众畏不前，晨曦祖父挽裤脱鞋，赤脚踏冰率入。后，两腿青筋若虬。

祖母指斥。祖父曰：女人头发长，见识短。

落实政策，晨曦持数人档案出。

忙乱之中，稍未顾及，当事人急步宗卷前，欲行不轨，晨曦立喝止。

史学如独入藏区，言藏语，食腥膻，终失母语。出，汉话不能说。

晨曦壮思。

七传

黑龙口舍身战天地　羌藏地食膻言胡语

诗曰：

玉阶入坐官衙椅，身韵不同穹丽齐。
入贵出尊厅宝地，上通下仰势虹霓。
走乡到户调查卷，越城穿廓巡视溪。
荷盛花红风送爽，杨摇柳摆眼迷漓。

话说晨曦分配至县教育局，工作顺心畅怀。某日晚饭罢，随局长散步至某户，男主人外出未见，与女主人及众妇闲聊一阵。归途，吴蔚世忽曰："今至此户，意与彼家姑娘相亲也。"一语未讫，晨曦心头乍震，【如此之语，能不震乎？当年，晨曦实未料也。不想局长能为己媒，深感其恩。】不谓此行有谋也。顿时回思，是也。然心想局长为己而思，亦颇感动不已。

是夜，晨曦安寝，琢磨此事。曰："今日所至之户，其主人与局长同官。观其家，家境上也。而吾生于寒家，犹不称之。目下，多数为官者，心底贱视贫家之子，且官家多有高傲凛人之气，吾自看不惯也，倘若娶彼女为亲，终胸臆难平耳。【彼时，庙堂有变，时风日渐。虽尧舜之习尚在，然官风不古耳。故悄变之微，亦起秋萍之末。晨曦虽处寒家，然犹鄙视自命高贵者。其信卑贱者最令人尊，高贵者最令人鄙。卑贱者乃金，高贵者乃粪土也。丰中园。】吾身虽贫，然志犹高。志有何高？珠穆朗玛也。珠穆朗玛者何？云外仙台，大荒峰巅也。无论何时，均比尔巍峨。【妙！珠穆朗玛者，能比何峰低哉？】官家之女，有何贵哉？吾与其志向不同，情自不一，难同息耳！"【早见不凡。】

却说某日，晨曦正在传达室与载梧旺、泽如丰语之，忽见一人自外而入，彼见晨曦则低头哈腰，尽显谄媚之相。晨曦与其熟稔，识之早也。彼与晨曦父潘林泉曾为旧识，其见潘林泉平素柔而缺刚，料其无多大前程，乃说话多有不尊，趾高气扬，颇显傲相，甚出言不逊者也有之。而今见晨曦职此，且知为潘林泉之子，观相，前程无量，故而说话时反百般恭顺。晨曦屑之。正斯时，忽辛爨福至，言局长呼。晨曦急走，出门遇楚冠逸，二人同入局长室。落座，吴蔚世曰："今，尔等往赵家公社【彼时，公社已撤销，而代之以乡镇。然习惯难改，仍口谓也。】新村学校。该校有一小学生水库溺毙，汝等前往察之。"二人领命而去。

且说新村距县城二十余里，两人骑车以往。彼出县城，东入晋禹公路。此公路，柏油铺之。县城东向之路，晨曦已多年未走矣，今忽至，陡忆昔者酸事，触目伤怀，感慨良多。曩日，晨曦家寒，全家人度日甚艰。冬，家中烧煤，因钱少，不能常买煤站之煤，则至东山，毛褳亲驮之。彼时，晨曦尚幼，则坐父骑自行车前梁，归时上大坡，助父推车。后晨曦长大，生产队里可干农活，又会使牲口，则套毛驴以架子车拉煤也。某日，拉煤道半，忽架子车轮胎泄气，顿困道中。晨曦四望，毫无一法，乃令父在此看车，己回村另借车轮。然彼地距家甚远，单程需二十多里。晨曦顾不得道遥，急归，借得车轮，以二棍扎轴推之，速返事发之地。【辛酸事。亦令其一生奋之。】每忆昔往，事多辛酸，不堪回首。犹记早年，县初修此柏油公路之时，晨曦尚幼，就读于村之小学。是年，晨曦亦参与修路，拿铁锹，排队唱歌，至铺路现场劳动。彼时，先以铁锨铲旧路，道甚硬，且石块夹中，铲之甚艰。铁锨至处，咣噹作响，手震而麻，所铲无几。【晨曦幼时之事。】彼工程甚为浩大，幸人多，以人海战术，不久修讫。彼年，晨曦虽幼，然劳作之时皆尽力而作。今望斯路，有己汗水，心亦怡然。

少时，晨曦、楚冠逸骑车至两河所汇之地大河口，拐北而去。自此始，路乃土路，且皆上坡，多处需推车而行。此道，晨曦旧时尝走之，其傍河而上，河上游有座水库，名曰黑龙口水库。此水库兴建于二十世纪五十年代，当年倾全县人力物力而为。晨曦祖父劳动于斯，母亦劳动于斯。乡人每说修水库之事，多生感慨，故事亦多。素日，晨曦祖母常谓其祖父修水库之事，多愤而不平。其曰："噫！尔祖父修水库，命则不要。彼年冬日，大寒之天，某日晨，天将亮，众至工地，工地夜间出水，水汪一片，已结冰，众见不前。尔祖父见状，急呼曰：'毛主席、共产党为吾等打下江山，多少先烈为之流血牺牲。今，毛主席、共产党号令吾等兴修水库，造福子孙万代，安能区区一冰而挡我乎？'说罢，脱鞋挽裤，赤脚踏冰而入。【睹此，吾热泪流也。伟大之时代，伟大之人民。此为中华民族最宝贵遗产。惜昔者之事，今人多不知焉。叹叹！唱叹轩。】众皆响应。后，尔祖父终落残疾，其腿青筋鼓胀，盘若虬蚺，【彼时，吾祖父之腿，则如是状。吾常望之抚之。斯语，一字不谬。】终身未消。吾愠怒，彼反曰：'毛主席领导人民闹翻身，今大干社会主义，实现共产主义，吾等不为，孰为之？'【铿锵之语。翻身人民之朴素感情也。】焉知，伤之己体，已则遭罪，孰可代乎？后发奖状，被评为劳动模范。【其奖状，今犹在，保护甚佳。】此有何用？焉能顶吃顶喝乎？"晨曦曰："此乃毛主席共产党领导下，人民群众战天斗地之精神。若是者，祖母弗明也。"韩素珍曰："吾则知，伤毁己身，已则遭罪，无人代耳！"此情此景，晨曦常见。彼时，年迈祖父闻老妻之语，多不搭言。若急，则撅胡曰："女人头发长，见识短也！"【彼年若是语。一字不谬。今读，又见祖父音容也。祖父境界高哉！国有如是之民，焉能鸿业不举乎？以心换心，民不愚耳！民能以命回报，其恩隆也。读之落泪。】晨曦忆祖父，从未见其为当年拚命吭过一声也。

晨曦至斯地，又忆其母建黑龙口水库之事。彼时，其母柳玉莲腰部负伤于此。其常谓夫曰："当年，吾为姑娘时，为国兴建水库。娘家距工地甚远，需走一日之程。彼时劳作中，有人之镢头砸至吾腰，顿时，眼冒金星，顷间仆地，半日不起，腰痛甚剧。后，每遇阴雨天，腰疼尤甚，无法干活。【实事。】吾想，不知国有偿乎？吾乃为国负伤也！"潘林泉曰："斯事者类多，未闻偿也。昔人民革命时，牺牲何多，孰讨偿乎？"柳玉莲曰："彼有子女者，国养十八岁也！"潘林泉笑曰："然此事非也。倘若提之，有何思想觉悟哉？"柳玉莲曰："倘国能稍偿，吾家日子则稍好过也。"潘林泉曰："尔想何处哉？"柳玉莲曰："倘若寻得砸我之人，彼证之，国能不偿乎？"一语未了，潘林泉两眼望妻，顿时眼噙泪花。柳玉莲曰："砸伤吾腰之人，吾尚记其名，西角村人。若寻，可寻得!”潘林泉抚妻曰：“吾妻之心夫深知也。惟毛主席、共产党教育吾等多年，需大公无私，何今能伸手于国哉？吾妻劳动负伤，腰被损，毕竟小事，安能张口讨偿乎?”一语未了，柳玉莲一把推夫，曰：“尔莫管！吾自寻国去！思其能抚哉!”然，言归言，说归说，终无往也。【此事，吾母语过多次。每逢阴雨天，其腰疼，则说之。国之强，民之奋，牺牲多哉!】【庶民之身，方显国之魂也。小人物，不卑也。此所谓以小记大，是书之魂也。雅艳斋。】

晨曦劳于生产队时，大人们亦常言修黑龙口水库之事。彼言，当时工地人山人海，皆劳动大军，人甚出力。至夜，累甚，倒头则睡。天亮，则见男女皆卧一处，相枕狼藉，彼此莫分，然未出一事也。【生产队社员田间常如是语。】后，晨曦入高中，尝与同学专程来此凭吊，以睹上辈劳动之果。

彼日，晨曦与同学至大坝下，昂首仰望，惊心动魄，观之良久，感慨颇多。只见大坝横贯南北两山之间，高入云端，杳杳巍巍，穆穆皇皇，雄浑壮阔。此坝，悉人力所为，全无机械，所用者铁锹、柳筐、扁担、架子车而已。大坝上一石一土，一尺一寸皆来之不易。大坝顶，可并走卡车数排。大坝内之斜坡皆以石砌之。大坝北侧修有溢洪道，乃水泥、石头而建。水库建成，蓄水极多，水面犹为开阔。库尾处，山沟相错，水网纵横，不见尽头。彼时，晨曦立于大坝之上，饱览水库风光，只见水光涟滟，烟波浩渺。正是：

青峰叠翠绿倒影，丹鹤流白黛曲颈。

水面近坝处，泊机船数艘及小木船少许。水之近岸，蹲水边以观，可见鱼游。大坝上，嵌有水利乃农业命脉数字，字高数人。水库之水，可灌溉数十里外之高地，丹陵之田亦在其中。旱地变水田，千年一日改。此之巨变，出于新中国之民众，出于清明之世，影响深远。【今渠尚在。】

晨曦正冥思间，忽楚冠逸曰：“新庄将至也。”斯时，晨曦旧地重来，想今乃办公事，非昔游玩可比，自豪之情顿升，知己已入成人行列也。稍时，彼等拐弯上坡，则至彼校。入校，见其不大。出事之班班主任，乃女老师，年三十余，中等身材，体微丰，皮肤白晰。女老师见县教育局来人，心情紧张，脸色沉郁，神情凝重。晨曦、楚冠逸与之面谈，知其大略后，则令其将当事之生呼来细问。少时，有小学生七八人，慌恐而入。晨曦看去，高低不齐，年龄不等。至，皆面朝晨曦、楚冠逸，一字排开，低头望地，一言不发。【今观，又见当年之景。是此。】但见：

> 依次前来，左顾右盼两眼迷漓；循序而入，前磨后蹭双手摩娑。身着粗衣裤，脚穿歪帮鞋。脸蛋上粘有灰土土，鼻梁下挂着黑道道。面见生人不敢语，何况他是县局来；耳闻陌音岂能声，怎耐事与自己联。身站正，一字排；心跳快，两腿颤。胸起伏，语唏喃。

晨曦问曰："出事之时，诸生悉在现场乎？"众生互望，无人敢语。终，高个男生眨眼曰："唯。"晨曦问："出事之地，位于水库何处？"彼曰："小洼也。"晨曦问："小洼又位何处？"彼曰："水库北岸。"晨曦问："是处，水下之况明乎？"彼生默，弗能答。

少顷，女师见众生不语，则催之。晨曦曰："诸生莫怕，知则说之。出此事，非尔等所愿。吾等来察，众生则将实情相告。"语毕，仍无生开口。晨曦复问身边年幼者。彼偷望晨曦一眼，喃喃语曰："水下之况不知也。"晨曦倒吸一口凉气，又问曰："尔等在此常游乎？"彼曰："非也。"晨曦问："几回哉？"彼曰："两回也。"晨曦又问诸生："出事之生与尔等常游乎？"高个生曰："否！彼乃首回也。"晨曦问："其善水乎？"高个生喃喃半日，不知作何答。有生曰："其技不善。彼见众往，则随之。"高个生曰："彼可狗刨数下。"晨曦问："出事同学所溺时，尔等睹乎？"高个生曰："未睹也。"晨曦曰："当时何况，请细语之。"高个生提裤蹭鼻，颤曰："彼时，众生玩水正兴，无人留意也。后，有生忽觉众生中少彼也，则四下寻望，果不见其影。忙呼，无人应之。彼时，心卒乱耳。"有生曰："吾等不见彼生，心恐，悉上岸，四处再寻呼，终不见人影。斯时，方知出事也。"顷而又有生曰："彼时，吾等望水中，水甚平静，乃惧，忙回村告之大人。"晨曦曰："尔等数人水性何如？"众生半日弗答，再问，尚言善之。晨曦问："仰泳善乎？"多曰："善之。"问其不佳者，曰："惟会狗刨也。"正是：

> 每至夏日童欢乐，扑嗵一声入水阿。
> 偶有溺水把命丧，后者汹涌不停歌。

斯时，楚冠逸亦问之。

问罢，晨曦自思起己之昔日玩水冒险之事。某日，有玩伴言畴尚村玉米地内有大水池，可游泳。众约前往。至，见水甚阔，其内出水。众曰：“此非水池，井也!”此乃村民所挖阔口之井。众伴见之，多惧也。然天炎热，且为此专来，宁能不游而返乎？终游之。晨曦游至水之中央，立身探底，身愈下，水愈冰凉，久不及底。瞬间，恐意顿生，忙浮上，深吸一气，急渡对岸。至岸，坐而喘息，再望水之中央，惴恐不安。静观之，见水面极静，甚为阴森，似有死鬼冤魂藏匿其下，正张口待之。彼愈望愈惧，进乎？退乎？终思之，弗能惧，必进之！乃为练胆气，以使鬼神不惧，则又复渡数也。终胜方慰。自此，晨曦则知，但凡少年者多有冒险之性。换言之，人生之途多险滩，人在少年之时，倘无勇气，成年之后何以绚烂？人若无胆气与豪气，历史岂不凝滞乎？

晨曦、楚冠逸察毕回局，报于局长。后，县教育局印发文件，通告全县学校，令教育众生，夏日戏水当慎，以免类发此事。

却说某日，晨曦忙完日常事务，至档案室整理档案。陡见数份卷宗甚为异样。其中有师者史学如记往日奇历，言其年轻时独自一人入藏区工作，四围皆藏民，乃学藏语，习藏文，适藏俗。【记此喻彼也。大荒之幕，渐徐拉开。】彼之所记，其可做藏文译者。【是实。】晨曦睹之，心潮起伏，曰：“藏区者，处大荒偏远之地。吾国版图甚大，此处，吾未至也。少数民族之地，风俗独特、语言服饰不同、山川风貌迥异，令人神往。倘有日，吾若有幸，定往之。”【以引后文。】

昔者，晨曦对藏地、藏民之察，多限于幼少之时所读之书。知其旧西藏乃农奴制也。农奴制下，农奴生活极为悲惨。其中，有农奴主挖农奴眼睛者，有剥农奴人皮者，所睹，皆令人惊悚。曰：“旧西藏，罪恶制度不灭行乎？旧藏区政教合一统治者，披宗教外衣，干吃人勾当，其罪其恶，罄竹难书。人民解放军解放青海、西藏，广大藏族同胞翻身解放，此正义之举焉能相忘乎？”有诗为证：

罪恶制度旧西藏，人不如畜欺天苍。
共产大旗入雪域，翻身农奴见日光。

旧西藏，农奴制也；新西藏，社会主义制度也。一为地狱，一为天堂，泾渭分明也。晨曦曰："他日天若赐我，吾定入藏区，亲历之。"【大荒外启幕。】

晨曦观史学如卷宗良久，见其写入藏之历，极为丰富，颇为震动。览毕，其出档案室，至外间，见楚冠逸正起身倒水。晨曦与之语。楚冠逸曰："汝莫累甚，喝水稍歇。"晨曦诺，曰："天甚热，立则汗流。"楚冠逸曰："档案室乃西晒之壁，其热尤甚，如蒸笼耳！"正话间，辛爨福推门，自外而入，手持一纸，急谓晨曦曰："将该师档案调出，急用！"晨曦接纸言诺。辛爨福折身外返，临出门曰："当今落实政策，所涉之人，此来彼往，不能令人稍缓也。"【记史。】语未落，人已出门外也。

晨曦复入档案室，速寻出卷宗，携往辛爨福办公室。入，见房内七八人，多肩背挎包拥此，知其远至也。晨曦将卷宗递辛爨福。辛爨福查阅毕，未及装袋，悉交晨曦。晨曦双手抱之，越过众人之头，放至侧边小桌，正欲整理入袋，辛爨福忽又呼之，彼又忙折身返至。正此际，忽有人急步走至晨曦所放宗卷前，伸手翻寻，其势甚急。晨曦转身至，陡见此状，大惊，急呼而阻。彼辩曰："此者，皆我填也。"晨曦愠曰："非也！弗能动之！"【实事。记史。】晨曦忙将其卷宗材料入袋，穿过人群，径往档案室而去。

晨曦将档案放妥，回思方才之景，甚为后怕，思之极多。【来者，皆为落实政策者也。彼之档案，皆有所记犯事材料。其中有当年笔录，有处理文书，有他人证词。按手印者都多矣。若当事人将其材料抽去，后果不堪设想也。此不后怕亦难哉！唱叹轩。】待心稍平，则至外间，与楚冠逸闲语。少时，晨曦问曰："师者史学汝，君知乎？"【又转折矣。作者记史，多叙真实所遇，不下结论，令读者思之。】楚冠逸曰："知也。彼乃老教师。问之，何事也？"晨曦曰："吾查档案，见其入藏区多年，甚觉其奇。"楚冠逸曰："吾与之稔熟。彼言，其入藏区，地广人稀，见者皆藏民，无一汉人。在藏地，其适藏俗，习藏语，已成地道藏民矣。且言多年后，走出藏区，首见汉人，竟一句汉话不会说也。"【非亲历者，无此体验。】晨曦闻之，大惊曰："尚有此事乎？本为汉人，竟不会说汉话乎？"楚冠逸曰："盖久处之故。彼言，其走出藏区，再学汉语，类学又一语耳。"【辛哉。】晨曦闻之，欷歔良久。正是：

身居斗室知千里，翻卷宗，英雄提。只身入藏牛烟处，一别故地十年期。语已改，音天外，别辇不识汉家旗。荒烟一抹，冰峰数栖。藏獒吠云，羊群食溪。汉藏同胞，民族和熙，蓝天之下共虹霓。乐融融，情歌高唱，绣图尽绮。

有诗为证：

孤身前辈藏区入，满目膻裘绒帽狐。
日移月斜霜叫白，声声胡语共粪炉。

若知后事如何，且阅下篇经传。

史公曰："昔建水库大坝，倾万众之力，费数年之功。一日成之，千年旱地变良田也。昔改天换地，造福万代。今忆往，难忘怀也。昔者英雄故事无数，湮没烟尘。回首，半世已过，仍动容也。"

八经

东山，山神沟。

羊道如线，盘绕上下，荆棘丛生，酸枣满坡。

杨风岗教书山神沟，见赵小娥乃生之龄大者，已晓人事，暗打主意。

书院甚小，位山腰户院。是户，惟媪独居。

霪雨，久下不驻。

雨打梧桐，嘭咚作响。赵小娥正写作业，杨风岗呼其入号。

赵小娥将毛笔斜放砚台，随出。

雨水斜洒，赵小娥贴墙根而过，身淋雨水，杨风岗揽入号内。

闭户，狂乱。

八传

杨风岗雨乱山神沟　赵小娥声喃土窑洞

诗曰：

师者尊贵人敬仰，解惑释难道德长。
咿哑面前语欢闹，跳奔身后姿飘扬。
秀脸俊美嫩稚动，娇态娉婷诱意翔。
且莫坏心摧花蕾，净洁绿柳乐学堂。

话说晨曦整理档案，见诸多故往异事。且说又一卷宗，鼓鼓囊囊，甚厚，殊奇。展之，骇遽不已。原来此乃杨风岗卷宗。彼早年教书东山之时，尝与女学生数人生发艳事，且与女教师有染。袋内大半装有当事女生证词，署名处皆按红指印。指印纤细，字迹稚嫩。【喻其龄。】之前，晨曦从未遇此类事，睹而乍惊。不禁暗曰："师者之中，尚有如此败类乎？"【愤之。】又曰："彼所糟蹋女生，已日何嫁欤？"【思多。】观此，则知论人取人莫以职为之。【最为要紧处。观人以职论，则偏矣。】看事观人须直追灵魂，入骨入髓则是。【此乃真话，莫为表相惑之。】

且说某日黄昏，纳凉闲聊，泽如丰忽语及杨风岗。晨曦急问："汝知彼乎？"泽如丰曰："彼龄与我仿，皆东山来。彼事，略有知也。"晨曦愿闻其详，泽如丰将彼事语之。后，晨曦又于他处所知犹多、犹细。

原来，杨风岗之事，已过多年，今者，周边之人多不知也。初，杨风岗教书于东山山神沟书院。彼时，班内有生十余人，年龄殊异，年级不同，师者惟杨风岗一人。斯班称复式班。【山区，多为是也。】缘山区人烟稀少，且村落小而远疏，故方圆数里，方集一班。

山神沟书院地处大山之中。此地土厚谷深，沟壑纵横，山民多住窑洞。书院设于家户院内。此院三面为壁，削土而成。东壁高峨峭拔，挖有窑洞三孔。南壁有半大窑洞一孔，及耳洞数眼。北有瓦房三小间。西为出院豁口。无院门。斯院尚属大院。院外数尺之余，则为深沟大壑。是地，多陡坡，多荆棘。山民亦多有院无门，皆敞口于外。彼时，社会清明，家户悉同，无盗贼，无匪寇，又兼尧舜之地，是为祥和常景。深沟下、山坡间有住家数户，户户小道相通，由此院串彼院，无门之隔。小道，羊肠道也，宽仅尺余，蜿蜒上下。沟楞边、小道旁，多生酸枣刺，茂甚。春日，硬刺绿叶掩隐，遍开黄花。夏日，繁枝丛棘密布，挂满酸枣，青青圆圆。待秋日，蓝天白云，酸枣彤红，累累招人，煞是可爱。【山道之景。无此体验者，无此语也。】倘童过往，多采撷盈囊，满袋而归。正是：

> 山道蜿蜒，院落叠缀。书院沟上五丈平地，三间瓦屋已属奇，蹦蹦跳跳一群学童迷；崖壁坎头四尺荆棘，万棵酸枣乃归嬉，鼓鼓囊囊两袋村姑怡。民风纯朴院落无门，世俗平安屋前少墙。你有我有大家有，你劳我劳众人劳。铃声响起，锹镢齐扛，队长带头，大伙乐哈，齐比赛，看谁把农活做得又好又多；葱皮剥掉，饼馍悉拿，笑话说起，众人快活，都真干，听我将汗珠滴得既长既响。薰风处，日光融；尧舜地，天下同。

山神沟书院所居之院，东有三窑，左为师号。所谓号者，是地土语，亦古语，乃师者书院居屋也。【号：《公羊》疏：《春秋》，贵贱不嫌同号。《周礼·春官·大祝》：掌辨六号。注：号谓尊其名，更为美称。封建社会科举时，考场考生所呆小屋，吃住考皆此，亦称号。翼城将师者学校住处称号，即为尊称，又有贵贱不嫌之喻也。乙未暮秋，雅艳斋。】东之中、右两窑，为院内原主人所居。彼时，惟居一老妪，子女迁之别院，时来探望。院北瓦房三小间，则为教室。【环境交待清。】

此书院有女生数人，年龄大小不匀。其中，有女生赵小娥者，长相犹为出众，正值花朵含苞之季，【为隐其龄，以此代之。】其肤白皙，面庞俊俏可人，头扎两根麻花辫，辫绑红色蝴蝶结，聪颖懂事，颇爱学习，走路说话殊异，别有韵致。杨风岗日日所见，深爱不已，常凝目而望，立而痴思，魂飞窍外。杨风岗教书于斯，孤身一人。家居平川，父母妻子，距此俱远。平素周末归，偶隔周归。【今之人，无此生活。故作者当费笔墨，交待清晰。】彼素以学生为伍，生多年幼，不晓事。斯校地处山沟，甚为偏僻，少见人烟，外人至校者寡矣。日稍长，杨风岗邪意渐生，常借机碰触赵小娥之身。赵小娥已届豆蔻之龄，始解人意。

某日，天降霪雨，淅淅沥沥，连绵数日不去。雨天甚为阴冷，人皆觉浑身透凉。雨打院内梧桐阔叶，嘭咚声响。山村人少，闻此，愈发阒静寂寥。平素聒噪麻雀，斯时亦蜷曲檐下，缩脖静卧，寂而无声，默觑院中之景，一任雨斜风摇花自乱也。【文辞有趣。】

是时，连绵不歇之雨令杨风岗心犹凄苦，不由再望赵小娥，观其面，思其身，神魂飞荡，心旌摇曳，乃邪念勃起。斯时，其觉天赐良机，切莫错过，乃假令学生抄文、写作业，后至赵小娥身侧，捅其臂曰："往吾号欤!"赵小娥将毛笔斜放砚台，【彼时写字惟毛笔也。记时代。】立身，尾随其后走出教室。彼时，室外暴雨正骤，雨水倾注，哗哗声响。院内水泡迭起，白雾腾地。俄顷，天籁之中已混沌迷蒙一片。【天也凑巧。】

杨风岗先行走出教室，已至号内。赵小娥出教室，紧贴屋檐东走，出房头，乃露天地，斯时雨大，彼伸手护头，脚踏垫石，摇首摆尾，跳跃而过。杨风岗立于门内，待赵小娥至，伸手揽于怀内，拥进窑洞。入，立关门，挡雨水于外。【妙。好借口也。】赵小娥进窑，雨水头上流，乃抬臂拢发，抹之。【何其自然。】杨风岗趁势摸其脸，脸甚娇嫩，语曰："吁！雨水甚大。方走两步，则淋若是。"【废话。】又贴心曰："冷乎？"赵小娥一笑，身儿不由一扭，答曰："无事!"【如见其人。】说罢，眼瞅杨风岗。霎间，两厢目对，赵小娥面腾红晕，眼儿忽闪别处。杨风岗见此，觉其愈发俊俏动人，心内喜煞，遂体内激流骤奔，情不能抑，伸手则将赵小娥脸儿捧起以亲。未几，则将其拥入怀内。斯事，赵小娥入门之先，已有几分猜想，然事终出，仍觉卒然。瞬间，其心慌乱，不知所措，呆之半晌，任由杨风岗轻薄一阵，毫无反应。少顷悟之，心跳甚剧，脸儿愈烧，亦不知所以。【描画细。】待稍适，【有情在先。】无甚拒，任由杨风岗胡乱为之。杨风岗见其乖巧，贼胆愈发大之，视同羔羊，肆意狂乱一阵。【今之小说，艳事最难写，顾虑颇多，亦耗时费力甚多。作者需执法度于其中，出新意于其外，得之者难矣。叹叹！雅艳斋。】

少时，其将赵小娥脸儿吻遍。虽说赵小娥早知其意，内心有备，然此首遇，也难免心惊肉跳。且说杨风岗乱过一阵，忽伸手探其衣内。赵小娥猝不及防，慌忙手挡，嗫嚅数语。【此处虚得妙。山水断云之法。尽写则不美。有云横岭，意境顿生。雅艳斋。】杨风岗曰："吾爱汝深也！多日来欲亲汝拥汝，未能成行。今日适逢天降霪雨，则成好事。天赐良机，实为难得，尔切莫拒之。"语间，手则愈进。斯时乃秋，衣着尚薄，单衫遮体，何经如此轻薄。顷间，杨风岗大手及乳。蓦地，其兴难遏，愈发狂野。霎时，赵小娥顿觉浑身塌软，毫无拒力。少顷，其口半张，目紧闭，呼吸急促，酥胸起伏甚剧。杨风岗大手所至，赵小娥周身麻酥，头昏脑晕，腿软不支。杨风岗见之，心头愈喜，其手愈发狂乱不止。……杨风岗曰："吾撩衣观之，何如?"一语未了，手已掀衣。彼时，赵小娥已身不由己，不知何对。霎间，衣被撩起，酥胸乍出，杨风岗两眼呆望，端详半日，惊喜不已。赵小娥乃处子，身子白皙肉匀，乳头粉红娇嫩。杨风岗陡见，香艳无比，涎水直流，急俯身噙含。赵小娥小口大张，哼之一声，身抖腿颤，眩晕阵阵。继而胸挺头仰，任由杨风岗轻薄。杨风岗见此光景，大喜过望，趁势接过身子……正是：

晶莹玉体娇复嫩，身若花蕾气息新。
红艳一枝迎风雨，春山秋水渡迷津。

且说欲火一旦点燃，愈烧愈炽。杨风岗脐下之物，早已昂立如柱，铮暴若怒。倏地，其手转下，滑过赵小娥之腹，急探赵小娥裤内，不想其裤带甚紧，手不能下。情急，乱解之。正当杨风岗觉好事成时，忽地，赵小娥手护裤带，紧拦不放。喃喃语曰："弗能为也!"杨风岗不听，仍乱扯，瞬间裤带之曲拉为死结，终不得解。杨风岗急曰："请令我解之。吾急也!"赵小娥喘曰："弗能为也！倘若家人知之，定打半死也。"正乱间，忽闻院内咣啷之声，其音甚巨。【作者善用急转笔锋，妙趣顿生，得大书三昧。】杨风岗倏然一惊，赵小娥亦嗖地心紧，忙立起。两下慌神。【用得妙。文笔紧凑，毫不松散。】赵小娥急曰："奈何?"【话由赵小娥出，以见素日与杨风岗有情也。】杨风岗止曰："莫语！"【挺默契哉。】少顷，则闻哗地一声，原为泼水之音。杨风岗曰："隔壁房东婶也。"赵小娥曰："彼来，可奈何？"【心思一处。】杨风岗视外，摇首曰："弗来也。"至此，两下【紧凑。】受惊，行止也。斯时，赵小娥忙低头整衣，面赤发乱，两目凝视杨风岗。杨风岗与之对视，会心一笑，赵小娥亦一笑收之。【有情。此乃一笑。】

少时，赵小娥谓曰："吾可走乎？"【妙语。】杨风岗稍顿，悄曰："今之事，切莫外传也。"赵小娥嘴儿一笑。【有情二也，亦意成熟。此乃二笑。】杨风岗心始放下。赵小娥拉门欲出。杨风岗忽曰："稍候之！"赵小娥猛驻，忙看杨风岗，杨风岗微笑以对，走至窗口，脸贴窗纸，目对窗户纸洞，外望之。【形真矣。旧时，农家窗户皆纸糊，一年糊一次。故窗纸破洞，常事。以洞望之，农家习也。】只见窑外雨落依旧，嘭咚之声不住，聊无一人。轻声曰："可也。"赵小娥则走，忽地，杨风岗又将其拽住，曰："发尚乱也！"【一波三折，线不断矣。】赵小娥又以手抿之。杨风岗再曰："今日之事，乃师喜尔也。"赵小娥又笑，【有情三也。此乃三笑。】曰："吾非稚子。此者，知也。"【略明年龄时段。写此，作者有忌耳。文之难作，可见一斑。为天下写书人一悲。癸巳夏，雅艳斋。】语出，杨风岗甚为动容，喜曰："吾知汝自不同耳。"说着忘情，又将赵小娥揽于怀内，亲拥一阵。临了，又在其小嘴上亲之一口。曰："小嘴真甜！"赵小娥一笑，【有情四也。此乃四笑。】杨风岗曰："后，吾再呼时，汝当来之。"赵小娥双目一挑，明亮闪烁，又嘴儿一笑。【此时无声胜有声也。有情五也。此乃五笑。】有诗为证：

得陇望蜀心无尽，柳叶轻拂觅渡馨。
肌肤之亲温冷月，箫吹凉夜过山阴。

两人又盘桓一阵，赵小娥方闪身出门。【出门何其难哉！】杨风岗窗洞瞅之，目随其身，翩思良多。【余音。】

屋外，霪雨不驻，雨水横流，院内水凹叠起水泡，四下漂荡。是夜，杨风岗吃罢饭，口哼小曲，兴爽不已。待卧，略静之，翻思此事，恐意忽来。【入正道。】曰："吾乃师，彼乃生。此事泄外，果甚重耳。吾若遭逮捕，政府镇压，五花大绑，小绳捆体，尚不知坐牢何许载也。"愈思愈慌，心神不宁，昔县万人公捕大会之景陡现眼前。彼时，公安机关镇压罪犯甚厉，毫不留情。公审之日，大台上宣布罪犯罪行，即刻将其五花大绑。只见公安战士将罪犯两臂反剪于后，小绳紧捆。最恐之际，乃将罪犯反剪两臂扛肩，颠而上冲，霎间，罪犯臂颠过肩，小绳趁势拉紧。此时罪犯痛剧，多有哭者。【此对犯罪，犹为震慑，使其莫敢犯罪也。】杨风岗想此，心颤手抖，浑身簌如筛糠。彼时，台下有人呼曰："今知疼乎？彼时犯罪，何不想会有今日哉！"或曰："对阶级敌人，必须坚决镇压！对敌之仁慈则乃对人民之犯罪！"或曰："疼死他！看其尔后尚敢犯罪乎？"或曰："令其尝尝无产阶级专政之铁拳滋味！"杨风岗思此，身冒冷汗。思曰："吾今犯罪，明日当受无产阶级专政乎？"心跳甚剧，慌慌不已。【作者棒喝。记史也。】

数日过后，杨风岗歹意又生。其间，见外无反应，赵小娥亦无异常之举，所悬之心渐复，邪思又涌。上课下课，若与赵小娥目遇，或与其一笑，或心头痒痒，愈思贼胆愈大。稍隙，则身触赵小娥之身，见赵小娥并不避让，尚带亲意，遂心下渐有数也。【所继之由。】

且说某日，时机又至。彼时，院内老妪外出远门，度其短时难返，又无他人可至，遂瞅准时机，故伎重演。其将赵小娥呼入窑内，方入门，即掩扉搂抱，亦无多语。赵小娥再亦无拒，坦身以付，令其枉为。杨风岗见状，知事已成，贼胆愈大，愈发颠狂。未几，手探赵小娥衣内，胡揣乱摸，肆意而为，淫兴勃发。【前有写，此处虚之。】乱曰："吾喜尔甚焉！彼日，吾两人亲密之后，思汝尤甚。日夜复想，缠绕不去。"赵小娥曰："今者，吾尚怕有人来也。"【应允也。】杨风岗曰："莫怕，无人来，尽管放心也。"顷间，大手探下，赵小娥裤带稍松，手入脐腹。再急下，赵小娥身则缩之，将手扯住。杨风岗一笑，手出，解其带，赵小娥稍拦，杨风岗继之，彼再无拒。杨风岗将裤带一拉，顷间裤开，塌之脚面。裤带落于旁也。【此时细节，写人思想变化也，也写文外之事也。若此，亦乃惜墨如金，毋须费诸多笔墨也。作者写关联之事甚细。雅艳斋。】【彼时，土裤皆大档，光板，无裤环。裤带与裤两分离也。裤带解，裤自塌，裤带随便置也。记实。雅艳斋。】霎间，赵小娥下身裸呈，【彼时农村，人无内裤也。身体亦干净也。】尽显杨风岗面前……斯时，两人皆气喘吁吁。云雨罢，杨风岗那物软塌而出，尚带血丝。其面露淫足之色，【不忘贬也。】谓曰："何如？"赵小娥浑身塌软，娇喘无力，不能言之。彼时，杨风岗事毕，方恐人至，急欲收场。然赵小娥慵懒未动，两眼迷离，其劲尚未缓过。彼时，其裤仍塌脚面，倚墙不顾。杨风岗见状，急催之，赵小娥犹未动。杨风岗忙上前，将塌裤提起。【此时，何般勤哉?】少顷，赵小娥方整衣裳。斯时，杨风岗见赵小娥后背有灰，裤上有土，乃持炕帚至前，柔曰："吾娥，请转身，吾将汝身上之土扫之。"语毕，扫之后，扫之前。又曰："汝将胳膊扎起。吾将尔身侧之土扫之。"于是又扫上扫下，再扫周身。【事之描，情也。】事毕，两下亲密甚焉。此事一开，终不能收也。后，两人时常秘会。然好景不长，已而教师轮动，杨风岗则被调往另地别校。自此，杨风岗离开山神沟书院。别前，与赵小娥又盘桓一次，极其缠绵，说了不少情话，久久不愿离去。【又写情。】有诗为证：

> 家遥身寂野疏篱，日观稚容愁影西。
> 身傍书堂不谙事，偶有青黛歪簪笄。

欲知后事如何，且阅下篇经传。

史公曰："天有阴阳，人有男女。情欲性爱之话，千古不断，绵延不绝。大欲者，人之常，伦之纲，然封建者秘而不宣。欲生情，情生欲。欲催情，情催欲，孰先孰后，无以辨之。大欲之事，世俗限之，道德束之，终有逆者不绝耳。此话不为闲，惟真，惟远，惟史，不枉记耳。"

【此回男女艳事，不多置评，后文亦然。然写艳之文，吾睹多矣。而作者所写，仍注情思，以赋内也。读时，不觉写艳事，宛若写情事。以见作者入内而超外，其品自高，笔力劲也。作者言我，小说者，需有实也。真，乃小说之久长生命也。弗真，则不能动阅者之心，以享诚之悦也。男女大欲，食色性也，其性所系，世之所系。艳事，又非自然之事，而伦于内，内之所蕴，大矣。大书、蕴厚之书，对此皆有倚重，作者知其三昧。】

【本书艳事之涉，有所蕴。晨曦初入师列，首触其类。当为后事铺陈，不得不记。】

九经

群山，黑虎寨。

女生林兰兰，性调皮，笑声欢语，招人喜爱。

日久，常入杨风岗号。

有生察情。

某日，顽生数人，蹑足窗下，自窗孔窥内，不见人影。顽生不知其然。

人秘门后，诸生无睹。

事毕，林兰兰持褥下半截木梳，撒娇，令杨风岗将乱发一梳。

花香月，蓦见杨风岗风流倜傥，暗怀春意。周日，入杨风岗号，正行好事，忽遇人至，惧甚。

数日慌恐渐息。风吼夜，花香月潜入杨风岗号，终成枕席之欢。一夜旖旎，说不少痴话。

九传

黑虎寨门掩林兰兰　狂风夜炕拥花香月

诗曰：

云别初红娥眉嫩，风送兰花秋水纹。
林涛洒洒映书院，儿声喳喳乐学门。
奔奔跳跳垂髫事，笑笑嬉嬉豆蔻裙。
天道自然师品正，山溪明月奏瑶琴。

话说杨风岗教书于山神沟书院，见赵小娥长相俊秀，乖巧可人，心甚爱怜。后，终成其事。事成，两人情密。然好景不长，不久杨风岗调离山神沟书院，转至另一山区书院。彼地名曰黑虎寨。至，见是地书院生多、师多，且有女师。

某日，狄忠尔、王奇恩、姚述堂、花香月诸师偶聚一处，谈东说西。忽地，语及杨风岗。狄忠尔曰："新来杨老师者，白净高大，走路风生，虎虎有威。【有魅力也。此乃爱慕之基。】较前高维贤强多矣。彼在时，整日蔫蔫，垂首弓腰，毫无神气。"【镜照。】姚述堂曰："不知新来之师教书何如?"女师花香月曰："斯人慧敏，语之流利，教书能不善乎?"一语未讫，姚述堂眼翻而瞅曰："咄！非也。尚有反者焉。则说高维贤，莫睹其平素少言寡语，人颇老实，然授课善之。师生皆有此识也。"花香月诘曰："依尔之语，新来杨老师授课弗善乎?"姚述堂曰："噫！吾无此意也。吾意，授课善否不以表取之。人望蔫者抑或授课善也，人望灵者抑或授课劣也，此乃学识、素养诸等以决，非单方取之耳。"王奇恩笑曰："吁！何时日出西哉？花老师平素瞧不起我等，何今替新师辩解乎?"一语未已，花香月倏地脸红，举手则打，笑曰："王奇恩！尔半晌不语，何张口如是毒乎？尔语莫如不语也！吾言公道话，则招尔等歪心猜想。看我打死尔不！"语间，追将过去，扑打一阵。【作者惯写大场面，人愈多，所写愈得心应手。场面大，热闹甚，人物鲜活，语言俏皮，活脱脱，跃然纸上，好看煞。类此者，全书多矣。雅艳斋。】

狄忠尔笑曰："噫！何如是哉？莫非花老师心中已有杨老师乎？"一语方出，花香月骤间面烧若炭，心跳狂乱，慌曰："尔等何人哉？"王奇恩笑曰："汝等切莫如是说耶！"花香月听之，觉其异样，扭头而观。姚述堂、狄忠尔曰："何也？"王奇恩曰："彼应若是语，花老师犹能替杨老师想哉！"花香月闻之，脸又倏地窜红，脚一跺，急语曰："尔等何今日异样，胡语耶？"狄忠尔笑曰："惜花老师早有郎配欤！有诗云：'还君明珠双泪垂，恨不相逢未嫁时。'吾观，彼蛮相配也。"王奇恩笑曰："莫顽焉！人各有主，再相配亦枉然也，除非……"一语未落，众人早知其意，皆放声阔笑。花香月见此场景，脸儿又红绿一阵，知若再逗留，成人笑柄，乃将臂一甩，走至门口，回首曰："尔等皆不正经，焉师所为乎？吾不与尔等磨牙，走矣！"语毕，拉门而出。姚述堂忙招手曰："噫！莫走哉！吾等正聊之兴头，无尔不乐欤！"一语未了，花香月早出门外也。屋内诸师笑声再起。【作者常年为师，写师之景，人物心理，个个皆知。涌之笔端，颇为鲜活。一记。雅艳斋。】

却说花香月走出门外，思方才之事，且羞且恼，且喜且嗔，嘴儿笑之，浑身骚奋。【用词颇有趣味。】彼时，书院广场空空荡荡，惟幼童二三未归，在此玩耍。彼时，西山诸峰，夕阳斜挂，霞染沟野，屋瓦彤红。花香月走至院内，望屋后弯道，心下隐动。斯道，可通杨风岗住处。曰："惜我弗能立见彼也。若往，诸师窥之，何以处哉？噫！且说斯事亦怪，彼乍来时，吾初见之，眼则陡亮，心则陡喜。至今，心益爱之。古云，言为心声。有斯心，焉能无斯语乎？故语露之。方才，诸师聚而闲聊，不由偏心于彼，以致诸师察之。彼初来，两眼望我，尽扫吾身，吾亦望之。惟四目相顾，魂飞神迷，心颤不已。目今，吾与彼尚未能走近。方才诸师因我一语，似参透吾心，将我好臊一回。吁！彼等歪瓜裂枣，莫言己逊，尚管事宽。如是之事，焉尔等所能辖者乎？"【妙言。观此言，透多日之历，省笔墨也。】

正思间，忽见喜鹊一对自外飞来，拖曳长尾，徐落于院内核桃树上，振翅跳跃，声鸣清脆。【山野校园之景，别是一番情趣。】但见：

岗峦起伏，丛林叠翠。绿荫地，叶摇风过粉项凉；明月夜，溪游水流苍鹰静。山凹处，显几户人家；崖坪头，开数块麦场。三三两两人稀少，沟沟坎坎石蛮多。一声喊狗，数梁惊闻；两腿走路，数时难至。校院一座，群生聚合；教材两本，天地辽阔。语咿哑，童声乐；歌嘹亮，稚凤翔。

花香月望之心喜，预料有好事降临，心下蜜意陡生。

且说杨风岗初来斯地，人生地不熟，一时尚规矩谨慎，以防他人看出昔污之事。此地，生多班多，颇热闹，然人多噪杂，欲行不轨之事多又不便。不数日，有女生林兰兰者，则入杨风岗心目。在众多女生中，林兰兰长相出众，且生性活泼，又带几分顽皮，颇讨人喜，素蹦蹦跳跳，笑笑闹闹，浑身流韵，笑靥迷人。林兰兰乃杨风岗所教班上之生。杨风岗常注目观之，内心欢喜，遂渐萌春心，日遣不去。

黑虎寨书院与山神沟书院，虽迥然有异，然皆山区，又有相似之处。不久，杨风岗与林兰兰则密会矣。随林兰兰独往杨风岗号次数渐多，年稍大之生略有察之。【杨风岗与林兰兰艳事所示，与前赵小娥者又大为不同。前写始，今写中。虚实各异。雅艳斋。】某日，杨风岗又将林兰兰呼至号内。彼时，有顽生数人见之，欲窥究竟，则乘室外无人之时，结伙窜之杨风岗窗下，猫腰细听。然候半晌，不闻一声，有生臂触他生曰："吁！汝起窥之。"对曰："师若见，奚何?"斯生曰："莫怕，惟窥一眼。"语毕，彼生屏息悄立，两手扳窗沿，战战兢兢，觅一窗洞，眼窥于内。片刻蹲下。喘气曰："无人也。"【一望。】众生不解，曰："何能无人哉?"对曰："诚若是也。方瞅之时，尚未将我吓半死也。"有生低语曰："看尔熊样！吾窥之。"彼又悄起，寻之窗洞，再窥，仍无获，【二望。】忙蹲下。众生问："何也?"对曰："噫，怪哉！吾窥半日，何无人影欤?"首窥之生曰："咄！尔甚能，何亦未睹哉?"又有生曰："尔等皆无能也！"彼生曰："汝能，起而窥之！"正是：

师不自检寻是非，童大有知窥师踪。此拉彼，彼拽

> 此，一同来至师窗根，侧竖耳轮细静听。悄悄，无一声吭。蹲在窗下还实受惊。强壮胆，头暗伸，一孔纸洞窥乾坤。惜，你张他望，徒劳一顿回转身，空无影。只好缩身匆退兵。且莫忘，彼乃大人，尔乃稚童。

此生依样而做，仍如故也。【三望。】

且说屋内淫艳之事，杨风岗与林兰兰非做一日，焉能如是傻乎？【此写，与前之赵小娥又不同。】彼时，其跟林兰兰已躲于门角之后。窥窗之生，何能睹哉？期间，林兰兰忽闻窗外有别样之声，惊曰："有生也!"杨风岗曰："莫虑之。其知何事哉？彼胎毛未退，尚操人心乎？【暗照林兰兰之龄。作者于此有处理，顾忌也。雅艳斋。】吾在此，彼莫睹，尽管放心哉!"斯时，两人正拥一处，极尽缠绵……林兰兰曰："不知，窗外尚有生乎？"【亦够胆大。】杨风岗眼半睁半开，曰："莫管，毛屁孩童，有何惧哉？"林兰兰曰："无动静也。"杨风岗睁眼一望，耸听，窗外无声无息，曰："无事，早走矣。"林兰兰脸儿一笑，【二笑。】身仍娇弱。杨风岗在其小嘴上又亲数口，再次盘桓一阵，方两厢离身。【写有情，若是乎？不评艳事，又多一嘴。】杨风岗递帕，林兰兰拭之。已而杨风岗走至窗口，窗洞外望，空无一人，【山区书院特征。】遂放下心来。林兰兰将裤提起，裤带系罢，小手拢发，发仍乱，跑至杨风岗备课桌前，拉开抽屉，自内拿出小镜一面，又快步跑至炕边，揭开褥角，拿出半截木梳，【精细之文。】笑【三笑。】跑至杨风岗面前，背倚其身，娇语曰："师，帮我一梳哉!"【一串动作，活现矣。】【好可人也。】杨风岗笑曰："看来此半截木梳大有用处。"林兰兰曰："有此，则办事也!"杨风岗曰："尔心颇细，自家中拿来，随时可用。若非此，发倘乱，他人见之，疑心也。"【彼二人有次数也。】林兰兰曰："倘令彼等所知，岂不坏事乎？"【小丫头，亦如此聪慧哉？】语罢，杨风岗为林兰兰梳之，且手抚小脸曰："兰兰语之不谬。做此事，当须谨慎。"【此一串语，见林兰兰比杨风岗还强矣。】林兰兰回首一笑，【四笑。】揽镜自照，容颜秀丽，发黑光亮。毕，其接过半截木梳复压于炕褥之下，【记清，尚有后事哉。】又跑至窗口，探洞望外，见外无一人，乃与杨风岗一笑，【五笑。心满意足矣。】拉门而出。

俗话说，世无不透风之墙，麻雀飞过尚留影也。杨风岗、林兰兰幽会多次后，引人注目矣。其中，有生疑者，有师察者。【师生有别耳。】幸斯地偏远，深沟大壑，山高皇帝远，自掩饰而过，无人问津，外人不知。然此屑事，却难瞒过眼前人也。

且说山区书院诸师之号，所居参差，互为隐秘，又师皆厚道，多不生事，遂相安无扰。然中有一人，对杨风岗之举颇为留意，此人非别人，乃花香月也。花香月原本对杨风岗桃花有意，观其蛛丝马迹，心弦暗拨，想入非非。彼乃已婚之人，独身教书于此，离家犹远，长时不近男身，阴阳失调，欲火燔炽，干渴难捱。然知身为师，当讲伦理道德，故为其束，未生事也。而自杨风岗入，见其风姿翩跹，英俊潇洒，不由心猿意马，不能自持，又见其与女生有隐秘之事，则又思绪翻腾不已。平素遇之，花香月见其眼瞅己身，目光火辣，亦周身火烧……

且说某日，时运忽转。此日乃礼拜天，二人皆无归，院内遇之，四目相顾，眼内陡放淫光，饥渴不已，目光触处身皆僵立。散后，各思其味，心不能静。杨风岗归号后，思曰："师者花香月，常晃身侧，其身姿丰腴，酥胸高耸，颤颤巍巍，与前之女生皆为不同，别具风味。若能与之媾合，亦人生大乐事欤！"再思又惑："彼乃师，成人也，其思纷杂。若事成，善之。若事不成，惹出麻烦，反难堪甚焉。轻则讨其没趣，重则言之流氓，或广布于众，也未可知。至时，身难立矣，职亦丢矣。"思此，神终扰扰，心不能定。正胡思间，俄闻门外一声娇语，细听，似花香月之声，然音又与往常相异，声颇颤抖。彼时，门敞开。思未定，来人已至门口。望之，果也。彼忙起身相迎。只见花香月笑容满面，灿烂若花。入门，与杨风岗相语，词儿不搭一处，脸则绯红，身则乱扭，站立无措，极不自然。杨风岗见状，心君洞明，忙与之搭讪，心花怒放。

毕竟两人身份不同，身虽近之，口难张之。心下彼此虽明，终语有顾忌。一时两下僵持，不得寸进，场面甚为尴尬。昔日，花香月身儿颇正，今，欲行苟且之事，话语自难，淫荡邪语何能启齿，终为窘迫。然毕竟有备而来，俄顷，僵局破之。花香月目光游离，当其目触杨风岗裤裆处时，笑曰："噫！汝裤白点，何物也?"斯语方一出口，两颊腾地窜红，红晕立至耳根也。彼两眼色迷，痴痴而望。杨风岗低首瞅之，俄明其意。霎时两眼圆瞪，烁烁而明，心垒立时扫平。此时，彼再望花香月，只见其一脸羞惭，满身风韵，娇媚之态顷间溢出，焉能不令人消魂乎？须臾，杨风岗欲火陡燃，忙对曰："何物哉？吾不知也。汝来一观。"一语未已，将花香月一把拉入怀内。【此"拉"字有别前之"揽"字，形之不同，神则迥异。全书人物众多，但个个鲜活生动，跃然纸上，绝不类同。小说者，人物故事以细节体现，无细节，无小说。无细节，书不鲜活，枯索无味，阅者何能读之？焉似当今官僚冗长报告乎？《大荒外》之书，作者甚重细节，笔墨所到，极为传神，描写常精致入微，所写甚细。雅艳斋。】霎时，两人搂作一团，干柴烈火，疯狂之极，气喘身抖，毫不轻柔。【别样画图。】杨风岗将花香月搂入怀中，颇觉不同。【与赵小娥、林兰兰一照。】彼浑身之肉充满吸力，身子丰腴绵软，方搂入怀，身已酥也。

两人身子方触，尝无一言，已手忙脚乱，动作疯狂。未几，杨风岗大手便探入花香月衣内。顷间，手摸丰乳，用力捏揉拽拉。【动物矣。作者所写又不同。用笔自然异样。如同国画，画有披麻皴、斧劈皴、折带皴、云头皴、雨点皴、荷叶皴、解索皴、乱柴皴、拖泥带水皴诸等，小说写作焉能无异法乎？画有皴法十余种，人物写作之法焉能无十数种乎？知与不知，大不同耳。雅艳斋。】彼尽情玩弄，只觉花香月两乳浑圆，盈手难把，酥软滑腻，波翻浪涌。是时，花香月昂胸挺之，倾身而奉。两下激情燔烧，畅美不已。未几，杨风岗手又下移，直摸花香月软腹。花香月手亦不闲，伸入杨风岗衣内，因手儿绵软，所至之处，杨风岗直觉处处酥麻。霎时里你来我往，两下欲火勃勃，情不可扼……正欲挺入，忽闻院内陡起响声，似有人语，且奔此而来。霎间，杨风岗愕然大惊，忙曰："嗟！坏事哉！有人来矣！"忙收物提裤，寻带以束。【何好事正起，则起波澜？莫恨作者，当年真故事则如是也。无半点虚构，亦非故用转折之笔。此为实处。然文出虚笔，天作耳。有趣。作文当知虚，虚则空灵。文虚若柴虚，柴虚方能火腾。同理也。雅艳斋。】彼时，花香月正在焦渴急待之际，欲含而纳之，尽享其味，头脑尚在沉醉之中，不期事忽突变，竟呆之半晌，不能回神。杨风岗忙摇其身，急谓曰："快哉！莫愣之！有人来耶！"至此，花香月方如梦初醒，身子猛地一颤……

正乱间，门外来人已近，忽有人高呼曰："杨老师!"【串门招呼之声，以使屋内之人有备之。村人习惯。善意也。】顷而互语之声清晰，脚步声已可数也。杨风岗忙高声回应。【若此，方显人在屋内，正大光明，无干见不得人之事。此者亦为村俗。对此，作者谙熟也。】趁机，杨风岗急谓花香月曰："快快快！发尚乱哉!"【顾此失彼。】花香月又急忙用手拢之。说话间，来人则至门前，杨风岗忙开门而迎。望之，山民数人也。杨风岗故作镇定曰："吁！快进，屋内坐之!"山民曰："今日，吾等尚有空，【汝有空，彼有空乎?】来此听杨老师再讲古也。【语今叙往，一纸两面，延展故事。否则笔笔皆叙，是何笔墨。大手笔者，皆知惜墨如金之法。雅艳斋。】【何时不能听古，非得此时来乎？坏人好事也。】吾山里人不识字，无文化，没见识。向日，杨老师为吾等所讲数齣，甚为有趣。今，欲再闻之。"杨风岗笑曰："彼来，吾甚喜。吾亦好热闹也。"【亦真亦假。】山民数人见花香月在此，问曰："花老师亦在此乎?"【大掩之语。】花香月窘迫之极，佯作镇定，应了一声，急欲外出。【不出，可有好事?】山民曰："吾等今来，搅师语也。"【掩语甚佳。】花香月曰："吾无事。诸位请坐，吾走矣。"一语未了，已出门外。屋内之人互语之，热闹声起。【杨风岗与山民关系近也。】

花香月走出门外，心里气愤不过，暗骂曰："挨千刀者！何早不至，晚不至，吾等方行好事，则来欤？气煞人也！倘若稍晚片时，吾则尝其味也。"【真心话。】方走数步，又思曰："今者，吾两人虽好事未成，然闻彼等高声稍早，提裤及时，方未酿成大祸。否则撞见，可不坏大事乎！若是，吾名声定扫地矣。噫！此乃不幸之中之万幸也。"乱思纷纷，径回宿舍而去。

却说杨风岗在号内故作镇静，与山民讲古一阵。山民久坐方走。此事过后，杨风岗与花香月彼此心悬空中，不知斯事，山民张扬于外乎？故花香月上课之时，神不守舍，心常思之。暗曰："彼时，山民定知其故。学校人少，惟我二人，孤男寡女，自在一处。彼入之先，门乃虚掩，尔何看不出哉？【将方才状况一补。细极。】且吾发犹乱，彼等又非不见，惟佯作不知也。其走后，不知将此事可否远播乎？若是，祸至也。"【恐由。】反复思之，心下无底，连日慌恐不安。数日去，见风平浪静，无一丝乱语传出。是时，则知山民为其掩也。【好人也。】渐渐，心始安也。

且说彼等料其无事后，淫心复萌。【此事，有始难终也。】一日，两人院内相遇，身旁无人，惟幼童数者玩要于此。花香月曰："彼日，唬死人也。尚未将魂儿吓出哉！"杨风岗曰："多亏察觉早之，否则，定撞见也。"花香月一笑，脸儿复荡媚意，语曰："彼日，倘若撞见则善欤！"杨风岗笑曰："若稍迟，吾则尝尔滋味也。"花香月举手则打，扭头见有玩耍之生，又将手放下，脸儿依旧红灿。杨风岗见状，不失时机曰："汝好看煞，貌甚美也。"花香月笑曰："吾犹思彼事也。"杨风岗曰："吾亦然耳。"说罢，杨风岗见四周无大人，谓曰："何时，汝再往之？"花香月曰："吾正思此事。彼日事后，惴惴不安，近日观其动静，似无风波，想彼日之事山民未传也。"杨风岗曰："彼善之，弗传也。"花香月曰："依尔之意，尚应感恩方是？"杨风岗笑曰："彼将吾等好事搅之，汝不生气，反感恩乎？"花香月闻言，又将手举起，笑曰："嗟！看尔则非好人也！"杨风岗正经曰："尔观今夜何如？"花香月骤然心喜，诘曰："汝何如是急哉？"杨风岗曰："汝不急乎？"花香月笑曰："吾不急也！"杨风岗抬手击打。花香月媚笑曰："汝不怕有人睹乎？"杨风岗曰："无人也。彼乃孩童，知何哉？"【此语关前，映照也。】花香月曰："尔贼胆自是大也。"【有隐语。】杨风岗曰："复问，今夜可来乎？"花香月曰："若再生意外，奈何？"杨风岗曰："待夜深人静，悉睡之，汝蹑足潜来，无人知也。"花香月曰："天黑虽善，然夜行，一旦人知，事犹明也。【照初会事。所谓大隐隐于市也。】夜初，怕有人来。夜阑而静，门开则响，走路之声又闻，亦有难也。"杨风岗曰："待夜稍深而至。彼时人皆睡，孰听之？汝可先佯作如厕，绕之一圈，再至吾处，彼则不疑耳。"花香月笑曰："诺！惟便宜尔哉！"杨风岗曰："有劳汝也。"花香月曰："今夜，汝将门留之。"杨风岗曰："门虚掩，汝至，轻推则入。"花香月喜曰："诺！吾今夜往之，美死尔耶！"说罢，心花怒放，淫情四溢，心潮波荡，面泛红晕，娇媚又生。杨风岗见状，心颤曰："若非斯地，吾则捧脸啃之，吃汝也！"花香月乜斜双眼，笑曰："吾自知尔浪。今夜，令尔吃个够哉！"一阵戏谑，各自散去。双方伺夜早至，好事复来。

且说红日高挂，久而不西，两人皆在苦捱。终红日西沉，暮霭四起，夜渐至。天稍黑，杨风岗吃罢饭，百无聊赖，歪于炕上，捧书瞎读，乃唐人小说《古镜记》也。少时，忽闻屋外有声，再听，似又无也。再少时，彼声又起。杨风岗异之，再耸耳以听，心头大喜，忙曰："莫非起风乎?"速抛书坐起，急步门口，探头外望，只见树枝摇动，尘土四起，屋瓦翻响，果山风至也。【奇哉。老天开眼乎?】其拍掌曰："天助我也！人常言，偷风不偷雨。今夜，机会绝佳耳。"却说花香月那头，听之风声，心头亦大喜不止。语曰："老天有眼，成全我也。今夜，全无一丝儿担忧，尽享其美。感恩上苍也。"遂关好门窗，烧热水，洁其身，摸其阴曰："尔莫心急。今夜，令其开荤，得野食也。使尔尽过其瘾，美享一番，免得怨我常不顾汝，整日闹我心身不宁耳。"【妙语。】

且说斯时，野风阵阵劲吹。花香月不时外望。天黑一阵，预诸师皆寝，乃做好欲往之备。顷曰："莫需再候。今夜风起，当可早往。"又曰："天助我也。"遂轻拉门扉，悄声而出。至院，四下暗探，惟闻山风呼啸，尽见树枝摇晃。人行其中，足无音，声无息，大喜过望，乃想今夜当尽兴放浪，万无一失。于是轻声关门，径往杨风岗号内而去。正是：

> 同为师俦，共教一校，男师堆里一女娆。生有丽姿不乱性，男女分明各距遥。自从来了杨风岗，风流倜傥把心旌摇。眼儿瞥，身儿斜，总想让他抱到怀抱里撩。身为正统邪亦难，怎耐独居欲难熬。始松怀抱，放腰禁，一念斜至胡东辽。天公作美起风声，安安稳稳尽搂抱。宽衣解带露雪肤，白白晃晃肉颤摇。如蛇翻，似藤绕，盘盘缠缠香汗渺。一声吼，身瘫软，美妇娇。

其走，心跳不止。至门，轻轻而推，门虚掩，闪身以入。

彼时，杨风岗早在号内等之猴急。忽闻门响，骤喜。俄见一影入之。缘天黑屋暗，尺寻之间，浑物莫辨。【斯时，盼其黑也。】惟其影，熟极耳。杨风岗忙迎，喜曰："汝可来也!"【盼语。】话语未落，早将花香月搂于怀内，隔衣拥摸。【急态。】花香月曰："今黑夜，吾身尽供尔享，何急哉?"杨风岗曰："顾不得也。"随后，将门闩好。花香月摸索至炕前。杨风岗寻影搂住，按倒炕上，旋即爬上其身，体验酥软之味。顷而两手探内，急摸花香月双乳，一手一乳，左旋右捧，丰腻酥软，以享白天不能尽享之味。平素，花香月颜面娇好，煞有动人丽色。斯时，虽乃暗夜，屋内又不掌灯，黑咕隆咚，然美招之，然肉诱之，其又捧面而亲，脸颊、嘴唇、脖颈、耳根，一股脑儿狂亲不止，试想将花香月一口吞入肚里，方才过瘾……杨风岗顷间天塌，一头栽于花香月之身，再无丝力，半晌不起。

歇过一阵，花香月柔声曰："吾与尔睡，诚过瘾也。"杨风岗曰："吾本事何如？"花香月曰："如神，人莫比之。"杨风岗曰："比尔夫何如？"花香月一把扯住蛋卵，曰："汝得便宜，尚卖乖乎？"杨风岗哎哟一声，叫曰："快住手，此时不用，何以报复？"花香月又掐其背，曰："何出此语，不怕扫兴乎？"杨风岗笑曰："诚心里话，欲知之，故问之。"两人玩笑一阵。少时，淫兴又起。花香月曰："吾内又痒矣。尔累乎？"……继之，杨风岗复趴花香月之身，再享云雨妙趣。至此，两齣也。

二度后，两人稍歇，仍不知倦。花香月曰："汝本事甚强。吾问，尔玩女生几人欤？"【问起正事。】一语未了，杨风岗闻之大惊。【能不惊乎？】心慌曰："汝何出此言？"花香月软臂缠身，撒娇曰："汝何恐哉？吾兴至，与尔闲聊也。"杨风岗手玩花香月丰乳，曰："莫开玩笑。汝观我，可为斯人乎？"花香月曰："莫惧之。汝尚不信我乎？"杨风岗无言。花香月曰："吾二人同寝一被，焉有如此亲密者乎？"杨风岗曰："吾信汝，方共之。否则，岂不倒大灶乎？"花香月曰："汝知理也。吾问，尔与女生有染乎？"【二惊。亦乃正事。】一语未落，杨风岗心又提起，颇颤，笑谓曰："汝何又出此言乎？"花香月曰："斯事，吾早有察。今日说之，方为尔善也。汝之为，莫以为外人不知。惟人善之，不生事罢矣。吾今语，毫无歹意，惟与汝闲聊耳。汝与女生之事，当应谨慎，切莫出麻烦哉！彼女生，虽有年龄稍大者，或届婚龄，或有婚约，已晓人事。【点齿龄，关键处。实也。彼时，已有婚者也。】然汝当知，彼为少女，莫说外人知之不妥，倘有孕，麻烦大哉，汝当慎矣。"【正事之源。真情所在。】

杨风岗曰："汝莫胡思乱想，盖无斯事也。"花香月曰："吾弗令尔诺，惟吾语，诚为尔思也。吾与汝教书一校，往后，尔倘弗能忍其孤寂，则径寻我，或吾至卿处。汝若语之，吾必来之。吾二人皆孤身独处，日月难熬。吾已婚嫁，勿惧害喜【怀孕。】之事。汝可尽兴而为，放心无忧。"【为他人思，亦为己想。主为彼也。】语毕，杨风岗闻之心动，谓曰："今夜，吾当好好侍奉菩萨，令汝尽兴，使尔睡一夜，抵数夜也。"花香月喜曰："汝尚有浪兴乎?"语毕，手摸其阳，果又刚硬而起。花香月曰："汝真神人也。卿可稍歇，不累乎?"杨风岗曰："汝语甚动吾心，自当极力以酬，以报尔情。"语讫，翻身而上，情浓绸缪，又胜前者。至此，三齣也。【以艳事写情，写关联之事，自然得体。全非昔之书，以淫写淫，为淫写淫。斯者，乃为此书与他书之大不同处。观者细察，明明也。当知史家之笔，多面而谨也。雅艳斋。】有诗为证：

夜阑风动人入梦，肌肤光滑野凫情。
被底娇声翻红浪，山深寂处雨打萍。

欲知后事如何，且阅下篇经传。

史公曰："床笫之事，私密也。善哉？恶哉？是焉？非焉？千古话题，无有终者。史家之笔，荣败善恶皆入也。一纸两面，方显其真。风月之事，转述一笔，亦好看煞。"

十经

深山，羊圈底沟。

吃鬼叫夜，狼群出没。

女生夏枣儿，娉婷玉姿，温婉秀丽，娇媚可人。

日昏，杨风岗倦卧，几寐，忽闻叩门声，音甚柔，忽地惊起，屋内已黑。

问，彼答。

呼入，夏枣儿。

夏枣儿言故，天黑不敢回家，方至师号，以期留宿。

杨风岗喜极，见状心明，为枣儿烧火做饭。枣儿说细由，二人情浓，夜阑同宿，言不由衷。

诀别，十里相送，枣儿断肠，泪落如豆。

十传

羊圈底月明潜狼影　夏枣儿日昏叩师门

诗曰：

新桃枝艳园丁缺，川流山竦童少歌。
林密沟深掩书院，颈粉脸嫩露青娥。
含苞叶护细风雨，吐蕊云托煦日柯。
清脆书声满壑谷，一闻神荡醉月河。

话说杨风岗入黑虎寨书院，与女生林兰兰生发情事，颇为绸缪，女师花香月初见杨风岗，心则怦动，思之绵长，终于风吼之夜，两相媾合，彼此数度云雨，极尽盘桓，尽享肉欲之乐。然春梦苦短，移时鸡唱。是时，花香月因淫水长流一夜，体能透支，浑身娇软，慵懒无力。本想伴杨风岗恣恣美美睡之一宿，然又觉不可，柔声曰："吾得走矣。不然，两下睡着，天大明，不得起，生至，师又起，可为之奈何？彼若见，倒大霉矣！"杨风岗曰："吾尚想搂尔睡也。"花香月曰："吾何不思之，然弗能若是。以后，吾等将常相往来。斯时，吾头昏沉，趁今未困睡，得走矣。"【玩之鸡唱，时大矣。】说罢，欲起。

杨风岗睁眼而观，透过夜光，仍可见花香月肌肤若雪，肥臀尤甚，乃揽臂挽留。花香月曰："吾知汝情。今宵吾二人恣美甚焉。心有彼此，当天长地久。往后，吾二人尚多为则是。"杨风岗曰："唯！汝言极是。今夜吾觉妇丰肌腻肉，浑身放浪，自与别者殊异，犹能替人出主意耳。"【真心语。】一语未落，杨风岗自觉言失，然又弗能收回。花香月笑曰："噫！何如？贼不打三年自招。是否？"杨风岗赧颜一笑，支吾而过。语曰："吾不知何故，与汝睡，自觉贴心。心有所思，尽言于汝。”花香月曰：“有情，自若是也。吾方才之语，非有他心，惟冀吾二人天长地久也。”【亦真心话。】杨风岗闻之动情，两人又磨蹭一阵。花香月始穿衣，又温存数语，方下炕穿鞋，轻拉门闩，出门而去。

后，两厢尝野味，甜而密会，不一日也。然时长，彼师皆察。惟各相安，无人生事而已。然天下无不散宴席。两年后，杨风岗调走，花香月亦随夫去矣。诸师亦旧走新来，一茬一波，各南北不聚也。不久，林兰兰离开学校，亦婚嫁矣。【各人交待清。】

且说杨风岗又调入新地，此乃牛疙瘩岭羊圈底沟书院，此地犹为大山深处，山高谷深，家户稀少，且林木茂密，豺出狼没，多处乃原始森林。杨风岗初至，已有山民为其言说本地之况。某日，吴世茂、侯政文、续怀宗三山民至校，看望新来之师。谓曰：“师来此地之前，教书何处欤？”杨风岗曰：“黑虎寨书院也。”续怀宗曰：“彼处比此处大多矣。”杨风岗点头诺之。吴世茂曰：“曩日，师尝来斯地乎？”杨风岗笑曰：“甚远之地，非教学，何能来之。”吴世茂曰：“唯。若是，吾等特将此地之事言师也。”杨风岗曰：“何事？”众曰：“斯地深山大谷，多老林，广茂繁密。人少，莫敢入之。是地高山，山山相连，无尽头，走不出也。师若出门谨当心耳。是处，害人之货甚多。有狼，且常结群，害人之事不少。”【讲清。】又曰：“狼外，尚有豹也。师亦须当心哉！”杨风岗惊曰：“斯地尚有豹乎？”山民曰：“然。打猎之人尝遇之。昔日，隔沟见之，若正遇，岂不遭害乎？”杨风岗曰：“打猎之人，无枪乎？”山民曰：“土枪，打野兔山鸡尚可，然打虎豹猛兽，差矣。”杨风岗再问细，山民曰：“凶猛之物，奔之甚疾。豹尚可上树，未见者不知也。且爬树之速，人莫比之。人若遇豹，土枪莫能御之？”杨风岗曰：“无可奈何乎？”山民曰：“非也。兽再猛，终不胜人。今有快枪，【千里伏线。】吃人猛兽者，命休不远矣。”

顷之，续怀宗曰：“师尝见狼乎？”对曰：“未也。”吴世茂笑曰：“未见则好，遇则险耳。”一语未了，吴世茂对视两山民，彼皆笑之。杨风岗曰：“何笑哉？”侯政文曰：“此乃玩话。”杨风岗曰：“何话？”侯政文曰：“山里人言，倘说未见彼者，则见彼也。”语后又云：“此乃顽话，师莫当真耳。”

众笑之。

已而山民曰："昔者，有师教书于斯，归家途中，则遇狼也。"杨风岗乍听，浑身汗毛直竖。续怀宗曰："彼者赵老师也。家居磨盘村，距此二十余里。一日归家晚，半途天黑，不幸遇狼。"杨风岗闻之大惊。吴世茂曰："所遇非独狼，群狼也。"杨风岗急曰："如之奈何?"续怀宗曰："彼时，其推自行车正上陡坡，两侧高崖，杂树、荆棘、蒿草丛生。是地，白日过时犹瘆，况夜遇狼乎？其甚惧，后望之，见狼群紧随不去，知是夜凶多吉少也。彼前行，狼前行。稍时再望，只见群狼个个拖长尾，紧随身后，一步不离。霎时，六神无主，魂飞魄散。"曲曰：

> 本来夜晚阴气重，黑咕隆咚心跳凶。山头摇摆像魔头，树影扭曲鬼背钟。今日已到野地来，小道弯曲前路幽。急想把家回，急想少停留。急想脚步快快走，要把妖魔鬼怪齐抛球。我想早抽身，诚惧怕，背后上来一个大黑爪，暗里有鬼披散发，给你笑哈哈。我魂儿吓得都不知道可咋价。
>
> 我身儿颤，腿儿软，干走不见路儿短。我头发扎，心儿毛，气儿都不敢大声喘。我想四下看，惟愿实平安。一回头，还没把我吓得直叫唤。绿眼睛，尖耳朵，尚有拖地大尾巴。我顿时不知可咋价，心儿已到黄云端，身儿已到鬼门关。吱啦啦，哎呀呀。

杨风岗闻此，倒吸一口凉气。续怀宗曰："彼时其心顿乱，发直竖，身抖腿颤，不听使唤。曰：'今夜吾命休矣！'"

杨风岗骇曰："奈何?"山民曰："彼时，其骇极，思乱身颤，毫无挝挖。正急无法时，不料，因手颤剧，不意之中，手碰车铃，只见叮当一声，山野震响，此声将其唬之一跳。不想，狼闻此声，掉头遁窜，奔突而去。是夜，月挂高空，四野皆明。彼大胆回头一望，只见狼早远遁而去，心头乍喜，绝处逢生。故知其故也。顿时两腿生力，猛按车铃，急至坡顶，骑车而去。一路铃响不止，终脱险矣。"杨风岗闻之，欷歔不已，叹曰："噫！车铃当有此效，能救命乎?"后，山里人又言及诸事，杨风岗甚为感激，忙之添水。良久，山民方去。

杨风岗至后，将周边之景好生端详。心下思曰：“斯地，距家犹远，且比前山犹深也。是地，山民皆居窑洞，无瓦房也。”某周日，杨风岗正在号内看书，忽闻门外有窸窣响动，似有人来，而不见人进，乃起身揭帘以观，原为董三牛、李社儿两童也。彼臂挎荆篮，上盖土布。杨风岗诧异，问其来故，彼扭捏不答。杨风岗令其进屋。两生将荆篮土布所揭，曰：“父母令我送菜也。”杨风岗低头望之，见蓝内装菜甚多，顿时热流奔涌。正是：

> 土土荆蓝，花花棉布。两个孩童行走山腰，一腔肺腑托付菜荚。山野纯朴，峁梁厚实。身边天然无珍馐，手头仙赐有地宝。父母寄言相送，稚儿挎篮并蹦。师者一睹情融融，学子四观意怯怯。房前麻雀轻，屋内箩筐重。

杨风岗曰：“莫如是也！”董三牛、李社儿见师，心甚慌乱，言拙少语。师知其意。见罢，语之一阵。杨风岗只好收下，惟将钱付之，二生不受。

杨风岗曰：“汝送菜于我，吾收之。钱当付也。素日，吾何教育尔等？目下，乃新社会，不兴请客送礼一套。师者，乃国家公职之人，当有月俸，毋须伸手民也。国家育我多年。平素，吾亦若是教尔。尔何忘乎？”【斯处，好人。】杨风岗如是说，两生则乘机外溜。杨风岗急拉之，谓曰：“莫走！尔等当听师话。师深谢之，亦谢其父母，然需将钱收之。否则，吾不配为师，村人亦将骂我也。”【彼时之风。思周也。】董三牛、李社儿素听师话，今闻斯言，顿时无措，不知奈何。杨风岗将钱装入二生衣兜，轻抚其面，又说些感激之话。【有情之人。作者写人不脸谱化、不程式化，以真写之。若是，方千沟万壑，观其幽妙。雅艳斋。】两少儿见事若此，扭捏半日，沉郁而去。

途中，二生愈思愈愁。李社儿曰：“今归，必挨骂也。父母吩咐再三，不能若是。”董三牛曰：“师若是，吾将奈何？父母令我来，甚难为我也。”李社儿稍思曰：“若是，暂毋言之。瞒过再说。吾等至供销社购所喜之物，若何？”董三牛曰：“曩日，吾犹喜所售钱包，塑料皮，色大红，甚佳之，好看煞。每往，注视良久。今有钱，正好了此宿愿。”李社儿曰：“诺！齐往之。”董三牛曰：“汝至，购何欤？”王社儿曰：“口哨！素观久矣。今若买，喜煞也。”说罢，两小儿牵手，蹦跳撒欢，时掷石，时撼树，下坡奔窜，载歌载舞。然乐之一阵，忽觉不佳。董三牛目瞪曰："嗟！使不得也！"李社儿惊曰："何变卦乎？"董三牛曰："师付钱之事，瞒不得也。倘若有日大人知之，奈何？彼时，吾等挨打之罪难逃也。"李社儿闻之，恐亦袭来，惊曰："今将何如？"董三牛曰："归家，实情告之。"李社儿曰："若此，哨子买不成耶？"董三牛曰："今事糟甚，不挨打已烧高香，尚思哨乎？"二童心又陡沉，沮丧以归。

却说某日黄昏，杨风岗胡乱饭罢，百无聊赖，歪倒炕上，披览戏剧画本《美人图》。【《美人图》是华夏大戏（今曰蒲剧）剧目。剧情乃春秋战国故事。发生地为轩辕之丘，亦即天陵，今曰翼城南官庄陵。彼时，天陵上森林遍布。陵上有老虎。陵下有一女，名曰卢维荣，陵南开铺，名曰南铺（翼城南官庄村今仍存此名），住此，专打老虎。功夫过人。某日，东府过美人（皇妃），闻之拜见。卢维荣随美人去，作贴身护卫，后立大功。当地人传，卢维荣长相较丑，俗曰丑姑姑。唱叹轩。】【晨曦祖父曾唱《美人图》，后戏剧衰落，多数剧目失传。《美人图》大戏亦失传矣。短短几十年，戏剧剧目消亡甚速。心甚痛！一旦失传，世再无也。戏剧优美唱腔天下独也。其根植民间，令民众喜闻乐见，此乃中国人之数千年文化创造，凝聚辈辈人聪明才智与心血。若此而逝，痛心疾首。憾哉！憾哉！唱叹轩。】【华夏大戏（蒲剧）高亢激越，委婉动人，唱腔句句醉在心头。华夏大戏（蒲剧）与其他剧种均之，最大特点，乃唱之愈急，锣鼓家伙打之愈紧。令人从内到外，浑身振奋。华夏大戏（蒲剧）锣鼓家伙乃一大特色，听其铿锵喧声，比西方交响乐强之百倍，亦颇合中国人欣赏习惯。乙未暮秋，唱叹轩。】【华夏大戏（蒲剧）鼓、锣、钹、板、梆等器乐之用乃戏剧之绝，诸声力宏、透亮、清脆，节奏鲜明，韵味十足，颇具艺术感染力。犹以用鼓为绝佳。鼓者，乐器之首，乐声之王。鼓声，最能撼人心魄，撞人心田。鼓为上古之战两军对垒撕杀之时助威之声，闻斯声浑身振奋，倍勇杀敌。鼓，战场之用，移用戏剧，能逊色乎？蒲剧诞古中国之地，是中国最古老剧种，早于文字之前，成形于有鼓乐之时。蒲者，蒲苇也。古时华夏唱戏搭台，铺以蒲席，围挂蒲帘。戏与蒲联，故名。蒲剧诞于轩辕黄帝、唐尧虞舜之地，即今山西翼城之地，遍及周远。此地戏风最盛，一直盛于二十世纪六七十年代，后因电影电视及庙堂缘故，日衰几亡。晨曦祖父辈之唱本、唱腔，目已不能见，耳已不能闻，失传矣。短短数十年，失数千年华夏祖宗创造之文化传统，罪也。丙申蒲月，唱叹轩。】【古代戏剧诞生于古代文明发达之地，不诞生于贫瘠蛮荒之野。黄帝尧舜之地，天下中心，号称中国，亦即今之翼城。是地水多，多蒲苇。晨曦教书南泉中学，书院之旁仍有流泉水凹，出假山之石。有日，晨曦挖之，其石者芦苇节也，晨曦恍然大悟，斯石原为芦苇化石，怪不得此石吸水，上撒谷物，可长苗，始知远古斯地遍蒲苇也。至今轩辕陵下，四处皆水，晨曦上高中时，西关之地水塘遍布，蒲苇丛生，广袤成片也。华夏大戏以蒲为名，古也。丙申蒲月，唱叹轩再注。】【蒲剧诞于山西翼城，古时黄帝尧舜之地。古中国自黄帝始，乘轩辕之车，征战四方。斯地有尚武之风，民风剽悍。大戏唱腔高昂激越，鼓乐更能助威。将其移于戏剧，祖先最大发明。观今戏，以改革为名，丢传统甚多，且不美之极。甚者，以洋代中，致使多数剧种鼓声尽失。传统华夏大戏鼓乐铿锵，锣鼓家伙极远可闻，极易渲染气氛，强化节奏，灿烂旋律。听华夏大戏（蒲剧）锣鼓家伙之声，比观小说犹为丰富生动，亦颇经典。从事文学之人，观其大戏，听其锣鼓家伙之声，定使小说善之，纵不善者亦善之，非笑话也。唱叹轩。】阅之稍时，已觉屋内昏暗，字迹模糊，又加寂寥愁郁，遂画本扣面，迷糊入梦。倏地，忽闻一声细语："杨老师！"彼尚未醒之。顷而又是一语，隐隐约约，飘飘忽忽。斯时，彼未全醒。继之又是一声，此回听之真切。杨风岗忙一骨碌爬起，画本落下。斯时，只见屋内早已大黑，惟窗上尚有余光。杨风岗忙问："夫哩?"【方言，孰也？亦古语也。作者在此点明故里。夫，极尊敬之词。古汉语中为句首发语词。在古代汉字偏旁部首中被列为"大"部。《礼·郊特牲》：夫也者，以知帅人者也。《诗》注：夫有傅相之德，而可倚仗，谓之丈夫。夫：男子通称。大丈夫，对男子美称。古有"夫君""夫子"之谓。】门外曰："杨老师！某也!"闻其声，女生也。杨风岗心下陡乱，思曰："天已黑，何有生来，况女生乎?"心头纳罕，一时无解。乃曰："进来!"语毕，来者推门而入。睹之，果为女生也。杨风岗心犹乱之，因屋内昏黑，不辨眉目，仍不知何人。女生入门，颤语曰："杨老师!"语柔之极。一语未讫，杨风岗辨出声来，忙跳下土炕，惊呼曰："夏枣儿!"正是：

羊圈底月明潜狼影
夏枣儿日昏叩师门

独居窑洞，斜看古本，寂捱光影。身儿一歪，未瞅三行眼沉重；书儿侧倚，没等半时意迷糊；腿儿一放，未搁一会涎流漓。暗影渐炕楞，红日落山野，悄无声；娇语入门隙，嫩女呼埃尘，动有音。骨碌挺身猛坐起，呼喇竖耳紧听悉。室外立红袄，屋内卧青衣。

夏枣儿乃班内女生中稍大者，今年十五六岁，娉婷玉姿，温婉秀丽，甚为可人。杨风岗问曰："天已黑之，何事欤?"夏枣儿立于门后，嗫嚅半晌未说出一句整话来。杨风岗忙点油灯，屋内立明，再望夏枣儿，彼忙低头，两手搓捏衣角，嘴数张，不知何说为妙。

杨风岗见其为难，未立逼，令其坐，谓曰："喝水不?"夏枣儿闻之，望师一眼，狂跳之心稍复，曰："今日，吾玩于同学家，不想时长矣，见天快黑，忙归，然已晚矣。"杨风岗曰："尔家距此远乎?"夏枣儿曰："家居圪涝掌，路远之。吾走半途，天将黑。再前，乃荒野之道，路墹恐惧，不敢行矣。思之再三，乃返，然不知该归何处，乃转数圈，至师号也。"一语未已，杨风岗心头乍喜，不想，天下竟有如此好事。忙曰："其思极妥，生有难处自寻师也，此乃天经地义之理。生有难，师必为其解之。"【恐有所图。贼心已露。】夏枣儿一笑。【一笑。初意成之。心喜，自露笑也。】少顷，杨风岗曰："汝玩同学家，走时天将黑，女同学未令宿乎?"夏枣儿曰："留也。然吾觉能回家则回之。不想天黑甚快，拐数弯天则黑矣。前路不敢再走，恐有狼也。"杨风岗闻此，猛悟曰："然！此事吾知之。"【原来山民说狼之事，应于此也。作者手下无闲笔耳。】

杨风岗将故问明，则思今夜之事何为。因问枣儿曰："是夜，何以处之?"夏枣儿腾地脸红，忸怩半日，曰："杨老师，天已大黑，吾无去处。欲至师处借宿，可乎?"杨风岗闻之大喜，正合己意。不过，心仍有虑，谓曰："今夜不归，明日归时，家人问，何以答之?"【有忧。】枣儿曰："书院距家远，往日尝夜宿女同学家，家人若问，如是语之。"杨风岗听罢，有理，虑乃顿消，大喜曰："今夜则宿此也！"夏枣儿点头喜之，眉开眼笑也。【二笑也。留定矣。】

斯时，杨风岗目视夏枣儿，眼神殊异。不谓今夜忽有如此艳遇。顿时，心头颤动，暗思曰：“噫！何时烧高香，今掉天鹅肉哉！”遂心乱神迷一阵。一时真乎假乎，不敢信也。惟眼前之人，真也，果也，于是幸福之极，心下顿生蜜意，问曰：“汝方归，定未吃饭，肚必饿也。”夏枣儿惊目一瞥，不知何答。杨风岗曰：“吾与汝做饭。汝急需食之。”夏枣儿忙曰：“杨老师，不用哉！”杨风岗曰：“自午至晚，大半日已过，空肚未食，焉能不饿？做饭，顷间事耳。”说罢，则搭锅舀水，动起手来。彼时，夏枣儿肚内亦已叫唤，望师若此，越发心里感激不尽。

夏枣儿谓师曰：“吾来已添麻烦，焉能再吃老师饭乎？”杨风岗曰：“莫说外话。肚饿，焉能好受？吃顿饭，又能如何？吾每月供应粮够吃，汝莫虑耳。【记事。】【农家娃，懂事早。】再说，方才晚饭，吾亦未吃好。汝至，吾二人同食也。”语毕，夏枣儿不再语，乃挽袖上前，替杨风岗忙起锅灶之事。杨风岗望之，倏地心下暖融。语曰：“吾处尚有白面，今夜做干面吃。”夏枣儿曰：“玉米面坨坨则可，白面则免矣。”【彼时，白面精贵，农家人吃白面亦少之。山里不长小麦，山里人食之愈少。】杨风岗曰：“何能哉！汝来，吾之大喜。安能不吃白面乎？”夏枣儿曰：“白面稀缺，留于师也。吾乃山里娃，粗粮吃惯矣。”杨风岗曰：“正因素日汝所食白面稀少，今夜必食之。吾每月有国家供应粮，白面常有哉！”说着，自面袋内舀出白面。夏枣儿颇觉难为情，杨风岗定为之，曰：“汝食，吾则喜。汝弗食，吾心不悦耳。”夏枣儿曰：“天黑，吾无处投宿，能至师处，师纳之，已大喜也，尚再吃白面，心犹不安也。”杨风岗动情曰：“枣儿！吾素一人，形单影只，寂寞甚焉。今夜汝来，吾心甚喜，犹如过年，焉能不好好吃顿饭乎？”【语之有理，动情之话。】

一番话，说得夏枣儿不能言语。师盛情难却，自当领受，遂嘴儿一笑，【三笑。一慰心。二者，未思师有此举也。】脸儿犹为好看，越发妩媚动人。【性催媚生。】夏枣儿曰：“吾和面也！”说罢洗手。杨风岗再无阻拦，立于夏枣儿身旁，看其和面之姿，心下顿升异样之感。笑曰：“甚美哉！汝和面，吾备菜也。”一语未了，两厢动将起来。少时，枣儿和面罢，令其稍饧。杨风岗将菜洗净。枣儿曰：“吾切之。”不多时，枣儿擀面、炒菜，饭成。二人食罢，【个个交待清。】山夜已深，越发静幽。远处，沟壑内传来犬吠之声，隐隐约约，似有似无，愈添空寥。【一纸两面之法。】杨风岗想今夜有夏枣儿作伴，周身暖融，心下倍喜。夏枣儿起身洗碗，杨风岗曰："莫为也。将碗置锅，明日吾洗之。"夏枣儿曰："何能哉？此乃女孩之活，定须做之，不能身懒。倘身懒，女孩家无人喜也。"说罢，转首面向杨风岗，与之一笑。【四笑。乐融也。】杨风岗与其对视，霎间，如沐春风，心醉体酥。

夏枣儿洗罢锅碗，又将周围收拾一番。瞬间，屋内整齐干净多矣。【屋内，得有女人也。】杨风岗旁而观之，心喜不已。待收拾停当，杨风岗早手拿毛巾伺侧，夏枣儿接而拭手。杨风岗望之，一时情浓，忘情曰："枣儿，汝在吾屋，烧火做饭，吾心甚喜。吾愈观汝，愈觉汝似吾妻也。"一语未了，夏枣儿脸色骤红，怯怯谓曰："吾甚惭愧，不配师也。"杨风岗曰："惜吾乃已婚之人，若非，定娶汝为妻也。"【人动情，则胡语。】夏枣儿曰："吾弗敢如是想哉！惟觉师独处书院，且教学，且做饭，整日孤苦伶仃，无人照顾，心怜甚也。"【夏枣儿有情女也。】一语未已，杨风岗倏地热血飞腾，猛张其臂，一把将夏枣儿搂于怀内，搂之甚紧。夏枣儿毫不躲闪。拥搂之际，杨风岗泪水顿溢，滴于枣儿之面。霎时两人动情，半日拥之不开。良久，方才复态。彼时，杨风岗见夏枣儿仍手持毛巾，臂悬半空。【记之极细。】杨风岗忙接过，放至一旁。谓曰："吾二人睡矣。"夏枣儿脸红一笑。【五笑。会心哉！】

杨风岗走至炕边，执帚扫炕，移枕铺被。忙过，谓曰："枣儿，已整一日，早累矣。汝上炕哉！"夏枣儿曰："灯照甚明，灭乎？"【枣儿聪。】杨风岗猛悟曰："诺！"于是身近油灯，一口吹灭。骤间窑内漆黑，浑物不辨。杨风岗柔声曰："枣儿，上炕欤！"【有催有敬，眼前之人，女菩萨也。与前花香月一照，笔墨全然不同。】夏枣儿哼之一声，脱鞋上炕。少顷，将衣脱尽，钻入被中。斯时，人眼已适黑暗，借夜光近物稍辨。杨风岗见夏枣儿肤色甚白，软玉温香。【夏枣儿之身，艳语无多写，仅此一句。作者写作，人物笔墨甚谨。用之何等分寸，何彰何显何隐，皆心有尺矩，丝毫不乱耳。雅艳斋。】谓曰："枣儿，吾两人可同被乎？"【何时变君子乎？情深有加也。】夏枣儿曰："弗同被，焉有他被乎？【答之妙。枣儿聪也。】安能吾入被，师于外乎？若此，吾之来，何为哉？"【吐己之图。情真意切，撞人心肺。】杨风岗曰："吾知我枣儿意也。"【情又浓一层。】说罢，亦将衣尽脱，悉钻被中。两身两触，杨风岗曰："吾枣儿，身则滑腻，可摸乎？"【笑哉。多此一举也。】夏枣儿曰："人共一被，吾身已属师也。【实话。】何有忌哉？"【所言极是。彰显其情。】杨风岗曰："汝乃我心中菩萨，心愈爱，愈觉莫能渎也。"【假话。应为"心愈爱，则愈淫也。"雅艳斋。】语毕，二人被中拥之。正是：

山灵水怪引我入诗，月姊风姨搅人入定。

杨风岗伏于夏枣儿之身，【何其速哉。】倍觉绵软，心里爱煞。再加情发，两人相合之时，极尽缠绵。杨风岗百般颠狂，夏枣儿初为云雨，然极力侍奉，两下盘桓，情浓绸缪。【无细写艳事。独枣儿笔墨殊异。书中女孩，人物面目、性格、举止皆如是人，活脱于纸，从不雷同。癸巳冬至后二日。雅艳斋。】

云雨罢，两人说情话。杨风岗谓曰："今日，汝至同学家，何不看天，则玩至这般光景？"【斯时方问。妙。】夏枣儿曰："抑师不知吾心乎？"【反诘亦妙。】杨风岗曰："汝若是说，吾知也。"【能不知乎？】夏枣儿曰："吾故意为之也。"【又补一句，言是也。心诚若是，令对方勿猜，吃定心丸也。】杨风岗又亲夏枣儿数口。【不这般，亦难焉。】夏枣儿曰："吾见师一人，在此孤单，心则思之。【有心女也。】吾心爱师，则想陪师也。【女孩之想，纯也，真也。】然吾胆小，试过数次皆未成行。【隐指今日事，则非今日思，亦非一时为之也。】昨日，吾闻师语，明日礼拜天，师又在书院毋归。吾则思之此法，故意磨蹭晚也。"【将事尽剖。动人之语。】语讫，杨风岗闻之情又勃发，又为之一回。【自然事。】两齣后，夏枣儿眼中流下热泪，【惊闻此语。作者所写细腻。癸巳冬，数九日。】语曰："后，吾可常陪师乎？"【又生情话。】杨风岗闻而心热，暖曰："吾将好好待汝。未想，汝乃如此有情女也。汝心若是细，为我若是想，吾自感激不尽也。"又曰："吾一人教书于外，离家甚远，多日不归，心自煎熬，汝能观之乎？"夏枣儿曰："吾师何思我之陋哉？吾渐长大，晓人事，焉能弗知乎？"【此乃写情之引首，书后又有类事也。之后，晨曦爱生叶淑君亦有是语也。千里映照之法。丰中园。】杨风岗曰："汝至，吾心暖也。未想，汝乃生，当有此思，不易耳。吾感恩不尽也。"【肺腑语。】夏枣儿曰："吾虽学生，然已成人。尚与我同龄而未上学者，则有嫁人者欤。吾见师，则喜甚。日长，愈爱之。故来，不为异也。"

【枣儿说话，句句在理。癸巳冬。】杨风岗曰："吾素观汝，亦留意之。然心无数，生怕出事，故莫敢为之也。"【顺笔又将贼心写出。癸巳冬。】夏枣儿曰："师莫怕。斯事，吾心知之。故今夜来，外人不知也。"闻过，杨风岗一阵感动，伸臂复搂愈甚，连呼"吾枣儿"不止。俗说，爱生情，情生淫；爱愈切，情愈浓；情浓爱切，淫愈炽烈。正是：

情由爱来两难断，淫自欲至互莫分。

是夜，两人极尽缠绵，数度云雨，说了不少情话。故困乏之极，一觉睡去。直至日上三竿，始慵懒而起。【须记清，此乃礼拜天也。否则，这般睡去，莫让人抓个现行不成？癸巳冬日。】

且说一日，杨风岗正在窑内上课，【点醒阅者，莫忘，此乃山区也。】忽见窑外有两汉身影晃动。杨风岗心头骤然一紧，咯噔一下，猛吃一惊。【此乃心虚也。】暗苦曰："嗟夫！莫非东窗事发乎？莫非枣儿家人知乎？"若是思之，心跳甚剧。其忙望夏枣儿，【急找救星。】夏枣儿知意，往外一瞅，摇首笑之。【观此，一幅画也。】【夏枣儿聪慧，会其意也。】杨风岗始放下心来，与夏枣儿点头明意。彼时，其则大胆走出，以会来人。【神又来矣。】来者见杨风岗出，忙【忙字，所用甚好。】自作介绍，原为董三牛、李社儿两家长也。【唬人一跳。原来前之文今之应也。】

杨风岗令学生下课，则引两家长至号内。方落座，两家长谓曰："彼日礼拜天，犬子送菜于师，师何付钱欤?"杨风岗曰："汝等盛情吾领之，深谢其恩。然彼日，汝等使令郎送菜于我，所送甚多，够我多日食之。菜，吾悉收下，然钱定当付之。吾乃公家人，国有其律，吾等不能违也。"【此乃群众纪律。记清。彼时，皆这般作风。】家长曰："此可不成。菜皆我种，未花钱。今送师些许，反收师钱，焉有此理乎？若此，吾等成何人欤？莫非卖菜与师乎?"【真诚语，感人话。】一语未了，将钱放于桌上。杨风岗复将钱塞之。山里人坚辞不收，谓曰："此乃山里人之诚意。倘师若此，莫非刀戳吾心乎?"杨风岗再三释解，山里人绝不收之。彼时，门外众多观奇童子围之，杨风岗将其轰走。杨风岗与山里人又言说一阵，山里人方起身告辞。杨风岗送至校外坡头，返号，眼望桌上之钱，自语曰："纯情山民也。然种菜不易，担水施肥，以劳获之，亦辛苦矣。"【知劳苦，莫能剥夺之。】【后，晨曦为国

家干部时，亦遇类事。】

杨风岗至羊圈底沟，尽享淳朴山民所赐之福。兼有夏枣儿时伴身侧，倒也快活。日去月往，并不孤单。久之，深恋此地也。然好景不长，杨风岗接至调令，被遣原籍村庄教书。此本喜事，而杨风岗却喜意难生。何也？唯夏枣儿情深意厚，诚难以割舍。然调令至，又不得不走。临行前，杨风岗又与夏枣儿共宿一夜。夏枣儿以泪洗面，语诸多情话，难舍难分。杨风岗亦落下泪来。夏枣儿曰："后，吾两人尚能见面乎？"【活脱脱语。能想其神态。仿佛枣儿就在眼前。癸巳冬批。雅艳斋。】杨风岗曰："然。"夏枣儿曰："师尚再来乎？"【虑也，盼也，情也。癸巳冬批。雅艳斋。】杨风岗曰："吾有空自来看汝。"夏枣儿曰："何长时哉？"【又虑一步。】杨风岗无语以答。【真无言可答。】夏枣儿曰："自羊圈底沟至汝村，路有多远哉？"【其问有意。】杨风岗曰："七十里许。"夏枣儿曰："需走多久乎？"【其意又进一步。】杨风岗曰："整一日也。"夏枣儿听罢，甚是悲伤，半日无语。【如此之远，一女孩，安能独至乎？】良久方曰："尔后，师当常来之。吾若不能见师，人定疯也。"【情浓之语。令人堕泪。癸巳冬批。雅艳斋。】杨风岗手抚枣儿之面，掠其发，拭其脸上泪珠，语曰："吾定来之。"夏枣儿曰："师若不来，吾则寻去。"【大出我意料之语！吾思，早该结笔矣，不想突来此语，令批书人猝不及防，也心颤矣。虽复观复批，然忘前之细语。癸巳冬日，雅艳斋。】语讫，呜咽有声。【何"呜咽有声"，该放声大哭则是。吾乃看何书也，何令人动情若是？莫非欲折人寿乎？奉告天下人，情痴身弱者切莫读此书，有移性伤身之虞。切记！切记！癸巳冬日再批。雅艳斋。】

彼时，夏枣儿犹如掉入万丈深渊之中，周无微明。彼浑身无力，头发散乱，缕缕青丝粘于娇面，湿淋淋也。是时，有只乌鸦落窑顶椿树，呱叫数声。【妙！延展之法。】

走日，山民及众多学生前来相送。人群里，自有吴世茂、侯政文、续怀宗及董三牛和李社儿之父。学生中，夏枣儿紧随其后。杨风岗被褥行包，山里人悉以肩之，直将其送之甚远。分手时，杨风岗肩其行李，夏枣儿紧扯背带，久不松手。杨风岗谓众人曰："多谢乡亲，送之甚远。请回之，莫再送也。后，众乡亲倘若下山，自来寻我。"众山民与其摆手。夏枣儿仍紧随不去，泪流满面，粉嫩小脸上滚着泪珠。杨风岗见状，鼻子一酸，亦涌出泪来。【此乃他人事，吾批书于此，何觉为吾事，心痛阵阵。吾乃一翁，尚移情若是？著者何等神笔，拨动吾心，催我泪至。吾奉告多愁脆弱之人，勿入其深，略此叶也。癸巳夏。】【著者言，其写史也，其写情也。何写情则令人若是乎？所观，又有害也。癸巳夏日。】正是：

> 莽山雄厚风物朴，女儿多情云月初。
> 崖头老鸦声三绝，泪眼模糊木萧疏。

欲知后事如何，且阅下篇经传。

史公曰："羊圈底沟，远山也。山里事，人知稀也。当日之事，数十年已过。今读，如昨日耳。倘若当事人若知，不知该作何思也。盖姑妄闻之，姑妄忘之。春来，山坡复绿也。"

十一经

晨曦履职华厅威堂。蓬门显赫，荣归金阳庄。

今非昨。

乡人闻，四下惊语。

翁曰早知晨曦不凡。妇问故，翁曰会看相。妇笑谑。

某秋，晨曦久病不愈，祖母心急，夜卜筮，问鬼神。

筷箸三根，捣水碗，久问不立。方言一事，骤立。人鬼相呼，毛骨悚然。

问，恶鬼欺婶。祖母执鞭笞。

晨曦愈，立竿见影。

提灯笼，出北房。祖母端水碗于后，水泼南墙，黑影幽冥。

十一传

归家园乡人惊荣耀　立筷箸水碗昭鬼灵

诗曰：

人薄势弱斜眼错，生在寒家苦难多。
心比天高飞鸿雁，身为下贱淌烟波。
卧居衙殿华辇乘，傍坐柴邻丽语唆。
杨柳絮飘青苗头，风云雷电始婆娑。

话说杨风岗至羊圈底沟，山民待其甚好，犹有女生夏枣儿夜晚来投，情深意浓，杨风岗在此倒过得顺心自在。不想一日调令至，杨风岗将调出山区，进入平川，回至原村教书，此本极好之事，然夏枣儿惊闻，不愿离去，生同死别，以泪洗面，痛不欲生。临行，夏枣儿又送杨风岗至甚远之地。

终，杨风岗与枣儿别过，挥手而去。山道多弯，少时，则不见杨风岗身影。枣儿望之痛切，洒泪而归，呜咽有声，至家痛哭一场。且说杨风岗肩负行囊离开羊圈底沟，心多留恋。犹为夏枣儿动之真情，相别甚难，每思难过。惟调令至，又不得不走也。

彼思与枣儿诸多故往，纷纭繁夥，情不能拔。正斯时，俄闻羊群叫声于前，惟弯道隔睹。少顷，羊群自前弯出之。羊群后，有一老人，手握羊铲，且随且呼。近前，放羊老人见杨风岗，乍惊曰："噫！此非杨老师乎？"杨风岗闻声，诧曰："老人家，汝知我乎？"放羊老人曰："吾居圪涝掌。夏枣儿乃吾侄女。吾乃其伯父也。"杨风岗闻之，如见亲人，语多话浓。老人谓曰："枣儿素言，师好甚也。"杨风岗赧然一笑。老人曰："其伯母谓曰：'汝常言师好，莫非欲嫁师乎？'枣儿曰：'伯母若是说，吾则嫁之。'满院人皆笑，众曰：‘师有妻室，若嫁，莫非做小乎？’枣儿曰：‘做小则做小，怕甚！’令师听之，此乃何话耶？今者，吾虽年岁大矣，亦知新社会全无做小之说。此丫头尽说疯话也！”【又补前语。点出时代。背面敷粉之法。】语毕，老人畅笑。杨风岗闻之，心头一紧，又顿生酸楚。知枣儿情深意浓，【又揪吾心矣。】此语不诳，心语也。

少时，老人又曰：“吾惟顾说枣儿。莫问，师背行李，何往之？”杨风岗将调遣之事说之。老人伤感半日。曰：“枣儿正说师好，师则走矣。枣儿定伤心也。”【再揪吾心。】之后，老人又言何时见过杨风岗，杨风岗为山里娃教书不易之话。【一丝不乱，处处点清。】且曰：“后，汝若有空，则回来看看。枣儿定思师也。”【何不断揪人心哉？】杨风岗言诺。移时两人挥手别过。杨风岗肩背行囊，步步下山，心头却步步沉也。【作者写人状物，方法多样。此段延展之法，乃以外写内也。将枣儿写之丰满，将故事交待完整，令阅者满足，亦使阅者三叹也。作者好功力也。雅艳斋。】

且说晨曦方走上教育岗位，则触此事，知其事深，一语难概，故嗟叹不已。今入此行，已触斯事，后何也，概莫能知。今，晨曦分配至县教育局，为教育行政工作，然心内仍思学校。其眼前，常浮现学校、教师、学生、教室、讲台、办公室、粉笔、黑板、备课本、作业本、红蓝墨水瓶诸等学校之景。知倘无教学之历，径为教育行政，如隔靴搔痒，有此历方好，犹识不虚空，更得要领。再说，欲成大事者，亦得多入底层，多晓下层之状，方有的放矢。【伏线。】以晨曦言，学校并不陌生，十数年间穿梭于此，熟之极耳。然彼时为生，并非师也，倘若为师，自又不同。固此历莫能少之。有诗为证：

知识圣殿瑞云荡，桃粉李白斗艳香。
阅罢案宗起波澜，花飞嫩润沾衣裳。

然，晨曦身居教育局大楼，其雄伟气派，又绝非学校能比。一时，心亦自豪与满足。

却说晨曦正立三楼窗前神思遐想之际，忽闻楼道内响起脚步之声，声大而急，愈来愈近。未几，则闻一声高呼：“晨曦！”其音震耳。呼声未落，办公室门则被骤然推开，呼啦一声，一股凉风而入。晨曦回头望之，易跋仕也。易跋仕者，县教育局司机也。其谓曰："君返家乎？少时，车往西砦，路经汝村也。"晨曦喜曰："噫！甚好矣。"顿时心喜，又曰："吾与辛老师语之。"【总是滴水不漏。】易跋仕曰："诺！吾往杯中添水。立走！"晨曦即时请过假，乘教育局专车立时拔去。

彼时，教育局专车，乃双排座，人货两用。教育局配司机二人，房世贲、易跋仕。晨曦今乘专车返家，心下分外喜悦，甚是满足，殊觉荣耀。此亦乃潘家之首荣。今非昔比，两个世界。且说车速甚快，两旁树木频闪，骑自行车者亦即抛于后，眨眼而逝。晨曦喜甚，兴致甚高，与易跋仕畅语。易跋仕曰："君乃首批分配至局大学生，有学历，有文凭，目今正值重用知识分子之机，局长又器重之，前途无量也。"晨曦一笑，谦词以对。正是：

> 走城过庄，穿道越陌。人流熙攘闪过，街铺林立躲让。车轮齐唱，辇辇西去云陵；心花怒放，洋洋中来频额。寸寸土地熟悉，垄垄田亩别样。几缕晓霞横榆杨，一轮红日出扶桑。

少时，汽车则穿县城，越畴尚村，瞬间跃上丹陵大坡。至坡顶，则见金阳庄也。

晨曦曰："吾家居村东，墙外则为公路。吾家之墙乃村墙，甚高。然门开于村内胡同，需绕行而入。车至天池【记清。】弯处，吾则下车。"易跋仕曰："诺。"又曰："贵院街门何不开于公路旁乎？若是，所行则便。目下，各村已无村墙矣。"晨曦曰："吾观亦然。昔村墙，乃兵荒马乱年月所遗，今新社会，无匪无盗，路不拾遗，夜不闭户，留村墙何用？当下，多数人连院门亦不置也。"【史笔。】易跋仕曰："君速开东墙，立院门。吾再次送君时，车则直达君门，何不乐欤！"晨曦笑曰："善！依君言，吾则速开东墙为门也。"俄顷，车至天池弯处，晨曦下车。易跋仕轻按喇叭，扬尘而去。

晨曦方下车，正欲转身，则遇一妇，满脸横肉，长相甚恶。彼见下车之人乃晨曦，则问曰："此乃县教育局专车乎？"晨曦肃答，疾步而走。彼时，则有一翁及众妇，远见下车者乃晨曦，互攀说之。众妇曰："当今，晨曦有出息哉！"老翁曰："此乃潘九星之长孙乎？"众妇曰："叟惟识潘九星，不识晨曦乎？"老翁扶杖曰："曩日，此娃幼时，吾则当识，彼长后定有出息也。"

众妇笑曰："叟会算命?"老翁曰："吾善看相。"众妇笑曰："叟莫胡言，何时闻尔善相乎?"嘲笑一阵，又乐曰："汝观吾相何如?"翁曰："泥土之相，有何观之?"众妇又戏谑一阵。毕，则曰："晨曦今入县衙，乘专车以归。今则若是，已日功盖千秋，声名远播，亦未可知。犹泥土之人不能知也。"

少时，恶婆走远，众又说起晨曦幼时，其家遭恶婆之家所凌之事，众皆叹之。语曰："晨曦不凡，未来家兴，其恶婆不知作何思哉?"众曰："恶人自恶，不为善也。不为人数之人，言其作何?"晨曦有诗云：

忽提往事刃割心，始揭伤疤气先吞。
慈母护儿遭毒手，半生犹记残至亲。

又：

酸酸辛辛屈辱事，林林总总悲苦诗。
不敢翻起尘封忆，犹恐水啸没花枝。

晨曦归家，见祖母、父母、二弟、三弟及小妹，所语皆开心矣。【惜斯时祖父已逝，未见长孙有出息耳。叹叹!】

且说彼时，晨曦祖父潘九星已过世矣。潘九星素生性刚烈，不惧凶顽，不畏邪恶，正气凛然。斯年，晨曦祖母年迈。然父生性懦弱，门户不支。后，母渐衣不整，发少梳，家事少理。晨曦深感肩头有担千斤重耳。【为后事铺陈。】彼身置此家，世态炎凉甚敏。彼时，其荣若斯，心甚舒畅，亦知职重位尊。暗忖曰："吾定用心工作，为家争荣。吾强，家则免受欺凌。吾家素弱，屡受人欺。吾乃长子，当挑家里大梁方是。"【与书首祖母之语一照。】

晨曦归家，全家欢喜，谈东说西，笑语不止。潘林泉所喜尤甚，话语滔滔，言之不尽。彼兴语之时，将脸紧凑晨曦之面。谓曰："吾长子自分配至县教育局后，村人看我之眼神亦变矣。彼见我，分外热情，问此问彼，左一句汝长子之好，右一句汝长子之好，倏地吾似换人者也。【往日潘林泉从未受此热遇。】吾子，汝为吾家争光也，为吾家扬眉吐气也！曩日，村人何如此问我乎？若今，仿佛天地皆变也!"【为后事铺陈。】潘林泉至北房，又撼妻臂，眉飞色舞曰："汝为吾家生大好儿子耶!"柳玉莲一笑，忙甩夫手，喝曰："吾手有锥，当心扎之！"语毕，曰："说此话作甚？唯子工作称心则是。"柳玉莲炕上纳鞋底，且语且作。潘林泉曰："吾长子有出息甚焉。幼少之时则在村里书院当班长，至大学又当班长，村里伙伴朋友甚多，常一伙一伙至家。吾长子不论至何地，领导皆器重也。毕业分配之人何多，唯吾子一人分配于县府也！"少时，潘林泉又谓子曰："昨日，吾至大队【彼时大队已撤销，口语仍沿。】门房，汝干爸在此值班，彼处坐人甚多，见我至，则悉言吾儿不凡。言大学何等难考，吾儿考中，且分配至县府也。县府者何，昔曰衙门也。其又谓我曰：'汝有福甚焉。有斯子，万事莫愁！【为后事铺陈。今得不易；后则弃之，更不易。甚为叹服。彼有大志也。有大志者，大舍也。无大志者，小利而不弃也。丰中园。】可观之，已日，汝长子定做大事也！'闻斯言，吾心喜极。自大队归，即告汝母。"

潘林泉且说且手舞足蹈。柳玉莲手纳鞋底不停，笑曰："吾晨儿出生不久，算命先生至，令抽签，则抽上上签。算卦先生则言吾晨儿将来非凡辈也。"一语未了，潘林泉又眉飞色舞曰："吾晨儿出生于太阳东升之时。当夜，吾梦红日东升，吾孩儿手举'上'字，一一相接，直达红日。后，吾据此梦，画有一图。"【实语，实事。】语毕，则臂触晨曦，曰："此画画成，贴东室东墙，有数年矣。"又曰："汝出生时，臂如藕瓜，上两节，下两节，白白圆圆，煞是好看。彼时，家无宣纸，吾则画于麻纸。今，此画尚存焉。"

正说间，忽闻巷内突起叫卖之声。潘林泉正说兴头，全无在意。柳玉莲侧耳闻之，惊喜曰："有卖驴肉者也！"一语未已，速放手中之活，忙移身下炕。潘林泉见状，曰："此乃何季，何有卖驴肉者乎？"柳玉莲曰："莫管，吾自看去！"说罢，已至炕下。急曰："不知价钱若何，吾先观之！"【昔者，除春节外，农村之人，素无点荤。忽遇卖肉，乃震撼之事。莫管何肉，先观奇之。】正斯时，忽闻祖母韩素珍在西厦高呼曰："噫！这伙穷鸡，尽知屙屎，气煞人也。吾方将地扫净，又屙之。"语毕，则以棍击鸡，群鸡扑噜飞出。二弟晨明至前，谓祖母曰："饭熟乎？"韩素珍曰："熟矣。汝先食之。吾呼彼等前来。"乃高呼数嗓。潘林泉忙拍晨曦之臂，急曰："快！吾等莫再语之，速往食之。不然，汝祖母大骂也。"

柳玉莲不顾婆婆呼喊吃饭之话，手拍身上之土，急忙外出。其正走至当院，适逢婆婆自西厦走出。韩素珍曰：“如此之急，何为之？”柳玉莲不言，只顾风风火火外行。方走出数步，至猪圈旁，似有所思，自语曰：“抑或将钱拿上为好。”复折身北厦。彼时，潘林泉及晨曦皆自北厦走出。潘林泉见母问，妻弗答，则谓母曰：“方才，有卖驴肉之声起于巷内，彼往观之。”一语未了，韩素珍陡然色变，怒火中烧，立斥曰：“嗟夫！有馍饭吃尚嫌不足，尚欲吃肉乎？何那般欠吃？肉何贵，此之为，乃过光景之人者乎？”【彼时，日月甚艰。孰提吃肉，定为不会过光景之人。写史不虚也。晨曦祖母此斥之，又照之后辛酸事也。】一语未尽，又愤斥儿曰：“尚有尔，妇欲吃甚则买甚乎？屋里光景定让尔等糟蹋尽矣！家里何出尔等之人，毫不知过光景，不知过日月，若是以往，此家何继为？”韩素珍愈说愈愤，霎时骂儿骂媳，骂个不止。【晨曦少时，家里常吵闹，全村皆知。在此稍写。】

晨曦至西厦，闻之葱炒浆水香味，喜谓祖母曰：“此饭甚香，吾最爱吃浆水面也。闻此味，则觉其香无比。”【老来亦爱其味。】韩素珍闻之，又愤曰：“尔等吃上浆水，何时非我和之。汝母何时和哉？惟知吃也！”晨曦曰：“莫吵哉！祖母之劳，吾等皆知。惟整日吵闹，外人笑话也。”韩素珍曰：“彼若稍微勤快，吾何言之。其整日睡至半饭时，家之何过？犹尔父，不说妻一语，整日勤护，顶于头上。倘若吾老了，【方言，去世。】家之奈何？吾孙儿则恓惶哉！”又曰：“吾尝言，此家以后将支靠汝也，靠尔父可行？死者不敢抓，活者不敢拿。尽由媳妇之性，又不敢说，何时能闹下光景哉？”【祖母之忧不为虚。后家之多难，则应祖母之话。老来，常思祖母所吵之语，知其忧甚焉。彼时，祖母已年迈，放心不下。今思，当年祖母早有所预，而不能易之，故出愤语。后，吾自大荒外归来，二弟几成废人。吾为二弟力主公道。思曩日祖母所托之事，吾大哭不一回也。人则非兽，焉能弱肉强食乎？人有一气，则欲尽心。哭而下泪。】【晨曦幼少之时，家里常若是。此为一证。颇令人心酸也。】

韩素珍正愤之，柳玉莲则自北房拿钱而出，所行甚速。韩素珍隔窗望之，看之真切，又气涌心头，骂曰：“馍饭吃不下，尚欲吃肉乎？嘴拉地上，几辈子没吃过肉哉？”柳玉莲扭头喜【喜字妙。诸思各事，不为所动，已为常也。】谓西房曰：“晨儿！吾为汝看去！”【喜子也。】潘林泉则曰：“善！”

【亦不顾其母，应之及时。】韩素珍瞅之，心又大火，愤曰："嗟！毫无出息之相。何有丁点男子汉之气？凭此，家能善乎？"斥声不绝。少时，韩素珍又联想他事，愤曰："尔整日惟知写写画画，写写画画又有何用？抵吃，抵喝乎？昔者老年人常讲：'百能百巧，饿得嗷叫。'尔不知锅乃铁倒耶？又逢此媳，整日惟吃惟喝，从不思虑。这般败家，家何能兴之？"又叹曰："嗟夫，皆败家之货！老人常言：'一辈子刚强，一辈子窝囊。'家在尔手，有何指望？幸亏有吾长孙，否则，未来之家败甚也！"【阅此，泪水顿下。辜负祖母之托也。】后，晨曦有诗曰：

家中吵闹经常事，狗跳鸡飞不为饰。
父拽鸡笼往天摔，祖拿拐杖向石笞。
翎毛散落如雪荡，瓦块溅飞若弹蜥。
邻居围来齐院观，穷屋乱嚷不分时。

韩素珍且骂且做，丝毫不误干活。其为众人捞面，浇浆水。众端碗而出，食于屋外房阴之下。

房阴下，置一条桌，地势不平。潘林泉曰："吾将桌腿瓦砟垫之。"说罢，则将饭碗置檐下石上，旁寻瓦砟。未料，其方转身，大红公鸡猛地窜前，自碗内"梆当"一声鸽出数根面条，众母鸡紧随而至。近旁晨明、晨亮、晨花望见，忙吆鸡曰："呜矢！呜矢！"晨曦乍见，忙手端饭碗紧走两步，一脚将公鸡踢开。公鸡仍不死心，未走数步，又回首昂颈驻立。潘林泉拾瓦砟返身，看此情景，愤曰："噫！此贼皮嗯哩鸡，气死我也！吾方转身，彼则来矣。碗内之饭，乃尔鸡所食乎？"气得连说数语，继将瓦砟垫桌腿之下。罢，拍手上之土。晨曦谓父曰："此碗内之饭尚能食乎？"潘林泉曰："食之。弗食，可惜也。"【潘林泉殊能节约。某年，家里无菜可咽，则蘸干盐而食，其觉所食甚美。为家之男，不懂生计，无预之能。得俸薪，当夜悉数还尽，且犹喜。有钱，则不能过夜。而种地之时，无钱买种，无钱买化肥。地不高产，不够一年吃，每年二三月，又买高价粮，家中无钱又无钱也。恶之循环，终不能脱。晨曦上高中，略知筹划之事，知其利害，与之争辨，仍无果。悲夫！丰中园。】

正说着，柳玉莲自胡同内急步归来，大喜曰："晨儿！果为驴肉，吾买之！”全家人皆看，只见其两手捧肉，盈掬，肉甚多。肉色血红，人走，血水随滴。近家人前，令细观曰：“此肉甚好，三毛钱一斤，比猪肉便宜多矣！”【彼时，猪肉八毛钱一斤。】语罢，急入西厦，将肉放入陶盔，舀水浸之。语曰：“稍候，吃罢饭，吾做之。今日，吾晨儿归家，则令美食之。吾晨儿整日为家出力，不食何成？”【母亦为儿一片心也。故清官难断家务事，在此一证。】语毕，则将卖肉者缘何杀驴之事一说。【无细言。若言累赘耳。虽有趣，也罢矣。作者言，作大书，百万言，多则多矣，然须知惜墨如金之理。笔墨稍为松驰，书则垮塌矣。此为作书之最为紧要处。作者言我，大书须紧，小文稍松尚可，或得闲适之性，亦不失为美。两者，绝不能颠倒。不能以外行观之。作大书，行文若稍松，顷间散如泥沙，不能立之，犹不能成高楼也。入此行者，当须谨记。一言以蔽之：大书须紧，小文松可。切记，切记！雅艳斋。】

柳玉莲端碗至檐前房阴下，食之。继又说起晨曦，父母皆喜形于色。潘林泉脸凑妻面，【写活。】笑曰：“吾妻功劳大也。”不谓正被房内韩素珍隔窗睹之，立骂曰：“漆包之样！【方言，酸相。】孰无妻乎？孰若尔乎？下作之相，有何出息？”骂过，又隔窗呼曰：“碗内之饭吃完乎？快拿来捞哉！”如此忙乱一阵。众饭罢，韩素珍方捞所剩之饭，端碗，坐门前石上食之。边吃边唠叨曰：“何时皆做饭于前，吃饭于后！”【常这般说。】正说着，南院小芹走来，与大家闲话一阵。语间，则言借摊馍鏊之事。韩素珍将碗放条桌上，再入西厦将鏊拿出，递于小芹，且嘱曰：“端好，当心摔之。”小芹言诺。走后，韩素珍复端碗食之。

晨曦望祖母操持家务，甚为辛劳，心甚感激。倏地，思起幼年之事，心内一阵翻腾。何事？原曩昔某日，晨曦病倒，浑身发烧，四肢无力，头疼身重，偃卧于北房东间炕上，数日无好转。韩素珍望之，心甚焦急，谓曰：“不知何鬼将吾长孙拿住。吾将问问，敬而送之。”晨曦躺炕，无力曰：“能顶事乎？”韩素珍曰：“顶事！观尔之样，定被鬼所捏。倘弗问弗送，鬼不走，病不愈也。”说罢，手抚晨曦额头，再摸其身，惊曰：“汝身烧若炭。此鬼，急需问之。”晨曦曰：“此乃迷信。”韩素珍曰：“莫管迷信不迷信，能使吾孙儿病愈好转则成。”说罢，自备起敬神问卜之具来。

夤夜，朔冥，天阴沉。无月，无星，无光。屋外漆黑，伸手不见五指。屋内，油灯摇曳，橘光微照，窗纸破洞，阴风贯入。少顷，韩素珍迈小脚自西厦以入，手端清水一碗，拿竹筷三根，置于火台。谓曰：“吾将碗拿来，试问之。是何小鬼将吾孙儿拿住、捏住哉?”语讫，手执竹筷三根，捣于水碗，口中念念有词。【观此，又见旧日。吾祖母果如是。】曰：“吾孙儿生病，不知是何鬼寻衅滋事。彼为孩稚，与其有何过节？或汝有话，令托捎之?”且说且捣，当当有声。顷而问曰：“汝乃南院伯父乎？汝若有话当说，请立之。”三根竹筷，水碗不立。韩素珍继捣之，当当声又起，再问曰：“汝乃王家巷二爷乎？若是，请立之。或有话捎于家中，或缺钱乎？若缺钱，吾当转告汝家，为尔烧纸哉!”三根竹筷，仍水碗不立，散乱依旧。韩素珍继栽继捣，曰：“汝乃西张伯母乎？若是，请立之。”三根竹筷，仍散不立。

黑夜，晨曦望祖母作法，心下瘆然，似活人真与死者语，死者自在眼前也。于是周身发紧，头皮酥麻。彼时，小油灯火光扑闪摇摆，房内黑影甚大，且随人动，转摇四壁，望之骇惧。韩素珍继曰：“汝乃后院大婶乎？或有话捎之。若有，当言之。或在彼不能饱乎？若饿，吾令家人送饭欤。”捣声继响，筷箸未立。韩素珍曰：“汝在阴间乃有鬼欺乎？若有，告我，吾揍之，令其不敢欺也。”话音未落，惟闻“嘡”之一声，三根竹筷紧抱一束，直矗水碗，肃立不动。霎间，人鬼相通，瘆瘆然也。【人置此景，无人不若是。】韩素珍见之，浑身顿觉轻松，【祖母不同。】谓孙曰：“果后院大婶也。吾揍彼鬼，令其往后再莫敢欺尔大婶也。”

语毕，将水碗立筷端详半日。谓曰：“不期原为后院汝之大婶。彼在世时可为好人，然性格绵软，时受人欺。人常言‘人善有人欺，马善有人骑。’不谓人至阴间，尚有鬼欺哉！吾定为其出此恶气，以鞭其恶，令恶畏之，使其莫再敢欺尔大婶，欺好人也。”语毕，四下转首寻之。曰：“有哉！吾以麦绳抽之。”说罢，走至外间。因外间甚黑，摸至门角梯处，抽出麦绳一根，在外间地上举绳击打。曰：“汝之大婶，吾击其恶，为汝报仇，令恶鬼莫敢再欺汝也。”又且击且曰：“尔乃何鬼，竟敢欺他大婶！后院大婶乃何等好人。尔千刀万剐之货，竟敢在阴间欺之。其大婶阴间弗能制尔，吾今日则打死尔也！看以后尔尚敢再欺其大婶乎!”又抡麦绳抽之。再曰：“尔狗货，阴间尚欺好人，吾令尔没有好报，令尔于阎王爷处下地狱、入油锅、碎尸万端、焚尸化烟!"

已而打累，韩素珍稍作喘息，曰："昔者，汝大婶常至吾家，甚喜汝，常'尔长尔短'呼之。有时，吾家没浆水，则令汝至其家借之。"晨曦曰："有日，吾至大婶家借浆水，其舀甚满，不好端也。"韩素珍曰："汝婶实在，乃尽量多舀哉!"【村人纯朴。斯真事，晨曦一生不忘。】晨曦曰："吾知其心也。"韩素珍曰："然好人多灾多难，老天爷亦甚不公。何将好人早早收去，却令恶者逍遥人世乎?"

正说着，忽闻"叭嗒嗒"一阵脆响，三根竹筷瞬间倒地，倾落地上，弹数跳方止。倏地，晨曦心头一惊。韩素珍曰："汝婶走矣。"说罢，弯腰拾筷，抹去泥土。曰："若是，吾孙儿之病将愈也!"语讫，脸露笑容，中心甚舒。晨曦望筷跌地，似病也去，顿觉身轻。韩素珍曰："汝婶走矣。吾送之。"晨曦曰："外面天黑，吾打灯笼照之。"韩素珍曰："汝尚病，可乎?"晨曦曰："望祖母作法，鬼去，觉身也轻矣。"韩素珍曰："如此速乎?【惊喜语。】此病，鬼去方能好之。"语罢，韩素珍自旧桌断腿下，拉出纸糊灯笼，将小油灯塞入。晨曦爬将起来，下炕，提起灯笼。韩素珍双手捧水碗，颇小心。祖孙二人走至院内，院内漆黑。小灯笼惟照尺寸。至院南墙，南墙高大，黑黝阴森、端立院内，愈近愈觉恐骇。【壆也。】斯时，晨曦望之，惊悚之极，毛发竖立。韩素珍至南墙下，面黑影曰："他婶，吾送之，汝当走好。吾已替汝出气也。今后，彼鬼莫再敢欺之。汝走好哉!"语毕，奋力将碗中之水高泼南墙。有诗为证：

孙儿躺炕病袭骇，祖母端碗箸筷栽。
问讯鬼灵灯摇曳，霎时紧束矗灶台。

欲知后事如何，且阅下篇经传。

史公曰："寒家出贵子，千古至理也。不生贫家，不知贫之味，不知生之苦，不知寒之艰。非此，安能怜贫惜弱，同情天下可怜人乎?晨曦者，苦水泡大也。其见不得人贫，见不得人苦。若是，定堕泪也。然天欲苦其身，而利其民，亦大幸也哉!"

十二经

晨曦与房世贲论文言文。

方言与古语，今语与古语。

口语，古今无大差。

文言，非古口语。古人当善，苦学之果。十年寒窗，悉学文言文。

晨曦乘车，东入历山。

坡半，司机戏闹，两车擦肩过，几撞。慈士益魂飞魄散，大骇。

山野荆榛丛中，男女偷欢。

夜行，水响幽谷，月明林中，河水漫道，车忽陷野，不能动弹。弃车而货满，奈何？

旅店，女店主撩人，戏谑。

十二传

疏林月河喧车陷野　寂店妇灯昏身惹客

诗曰：

红旗猎猎歌声亮，斧头镰刀泥土香。
风正光明写尧舜，桃粉柳绿画故乡。
笑容满口集体乐，喜语盈耳劳动康。
田野不闻上工号，至今犹忆鞋磕帮。

话说晨曦乘县教育局车归村，村人见之，多交口称赞。父闻，乐不可支，喜语不止。晨曦返县，敬职敬业，别无他话。且说某晨，早饭毕，晨曦与局长吴蔚世再次相随。吴蔚世曰："柳泉、桑林二中学需教学用品。今，汝与慈士益老师同往，随车送去。"晨曦闻言，欣喜万分，曰："唯！尽职尽责，必善其行！"吴蔚世笑曰："噫！年轻人，活力四射也。"

语毕，晨曦飞步奔往三楼办公室，放下碗筷，翻书数页。待上班时至，又飞跑一楼，径往慈士益办公室而去。慈士益乃县教育局主管财务者，全县教师工资，悉由其所管。晨曦入其室，见两位公社【旧称。】财务员在此，正与慈士益语之。晨曦传局长指令，慈士益曰："诺！吾等同往之。"慈士益素不言笑，满脸正经，今见晨曦如此之喜，亦受感染，曰："曩日，彼地汝至乎？"晨曦曰："未也。其为山区，道阻且长，未能至也。今往，正好观之。"慈士益谓公社二财务员曰："平川之娃未见大山，稀罕哉！"两人会心笑之。慈士益又谓晨曦曰："曩昔未行，今则成之，令尔饱览哉！"

语过，晨曦喜退，因退甚急，未顾身后，不想猛撞一人，彼即"哎哟"一声，俄闻"咣唧"之音，骤然而起。晨曦倏惊，忙扭头观之，所撞非别人，泽如丰也。斯时，彼正手提水壶，壶盖撞之激响，水沿一地。泽如丰见晨曦如此之喜，猜曰：“又奉新令乎？”晨曦喜曰：“今往山也！”泽如丰问曰：“何山耶？”晨曦曰：“柳泉、桑林也！”泽如丰曰：“噫！甚远之地耳。”

晨曦上三楼，蹦跳而至，至，径往司机宿舍。斯时，房世赍正趴桌观书，陡见晨曦入，忙起身相迎。晨曦至桌边，问曰：“君读何书哉？”房世赍曰：“函授教材也。”晨曦闻之，心下一惊，曰：“君尚函授乎？”房世赍曰：“令君见笑耳！”又曰：“君至，吾有冀焉。”晨曦曰：“何事欤？”房世赍曰：“请君助我以学。何如？”晨曦一笑。随后转首，见其床头堆书甚多，稍翻，皆函授教材，乃赞数语。房世赍曰：“吾学函授教材，今学期皆为古文，读之甚难。每字需观注解，阅之甚慢。读半日，方数行，不胜其苦。”晨曦曰：“古文博大精深，需日积月累，安能一日成乎？”房世赍曰：“倘将古文学佳，需几时欤？”晨曦曰：“倘能通读，少则数年矣。”房世赍曰：“噫！如此长乎？”晨曦曰：“此乃速者。若谨言，倘将古文学佳，需费终身功也。”房世赍叹曰：“如此难乎？”晨曦曰：“习文言，重在应用，非止于读也。今人，能应用文言文者，稀也，且一代不如一代矣。”房世赍曰：“文言太难矣。”晨曦曰：“难之不假，然文言大美哉！”房世赍曰：“何美哉？”晨曦曰：“文言文语言凝练，语句铿锵，读之回味无穷，余音绕梁，极富韵律之美，此乃白话文难以匹之。本世纪初，兴白话文，废文言文，以致今日之伤，将数千年中国文学传统抛尽，愚极、陋极矣。”

房世赍曰：“文言文，今人读之，甚难。彼乃古人所说之语，非今人之语。若令我学之，莫非赶鸭上架乎！”晨曦笑曰：“君言大谬哉！文言者，顾名思义，乃文之言，非口之语。自文字诞生之初，则文言记之，非以口语记之。古代，文言、口语已两分也。换言之，文言不以口语为准，口语非以文言说之。”房世赍大惊曰：“嗟！文言者，非古人口语乎？”晨曦曰：“倘若文言乃口语，何文言乎？”房世赍曰：“噫！闻斯言，吾彻明耳。何今人无此谓耶？”晨曦曰：“若彼有谓，何劳吾谓乎？”房世赍大笑。顷而又问：“何文言不以口语写之？”晨曦曰：“写字之材贵也。”房世赍曰：“何贵之？”晨曦曰：“古之书材，甲骨、青铜、竹简、丝帛诸类。此材非重即贵，若以口语记之，需字何多乎？为简约，古人始创文言，一字抵数字，甚数十字，或百字、千字也不为过。以最少之字记最多之事，故创文言，于是乎文言生也。”一语未了，房世贲大悟，连声拍案叫绝。

少顷，房世贲曰：“古人聪也。”晨曦曰：“古人创立多也。除文言外，尝创官话也。”房世贲惊曰：“咨！官话？何为官话？”晨曦曰：“中国九州，人口众多，分布极广，受地域之限，各有方言。方言乃古语。若寻古语，求之方言，非文言。然各地方言，虽有同，亦有异，且异明彰，故远古庙堂为统治利，除创文言外，又创官话。官话，为人造话，非自然之语。与今创世界语，思同也。”房世贲大惊曰：“噫！别有洞天。理也。”晨曦曰：“诸地方言，多有音同者。”房世贲曰：“是乎？”晨曦曰：“譬如鞋、笔、尾巴、爷爷等语，诸地方言皆同，非官话之音。”房世贲细听其详。晨曦曰：“如‘鞋’读海音，‘笔’读碑音，‘尾巴’读遗巴音，‘爷’读涯音，诸地皆同。”房世贲惊之，曰：“吾亦出车走外，然无君走地之多，君见多识广。依君言，乃官话读音佳，抑或土语读音佳哉？”晨曦笑曰：“土语读音多有来历与寓意，非枉称之音。如“鞋”读“海”音，海者，何处也？天地间最低者也。鞋为人体最低者，故取彼音也。黄帝造字时，且有此字，‘塰’也。”晨曦将“塰”字写出。【塰 hai：翼城黄帝语，鞋。黄旁造字：海者，最低也。土者，鞋踩土上，土在鞋下。鞋为人身最低处。从海从土，合造斯字。】房世贲惊之半日，曰：“‘笔’乎？”晨曦曰：“笔者何用？记文也，记文当传也。何传久者，碑也。故取其音也。”又曰：“吾地毛笔之读音，尚有一谓，何也？‘生伙’也。生伙者何？文人吃饭家伙也。故又有一名。”房世贲大叹曰：“噫！君大才耳！”晨曦笑之。房世贲曰：“‘尾巴’何解？”晨曦曰：“尾巴何样？抑扭曲似蛇乎？巴者，蛇也。遗者，留也。此乃尾巴者，人无，动物留也。乃‘遗巴’也。”房世贲连声称善，又问曰：“‘爷’乎？”晨曦曰：“方言中，‘爷’读亞音。其字亦为亞。”【亞 ya：翼城黄帝语，爷。黄帝造字：《说文》曰，亞者，象人局背之形。以明老也。】房世贲大喜曰：“噫！果如是也！闻君之言，诚开眼界耳。”晨曦曰：“吾地之登登【头】、爬爬【脚】之读音，亦皆有来历。”房世贲又问其详，晨曦答之。【此略，供人思之。说尽则无趣耳。】

房世贲惊曰：“君大慧也。为我长见识多也。”顷而又问：“惜古人语音，今则不知耳。”晨曦曰：“可类推之。”房世贲曰：“何类推之?”晨曦曰：“存世之人百岁者有之。一家之中，四世同堂，五世同堂者有之，彼知祖父或曾祖父之语乎?”对曰：“唯！知也。”晨曦曰：“其语有异乎?”对曰：“否！无也。”晨曦曰：“试问祖父、曾祖父之祖父、曾祖父其语有异乎?”对曰：“否！无也。”晨曦曰：“能知者，二百年语无异也。再类推，是否答之同也?”对曰：“唯唯！应是也。”晨曦曰：“可见口语相传，代代若是，可判知数千年变之微也。”对曰：“唯！乃理，然无证也。”晨曦曰：“有证也。”对曰：“何证之有?”晨曦曰：“今陕西方言中，‘住’读止音。然古代文言文中有此迹也。”房世贲曰：“有斯事乎?”晨曦言诺，曰：“《列仙传·萧史》有记云：‘萧史者，秦穆公时人也。善吹箫，能致孔雀、白鹤于庭。穆公有女，字弄玉，好之，公遂以女妻焉。日教弄玉作凤鸣。居数年，吹似凤声，凤凰来止其屋。公为作凤台，夫妇止其上，不下数年。一旦，皆随凤凰飞去。故秦人为作凤女祠于雍宫中，时有箫声而已。’在此段中，将‘住’写‘止’且两处。是否?”对曰：“噫！果也。”晨曦曰：“此记，汉代也，距今两千年矣。可见两千年前之秦地，已将‘住’读‘止’音矣。此非二千年方言不变之一证乎?”对曰：“诺!”又问：“再古，尚有证乎?”晨曦曰：“亦能寻之。”对曰：“何也?”晨曦曰：“《诗经·邶风·匏有苦叶》有云‘人涉卬否，卬须我友。’此中有‘卬’字。犹早之《尚书·大诰》有云‘越予冲人，不卬自恤。’其中亦有‘卬’字。‘卬’者，乃吾地‘我’之土语。吾地，唐尧虞舜之地，亦乃古唐国之地，‘我’字今‘卬’音，春秋时，吾地已读‘卬’也，犹上古尧舜之时亦读‘卬’音。可见吾地方言，五千多年无异也。斯‘卬’音，则乃土语传承之活化石也。”房世贲大喜曰：“君诚大才耶！一语令我醍醐灌顶，大悟耳!”晨曦曰：“所以吾辈必须学好文言文，莫以时之不同而为借口也。”房世贲曰：“君言明矣。数千年间，口语变之微也，甚而无变也。今之口语如何言之，古人亦概莫如是也。”晨曦曰：“君慧甚焉。”对曰：“君又笑我哉！然我尚有一事不明?”晨曦问曰：“何也?”对曰：“今之口语与古之口语无大差，何古人文言善之，而吾辈非焉?”晨曦曰：“文言文，古人亦需学之。十年寒窗读何哉？文言文也。其读为用，需会写文言文也。古之科举，所考皆文言文也。故善之，当需步步进也。”

语毕，房世贲大悟曰："吁！君为我上大课也。若是说，吾倘将文言文学之不佳，罪在己，而非时乎？"晨曦大笑曰："房兄聪慧敏敏也。"二人阔笑。

房世贲曰："子若神人也。何知若是多，此乃大学之师所授乎？"晨曦笑曰："非也。凡事，莫迷信也。才之高低，论之优劣，全无朝野之分。"对曰："俗言'大贤在野'，【古有，今也有哉。】莫非若是乎？"晨曦笑曰："倘言文言文之史，已有数千年，诞众多文化典籍，出诸多文学大家，光耀千秋，争相辉映，诚乃中华民族璀璨瑰宝也。"对曰："惜文言文，今人多难为之。吾观文言数篇，所写甚佳，复观复赏也。"晨曦曰："文言文之美，观久则察其味，愈观愈有味也。"对曰："今之白话文，何不能比之。"晨曦曰："中国文学正宗乃文言文也。而以白话记文，方数十年事，何能比之？且今人惟知纸廉，不知惜墨如金，满纸大白话，文美何生哉？文韵何生哉？"【真谛之语。】房世贲曰："听君一席话，胜读十年书。君所言者，其意犹新。昔往，吾从未闻之也。"

正说着，易跋仕排闼而入，见晨曦在此，忙打招呼，又扭头谓房世贲曰："油加满矣。"房世贲曰："走！"遂各收住话题，忙收拾东西。晨曦复入办公室，至房门，忽忆起数日前在此生发之事，噗嗤而笑。【又转折矣。】何也？原来，彼日深夜，晨曦早已入睡，天大热，门半掩。迷糊中尚闻楼道之中有高嚷之声，未几则至门前，身不得控，将门大撞，口内乱呼，俄至床前。晨曦似有知，而未全醒，来者乱喊曰："吾友快起！喊酒哉！"晨曦知乃房世贲、易跋仕也，然癔梦疙渣【土语。】曰："深更半夜，喝甚酒哉？"对曰："啤酒！啤酒哉！快喝欤！"晨曦仍迷糊曰："吾已睡着，饮酒作何？"二人趺趺撞撞，话语甚多，语曰："吾等餐于外也，有酒带回，与君同饮！"又曰："吾等相邻而居，焉能忘友乎？"晨曦不饮，二人硬劝，晨曦难拒，举瓶饮之。方入口，一股异味急袭，甚是难闻，立喷于地，惑曰："此乃何物？马尿乎？"二人见此光景，大笑曰："此乃啤酒，何谓马尿？"晨曦弗信，以为彼等捉弄，谓曰："明为马尿之味，何谬哉！尚言其非乎？"二人愈发笑曰："吁！若是观，曩日，君诚未饮也。"【背面敷粉之法。一映晨曦家境较寒，二照晨曦生活约己也。】晨曦曰："啤酒则此味？味同马尿，何痛饮哉？"【非逗人之话。实话。】一阵笑谑。若此闹之，晨曦睡意全无。房世贲、易跋

仕且笑且呼，且歌且乐，东倒西歪，醉颠而去。【入门，插一段。传神之笔。】

晨曦想此，直觉好笑，进屋后关好门窗，随房世贲、易跋仕下楼。至一楼，呼慈士益，同往楼前乘车而去。俄顷车出县城，越浍河，已而入东山之麓。晨曦自小长于山外，面对崇山峻岭，颇觉奇罕，今有幸长入，心内甚喜。今往者，东南诸峰，乃历山脉系，舜耕其所，【故乡之景。乡情深耳。】向往极之。

少时，车爬大坡，坡陡且长，至半坡，遥见有大卡车坡顶而下。房世贲、易跋仕二司机见之，顿来精神。房世贲曰："吾等唬彼，何如?"易跋仕曰："诺!"房世贲曰："瞧我哉!"【顽劣始也。】语讫，二人皆目瞪来车，房世贲紧握方向盘，向上迎去。晨曦和慈士益坐后排，不知前二人将捣何鬼。俄而大卡车轰隆而下，然房世贲却将车紧贴大卡车开去。霎时大卡车至前，紧贴车窗而来。慈士益坐车之内侧，臂放车窗口，不期大卡车如虎扑来，惊得慈士益大叫一声，急呼曰："吾命休矣!"瞬间，将臂抽回，其半身似将被来车削去也。【若撞奈何？出人命矣。彼时，开车取乐者多矣。险之伴，不知乎？缘车之少故。若今日，避当不及，险常伴之。】霎间，大汗直下，魂飞魄散，哎哟不已。房世贲自后视镜望之，忙曰："嗟！坏哉！大卡车驻也。"慈士益不知端地，自车窗口后望，只见三人自大卡车上跳下，怒态以望。易跋仕急曰："快逃!"房世贲全神开车，一刻未懈，将车开至坡顶。至此，易跋仕曰："终脱矣，追不及耳!"【何苦哉!】正是：

> 穿田越陌上东山，左拐右转寂寥看。忽地对面来了车，顿生精神笑逐玩。霎那间，两车错，如同雷滚闪电越。擦身走，心胆寒，差点将要出不测。哦，哦，哦，这岂是嬉耍地方，乱车辙!
>
> 彼车驻，此车走，再慢就要挨砖头。幸走快，躲得了，身心不宁定生秋。尔何必，若是谋。老头差点尿吓流。气呼呼，命欲休。

慈士益心跳咚咚，久而未复。

紧张气氛稍过，慈士益心内火出。愤曰："吁！尔何开车欤?"房世贲曰："何也？"慈士益曰："莫看吓死人乎！"房世贲曰："无事也。"慈士益曰："尚敢有事乎？有事则迟矣。此乃开车，焉能玩笑乎？"二司机尚未言，慈士益已悟其故，曰："嗟！故欲骇彼乎？若出事，奈何？"易跛仕曰："慈老师，莫火。吾乃何人，宁有事乎？吾等开车多年，从未出事也。汝将心放肚，心安之。"慈士益仍愤曰："方才何悬，几出人命乎？吾身几被大卡车挤扁哉！"房世贲、易跛仕笑曰："此毫厘之度，吾严控之。看之相撞，实则无事，诚乃水平高也。惟将彼大唬，以讨其乐也！"慈士益气曰："此为唬人？吾看唬己也！若今，吾心跳尚剧哉！"

车内四人，慈士益年齿最长，四十七八岁。房世贲二十七八岁。易跛仕二十四五岁。晨曦年方二十，惟其最少。彼时，晨曦尚有一事不明，问曰："两车相会，当互礼让，何吾车独让彼欤？"房世贲曰："国有规，车行坡半，上坡车应礼让下坡车也。"晨曦乍闻，一时不明，再忖，方晓其理。

汽车径行，大山愈走愈深。山峦越发高大，村落渐而稀少。再走，偶见窑洞点缀岔沟之间。良久，房世贲曰："柳泉将至矣。"晨曦注目视之，以睹山区书院有何不同。【以证书前所涉之事。】须臾，汽车拐过一弯，终见山坳里有块平地，中有数排平房参差其间。学生嬉逐于内。汽车轰隆而入。师生陡见，骤然围观稀奇。晨曦下车，环顾四周，似有相识，又不知何遇，心正纳罕。猛然想起事由，不禁哑然一笑。【未点明也。】慈士益看个正着，问曰："何也？"晨曦忙摇首笑曰："无事也。"汽车卸货毕，稍作停留，又驱车上路。

再行，山中之景殊异。只见林木渐多，葱郁繁茂，勃然气昂。惟山中公路左盘右绕，独一车行之，别无他车，亦无行人，死般寂静。且说万谧之中隐有一动，何也？山坡后，密林中，有对野男女正销魂于斯。……少时，汽车马达声渐大。野汉在妇身上稍动……正斯时，适闻汽车马达声渐近。野汉扑愣而起，忙寻裤觅带……两人爬至山顶，汽车适出前弯，目睹之。野汉拨荆棘而前曰："真巧矣。不期于尔野合，尚能观汽车欤！"妇曰："不全亏我乎？"【写得甚为热闹，逼真活现。艳极。古今中外，小说写艳事者，多也。然写得如此酣畅淋漓，自然得体，天地和谐，不多也。小说，离不开艳事，人类离不开艳事。尚素，和尚也，然花和尚亦不绝耳。艳事者，人之性事。

过分禁忌，适反也。小说把握其度，不删一字，而呈世人，需功力深厚。如同丈八长矛画于轻薄纸上，轻则不及，重则纸破，全赖功力也。《大荒外》故事甚多，内容繁夥，多为雅者，论雅，雅之极耳。然其绝不排斥艳色也。作者深爱色彩，对油画痴迷。其浓稠油画颜料，斑斓色彩，非其他画种可代。作画若是，作文亦若是。乙未青女月，雅艳斋。】【人类社会，以自然为尚。过分禁忌，非利，亦抹杀人性也。彼伪君子、封建卫道士，男盗女娼，醉生梦死，恨不得天下女子皆供其享用，而道貌岸然，对人性文化大伐。大书者，艳事不能绝耳。若无艳事，孰睹乎？前人有曰：“话须通俗方传远，语必关风始动人。”巨著小说有其规律也。观前人名著小说，何小说无艳事乎？无艳词乎？无此者无彼也。然作者，多正统谨严用功且有大成就之人，非皮囊滥淫之物。夫流氓无赖、道德败坏者，从不会操笔也。大笑哉！乙未晚秋，雅艳斋。】

且说车内，慈士益与晨曦自柳泉上车后，两人易座。晨曦坐车里手，慈士益坐车外手。倏地，慈士益见迎面山头立有男女二人，曰：“终见人影也。”房世赍曰：“荒山野岭，前不着村，后不着店，焉何有人欤？”易跋仕曰：“莫非妖精乎？”慈士益曰：“尔以为己乃西天取经乎？”【问得妙。】

已是夕阳西下，暮色四起，山野景物渐行渐昏，俄而天全黑矣。汽车开大灯，夜行山路。少焉，月上昊冥，清辉满山。晨曦望外，欣赏月下山野之奇。蓦地，车窗外扑簌一阵，俄见一大黑影掠窗而起，飞往夜空。晨曦大骇，急探头望之，惊呼曰：“大鸟！快看！大鸟也！”彼物展翅朝月明飞去，形大若犊。同车人忙观，皆惊之。房世赍曰：“吾开车多年，行山路亦久矣，从未见如此大鸟，今乃首遇也。”【真事。】

夜幕下，渐行渐远，山野林木越发茂密。良久，远观密林丛中，频泛亮光。近之，始闻潺潺之声。晨曦喜曰：“水！河耶！”再近，忽汽车巨簸，顷间歪斜，摇晃数下，车熄火矣。房世赍再踩油门，汽车仍未移动。易跋仕曰：“倒车！”汽车仍纹丝未动。房世赍、易跋仕跳车而下，观后试之，依然如故。晨曦与慈士益亦跳下车来。房世赍曰：“车陷矣。”晨曦四望，脚下多水，明明晃晃。房世赍、易跋仕再三试之，唯见汽车后轮转动，愈陷愈深，不能越之。捣鼓一阵，终无良法。

斯时，月轮高悬，水流声喧，山夜分外清寂森凉。房世赍曰：“今夜弗能走矣。”慈士益曰：“车陷斯地，前不着村，后不着店，奈何？”房世赍曰：“不远处，有一小山村，村上有家旅店，今夜宿此。天亮后，再想他法。”慈士益曰：“车上有货，弃于斯地，失之奈何？”房世赍曰：“汝莫操心，丢不了也。当今社会清明，无匪无盗，孰掠之？此乃社会主义优越性也。再说，吾地乃尧舜故里，人心高洁，民风纯朴，其物不丢不损，请安心是也。”【写史。处处见之。】又曰：“吾长年跑车，皆若是，从未出事也。莫说无贼偷车上之货，倘若车上之货遗落，人亦见而呼之。汝今夜宿旅店，尽管放心寐也。”

天黑，视野受限，又无填坑之具，坑甚深，车不能拔，不得不弃车荒野，诚无奈之举。一行人，蹚水踏泥，高一脚，低一脚，越过树林，径前而去。少时，果见不远处有数户人家，墙矮屋低，灯火昏暗。众人七拐八拐，至一小院，径入一室，有妇笑语迎之。房世赍说明来意，女主人曰：“一行几人乎？”房世赍曰：“四人也。”女主人曰：“今夜，旅店客多，前院屋已住满，后院尚有空铺，然屋况稍差。”慈士益曰：“能住则可。”女主人曰：“登记之。”讫，女主人引客穿院绕廊，拐之数弯，至一旮旯小院。

房世赍见女店主，不断与其搭讪。彼时，灯下观之，女店主年三十余，体态丰腴，满身流韵，容貌尚有几分动人之处。【是此。】其言谈语吐之间，从容大度，颇似见过世面之人。乍睹之，弗信其为山妇也。女店主行前，房世赍紧随其后，谓曰：“曩日，吾过斯地，尝住于此，汝可识乎？”女店主曰：“略有面熟，惟客来客往者多，已不记耳。”房世赍曰：“或许时日长矣。”女店主曰：“汝几时来之？”房世赍曰：“两年前也。”女主人曰：“不记也。”房世赍曰：“噫！汝诚贵人多忘事。汝已忘我，然吾未忘汝也。今夜车陷水坑，则思起此处。看来，往后尚来此多住几番，汝则记清也。”一语未了，慈士益则觉其话味怪甚焉。

语过，后院则至，进入一室，只见其屋甚矮。入门，陡闻霉味扑鼻。女主人愧曰：“惜前院房舍住满，否则，弗置诸位于此也。”房世赍笑曰：“若房已满，不能住，吾与汝住于一处，若何？”一语未讫，慈士益、潘晨曦闻之大惊，而易踱仕一笑。慈士益与潘晨曦忙扭首观其女店主，不知房世赍之话，将惹出何祸，然女主人谈说依旧，似未闻其语，亦未置一句微词。【是夜之事，记清。】正是：

> 明月爬山，林木悄悄萧疏；白河吟歌，草芥蓁蓁葱茂。车陷烂泥难动窝，人蹚脏水没支招。夜宿路店低矮屋，灯摇客舍小陋窗。满目疲旅倦卧，个个鼾声已奏响；充鼻湿气漫横，孔孔霉味早侵入。丰腴徐娘，招呼八方来客；静谧山野，倾纳四隅旅朋。夜晚胆大人发狂，居然调戏老板娘；江湖历深身老练，可以笑对歹意哥。

安顿罢，女店主走之。

俄顷，慈士益谓房世贲曰："汝何能如此言乎？"房世贲曰："吾之语，彼喜也。"慈士益曰："方才之语，尔思邪甚焉！"易跋仕执脸盆欲外出打水，临出门，扭首谓曰："出门人，自寻乐趣，此属正常，莫惊怪也。"慈士益曰："吾观之，女店主性子尚好，否则，定不饶尔。彼若骂之，奈何？"房世贲曰："慈老师多虑也。莫说吾语戏之，然将其睡之，彼亦喜乐欤！"慈士益曰："噫！汝愈说愈不像话矣。汝等昔者出车，则如是乎？尔知己为何人乎？吾等出差在外，身标吾局形象。汝是言，彼闻之，抑将吾局作何观哉？"房世贲曰："慈老师愈说愈悬也。吾之思想，纯洁耳。吾今尚追求进步哉！"【彼之进步，非今之进步。】慈士益曰："汝快莫言，羞煞人也！"晨曦阔笑。易跋仕走至门外，冲天一呼："老板娘！吾来耶！"晨曦曰："人至深山，何如是乎？悉性野无忌耳！"【此话有味，何出此语？暗与前文之杨风岗事一照。】已而寝之无话。

翌日晨，窗见微明，慈士益、潘晨曦、房世贲、易跋仕则早起床。两司机先向旅馆借铁锹两把，四人同往车陷处。至，慈士益忙看车上货物。房世贲笑曰："其货少乎？"慈士益无答，脸色凝重，昂首专注瞅之。瞅罢，面色顿时放松。曰："为此，吾一宿未睡踏实也。惟恐有失，无法交待。今观，无人动也。"【果为尧舜之地。】房世贲笑曰："此时，心方安乎？"慈士益长舒一气，面露笑容。两司机垫石铲土，晨曦、慈士益亦助之。一阵忙活，车终开将出来。之后，将铁锹还过旅馆，【一丝不乱。】又折身往大山深处进发。约莫饭时光景，车始至桑林中学。晨曦下车观之，与以往所见中学大异，惊曰：“此乃中学乎？如此微哉?”彼时，见教室甚少，学生甚少，不及山外村校大也。慈士益曰：“此乃吾县最远中学。是处，能聚若是之生与师者，已不易也。”晨曦曰：“此校之师，皆为本地人乎?”易跛仕曰：“彼多为山下之人。远道而来，不易也。”【暗照杨风岗事，亦启后事。作者写文，处处萦带，彼此关联，恣肆之中以见谨也。雅艳斋。】

卸货毕，诸师招呼歇息。慈士益、潘晨曦、房世贲、易跛仕一行四人，与诸师共叙一阵。晨曦曰：“此地所见，林木甚多。”诸师曰：“此处山高林密，多为原始森林，广袤无边也。”【斯地真景。亦伏线千里，以照后事。】晨曦问曰：“历山舜王坪距此尚远乎?”诸师曰：“路甚难行，若走，仍需一日之程。”晨曦扭头望之，只见四周青峰翠壁，烟云缭绕，巨树环生，挺拔参天，郁郁蓊蓊也。有诗为证：

松涛云月山河旧，桃符不与昔日修。
野草侵阶湿苔绿，荼蘼影斜上画楼。

欲知后事如何，且阅下篇经传。

史公曰：“东山逶迤，群峰连绵，道阻且长，遥不可及。晨曦少年之时，常爬墙头东望诸山，无限神往。今日有幸至，心内甚喜。人言，百闻不如一见。群壑密林，疏屋稀人，自是景致不同，暗记也。”

十三经

夏，六月，晨曦母病入医院。

县城第一百货商店，壁挂猎枪，单管双管，甚显眼，皆有售。

欲购者持枪细观，众围赏。

晨曦观奇。载梧旺至，猛拍一掌。

载梧旺云，打兔尚用如此好枪？打豺狼，当借军用冲锋枪为宜。

晨曦入县城理发店，惊遇蒙娃，甚奇，彼又借钱洗澡，立愠。

蒙娃言明日结婚。晨曦心头骤酸，立予。

翌日，蒙娃婚。

新娘过火，腿跛。晨曦愕然。

十三传

顾客赏柜台售猎枪　婚澡愁蒙娃得接济

诗曰：

寒家孝子古来多，母病榻前汤药锅。
命系一悬慌病院，医缺三德披暗蓑。
本已能走复卧炕，此次昏迷又下嗦。
囊空无钱续急治，翻集国券入烟罗。

【此诗所述，乃书外后事，非本回记。特注。】

话说潘晨曦、慈士益与房世贲、易跋仕二司机受局长之命，一路颠簸，将教学用品送往山区之柳泉、桑林两中学，沿路故事不断。公事毕，次日归，一路无话。且说一日，晨曦在传达室内正与载梧旺、泽如丰二人说得热闹，忽见一人影从窗前闪过，煞是眼熟，忙探头窗外，父也。晨曦快步而出，但见父神情急切，知生事焉，立问之。潘林泉曰："汝母住院矣！"晨曦愕然，急问其情。潘林泉曰："汝母体烫。村保健站贾医生诊过，说送医院治之，乃与尔弟妹拉平车送城关公社医院也。【旧称。】现已安排罢矣。"晨曦问："尚有何需？"潘林泉曰："别无他需，惟来告之。"

晨曦忙引父至三楼办公室，令其稍歇。其父见室内有保温瓶，曰："尔母住院，需喝药饮水，正缺此也。"晨曦立曰："拿去哉！"潘林泉曰："吾拿去，儿将何用？"晨曦曰："吾一人在此，不难也。吾家数人在医院，当用之。无此，甚不方便。再说，病房内彼等皆有，而吾无，亦难堪甚也。"潘林泉曰："暖瓶甚新、甚美。若拿去，妆人【土语，有面子。】多矣。"晨曦望之脸盆，猛闪其念，曰："脸盆与壶皆拿去之。"潘林泉曰："吾自家中带有小铝盆也。"晨曦曰："铝盆甚小，用之不雅。在家对凑尚可，出外，则需顾颜面也。"潘林泉曰："吾悉拿之，儿将何用?"晨曦曰："楼外有自来水管，晨起，掬水以洗则可。"潘林泉将长子赞之，又心疼半日。已而两人下楼。至一楼，晨曦与辛爨福言过，乃同父携壶执盆径往医院而去。正是：

生我之母养育恩，自小拉扯酸艰辛。
乳头溃烂痛难忍，尚欲使儿含乳吞。
母身宛若千刀割，自觉幸福汗湿淋。
痛罢微笑声舒缓，唇贴爱子脸蛋亲。
操心孩儿未来命，期盼暗夜日升明。
前路多歧难预料，乳子可否长成人。
占卜贞卦身自忙，心底慌乱问上苍。
孩童三岁满地走，精绣荷包身上装。
遥走河溪古桥头，深涧水潺抛幽沧。
荷包金红飘绿水，荡荡悠悠过烟篁。
那年父母抱我去，我抛荷包桥北侧。
荷包入水父母喜，急又走往桥南阙。
荷包出洞飘水面，父母语指与我乐。
言之荷包飘去远，儿自命长关山越。
吾今长成他乡走，日长无音母思多。
夜梦长子遇不测，醒后凄惶心翻波。
父忙来讯问如何，吾言平安人无祸。
我无屑功报母恩，言多又有何话说。
长夜漫漫无尽头，我苦只是一托钵。
他人命苦对面站，我惟泪水共下落。
巍巍昆仑立西域，珠穆朗玛云外峨。
不信长夜无明时，不信汗水无尊说。
我若能唤霞彩明，拚却一身也值得。
天上菩萨人间佛，人人无难无忧过。

白日劳动夜唱戏，劳动欢乐大家悦。
那能债账皆劳者，那能上学父母亡。
那能青壮无力使，那能姐妹烟花巷。
那能儿女被拐卖，那能楼高人无房。
那能自杀寻常事，那能人命贱如蝗。
他人长哭我泪掉，哭声干裂长云霄。
能助众生出苦海，天下幸福第一桥。
共产主义真理路，劳苦大众最上头。
先辈熠熠火炬擎，历史光焰照千秋。
地无穷人与富人，顶天立地皆是人。
代代辈辈幸福走，辈辈代代幸福承。
能唤乾坤新天地，生死不论命不求。
冰雪高洁仙山巅，世界大同乐无穷。

至医院，晨曦见母，忙为母做此做彼。之后，又陪母挂吊针、拿药、问医生。

医生曰："病人尚需熬药，砂锅自备。"潘林泉闻之，心又一沉。彼时，同病房家属曰："毋须购之。孰家有，借之。何能是物皆买，得花多少钱哉？吾等住医院，正是用钱时。"闻之，此语甚是，然无借处。晨曦忽思一人，谓父曰："吾借之，父莫操心也。"潘林泉喜之。忙过一阵，其母柳玉莲病榻谓子曰："吾儿去忙工作，莫误大事也。"晨曦曰："无碍。吾已请假矣。"

医院忙罢，晨曦返教育局，径往慈士益办公室而去。昔者，晨曦见慈士益常用砂锅熬药，今往借之。至，语其来意，慈士益忙应诺，速提砂锅予之。晨曦立挈医院，为母熬药，又将针剂及药物说明细观，以明其理，又搀母如厕，不停一时。是时，柳玉莲又催曰："吾儿当回局，莫顾我，误儿大事。吾儿方至县局，莫因此事拖累之。"晨曦慰曰："无碍。局长与同事皆关照甚焉。"数日后，母愈出院。彼时，正适逢晨曦发工资，则为母将住院费付之。母曰："吾儿方上班，则花吾儿钱也。"晨曦曰："吾能回报母恩，当喜万分。今，吾能减家之负，心喜无比。往后，吾家境渐善矣。"【短暂之喜。然彼时不知也。】

母出院，晨曦将保温瓶、脸盆及熬药砂锅悉携归教育局，且将熬药砂锅还于慈士益。慈士益见之，一笑而纳。【伏线，后有文。】倏忽又是一月，晨曦领下工资，四十一元，外加五元生活补贴，共计四十六元。工资固定，月月如此，一分不多，一分不少。【记史。】其交食堂生活费十六七元，余钱，筹划用之。【别其父也。】彼时思曰："当下最紧要之事，须买双布鞋。现穿母做土鞋，稍有开口，不挂脚。若令人为此笑之，则失颜面，不值也。"

越日，其往县城国营百货商店购之。彼时，县城中心北街为商店最集中区域。其中有两家国营大型综合百货商店，即第一百货商店与第二百货商店。第一百货商店主售文体、家用百货，第二百货商店主售衣帽、鞋袜、布匹诸类，另有国营五金商店、国营副食品商店、国营菜店、国营药店、国营新华书店等店。东街有国营照像馆、文化馆，街东头尚有国营肉店、衡器店、酱货店诸类。晨曦此次买鞋，本欲入第二百货商店，然素喜文具，则先入第一百货商店观之。往日，因囊中羞涩，来此，多是看多买少，此回则有不同，故先来观之。彼时，当其正弯腰细观柜台内文具时，忽闻身边有人谓女售货员曰："同志!【多好称谓，闻而亲切。无尊卑，人皆平等。】请将壁上猎枪取之，吾等以观。"女售货员闻言，猛两眼打量顾客，见为两中年，悉工作之人，语词恳切，有实购之意。彼时，柜台后壁高挂猎枪两把，一乃双管猎枪、一乃单管猎枪。女售货员问曰："汝观何枝乎?"两人曰："双管猎枪也。"女售货员搬小凳，踩其上，将猎枪取下。二人接之细观，反复掂看，煞是喜爱。晨曦忙凑前，见枪光晶明亮，制作甚为精良，造型优美，枪身与军用步枪同。价格明码标之，乃双管猎枪标价一百一十余元，单管猎枪价格九十余元。【写史也。】此两款猎枪在此挂久，然晨曦从未遇购者，不想今日遇之。

晨曦近前，看其甚为精美，不由伸手摸之，觉枪身光滑细润。两购枪人边观边赏，连呼"好枪"不止，问曰："枪产何地?"女售货员答曰："芭栖寺厂，【照前。】大兵工厂所造。"【写史。】须臾，围观者众，亦连声称奇不已。晨曦正观之入迷，忽有人猛拍一掌。急转身回望，载梧旺也。两人喜呼。载梧旺曰："吾看有人观枪，至也。近，见汝于此也。"晨曦忙拉其臂曰："汝来正好。观此枪何如?"载梧旺凑前端详一番，曰："善则善也，然打猎奢之。己用，造土枪尚不花钱也。”晨曦曰：“自制土枪甚难看。枪管又细又长，不美哉！”载梧旺曰：“吾地，所能猎者，野兔也，土枪足矣。需美观何如？”晨曦曰：“自不同也。此之何，彼之何哉？”【晨曦一生爱美，斯时，露其心也。】两中年闻载梧旺语，则曰：“此乃双管猎枪，枪弹皆专制。土枪焉能比之？仅所售单管猎枪，亦比自制土枪强百倍也。”载梧旺曰：“打野兔尚用如此好枪？汝打狼、打豹乎？”晨曦曰：“当下，何有狼豹哉？”载梧旺曰：“东山、大河山尚有也。”【照前。】又曰：“倘若打狼打豹，何需此枪？”晨曦诧曰：“何是谓？”载梧旺曰：“豺狼虎豹，猛兽也。倘打，焉顽乎？宜以军用冲锋枪灭之。若是，至公社以借，【彼时之为。】焉用此枪乎？”语毕，两中年神气顿失，倏蔫矣。稍后，其将枪递于女售货员，怏退而去。【一段写史之文，实事也。数年后，晨曦至大西北，有一山西老乡，尝问其故里国营商店售枪之事，晨曦答之。问彼意，有友欲购也，故询其价，晨曦细说之。癸巳夏，丰中园。】

人群散后，晨曦与载梧旺出店。晨曦谓曰：“吾观二人有购枪之意。汝之言，令其赧颜止之。”载梧旺曰：“彼诚购枪乎？”晨曦曰：“诺！非此，何细观若是哉？”载梧旺闻之，面有愧意，叹曰：“吾以为彼乃随意观之。”晨曦曰：“此枪甚好，吾犹喜之，况打猎之人乎？”载梧旺曰：“噫！若是说，吾坏其事欤？”晨曦笑曰：“诺！”须臾，载梧旺话锋一转曰：“彼未购之，省钱矣。过后，彼尚感恩我也。”晨曦笑曰：“若是说，汝做善事乎？”二人相视阔笑。【彼时，吾国营商店已售枪也。不开证明，勿需持枪证。若是者，世界独也。彼时全民皆兵，枪遍于民众之手，况猎枪乎？吾与晨曦少时，四处可见枪也。民兵打靶，枪置田间地头，或扛回宿舍，成排放之。午间，乘其所憩，晨曦持枪以练，彼亦不问。吾等高中之时，枪之子弹更是流传甚广。同学之间，有时友情赠之，亦乃常事。天下太平，社会大同。枪四处可见，然从未闻因枪滋事者也。再说一事：高中时，某夜下晚自习，同学吴源理，持一物令晨曦观之，晨曦见其锃光明亮，问曰：“何也？”彼曰：“雷管也。”晨曦曰：“汝将此携身，且带宿舍，甚险矣。若炸，奈何？”吴源理问计，晨曦少忖，乃与其乘夜色扔于大厕所之粪坑也。吴源理为晨曦友。晨曦为其掩过，无声张。如此笔墨，作者记史也。乙未岁二月初七，春分日后。

丰中园。】

闲话说过，载梧旺曰："君至此，何事为?"晨曦曰："买布鞋也。"载梧旺曰："巧哉！吾亦买鞋，与小儿小女买之。天热，为其买塑料鞋也。"二人径往第二百货商店而去。至，彼店人员甚多，比肩接踵，人挤人也。此店，售货、收钱两分离。收款处设于柜台外，靠临街窗处。彼为高台，半圆形状。彼与各柜台之间以铁丝连之，呈放射状，诸铁丝上串有电线磁瓶，【有曰磁葫芦者。】磁瓶下悬一手捏黑夹，夹售货单及钱币。磁瓶在人群头顶飞掠。众观，称奇不已，言人甚能，创造力无穷。【又写史也。】

晨曦买好布鞋，持而喜观，因人甚多，装蓝花布袋出之。斯时，载梧旺亦将子女凉鞋买妥，拿出令观，五颜六色，甚为好看。两人同出，各自别去。晨曦走至自行车处，心喜不已，将其新买布鞋拿出复观。先自包装纸袋中抽出，细观之，见新布鞋白底黑帮，崭新，鞋面乃条绒布，鞋底乃白色塑料，上有美丽图案，凹凸有致。晨曦手抚之，手感极佳。布面黑亮绒滑，鞋底白洁若玉，柔软厚实，上下观之毫无瑕疵。【爱也。所记有情也。】观毕，心下喜曰："此乃参加工作后，用工资购鞋之首双也。自今始，吾则自食其力也。今可买鞋穿，再毋需慈母一针一线纳之，替母减轻负担，亦能再顾家也。"其将新鞋放妥，绑于自行车把。环视四周，曰："此事办妥，尚有何事欤?"

倏地，手摸其头，觉发已长，急需理之。思定，则骑车径往县城西街驰去。彼时，其身轻若燕，少时而至。入理发馆门，见有候者六七。内置两排长条木椅，侧之一，迎门一。因候者皆为生人，彼此静坐无语，甚为安静。彼时，理发师傅见晨曦入，微笑致意。晨曦见门侧长椅上有空位，坐其上，将蓝花布袋贴己身放之。【细。】罢，抬头环视众人，无意间，忽见斜对面长椅上有一人面孔甚熟，心内乍惊。彼亦对目视之。晨曦正纳罕间，彼张口曰："晨曦。"一语未了，知之，忙回话。

彼者何人欤？蒙娃也。其与晨曦同村，较晨曦年长，今年二十七八，惟孑然一身，尚未婚娶。斯人老实，素不多言，然身高健壮。昔者，晨曦幼少之时，常见彼于村巷。其走路急匆，遇人时，多低头不语，惟恐别人见之。【自卑也。】蒙娃与晨曦非同一生产队人，且年有差，交往弗多，亦从未对面语之。今日在此意外相遇，晨曦颇觉陡然，彼若非开口先语，晨曦诚不敢相认也。

彼时，两人打过招呼，皆坐椅上静候。少时，蒙娃忽地立起，弯腰走来，蹭之晨曦身边，轻语曰："晨曦！借给我五毛钱。少时，理发毕，吾想至澡堂洗澡也。"晨曦闻言，心猛格噔一下，甚觉不爽，忖曰："此地为县城，理发尚贵，何不于本村理之，而远行于此乎？此且不论，何理发之后又至澡堂洗澡乎？花钱洗澡，吾尚不为，尔却为之。然汝又没钱，反借钱而为。彼乃何人欤？"正当晨曦百思不解，且稍有愤意时，蒙娃急补一句："明日，吾结婚也。"一语未讫，晨曦心头骤紧，一股悲酸猛涌心头。顷间，肺腑刀搅。忙曰："诺！"急掏衣兜，拿出五毛钱来，予之。又曰："可够否？"蒙娃连声曰："够也！够也！"彼则坐回原位，一声不吭。【真遇之事。】

斯时，晨曦心头翻腾不止，久而不息。思曰："其明日成婚，今日理发洗澡，故来此地。可想，此为生平首至。看其状，理发之钱尚不知如何得之。再论洗澡，断无钱也。今幸遇我，方遂其愿。否则，憾其终身耳。"思此，鼻酸泪涌。此事，晨曦心情沉重，一时阴霾不去。【晨曦一生保持扎根人民，一心为民之情怀。若遇事发，常有人到事宁之境况。上世纪九十年代某日，大街上忽有两女因争卖货之地打架，四周人皆蜂拥而观，晨曦见状，忙走上前去，大声喝止，两女遂驻。彼时有一小伙，正兴冲冲急奔而至，蓦见打架被止，憾曰："噫！正要看打架呢，却停了。"二十一世纪初，某年盛夏，晨曦骑自行车下班回家，方拐弯，遥见小区门口不远处，有卖西瓜者与买西瓜者发生激烈冲突，卖瓜者抽出西瓜刀来，路人见状，皆躲远而观。晨曦见之，毫不畏惧，骑车径前，在其身边停车，径直走上前去。四周远观之人皆屏息静气，不知又将会发生何事，悉瞪目以观。晨曦上前，毫不畏惧，只身插入抡刀者与对方之间，令两方止之。卖西瓜者方将西瓜刀收起。小区门口有保安，也远观热闹，不想，事态被晨曦如此止住，讪笑而言，似此打斗之事与己无关。晨曦热爱人民，莫令其互斗而伤，以酿终身之苦。若是，非有极高品格与忘我精神者，不能为之。丰中园。】

翌日，乃周六，晨曦回金阳庄。是夜，蒙娃娶亲。晨曦观之。久候，新娘未至。院内灯火昏浊。帮忙者及观热闹者皆心头焦急，不知何故，纷纷猜语。良久，巷中方鞭炮声响，众人顿喜，齐嚷曰："新娘迎归耶！"少时，新娘进院，跨火堆。晨曦望新娘，大骇。原新娘跛足也。晨曦头嗡之一声，忽生怜悯。众人低语曰："原来，新娘乃瘸子也！"有人则曰："蒙娃那般，有女嫁之则不错矣。佳者，孰跟乎？"晨曦再观之，黯然神伤。不过，蒙娃总算成家，之后日子，慢慢过矣。正是：

身在寒家心知苦，体谅穷人遭难处。
男高六尺无妻室，整日低头匆走步。
翌日合卺今理发，洗垢洁身对新妇。
身上却无分文钱，内心何能不凄苦。
我闻此言心震骇，肺腑刀搅泪落注。
所幸困极遇故识，聊解薄囊圆月事。
天下之人共一体，不分我来不分你。
不分此来不分彼，不分外来不分里。
你帮我帮大家帮，你搀我扶过时光。
天下之日大同齐，火红天来共产旗。
惟愿天下无寒子，兄弟姐妹一家依。
尧舜之世不陌生，人居物邻无樊篱。
天下之人齐奋力，稻菽麦海喷香旎。
蓝蓝天儿白云飘，暖暖太阳照新衣。
红光彤彤霞彩披，碧绿大地升虹霓。
故乡近年回家观，蒙娃房前徘徊看。
院墙已塌成一堆，老屋凋敝依然前。
旧屋老样人可在，今者日月人何焉。
归乡匆匆无及问，别去心又牵前音。
停笔传声专问讯，原来蒙娃妻已冥。
我问何时去世哉，回答则是数月前。
彼时新娘婉容在，跨火入门如昨天。
一走一势尚记清，青春之面犹眼前。
我尚祝福能百年，何已人去入九泉。

我言何故去世早，彼也唏嘘不能言。
我言蒙娃今何如，说身僵直已萎渐。
彼之眼窝已不对，腿瘸人移挪步艰。
我再细问细景况，说人不见久未面。
概言可能人不行，躲于家中免人见。
彼乃我书主人公，知前知后心欲明。
刨根问底细打听，不胜伤悲泪又涌。
人如草木一秋事，何此艰难悲声重。
目观沧海涛声激，耳听大地风哨鸣。
霹雳一声阴云去，人则为人天地耸。
苦难不再罩房栊，泪水不再为命涟。
他日永沐红日暖，苦命再不是人年。

少时，晨曦走出院子，鞭炮硝烟仍在飘荡，孩童嬉闹之声不绝于耳。晨曦别去，入漆黑胡同，心下不由思起己之新娘，不知其未来之样何如。遂遐思曰："吾之新娘，定清纯可爱、美丽动人。若是者，吾之愿也。"一时思前想后，心亦茫然。彼先思春杏，长叹曰："吾二人青梅竹马，两小无猜，稍长，两厢皆生爱意，浓烈如火，许久日子苦苦以恋，诚不想阴差阳错，姻缘终断。且世俗之见，终成其隔。重重心事，终为水月镜花，缥缈而去。彼当为他人新娘也。"思之，心下甚苦。慨曰："吾之新娘将于何处耶?"有诗为证：

情缘已断情仍在，往事依稀旧火台。
不信人儿烟霞外，柳青花艳泪落腮。

翌日，日落时分，晨曦归教育局。

且说某日，晚饭罢，教育局三楼西露台众多之人纳凉于斯。其有：泽如丰、尤绵芝、楚冠逸、载梧旺、支阜岱、吴蔚世、聂宜世、辛爨福、郯久茂、题紫丕、易踧仕、查艾梓、田洱芳、房世贲、闻荦染、闵思翥、慈士益诸位。人聚，闲聊谈天，东拉西扯，热闹不已。少焉，吴蔚世、辛爨福、慈士益走之。所余之人仍谈论不止。忽有人说起地方特产砂锅来。支阜岱曰："吾地砂锅，尧都所产，【又言尧事。】皮薄、锅轻、光亮，乃砂锅珍品也。"

【走遍天下，见过不少砂锅，诚无出其右者也。】聂宜世曰："砂锅，身极贱。若言，人皆嘲讽，羞也。"郯久茂曰："此言差矣。砂锅，产于史前远古时代，彼时，吾祖已可制陶，以陶煮食，其身健耳。砂锅所产，尧都之地。故砂锅，何贱之有?"题紫丕曰："依尔言，吾乡之人当以砂锅为荣哉?"查艾梓曰："是也。"众笑之。载梧旺曰："众莫笑之。吾尧都砂锅，世之萃也。他地砂锅，皮厚，体沉，毫无光泽，不能比之。"田洱芳曰："砂锅之妙，妙不胜数也。砂锅做饭，其味不变。至今，吾地泼酸汤，吃酸汤面，不能离也。"闻辇染曰："砂锅尚有一绝，煎药耳。此能，砂锅犹胜者也。"闵思翥曰："砂锅煎药好，惟家庭少有备者。"尤绵芝曰："熬药者，少矣。除长期熬中药者外，备之何用?"支阜岱曰："故偶用者，多借之。"载梧旺曰："惟须当知，药锅可借，不可还也。"

斯语一出，晨曦大惊失色，浑身一颤，热血直冲颅顶，心则怦怦急跳。此语，晨曦旧日当闻，不知何近日忘之。前些日，其将药锅还于慈士益，犯大忌耳。一时，心下后悔不迭。田洱芳曰："何也?"载梧旺曰："药罐者，病者用也。还药罐，莫非盼人病乎?"晨曦当闻，心里又七上八下，面烧若炭。田洱芳曰："如此说，借别人药罐，则归己乎?"载梧旺笑曰："别人生病时，自会来讨。"田洱芳曰："此乃迷信，毫无理也。"尤绵芝曰："此话，吾亦闻之。"彼时，晨曦越听越头皮发麻，浑身浸出不少冷汗。一时，坐立不住。幸慈士益方已走之，否则两两相对，定难堪也。晨曦心下连连咒己不已，再想归还药锅之景，慈士益并无不悦之色，仍笑纳之。【好人也。】晨曦思此，又对慈士益猛增几份敬意也。【照前。】

彼时，有群麻雀自头顶掠过，叽喳飞去，瞬时甚远。晨曦随形望影，目至远山暮霭也。有诗为证：

> 古朴土厚民意浓，此助彼帮日月通。
> 难难融融歌声过，坤坤繁繁词中纵。
> 年年喜睹柳丝绿，岁岁欣览桃瓣红。
> 大爱人间正气在，扬眉潇洒越长空。

欲知后事如何，且阅下篇经传。

史公曰："晨曦身处寒家，颇知时艰。蒙娃之事，深知苦命之人得一钱不易。蒙娃之家，寒也。晨曦遇之，怜而堕泪。后，此类之事不期又落己身。彼时，晨明人疯，命犹残也。其奋力而挽，半世仍不得脱。呜呼！长歌当哭，咒天不公，肝肠寸断，摧人死命。呜呜焉。”

十四经

夏，三伏，炎阳如火。

晨曦差事，至封翁龙章大庙。

遇夏荷、秋桐，欢乐一夏。

玩羽毛球，球落厦坡。寻之葵花秆，夏荷递刀，晨曦剁根。

球落，适秋桐放学至，拾球不予。姊妹相争不让。

稍别，夜叩夏荷之门。夏荷闻声惊喜，端盆而出，几撞，笑迎。

秋桐，身穿吊带背心，半裸肩背，倚床头，拥被不起，一脸肃然。

某夜，晨曦公差至夏荷家接其兄返封翁龙章，未见夏荷。其兄至露天电影场告家人，夏荷问讯。

兄未答。

十四传

封翁庙燕怡遇夏荷　龙章地廊幽对秋桐

诗曰：

身居高厦视野阔，红袖粉妆窈窕多。
不意适逢旧学窗，偏巧恰睹故绮罗。
靥妍眉俏娇莺语，体袅态婷秀云波。
可叹家门官森殿，从此飘渺荡婆娑。

话说晨曦次月领下工资，买鞋理发，不期于县城理发馆陡遇蒙娃，蒙娃借钱洗澡，语故，晨曦助之，心生悲伤。次日蒙娃婚娶，彼见新娘，则为跛脚，内心伤感。每思此事，晨曦当知，天下自有可怜之人，其家境之艰非常人所思。晨曦平生犹怜穷人，犹怜天下可怜之人。彼知，木高千尺，须根植厚土，方可勃郁参天。

且说某日，晨曦至封翁龙章【好名。】大庙公差。彼时，人正青春，意气奋发，乃踌躇满志、英俊潇洒而至。彼方入大庙山门，忽闻身后有人喊曰："潘晨曦！"闻言转首，瞬间认出呼者，回曰："赵夏堂！"两人快步相迎，握手摇臂，甚为欢悦。晨曦曰："高中毕业之后，吾等多年不见。君在何处高就哉?"赵夏堂笑曰："弊地容身也。"晨曦环顾左右，惊曰："封翁龙章乎?"赵夏堂笑曰："诺！惟蜗居一庙，甚为惭愧，令老同学见笑耶!"晨曦曰："此乃风水宝地，汝居是处，龙虎生威也!"赵夏堂将衣袖一摆，语曰："君观之，吾何威之有?"【人瘦。】两人阔笑。赵夏堂曰："走！至办公室一叙哉!"晨曦曰："诺!"说笑而去。

至室，赵夏堂倒水，彼此畅叙同窗之谊，欢声笑语，热闹不止。正乐间，忽有一女踏门而入，只见其身姿窈窕，容颜秀丽，身披霞晖，笑语盈盈。晨曦望彼，彼望晨曦，霎时，两人陡见，四目相对，彼此心下大震。【心之动也。】赵夏堂谓晨曦曰："此乃吾妹。彼时低我一级矣。"晨曦倏地忆起，忙曰："尚记哉！彼时，人皆年幼，不谓数年未见，诚不敢认也。"两下笑过。赵夏堂谓妹曰："此乃吾高中同班同学。今于京城大学毕业，分配至县教育局工作矣。"其妹目含秋水，注目笑之。

斯女，名曰赵夏荷，在封翁龙章大庙临时授课。晨曦问曰："汝授何课？"夏荷曰："英语。"晨曦曰："热门课哉！"夏荷笑语回之。正话间，忽门口光影一闪，又入一少女，十三四岁光景，娉婷玉姿，头上高束马尾辫，走而曳荡。夏荷曰："此乃吾小妹秋桐。现上初中。今，暑假补习哉！"晨曦见其清爽秀丽，同姊一般，惟脸上稚气未退，含苞欲放。秋桐入门，陡见晨曦，刹间亦眼光发亮，暗怔半晌。其进屋后，将书包扔于条桌，扭身坐床，半倚半躺，随手拉出一本杂志，聊翻之。【秋桐之状若是，照前启后。】

晨曦稍坐，则忙公事而去。傍晚，仍返局吃饭。夜，仍宿局内。一日晚饭罢，局内众人又至三楼露台纳凉聊天。倏地，房世贲将函授教材搬出一摞，放于露台边之高台上请教晨曦。【房兄好学也。】晨曦观之，与其解读。旁侧之人，见是景则觉稀罕。闵思翥谓房世贲曰："今日，汝可请下先生也。不上大学，则能学知识，捡大便宜哉！"语毕，猛击其背。房世贲曰："说归说，打人作何？吾正学之，尔这般打搅，能学成乎？"众人齐笑曰："小房，模样装得挺像哉！"房世贲曰："噫！尔等不鼓舞，反嘲讽之。若此，何能学成？倘不成，则怪尔也。"众笑曰："诚乃驴不走怨丑公。"房世贲诘曰："何谓'丑公'？"一语出之，众皆语塞。不想房世贲一话，竟将众人难倒也。众人无人能答者。聂宜世曰："此乃俗语，众皆若是说，然从无人考之。何谓'丑公'？今小房问之，令人颇感意外耳。小房者，人才也！"众人阔笑。【应为"畜工"，即司驴之人。不知是此解否？癸巳冬日，丰中园。】

明日，晨曦如期至封翁龙章，工作忙罢又至同学赵夏堂处。彼时，赵夏堂与妹赵夏荷皆在屋。三人又言说一阵。少时，话题聊至英语，晨曦谓夏荷曰："英语乃当今方兴之科，汝已为师，不易也。毕竟英语、汉语两大语系，相差甚远。初涉，适之难耳。"夏荷受赞，灿笑若花，手拢波浪烫发，【彼时时兴发型，意与外国人同也。故女子烫发者兴起。去直发成卷发，似打扮成洋人女子为好。社会去民族化风潮兴起，将许多中华民族优秀文化弃如粪土，洋奴风潮、矮子哲学甚嚣尘上。我国优秀文化之世界高峰无人学之，无人继之。今之文学，文言文之美无人学之，无人用之，以学外国此派彼派，终以魔幻表现为圭臬，似魔似怪，不伦不类，无美可言。其实此法，早不新鲜，我国古典优秀小说早应用娴熟。彼不及吾之万一。国人若是为，惟仰洋人鼻息而已。如此矮标末流，焉能创作出类《金瓶梅》《红楼梦》之世界巅峰之作乎？且说戏剧，中华民族世代创造、延绵古今之优美唱腔亦一日断之，各地戏剧团皆令停办散伙，戏剧工作者不能谋生也。关汉卿创作蒲剧《窦娥冤》“不是我窦娥罚下这等无头愿，委实的冤情不浅。若没些儿灵圣与世人传，也不见得湛湛青天。我不要半星热血红尘洒，都只在八尺旗枪素练悬。”此唱腔亦不闻矣。昂扬民族精神之关汉卿形象也远去矣。惟“我是个普天下郎君领袖，盖世界浪子班头”“我是个蒸不烂、煮不熟、捶不扁、炒不爆，响当当的一粒铜豌豆”词句依然回荡人们心间。雅艳斋。】【晨曦甚爱华夏大戏蒲剧，常哼唱其曲。其祖父潘九星年轻时，农忙之余则唱家戏（蒲剧），唱戏甚多，有《金沙滩》《伐子都》《美人图》《八刹庙》《三对面》《回荆州》《取长沙》《会孟津》《走南阳》《黄鹤楼》《空城计》《收杯》《取头》《三娘教子》《钉缸》《舍饭》《卖水》等戏。其祖父常饰演小生、武生，演过子都等角色。尚会画脸，唱戏时与每位戏者画之。彼时，土语叫打脸。其祖父画有戏画，录有戏词唱本。且包公脸谱自不同，月牙为正，非北京戏剧脸谱月牙斜也。此乃华夏大戏（蒲剧）脸谱与他剧脸谱之大不同处。解放后，戏剧工作者，专寻其祖父请教，并将画图带走研究。在其祖父辈，南官庄村有自建戏班，盛名在外。因在外地唱对台戏走红，成为佳话。丰中园。】

眼睛乜斜，笑谓曰：“过奖也。”语毕，脸儿绯红。晨曦曰：“英语乃吾平素所喜之科，亦知未来用处甚大。然吾上高中时师者所教甚少，未能学之，倍觉憾焉。”赵夏堂曰：“英语老师，惟授英语三句也。”晨曦曰：“尚学国际音标，为尔后自学奠基也。”赵夏堂曰：“彼时，师所授者，今多忘矣。若今，再读不出一句也。”晨曦曰：“师授国际音标，则可查词，其益大矣。彼时，无英文课本，吾归家，爬至房上，翻父所存旧书，果翻出一英文残本，获之甚喜。吾依所学音标而读，竟能读出声来，喜甚也。惟憾高中之时，所开是课甚少，不然，今尚知其概也。倘若此善，可至海外，与洋人语，则便利多矣。今，社会发展甚快，中外交流频繁，吾辈不懂外文，乃睁眼瞎也。曩日旧之文人，多能翻译外文。而今，吾辈却不能为之，诚憾哉！”少时，晨曦又谓夏荷曰：“汝有此专业之利，未来大有可为也。”夏荷手拢波浪头发，回眸而笑。

语过一阵，稍有空闲，夏荷曰：“吾处有羽毛球，玩乎？”【干坐无味，动中求情。】晨曦喜曰：“诺！”一语未了，夏荷跃起，开柜翻找，拿出球拍及球，转身递晨曦。晨曦接之，谓赵夏堂曰：“老同学，莫坐，共玩之。”赵夏堂曰：“汝去哉！”夏荷喜甚，越门而出，笑语若铃。【是斯样。】门外则为空地，两人在此击之。俄顷，羽毛球此来彼往，传递于二人之间，二人乐甚，笑语不断。少时，皆汗水淋漓，气喘阵阵。夏荷见晨曦英俊可爱，身姿挺拔，举止潇洒，颇有感染力，遂青春心扉洞开。晨曦望昔日学妹，今犹活泼俏丽，心下亦欣喜不已。

若是，二人心距拉近，彼此亦皆放松。正乐间，羽毛球嗖之一声，忽偏飞厦坡。二人四目而对，相视一笑，顿愣之。后立远仰望，见球距檐三尺余。晨曦曰：“所幸，弗远也。”夏荷立晨曦身旁，抹汗，曰：“奈何？”晨曦回望，两人会心一笑。晨曦曰：“有长杆乎？”夏荷摇头曰：“无也。”晨曦问：“有何长物哉？”夏荷顾左右，茫然。忽地，晨曦见院内墙角处有葵花秆一堆。笑曰：“嘻！有也！”乃紧跑而至，拽出一秆。望之，秆身果长，且秆首弯曲，犹善，心下颇喜，忙拽秆上茎叶，连夸此物甚好。夏荷见晨曦如此麻利，亦上手助之。方拽，则唉哟一声，甩手不止。晨曦见状，曰：“手扎乎？”夏荷笑而摇首，曰：“无事。”晨曦曰：“拽此叶，需防扎手，秆上有刺也。”又曰：“汝莫动手，吾拽则成。”夏荷曰：“当心哉！”晨曦闻此语，忙望夏荷，夏荷顿时脸泛红晕。晨曦望之，心下暖流滚动。须臾，晨曦将葵花秆茎叶拽尽，惟秆底带有大根，泥团尚在，甚沉。遂四望，无法除之。正愁间，夏荷忽曰：“房内有把废菜刀也。”晨曦喜曰：“若是甚善。”夏荷快步进屋，顷间拿出，递于晨曦。晨曦执刀，数下根除。夏荷曰：“将秆括之，以免扎手。”晨曦回首一笑，举刀尽括，霎时顺溜。忙妥，举起长秆，喜曰：

"难题解矣。"夏荷曰："试之，看如何哉?"

晨曦举长秆挺于檐前，勾之数下，秆头悬空，不能触及，曰："立之低也。"夏荷曰："稍候，吾搬椅去。"说罢，跑步进房，俄搬椅而出。晨曦见椅面洁净，红漆锃亮，不敢踏之。夏荷曰："请踏之。稍时，吾擦则是。"晨曦望其粉面，四目相对，两下皆笑。晨曦言诺。于是夏荷扶椅，晨曦举秆踏上，划之数下，羽毛球自房顶坠落而下。

正斯时，秋桐背书包入院，见状，疾步冲前，率先拾起羽毛球。夏荷曰："将球予我。"秋桐曰："吾欲玩也。"夏荷曰："汝将椅搬回。"秋桐曰："吾欲玩，汝搬之。"夏荷变色曰："莫乱哉!"【能不恼乎。】秋桐弗听。夏荷则至秋桐手内夺之，【夏荷亦坚决。】秋桐紧抓不放，连声曰："不予耶!不予耶!吾欲玩耶!"【秋桐亦不让。两姐妹好生热闹。】乃将手背后，终不撒手。夏荷气曰："汝何乱哉?"【又进一步。】无论何说，秋桐终执球不予。晨曦见状，则谓秋桐曰："汝用我球拍玩之。"【晨曦尚不明。】秋桐闻言，身弗动。夏荷见秋桐若是，始料未及，一时无招。【姐妹亦不同心也。】少缓，秋桐反向夏荷讨球拍，夏荷愠而弗予。【以显长姊之威。】秋桐反夺之，夏荷则不断躲闪。两姐妹原地打转。见此情景，晨曦终谓夏荷曰："莫若将球拍予秋桐，令其玩上一阵。"【如此调解方为一法。】夏荷见晨曦如是说，终将球拍予之，然极不情愿，面有不肯之色。

秋桐接过球拍，甚喜，【终得胜矣。】速将书包放于身后窗台，则与晨曦共击球也。【告一段落。】夏荷见此状，只得自己将椅搬回，用抹布抹了椅面。旋即，又出之。【是处，方为重要之地。】秋桐与晨曦玩之一阵，缘天尚热，少时便汗水淋漓。彼时，秋桐粉嫩小脸，尽透红晕，状如彩霞，灿如鲜花。夏荷旁观，见秋桐终无止意，则乘球落身旁之机，拾之不予。两厢争讼。夏荷力讨，秋桐终予之，然嘴噘甚高。后，夏荷与晨曦又笑语玩之，良久方歇。【好生热闹。细针密线，层层叠叠，活脱脱故事。岂是看文，宛似景在眼前。吾批之不及，于是处方落笔墨。癸巳冬日，雅艳斋。】

玩罢，两人齐至屋内。夏荷紧走数步，打开柜门，将球拍放入，后又接晨曦手中球拍，亦放入。斯时，两人脸上汗水直淌。晨曦拉了拉后背衣衫。夏荷谓晨曦曰："洗脸哉!"语毕，端盆倒水，且拿香皂、毛巾，递予晨曦。

晨曦洗罢，夏荷接过毛巾。晨曦欲倒水，夏荷早抢先一步，拦曰："吾来之。"【情也。】两人又相视一笑。【有情矣。】秋桐垂手立侧，痴望两人，恼怒不语。【莫忘，旁另有一女，其心有思。又是一幅画也。作者写景、写人，体现人之心思及相互关联之处，颇细，写之绝妙。雅艳斋。】

某日，晨曦被召回，奉有新命。白天忙个不休，夜晚尚需加班。一连数日如此。此地距封翁龙章大庙犹远，步行一时难至。入夜，心内犹思夏荷，然数日不能离去，甚觉煎熬。某日初夜，加班结束稍早，晨曦则乘机赶往封翁龙章大庙，摸黑步行前往。至夏荷屋前，见窗有亮光，知其未睡，举手敲门，继而推之，门内已反锁也。屋内娇语曰："谁？"晨曦曰："某也！"一语未讫，屋内夏荷惊喜，忙谓秋桐曰："快快快！卿来之！"其音虽微，晨曦隔门听之清晰。少时，又闻夏荷与秋桐耳语之声。俄顷，夏荷谓曰："稍等，吾来矣。"

晨曦立于门外，思稍候即开，不想门半日未启。晨曦立久，心急，又推门，门内呼曰："即来之！即来之！"少顷，方闻屋内夏荷走至门前之声，其拉开门闩，启门一隙，晨曦急推门而入。不谓夏荷则端脸盆于门后，二人几撞，险将脸盆撞翻，彼此齐呼一声，晨曦忙驻，手扎空中，悬舞半时。夏荷陡间脸红半边。随即，两人望而笑之。稍定，晨曦将身侧立，夏荷则端脸盆出之。晨曦入门来，陡见灯下秋桐，身穿蓝花吊带背心，斜倚床头，下半身仍掩被中，其臂膀、肩头及半胸皆露于外，肌肤晶莹光洁，极为粉嫩。【彼时真景。】晨曦陡遇此景，大觉意外，心头猛颤。是时，秋桐浑身散发少女诱人气息。晨曦惊愕之余，再定睛望之，反见秋桐极为平静，神态自若，惟两眼含有哀怨，直视晨曦，毫不躲闪，半裸身子尽呈，半日不移。晨曦与其两两相对，心咚咚急跳。霎时，晨曦顿悟秋桐日常之意耳。【悟晚。】思此，心头立时慌乱，不知何以处之。【知其意，反慌矣。面对二姊妹，不知该如何欤？】然再观秋桐，亦猛生异样之情。【秋桐亦美丽有加。】彼时，两两相对，静无一语。晨曦也不知该如何开口。【此景，语为多余。怨亦怨矣。不知何为仍不知何为，左右思之皆无所适从。】已而夏荷门外返屋，手持脸盆，往地上看之半日，不知置于何处，踌躇半日，将其远放门处。晨曦见夏荷，忙曰："吾来晚矣，汝已睡之。"夏荷手拢波浪烫发，娇语曰："方才门响，吾则知卿来也。【心有灵犀。】闻语，果也。”【喜之难掩。】晨曦曰：“本欲早至，然工作安排甚紧，无法抽身。”夏荷曰：“吾知有事也。”晨曦将缘由细说。夏荷心方安之。【放下心也。】遂令其坐，【晨曦久立乎？秋桐未语，亦未让其坐。彼不解秋桐之心，活该。】待茶侍水。

夏荷见晨曦身上走之热腾，知其夜行远路至此，诚为不易，心甚感激。数日来，彼不见晨曦身影，心下甚急，颇是思念。今夜忽至，多日哀怨顿去。一时，浑身轻松，春意盎然。方才，二姊妹已脱衣就寝，不谓会有人来，乃屋内乱甚。斯时，夏荷乘说话之际，忙将零乱之物稍事折掇。后，二人坐语，两心舒畅。言之一阵，夜又深。晨曦不得不起身告辞，夏荷送之。秋桐仍撅嘴与晨曦相对，终不发一言，懊恼依旧。【细笔描出，若图画也。晨曦愚极，先不明秋桐之心，今明之，秋桐哀怨不去，懊恼对之，望而不理也。晨曦更无法与其语之。惟其与姊语，安能恼消乎?】出门，夏荷曰：“有空，则来欤!”晨曦曰：“诺!”

彼时，夜已甚深，路犹黑，道无一人。许多人家灯火已熄。少时，其穿过旧城之木牌楼、石牌楼，【故乡景点。】一直北往矣。漆黑四周，浑物莫辨，惟牌楼上高悬风铃，清泠而鸣，悠忽传远。正是：

柳柔条嫩弯折易，年少情痴动情迷。
不晓前方行何处，任由风烈踏雪泥。

数日后，晨曦又来斯地，未见夏荷，返身出院，则在门口陡遇秋桐，两人恰好正遇。斯时，秋桐仍穿彼夜吊带蓝花背心，少女玉臂、肩膀再度裸外。晨曦望之，陡思起彼夜之景。今又见之，秋桐之绝美，令其心头再次颤栗。且说秋桐望晨曦，两眼直视，毫不躲闪。其粉嫩小脸，鼻翼高翘，微微颤动，汗珠累累，清晰可辨。【当日，是此真景。】秋桐望晨曦，呼吸急促，酥胸已隆，极度起伏。晨曦见之，亦一时看呆，半日方呼曰：“秋桐!”语过，秋桐似梦乍醒，曰：“君往何处哉?”晨曦曰：“适公事来此，先大殿观之。”又问：“放学乎?”秋桐两眼甚亮，哼之一声，身似定住，呆立良久，纹丝未动。有诗为证：

二七小妹晶莹雪，粉面鹅鼻娇喘婀。
魂乱神迷世颠后，情真意挚奏心歌。

两人待过一阵，方才离去。

后，夏荷归家，天各一方。晨曦与彼久未蒙面。某夜，天甚黑。晨曦忽奉局长之命，令其乘车即往赵夏堂家，将其火速接回，封翁龙章有事也。晨曦领命，与司机房世赍同往之。彼思，今夜至其家，可见夏荷，乃心头窃喜。夏荷家居农村。其村，晨曦旧日未曾至也。今夜乘车往之，七拐八拐，许久方至。车进村，路窄道滑，且多水坑，汽车难行。房世赍曰："将车驻此，吾等步行以入。"两人下车，高一脚，低一脚，摸黑前往，少时拐过一弯，忽见村内放露天电影。二人又走一阵，方至赵夏堂院门之外。房世赍手推大门，门内已关，院内漆黑，乃拍门高呼之，半日无人应，再拍呼，方闻赵夏堂在内曰："谁谁?"晨曦与房世赍齐语之。彼再问曰："何事欤?"房世赍曰："局长有令，庙内有事，令尔即归!"再问何事，晨曦曰："有王命急宣!"

少时，赵夏堂披衣出，开院门，然衣尚乱，且整且询。得令，乃曰："吾取物方走。"又曰："吾家人悉至村内看电影，得告其一声。"晨曦闻言，悉知其情。不谓事乃若此，遂见夏荷之想，亦落空矣。

俄顷，赵夏堂复出，三人齐走。晨曦心下忖曰："村里夜观电影，人多且挤，又为天黑，夏荷于此，亦不得睹也。"心虽如是想，然亦期盼之。三人至露天电影场，晨曦望之，人头黑影，观者并不多，且现场甚为安静。彼时，赵夏堂走入人群中，稍寻则见其母，语之。所语之话，晨曦皆能听清。忽地，晨曦耳闻夏荷之声，问其兄："谁来了?"【忽闻此语，其音隔三十年矣。当年则是此三字。今看其文，时如昨耳。其声丝丝于耳，不能忘之。】其音殊为清晰，字字送耳。夏荷语时，其音极颤，声极弱。晨曦闻之，其语极其哀婉、凄愁，且饱含期盼。【是其状。夏荷亦苦哉!】晨曦满以为赵夏堂定将实情相告，不谓其含混一句，并未答之。霎时，晨曦心如刀割，个中滋味，弦外之音，惟其心下甚明，亮如镜耳。【何事，未细说。】

归途，晨曦骤然默语，心内极其难受，则觉斯事又生变矣。未来之景何如，立觉黯淡未卜也。有诗为证：

水流千壑坎坷过，溪畔屋舍云下坡。
瓦楞参差静无语，寒鸦斜树过藤萝。

欲知后事端底，且阅下篇经传。

史公曰："晨曦平生颇遭坎坷，偶有幸至，亦昙花一现。青春之时，情事颇多不顺，多横生枝节。弱冠之事，已将苦历遍。记其事，力尽详细。人物心底之隐，映本人真面，笔墨不能少也。惟真，动作者之心，亦动阅者之心也。"

十五经

东南群山，白云生处。

晨曦如小庙村。

村西一户，院墙塌落，老叟持簸箕出，晨曦入询。

北房西墙贴一矮屋。姑娘笑语迎出，貌极美，苑若天仙，晨曦心下震骇。

斯者，乃晨曦心中姑娘，梦寐以求多时，不期今遇。

心思，倘我二人并肩天下，驰骋五洲，人生何幸！姑娘有国母仪容。

姑娘手捧面汤以待，落落大方。晨曦犹喜。

夕阳西下，落日又大又红，姑娘骤出，同晨曦并肩墙外。

身披霞彩，大地红彻。两心暖融。

十五传

群山巅老叟识云客　小庙村晨曦遇仙妹

诗曰：

高山奇遇心中妹，云缠雾绕小庙居。
幽涧清泉怡茅舍，山花彩岗乐村墟。
热汤粗碗盈盈语，酥手娇颜冉冉裾。
相视神飞广天外，两情欢恰共驰驱。

话说晨曦至封翁龙章大庙，遇夏荷、秋桐，欢乐一时，生发诸事，亦动其情，然世事难料，姻缘无果。虽极力，仍归西风，乃抑郁多日，终时长无音，悄然断之。

且说某日清晨，方上班，晨曦接新命。辛爨福谓曰：“今日，汝往神曲公社【旧称。】小庙村一趟，调查一份材料。”且曰：“昔日，有教师名曰王殿臣者，因与女学生与女教师发生男女关系问题被处理，【杨风岗事在此映照。作者记之甚细，文咬合甚紧，意在笔先，煞具匠心。】今国家为其落实政策。汝携带此表格，至小庙村，【实名。】找一老教师，名曰郭玉堂者，现已退休在家。昔日，彼与王殿臣曾同校教书。汝至，言国家落实政策之大形势。然后，令其在此栏内填具意见且签名，方可。”【交待清。只述其实，不做任何评判，留空间给阅者。】神曲、【虚名。实名二曲。】小庙一带，位于翔山背后。【实地。】曩日晨曦未曾往之。辛爨福曰：“小庙村比神曲犹远，且山里村落难寻。汝经南泉时，先至南泉中学。彼地，各公社教导员【旧称。】现集训于此。汝面见神曲公社教导员吴长林，令其陪往。”晨曦欣曰：“诺！”遂将材料装入挎包，领命而去。

晨曦骑上自行车，车轮若飞，下大坡，过浍河，上土岭，少时工夫，已行远矣。彼处公路为砂石路，飞转车轮不时碾起石子，砰然作响。其离开办公室，离开教育局，离开县城，投入大自然怀抱，一路轻松，顿扫多日沉闷心情。放眼望去，只见庄稼郁郁，林道荫荫，清风爽爽，远山蓝蓝。人甚欣喜，欢畅无比。

许时，至南泉中学，见吴长林，言之，两人径走。少时，越南泉村，至翔山脚下，沿谷口而入。至山后，但见风景顿异，瑰丽奇绝。眼前青山壁立，深涧幽冥，道萦路回，溪水激鸣。一步一景，步步而异，绝胜山阴道也。晨曦曰："此行，进仙地也。"【何称仙哉？后有应也。】已而推车而上，山路走累，问曰："神曲公社尚远乎？"吴长林曰："拐过前弯，则见神曲中学矣。"

左盘右绕，又转一弯，陡见山谷豁然敞阔，山道紧倚崖壁，笔直且长，此乃山中绝少景也，视为奇观。道旁仍是深涧，悬瀑争豗，声震若雷。吴长林曰："远处，涧对岸排房，则乃神曲中学也。"晨曦遥望，见彼处有块平地，甚为狭小，上建屋舍数排，旁则三面凌空，悬崖绝壁，嵯嵯奇崛。至，二人小憩。吴长林曰："再往后走，皆上山坡道，自行车不能骑之，需徒步而上。"若是而去。走之良久，山盘水复，不见尽头。正斯时，道遇手扶拖拉机至，吴长林拦而载之，至一岔口处，两人下车。再步行，爬上一坡，陡见不远处有一村落。吴长林曰："小庙村至也。"

甚远之路，终至，晨曦心头乍喜。彼时，小庙村居东，二人自村西而入。近之，见村西首户人家，院门高大，惟剩门框，无门，西侧院墙亦倾塌数堵，院中之物悉见。【进村入院细节，全实写，无一句谬。】二人正注目以观，忽见院内走过一位老人，手持簸箕，倾倒废物。【真景。】晨曦与吴长林再望四周，寂而无人。吴长林曰："入院问之，何如？"晨曦曰："诺！兴许老人知之。"二人入院，与老人语。吴长林问曰："老人家，吾打探一人。"老人望之。吴长林曰："有名曰郭玉堂者，乃退休教师，知否？"老人听罢，眼望来者，上下打量。问曰："汝有何事欤？"晨曦见老人狐疑，忙曰："吾自县教育局来，有公事寻之。"老人又细细打量眼前小伙，见其长得极为标致，英俊潇洒，面极善，不似坏人，遂心下疑云渐消，转而眼放光亮，语

曰："某乃郭玉堂也。"【一语不谬，毫无虚构，甚为传奇，比编书犹奇哉。】

一语未讫，二人乍惊，皆出预料之外，不想此行寻人竟如此顺之。原想，不知要费多大周折，岂知方问一人则是也，顿时喜上心头。晨曦再望老人，见其身上颇有为师之风，与普通乡民不同，乃与吴长林谓曰："如此巧哉！今日所询，毫不废力也。"随后，晨曦将所来之事简言之。老人曰："请屋内说话。"二人诺。彼时，晨曦打量此院，见其有北房数间，紧倚北房西侧依壁垒有低矮偏屋，侧向。晨曦本以为老人将其引入北面正房，不想，却引入北之侧屋也。

晨曦随老人走在前面，方入斯屋，只见屋内甚为低矮昏暗。正斯时，忽有一位姑娘，年约十六七，满面春风，自屋内幽深处走来，笑盈盈也。【是也。】晨曦望之，顿觉眼前一亮，熠熠生辉，霎时怔住。但见其貌美若仙，风姿绰约，冉冉如天女下凡，又秀外慧中，仪态大方，楚楚动人，心内立爱煞不已。彼想如此绝美女子，昔日从未遇也。顿时心头震骇，惊之半晌不复。【姑娘美极，晨曦爱极。】但见：

> 盈盈笑语，素素芳面。闭月容颜，回雪身姿。婀娜娉婷惊人骇，潇洒氤氲夺神闲。皎若朝霞，灼若芙蓉。翩若仙女，韵似观音。丰疏得宜，修短合矩。芳肌无加，脂粉当歇。茅屋初见，烟墙墨椽顿生辉；山村夕遇，仙女檀郎倾相骇。双十，二八。弱冠，豆蔻。梦中仙女，意中情郎。大山相会，小庙联意。云游四方无遇佳偶，风行千里不见良配。雾散日现，瓦砾断垣降仙女；门开女见，光鲜照人摇心旌。恰如嫦娥辞月宫，又似织女落瑶台。

一时心头翻腾，半日不宁。

晨曦走过无数地方，见过不少世面，目睹无数美丽女子，惟眼前姑娘，能令其如此惊心，从未遇也。彼若山野之花，馨香隽永，沁人心脾，又似梨花着雨，芍药笼烟，【国姿天香，出云岫也。其美天然，撼山震岳。所有笔墨文字，极难描画。】望之，心头爱煞，畅怀阵阵。姑娘陡遇晨曦，亦瞬时惊呆。【两厢有意。】彼见晨曦面容俊美，周身潇洒，脚下生风，英气逼人。有道：

君自门外来，一望心上颤。

四目相对视，山岳不可撼。

又见其和蔼可亲，年龄相当，乃情意顿生，爱意霎萌，于是两下心撞一处，再难拔分。【两厢久盼矣。】晨曦再望姑娘，见其美则质朴，貌则超群，暗曰：“此乃我心中姑娘，苦苦寻之多年，今终见之。昔日，吾与汝暗语多载，不想今日天遂人愿，自来眼前，幸福极矣。”霎时，心乐融融，喜不自胜。姑娘亦满心欢喜，身儿轻盈。彼与晨曦婉然一笑，雪艳花浓。进屋后，晨曦坐于门口桌边，令吴长林坐内。【彼共为山里人，拉家常有同语也。同时，吴长林年长，亦敬重之。晨曦不以己从县教育局来，而摆架势，而居位尊。斯景记清。】落座后，晨曦将挎包放于桌上，再视屋内。只见门后乃大炕，炕后西墙开有小窗，炕北垒有火台。火台旁置柴禾一堆，火台上坐大铁锅，锅盖敞开，锅内尚热气蒸腾。火台北乃空地，堆放杂物。房内，愈里光线愈暗。【是此景。】

斯时，晨曦见屋内惟有老人与姑娘，不见他人。老人介绍姑娘曰：“此乃我侄女也。”【是否此谓？年久，记不清矣。不知或姑夫，或姨夫也。】姑娘笑曰：“今日，家中无事，至此帮姑夫做饭也。”姑娘说得极其顺畅流利。彼见晨曦，全无半点陌生之感，亦无半点惧意，仿佛自己最亲之人在前，神情极其自然大方。姑娘立侧，不时眼望晨曦。忽地，其折返火台，拿出两碗，在大锅内盛上面汤，端至桌前。【晨曦当时望之，又惊又喜。】当其持碗走至晨曦身边时，笑谓曰：“喝碗面汤哉!”晨曦诺，忙起身接之。有诗为证：

面汤原乃汤之祖，舒体活筋滋养肤。

惟是自饮难待客，端来盛待是仙姝。

随后，姑娘退旁，静听话语。

晨曦不时眼望姑娘，觉其身处是屋，不属是屋，而属仙境，而属天下也。【殊美，不同也。】斯时，晨曦望彼，彼望晨曦。两下心内你来我往，顾盼情飞，恋意暗结。

晨曦行久，亦觉口渴，端碗而饮，倍觉爽身。其望面汤，思曰：“面汤者，饮中珍品也。【实话。今尚若是。】昔祖父常言，原汤化原食也。”当知，面汤虽美，然不能待客。若是，有令人喝汤而不予人吃饭之嫌也。【农家，素无面汤待客之礼。然姑娘若是，反觉纯朴自然，大美也。】在农家，若待客无茶，则以白开水为之。昔日诸家户生计维艰，悉若是，莫人怪之。今日，晨曦首遇此事，心内虽诧，然望姑娘，落落大方，泰然自若，全不以为然，遂心下又被姑娘大家风范所震撼，自觉姑娘身透绝然非凡气质。对此，晨曦心下惊喜万分，暗忖曰："倘若吾二人能并肩天下，驰骋五洲，人生大幸也。其绝能助我事业、壮我情怀、美我人生、锦我前程。"【非有此女，非有此思也。】思此，心内沸腾，如火燔烧。心下又曰："不谓心中苦寻多年之女，竟出翔山后小山村也。诚为意外，思所未思也。"

晨曦与姑娘两人相对，心下明明融融。晨曦不胜感慨，心下叹曰："姑娘甚美，大美也！所美，美之心颤也。姑娘之美，天下文字难描，描必拙耳。吁！姑娘之美，令人心头舒畅，神采飞扬也！姑娘之美，助人激发豪情，壮思遄飞也！姑娘之美，激人澎湃诗篇，瀚写书卷也！姑娘之美，催人纵横环宇，驰骋天下也！"

且说落座后，彼此寒暄问候一阵。少时，晨曦自挎包内取出材料，递于老人，将方才之话复说。老人接过材料，眼望四周，曰："屋内已黑，纸上之字，看不清也。"昂头往门外瞅之，曰："屋外以观。何如?"晨曦闻言，忽觉异之。彼时屋内虽略昏，然看字并不费力，光线尚可。【老者何如是言？另有用意。作者少时点明。】而老者如是言，晨曦惟诺之。随后晨曦、吴长林随老人而出。老人郭玉堂跨出门槛，走至门外，仰头看天，踌躇半日，手持材料曰："吾等往院外观之。"【为何愈走愈远?】晨曦闻之，又觉意外。惟老人如是言，方依其便。彼时，太阳西下，阳光照之东侧屋墙高顶，满院彤红。郭玉堂说罢，未走院门，而踩塌墙出之。晨曦、吴长林高一脚，低一脚随后。翻至墙外，老人又往北拐，走之甚长一截，方驻足。【看材料、签字须走如是远乎？当时晨曦不解，惟小事，无多思。】至此，郭玉堂展望材料，晨曦又将来意细加说明。【写得点水不漏。】郭玉堂曰："当年，王殿臣与吾等同校教书，其乱搞男女关系之事，众皆知之，多纷说。其中，多是与女学生发生男女关系之事也。然斯事，吾未睹之。【此话妙！斯事能做于人前乎?】有人见其引女学生入号，关门闩门也。【关门、闩门作何?】此等事，脏之!”【老人郭玉堂对此事评价与态度。】郭玉堂手持材料，且观且语。

晨曦与老人又相言一阵。【此乃大事，要事。当年，晨曦与老人之话不少。然无细写，虚之。许多话今日仍不能写也。丰中园。】而斯时，晨曦心下另有他事，总想能见方才屋内姑娘也。然久不见姑娘前来，心头则急，其不时抬头向塌墙处望之，盼其能越豁口而出。忖曰：“倘若老人将字签过，吾将走之，再无相傍之时也。天又将黑，尚须赶路，不得不走也。斯时，倒有少许难得之机。姑娘若至，吾等傍立，相互观之，或言数语，亦幸极矣。是时，乃最终之时。否则，惟有辞别之时也。”又思曰：“吾心下思姑娘甚焉。然姑娘未至，不知其何思哉?”再思曰：“不过，吾办公事，又乃问不齿之事，其不好参于其中。此事，姑娘心明。欲来之，亦难矣。”有诗为证：

奇逢仙妹芳心动，你迎我接情意浓。
隙驷茅屋绕蓬牖，稍时不见乱飞鸿。

顿时，心下乱纷，不得静之。

且说晨曦正在焦急之时，姑娘忽自塌墙豁口处跨步而出，笑盈盈来也。【仙女出哉!】霎时，晨曦浑身暖意顿生，勃兴亢奋，心下甚明姑娘之意，心跳咚咚，激流滚滚。其知姑娘来此，大不易耳。彼乃下甚大决心也。一姑娘家，甘冒百般难堪而来，能易乎？是时，晨曦心下对姑娘大胆之举百般感激，陡生至爱不移之情，磐石牢也。【人美，情真也。】

姑娘至此，笑问姑夫曰：“何事耶?”【明知故问，以避尴尬，示己不知此事也。然此事，姑娘在屋内已闻之分明。今能越墙而出，院内已经几番纷思斗争，终下决心来也。】郭玉堂忽见侄女至，大感意外，【老人不知姑娘心事。本欲避其来，彼偏前来。】又见其问难以启齿之事，忙阻曰：“汝快回去，莫问此事!”【斯时方明，老人往屋外、院外之因。原来，为避姑娘也。不想，姑娘却来之。彼何能知之，姑娘是为眼前小伙而来。此乃老人根本想不到处。然晨曦、姑娘两下明之。】姑娘笑之，未挪半步，且立于晨曦身侧，一步不离。晨曦全然谙其深意，倍增感激之情。彼时，两人互视而笑，心甚甜蜜。斯时，太阳斜挂西天，即将落山，万里无云，且大且红。红光余晖尽照姑娘、晨曦之身。两人悉被太阳红光包裹，并肩伫立，分外暖融。【如画。实景。当年若是。其霞火红，晨曦犹记一生。叹后来再无缘见此姑娘。怅

怅！丰中园。】

郭玉堂看罢材料，曰："此事，已过多年矣。当今国家落实政策，令我签字，则签之。"【老人乃知识分子，甚明当时政治氛围，甚明弦外之音。作者无细写。历史虽隔三十三年矣，然写彼时之史，心仍有忌。史不写今，千古至理。古朝代史，皆当朝亡后，后朝记之。乙未年九月廿五，丰中园。】于是拿起钢笔，将材料放于膝上，签之。至此，晨曦公事办毕。其与姑娘对视，目中之言，欲走矣。两人心明。晨曦、姑娘、老人、吴长林回至院中，晨曦从屋内取挎包，将材料装内，又简言数句，说些客套之话，不得不走之。老人与姑娘将晨曦、吴长林送至大门外，望其西去。晨曦不断回头，姑娘在大门口望送良久。晨曦心下深为感动，眷恋姑娘不已。

晨曦走至西去路上，见太阳又落下一截。彼时，太阳极大，极红，极圆。此乃晨曦平生所见最大最红太阳。【天有感应也。】斯时，太阳距地惟有一竿高矣。【真实之景。】随西行脚步渐远，晨曦心头愈发难受，其不愿离去，又不得不去，内心甚为痛苦。正斯时，吴长林抬头望天，谓曰："天将黑，赶不回神曲也。西有一座小学，老师熟之。今夜宿此，如何？"晨曦曰："诺！客随主便。"至，惟有一女教师与其夫也。女教师曰："今夜，师尽回，师号空，可宿之。"两厢语之一阵，女教师又曰："今夜，小庙村演电影。观之乎？"吴长林问晨曦，晨曦曰："随意也。"吴长林曰："天方黑，闲而无事，莫如观之。"晨曦言诺。瞬间，晨曦心下又想："今夜观电影，不知可睹方才所识姑娘乎？"

少时，晨曦、吴长林与女教师之夫同观电影而去。放电影之处位居小庙村沟下一座四合院内，其地甚狭。至，晨曦无心观看，惟往人群中觅之，看有方才所识姑娘乎，然自始至终并未见也。待电影散场，心犹沮丧，怏怏道中，甚为不快。散场路上，其亦格外留意，看能否遇之，然未能如愿。彼时，心下思曰："何未见之？抑或天黑之故？或其本未至哉？或其乃老人亲戚，家住外村，未睹电影而归乎？"再思曰："倘姑娘若至，吾未睹之，定伤姑娘心也。"心下惴惴不安。又思曰："吾与姑娘相别时，姑娘并不知吾宿本村小学，犹不知吾看电影也。姑娘定以为吾早走之，故已返其村，并未看电影，亦乃自然之理。"乱思纷纭，全无答案。【有一盼，而又失望。惜哉。】

正是：

> 高山故知实不易，千里万里相寻觅。踏破铁鞋寻不见，山花烂漫白云深处相会期。相遇片时别离去，香云缭绕空入溪。回头望，酸枣圆圆鸠声低。山村电影人头聚，摩肩接踵身攘熙。姑娘身影个个看，影绰绰，心焦乱，不见意中人，心儿噪闹又凄凄。实沮丧，腿无力，身无劲，千思万念俱成灰，语声稀。心中不忘姑娘意，茅屋蓬户长相忆。彼之身儿乃我身，彼之心儿乃我心。身心不分你与我，此与彼。惟思人能相见月能圆，携手挎臂走千畿。夜黑沉沉星斗斜，脚步踟蹰意盘旋。五马能走高陡坡，寸心难移一垄坷。诚心意投，勿忘我，两心结，越千河。

晨曦骤时愁苦，不能自已。

翌日清晨，晨曦与吴长林离开小庙村，西归而去。小庙村，位居山岗之上，地势极高，远望东南，犹见诸峰连绵，青翠欲滴，明艳若洗。路边酸枣刺纵横交错，勃勃郁郁。是地，风景绮丽，秀美如画，若同仙境。彼时晨曦，倘若无此心事，定会陶醉其间。惟思心中姑娘，心情颇为沉重。随脚步不断走远，心下愈发悲凉。其不时回头张望，以期能将故人故景留之，永不分离，然身不由己，徒唤奈何，惆怅无限。【能遇心上最爱之人，难以割舍。】心下大呼曰："姑娘！吾思汝苦也！吾心，汝可知乎？"【情语。】山野无声，唯见高山明媚秀丽，流翠溢彩。【以景反写，心更凄也。】

姑娘，小庙村，永刻晨曦心底，终身不忘，倍受煎熬。自此，晨曦别去，远离是地。后，晨曦远走大西北，再也无缘来此。然其内心深处，永记姑娘容颜，永记姑娘之心，永记姑娘一笑一颦，一语一声。其点点滴滴、丝丝缕缕，从未泯也。【记情也。】有诗为证：

> 一日相遇半生记，月月年年将心提。
> 云卷雨横风吹柯，群山小庙忆故熙。

欲知后事如何，且阅下篇经传。

史公曰："绵山之后，有小庙村也。高高山岗，青峰之巅。一日，晨曦公差至此，遇一姑娘，美若天仙，两厢心动。斜晖里，二人同沐夕阳，情意融融，涓涓绵绵。惟此一缘，终身不忘，相记永远。读斯文，重墨以记。晨曦尚思，不知姑娘后之何如?”

【读此文，心情沉重。晨曦与此姑娘没有牵手人生，终为人生大憾。后来，晨曦曾数次想翻山越岭，前去寻找姑娘。然人生太多变幻，慨叹不已。阅过人世，方知人若一旦遇之自己最心爱之人，产生真情，真心相爱，其爱必深刻心底，生死不灭，至死不渝，不为枉话。叹叹。丰中园。】

十六经

初秋，天热如旧。

晨明考高中未果。

晨曦惊闻其讯，心急如焚。

徘徊于室，坐卧不宁，寝食不安，苦思冥想，乱乱纷纷，不知何处。

某日，载梧旺邀玩，一语拨云见日，谓高中师者，子弟可携。

晨曦陡喜。

房世贲曰，莫傻，莫能为之，否则，当处下流。

弃乎？守乎？两思量。

终，一为弟，二为潜深水，得蛟龙，舍当前浮华，勇走。

十六传

晨明困危急祈兄长　晨曦权艰难倒乾坤

诗曰：

手足情厚花阶润，雪漫芳枝梅兆春。
蓬牖广寒凄天地，柴扉大难号烟村。
鬼狞半世冰霜过，魅啸满腔烈炎焚。
闲来检点书千叠，封封血泪哭云林。

话说晨曦奉命往小庙村办一公案，至，忽遇一女，美若天仙，顿生情意。姑娘捧汤以待，笑语盈盈，落落大方。塌墙外，夕阳映照，两身相傍，心生蜜意。之后，晨曦别去，久萦心头，如影随形，经久不去。晨曦回至局内，日夜思之此事，常翘首遥望东南诸峰，只见仙河【今称浍河，旧称唐水，西入黄河。】萦带，翔山遥远，乃心头纷纭，千呼万唤，不一回也。常叹曰：

伊人远隔，青峰之外。
俗设百关，何以割爱。

思纷纷，终扰扰。

忽一日，突发一事，晨曦心内震骇。自此，晨曦人生轨迹大变。何事？原来是年暑假，晨曦二弟考高中未果，于是心内火烧火燎，不可终日。晨曦知，若晨明不能上高中，意味何也，心下甚明。晨曦思之，晨明一生前程不能就此断之，然眼下可将奈何，一时无策。而坐等命运摆布，又绝非晨曦性格，故心神纷乱，坐卧不宁，茶饭无思，夜不能寐，终陷苦渊也。

且说某日晚饭罢，晨曦正愁思于室，忽有急步声自楼下而上。旋即，人至三楼，推门而入。晨曦望之，载梧旺也。载梧旺急曰：“吾友，快走，打扑克哉！”晨曦知为斯事，则无情绪。然友兴至，又不得不顾，遂曰：“莫急，稍坐之。”【郁闷，寻话说也。】载梧旺曰：“有何坐哉？彼处，所候急也。”晨曦曰：“玩耍之事，何急哉？【晨曦一生若是，对如此玩事，无多大兴趣。惟一信条，玩物丧志也。】稍坐之，吾等稍语也。”载梧旺见晨曦若是说，则曰：“诺！稍坐亦可。”【何能坐之，其不知彼处所候急乎？】于是，两人坐于床沿。【彼时故地有坐炕沿之习。因旧日多为土炕，且农家桌凳尚少。依炕沿而坐，则解其难。亦人与人近之。今为木床，亦有木椅，然旧习难改。一补。丰中园。】少时，晨曦将心下之苦言之。载梧旺曰：“噫！斯事乎？当下考学惟凭分数，考高中亦然。分数考不够，说甚亦枉然。”【彼时，风气尚正。晨曦于教育局，亦无能为力。可见彼时，风尚清也。记史。】晨曦曰：“吾二弟，酷爱学习，若不能上高中，对其影响甚大。若眼睁睁看其有学不能上，心不甘也。”【为二弟想也。】

已而载梧旺忽思一事，曰：“有一例外。”【忽转。】晨曦心头一亮，正欲闻之，忽楼道内又一声高呼：“晨曦！”【打搅哉！波澜之法。】一语未了，又一人排闼而入，房世贲也。晨曦忙热情招呼。【何此时又来精神，缘载梧旺一语也。】房世贲谓晨曦曰：“今日授我古文，莫忘哉！”晨曦曰：“汝先拉小提琴，授古文之事，再寻时焉。”房世贲不解曰：“何也？”载梧旺将事言之。房世贲曰：“此事难矣。”【又一人言之，此难不谬。又记风清。记史也。】载梧旺曰：“方才，吾忽思一事。凡高中教师者，则可带其子弟入学也。”晨曦一听，心头乍喜，【能不喜乎？】急问：“高中教师子弟不看成绩乎？”载梧旺曰：“不看！学校内部照顾也。”【旧之规矩。】此语一出，陡如春风拂过，晨曦喜不自禁，连曰：“甚好！甚好哉！”顿时，其觉二弟有救也，不免欣喜若狂。房世贲谓载梧旺曰：“斯事，有何用哉？晨曦又非高中教师也。”晨曦曰：“吾若至高中任教，可否令吾弟入学哉？”载梧旺曰：“此乃自然之理。”房世贲曰：“嗟夫！大差矣。若是，晨曦则至底层也！”【命运陡变。前之陈，今方显之。】晨曦曰：“斯时，别无他法也。”【牺牲精神。晨曦有备也。】载梧旺曰：“可汝非高中之师哉！”晨曦曰：“君何忘前事乎？【隐一事。】吾可至南泉中学也。”载梧旺曰：“此乃旧事，莫提哉！”晨曦曰：“惟此法可救也。”房世贲断然曰：“莫能如此！犯傻乎？下不得也。若去，损之大矣。”【彼人亦知之。】

众言一阵。晨曦闻之，觉弟有救，心里顿时舒坦，【兄弟情深。】乃随载梧旺下楼玩之。玩过一阵，后有人入，晨曦令其补入，已返三楼。【前后照应，一丝不乱。】斯时，已闻房世贲拉小提琴之声。【房兄之爱好。】晨曦入室，心想载梧旺所语之事，何处之？徘徊一阵。因事重大，涉己去留县局之关键，又前程之事，儿戏不得，不得不深思也。【其直觉救弟要紧，彼则次之。】移时，纷纷纭纭，头脑昏沉，一头载床，立入梦乡。已而忽见己归。进院门，陡见晨明伏机学于梧桐树下。晨明见大哥归，忙迎曰：“大哥！归矣！”语间，两眼饱含柔弱期盼之光。【吾二弟眼神也。思之则哭。】晨曦见二弟，心下陡然一酸。转而喜曰：“晨明，汝可上高中矣！”晨明两眼大睁，惊喜万分，曰：“是否？”晨曦曰：“吾至南泉中学教书去。此校，教学质量极佳。吾至，则携尔同去也。”晨明曰：“大哥不工作于教育局乎？”【此话剜心，舍此甚难。弟亦为兄思之。】晨曦曰：“然！吾若仍职于此，则不能携二弟上高中也。此者，必舍一也。”潘林泉闻长子语，忙出北房，与子语之。潘林泉闻过此事，曰：“吾子之事，自度之。何衡以善，父无此能也。”【实话也。】正说着，忽急风骤至，将家人尽吹而去。【吾批至此，忽惊，再看下文，乃梦，吾忘矣。】晨曦恐甚。正若是时，陡见祖父走来，脚穿大鞋，身高大，急语曰：“晨明丢耶！”一语未了，晨曦大呼一声，猛打扑愣，惊坐而起。【惊魂。骇极。】环睹四下，原为南柯一梦，乃气喘吁吁，半日不宁。

然祖父之语，实事也。晨明被丢之事，晨曦刻骨铭心。彼时，晨明方会走路不久，路远不能记。彼年秋，霜降之日，生产队出红薯。晨曦及父母、祖母悉至田间。彼时，晨曦之母柳玉莲将晨明亦领地头。午时，柳玉莲引晨明回家。返时，则未领晨明。晨曦祖母韩素珍问曰：“何未引晨明乎？”柳玉莲曰：“其祖父在家，令其家中玩之。人甚小，至地，吾忙，不能顾之。”全家人将红薯出完，归家，则不见晨明，大声呼之，没有应声。家人于房间院内四寻，皆无果。全家人惑之，心亦一紧，又忙往胡同寻之，邻院找之，亦无果。斯时，家人急矣。又忙上街寻之，犹远处寻之，仍无踪影。是时，不祥之感骤涌家人心头。齐曰："晨明丢哉！"此念一出，家人个个心头惊恐。彼时，皆像疯般，四处跌撞而呼。邻家比厦【故乡语，又远古之语，乃规范古文辞。】及队上、村上之人闻讯，悉自觉加入所寻行列，向各方延展寻去。彼时，四处皆是叫喊声及询呼声。

寻之良久，仍不见晨明身影，有人曰："莫非掉天池乎？"众人闻而惑之，不知其果。潘林泉闻之，则跳入天池潜水以寻。斯时，乃深秋之季，薯蔓已黑，水冰凉，然其顾不得矣。少时，彼于水中脸冻通红。一时，岸上围观者众。晨曦亦在侧。彼时，晨曦年龄尚幼，盖五六岁之样，心亦不得明之。惟其思，弟不会溺此也。许时，有人自县城归，见是景，大呼曰："毋水中寻之！天如此之冷，幼童玩水作甚？快往别处寻也！"众人闻之，觉有理。潘林泉遂上岸穿衣。众人又帮四寻，仍无果。众曰："如此幼童，能至何处哉？"无论众人如何寻之，皆无踪影。

且说百般急乱之中，天渐黑矣。天黑，仍寻不着人，家人欲疯也，不祥之感渐重，恐愈袭来。晨曦祖母韩素珍情绪犹为强烈，急得呼此喊彼，小脚一刻不停，奔东跑西。自外所寻之人，归来后皆言寻不见之话。家人之心渐渐承受不住也。晨曦虽幼，但念弟切，心亦不能承受，乃极苦极急极痛。其思曰："吾弟能失于何处哉？"

天又黑去一阵，众人仍四寻无果。家人乱跑，焦躁凝重气氛笼罩全家，再寻不得，奈之何？气氛愈加凝重，几欲山崩地裂也。且说正在家人急得再也不能忍受之时，忽闻东墙外大道上有人高呼曰："娃寻得耶！"墙内之人闻之，则像疯了一般急向东墙跑去，家人隔墙呼曰："娃于何处寻得？"墙外人呼曰："陵下沟也！"家人又呼："娃哉？"墙外人喊曰："其后将至。众令我先跑回告之家人也！"院内人听罢，齐声大呼，连连惊喜曰："娃寻着耶！娃寻着耶！"【吾阅至此，大哭哉！吾弟命苦也。】语毕，家人又疯般冲向胡同，直往外跑，前迎之。晨曦亦忙随大人疾奔。当其走至东墙后之大道时，已有众人闻讯而至。晨曦及家人继往南跑。彼时，天甚黑，数步之外不辨人影，【交待极细。】惟闻声以探。俄顷，闻前方有人语声，且有自行车响动之声。两厢呼之，彼答曰："诺！归之耶！"

晨曦及家人飞奔而去。及遇，见晨明坐于自行车前梁上，两手抓车把，一声不吭，无一语也。韩素珍见之，顿时哭出声来："晨明！吓死祖母也。久寻不见，急死人哉！倘若再寻不着，祖母今夜活不成也！"语讫泪落。少时问故，推车人曰："娃走至陵下南沟。天黑，被人发现，接于家中。"韩素珍顿悟曰："娃定寻红薯地去也。"一语未尽，愤骂儿媳。【家中常吵。】继曰："娃太小，路记不得也！"旁人曰："想亦是哉，娃沿大路寻去也。"韩素珍曰："晨，众在东头出红薯，后晌至地西头。想娃走斯处，未见人，则沿大路继走，然此段之路适在地堰下，娃看不见地里人，则径南去也！"说此语则哽咽。晨曦思之，此语有理。心下曰："若走彼处，须早分道，平拐田间小路。然弟甚幼，方走路之童，安能记之细乎？然，总算将弟寻得也。"彼时，晨曦心下之喜，亦无法言表。其紧随自行车，见弟小腿小脚于侧，伸手摸之。【兄弟之情。】正是：

弟失半日影踪渺，刀割刃剜心痛焦。
多路乡邻帮寻找，揽衣牵手慰惊飙。

至家，家人深谢众人不迭。【推车人率数人至陵下村，四处访问，方寻得。彼时，众人闻讯皆自觉行动，以助人也。尧舜之乡，民风纯朴和煦，人以助人为乐也。晨曦后曰："吾定报乡亲隆恩也。"癸巳夏，丰中园。】

众人走后，家人则紧抱晨明不放，泪水不断，问声不绝。韩素珍细问之，晨明嗫曰："有大狗，大狗随之。"语毕，韩素珍谓家人曰："荒野之地，何来大狗？定遇狼也！"又叹曰："嗟夫！狼尚未吃娃，已算万幸矣。"晨明丢失受惊，归后，其性大变，沉默，寡言，少语，再无前番活跃。韩素珍见之，甚是忧心，谓晨曦曰："汝弟被丢，受惊吓也。"正是：

晨明尚小，晨曦尚幼。朝时出薯文昌阁南，霜重叶黑老少全动至地头；午时拉车长阵堰西，皮红块壮大小齐簇列土堆。人人喜颜，个个笑语。金阳庄红薯闻名，古房陵民风淳厚。晨明罹难失他方，乡亲焦心寻隅阿。天黑夜沉撕心裂，脚乱步慌摧肠断。墙外高呼，欣讯一报寒乍暖；院内忙应，惊语一闻悲霎喜。二弟寻回失机敏，大哥触目跌绚烂。满眼五色灰淡，放耳六音喑暗。心头震，身儿颤。眼迷漓，意纷乱。

晨曦见弟如此变故，心甚难受。暗思曰："弟甚幼，所丢荒野深沟半日。久不见人，更不见家人，何能不惧？恐甚，以致其故。嗟夫！吾弟甚不幸也。"

此乃难一也。尚有二难，犹令晨曦心如刀割，痛不忍思。何难也？原来晨明幼小之时，兄弟三人，同蹲火台之上，围顾锅内煮鸡蛋也。彼时，锅内开水滚沸。而锅少腿，锅下有砖瓦数块垫之，甚不稳固。彼时，俄闻腾地一声响，开水铁锅顷间翻覆，二弟残叫一声。霎时，蒸汽飞腾而上，直冲蓬顶，四散迷漫。瞬间，三兄弟被灼人气浪裹之，彼此不辨。斯时，晨曦母、祖母正于外间与邻妇闲话。陡闻其变，大呼奔入。彼时，晨明被烫，众人齐将晨明裤子急脱。柳玉莲慌曰："若是，奈之何？"邻妇曰："用醋抹之。"韩素珍踮起小脚，忙自醋缸舀醋，涂之。少时，晨明腿上大泡燎起。

晨曦见二弟烫之残重，内心甚痛，自责不已。斥己曰："何所烫者乃弟，而非我乎？吾乃长兄，未将弟护佑。滚锅翻覆，罪莫大焉！"又呼曰："老天爷耶！汝何尽冲吾二弟来哉？"后，晨曦有歌曰：

那时年幼围火堂，大锅滚沸汽吞梁。
凶险在前浑不知，呼啦一声心胆丧。
二弟惊叫身被烫，两腿伤痕今犹彰。
年年看弟烫伤处，轻轻抚痕问弟康。
疤厚肉硬实堪伤，每触心痛断人肠。
多少年来细思量，若稍注意免此殃。
人幼不可近滚锅，人烫应速凉水放。
知其一点桂枝香，花红浓艳兰生芳。
焉能整世令人伤，心重神忧索枷扛。
惴惴不安苦奈何，环睹四壁不见光。

【菩萨之语。授人以法，当避其难。天下人若知，或避其伤或速康复。后验果也。当记之：一则，人若烫，需将烫处速置凉水，愈及时愈佳；二则，勤换凉水，以保低温。丰中园。】【再叹，此书若是写，天下未闻也。或为医书不成？其言，为天下善，不拘所囿也。丰中园。】

二弟终因烫伤甚重，被送往县医院救治。

归后，伤口久时未愈。大热天，晨明躺于北房地上，其母为弟揭纱布，凄残之状晨曦不忍睹之，其父亦不忍睹之。母将纱布尽揭，父曰："世上惟母恩隆也。"

此乃二难。尚有三难又罹晨明之身。何也？某年秋，晨明五六岁光景，骤疾，躺北房东间炕上，浑身软弱无力，发高烧。后，脸出众多红点。韩素珍见状，谓儿曰："吾观其病甚重，立寻保键站贾医生来，诊之。"潘林泉望之，唉叹一声。韩素珍斥曰："何叹之？晨明已成这般，不速请医生，整日只知写也画也，写写画画能顶何用？"潘林泉往而请之。已而贾医生肩扛红十字药箱至。诊后曰："速送县医院诊治，其子病重，非似感冒也。"家人闻之，又慌矣。则备架子车，急送县医院。至，医生诊为脑膜炎也。医院归后，韩素珍谓晨曦曰："汝二弟可遭罪也。在医院，医生用老粗大针刺其脊梁杆，说抽脊髓。吾观，能疼死人也。"

八日后，【记清。】晨明出院。晨曦怜弟，日日观之。一日，在家门前石榴树下，陡见二弟【晨明比晨曦小四岁。】低头端臂，手指摩划，嘴里不断小声而语，且不时口吐唾沫。晨曦见状，心下陡沉，惊曰："吾二弟何变此耶？"忙上前拉住二弟小手，令其放下，二弟不解，木然视之。放罢，复端臂手划，自言自语，不时石榴树下转圈，且不断口吐唾沫。顿时，晨曦再不能控制其情，大放悲声，仰天呼曰："老天爷耶！尔何如此不公哉？吾二弟绵软，多好之童，何屡屡欺之？何令其屡遭大灾大难乎？抑或老天爷亦不长眼哉？汝若长眼，何如是为？汝还我完整二弟，还我好好二弟哉！汝既为老天爷，则需睁眼，焉能欺良欺善乎？焉能老天爷亦作恶乎？若此，何称老天爷哉？"后，晨曦有歌曰：

二弟磨难接二三，小小年纪苦斑斑。
难大症重伤犹惨，苦水泪水数十年。
恶梦不去已半世，头灰牙残烟似仙。
迭难重重后时逢，人废不堪相睹观。
三弟妻恶发狠话，上逝他则活不成。
二弟病身疼我心，人有一气不死心。
家稍有钱远乡治，倾囊难蓄愧对嫔。
我婚之时房三间，待弟在此完合卺。

可惜二弟病缠身，婚事错过青春岭。
三弟婚配在新房，二弟仍居土屋尘。
多年家归相看罢，泪打衣襟夜惊魂。
洋槐树下人残立，心痛扯肺月上林。
二弟病深难治愈，亦得与他留基根。
力主公道划庭院，两弟各半院中分。
无力之时泪相迎，有力二弟期婚成。
二弟伴我少时路，身旁常与我同云。
走时相牵归时同，受屈相依慰我心。
手足情深考良知，丹心永唤霞彩明。
不信磨难长系绊，我怀红日出山陇。

且说晨曦思此，猛地将床一拍，呼地站起，两手叉腰，房间急走。【方接前文也。】少时，其又以掌拍壁曰："二弟自小受灾受难，吾心伤痛。今二弟又考高中未果，而其乃爱学之子，宁能使其不上学乎？今，吾定助之。纵毁我，亦在所不惜！"【铿锵之言，手足情深，天下楷模也。】如此思来，忽心胸舒畅，情绪昂昂。

少焉，其又思曰："今遇二弟之事，令我抉之。若无此故，吾则久处是地乎？【思又深一层。】吾所学之能，为国哉，为民哉！焉能一身本领，困而弗用乎？世之何缺？世之何重？身历其中，当知也。趁我青春，多体验方是。天下之事，莫只为己谋也。应为民谋，为国谋哉！若是乎，倍受其难则难免之。"【境界高也。所思亦早矣。】思此，痛下决心曰："走！往中学去！当老师去！再置全新之境，以炼我也！为国明日择我而备之！"【赤子之心。】至此，长舒一气，终纠缠多日之郁一扫而尽。于是，顿觉身轻若燕，乃在房内速转数圈也。

主意拿定，心滚激流，甚是愉悦。其走至门口，拉亮电灯，推窗远眺。只见县城已万家灯火，荧荧亮亮。远处夜幕苍茫，近处路灯明明。墙外道中，行人三三两两，脚步匆匆，归而笑语。观之良久，又出门拐入西侧大露台，吞吐夜之凉气，舒心沁脾。曰："吾又与命运挑战也。"【西天取经。】正思间，忽闻楼梯内叽喳声起，有人来矣。有诗为证：

命途奇转霎时事，一日乾坤两番诗。

朝送霞彩花艳后，暮接风雨蛰星驰。

欲知后事如何，且阅下篇经传。

史公曰：“人生道长，前途未卜。歧路处，险恶地，抉择难矣，牺牲多矣。晨曦甚疼其弟，手足情深，自幼至老，未变也。后，晨曦远走青海，奔赴大荒，与弟远别。弟不胜其难，大厄而至。天杀人也。”

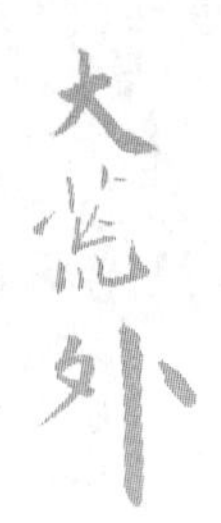

十七经

秋，玉米杆高。

晨曦别华堂，适远野，如南泉中学，风驰以往。

旁无顾，崛崛然。

翔山，故城，天河，田野，沟壑，水鸭，垂柳，风景绝佳。

车上闲聊，学生商店被打，至县公安局告状，以聚众闹事罪立捕。

夜，晚自习，全校学生整队前往，高呼口号，双方冲突，上令立放无辜被捕学生。

彼时地委书记与县委书记，晨曦极为褒奖，意欲拜访。

学生食堂，榨油饼甚苦，油饼挂道旁树枝。人笑。学校书记处置极当。

天意所铸，风雨以锻。

十七传

抛浮华水绕照浮屠　说故往风驰过故城

诗曰：

家寒苦学始回报，步入高堂天子骄。
忽遇手足罹考难，突悉胞弟落花萧。
兄以弟重恩情重，春让桃夭霞彩夭。
为免嫩英遭摧残，我抛全身掩冰嚣。

话说晨曦正职于县教育局，如鱼得水，前途光明之机，却遭二弟考高中未果之事，一时心如火焚。幸同事点醒，方救之。晨曦意决，为二弟，舍己以赴也。

晨曦决心已定，行则疾之。说话间暑假即逝，开学在即。晨曦将心语吐于局长吴蔚世。彼闻之，心颇震。然晨曦去意已决，不得不允也。某日，局里派车赴神曲中学，途经南泉，晨曦耳闻，则与房世贲言之，搭车前往。走时，得知南泉中学尚无人拉新学期学生课本，思彼地甚远，以架子车拉书，甚为不便，乃与房世贲语，将书同载而往。房世贲笑曰："君诚善人。焉能拒乎？"晨曦笑曰："能善则善之也！"

众人将书装车，又助晨曦将行李放于车上。众同事齐来相送。晨曦正欲上车时，忽闻有人呼曰："吴局长来耶！"晨曦闻之，忙走下车来。吴蔚世脚穿老布鞋，满面慈容，自一楼大厅而出。晨曦忙迎之。吴蔚世握晨曦手曰："诚不愿放汝走也。汝意已决，吾亦无法。不过，有闲暇之时，常归之。"【彼时，上之语常暖人心。】晨曦曰："多谢局长，吾定常来探望。"一番话后，晨曦上车，与局长及众同事别过，随车而去。吴蔚世谓身边人曰："年轻人自不同也。"有诗为证：

广厅大厦倏忽事，富贵如糠风荡诗。

尘箧土履灰弹去，雄兵百万马嘶嘶。

汽车喇叭一鸣，出教育局大门而去。房世贲曰："君走，吾失良师益友也。"晨曦曰："过奖矣。函授之学，若能坚持，定有收获，不弃为佳。"房世贲曰："君乃大学生，最有知识之人。当今，师者地位高。若言师，令人肃然起敬也。反观吾等，白痴耳。"晨曦曰："兄莫若是言。君技能多而佳也，且小提琴所奏犹善，何薄哉？"房世贲曰："君莫取笑之。吾有何能，丢死人也。"晨曦曰："知识者，丰广也，非高考所学之囿，实践知识犹重之。吾今走之底层，身仆其下，乃潜深水耳。"【得龙乎？】房世贲曰："君观远，吾莫能比。惟司机职耳。"晨曦曰："世上七十二行，何有高低贵贱之分哉？"房世贲曰："此乃老话，今者，老黄历不能看也。"

少时，汽车开过县城，行于林荫道上。斯地，路上人少车少。房世贲谈兴犹浓，语曰："师者，传道授业，桃李天下，颇有成就耳。"晨曦曰："若是，故往之。"房世贲曰："吾颇慕大学生，时代骄子也。"晨曦曰："吾上学费用，国家出之，人民养之。今毕业，焉能不回报国家与人民乎？【报恩之思。】昔者，吾上高中时，尚回家背馍，吃饭由家负担。上大学，国家悉管，不再家资也。吾上大学时，学校每月发红、黄、绿三张彩纸，上印每日每顿饭票。学生将其挂于床头，每当饭时撕去一张，交厨师则成。"【文细，记史。当真不伪。】房世贲曰："汝等入大学，则为公家人，公家自然管之。"

正说此，晨曦噗嗤一笑。房世贲曰："何也？"晨曦曰："吾忽思往事一桩。"房世贲曰："何事？快说来解闷。"晨曦曰："上大学某日午时，食堂炸油饼、熬菜。吾去稍晚，则见油饼尽挂道旁树枝，繁繁累累，煞为诧异。【实事。树挂油饼孰见乎？果奇闻。】知者言，油饼苦也。"房世贲曰："何是为？"晨曦曰："吾打饭食之，果也。油饼甚苦难咽，惟将菜食之。"房世贲曰："果为奇闻。后之若何？"晨曦曰："惊动校领导也。"房世贲曰："学生之责定难免也。"晨曦曰："适反，校党委书记至食堂，将食堂负责人与厨师力斥之。其言：'油饼始炸之时已知其苦，何尽炸哉？浪费之甚，其罪何大！午饭学生未食，下午之课何能上佳乎？此事，悉尔渎职，其过何补？食堂速召集会议，分析原因，开展批评与自我批评，食堂负责人做深刻检查耶！"

【今读，犹感动哉！若是，天不善乎?】后，晨曦有歌曰：

那年进校十七整，身穿母缝军绿装。
衣裁无钱缝机边，母挑银线做边裳。
衣裳针脚细细密，油灯摇摆吾梦香。
母亲脸庞海棠红，肤白发黑秀丽芳。
数叠衣边针线过，针针线线多无疆。
母亲针针不含糊，力与机缝一般样。
百多仔细一毫毫，手缝机缝亦明彰。
母缝之衣穿在身，儿忆母辛激心房。
今日若问当年事，机器缝边几钱洋。
吾今记得非常清，三毛一衣缝边裳。
吾入集市锁边处，人人拿衣锁边忙。
吾家无钱付三毛，母亲手挑吾心惶。
家寒促我勤学习，冬九夏伏用功长。
期盼长大报母恩，喜鹊喳喳落椿杨。
三十年后忆斯时，心潮翻滚泪落岗。
母亲秀发已不再，儿今两鬓亦染霜。
远走天涯为国盛，愧对母亲少奉傍。
家贫磨难炼儿志，百万雄兵势腾扬。
五月叶绿石榴红，家家红彩门大敞。
待到来日山花漫，搀母扶将看新篁。
东方太阳满院红，梧桐树下支摇床。
中华泱泱数千年，轩辕尧舜我故乡。
大陵南北贯天地，高可摩云仰叹息。
春秋战国古碑立，碑称天陵陵南际。
轩辕黄帝华夏祖，不知祖在何处居。
吾写天书大荒外，史多纷纭笔端来。
蛛丝马迹探古妙，古谜忽然为我开。
先考唐尧诞我陵，已令我乐数些年。

那日欣对家父言，家父并不以为然。
其言黄帝位最高，黄帝又在何处哉。
吾言黄帝尧帝祖，往上推至第五代。
吾以古人古时境，言其黄帝不远在。
兴许就是官庄陵，亦不能够轻斥排。
彼时只是一玩话，考古岂能有错差。
闻父之语心懯慌，停书写作寻古忙。
轩辕之丘黄帝居，轩辕之丘何地方。
史无记载传至今，浩如烟海期茫茫。
先查何谓轩辕称，今辕扰我心弗明。
轩乃天子大车轓，古车则是独臂辕。
霎时天亮大地明，官庄之陵独臂辕。
后之绵山车箱挺，整陵酷似天车行。
史载黄帝生寿丘，父喜同谓是寿城。
黄帝娶妻西陵女，官庄陵西恰西陵。
一一相对无差池，且有遗址佐分明。
吾将远景照片对，霎时天车大地骋。
观者齐呼皆震撼，何早不识天谜隐。
吾叹祖祖辈辈居，不知此是轩辕丘。
吾嘲吾居轩辕丘，不知圣地深愧祖。
黄帝生此居此定，其葬桥山何处休。
寻之数处无根据，再从古字找线头。
桥乃何谓童亦笑，不知桥者是傻包。
吾不怕人笑我愚，再查桥字古何意。
桥字古谓直辕车，霎时热血奔流急。
史载黄帝择日亡，归逝原为己故乡。
自是则知桥山此，官庄大陵这地方。
至此黄帝大谜明，破谜不想意外功。
人生若是独此功，不枉人生过花丛。

吾写大书感神灵，神灵助我华夏明。
御破大谜一宗宗，宗宗皆是天字峰。
世人一生无一功，若何功功加我身。
此功外看权属我，实为中华祖显灵。
我若不破宗宗谜，中华英迹何能明。
或许再俟数千年，或许终为死谜沉。
天书笔酣歌大音，筋骨累断黼黻锦。
吾力精作展世人，吾力传承祖宗文。
不让文脉断了根，不让祖宗火焰泯。
我荣我为中华子，中华文高莽昆仑。
我笑他人洋人奴，仆地未有稚童凛。
顶天立地中国人，祖宗教我立苍穹。
今日战火四边起，弹嘶炮飞不为奇。
歌舞升平时日短，醉生梦死终终时。
历史告诫不为虚，官贪民难剑锋期。
国敝敌强乘虚入，腐烂无力大厄至。
狂飙再起春秋改，渔阳鼙鼓今又来。
古今多少兴亡事，不惟书鉴血祭台。
古之哀之今哀之，古古今今哀未衰。
天下大公莫为私，有私不平阴阳颠。
华夏我祖立中国，天下归心世道和。
百姓生活第一折，黎民不能遭难过。
兄弟姐妹庙堂尊，同心无人敢横戈。
民乐我乐乐无疆，何怕豺狼越我墙。
华夏祖宗壮我胆，万众一心敌魄寒。
且说今日风雨紧，四周不安滋事番。
他人舰炮犯我岸，不畏强暴斗凶顽。
对敌不可步步退，生死不怕浑身胆。
敌敢犯我我犯敌，直入敌国改河山。

不惧自是办法多，力大亦有致死穴。
华夏从不被征服，炎黄子孙壮山河。
酷爱和平共产道，豺狼不灭刀枪磨。
风高浪急全身赴，不可彷徨失据所。
环宇变幻战火频，他国炸蛋四处倾。
今日世界战国时，乱世当出雄杰领。
掌上自有千秋史，胸中自有百万兵。
大书耳畔战鼓急，狼烟硝火飞镝鸣。
浩浩青史沙场多，执戟跃马弯弓月。
和平正道勇气换，畏敌没有太平天。
国有难兮奋上前，全身金辉驰轩辕。
华夏昂昂五洲乐，兄弟姐妹笑声连。
东方红日霞彩画，落基山下共产花。

房世贲听罢，叹曰："诚有趣也。"又问曰："尚有趣闻乎？"晨曦曰："多矣，想闻乎？"房世贲曰："请速言之。"

晨曦曰："吾有一友，上学之地为山区。彼言，某周日，该校有学生数人至县城百货商店购物。至，生发一事，不想事事相连，酿大祸也。"房世贲曰："何事哉？"晨曦曰："彼日，数生结伴逛街，入县城百货商店，至柜台前呼女营业员取货。彼时，女营业员正与一男说笑于柜台角落，同学数呼不理，再呼方至，其心不快，愠语出之，厉言以对。学生思曰：'理亏者彼也，吾尚未怨彼，彼反怒我，何理之有？'始有生问曰：'汝何态度乎？'彼时之风，君知也。女营业员之职，公职也。日挣工资，工作轻松，生活无忧，众尚称羡。然其福不知福，娇宠生焉，歹恶畔焉。宁不痛心乎？彼时，高考方兴，所录学生多农村而来，不挣分文钱，穷学生也，又于斯地无依无靠，无权无势，众亦知焉。故有营业员者类不将学生放入眼中，恃宠纵骄，蛮横无羁，始有此举也。斯时，彼见学生质问，犹火冒三丈，立撒泼曰：'吾则如此态度，汝将奈何？'彼时，柜台内货架高处，钉有'态度和好'四字铁牌，甚为醒目，凡来此者，悉睹之。【四字所示，彼时所规。昔日，国营商店工作者，乃公职人员，月有工资，生活无忧，地位崇高，他人羡慕，然不知珍惜者大有人也。后庙堂变故，国营商业乃冲击之首，其人员地位大变，终沦为摆地摊者，风光不再。两厢比之，不知类此女者，后作何是想？作者有同学、学生为此业者，历后之天上地下，两世界也。惟其间甘苦自知，能专写一书耳。作者写史，人有情，史无情也。叹叹！唱叹轩。】且说正吵凶之际，有生指牌曰：‘汝身后之牌，何谓耶？’彼女营业员听之，愈发恼怒，即刻情绪狂燥，吼曰：‘尔算老几？竟敢教训人乎？’生曰：‘汝身后铁牌明写，何谓教训？’女营业员闻之，犹目瞪眉竖，横曰：‘尔等吃饭不多，管事不少！尔何不撒泡尿照照，看尔何等毬样？竟敢教训老娘乎？’愈发撒泼。学生从未受过如此大辱，亦愤曰：‘汝何骂人？’女营业员手指学生之面，愈凶曰：‘吾骂之，尔将奈何？尔等怂样，尚敢管我乎？回家管尔老娘去哉！’时言辞犹烈，狂勃难扼。正斯时，柜台内彼男，骤然大吼一声，跳出柜台，二话不说，劈头盖脸将一生暴打也。”

房世贲曰：“嗟嗟！竟敢动手打人乎？诚无法无天耶！”晨曦曰：“吾友言，彼同学数人，见事若此，气愤之极，或曰：‘彼竟敢打人？吾等至县公安局，告他去！’”房世贲曰：“噫！学生终归学生。倘遇我等，人数悉众，岂不将其打之半死乎？当今天下，事小无人管，即使找公安局，又有何用？”晨曦叹曰：“吁！非无用，反酿大祸哉！”房世贲不解曰：“何祸之有？”晨曦曰：“诸生至县公安局告状，警察见之，呼曰：‘汝等聚众闹事，立捕之！’一语未了，众警察蜂涌而上，将其中一生扭臂按头，立逮监中。”房世贲大诧曰：“嗟嗟嗟！状未告成反遭捕乎？”晨曦曰：“然。”房世贲又不解曰：“何为聚众闹事？此为聚众闹事乎？”晨曦曰：“彼时，庙堂方立‘聚众闹事’之罪，此令颁无数日，词甚新鲜，警察见是情，以试鲜耳！”房世贲愤曰：“嗟嗟嗟！彼长眼乎？学生受害，至此告状，有何错哉？此乃聚众闹事乎？古代尚有喊冤告状，今反不成乎？依我脾性，将彼警察拉出，一砖拍死也！”晨曦大笑。房世贲曰：“光天化日，朗朗乾坤，焉出此事乎？”晨曦曰：“学生者从未见过如此阵场，立傻矣。知闯大祸，面面相觑，终无良法，乃返校言师，师立报学校书记，书记携校长忙往县公安局交涉，然至天黑无果。夜，晚自习，此讯传至学校，校无领导，诸班长紧急聚首，商讨对策。即刻决定，全校学生整队开拔县公安局，令其立即释放无辜学生，以讨回公道，伸张正义，绝不畏强权邪恶。敢同恶鬼争高下，不向霸王让寸分。于是，诸班长至班内一声令下，全校学生即集操场，整队奋往。”房世赍曰：“可乎？”晨曦曰：“天下者，大道也。自古邪不压正也。”房世赍曰：“彼为警察，尔为学生。不吃亏乎？”晨曦曰：“事先有料。吾友言，其班长，告班内学生脱掉凉鞋，换上布鞋、胶鞋，以备不测。”房世赍曰：“此事严峻，后则何如？”晨曦曰：“学生群情激愤，浩荡之众整队穿过县城大街，高呼口号，声浪震天。民众闻声，齐至街道观之。询问何事？知后，悉赞学生。然亦有微辞者也。”房世赍曰：“何微辞乎？”晨曦曰：“有人言，庙堂方颁新令，不能游行示威也。”房世赍曰：“此乃狗屁之话！倘若彼家之子被无辜抓之，焉有斯语乎？”晨曦一笑。房世赍曰：“后又何如？”晨曦曰：“全校学生甚众，自大街四列走过，浩浩荡荡，不见首尾。许时，学生队伍已开至县公安局楼下，人甚众，塞满广场，尾者仍于大街外也。至，群情愈发激奋，口号声呼之不绝，令其释放无辜学生。然彼县公安局不知悔改，一错再错，冥顽不化，终不放人。未几，尚派警察顷巢而出，攻打学生。”房世赍曰：“嗟嗟嗟！何也？尚打学生乎？”晨曦曰：“然！惟学生人众，且皆青春年少，血气方刚，彼打学生之时，即被学生分割包围。学生亦不吃素。彼见不利，慌忙撤回，尚有大盖帽遗于学生群中也。”房世赍曰：“学生不吃亏则可。后事何如？”晨曦曰：“警察回，再不敢出。然其公安局仍不纠错，不放无辜学生。众生在外，群情义愤，人潮涌动。彼不改错，将之奈何？技穷之时，电话急报地委。当晚，地委正在开会，得讯，片刻不误，迅即指示：一则，令当地县公安局即刻释放无辜学生；二则，令在地区开会之彼县县委书记，连夜返县，处理善后之事。”

房世赍曰：“噫！此法甚明，果不凡耳。”晨曦赞曰：“当地地委处置此事甚佳，干净利落，且公且正，令人佩服之至。”又曰：“吾尝有一思，倘若后有机缘，意欲拜访其地委书记及诸领导，当颂其功，以慰吾心。”房世赍曰：“君尚有如此雅兴乎？”晨曦曰：“凡动吾心者，皆有见面之思也。”

房世赍曰：“后又何如？”晨曦曰：“翌日晨，县委书记至校，约师生座谈，且集师生于礼堂，亲阐己见。是年，彼县委书记年过五旬，头发花白，身高且胖，颇谦逊，殊真诚，说话和气。为妥善处理此事，驻校数日，午时不归，困则卧学校会议室沙发稍歇。吾友道，睹是景颇为动心，有怨气者亦立消矣。”【好教科书也。今之为官者，当一睹也。何为人民公仆哉？心系人民，无私利，至则公正，风波皆息。若是，安有天下不平之理乎？唱叹轩。】房世责曰：“此乃以心换心，亦乃共产党干部老八路工作作风也。”晨曦曰：“此乃好风，当需继承。众干部，倘能皆明其职，心系人民，扎根人民，以人民利益为己任，何愁天下不尧舜，何愁共产主义大业不兴隆乎！”正是：

大山两傍，响水一湾。天黑夜里齐集合，人多街上共过伍。黑压压，步伐齐，口号响；门吱吱，铁窗开，学生归。看山区风景，太阳毒毒树叶焦焦；观县委书记，衣服朴朴头发花花。与师坐与生谈一日连一日，忘身疲忘体惫三询接三询。风波海涛貌似大，心宇神宙天更广。正气极时万籁静，丹心到处千户宁。好领导，人称颂；美江山，世歌吟。

两人且说且聊，不觉工夫，汽车则行至水库边也。

房世责曰：“话聊之，车觉快矣。现将立至南泉中学也。”彼时，汽车所经之地，故城村也。【晋国都城。】斯地水气四溢，禾木湿润。晨曦探头外望，但见是地四围深沟大壑，村南大沟内筑有一坝，蓄水甚广。汽车驶于坝上，只见烟波浩渺，翠峰倒碧，蒲苇连岸，群凫嬉戏，银光鳞波，雾荡湿人，好一幅水乡画图。水库南岸乃玉米地，广植成片，长势甚旺，满目葱郁。旁有小道，蜿蜒幽深，掩隐以远。【千里伏线。后有惊人故事发生于斯。】晨曦望此美景，心荡涟漪，陶醉其中。

说话间，汽车又拐数弯，则见南泉中学大门矣。至，房世责将汽车轰隆开入，喇叭按之山响。众师生齐来围观。有诗为证：

汽车驶进中学校，稀罕新奇风送骄。
一阵清风侵衣爽，书香人美飘鲛绡。

欲知后事如何，且阅下篇经传。

史公曰：“舍华堂威厅，至山脚僻壤。此抉，不谓不勇也。所至处，湖光山色，风景秀美。是处，乃舜之历山、晋国故城之地，天河环绕，翔峰巍峨，野鸟幽鸣，清泉奔涌。万物独钟于斯而惠晨曦者，天之隆意也。”

十八经

秋，晨曦如南泉中学。

校长薛风清陡遇，惊愕不已。喜极，喻盼星星、盼月亮。

晨明终入高中，晨曦了其心愿。兄弟睡一炕，心颇慰。

教工食堂，畅怀而语。

钟钱蟠得红楼梦续本，众师拥观，晨曦言红楼梦，语出惊人。

红楼梦一百二十回，悉作者亲稿，文采风流，一脉相承，非他人所续。

红楼梦作者，披阅十载，增删五次，诚耗时终身，人终，书稿仍未竟。

书作，隐名埋姓。隐之名姓，焉能真名姓。

乞天降旷世奇才，彻破大迷，悉以告之。

十八传

薛风清欣迎青衣郎　潘晨曦惊语红楼梦

诗曰：

几番苦断南泉入，满目青娥玉臂酥。
言对兴亡走风雨，笑谈盛落看芙蕖。
青衫高诵杨林阵，粉妆低吟田禾株。
绿水绕廓浇桑麻，农庄书院共画图。

话说晨曦与房世贲一路言说，少时工夫，汽车则开至南泉中学也。晨曦下车，环顾四周，新奇清新，心甚畅快。与房世贲言说数语，则径往校长薛风清住处而去。

学校主干道，石子所铺，晨曦着布鞋，走其上，稍有硌脚。【亲历之感。】彼时，有师生见汽车入学校，皆觉新奇，注目以观。晨曦留意校内之景，见主道两侧，粉壁长墙，中有月亮门东西对迎。月亮门两侧皆为小院。西院封闭，院内有北房三间，为校长家居之。西房乃排房，为师号。东院东侧无墙。两院南侧皆为教室。彼时，晨曦折西院，方入门，迎面撞见薛风清。原来薛风清闻汽车喇叭声响，则出门观之，不想陡遇潘晨曦。彼陡见之，惊呆半晌。晨曦问之，薛风清方恍若梦醒，忙答之。

薛风清握晨曦之手，又说又笑，然不知晨曦所来何意。晨曦将已教书之话语之，其愣半晌不信。谓曰："是否？"晨曦曰："是也！"又曰："吾将学生课本亦同车载至。"【晨曦热心肠也。】薛风清犹为惊喜，再次将手紧握，摇之甚酣。语曰："汝来，师生望眼欲穿也！"语罢，忙曰："请屋内坐之。喝水。车上所载之书，由教导处找人卸之。"少时又问："司机者孰谁？"晨曦曰："房世贲也。"薛风清曰："亦请其进屋喝水。"晨曦曰："其将车置妥，则立至也。"

薛风清引晨曦至北房。入之，有妇迎出，笑语盈面，衣着甚为整洁入时。薛风清介绍曰："妻也。"彼名林锦凤，时为校医。薛风清又将潘晨曦介绍于妻。林锦凤听罢，咯咯笑曰："潘老师乎？久闻大名也。今日得见，果英俊潇洒，风度翩翩。薛风清常念之，不谓今日果至欤！"一语未了，忙招呼晨曦入内间，且为其高揭门帘。晨曦方入，陡见二女，一者十五六岁，一者十三四岁。彼时，两女正抢夺一本杂志。此二女皆薛风清女也。大者排行老二，名曰薛翠竹；小者排行老三，名曰薛翠莺。薛翠竹头扎两根羊角辫，薛翠莺高扎一条马尾辫。【是此状。】薛风清入，谓两女曰："勿闹，有人来矣。"语毕，两女止夺，然磨蹭未走。林锦凤曰："尔等速往外屋，何不听话？"二女仍未走。林锦凤见此，笑谓晨曦曰："有此之女，诚无法也。"一语未落，三女薛翠莺谓母曰："吾正观此书，彼则夺之，吾何观哉？"二女薛翠竹曰："彼始终霸占不予，吾何观之？"林锦凤笑曰："尔等速去，吾岂为尔断官司者乎？"两女嚷拽而出。【逼真，呼之欲出。】

林锦凤笑谓晨曦曰："吾之二女，气煞人也。老二实在，三儿乱甚。"晨曦望之，两姑娘长相均美。薛翠竹身已长高，婷婷玉立，内敛文静。薛翠莺甚为调皮，肤色白皙，面容俏丽，走路之势摇首晃尾，马尾辫摆来荡去，且两眼杏圆，活若滚珠。

晨曦落座。林锦凤端茶侍水。薛风清与晨曦膝谈。正说热闹处，房世贲大步迈入，高呼："薛校长！"薛风清忙起身相迎，握手寒暄，招呼其沙发坐之。薛风清笑谓曰："今者，汝功劳大也，为我迭送惊喜耳。"房世贲大笑曰："薛校长！未想有今日之事乎？"【一喜，一酸也。】薛风清笑曰："诚出意外，诚出意外哉！颇觉陡然，大喜过望耶！"林锦凤又与房世贲倒茶毕。彼时，薛风清茶几上摆有菊花一盆，花开正黄。一番话后，薛风清将校况不及县教育局之万一赧语。晨曦笑曰："此者，吾知也。昔尝至也。"薛风清曰："师者住房甚紧，不敞也。"晨曦曰："吾不讲究，有住则行。"【晨曦出身寒家，自能适之。彼舍教育局之高楼，而入偏僻乡村中学，居低矮土屋，其不重眼前，甘受其苦，其志高也。唱叹轩。】

言过一阵，薛风清则传外间曰："小三，来耶!"语毕，薛翠莺奔跳而至，其身晃头摇，两眼闪烁，晶晶明亮。彼目扫晨曦、房世贲，后拖长腔曰："何事?"薛风清曰："呼尔石彪叔来!"薛翠莺将头一扭，发一甩，语曰："唯!"话音未落，已蹦跳而出。彼至外间，则谓二姐曰："汝呼石彪叔哉!"【三丫头活泼机灵，在此一现。】彼时，薛翠竹正伏外间床上，将杂志看得热闹，头亦不抬曰："父呼尔，非呼我。汝当速去，莫磨蹭哉!"薛翠莺曰："吾亦正观之难舍，汝去哉!"一语未讫，又伸手夺书。薛翠竹见其又搅之，则将书搂于怀内。没好气曰："汝速去！有如此磨蹭之时，早归之!"薛翠莺见二姊不听支使，铁心不去，举臂猛击姊腿一掌。薛翠竹忙伸腿蹬之，彼忙后退，头亦不回，退至堂屋门口，伸手推竹帘而出。一推未尽，忽闻帘外有人大呼一声，薛翠莺唬之一跳，忙看，帘外之人已跌之台阶之下。薛翠莺见来者石彪，忙出门迎之。石彪见是三儿薛翠莺，急曰："何这般急哉?弄悬乎！脸几被竹帘戳也。"薛翠莺弯腰笑曰："不是未戳乎?"石彪曰："若戳迟也，脸早五花六道矣。"薛翠莺忍俊不禁，再笑之。笑余，遂将其父之话说之。又曰："此乃急也。"石彪曰："再急，亦不能若是也。"【热闹之文。】

一阵嘴官司之后，薛翠莺忙掀帘招呼石彪进屋。石彪身材高大，脸乃络腮胡，平素将脸刮之铁青。其人领命，未敢停留，迅即而去。许时复至，敞开衣襟，露大红背心，右手扇襟而风，满额汗冒，入而复命。房世贲知此，起身谓薛风清曰："吾不坐矣。书已卸完，吾当走矣。"晨曦与薛风清送之。临别，房世贲与晨曦又惜语一阵，方开车离去。【不忍也。】

自此，晨曦居校。其所分宿舍，乃薛风清小院西排最南端之号。【记细。】彼时，其号空也。因斯屋门开房南，且门前两步之远则为教室，光照差，故一时无人住也。【交待清。】晨曦将其打扫一番，待尘土落尽之后，擦拭干净，铺褥置被。忙罢，至校内四观。彼时，晨曦先出西院月亮门，横过校园主道，进对面东月亮门，入教导处小院。此处东望，可见翔山主峰，已近在眼前。斯处教室、宿舍皆平房，无楼房。学校布局主分东、中、西三部。东为学生宿舍、老师之号，中为高中教室，西为初中教室。中部排房之后为教导处小院，西部排房之后乃校长小院。学校东南角为后勤所在地，食堂、开水房皆设于此。校内看罢，晨曦又走出校门，见学校大门外公路西侧，另有一院，入而观之，乃旧时校之老屋，房小且矮，共有数排，有师居之。此旧院之北，有田陇数十亩，甚大，问之乃师自耕地也。学校大门外之北乃公路，端对校门。大门外公路东，为学校操场。南有门，通教导处小院，西北有一豁口。操场之东乃村之田地，无墙，有废弃砖窑两座。校园围墙内最东端，田地一片，乃学校菜园。【一处不漏。】教导处小院为小广场，植有桐树数排，树粗冠大，枝柯繁会，甚为茂密。

次日，晚七时半，校全体教工开会。众师至，多数未见晨曦，皆左右低声互问，知者答之，闻者悉惊，皆异态观之。开会时至，校长薛风清入，石彪点名。除薛风清、石彪、潘晨曦外，众师尚有南若第、权盛纳、钟钱蟠、薛至孝、浙坞泽、奈余牢、南大梧、梁远新、钟仕道、薛学阁、叶尚业、齐棣莉、舒爵海、翼馥香、陈十全、冼鸶蕖、吴业邸、载学社、辞觞幄、焦魁业、舒五梧、散赢佳、年竹涵、吴骄伍、戴仁章、耳学梓、狄忠尔、武浪递、隗楠屹、散旺梅、狄志日、德志坚、隗居南、赖聿益、慈娇蕃、杜贤慎、舒慈慊、辞投宏、狄心实、居载辈、贾甜芳、耳簃伞、石矗雄、于益地、李载重、袁染毅、亓新荷、伊怡如、紫造新、辛茶滋、车和友、钱居绿、侯启星、载宜友、梁竹青、任篪海、樊康世、勾怡骄、琶水宜、鄱飒久、沈第业、劳雄固、夏然奏、董洁诸位。

点名罢，薛风清开场则言晨曦，曰："潘老师者，众师早闻大名，然素未蒙面耳。今，潘老师至校教学，乃吾校大幸耳。吾等盼星星、盼月亮，终将潘老师盼来也！"【当年，若是语，一字不差。】会上，晨曦思曰："自今始，吾则为师也。师者，神圣职业也。吾将全力以赴，为学生尽授其业。国家培育我，人民养育我。从今起，吾将径报国家与人民也，其心畅耳。"【是此情怀，不为过也。今难见此思者也。癸巳夏。】如此想来，其思绪则飞至教室、飞至讲台，心想教学之景与渴求知识之生。彼时，其觉师者使命壮严神圣，不由心生喜意，极有满足之感。

旦日，学生开学报名。彼时，晨曦内心最大之事，乃晨明上学之事。其问彼师，彼师曰："径往教导主任处，语之则是。"晨曦闻之，不敢少误，立以往。校教导主任，名曰权盛纳，其住教导处小院西侧号内。晨曦入而言之。方开口，权盛纳则爽快答曰：“可也。汝将其弟引来则是。班主任处，吾告之。”【当年办事，则如是爽利，一句话而已。所距三十一年，恍如隔世哉。癸巳夏，丰中园。】一语未讫，晨曦心头激动不已，不谓纠缠多日难题，今则瞬时化解，乃大喜过望，连说谢语不迭。返号，兴奋不已，连蹦数高也。【若此大事，竟成矣。晨曦觉其甚有成就感也。】于是，其忙归家，将二弟接之。晨明闻言，甚喜。潘林泉犹欢喜不迭，笑曰：“吾长子本领甚强，若此一倒一颠，汝弟晨明上学之难事立解矣。”【是此语。然长子所舍何多哉。】晨明犹喜，又思曰：“大哥，吾至南泉中学上学，宿何处耶?”晨曦曰：“宿大哥号也。大哥号内土炕甚大。汝与大哥同住，莫住学生宿舍。学生宿舍人多、吵闹，睡不好觉。吾兄弟吃住一处。吃饭时，汝可随大哥至师灶打饭，师灶之饭稍佳。学生之灶人多，饭菜稍差。曩昔吾于县城中学读高中时，则有遇所熬玉米面糊糊尚生之时。饭无法吃，有生则将半桶玉米面糊糊泼至礼堂壁也。”

若此，晨明进入高中，与长兄吃住一处。随安置妥当，诸事正常后，晨曦心渐平稳。其望晨明身影，经己之力，使其终上高中，心下时生舒坦之意。思曰：“今者，吾助二弟上学，乃大学毕业之后为家首出大力也。倘赖父力，斯事无望耳。【实话。】二弟甚爱学习，倘若上高中无果，其之一生不可思也。【贴身去想，情近也，亲也。】彼甚幼，抑回家种地乎？彼又非种地之料。【千里伏线。】再说，二弟自小苦难连连，身受大症。吾心格外怜之。吾在，自会助之，令二弟人生不断前行也。”【伏线千里。】夤夜，晨曦扫炕铺被。斯时，兄弟二人又同睡一炕，心则踏实而慰也。其思曰：“今之为，是也。倘若不来此，仍恋县教育局，也许有他之利，然眼前二弟无兄之助，此大关何能逾之哉?”思此，觉为弟牺牲，值也，乃长舒一气。【晨曦一生，其思不变耳。后，晨明大厄至，彼泪纷难挽，哭而不已。】彼时，其见晨明酣睡甜香之态，内心遂哼唱数曲。曲曰：【《金瓶梅》之笔。】

> 转千虑，思前后，我万般儿心焦。人来了，学上了，你课堂上认真听老师教。又是诗，又是文，你步儿快快，身儿轻轻，嘴儿掩不住地笑。我心舒坦，不火燎，踏踏实实炕上睡觉。扶其腿，摸其被，你跟大哥一处睡。夜悄

悄，有依靠，走上正途，大哥心里再不七下八上吊。

一天能好走一天，一年能好走一年，他年不知老天意，是否手提杀人刀。只要大哥身不倒，两腿能走天涯道，定让你身能安，心不灭，咱们一同度寒宵。听风飒飒，雨潇潇。两人力，春心暖，三冬严寒有棉袄，咱们一同伴到老，看红霞绚烂，雄鹰翅展，江山娇娆。

且说门房老汉丁世茂，校之司钟者，兼营小卖部。小卖部门前有杨树一株，高大挺拔，直入云霄。杨树高枝上，悬一金钟，全校师生作息之令，皆由此发出。今开学上课，丁老汉始将钟声敲响。【文笔极细。】校园内则显众师上课身影，有持教案本，端粉笔盒者；有手执教鞭，步履匆匆者；有三两相随，且说且行者。种种之态，各不同也。课堂上，响起众生齐呼“老师好”之喊声。各教室内学生座位饱满，阵容壮观。下课后，众生生龙活虎，追逐说笑。树下道旁，常有女生捧书而读，莺声燕语，泠泠入耳。晨曦将中学与教育局相比，自觉两个天地，殊不同也。

此学期，晨曦教高一语文。其认真备课、上课，因学识渊博，文学功底扎实，且善思考，又多会总结，教学效果甚佳，课堂气氛热烈，众生连连叫好，慨叹幸也。惟女生见晨曦如此英俊标致，眼中更是熠熠闪闪，生发光亮。下课后，又热议非凡。【是此景。】

且说某日下午，自由活动之时，教室外白杨树下，数位女生手捧书本，正习读之。少时，彼此言语。刘秀艳曰：“新来之师潘老师者，殊为不同，文学知识渊博，且将课文吃得甚透，惟讲数语，生则洞晓，又授课生动，颇爱听之。均之他师，彼则嗡嗡嘤嘤，非照本宣科，则同念经，干干巴巴，枯燥无味，何乐之有乎？”一语未已，众女生齐声和之。瞬时，叽喳声一片。少焉，郭迎春曰：“潘老师始来，则代吾班，斯乃吾等福气也。”杨桂娥曰：“然他班之生则妒哉！其曰：‘何令潘老师不代吾班乎？’此言何意也？焉能将师分数瓣乎？”孟丽菲曰：“人分数瓣，尚能活乎？”众女生齐笑。孟丽菲曰：“吾潘老师，授课之语，颇流利也。”姚慧琴曰：“此乃功夫扎实，本领过硬，授课时自然行云流水也。”孟丽菲曰：“听潘老师授课，甚为享受。其将课讲之透澈，易解易懂，印象深，且易记。尤甚者，所讲风趣，吾等听傻也。”刘秀艳笑曰：“吾看汝非听傻，诚乃看傻也。”

一语未了，孟丽菲腾地红晕泛面，臊得举手则打。刘秀艳忙跳起，窜出数步之远。孟丽菲羞极，不依不饶，追打而去。笑曰：“看我打死尔不!”杨桂娥语曰：“众且观之，此话说至其心坎也。众再瞧瞧，其脸红耶!”众女生望之，果也。孟丽菲羞颜曰：“尔等何独说我哉？吾见尔等将潘老师看之尤甚，其眼神已直，恨不得将潘老师吞入肚也!”语讫，刘秀艳、杨桂娥诸生又举手追打，且追且语曰：“诚胡说八道，看我不打死尔耶!”孟丽菲急转身而跑，旁之女生皆笑得前仰后合，东倒西歪，乱作一团。【甚是热闹。】有诗为证：

为师弱冠众生讶，年龄与生无大差。
口若悬河精授业，风度潇洒灿飞花。
讲台四海千般彩，黑板五洲万里霞。
窈窕粉娥推笑议，羞言赧面过蒹葭。

却说某日午饭时分，教工食堂内，众师陆续而至，因饭熟稍晚，面条方入锅，众师又持碗寻乐语之。少时，高中语文教师钟钱蟠执碗筷门外以入，且哼小调。其进门，两眼四寻，见晨曦，径直走前，神秘语曰：“潘老师，吾得一残书也。”晨曦曰：“何书哉?”钟钱蟠曰：“《红楼梦》续书也。”闻之，晨曦双目生光，惊曰：“续书？何人所续?”钟钱蟠曰：“无头无尾，无名也。”晨曦曰：“今人乎？古人乎?”钟钱蟠曰：“书旧，色黄，古书也。”晨曦喜曰：“定当观之。”钟钱蟠曰：“吃罢饭，同往哉!”晨曦喜曰：“诺。”彼时，众人闻钟钱蟠说起《红楼梦》来，则又七嘴八舌乱语。当众师正说热闹时，小窗口内忽有光头探出，呼曰：“饭熟，拿碗哉!”

众师递碗盛饭，后坐至水泥桌边，且吃且语。门口外，有杨树一排，学生树下走之。生过后，则有麻雀群飞落地，跳来跃去，拣吃饭渣。人至，又扑噜飞起。人过，复落地觅食如初。【鸟，本书多写麻雀。麻雀者，作者所喜鸟也。何也？鸟之草根也。】

饭罢。潘晨曦、狄志日、杜贤慎、舒慈慊、紫造新和薛至孝同钟钱蟠齐出，皆往其号欲睹其书。走至半路，舒慈慊、薛至孝、紫造新则先回号送碗。余下之人同行之。

钟钱蟠住教导处小院校会议室东间套房。众师至，将碗筷悉放于外间会议桌上。至其号，钟钱蟠放下碗筷，将手擦过，急走至备课桌边，拿起残书一本，笑曰："此书也。"众人接过，小心翻阅。彼时，杜贤慎且念一段，令众人听之。狄志日曰："有味道也。"晨曦看罢，谓曰："此书虽年代久之，然写作水平大差，所续者腕力不够，所记者又嫌单薄，全无原书厚重之感。原书无论写人、状物、绘景，皆写得从容大度，枝繁叶茂，更调用诗词歌赋诸艺术手段，或烘云托月，或背面敷粉，或别枝生发，或似此非彼，或设谜局，或藏隐语，处处机关，别具匠心，点透作者悲凉之心，欲令后人知其意耳。【概括极是。】然观是书，对《红楼梦》底里全然不知，尤不明作者之意，何以续之？再看其文，枯索干瘪，处处捉襟见肘，窘迫无穷。惟《红楼梦》诸多之谜，至今未解，所语者，皆盲人摸象，管中窥豹，【所喻是也。是此态。】何能一语正鹄哉？"【关键语。】语毕，钟钱蟠曰："子见深耳。"

狄志日曰："不谓潘老师对《红楼梦》尚有如此之语，汝研究深也。"晨曦笑曰："从事文学者，莫能绕开《红楼梦》也。不读《红楼梦》，不懂文学也。研读《红楼梦》乃文学功课，焉能弗为乎？"杜贤慎曰："请问潘老师，当下一百二十回本《红楼梦》之后四十回，确系高鹗所续乎？"钟钱蟠、杜贤慎、狄志日齐看晨曦。晨曦曰："《红楼梦》之谜前后萦带，环环相扣，弗能简言之。《红楼梦》正本后四十回非后人续也。"【尚有清醒之人。】钟钱蟠、杜贤慎、狄志日皆惊曰："何也？"晨曦曰："《红楼梦》正本一百二十回，前后贯通，水乳交融，才华同等，知识齐具，口吻一致，毫无隙裂之痕，何乃续乎？"众闻皆惊，谓曰："若是，何今人多有此说哉？"晨曦曰："一百二十回本《红楼梦》，何肢解为前八十回、后四十回哉？"钟钱蟠曰："所传脂砚斋惟有前八十回评本，后则无也。"晨曦笑曰："依此表相，则定案乎？"钟钱蟠、杜贤慎、狄志日倏地愕然，又曰："众言后四十回更其书前所示也。"晨曦曰："写书之况，百则不同。非今人之薄识耳。书之前后有抵牾，则定为他人续乎？【经验之谈。】其言不立耳。"言讫，众师大愕。

晨曦又曰："今人不明书之底里，研究者又多无写一百二十回之苦历，所知浅薄，所论不得要令，故揭不开彼之大谜。众知，书之二十二回末，有批云：'此回未成，而芹逝矣。'此批语，君何解乎？"【问得妙。有高见之人。】众人曰："抄错矣，应抄八十回后也。"晨曦曰："诸君不觉自以为是乎？"【又妙言。】众愣，细思，觉有其理。钟钱蟠曰："子有新解乎？"晨曦曰："此批于斯，不能否其真，断言其非也。"杜贤慎曰："噫！甚不解也。作者写二十二回则逝，何有八十回哉？"晨曦曰："此乃薄识所囿也。书中云：'披阅十载，增删五次。'书乃遍遍而作，或断或整，亦不一也。或五次之外，又多有增删，也未可知。其中，'十''五'之数，乃概数、虚数，甚者超此数，亦不能否之。作者增删无数遍后，再做增删，至二十二回，病重而逝，亦有其故也。"众方解悟，【太慢。】忙凝视晨曦。晨曦曰："今人，研究《红楼梦》者，多脱离文学创作，且研究者又多无如此艰辛写作之苦历，故出笑话，亦不为怪。"

钟钱蟠曰："依君之言，《红楼梦》大谜何以解之？"晨曦曰："若解《红楼梦》大谜，非下笨功夫不可。为察其心，为得其要，研究者须写与《红楼梦》同等之书。至此，则距大谜所破之时近矣。"狄之日曰："君说笑话也。当今之人，孰有其才乎？且当今之人，不通文言，大白话一堆，何能为之？"杜贤慎曰："《红楼梦》者，巨著也。然书问世后，至今不知作者，甚为憾焉。有人寻之，出一曹姓，【不知底里，让曹姓骗人多年矣。】矛盾百出，牛头不对马嘴，已成笑料。且所寻之人与曹雪芹同姓，众皆疑。众所周知，曹雪芹者，隐名也。何隐之名姓，在此则为真名姓乎？【有清醒之人。】令人啼笑皆非也。"狄志日曰："众皆有同感耳。"杜贤慎曰："书隐其名，化名曹雪芹，而谓真人亦姓曹，诚谬哉！试问，鲁迅姓鲁乎？丁玲姓丁乎？艾青姓艾乎？浩然姓浩乎？兰陵笑笑生姓兰乎？【妙喻。此理，孩童亦知也。】此乃大笑话也！"钟钱蟠谓晨曦曰："若是，《红楼梦》大谜终将不解乎？"晨曦曰："非也。"钟钱蟠、杜贤慎、狄志日齐惊喜曰："可解之？"晨曦曰"诺！"钟钱蟠、杜贤慎、狄志日曰："请君速语，何解之？"晨曦曰："所解之人，须具三也。"

钟钱蟠、杜贤慎、狄志日曰："何三哉？"晨曦曰："一则，解者须具作者同般苦历。有其苦，方察其心。二则，解者须具作者同等之才，笔下腕力劲挺，功力深厚，力透纸背，且著有一百二十回之巨著，不可缺之。三则，解者须具作者极高人品。【三则皆具，天之难事也。】具此三者，莫须刻意寻之，其作者自将走来，惊现眼前矣。【骇人之语。果乎？】彼时，何愁大谜不解乎？”杜贤慎曰：“噫！倘若如此，大不易也。看来《红楼梦》公案，终不破也。”狄志日曰：“亦莫悲之。抑或明日世出旷世奇才，尽破大谜，为吾等悉以告之，也未可知。彼时，吾必为之抚缶命酒，击节而歌，呜呜焉。”钟钱蟠曰：“惟言之易，为之难也。”

正说着，舒慈慊、薛至孝、紫造新则从门外笑嚷而进。入门后则抢书而观，有师曰：“当心，切莫将书扯烂也。”众互为打笑，又热闹一阵。钟钱蟠谓曰：“诸师来之晚矣。方才，潘老师为吾等语《红楼梦》研究，惜诸师未闻也。”舒慈慊、薛至孝、紫造新曰：“噫！再言之。”钟钱蟠笑曰：“错过，则莫想再闻。不过，目下尚有一题未言，汝等适逢也。”舒慈慊、薛至孝、紫造新曰：“有何题未言？吾等幸闻之。”钟钱蟠方将晨曦所言《红楼梦》后四十回非高鹗所续之话语之，且曰：“吾甚奇之，正欲细闻。”晨曦笑曰：“今人言《红楼梦》后四十回乃高鹗所续，纯为臆想。一百二十回本《红楼梦》前后口吻一致，文采风流，一脉相承，毫无二致。犹奇者，前后所隐之事，犹为一致。非知书之底里者，莫能为之。”薛至孝曰：“吾亦觉书之前后一致，无割裂之感。吾亦看过旧有续书，大差矣。非能比之。”舒慈慊曰：“惟不懂之人，随意附会，故出大谬。”晨曦曰：“是书颇巨，番番写就。若出韵味，苦不堪身。作者知已时日不多，身不堪力，则无均为，故后之诗词歌赋稍寡，望之稍异，然功力不逊，学识不减，绝非他人可补。如司马迁所著《史记》，其逝时，仍有余稿未就。观其余稿，亦尚嫌粗鄙，故未列是书。《红楼梦》亦不例外耳。”【鸿篇巨构，作者甚苦。非作者，不知其味也。】

众闻嘘唏。狄志日曰：“《红楼梦》作者乃谜，《金瓶梅》作者亦乃谜，两书作者皆不知耳。”杜贤慎笑曰：“且令潘老师语之，《金瓶梅》作者之谜若能破解，又需何也？”众人阔笑。晨曦曰：“两书似之。《红楼梦》作者大谜一旦破解，《金瓶梅》作者大谜破解则为期不远矣。”【是此理。】众人曰：“如此断定乎？”晨曦曰：“缘自一理，有章可循也。”众人曰：“当下，谜团成麻，何能厘清乎？”钟钱蟠曰：“两书作者大谜何日能解，吾辈已迫不及待耳。幸今日，潘老师至，吾等同研，以慰心哉！”众呼之。

正闹间，忽门口一声喊：“报告！”早有两女生立于门外，见号内之师甚众，且谈笑正浓，无人顾彼，乃于门外迟疑半日，互为推搡，不敢进也。终一女高呼，师则猛悟，看表，惊曰："噫！上课之时将至矣。"说罢，各自说笑而去。钟钱蟠将诸师送至门外。返号，谓两女生曰："进来!"有诗为证：

> 一碗一筷一床铺，西话秦皇东话吴。
> 啸聚英姿平千笏，劲扫腐叶慰五湖。

欲知后事如何，且阅下篇经传。

史公曰："晨曦至南泉中学，其心畅也。斯地，除教学外，多谈学问，学风甚浓。为其后成，奠基也。然世事，幸育不幸，不幸孕幸。苦难，造人不幸；苦难，又助人大幸。老来，信为真也。"

十九经

清晨第一课，晨曦授鲁迅文。

课毕，杨雨莲执小说新作，奔而呼师。

晨曦观之，所著山朵儿，喜甚。

入西院，薛风清言有客来。原乃田金瑞，昔平阳城下乡干部。

晨曦惊喜不已。

田金瑞携一书一信，相语甚亲。

下乡之时，田金瑞见晨曦仪表非凡，惊语麒麟何出乡野。

某年秋雨初霁，路尚泥泞，晨曦途遇田金瑞一家。

其女秀娟，城市姑娘，乍见晨曦，目光明明。不期相逢，思之缤纷。

十九传

杨雨莲初写山朵儿　田金瑞再温桑田情

诗曰：

久邻鸡豚人面旧，不谙关山云外洲。
天下浩杳广无际，史前瀚渺纵不休。
风怡阡陌田桑绿，雨润稼禾话语稠。
四海同鸣春一曲，欢心畅乐争上游。

话说晨曦与诸师谈起《红楼梦》来，自勾起往日所研之思，顷间泄出，汹涌奔流。众师闻而皆惊，刮目相看。晨曦归号，其乐未去，又欣喜一阵。然午后无课，心内无事，仰躺衽席，方欲小憩，忽扭头，见备课桌上新添学生作业本一摞，甚厚，忙起身观之，学生作文本也。于是伸臂揽怀，提笔批阅。

少时，忽两腿奇痒，伸臂挖挠，久痒不去，愈发甚焉。乃不得不驻笔，照腿痒处猛拍之，然不见蚊踪。俄顷奇痒又至，颇恼，乃拉座椅，愤曰："吁！小小之蚊，尚猖獗若是，叮人尤甚。吾弗睬，则叮咬不去，看我立灭尔也！"一语未了，探头桌下，四下寻之，惟光暗，不睹蚊影。正忙间，忽门外有人高呼曰："潘老师！"晨曦闻之，杜贤慎也，忙应。杜贤慎入门，见晨曦弯腰桌下，笑曰："噫！何为哉？"晨曦头亦未回，曰："寻蚊也。吾正批改作业，蚊猛叮我，甚痒，令人不得安宁，吾寻以歼之。"杜贤慎笑曰："汝方食罢，蚊亦餐焉。"晨曦笑曰："彼喝吾血，吾定灭之。"杜贤慎笑曰："寻得乎？"晨曦曰："噫！彼咬我时，直觉其痒，自在腿边。然寻时，则不见其踪也。"杜贤慎曰："汝遇高智商蚊也。"一阵笑闹。【一段闲笔，写之鲜

活，亦好看煞。】

晨曦寻无果，腰直起，赐客坐。两人漫谈。少时，话又转至方才所论《红楼梦》之事。杜贤慎曰："不想，汝年轻若是，则研究《红楼梦》颇深矣。"晨曦笑曰："谈不上研究，惟思多耳。"杜贤慎曰："《红楼梦》探秘，甚难矣。有时思之，其谜如此之深，揭之甚难，或世代为谜亦未知也。"晨曦曰："倘若不难，何久寻无果乎？甚者，有人心中已将其定为死谜，思无人能破，犹罔顾事实，胡言乱语，闹出大笑话，亦不顾己之名分也。"【《红楼梦》《金瓶梅》之谜，深似海也。初入者，不识；深入者，则知其害。有人自认为以此可沽名钓誉，不谓世上从无捷径可走，不潜深海者终难擒蛟龙。否则，白费力气，白误时光。有人至老方悟此理，固悔恨交加，乃为是理。癸巳夏，雅艳斋。】杜贤慎曰："有人语脂砚斋乃女人也，此说不令人喷笑乎？何时叟变妇乎？"晨曦笑曰："悉盲人摸象之果。"

杜贤慎曰："吾有一思。"晨曦曰："请讲。"杜贤慎曰："不知何故，凡研究起《红楼梦》来，智者亦变愚耳。"【要害处。】晨曦曰："由此观之，汝研究深矣。"杜贤慎曰："莫笑我耶！且说，是此理乎？"晨曦笑而不答。杜贤慎曰："犹可笑者，乃有人研究《红楼梦》，见同名同姓，也不辨真伪，不分真假，见石则拜，不知俗世之中有同名姓者乎？【亦为要紧处。】此处亦乃笑话处，倘若身侧有他人之名雷同其父，抑能混淆彼此，乱称父乎？"晨曦大笑。杜贤慎曰："若此之见，智同稚子，焉能不令人发笑乎？吾敢断言，若此之识，莫说至今研究不出《红楼梦》真实作者乃何人，纵再过千年万年，亦枉然矣。"【是此理。】晨曦曰："噫！君见果不凡也。诚然，依彼类之识，吾敢斗言，倘若作者立其面前，彼亦有眼不识泰山也。"【骇人之语。】杜贤慎曰："君言极是。吾心中亦早有此话，而君说出矣。"正说着，门房丁老汉敲响下课钟声，两人又言说一阵，杜贤慎告辞而去。

杜贤慎走，晨曦兴犹勃勃，思起《红楼梦》作者，心潮翻滚，久而不已。待作业批改一阵，稍觉困顿，卧炕小憩，悠然入梦。忽见一仙翁，飘然身前，长袖拂其面，曰："潘子，稍醒！吾有言告之。"晨曦方睡正酣，惺松起曰："请问仙翁，何事欤？"仙曰："汝方年少，恐尔乐极，将天机泄露矣！"晨曦曰："《金瓶梅》《红楼梦》作者乎？"翁曰："然。"晨曦曰："吾知也。"翁曰："吾再叮嘱之。若泄，后患无穷也。"晨曦曰："仙翁言重矣。"仙曰："噫！吾所恐者正此也。"晨曦再问，仙翁曰："若泄，出人命耳！"晨曦问曰："此迷终弗能外传乎？"仙曰："阴雨天之作，弗能语于阴雨天也，须待天晴日出方好。"晨曦曰："时何长欤？"仙曰："大同世界，无厉鬼索人命耳。"晨曦曰："吾明矣。"仙曰："是谜，天下人利欲薰心，急欲得之，甚而羞辱不顾，然天终不假，而令子得之，子不动乎？"晨曦笑曰："仙意吾知。仙亦知我。仙所患者恐伤今人也。若泄，其命危矣。"仙笑曰："然。子果聪耳。"晨曦曰："功名利禄，若同浮尘。纵金人所赐，华屋所赏，高官所诱亦不能撼我一毫。天赐我大书，已感恩不尽，焉能再耀他功乎？"仙曰："若是，天下无忧也，吾无忧也。天下无数生灵将感尔隆恩之永永也。"正话间，忽哐当一声，风吹门开，晨曦惊醒，原为一梦，始坐炕沿，半日魂飞色荡，神不守舍。

且说某日清晨之首课，晨曦为学生讲解鲁迅《纪念刘和珍君》一文，授课毕，布置作业，下课钟声敲响，其手拍粉笔灰，宣布下课。晨曦方走出教室，行走不远，忽身后有女生呼曰："潘老师！"晨曦忙回头，见是杨雨莲，小跑而来。晨曦忙驻足。彼时，但见杨雨莲迅跑之中，脸儿红扑，衫儿轻薄，胸儿颤晃。身后又有一女生紧随，名曰史红香。杨雨莲跑至晨曦面前，手执一叠稿纸，笑曰："潘老师，吾写小说一篇，请师教正。"晨曦惊曰："小说？汝写小说乎？"杨雨莲笑曰："师令生大胆为之。吾则一试。不知写之如何，请师赐教。"晨曦大喜，忙接稿以观。

稍览，觉其已具大样，遂浑身振奋，惊喜不已，两眼顿放赞赏之光。雨莲见之，两颊绯红。晨曦再将文略观，语曰："题作《山朵儿》，其名亦佳。"又曰："所记者，抑亲历乎？"雨莲曰："然。"晨曦再观曰："朵儿，山后姑娘乎？"雨莲曰："唯。其居翔山峰顶后也。"晨曦曰："所观，文虽粗略，已觉有趣。"彼时，教室外四周皆生，生皆注目以观。晨曦将文大致阅过，喜曰："吾归号细览之。"雨莲曰："潘老师！下午自由活动时，吾至师号，可乎？"晨曦曰："诺！尽管来哉！"【晨曦一生爱才也。】语毕，两厢辞过，雨莲牵红香之袖笑奔而去。【处处青春也。】

晨曦返号，且走且观杨雨莲之文。正当其走入西院月亮门时，与薛风清正打照面。薛风清笑曰："潘老师！有客来矣。彼候沈老师号也。"晨曦闻之，颇觉纳罕。薛风清曰："客乃平阳城人也。"晨曦犹惑。其走至沈第业号前，沈第业见晨曦下课，忙同客走出，晨曦见客，顿觉面熟，霎时认出。喜曰："于！田叔！何时来哉？"忙令其入己号以叙。

客者田金瑞，乃早年金阳庄下乡干部。彼入晨曦号，晨曦忙赐座倒水，热情以待。语曰："叔归城后，已有多年未见矣。"田金瑞曰："然。吾来此，乃至是地之南泉公社开现场会也。吾来之前，则想见汝。师姚舜禹言我，汝正教书南泉中学。不谓竟有如此机缘，故来之。昔者，吾至汝村下乡，汝正读高中。一别数年，汝已大学毕业，参加工作矣。"晨曦曰："当日之事，叔尚记乎？"田金瑞曰："何能忘之，铭刻于心。早年，吾对农村知之甚少，直至下乡汝村，亲身体察，方谙城乡之殊异，亦见村民勤劳纯朴，所获丰也。犹乡下见汝，心内颇为震撼。不谓如此惊世之子，竟出彼乡。吾能识之，大幸者也。"【引言。】晨曦赧颜曰："叔过奖矣。"田金瑞曰："吾观人不谬。已日汝当大成，当为国家栋梁材耳。"晨曦曰："吾乃中学教师，蜗居乡野，有何作为哉？"田金瑞曰："噫！焉能如是观乎？吾闻，苍鹰之飞尚有比鸡低者，然鸡终不能飞鹰之高哉！毛主席早年，不亦为师范生、教书先生乎？"

话说不断。少时，田金瑞自挎包内掏出一本书一封信，曰："斯书吾赠，斯信姚老师所写。"齐递晨曦。晨曦观书，《世之雄杰》也。【高山烟云之法。】略翻已喜，爱不释手。谓曰："吾处农村中学，惟所憾者，书少也。曩昔吾入城市，当喜书店之大，常流连忘返，不忍离去。"【是也。】田金瑞曰："后，汝尚需何书，径语之。吾邮寄尔处。"晨曦连声致谢。两人欢声不绝，尽兴而谈。许时，田金瑞告辞。晨曦曰："校有食堂。午饭，请叔同餐之。"田金瑞曰："会上有饭，吾往之。"【彼时风清，无吃喝之习。又记史。】晨曦送至学校大门外。返号，昔日之事顿涌心头。早岁，田金瑞与姚舜禹相继至金阳庄下乡。当年，田金瑞分配至晨曦之第八生产队。彼时，田金瑞初见晨曦，惊曰："吁！非凡少年出此地乎？"彼见斯子，身罩异气，遇之乍惊，盛赞不已。

彼年初秋，田金瑞携妻女至金阳庄小居。某日，齐家返平阳城，不谓途遇晨曦。彼日，雨后初晴，道尚泥泞。晨曦与同学柳耀国别无选择，踏之而去，然在丹陵半坡下两遇之。彼时，晨曦与柳耀国两少年肩背挎包，内装玉米面窝窝头，相伴同行，至半坡底，晨曦偶回头，见一家三口，自远处急步走来。【真事。】稍近，方识出男主人乃田金瑞也。至，晨曦忙驻足与其打招呼。田金瑞见是晨曦，大喜过望，热情而语，且谓妻女曰："此乃晨曦。吾素语者也。"一语未了，妻女皆目瞪甚大，专注以望。妻曰："吁！果不凡，难得之子也。"其女犹两眼看愣，直瞅不去。

原来，田金瑞之妇名曰向淑芳，其女曰田秀娟。田秀娟之龄与晨曦相仿，略小一两岁。斯时，晨曦望其女，见其眼神及周身气息，与乡下姑娘殊异，其身似来天国，与四周田野、垄埂、水渠、泥巴路，及路两旁白杨树，甚不谐调。其发型亦非农村女孩常扎麻花辫，而乃无辫短发。此打扮，农村姑娘绝无也。此发型，晨曦陡见，觉其甚为别致，亦煞是好看，也许人美发亦美也。【噫！莫非生情乎？】秀娟长相俏丽，肤色白嫩。晨曦望之，心则怦动，觉有异样之感。心下忖曰："吾与汝同行，仿佛霎时吾亦高大。彼乃城市之女，倘若吾与其能结连理，何等荣光。彼自城市来，阅过大世面，吾妻则应如是也。若是，与其一同驰骋天下，搏击风云，何幸哉！人睹之，何羡耳！或曰'天设地就一双'，何不乐乎！"【晨曦思想另半，其注目乡下之女，何又倾心城中之女？取大气耳。】

晨曦如此纷思，再望彼女，适女正回眸再睹。倏地，四目相对，猛撞一处，两下心皆惊慌。正欲扭头，心又不舍。俄而左右不是，去留难择，顷间心慌意乱也。稍过，两下心头蜜意而起。随后，两厢知意，顿生好感，心走近之。惟两者各属异阵，行为弗能自决，又怅生其中。两下口不能言，自眉目传情，依依相惜。晨曦叹曰："吁！姑娘！惜尔走矣，倘若不离，留之金阳庄，吾定寻之，与汝同语耳。"姑娘觑之，心头亦不时暗语。其将面朝向晨曦多半，令其尽情而观，毫不躲闪。晨曦见姑娘若是，且又俏颜秀色，早心乱神迷。姑娘心头亦滚过阵阵涟漪，心下哼唱数曲。【《金瓶梅》之痕。中华文脉，不绝耳。】曲曰：

［一半儿］云岭烟雨过杨蹊，蝉噪雀飞云雾低。回首见君心渴依，踏渠堤，一半儿慌神一半儿喜。

［一半儿］妆台揽镜弄轻纱，不遇情郎色不搽。卷帘

绣房人若花，路相期，一半儿丢魂一半儿把。

［一半儿］轻衫薄袖短鬓发，粉面秀眉全赐他。身近衣贴心乱挝，面羞答，一半儿明敏一半儿傻。

［一半儿］山青水碧道泥窝，杨柳蛮腰不待说。天浩云飘思荡波，乱手搓，一半儿紧随一半儿躲。

姑娘之情，晨曦自明。彼时，晨曦心下亦翻江倒海，哼唱数曲。【喜亦唱，痛亦唱，歌声不绝耳。】曲曰：

［一半儿］少郎越陌掠田禾，土语村音飘涧阿。奇遇丽姝姿若歌，看青娥，一半儿心飞一半儿惹。

［一半儿］云楼华殿弃天边，兴至田庄识少年。家女娉婷翔凤鸾，貌似仙，一半儿袅娜一半儿婉。

［一半儿］海棠沉醉逝薰风，相遇初时已故音。满目惊鸿顾艳影，日月停，一半儿酩酊一半儿醒。

［一半儿］乡间歧路乍迎逢，不意途短别散匆。脚步紧急心似冰，放目凝，一半儿难舍一半儿冷。

且说两下，路未走一截，则入白杨林道，是处泥泞不堪，人踏入，两鞋尽泥，无法行走。但见：

白杨钻天，黄泥铺地。农家阡陌皆土平，天宫甘霖为泥泞。一脚踏进，鞋帮沾泥；两脚踏入，鞋底垒城。不走数步抬腿甩，不行几段拔脚弹。一双黑布鞋，两脚黄泥连；一条蓝布裤，两管褐液浆。老天落雨家人闲，瓜棚敲棋田汉乐。车马路人乐停歇，龙蚤童姑喜开捉。

田金瑞及妻女未走数步，两脚着泥，陡觉无法行走，左右相顾，不知如何是好。【有泥，则不能行，城中之人讲究也。若村人，泥泞之路岂能阻耳？城乡之别一见。】晨曦见状，忙紧走两步，前曰：“叔！径穿树行，至旁边小渠，踏洋灰板而行之。”田金瑞再细观，望脚下之路，一时为难，半日未动。晨曦曰：“自树壕跃之。”语毕，其家三人依言而跳，上至小渠。小渠，乃灌溉道旁田地所建，高有四五尺，渠道以水泥板铺就，宽约二尺，顶面有水泥

板盈不足尺，行人可踏之。田金瑞一家走其上，殊觉佳之。【彼时，修此小渠时，可无此意也。】

晨曦及柳耀国随其后而行。晨曦望田金瑞一家，则思田金瑞初入村时之景。田金瑞谓社员曰："于！何人中麒麟皆出乡野乎？"【慨叹之语。】社员奇曰："城中不出麒麟乎？"【问得妙。】田金瑞曰："素闻乡野多出英才，自古及今，概莫能外。"社员曰："何也？"田金瑞曰："根深柢固也。乡村者，国之基石。不谙此者，不能掌天下。无乡村之劳者，不能与农者同息也。弗能与农同息，则与国无望耳。"【体察深矣。】社员曰："吾乡野之佳，乃天地广，心胸阔耳。"

田金瑞曰："乡野多出奇才、俊才。莫道乡村牛哞、马嘶，狗吠、鸡鸣，然天降大任，惟于斯也。素乡野度日之艰，亦磨砺人处。古之不言，近之毛主席则诞乡野也。曩者毛主席之师杨昌济初见之时，亦生此感。其曰：'毛生泽东，所居之地为湘潭与湘乡连界之地，其地在高山之中，风俗纯朴，其外家亦农家也，而资质俊秀若此，殊为难得。余因以农家多出异材，引曾涤生、梁任公之例以勉之。'"村民曰："若是，主席之师早慧眼识之也。"田金瑞曰："然。否则，何以女许之？"

今，晨曦及同学与田金瑞一家行之小道。晨曦望姑娘，又看田金瑞，心下亦将其喻为杨昌济一家也。其思曰："田叔素赞我。不期，膝下果有一女，与我当耳。当年杨昌济一家，不亦如是乎？"遂胡思乱想，纷纷也。少时，田金瑞扭身谓晨曦曰："吾等欲急赶火车，不得不先走之。汝等慢行哉！"【是此语。】晨曦诺。后，两厢渐远。

是时，天空尚阴未晴，云层且厚。因秋水连绵，多日方驻，路无他人，惟其前后五人也。田金瑞、向淑芳、田秀娟一家三人走前，其见天空白云流动，池塘蛙声阵阵，又见喜鹊高枝飞跃，心惬连连。田金瑞深纳一口乡野清新之气，语曰："乡村与城市均之，美甚焉。"向淑芳紧随其夫，叹曰："噫！今日甚巧，不想，归途之中，则遇彼子也。"田金瑞曰："古曰，无巧不成书，【书之巧，莫如是也。】正是也。"田秀娟坦张两臂，一摆一摇，斜甩短发，不时扭首后觑。【一画。】

少时，田金瑞顾妻曰："吾妻！今天遂人愿，路遇晨曦，乃心诚以动上苍，而令见之也。”又回首曰：“汝观，斯子何如？”向淑芳曰：“汝问尔女乎？”田金瑞正待言，向淑芳转谓女曰：“娟儿，汝父夸斯子甚佳。汝观何如？”田秀娟霎地脸色飞红，久而未语。田金瑞笑之，岔语曰：“农家之子诚不易也。其上高中，离家甚远，尚需回家背馍。吾城中之子，一日三餐，皆食于家，且每餐少不得数菜。而农村，汝则见之。吃甚？喝甚？颇艰耳！彼等尚节俭成习。其子甚为明事。然城中之子能若是乎？若是，早喊之。吾待农村稍长，知其蕴奥。倘将农家之子置于城中，见其样样皆具，如入天堂；倘将城中之子置于乡野农家，见样样俱劳，未必能受其苦也。”【实话。有此语。】

向淑芳曰：“汝言大谬哉！毛主席令城市知识青年至农村，接受贫下中农再教育，【记史。】出多杰耳。尚有知青任大队党支部书记也。”【实事。吾故里南撖大队则有女知青当大队党支部书记也。】田金瑞笑曰：“此非彼也。倘若无毛主席号召，城中之子有何识哉？能出此杰乎？能至农村生活乎？”向淑芳曰：“汝幸有农村劳动之历，方可言之。倘无此历，何察也？”田金瑞叹曰：“欲知吾国，必先熟谙村野；不谙村野，则不知国也。【大语，深语，真语。时之证耳。】国之大树，根置于斯。非此，不能造新世也。幸我有此机缘，所获丰矣。”

向淑芳曰：“莫言大话，心知则可。”又曰：“方才，汝欲问女，何不问乎？”田金瑞曰：“汝抢吾言，吾何问之？”向淑芳曰：“汝径问则是，何问我哉？”一阵嘴皮官司。秀娟笑曰：“莫争耶！吾观之，适如父言。乍见，已睹其品高气殊，此非城中之子有也，乡村之子亦少见之。”向淑芳曰：“其貌何如？”一语未了，秀娟腾地脸红，赧曰：“父母已见，问女作何？”倏地，向淑芳闻声哑言。

彼时，田秀娟心如鼎沸，心下暗曰：“可爱人儿！今，吾终见汝也。曩者父下乡首归，惊语其事。吾与母闻之，半信半疑。今遇之，当信此言不虚。吾与母至乡村小居，一则观乡村之状，二则欲睹君一面。然君上学于县城中学，不遇之。今将去，不谓相逢途中，方睹之。适才见君，吾心怦动，震撼甚耳。汝何生如此美哉？父言君极为俊美，无子可比，吾始不信，不谓诚若是也。君貌甚美，性又敦厚，外秀而内毅。方才见之，已令我身不由己，心已被君掳去也。吾忖之，君何生如此美乎？再者，吾觉君身有异气，令我心醉神迷，痴而难拒。吾望君眼神，仿佛能透吾心，令吾心跳骤剧。此刻，吾方知，何为心灵震撼也？今，吾虽匆走，不及言语，然吾等两心融耳。吾今暂归，稍后，吾再来看汝。吾定来矣。吾将与君成双结对，此乃吾之期耳。吾思，未来之日，吾则随君驰骋天下，何其美哉！吾在城市，睹少男无数，然未有相中者也。吾今走，迫不得已，且待明日吾等重逢哉！汝则候我。再会之日，吾定与君言之，乐之。吾诚信，吾两人有缘分也。"【情话。】

正胡思间，其母呼曰："娟儿，何静无声，思何哉？"秀娟闻言，身猛受激，打一扑愣，半晌未能回神。少时，秀娟答曰："父先问母，母何不答之？"田金瑞窃笑。俄顷，向淑芳谓女曰："今见斯子，果不凡耳。始信尔父有眼光矣。斯子，诚难得也。曩者依我之思，村野莫如城市，其人亦然。不期，汝父干部下乡，观念大变，眼界大开，犹见斯子，喜而不已。今观，汝父眼力果不凡耳。"秀娟闻言，心头暗喜。倏地，向淑芳又谓夫曰："汝观斯子，作尔婿何如？"一语未了，秀娟心跳甚剧，咚咚直蹦。田金瑞诘曰："汝心亦动乎？"向淑芳曰："少贫嘴！吾弗若此，汝可喜乎？然斯子固好，惟乡村劣也，城乡之别大矣。且说如此泥路，脚陷其中，黄泥沾身，焉能与城中柏油路一比乎？再说，一村惟一供销社，【实景。】又安能与城市比之？城市商店林立，鳞次栉比，一街连一街也。"【亦实景。】

田金瑞笑曰："乡村之变速也。今乡村供销社，所售之货与城市所售之货同也，日常用品皆备。倘不足，可至公社、县城更大百货商店，已足需耳。【今观，亦足够矣。彼时，商店皆国营，无假劣之品。用之时长，质优，品真，用之佳，买之放心。】至于晨曦，生于斯，长于斯，又酷爱学习，未来前程定无量也。吾观，斯子有志，非一亩三分地可拴其心也。【看得远。】届时，吾之平阳城能否安放其心，亦疑耳。"【看得准。】向淑芳曰："若此，彼事付汝，汝则与女相婿哉！"一语未了，田金瑞阔笑。秀娟闻之，嘴咬樱唇，心生蜜意。又思曰："可爱人儿，吾走矣。莫忘今日相遇。君当记我，吾亦记君。君之眼神、相貌，甚走路之姿，悉刻吾心。不久，吾两人再相会耳。"有诗为证：

不期而遇相逢梦，片语未言心照明。

但愿人生能如意，情郎痴女乘同篷。

欲知后事端底，且阅下篇经传。

史公曰："田间乡陌邂逅之事，半世已过。睹此笔，所记情深。晨曦少时，桑梓之地，京城知青至者多矣。其村，下乡干部犹众，留诸多佳话。彼县，有女知青当大队党支部书记也，有知青劳动牺牲于此也，犹有女知青未返城，在此安家落户也。作者惜墨，无赘记耳。"

二十经

夏，潘林泉携子平阳城。

体育路东，古旧大门。

门下众妪围坐，潘林泉前询，果为恩师家。

晨曦居此学画。

姚舜禹帮老伴择韭菜，闲话。老伴曰，今疯传世无真理。

姚舜禹愕然。

老伴曰，世之真理，果且有乎？果且无乎？晨曦一言彻解。

姚舜禹言社会主义分配方式中，已蕴共产主义分配方式。

生产队分粮，劳三人七，劳二人八。

二十传

潘晨曦睹信思恩师　姚舜禹择菜忆旧事

诗曰：

少年初入平阳城，慈父携儿入师门。
师老倾心手执教，师娘全力灶煎烹。
月圆一轮沧溟瀚，雪漫千里胡地明。
我寄壮思越边草，寒霜雁叫掠长空。

话说田金瑞外出开会诣南泉中学，面见晨曦，远隔数年，聚而喜之。两人言之良久，田金瑞方去。晨曦相送，返而思昔，往事纷纭。至号，晨曦观田金瑞所赠之书，略览，又启姚舜禹之信。读罢，诸多往事丝丝入怀。

姚舜禹者，原乃晨曦父潘林泉旧日之师。晨曦高中毕业后，潘林泉为使长子研习绘画，报考平阳艺校，乃送晨曦入平阳城姚舜禹家，随师学画。至师处，初习素描，师为其摆静物，授画法，且作示范。忽一日，姚舜禹谓晨曦曰，言其所职之地有数生聚而学画，令其与之共学。晨曦闻言，喜甚。暗思人众可互学互进，取长补短，乃欣喜以往。至，见有两女三男【有实有虚。】共习之。其中二女，一者温婉秀丽，一者丰姿雍容，年皆十五六，与晨曦年纪相仿。观其画，技艺绝佳。其所绘素描静物，质感甚强。所绘瓷杯，质地坚硬，铮铮朗朗，仿佛以手敲之，当有金石之声。【是此水平，初见惊骇。不谓人之绘作，尚能与真无二也。晨曦喜甚，细心琢磨，倍赏之。】于是，大开眼界，亦对二女生发敬意。在此，晨曦与彼等互学，耳濡目染，技艺大进，不多时，水平当耳。

晨曦食宿于姚舜禹家。姚舜禹膝下有三男两女。彼时，长女已婚，育有一女，五六岁矣。长子成婚，育有一子，正绕膝也。长子继承父业，从事工艺绘事，多画食品包装。彼时绘此者，已可卖钱，得利多也。其言，绘一图可卖百元，甚者二三百元。众殊羡之。【彼时，工作之人皆挣工资，无外得。忽政策有变，外而可得，且数倍于工资，众则羡之，世人之心蠢动，一时世不静耳。癸巳夏，酷暑日。丰中园。】次子为铁路职工，未婚，常走太谷榆次一线。次女正值妙龄，已上班，尚未婚嫁，其身姿绰约，貌美若花。彼时，其正值青春之季，常爱留影照像。姚舜禹曰："姑娘最美之时，应多留影。"【彼时，次女十七八矣。】三子在家待业，彼之就业事，姚舜禹操心甚多，常奔东走西。【其忙碌身影，今当记也。】姚舜禹今之老伴，乃续弦。其结发妻已于多年前病故。续弦老伴衣着整洁，乃小脚，人甚麻利勤快，且烧得一手好菜。晨曦在姚舜禹处学画时日不短，其师家日常琐事，常见之。后，晨曦有诗曰：

远行平阳学画艺，市街无田无尘泥。
下雨流水清澈走，鞋裤从来洁神怡。
城市为何殊不同，骑车郊外细看奇。
农人田庄鸡犬豚，高语狂嘻尘满席。
初至城市异天地，个个新鲜眼迷离。
一队女子骑车过，人人姿容娉婷迷。
出言说笑天上语，眉头眼梢皆傲咿。
扭头紧盯语何事，原是胡旋舞罗绮。
乡村亦有仙姝妹，惟围火台兼田畦。
同女生于不同地，乾坤大差诗莫题。
我在城中两月夏，食宿兼在为师家。
师须已白耳稍聩，师娘小脚身体佳。
师悉全力教我艺，师娘三餐为饭茶。
日日常思小小院，只恨家难无分挂。
师住里间我住外，半夜电灯亮宵霞。
师催我要早点寝，且莫用功忘身乏。
为师山水平阳星，尤对民艺精研深。

传统图案国宝藏，对面讲解心颇诚。
师娘后续音不谐，亦常对面诉苦情。
半路夫妻分情多，但愿花好镜生瑛。
一日放假过平阳，师娘剥柿伴红糖。
我与同学暂住歇，师老安排新建堂。
吾自只身走西北，后遇家庭遭大殃。
一殃难振数十年，整日凄惶心悲凉。
恶梦不去繁缠身，若今两鬓已添霜。
遥想当年少年志，至今不移心不亡。
一卷写罢头添雪，再慰前愿过潇湘。
昆仑摩云荡天外，饮马长江稻花香。
再来小城拜二老，不知二老可健否。
人生太多恶林丘，青山不老逝水流。
犹记启明与长庚，启明长庚落自头。
不朽乃是逝中物，深情大义彰千秋。
大爱人生天下同，世界一家乐融融。

姚舜禹家，居一小院，院有两进。其与老伴住前院西房，二女住南房，长子住后院西房，长女嫁之，次子、三子皆住于外。【一一写清，以报师恩。】

姚舜禹与老伴所居西房，两间，其外室大，内室小。外室有大炕，晨曦居之。外室西墙高处有小窗，临街，厚纸糊之。斯房门外处对垒一伙房，间距二三尺，遮室内之光。外室东有正窗。午后，室内昏暗，物影浊浊。【是此景，实记之。】

一日午后，姚舜禹与晨曦闲聊，曰："吾早年毕业于中央美术学院，师从徐悲鸿大师，此乃一生荣耀耳。然思一生，尚有一憾。"晨曦静听。姚舜禹曰："此事，缠我半世不去。至今思之，常悔恨不已。"晨曦问："何事欤?"姚舜禹曰："曩昔，吾未成行延安，终身憾也。"【是年，师已五十余岁，晨曦十六岁。闻此语，已三十五年前之事矣。癸巳夏，丰中园。】一语未了，晨曦惊之，曰："彼年，师尝有奔赴延安之思乎?"姚舜禹曰："然。彼时，诚有机缘，然终未成行。倘若当年成之，进鲁艺，则后半生大不同耳。”

语毕，晨曦知意。姚舜禹又谈及当今画界知名人士，言其皆乃昔者老延安也。聊过，话题则转至下乡之事。晨曦问曰：“师当初至吾村下乡，年事已高，何亦至哉？”姚舜禹曰：“自愿往之。吾乃画家，至乡下，可体验生活。绘画，若脱离生活，则无创作，亦绘不出好画也。”晨曦曰：“当年，恩师下乡，至吾县吾村，可谓巧也。否则，无我今日学画之行也。”姚舜禹笑曰：“世上，多有巧事。当年，吾下乡是县，知尔父乃是县人，惟不知所居何村也。至，问讯县文化馆，方知吾下乡之村则乃尔村也。吾顿时大惊，则知世上果有巧事也。”【真事，比作书犹巧。】晨曦曰：“师当年至吾村之况，吾今尚记忆犹新。当年，师绘村内壁画，画有数壁。且壁上尚写诸多标语，使村貌焕然一新也。”姚舜禹曰：“吾至汝村下乡，村干部见我年龄不轻，则令我不干农活，惟操绘事耳。同去干部，亦多以己之长，各尽其能，为农村服务也。彼时，径往田间劳者，少也。”晨曦曰：“农村不缺劳力，毋须师等劳之。”【彼时，乃此言，乃此状。】姚舜禹曰：“大队干部亦如是说。其言此乃毛主席指示，需接受之。然安排之时，则令吾等从事别事也。干部中多为地区各局之长，皆令其八仙过海，各显神通。彼时，农机紧俏，下乡干部则助购之。吾等下乡，与社员同吃同住。然同劳之说，羞惭也。”言讫，师徒同笑。

姚舜禹曰：“吾下乡，所获甚丰，增长实践知识无数。”晨曦曰：“师绘于村东门口农业学大寨壁画，甚大。吾观之，大开眼界。社员亦从未见如此高水平画作也。后，师于村西八字门楼上，又绘壁画一对。其为社员上工之景，背景为丹陵尧山。【今曰绵山。故乡哉。】吾等观之，犹觉奇哉！不谓往日司空见惯之景，一经入画，竟如此美哉！”姚舜禹曰：“当今，彼画尚存乎？”晨曦曰：“存矣。惟稍有剥落也。”姚舜禹曰：“室外粉墙之作，皆如是也。古之壁画，存之甚少，此乃一因也。”晨曦曰：“昔者狂僧怀素，《自叙贴》中云：‘粉壁长廊数十间，兴来小豁胸中气。忽然绝叫三五声，满壁纵横千万字。’然书粉壁，悉不存焉。”【千古优秀文化，不存，憾哉！】

正说间，有老妪门入自外，此乃姚舜禹续弦老伴也。彼正买菜归来。褰帘跨门，手抱韭菜一捆。斯时，彼闻师徒二人正说热闹，笑语曰：“何乐欤?”姚舜禹曰:“杂谈之。言下乡之事,趣味良多。”老妪曰:“尔等下乡,糊弄人哉!尔至农村,多无劳动,观景去耶!”姚舜禹曰:“汝之婆子,切莫胡说!吾等皆为劳动去也,然村干部另有安排,吾等能有何法?”老妪曰:“尔等至农村,不下田劳动,往有何益?白拿国家工资,以散心乎?”姚舜禹曰:“尔不知情,莫乱胡言!”老妪曰:“汝之心吾观准哉!尔等本怕劳动,村干部如是说,正中下怀,宁不乐乎?”姚舜禹肃然曰:“亦有人下地者,非皆若是。”老妪曰:“其劳何久?”姚舜禹笑曰:“尔教训我乎?吾乃罪人乎?”老妪曰:“尔以为功臣乎?尔等则为投机取巧者也。毛主席令尔等改造世界观,然尔心何诚哉?若是者危矣!尔等满脑子好逸恶劳,若天下予汝,安能善乎?”姚舜禹曰:“莫上纲上线,愈说愈悬也!”老妪曰:“吾所言句句实话,无一句悬也。吾看尔等之相,则思往昔。旧社会,吾乃受苦人,随夫流浪进城。吾夫乃木匠,靠做木活为生,吃住无着落。【昔者,若是讲之。】毛主席、共产党为劳苦大众打天下,消灭剥削,消灭压迫,领导穷人闹翻身,方有今之幸福生活。人民江山若得巩固,永不变色,执政者必须不忘劳动人民,不忘劳之根本。汝乃干部,反怕吃苦,何能心贴劳动人民乎?倘若本色已变,社会主义大厦何以牢固哉?”

姚舜禹闻之,曰:“汝速住口,再莫言之!速烧火做饭哉!”老妪曰:“笑吾婆子乎?古有言,治大国若烹小鲜。吾能做饭,则能知治国之事。尔笑我不知其理乎?”姚舜禹阔笑,晨曦亦乐不可支。姚舜禹曰:“汝知天有多高乎?”老妪曰:“嗟!笑我欤?吾不言其大,惟言其小。且说汝之公子哥儿,游手好闲,不做一事。吾看,则应放之农村,干三年五载之活,身上不良习气自然改之。”一语未落,姚舜禹愠怒立生,胡茬乱抖。老妪掷韭于地,曰:“吾方语正话,汝则难受欤?吁!吾不言也,择韭哉!倘若尔等旧世界观已改,则助我将菜择之。”晨曦闻而笑之。姚舜禹曰:“吾爱劳,则如此劳法?”老伴曰:“微劳莫为,何谈旧世界观改造善乎?”姚舜禹曰:“噫!若以此鉴之,则甚易也。诺,择韭哉!”老妪曰:“小善而莫为,何言大善乎?”姚舜禹曰:“汝令我择韭,则直言,何须绕如此大弯乎?”老妪曰:“吾睹尔等之相,则忿也。吾之言,尔何不喜乎?吾本不愿言此,然尔话勾出吾话,何怪我哉?”姚舜禹笑谓晨曦曰:“嘻!此又为赵树理笔下人物也。吁!今听其言，择韭劳之。”老妪曰：“如此立竿见影，不研习学问乎？”姚舜禹笑曰：“倘若再研习学问，恐又遭批判也。”

闲话毕，二老各搬小凳择韭。晨曦欲助之，二老忙止。老妪曰：“晨曦学于斯，替汝家干活甚多。晨曦至，天天水缸满矣。晨曦未来之前，常水缸见底，无人挑水也。”晨曦忙曰：“此乃小事，不值一提。城内，吃水甚为便利，挑担而出，街门外数十步远则有自来水管，接水而走，顷间挑回。反观吾乡，吃水甚难。每绞一桶水，需俟半日时光也。两相均之，此事何在话下耶！”【是此语。晨曦诚觉此事不值一提。】老妪谓姚舜禹曰：“何汝子则难乎？”一语方出，姚舜禹又觉逆耳，甚不爱听。晨曦忙止之。老妪曰：“吾乃说理。唯见彼子甚懒，心颇不舒。汝观晨曦，整日苦学，一日不懈，星期天亦不街逛也。”晨曦曰：“吾来学画，为考学也。时日甚紧，焉有闲逛之理。再说，吾亦不喜逛也。若至街，或入书店以观，或至文具商店观之，别不顾也。【真实晨曦也。】在此，姚老师执手教我，吾绘画之技所进甚速，此乃吾之大喜，焉有逛街之思乎？昔日吾来之前，如何画素描，全然不晓正规之法。今，师把手教我，方渐明之。知其绘空间者，需虚实为之。吾晓后画艺大进，空间感立显也。【素描之法，虚实为要。然彼时，较专业之师亦不深谙，昏昏然也。】方知，绘事之内，亦学问无穷。其变化多端，别有洞天，乐蕴其中，故旁不顾也。”语毕，二老慨叹。

少时，姚舜禹又言当年下乡趣事。问晨曦曰：“当年，吾所写标语可存乎？”【与壁画一照。】晨曦曰：“存也。”姚舜禹曰：“彼时，吾于村东所写标语犹多。村墙有之，地堰有之，甚醒目也。”……姚舜禹曰：“噫！经汝复述，彼景又现眼前也。”老妪曰：“若是，尔至农村写写画画尚有用哉？”晨曦笑曰：“用处大耶！字画上墙，村内面貌大新。社员大开眼界，盛赞城里之师技艺高耳。”三人同乐。

少时，老妪曰：“昔日作画皆为工作，今作画可卖钱也。彼长子，绘食品包装盒，得钱多矣。”姚舜禹曰：“得钱则喜，人之常理，然吾多尔寡，亦非善事。”老妪曰：“尔何有此良语乎？”姚舜禹曰：“天下者，当以公立。众安，则天下安；众惑，则天下疑；众纷，则天下扰；众难，则天下乱；众反，则天下叛。治国之理，在于发微。审一制当写千秋，治当今而为长远。

治者之职责也。莫见利而喜，见艰而避。艰，同众担；利，同众喜。则天下顺之。艰，逃之；利，夺之。则天下逆之。故，先民而利，或与民夺利，则非善也。”老妪曰：“噫！尔何有此高论乎？”姚舜禹曰：“莫笑我也。方才，吾与晨曦言，昔者吾未成行延安，抱恨终身。解放后，马恩列斯科学社会主义理论，常学不懈。《共产党宣言》犹常放枕畔，日习研读。莫言此理彼理，实现共产主义乃人类社会发展之真理。今，仍不失其灿。资本主义剥削、压迫、掠夺之罪恶本质，永非人类锦绣也。”

老妪曰：“噫！‘真理’一词，今成稀罕物，街谈巷议者甚多。前些日，吾众婆子于大门口闲聊，有人说，今疯传，世上本无真理，说尔后再莫信真理也。”姚舜禹闻之，愤曰：“若斯，吾处亦有疯传，众闻皆愕。其语背后，隐义明彰。不信真理，即不信马列主义，不信毛泽东思想，不信共产主义。信何也？信资本主义？信封建主义？甚而信奴隶制度？信皇上？信上帝？信压迫？信剥削？信人吃人乎？”姚舜禹愈说愈愤。老妪曰：“此风自何处吹来？抑或别有用心者，欲做皇帝，欲家天下？欲做人上人，欲再骑人民头上作威作福哉？抑或再令人民重吃二遍苦，重受二茬罪，再回万恶旧社会乎？抑或再类吾与老伴之昔往，重历旧社会苦难命运哉？”姚舜禹曰：“真理者，非否者能否之，非污者能污之，非灭者能灭之。真理不同于认识。认识正确与否，需经实践、规律检验，而真理之所以谓之真理，乃早被实践、规律反复检验证明过也，且放之四海而皆准也。否则，何称真理乎？此者，马克思主义之辩证唯物主义早已将其审明，有何疑哉？”晨曦叹曰：“不想尊师将马克思主义哲学学之如此精深也。”姚舜禹曰：“惟此独非真理之事，方才婆子皆知，事关江山社稷，固不可不察也。”老妪曰：“莫美我哉，吾非学问之人，直说矣。独说真理，何奥若是，难明于此？世上究竟有无真理乎？”姚舜禹曰：“唯！然！惟我何谓之？对尔照本宣科乎？”晨曦笑曰：“吾思一事，乃最佳之答。”姚舜禹曰：“何也？”晨曦曰：“此乃昔日吾中学之事也。某日早餐，吾与众生拿碗筷至食堂，途经师者灶房前，众师在灶房外正谈笑风生。吾走近时，乃知其辩‘真理’之事。彼正辩间，忽有厨子添菜至，其语曰：‘世上本无真理耶！’此言一出，政治老师大怒，吼曰：‘尔敢否定真理乎？’厨子曰：‘世上本无真理也！’政治老师曰：‘以尔名为例，尔名王新生，此乃真理。尔敢否乎？'" 姚舜禹闻之，大惊失色，不谓政治老师竟有如此智慧也。倏地，一掌拍股，大喜曰："所言绝佳耳！"晨曦曰："政治老师又云：'今，尔名王新生，此乃真理，此乃真理之客观性与绝对性。倘若有日，尔更名王汨涟，彼时，真理则又发展矣，此又谓真理之相对性也。"一语未了，姚舜禹大喜过望，陡奋身而起，口中直呼："天才！天才也！"一时，盛赞不已。因其兴勃情烈，手舞足蹈，不谓一脚将择好之韭踢之缤纷。老伴忙打其腿，高声喝阻。【好生热闹。】姚舜禹仍兴奋不止，大赞不已。喜曰："如此高深之题，彼则一语明之，此乃大才、奇才、天才也！诚乃天下少有之才！倘若天下斯师者多，何愁共产主义大业不能兴隆乎？何愁劳动人民江山不能长保乎？"又问："斯师何名？"晨曦回之。老伴见择好之韭飞之一地，责曰："尔何干一钱活两钱工钱耶？汝快住手，往椅上歇之，气煞人也！"姚舜禹干笑两声，转身退后。

少时，姚舜禹坐于高椅之上，继曰："若是说，真理并不深奥，且人悉明，何有人故弄玄虚，颠三倒四，将人愈说愈糊涂哉？"老妪曰："吾观之，彼乃日本太君也。若彼师所言，真理孰不明乎？吾亦知也。"晨曦曰："真理本不深奥。将马克思主义真理学之，世界来龙去脉自会分明，面对世界风云绝不迷茫，且洞见其理，了然于胸。"姚舜禹及老妪齐赞曰："吁！晨曦善学欤！"

已而姚舜禹又问晨曦农村之况，曰："近年，村里收成何如？"晨曦曰："尚可。"姚舜禹曰："粮食够吃乎？"晨曦曰："足矣。惟吾家略欠之。每年二三月，青黄不接时，吾家常买高价粮也。"姚舜禹曰："如此日月紧乎？"晨曦曰："吾家，人盛时，一家八口，然老者老，少者少，劳力不够，人口多也。家父于学校教书，祖父母年事已高，七八十矣。去年，祖父去世。家中，吾母乃半劳力。【何半哉？辛酸事也。】兄弟之中吾为长，弟妹尚幼，皆在上学。每逢星期天、节假日，吾常至生产队劳动，然未成年，所挣工分有限。吾祖母性子好强，前些年尚欲至生产队劳动以挣工分，然锄草之时，锄头已不听使唤，常将玉米苗铲之。众人曰：'汝年已高，不能再下地干活也。汝之干活尚不如不干活也。'队长见之，劝其止耳。"姚舜禹曰："汝家无全劳力，工分自然少矣。"

晨曦曰："吾家工分少，则分劳动粮少。别人家，则整车往回拉劳动粮也。而吾家所分劳动粮甚少，心则伤悲。某年秋天，生产队分玉米棒。吾母闻之，喜执口袋至地，且中途经校呼我，令我助之。彼时，吾正于学校父号内临摹蒋兆和《鸭绿江边》国画，乃搁笔随母往之。是时，生产队里各户俱至，人甚众。临分粮时，队长则语此次以工分分粮，言吾家无工分，不能分粮。众目睽睽之下，母赧颜羞色，吾亦心酸。彼时吾虽年少，然已懂事。受此打击，心下恨己不已，暗誓不能再惟顾学习，定要多下地干活，以挣工分，急解家忧也。"【家寒，明事早。】

姚舜禹问曰："彼时，汝龄几何?"晨曦曰："十二三岁也。"老妪曰："尚幼也。"晨曦曰："此龄，在农村已属干活之年。有言，男孩不吃十年闲饭。吾村，吾有同学至三四年级时已不读书，回家干活去也。如此，其家工分高也。"姚舜禹曰："若是，亦非善之。"晨曦曰："吾父迷画，常遭祖母训斥。吾觉，吾得有所担当。所以有空之时，则多下地劳动。至今，吾已为农村全劳力也。"

姚舜禹曰："粮多粮少，分配问题乃大问题。当下农村，分配方式有两种：一曰按劳分配，一曰按需分配。"一语未了，晨曦大惊曰："现为社会主义，何有共产主义分配方式哉?"姚舜禹曰："方才，汝已言其况，然思未至也。在农村，分配粮食，亦有两种分配之法。"晨曦快语曰："一则人口粮，一则劳动粮。"姚舜禹曰："分劳动粮，则乃按劳分配之分配方式也。分人口粮，则乃按需分配之分配方式也。"语毕，晨曦恍然大悟。笑曰："噫！何吾知其然，而未知其所以然也？是此理耶！"其兴采采。姚舜禹曰："此乃'不识庐山真面目，只缘身在此山中'耳。"【今之人，多忘矣。】晨曦惊问："吾师何察深哉?"姚舜禹曰："倘无此识，下乡何为？至农村，搞调查研究，亦下乡又因也。"晨曦惊目望师，一时似觉不识。

姚舜禹曰："社会大家庭，细至诸户、人头，其状各异。以年岁分，有老、壮、青、少、童、婴诸等；以身体分，有健、弱、病、残、孕诸等；以两性分，又有男女之别。倘若单以劳动多寡论，何能至公、至平乎？故纯以按劳分配论则有不足，所以又佐以共产主义分配方式也。吾至汝村，闻语'何人无年老，何人无年少'。老与少，病与残，皆无劳动之力，然皆需参与社会分配，此乃社会公正与人性之理也。"语毕，晨曦顿觉眼前大明，曰：

"师言极为透彻，则似马克思主义理论家也！"姚舜禹曰："吾尚知农村中劳动粮、人口粮分配之比也。"晨曦闻而犹惊，愿闻其详。姚舜禹曰："农村劳动粮与人口粮分配之比当有两种，一曰'劳三人七'，一曰'劳二人八'也。"【今之人，尚有几人知乎？】

闻之，晨曦惊曰："何有此谓？吾从未闻也。"姚舜禹笑曰："国家有文件规定。吾于汝地县政府见之。"晨曦曰："吾惟知劳动粮与人口粮分配时惟队长之命。人言，队长家人口少，劳力多者，则多分劳动粮也。若队长家人口多，劳力少，则多分人口粮也。"正说着，忽思一事，噗嗤而笑，语曰："吾大队有户人家，其有子七八，甚多也。社员开其玩笑曰：'汝生子之多，焉能养活乎？'彼曰：'人民孩子人民养也！'一语出之，众则语塞。今闻师语，吾则知其故也。在分粮时，人口粮乃占比大也。"姚舜禹曰："此乃保证人人有饭吃也。"老妪手择韭菜，曰："新社会，乃劳动人民之江山。社会主义好，人人平等，社会公平，无压迫，无剥削，人始为人也。吾乃旧社会过来之人。旧社会，穷人地狱也。彼时，吾与吾老头可恓惶哉！后来，社会解放，吾等才过上人之生活。此乃全享毛主席、共产党福耶！"【心底之语。】后，晨曦有歌并序曰：

> 维公历二十世纪六七十年代，余六岁至十三岁时，读于金阳庄七年制学校。书院位于村东，旧时为关帝庙，有大雄宝殿一座，东西厢房数间，中有泮池，前有牌坊，山门外立有影壁。庙内殿宇森严，廊回径曲，颇为清幽。后，师生渐多，则拓西北毗邻之地，新建排房。新旧两接处，悬钢轨半截，乃为校钟，其音铮铮幽幽，半世莫忘。彼时，课本甚少，然精而优，故有大量闲暇，且少有考试之苦。课外，有忆苦思甜，阶级教育。村内有旧日赤贫者，入校，痛讲家史，苦不堪忆。大队广场，有外乡青年忆旧时垂髫之苦。言及与母难，悲痛饮泪。余伤心不忍闻，终生不忘。有诗云：
>
> 少小生在红旗下，未知旧世黑腌臜。
> 忆苦思甜展旧状，泪如滚豆心悲笳。
> 地主高楼又高墙，穷人寒冬破席遮。

幼儿弱女冻哭号，风刀破窗庙为家。
诉者悲苦裂肝肺，忆时天昏泪纷飞。
吾小不懂心之苦，诉时方晓身崩摧。
一母一子讨饭路，母患重病腿生蛆。
子执柴棍拨蛆走，稚声唤母声泪俱。
破庙栖身蚊虫咬，小儿扑打替母驱。
扑打不尽赶不穷，儿卧使蚊饱腹需。
小小年纪苦斑斑，声声血泪诉黑暗。
天黑莫知何时明，共产大旗破晓迎。
佛主只闻天上有，苦难命运不见头。
自从来了共产党，悲苦日子一日除。
人人欢呼毛主席，穷人救星幸福途。
爱在心底骨髓里，感恩声中看五湖。
社会主义光明僖，日红风暖杨柳依。
山河新装换天地，笑声发自心底里。
人类进步靠劳动，人人劳动家园祺。
歌声嘹亮号声响，麦海稻浪升虹霓。

姚舜禹一听老伴之语，心则不爽，哀叹一声，眼瞅之，谓曰："尔何常语前翁之话乎？"老妪曰："汝何常睹前妻之照哉？"两下皆无言。二老时常拌嘴怄气。姚舜禹有时愤之，胡茬抖动，拿一报纸，提起毛笔，不断写"倒霉"二字。有诗为证：

人生岁月眨眼事，一夜启明长庚辞。
苦难幸福身不料，揪心直到白头时。

欲知后事如何，且阅下篇经传。

史公曰："人生相遇，或老或少，亦缘耳。晨曦少时，求学二百里，有此奇遇，益之。彼入城市，均其同学、伙伴及村民皆早之多年。后，晨曦离家，人生脚步愈走愈远，波澜壮阔。至老，当悟'读千卷书、行万里路'之语，不诳耳。"

二十一经

晨曦号，门庭若市，生至者众。

叶淑君携画入，画旧时所游，哈哈镜馆。图，瑰异诡谲。

晨曦初见，创作也，甚器重，多美辞，两厢往来密。

杨雨莲，史红香，常至晨曦号，畅谈文学。

聆师传授写作之法。

小说者，事语人语，非作者外白。小说唯见其事，不见作者。

诗词歌赋入小说，华夏文脉，中国文学之殊容独姿。

诗词歌赋入小说，乃神所在。有，全书通神；无，全书昏冥。

诗文融会，文言为基。否则，东施效颦。

二十一传

叶淑君淑姿展画图　史红香红颜听作书

诗曰：

南泉书院翔山脚，峰翠云氤烟水潇。
龙傲少年腾尧舜，凤怡淑女写华韶。
校西田亩花石出，村北液池彩雯摇。
一鞭嚣尘托红日，昆仑玛尼静山坳。

话说晨曦与姚舜禹交往，时日长矣。彼时，目睹恩师来鸿，往日之事忽现眼前。览信毕，不胜感慨。少时，推牖敞窗，极目远眺，只见窗外风景翻迭，浓荫飞斑，绿翠紫艳，光流风掠。又见白杨丛中，株错叶茂，云蒸雾腾，郁郁葱葱。间闻蝉鸣之声，时睹雀飞之影。【窗外之景，细描之。】近闻教室，师授课之语，清脆朗朗，声声送耳。晨曦立窗前眺望一阵，忽思起杨雨莲《山朵儿》之文，乃坐回桌边，披阅览之。毕，赞曰："甚佳之文，颇有灵气。其觉敏之，其味足之。彼乃璞玉浑金，若经锤炼，定成大器。"遂提笔批语。

下午课外活动时，晨曦之号聚生甚众，且爱绘画者犹多。究其本，缘学校无专职美术教师，临时由一师代之。晨曦有过正规学画之历，且有画作张室四壁，其讯不胫而走，生至者夥。以致晨曦号内爱画之生竟多于爱文之生，且来者女生最多，一时熙熙攘攘，门庭若市，不亦乐乎。【彼时师生皆知。】彼之少年，画趣之乐优于文趣之乐，故至者众。【一为直觉，一为抽象，故显而不同也。】又兼女生爱美，天性使然，尚萌动犹早，故多耳。【是此象。】

且说是时，晨曦号内，有听讲者，有令辅导画者，挤挤嚷嚷，波波簇拥。俄顷有一初中女生，手持画作，挤至晨曦面前，操普通话，柔声语曰：“潘老师，吾有一画，请师指教。”一语未了，晨曦闻其声，则似仙音缭绕，清清泠泠，颇为悦耳，顿时心胸豁然。忙抬头端详，只见此女身姿窈窕，袅娜娉婷，丰肌雪肤，妩媚秀婉。忖曰：“此乃乡村中学，远离大城市，何有女生说普通话哉?”【该女生出场，先闻其声也。】其将斯女望之，呆了半晌。

晨曦接过女生画稿，将画作展放桌上。彼时，身旁之生涌观挤之。有生呼曰：“噫！何乱哉？若是，师何以教哉?”晨曦乍看画图，铅笔所绘，有图六幅。但见：

> 素缟一张，墨图六帧。初看不见显山意，再睹才知藏仙韵。莺语听罢，鬼神见后惊魂；芳容赏息，肺腑感时豁亮。言语相融话语稠，气息相投心景明。初相识，终不忘。风雨三千身后事，山水万卷轴中天。西域路遥，黄河水远。

图中之景，甚为罕见，人物形象极度扭曲。晨曦问：“何也?”女生曰：“哈哈镜也。”

晨曦无此体验，唯见旧日文字所述，乃问其详。女生答曰：“曩昔随姊至太原，游迎泽公园，见内有一厅，立哈哈镜数面，供人游乐。吾镜前照之，只见镜中人形七扭八拐，或长或扁，或分或离，或飘或零，或散或聚，瑰异诡谲，灿烂炳焕。吾又照镜数面，再睹，又若梦若幻，若怪若魅，纷乱不可述也。归，殊将难忘之景绘之。今呈师前，乞师教正。”语毕，晨曦复观，叹曰：“吁！是画，创作也。【震惊。】创作者，乃大学高年级所为。而汝乃少女，方读初三，则已创作，奇才耶！”晨曦喜甚，赞誉不绝。其心思，若非亲睹此画，诚弗信也。览画毕，其望姑娘，眸含惊赏之光。姑娘望师，亦目光明亮，满眼柔色。晨曦见其温婉可人，秀美端庄，又心旌摇曳不已。

晨曦再问，女答之。晨曦赞曰：“汝天分甚高。倘若后能善学，定前途无量也。”女斜倚桌边，以手托腮，玉臂莹莹，静静聆听。晨曦曰：“曩日，吾尝至太原城，亦游迎泽公园。惟无留意有哈哈镜之展室也。”女曰：“师若至，定觉好玩。哈哈镜照之，人则奇形怪状，身体扭曲，两臂一伸，则似蛇形。”说罢，手臂猛然一伸，击中旁边之生，彼生大叫。女知忘情，赧然一笑。晨曦亦笑曰：“若是，尔为妖也。”众生哄笑。晨曦又谓曰：“哈哈镜馆位居何处？”对曰：“湖水之阳，北门之左。”晨曦曰：“早知今观汝画，彼年，吾定往之。”众生阔笑。女曰：“当年，师何不往欤？”晨曦对曰：“吾至之日，乃盛夏，天大热。众同学见其湖，划船者众，遂呼而舟之。至湖上，不谓日晒尤甚，不亚岸堤，遂善水者则下水游之，吾亦为焉。初游，不知水之深浅，试潜之。不谓倏而至底，水方及胸矣。固水，极易骗人者也。”众生又笑。

谈说一阵，双方渐熟。晨曦问女曰：“家居何村？”女曰：“校园之南，山脚之畔，悟寺腰兵工厂也。”晨曦曰：“今乍听尔语，标准国之普通话，其声袅袅，如闻仙语。昔者我求学外地，亦说普通话，然归故里，长居之，则弗能为之，亦憾哉！”后，晨曦有歌曰：

普通话语音绵软，半是庙声半是仙。
土言方语声调硬，开言便知未识天。
求学十载拓新地，焉知学罢故域监。
四围山色同一语，话语齐追尧舜川。
高城云寨土垣壁，壁立千仞难登攀。
金戈铁马至城下，望城绝壁气息偃。
回马掉车他国去，晋王选此好河山。
山川虽老语亦老，尧舜春秋几千圈。
若今再以声老誉，笑其老土话语惭。
为失京语心忧戚，忽闻仙音在耳边。
睁目惊神相待看，窈窕一女现身前。
惊魂不信厚土颠，有此青娥婉容翩。
笑掬盈盈意甜甜，脚步如山挪不番。
随之攀说复绵语，南腔北调音不圆。
可恨乡土居太深，京语不顺语难恬。
对面仙音语两声，又似千里云外烟。
相视一笑人一对，白杨树荫掩小轩。

晨曦又问："汝何名姓欤？"【至此方问。彼时，男女互问之名，亦遭人猜忌也。】对曰："叶淑君！"【此名千呼万唤始出。此乃书之主要人物，出场不同耳。】晨曦曰："吾闻，兵工厂当有学校，何上南泉中学哉？"叶淑君曰："厂矿子弟学校教学质量不如斯地。彼处，学风不浓，生多嬉戏弗学。家人计，送我至此，以期不荒废学业耳。"

晨曦曰："南泉中学校风正，教学佳，吾于县教育局时则知之。【又补前。】汝父母将尔送来，为尔前程所思，亦寄厚望也。"淑君点头，婉然而笑。晨曦曰："厂矿子女悉为城市户口，国家安排工作，皆不愁未来，故学多无压力。农村子女则不然。其欲走出农村，今惟高考一路。否则，终身留于农村，整日面朝黄土背朝天，修理地球，摸牛尾巴，有何出息？两厢均之，所付之力殊异也。"叶淑君曰："大学招生名额甚少，今录者百之二三，多数之生不得录也。"晨曦曰："此正惨烈处。众生者，此路不通也。然明知不可为而为之，亦惊悲极焉。"【两人初见，话语多耳。伏笔在先。】言之高考，语而不绝。自此始，晨曦方识叶淑君也。斯后，彼此故事，波澜曲折，绵延不绝，则乃后话。

且说晨曦稍微松驰，忽闻高声一语："潘老师！观我画哉！"只见众生背后有一小女生，手持画作，高举过顶，大声呼叫，肘推左右。诸生曰："噫！汝何挤哉？"小女生曰："不挤，能至师前乎？尔等无画，围观严之，反嫌我挤乎？"诸生曰："何言吾无画耶？"小女生弗听，猛挤至师前。【彼时之景。】晨曦望之，见其年犹幼，或为初中低年级之生。彼大脸盘，剪齐颈发。因甚活泼，发甩来荡去。【是此样。】挤至，则将画作力放桌上。【该女孩，泼辣也。】晨曦望之，乃临摹之画，然亦颇佳。晨曦问其何年级之生，彼爽答曰："初一！"晨曦问："何名姓乎？"小女生高声笑曰："贺艳梅！"晨曦为其辅导二三。终，彼又高举画作，奋力挤出也。【该女孩所到之处，皆若是，笑笑闹闹，喜而不静。】

晨曦正欲稍歇，忽有一男生手持画作，挤至身侧，谓曰："潘老师，吾画一画，请师教之。"晨曦扭观，见一男生，身高面白，人甚斯文。其将画作展开，水墨山水也。但见笔墨恣肆，酣畅淋漓，夺人目也。晨曦又是一阵心喜，褒奖之。问之，彼曰："高一，唐景明也。"晨曦又为其谈水墨画所画之要。【唐景明，色盲也。著者于此删去较多文字，为使文紧凑，惜墨如金也。】彼时，围观之生拥挤依旧。正斯时，门口忽有女生二人，探头望内，见室内人多，则不知进乎退乎。正犹豫间，适晨曦立起，扭头望之，忙呼而入。原二女为杨雨莲、史红香也。彼闻师呼，相视一笑，牵手而入。晨曦隔众生谓曰："走至门口，何徘徊不进欤?"杨雨莲扭扭身子，笑曰："方才至，见学生众多，则去矣。"【闻此语彼，拓画境也。】晨曦曰："至，则言文，何能走乎?"乃反转身躯，谓众生曰："绘画之事，今说于此。请诸生散之。"众生见说，哄笑而走，叽喳吵闹，夺门而去。

众生走之，号内方静。晨曦曰："不想喜画之生尚如此多哉!"杨雨莲、史红香曰："画者，直观且美，故爱者众也。"晨曦言诺，始舒臂展腰，曰："令我稍缓之。"杨雨莲、史红香甜甜一笑曰："师授时长矣。"晨曦曰："吾观众生之作，当孕大才也。惜地处僻野，无以栽培，诚憾哉!"语毕，叹曰："有才无路，悲也欤!"杨雨莲、史红香曰："城市则佳乎?"晨曦曰："城市与乡下迥异。城市文化兴盛，专业之师多，又兼高校林立，大家多云集于此，见也学也皆善之。而村野之生，无其境，虽天资敏敏，才华熠熠，然身不出其乡，埋没黄土，诚为痛心，此乃国殇也。"【切身体验。多少才华之生，埋没农村，惜哉!】杨雨莲曰："师指画也，文学何如哉?"晨曦曰："若论文学，无此囿也。"雨莲曰："何谓之?"晨曦曰："文学，传之以书。有书，则有师也。而文字之书，不分彼此。且古往今来，文学大家多诞乡野，而非闹市中也。"雨莲、红香不解，晨曦将历代前贤以数，悉惊之。

少时，晨曦谈起雨莲小说，谓曰："尔小说吾已观之，乡土之味足矣。且所述细腻，引人入胜，风格亦清新疏朗，诚难得之。"语毕，将批阅之文递于雨莲。雨莲观之，见文中红笔批注、圈点者众，且写有嘉语，心头大喜。红香执观，谓雨莲曰："师为尔批注尽心，密密麻麻，纸写满矣。"雨莲笑曰："吾知也。"

晨曦谓雨莲曰："尔文已具模样。平素写作乎?"雨莲曰："遇有好文，爱读之，思之。昔者，惟思如何将作文善之，不谓始上高中，适师授我，励生多写，且多讲写作技巧，又励试作小说，将素日触动心灵、经久不去之事，以小说展之。受师启发，故作斯篇。昔者，不遇师前，从不敢如此想也。”史红香曰：“能写小说者，当为作家。作家之位何其隆哉？曩昔，焉是吾等学生敢想者乎？”杨雨莲曰：“师言，凡事勿迷信，需信我也。【此语重要。非此，难有建树也。】吾闻之，激动万分，心绪勃发，乃大胆试之也。”晨曦曰：“何如？”杨雨莲曰：“果也。果出奇迹耳。知师言不谬也。”史红香忙捅雨莲之臂，谓曰：“师何时谬哉？尔何能出此语耶？”雨莲忙看师，笑之。晨曦亦笑之。雨莲曰：“今观师批语，心下愈明耳。”晨曦曰：“汝悟性甚强。当需持之以恒，不断进取，定前程无量也。”

雨莲曰：“乞师多指谬也。”晨曦曰：“尔方入高中，文已如是，甚难得也。尔文蕴有大气。读之，有外张之力，此乃常人所不具也。文以气立。无气，文无生命也。若言不足，已于批语注之。有一事当记：小说者，当以小说语言语之。”【多人不悟耳。】雨莲曰：“何谓小说语言乎？”晨曦曰：“小说者，读之，如入实景耳。读其文，若进其画，若入其事。观之，草也，景也，人也，皆为目接、鼻嗅、耳闻、体触也。读小说，唯见画景，不见绘者也。小说，当以故事说话，当见书中人语、景语、物语也，且莫作者替语之。此乃初学之人易犯病症，切莫情急之时忘之。【此病，今人多有也。】当记，此与作文不同也。”雨莲曰：“学生明之。以往似有此觉。今师点拨，通透耳。”

史红香闻师褒奖雨莲，心有所动，谓师曰：“未来，雨莲可成作家乎？”语毕，晨曦望雨莲，雨莲顿时脸红心跳，忙臂捅红香曰：“尔何语不能言之，非说此也？”晨曦笑曰：“何尝不可？有其志，定能图之。”又曰：“睹此小说，已见大家之影。汝天分高哉！倘若后能勤思奋力，未来成其一家，光耀千秋，也未可知。”一语未了，两女又互推搡。红香紧拽雨莲袖曰：“汝当用功为是！”雨莲又忙笑而推之，两人再乱一团。

少时，晨曦谓雨莲曰：“汝小说中所写山朵儿，读之令人爱怜，甚懂事也。观文，则欲见其人也。”雨莲曰：“朵儿居翔山之巅，若师往之，吾可作向导。”【伏线千里】红香曰：“尚有我哉，何将我忘耶？”雨莲笑曰：“汝乃我至友，宁能忘乎？”晨曦见二女笑语，心头亦喜。少顷，雨莲谓师曰：“曩日，师尝至翔山顶乎？”【伏后。】晨曦曰：“未也。昔者尝绕翔山而行，至其后也。”【照前。】雨莲曰：“若登翔山绝顶，四下望之，风景颇佳。俯视远观，瞭望南泉中学，甚微，如指甲盖般大小也。上翔山之路甚不好走。走一趟，颇费力也。”【伏笔。】三人语之不断。顷而晨曦谓雨莲曰：“汝何识山朵儿哉？”雨莲曰：“彼乃吾家亲戚，居于山顶之后，因道远，每年所见者亦无几回也。朵儿尝语，当用功学习，将来考南泉中学也。以后，尚想再考大学，走出山村，博览天下也。”晨曦曰：“此女有志也。”雨莲曰：“惟其家境寒也。”晨曦细问之，后曰：“寒家出贵子，事常若是。惟家境佳者，子多无能；惟家境寒者，多出奇才耳。”【天怜穷家也。】

三人又言一阵。已而雨莲曰：“师言中国古代长篇小说经典，少不得诗词歌赋。且言，此乃中国古典小说之鲜明印记。是以试之，然甚觉蹩脚，弗能驾驭哉！”晨曦曰：“汝年少，臂腕之力尚嫩。不过，汝悟性甚好，不愁日后无作为耳。”杨雨莲曰：“中国古典小说，诗词歌赋入之，颇为增辉。少之，失色多也。”晨曦曰：“《金瓶梅》《红楼梦》等名著，诗词歌赋犹为俏色之处，与文浑然一体，不可分割，犹不可缺之。倘若缺之，神采无也。”二女点头诺。晨曦曰：“诗词歌赋入小说，此乃中国人之智慧，亦乃自然之理，亦为中国文学之独特面目也。入之，与文相得益彰，珠联璧合，辉映成趣耳。”杨雨莲曰：“吾观诗词歌赋入小说，乃神所在。有之，全书通神；无之，全书昏暗也。”晨曦曰：“此乃文之魂魄。然尔须知，中国古典长篇小说，以文言为本，诗词歌赋为佐，水乳交融，相映成辉。倘若缺失文言之基，弗能成耳。”【有深研矣。】雨莲、红香曰：“是也。否则，东施效颦，奇丑无比也。”【无捷径可走。】

杨雨莲曰：“怪不得，吾小说配诗词歌赋，不入耳。”晨曦笑曰：“欲重构中国文学大厦，当须继承传统文化瑰宝，善中国古文辞。中国古文辞自文字诞生之日起，已绵延数千年，极其成熟。其简约、博大、恢弘、雅致诸美，非大白话之文可匹之者也。是以当下大功夫，迎战中国文学之高峰哉！”雨莲曰：“闻师言，茅塞顿开。生，诚遇良师也。”红香曰：“惜我无文学天赋，否则，亦随师学文学创作也。”语毕，摇首而笑，又撼雨莲之臂。

相语一阵，晨曦忽谓雨莲曰：“《山朵儿》小说，所写感人，呼之欲出。尔再精心锤炼，定达可观水准。”语毕又曰：“吾尚有一念。”未候晨曦语毕，雨莲抢话曰：“何念也？”晨曦曰：“投稿哉！”雨莲、红香皆惊不已，诧曰：

"投稿乎?"晨曦曰:"然。"两女生霎时口大张,陡呼之,再问曰:"投稿何地欤?"晨曦曰:"省刊也。"雨莲望师又望友,弗敢信曰:"可乎?"晨曦曰:"诺!定有果也!"语毕,雨莲顷间热血沸腾,周身激昂,乃一时忘情,竟手拉红香之臂旋舞于室。红香笑曰:"且驻!且驻!尔莫忘之,此乃师号也。"晨曦曰:"跳则跳哉!辉煌者,吾之所创,焉不乐乎?何需藏之掖之欤?"

一阵欢闹。语毕,雨莲、红香喜辞,嘻嘻哈哈,夺门而出。彼方出门口,晨曦俄闻门外哎哟呼喊之声,继闻嘀哩咣啷之音。晨曦心头一惊,忙扭头观之,门外不见人影,惟闻校长惊语:"于!尔何急哉?"正乱间,则闻雨莲、红香尴尬笑声飘荡于耳。顷间二女迅奔,脚步声、笑闹声四溢一路。【小处亦写经典,热闹之极。】有诗为证:

苍天鸿赐古晋都,女儿娉婷艳丽姝。
美玉璞璞风拂柳,华才卓卓雪凝书。

欲知后事如何,且阅下篇经传。

史公曰:"晨曦生于乡村,长于田陌,后求学城市,城乡两识耳。两相均之,识古今天下鸿才,当出田桑之间。何也?纳天地英气耳。土地者,万物所载,英才所育也。"

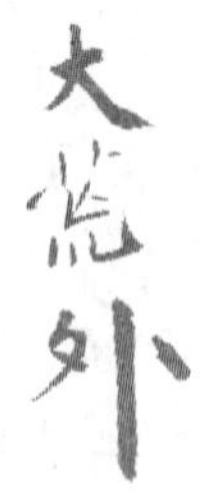

二十二经

晨曦、晨明话高考，置腹而语。

晨曦曰，昔往吾考平阳艺校，画佳。然分数不公布，权势者黑录。

吾等平民子弟，无权无势，弗能走艺术考路，惟行文化课之高考独径。

杜贤慎言，人过日月，须细打算。

教工食堂，师者日常争论之所。春来秋往，热闹非凡。

海中花月洲，烟雾笼罩，与世隔绝。偶有渔人入，金屋金山，不劳而获。

集市售鸡蛋之老妪、中妇、童女者，候时无晌，是乎非乎？

人心蠢动，试作发财之梦。

有师言，吾有空，校内帮灶，厨师予我钱乎？众师耻笑。

二十二传

舒爵海兴语花月洲　年竹涵侃说集市女

诗曰：

一衣粉霞满面灰，两袖清风拂褂吹。
身无分文忧天下，书有千卷志霄雷。
纵览秦汉阳陵阙，横睹宋明汴水桅。
吞吐烟云听铁骑，河涛声裂浪高飞。

话说杨雨莲、史红香闻师语，喜甚，挽手奔出，不谓猝撞校长。薛风清未及反应，三人混搅一处。两女生见撞之校长，越发羞愧难当，倏地面红耳赤，不敢答言，犹不敢抬头，速转身，扯衣夺路而奔，笑语洒之一路。【青春之声，洋溢满纸。】两女生迅跑后，薛风清经晨曦号门前，朝内望之一笑。晨曦笑对。薛风清闪身屋后去矣。

薛风清闪过屋门，因脚被踩痛，则跺脚缓解。晨曦所居西排房南角之屋，门南向侧开，门前正对教室之背，有一窄道。晨曦房后乃学校院墙，土筑，且老旧剥落。墙外乃公路大道，行走汽车。路乃沙石路，车过，尘扬数丈。【启后之文。】斯时，日已西下，阳光火红。晨曦门内日光斜映，照之砖垛。霎时黑屋火红明亮。【号内常暗，有光稀罕也。】正是：

翔山东立，校园西陈。女生笑迎曙色，男生喊对残星。你拥我推，面对老师羞羞怯怯；尔扯吾拉，辞别先生笑笑哈哈。课外号挤人满，门前头探身缩。一月未满成风景，三年到头看山川。

送走诸生，屋内立静矣。

晨曦忙中得欢，喜忙惧静。且说，斯时无事，聊翻学生作业，逐一批阅。稍后晚饭时至，抬头望外，正见晨明身影，越过月亮门归之，唐景明伴随而来，入门后小语一阵。少时，晨曦谓唐景明曰："尔等皆同学，彼此照应。有事，互助之。"【千里伏线之笔，后有托也。】又曰："汝水墨之觉敏锐，有天赋。后有新画时，径拿来，吾当教之。"唐景明欣然允诺。一阵语过，唐景明望窗外，见有师生拿碗筷往食堂，遂辞别而去。

唐景明走后，晨明谓曰："大哥，吃饭乎?"晨曦曰："诺。拿碗走之。"其稍伸懒腰，曰："不谓斯地爱画之生甚众，似潮水涌之，不得尽也。"晨明曰："生中爱绘事者本众，然无师以教，莫能引发其兴。大哥陡至，火则燃矣。"晨曦曰："今，爱画之生涌号，人多拥挤，吾腰久不能直。似能将号挤塌也。"晨明曰："唐景明乃高中之生，亦喜画。其谓我，祈兄能多教之。"晨曦曰："诺。方才，吾已言之。然思，彼生中爱画者众，惟爱文者少，美中不足也。"晨明曰："亦有之。然文学老生常谈，日睹其字，不为鲜耳。文者，以字垒之，然甚难。生作文犹不佳，况文学乎?再者，有师故弄玄虚，将文学说之神秘莫测，出口则红楼、金瓶、水浒、三国，高难莫企，将生唬退也。"

晨曦闻之有理。曰："诚若是也。方才吾与诸生谈之，亦有同语。文学魅力甚大，惟愿更多之生喜而好之，犹善之为盼。"晨明曰："需看环境何如?若有大环境，则生随者众也。不过，以文成者难。较之绘画，少有趣言。故生学者少，亦有因也。"晨曦言诺。晨明曰："文学者，以文字造美。而文字者，日日所见，平凡无奇，然将其化蛹为蝶，幻化为文学，则大难矣。字者，简之极矣。然大简者，大难也。"【至理。】晨曦曰："吾亦常有类思。汝言，精辟耳。"晨明曰："高中生者，将临高考。众生惟学高考科目，旁则弗顾。众生不敢将光阴轻抛浪掷稍时。而唐景明敢涉画者，缘其毕业后可接父班，不愁无工作，固为之。"【彼时之状。】晨曦听二弟之言，猛悟曰："噫!原如是也。"【手足情，晨明聪，为后文辅陈。伏笔千里。】

晨曦曰："当下，农村之子欲走出农门，独高考一路。考文理之科，以分数多寡取之，且以判分对错为准，公正度较大。在此，国家把关犹严，考卷密封，不能捣鬼。虽录取者少，终可一拼也。倘若考艺术专业或院校，则大不同耳。昔者大哥则吃此亏。彼时，吾考平阳艺校，艺校将考生成绩不公布，学生不知其分，终黑录也。姚老师说，艺校有任课老师之女亦考而无果也。言其女绘水彩人像，衣服皱纹皆可以明暗光影绘之，亦终无录也。”【建国后，不到三十年天下，风清月朗，政权无腐败风，亦鲜有人敢腐耳。然自此始，白脸黑画者，不避人也。唱叹轩。】晨明曰：“其女之父乃艺校之师，亦无录乎?”晨曦曰：“姚老师言，其录之权不在彼，而在市级衙门，有权者操刀也。其言此录，全走后门者也。无后门者，事不成焉。此事，甚刺吾心也。【辛苦一场白废。照前。】不过，此事令我心明，若平民子弟，其家无权无势者，则休考艺术专业与院校也。【得出此训。】因分数所判，无准耳。惟走文化课选拔考试一路，此路虽难，尚算公正，值得一拼耳。【彼时，农家子弟拼命而为，则为是也。】目下，汝入高中，需潜心学习文化课为要，不可分心。汝画艺，比众生佳多也。然入高中，则不能画也，需全力学好文化课哉!”【劫后之期。】晨明曰：“唯。大哥已说多番，吾深记之。吾本甚喜文学。今听大哥言，努力学好文化课，考取大学，不画画，不分心也。”

兄弟两人忙里偷闲，又言一阵。语毕，拿碗筷而走。晨明曰：“大哥!锁门乎?”晨曦曰：“汝片时则返，无须锁之，没有人拿东西也。”【写史。】兄弟两人掩门而去。方拐屋角，则见隔壁沈第业正在号前火台做饭，衣袖挽起，歪头揭锅，瞅饭之况。晨曦问曰：“沈老师，做何饭欤?”对曰：“馇粥也。已快熟也。少时，再炒个萝卜，则成矣。”语间，沈第业又回问之。正说间，沈第业长子入西院月亮门，摇摆而归，至父旁，立而观之。俄顷，大女儿紧随以归，与其父数语，进屋切菜去也。

晨曦、晨明兄弟走出小院月亮门，迎面撞上杜贤慎。杜贤慎住校外西院，彼时，其将碗夹于腋下，摇而走之。杜贤慎见晨曦出，忙搭话，欣说之。晨明见此，则谓兄长曰：“大哥，吾先走矣。”再与杜贤慎打过招呼，径穿教室前树林，抄近道而去。晨曦与杜贤慎且行且语。杜贤慎曰：“汝携弟，二人吃灶，开销甚大，不思烧火自炊乎?”晨曦曰：“今天尚热，室外无灶台，无以为之。待天冷，号内生火，方可也。”杜贤慎曰：“吾欲自炊之。后，吾带子女犹多，若不自炊，花销甚大，吃不消也。吾等所挣工资，惟一人吃灶尚可；若多，则不支也。”【寓后。】晨曦曰：“汝言极是。吾素带馍于家，仍不足食，尚得吃灶，诚开销大矣。”杜贤慎曰：“汝正年轻，又未婚，会做饭乎？”晨曦笑曰：“昔者尝有和面之历，马马虎虎。若有灶具，可为之。”杜贤慎曰：“彼此之思，同耳。”

沿路遇生多，生皆问候，一一回过。少时，晨曦谓曰：“汝一人至灶，闺女乎？”杜贤慎笑曰：“姑娘大矣，不愿与我同行，早执碗于前也。”晨曦颔首。杜贤慎曰：“吾家尚有一子，明年，则上初中。吾思，届时将其接来，在此上学。”一语未讫，晨曦惊曰：“方上初中，则来之？汝家距此弗近也。”杜贤慎曰：“彼地初中教学差矣。令其至，则善之。吾搬至校外小院以居，地虽偏僻，然号大，其姊弟悉至，皆可居。彼此吃住一处，甚为便利。”又曰：“初中之学亦甚关键，若根基打牢，上高中则轻松也。”晨曦闻之，又觉天地洞明，慨曰：“汝谋远矣。”斯时，晨曦则思起三弟晨亮上学之事。【晨曦一生顾其弟妹。惜后时变，其力日寡，苦水相连。叹叹！丰中园。】彼三弟与杜贤慎之子景况同耳。

说话间，则至教工食堂。众师打饭罢，围水泥桌而坐。彼等趁吃饭相聚之际，海阔天空漫谈，语声甚高，热闹非凡。所言话题五花八门，然以天下闲事为多。犹以所见新颖，或所说愈离经叛道者愈善。若此，愈发谈兴犹浓，话多有趣。【其辩其论，不在其理，重在其乐。记往事也。】又因此处皆师无生，师乃坦放胸襟，畅言无忌。

俄顷，舒爵海曰：“吾有一事言之，殊罕哉！”众曰：“何也？请语之。”舒爵海曰：“所讲，奇之奇也。”众曰：“且莫吹牛，语过方知。”舒爵海曰：“汝不信乎？竖耳听之。”众曰：“莫逞能，请速言之。”舒爵海曰：“近闻有远归者，言其遇，甚奇哉！”众曰：“何奇之有？”舒爵海曰：“彼说有渔人远游豆丘国，途经海上，浓雾密裹，数日不出。正恐极之时，忽大雾乍开，惊现一岛，乐不可支。观之，但见鸟语花香，山清水秀，蝶飞蜂舞，麋跑鹿奔。登岛，风和日丽，风光殊异。渔人奇之。”众师曰：“甚烦，何奇哉？”舒爵海曰：“彼言是地稻谷不耕自收，屋舍不建自立，粮谷满仓，华堂豪奢。食无忧，居无愁，取之不尽，用之不竭。”一语未了，众曰：“嗟！胡说八道，焉有此地乎？”舒爵海曰：“渔人见此，弃舟享之。惟美中不足者乃岛阔人无，久而不胜其寂。某日，忽一麋来，牝也，依偎相蹭，久而不去。渔人甚奇，纳之。后，出双入对，竟不知己乃人乎兽乎？日久，不知有汉，何论魏晋也。”众人听累，不闻其奇，阻之。

舒爵海曰：“莫急，听我说之。且说某日，渔人卧，忽闻屋内有人语声。环顾，不见人影，骤惑之。正纳罕间，人语声又起。彼大骇。顷定神观之，原牝麋语耳。渔人且惊且喜，拥而泣曰：‘尔乃兽，何会人语哉？’牝麋曰：‘日感君恩，久能语之。’于是，两下嬉戏情笃。又日，渔人问：‘是处，何地乎？’牝麋曰：‘花月洲也。’渔人问：‘斯地甚异也。何无人，则稻谷香、华堂立哉？’牝麋曰：‘神营也。’渔人问：‘是地，何七日朔望？维三十日，月竟双圆乎？’牝麋曰：‘神地，焉人地可比乎？’渔人惊之。又问：‘何铸金屋，灿灿乎？’牝麋曰：‘使君金屋藏娇耳。’又相嬉戏。渔人曰：‘金何贵哉！以金铸屋，金何来欤？’牝麋曰：‘金山也。’渔人惊曰：‘金山何在？’牝麋曰：‘本洲也。’渔人再问，牝麋曰：‘路遥也。’渔人急曰：‘吾可至乎？’牝麋曰：‘否。’渔人曰：‘汝可至乎？’牝麋曰：‘然。’渔人曰：‘汝可引我至乎？’牝麋曰：‘诺。’渔人大喜。翌日，渔人催往。牝麋曰：‘卿骑吾背，片时可至。’渔人诺。麋奔若飞，顷间则至，果金山，灿然眼前。渔人狂喜曰：‘携金归乡，何如？’牝麋曰：‘君不得出也。’渔人曰：‘挽卿同归乎？’牝麋诺。某日，渔人与牝麋至乡，乡人奇之。渔人答曰：‘灵兽也。’不久，渔人在乡建华堂，置广地，阔绰甚焉。乡人疑问，渔人弗答。然事久而露之，乡人怂恿同往。至，踏岛而上，果见金屋幢幢，光灿生辉。至前，金屋陡逝。再望，牝麋亦逝。忽间，浓雾尽去，原为死岛，万物不生者也。乡人忿怨，渔人引之金山，石山也。众怒不可遏，石击渔人，立时群殴而死。”

年竹涵曰：“此有何罕？神话故事也。吾有闻，乃实事，且惊人哉！”众曰：“何也？”年竹涵曰：“有人海外归，所语风俗迥异。”众问：“何异哉？”年竹涵曰：“彼言街头发生口角者，从不争执，拿钱息事。”紫造新曰：“噫！此风当好，少诸多麻烦。吾地当学之。”戴仁章曰：“吾地，若令其出钱，如割心头肉，焉能若是乎？”狄志日曰：“汝言非也。此非钱之事。千古以来，惟讲理字。焉能有理无理，皆陪钱了事乎？”众人曰：“亦有其理。”狄志日曰：“倘若街头口角，不言理，惟付钱了事，初则尚可；日久，焉不被歹者隙乎？”众曰：“是也。”紫造新曰：“人富财广，时风亦变，何有歹者？”狄志日曰：“依尔理，天下大同乎？”一阵乱嚷。

年竹涵曰：“莫吵，莫吵！听我言之。”众不理，争讼声高。年竹涵见状，筷敲水泥桌，曰：“吾尚有话哉！”众人谓曰：“有何话哉？有屁则放，孰阻尔乎？”年竹涵扯嗓曰：“吾举例矣。”紫造新曰：“方才，汝不是已举例乎？”辛荼滋曰：“莫打岔，听其将话说完。”年竹涵曰：“吾再举一例。且说吾地有卖鸡蛋者，或老妪，或中妇，或女童，拎篮至市鬻之。未鬻，所候没时没晌，与海外大差矣。”

一语未讫，薛学阁忽放下饭碗，大声曰：“汝莫如是言！”年竹涵曰：“莫急！吾尚有话未尽也。”薛学阁曰：“汝尚有何话，吾洗耳恭听也。”年竹涵曰：“老妪、中妇、女童者，拎篮于市，蹲市半日，此集未售，彼集又至。陈腐之思耳。”陈十全曰：“卖鸡蛋者，老妪、中妇、女童皆闲，然闲不能换钱也。”众言亦实情。薛学阁曰：“莫说老妪、中妇、女童，然壮年之汉，凡吾地者，皆有闲时，亦不能换钱欤！”叶尚业曰：“以吾等为例，师也，然除校内挣工资外，再无挣钱之处。”

薛至孝曰：“吾闻海外，尚有洗碗挣钱之说。”紫造新曰：“然吾处非有之者也。”舒慈慊曰：“如吾校食堂，吾有闲时，帮灶于斯，或助厨师涮锅，然厨师付我钱乎？”一语未了，众师大笑。权盛纳曰：“于！尔想钱想疯乎？厨师尚无钱，何有钱予尔乎？”众师讥笑曰：“噫！斯文扫地也。尔做何事不成，何思帮灶？帮灶则罢，何讨钱乎？尔之作，辱师道者甚也！倘若天下之人皆若尔等，助人必讨钱。试问，尚有雷锋乎？”狄志日笑曰：“彼若学雷锋，帮大娘大嫂，恐又向大娘大嫂讨钱欤！”众大笑曰：“是也！”顷而讥曰：“汝为人师表，何出如此之思乎？尔之为，羞煞人也！”众师阔笑。舒慈慊曰：“尔等蛮不讲理，不说一句真话，皆嘻哈为之。若是，与尔等莫谈。尔等速将饭吃罢，散去了事！”正是：

教室谨严，饭堂放松。学生面前板森孔，老师堆里嘻哈相。学生偶见翻天地，老师一笑倒乾坤。杨树娉婷，株株秀枝门前栽；麻雀玲珑，个个花衣地上食。饭碗有碴树敲，泔水显粒雀拾。帙卷传承，豆灯松火文明；真理追寻，彩霞雨虹清明。布衣一介满粉尘，瓦釜一片蕴清音。

饭罢，众师持碗而走，阔笑而去。

是时，权盛纳急走数步，呼晨曦暂驻，谓曰："潘老师，近两日，吾校将调入一位政治老师，其年三十余。当下，师号稍紧，吾思先将其安于汝号，汝号炕大，暂先挤之。何如?"晨曦曰："诺。"权盛纳曰："吾校条件稍差，先凑和，少时再说。"晨曦笑曰："莫客气。"又问曰："彼师何名姓乎?"权盛纳曰："岳思遥。"晨曦曰："家乃何村耶?"权盛纳曰："新庄也。"晨曦曰："距校不远也。"权盛纳笑曰："然！汝村金阳庄，远之。吾村，王光村，【介子推，名曰王光。王光村，乃介子推所诞之村也。伏线之笔。】亦远之。然其皆比吾等近之。"二人笑过。

隔日，岳思遥至，其身穿军绿上衣，身材中等，理寸头，颊长一痦。晨曦与其语，将其铺盖铺于炕后，己与二弟铺盖铺于炕前。

平素晚自习时，晨曦号内多聚求教之生，且女生最多。然政治课，少有学生问之。晨曦见状，觉其扰彼，则致歉意。然岳思遥见生朝气蓬勃，如此好学，亦无怨言。众生来此问疑，晨曦滔滔而讲，从不知倦，生殊爱听之。岳思遥曰："汝授之稍悠，莫将所知授罄，后之奈何?"晨曦笑曰："无此忧耳。常言'授生一碗水，师当一桶水'。生欲舀干师桶之水，难矣。再说，师尚与日补之，其水何尽?"【教书之乐。】语毕，两人皆笑。

晨曦号内时常若是，男女之生如潮汹涌，门庭若市。每来，直将听之心满意足，方笑闹离去。晨曦常曰："生甚是可爱，学之劲头甚高也!"【晨曦至此，乐在其中。不觉，时日速矣。癸巳冬。】岳思遥曰："然。子有魅力耳。"有诗为证：

斗室西院东南角，一门一窗温语娇。
初入南泉年正少，粉酥婀娜醉红绡。

欲知后事如何，且阅下篇经传。

史公曰："师者，思之先导，常语天下大事。倘师旁无生，皆师聚，悉放浪形骸，尽显本色。昔者南泉中学饭堂，众师纵论时事，评点江山，声震梁宇，亦热闹一时。睹此，遥想当年学风盛也。"

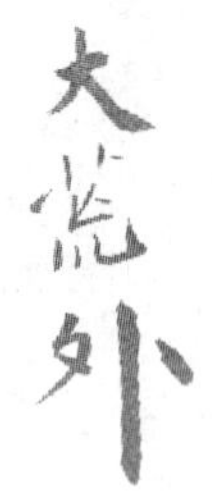

二十三经

晨，操场，师跑步活动，聚而闲聊，戏说趣事。

言今，文学之地位，无昔崇高。

今者时髦词，大款，万元户，发家致富。

钟钱蟠曰，今日之文，多看云识天，风花雪月，以逐铜臭，难为文学。吾等非发财之人，亦成不了万元户。若逐其风，则无师。

当下文学，乏其大作。撼人心魄之巨著，犹乏。

文学高峰之时代，乃思想高峰之时代。无伟大之思想，则无伟大之作品。无伟大之人格，则无伟大之文学。思想之侏儒永不能诞文学之巨著。

众师逗乐，唆德志坚跳胡旋舞。

杨雨莲持小说稿，寻晨曦不见，路乍遇，喜奔而至。

晨曦言，将文投稿。

二十三传

师晨聚操场戏声闹　舍影摇清风填句远

诗曰：

师伍老少非般岁，老者银丝少发黑。
个个人生皆异样，人人阅历均不维。
近居浍水顺腿至，远望天山乱眼飞。
卷帙浩繁传薪火，红粉阆苑看烟霏。

话说晨曦至南泉中学教书，青春年少，龄与生近，且博学多识，才华横溢，又热情奔放，爱生善教，故生颇喜之。生常涌其号，围之水泄不通，热闹空前。且说某日，天方微明，钟钱蟠起大早，至操场，伸臂抬腿，运动锻炼。少时，晨曦至。许时，年竹涵、吴骄伍、梁竹青、李载重、德志坚、杜贤慎亦皆前来。众师会之，各致问候，谈东说西，一阵热闹。【此乃南泉中学一景，亦乃师者所会之地。】但见：

东迎翔峰，南纳书院，北接公社，西毗通衢。晨雾迷蒙湿人衣，翔峰崔嵬立熹微。两座砖窑废弃田地，一周跑道敞阔胸襟。曙光初起，师生同步履；日轮西斜，欢声共鼎沸。恰似仙台风雨涤环尘，又如舞池罗袖映玉臂。地荒荒，天苍苍。

钟钱蟠见晨曦至，两人问候。

晨曦谓曰：“钟老师，起早哉！”钟钱蟠曰：“偶为之，愧也。昔者，汝多早我。依理说，汝正年轻，应多睡方是。吾长于汝，应少睡才是，然适得其反。愧哉，愧哉！”晨曦曰：“汝精力充沛，比我丝毫不逊也。”钟钱蟠曰：“汝乃清晨之日，吾已红日当午，照头顶也。”一语未了，梁竹青老远闻笑曰：“噫！何悲哉？依尔言，人生太短矣！吾观之，汝乃饭时之曦轮也。”年竹涵曰：“此言不谬。吾观亦然。汝距正午尚有大截矣。汝吃罢饭时饭，尚可至地里干一阵活哉！”

钟钱蟠笑曰：“以诸位之见，吾吃罢饭时饭，尚可至生产队再劳动一阵乎？”梁竹青笑曰：“汝何又语生产队哉？当下，生产队已解散，汝何转不过弯耶？”钟钱蟠曰：“此习难改也。吾等将此语说之长矣，忽一朝改口，顷难更也。【是此理。】昔者生产队集体劳动，其饭时饭、晌午饭，分得甚清。【是此景。】今将生产队集体土地分之，公社亦解散之，何时至地干活全由己也，于是饭时饭、晌午饭，再也不准点耳。”【是其变。】语此，又笑曰：“惟学校尚如故也。再说，吾等家居农村，虽教书于校，身为公家人，然妻为农妇，子女皆为农村户口。吾等尚需操心田中粪耕耙磨、播种收获诸等稼穑之事。噫！吾等悉乃受罪之人，受罪之人何需命长欤？命愈长愈遭罪也。”【劳于地者，又爱又恨。】吴骄伍曰：“人落世则受罪。譬如婴儿降世，哭声而至，孰见笑声至乎？”年竹涵曰：“若见，莫非妖怪，唬死人乎？”众笑之。年竹涵又戏问吴骄伍曰：“尔妇生子，汝当观乎？”梁竹青笑曰：“彼助产于侧也。”众师皆笑。杜贤慎曰：“噫！其能接生乎？”梁竹青笑谓吴骄伍曰：“杜老师曩昔为医，尚未学接生，尔何时学之？”吴骄伍正欲反唇相讥，话至嘴边，思之不妥，改口曰：“人体者，天就之。惟天知人落世受罪，故令小儿坠地，高声啼哭，宣其至世也。”语毕，众觉有理，皆言斯语新也。

少时，晨曦谓钟钱蟠曰：“君有新作乎？”钟钱蟠曰：“无也。吾等整日授课，焉有之？”【学校，以授课为主。】钟钱蟠曰：“君之何如？”晨曦曰：“彼此也，无甚大作。惟忙里偷闲，时作小文遣兴也。”钟钱蟠曰：“文学当有激情。无激情，难为文也。”晨曦曰：“近日，吾班有女生，写小说也。细读，尚有丘壑也。”一语未讫，钟钱蟠惊曰：“于！何也？有生写小说乎？”晨曦曰：“然。”钟钱蟠又细问，晨曦悉告。钟钱蟠曰：“写小说实为不易，非叙之言。其景、其语、其事诸等，均需立体以陈。彼是乎？”晨曦曰：“颇有其味。惟方起步，尚显稚嫩，然大器之形已具，浑璞待琢。缘其初为，不够老成，情急之时，作书人则出而白之也。”【初涉小说者，有此通病。】钟钱蟠曰：“当下，生若写，惟作文也，然涉小说者寡矣。作文乃散文，而非小说。君所正者是也。”俄顷，又问曰：“彼女生吾尚不识，可睹其作乎？”晨曦曰：“吾正有此意。当下，修改去也。改罢，吾当呈君以观。”

钟钱蟠谢过，少时又曰：“说之小说，吾等自热爱不已。惟时下，文学地位自不如昔往崇高，社会关注度亦低矣。”晨曦曰：“当下时髦词，乃发家致富。此乃主流，彼则非也。”钟钱蟠曰：“当下文学，乏其大作。撼人心魄之巨著，犹乏耳。然此时之景，亦难诞之。文学之巅峰，当崛崛于世。文以气立，惟当下犹缺其倔昂之气，故难有此著。今世之作，多看云识天，【此话有趣。】风花雪月，以逐铜臭。【文学最厌此也。】如是者，难为文学耳。当今时髦语，曰大款，曰万元户。然此等之人，距我远矣。吾身侧，非师即生，教学于斯，年复一年。虽平凡，心亦踏实。吾等非发财之人，亦成不了万元户。若逐其风，则无师也。”

晨曦曰：“当下，有人言，文学已病，诗歌已死。君何观之？”钟钱蟠曰：“文学高峰之时代，乃思想高峰之时代。无伟大之思想，则无伟大之作品。无伟大之人格，则无伟大之文学。文学光辉之先导，源之思想之先导。思想之侏儒，永不能诞文学之巨著！”【惊句，骇句。】晨曦曰：“君见深也。”钟钱蟠曰：“当今文化之热，莫过于书画，似书画乃金山银山也。”晨曦曰：“吾于京城上大学时，尝聆听冯法祀老师讲座。彼时，其为中央美术学院油画系系主任。其言靳尚谊老师《塔吉克新娘》肖像画于香港展出时，售价三千元人民币也。【记其真。】且言，此乃吾国油画于海外所卖首幅也。”钟钱蟠曰：“噫！果有此事乎？一画，尚能卖钱若是多乎？”晨曦曰：“更有甚者，言有人所画国画在海外尚卖万元以上者也。”钟钱蟠曰：“噫！一画则成万元户哉？若是，何需工作乎？”语讫，又笑曰：“吾素见众生常涌君号，请君教画。吾观之，君画甚好。其技莫丢，未来成名，一画千金万金，也未可知。”

晨曦曰：“从文之业，魂牵梦萦。所谓绘事，外以佐之。”【心语。】钟钱蟠曰：“吾与君相识，幸甚哉！吾辈莫论世间何等纷纭，自怀抱信念，潜心研文，成就未来文学哉！”【当年，氛围纯粹。】晨曦曰：“吾等莫羡暴发户，自甘守清贫，纯正做人，孜孜以求也。”【逐铜臭，人则臭耳。其臭薰天，定为粪坑也。珠穆朗玛者，峰出天外，冰清玉洁也。丰中园。】钟钱蟠曰：“徜徉文学天地，自乐其中。卿至，吾等之幸耳。”又曰：“君之大作，当示下哉！”

正说着，忽闻远处众师哄然笑闹之声。二人看去，见数师逗一师乐之。彼师德志坚，老教师也。已年过五旬，身材高大，身着军绿上衣，面有一疤，位于嘴边右侧，深且长也。【实写。德老师心直口快，人善良。其为晨曦忘年之交，所助多矣。后遭不幸而逝。叹叹！丰中园。】斯时，其正于操场边拉单杠。年竹涵曰：“德老师！汝至新疆多年，新疆舞蹈可善乎？”德志坚且做且语曰：“大凡新疆之人，无人不善之。”杜贤慎笑曰：“汝舞之，吾等以观。”德志坚曰：“一无其乐，二无其氛，何舞之？”梁竹青曰：“跳数圈则可。”德志坚笑曰：“何也？耍猴乎？”梁竹青曰：“汝不舞，技不善也。”德志坚笑曰：“莫激将。吾不上尔当也。”彼时，李载重自旁走过，脸一扭，语曰：“已老胳膊老腿，有何观之？”少顷，德志坚拉毕单杠，笑而走近。其笑时，疤痕犹彰。吴骄伍谓德志坚曰：“汝何吝啬之甚？吾等不能领略一二乎？”德志坚笑曰：“尔等倘诚心以观，吾愿示之。”说罢，则展其摆头之姿。众望之，齐惊曰：“噫！酷似极矣。”

众师效之，无一人似。各摇头晃肩，甚为难看。众互睹之，又笑翻天也。彼又令德志坚复做之，德志坚又复示于众。众观犹奇，复做，仍不得法。众问其窍。德志坚曰：“冰冻三尺非一日之寒。台上一分钟，台下十年功。尔等以为技者易乎？”众问：“何以练之，要领何也？”德志坚曰：“尔观，动作何状？”众曰：“自觉头不长颈也。”德志坚笑曰：“有斯言则渐入行。此舞蹈之要，惟颈动，头平移，肩弗动也。”众再试，仍不能为。悉曰：“难死也！请问，有何窍乎？”德志坚将墙角法、举臂法授之。曰：“久练则成。不论何法，当记其要诀为是。”众人瞅墙角，无也。举臂以试，浑身动之。德志坚笑曰：“汝若霎时则善，技无其难，焉称艺术乎？”

梁竹青试罢，谓曰：“难为死人也，众莫学哉！吾等非此料，莫自不量力，东施效颦，奇丑无比也。”众笑之。少时，梁竹青谓德志坚曰：“下午，汝则备好，吾等至汝号下棋也。今日，非将汝杀败不可！”【原文为“非将汝杀死不可”。作者念德志坚后遇不幸，亡于汽车轮下，死于非命，不忍用“死”字，故改“败”字。作者菩萨心肠也。德志坚乃晨曦忘年好友，后惊闻其讯，不甚伤悲。惟叹好人何命不长欤？咒天不公也。丰中园。】德志坚笑曰：“尔等尚不服气乎？彼若能赢我，除非吾瞌睡哉！”【德老师常言此语也。】梁竹青曰：“吾等已想好对付之策。”德志坚笑曰：“尔等有何招亦不灵也。”【是此语。】

众人正说笑之时，门房丁老汉将早操钟声敲响。少时，各班整队自南门而入。彼时，李载重跑至操场中央，吹口哨，指挥全校队伍跑起步来。诸师随队而跑。跑步中，钟钱蟠又与晨曦聊之，晨曦言今有新填词儿一首。钟钱蟠欲赏之，晨曦诺。

早操散后，晨曦自抽屉内找出日记本，将新词抄录一纸，折叠罢，装入中山装【史也。】上衣兜内。上午上课，忙而未顾。下午，道遇钟钱蟠，同至其号，掏新词以示。钟钱蟠忙接过以览，乃《江城子双调·祭张露萍先烈》一词。【彼年，孰记先烈乎？叹叹！】词曰：

妖魔长夜凋碧萝。恶漩急，逝烟波。芙蓉娇面，理鬓闯狼窝。镣铐铁窗花零落，酥臂月，血染镯。

香魂犹伴寂山河。梦春歌，荡秋荷。布衣忙命，文士换白鹅。旧语故音谁记取，深庭院，雨滂沱。

观罢，两人语热。

因所谈投机，一晃，时间大过。钟钱蟠曰：“此乃‘酒逢知己千杯少’也。”晨曦曰：“当谓‘话遇知音万语浓’耳。”钟钱蟠惊曰：“妙对！妙对也！”正说间，门忽陡开。权盛纳入，身后随一女生及家长。权盛纳曰：“外地转入一生，进汝班也。”钟钱蟠诧曰：“当下已至高二，尚转学乎？”【彼时高中二年制也。】权盛纳曰：“其父母职四川，今父母调回，其子就近安排也。”【记史。】钟钱蟠诺。晨曦见有事，辞出。彼方经外间会议室，则见石彪身着大红背心，手掂蓝球，从对面套间走出。两人相语。石彪笑曰：“打蓝球，出身汗去！昨日，打败者尚不服气，今又嚷着欲再会之。吾将其再教训一番，看其服气乎？”语毕，又曰：“潘老师，玩乎？吾等同往之。”晨曦曰：“吾打蓝球，技不善耳。”石彪曰：“玩也，有何善不善乎？孰善之？多打几回则熟也。”晨曦笑曰：“汝等水平相当，对击之，痛快也。”石彪再无说甚，拍蓝球而去。

晨曦走出会议室大门，往前一瞅，遥见月亮门外，有女生将身一闪，复返回，扭头以探。晨曦望去，杨雨莲也，忙将其呼之一声。杨雨莲见师在此，飞奔而至，两胸忽闪，上下颤颠。晨曦笑曰：“何跑速哉?”杨雨莲笑曰：“方才，吾等至师号，不见师，则问岳老师，彼亦不知师之去处。吾等出号稍候，仍不见师归，后则走矣。不谓师在此也。”雨莲兴奋，话似崩豆而出。晨曦见其喜状，问曰：“何事?”杨雨莲将嘴一抿，两眼乜斜，摇头晃脑曰：“师何明知故问哉?”晨曦笑曰：“小说改毕乎?”雨莲笑曰：“然。遵师之训，将《山朵儿》又修改一遍，呈师再阅也。”晨曦见其两手空空，问曰：“文稿何在?”雨莲曰：“置教室哉！吾立取之。”说罢，笑奔而去。【青春少女，自是不同。作者笔下，青春气息甚浓。】

晨曦返回西院，方入西月亮门，遥见女生多人已拥号前，正玩笑打闹。彼乃徐秋蓉、贺艳梅、姜婉萍、林淑琼、朱雅琴、叶淑君、刘秀珍诸生。人群中，姜婉萍一眼看见晨曦，乃呼曰：“潘老师来耶!”倏地，众女生停止打闹。晨曦至，两厢呼应。众女生随师入号。

是时，岳思遥正在号内批改学生作业，见晨曦归，又见众女生涌入，笑曰：“汝队伍阵势强大，吾速腾地耳。”晨曦忙曰：“岳老师，请坐毋动。吾于此处则可。”岳思遥曰：“如此爱学之生来矣，吾亦该出外活动身体欤!”说罢立起，将桌面稍做收拾，又与众女生笑说数语，则去矣。晨曦与诸女生观画而语。少时，杨雨莲、史红香入。【一丝不乱。】晨曦放下所看之画，谓曰：“今日，吾先观杨雨莲所写小说，有关绘画之事，以后细讲。”众女生不论晨曦语何，亦不论教文学教绘画，皆嘻嘻哈哈，一窝蜂拥之。正是：

> 一居陋室，暗藏春俏；两张简桌，明纳朝晖。姑娘窈窕身盈翩翩，小伙体朗发短奕奕。你笑我嘻，杏花带雨说温语；前拥后推，青娥含颦贴柔躯。不信宿命，热情腾腾烈焰火高；惟听仙音，酥胸荡荡惊涛浪急。半池菡萏映天红，一架荼蘼蕴夏盛。

晨曦阅过杨雨莲再改小说，甚为满意，又赞数语。

后，晨曦自备课桌上所摞之书中抽出杂志一本，递于雨莲，曰："此乃《翰林》文学杂志，国内影响力甚大。汝将此稿可投是处。"雨莲接过新杂志，粗翻之，谓曰："吾之小说，敢投斯处乎？"红香触臂曰："何又说此言？不投，焉知其果乎？师早有言，何又忘之？况师指教，又精改数番，何不敢投哉？"雨莲曰："前些日，师尚言投省内刊物，今又令投全国文学大刊，此乃又进一步也。"晨曦曰："莫迷信，莫胆怯。勇敢投稿，充满信心，以盼佳音！"语罢，雨莲心生甜蜜，喜曰："唯唯！"遂手持杂志，曰："潘老师，吾将此书拿去以观，可乎？"晨曦曰："有何不可欤？文学欲进步则需多读多看，以开眼界，以学其长，以补其短，丰厚自己。盼尔早日成功也！"语毕，雨莲犹为兴奋，红光扑面。随后谢过师恩，高举文稿与杂志，与史红香挤出人堆，扯臂奔之。红香语曰："稍慢！切莫忘之，小心再撞校长欤！"【照前。】雨莲曰："焉能如是巧乎？"语罢，两女生蹦跳而出。

两人紧跑一阵，随后慢下步来。红香曰："闻潘老师之语，吾看汝小说能发表也。汝速将稿子誊清，投之。"雨莲曰："汝有此觉乎？"红香曰："非但有此觉，犹觉定能成之。吾观，汝之出名，则不远矣。"雨莲曰："写小说一篇，焉能若是？"红香曰："汝不信乎？届时，汝大名远播，吾校师生悉刮目相看也。"雨莲曰："若此惊人乎？"红香曰："汝静候佳音哉！"二人正说间，唐景明忽从对面急步走来，见雨莲、红香二人出西月亮门，曰："潘老师在号乎？"红香曰："诺！惟号内人多，稍后再往，佳之。"唐景明曰："吾需即往之。"语讫，闪身而过。

正斯时，唐景明忽见杨雨莲手执一本杂志甚新，忙扭头驻足，问曰："何杂志？能观乎？"杨雨莲曰："《翰林》文学期刊，又非美术杂志。非汝所喜也。"唐景明曰："孰言吾不喜文学乎？"杨雨莲曰："吾尚未观，且将用之。"唐景明闻言，稍有迟疑。红香快语曰："咄！焉有男女同学借书之理？"【彼时，男女同学仍不敢交往也。封建也。】一语未已，唐景明脸上火烧，忙吱唔而去。红香望其背影，曰："不谓脸皮尚如此薄哉！"雨莲曰："汝言甚毒也。"红香曰："本乃此理。男女同学若互借书以观，家人得知，不骂死乎？【必知男女借书之喻。】其必曰：'令尔至校学习，焉能谈恋爱乎？'母若知，定持帚把击之；

父若知，必脱布鞋打之。”【雨莲、红香，形影不离。鲜活焉。】两女生相视而笑，戳打而去。有诗为证：

沉鱼落雁才华溢，玉米穗缨七彩漪。
乡路花衣风拂女，薄衫轻罗眼迷离。

正闹间，忽闻红香“啊”叫一声。欲知端的，且阅下篇经传。

史公曰：“晨曦教书南泉中学，遇诸多师生，才华横溢，熠熠生辉。校内，素谈学问，学习氛围浓厚，且甚为热闹。晨曦教书于此，乐在其中，匆匆数年矣。后，老来思往，颇回味无穷，试与其再语也。”

二十四经

杨树下，杨雨莲肩落毛毛虫，一阵惊闹。

叶淑君，兜藏小物，酥手呈师。

晨曦喜甚。

叶淑君为师削铅笔，笔屑若飞，刀片甚佳。晨曦试之，果不凡，去多日苦恼，感激淑君不已。

人体写生课，少女模特儿，形色绝佳，年十三四，首课甚羞，罩布难去。

美军入侵格林纳达。贾甜芳言，帝国主义存在，战争不可避免。

世界从此和平，再无战争。痴人说梦。

杜贤慎言，昔教书桑林之远，盖房之因。

晨曦忽明其道。

二十四传

层层叠小兜藏心物　片片飞陋室莹雪肤

诗曰：

风熏火炙云烟事，紫陌逶迤杨柳丝。
金碧推闪蹚瑶草，浮华抛尽到泮池。
执鞭粉雪春秋写，讲堂青天宇宙驰。
玉女贤淑温冬暖，一扫空寂旷花枝。

话说雨莲、红香二人正说热闹，红香猛“啊”一声，速谓雨莲曰：“莫动！”雨莲倏惊，问曰：“何也？”红香曰：“快！将书递我！”雨莲不知何故，又问：“何哉？”红香不言，将书接过，眼望雨莲肩头，举书猛扑。口呼：“毛毛虫！”雨莲乍听，倏地浑身惊颤，汗毛直竖，“哇”声尖叫，疾奔远矣。

少驻，俯身弯腰，抚胸喘气，遥谓红香曰：“毛毛虫何在？”红香曰：“诺！斯也。前来观之。”雨莲复返，觅曰：“何处哉？唬死我也。何不先语之？”红香指地，曰：“嗟！尔观，毛毛虫何其大哉！如此之长，爬尔肩头，吾若言之，且不将尔唬死乎？吾将其猛扑于地，其险除耳。”雨莲再望，见其通身鲜绿，红头，多腿，且正蠕动。雨莲忙后退之，颤曰：“此虫何来？缘何爬我肩头乎？”红香上望，曰：“抑树上落之。”雨莲仰头，只见树叶浓密，迎风摇摆。少忖，始信。彼时众女经过，望之急躲。【有此生活，方言生动。】

话休绕舌。且说唐景明入晨曦号，但见众女生早将师围之严实，不睹其影，遂立其后，闻师言新鲜话题。【常有此事。】彼时，叶淑君自人群中挤至晨曦身边，自上衣小兜内掏出小物两枚，递于晨曦。晨曦接之，见其彩纸包装，方方正正，上绘紫色图案，简约大方，崭新无染，上印“单面刀片”四字。晨曦见名生疏，颇为好奇。眼望淑君，淑君笑对。彼时，淑君身着浅色花衣，虽稍陈旧，然平整洁净。【彼时，淑君穿衣，颇为朴素。彼为女孩，难得矣。然晨曦不知其中深层根由。若早知，也许后事不同也。】晨曦格外喜之。【晨曦一生爱朴素美也。】斯时，彼见淑君送来小物，知其用心，心潮暗动，乃执手中，上下翻看，内心喜不自胜。稍时，晨曦启外纸包装，见内又有油纸包裹，再启，方见刀片。霎见银光锃亮。晨曦乍见，喜曰：“于！此谓单面刀片乎？旧时早睹，惟不知其名也。昔，知此刀片甚佳，极为锋利。欲购无售。唯见他用绝佳，不知何鬻。觅遍诸店，终不见之。”叶淑君曰：“此刀片，工厂多矣，然商店无售。吾带两枚，赠师也。”晨曦欣受。将刀片执手，反复端详，极爱之。【喜物也，喜人也。】又谓曰：“此刀片，精致之极。尚用油纸包裹，颇正规也。”叶淑君曰：“此油乃黄油。以油裹之，刀片不生锈也。”【三十余年前之事，历历记清。烟尘将封，文使其彰。辈辈人若是过，皆出哭声。叹叹。癸巳夏日，丰中园。】

晨曦望之，不胜感激。叶淑君见师颇喜，亦身上暖流滚过，阵阵蜜意涌之，心甚慰也。其眼望晨曦，笑曰：“潘老师，吾为师试之。”晨曦诺，将铅笔与之。淑君执笔而削。霎时，玉腕莹莹，笔屑若飞。正是：

> 纤手白酥莹，细腻滋润；娥眉玉素净，俏丽俊秀。娇躯盈盈立郎侧，莺语绵绵听君旁。托小物层层纸裹双文具，寓大意叠叠情寄一片心。少年纯真，春天叶嫩。

晨曦两眼端望，心生绵绵情意。

此情此景，两下心内融融。晨曦抬头，细以观之，从无今日意浓。斯时，只见淑君面白肤嫩，模样俊秀，性自温婉，身自丰盈。彼立于斯，则似天宫玉女，十足美人。晨曦痴目视之，心畅神舒。叶淑君将笔削罢，晨曦曰：“吾亦试之。”方试，觉其甚为锋利，果不凡也。赞曰：“绝佳之！”又曰：“商店所售铅笔刀，价钱一毛，钱虽不多，然颇难用，将铅笔削之不下，甚为毛糙，众皆曰木头刀也。然此刀片削之，笔屑若飞，笔头光滑，极善极美也！”【一段削铅笔之文，作者记之颇细。一乃重在记情，二为记史。小说者，感人之处，皆在细节也。细节乃灵魂所在，亦乃情之所依。无细节，无小说也，亦不能成书也。雅艳斋。】彼时，叶淑君将衣袖上拉，露出半截玉臂。晨曦双目触之，心头颤动。少时，叶淑君手拾铅笔屑，一一入掌心。晨曦望其白嫩之手，手背肉坑，微微凹之，遂又心波荡漾，热血奔涌。叶淑君之身甚近晨曦，已知师心，心头欢喜，饱溢满足之色。彼时，两下心头融动。因身甚近，【彼时，身体不会相挨也。此乃正常交往之底线，若男女身体相碰相触，彼时，若不以成婚为目的，则为流氓也。今之人，也许笑之。彼时，正常之人则如是也。晨曦为师，此理甚明。彼时女学生，亦深谙此理。能距之甚近，则为亲密者也，已甚喜之。若挨之，则为愿将身体付之也。后有写，不同耳。此阶段性亦分明之。各遵守不乱也。作者写书，甚谨之。雅艳斋。】叶淑君呼吸之声，晨曦悉闻。其不时眼瞅淑君，双目望痴。淑君亦不时回眸望之，莞尔一笑，脸儿甚甜，容儿甚美。彼时天热，衣衫轻薄，淑君少女胸儿自在晨曦面前，微微颤晃，彼少睹，已呆意生也。【又是一幅画也。】

彼时，两者惟有盈拳之距。淑君其神、其态、其身，晨曦皆感知颇细，惟愿斯时之景长驻。两下凝望，心头欢畅。晨曦心动不已，暗曰："淑君甚佳，千载难逢之。"淑君亦心下怦怦，暗曰："潘老师，汝应知我心也。吾见汝后，心下甚喜，故爱与师语之。师爱画，吾亦爱画。吾心爱师甚焉。每至师号，吾则觉幸福无比也。"两人彼此感应，心下互通。有诗为证：

初次相逢素衣朴，意态淑真云眉舒。
静乃处子浓为情，秀目冉冉似涛书。
地处乡野校居村，娇身不同田俗姑。
柔语诚言天仙音，千里麦粟心不孤。
两枚小物献君前，一片真意风雪图。
当年融融小轩窗，聚头摩肩莹玉肤。
朝看青山夕烟岚，杨柳飞絮飘五湖。

随后，晨曦解疑释惑于诸生。许时，问疑者、相伴者方笑闹而去。彼时，唐景明始语其疑，晨曦为其解过，又语一阵，走之。

且说斯后，叶淑君常至晨曦号，其常独往。此乃工厂女子与农村女子之不同处。一日，淑君立于晨曦窗下，踌躇不定，徘徊不前。晨曦出而遇之，谓曰："何立于斯?"彼未回话。晨曦又曰："走，至吾号欤!"叶淑君甜甜一笑，仍无一语，身亦未动。晨曦不解其意，见若是，只好作罢。晨曦自谓曰："吾往德老师号也。"叶淑君颔首而笑。晨曦走出月亮门，拐弯之时回头望之，见淑君仍立原地，朝其一笑，晨曦纳罕不止。【此疑，数十年未解。作者写此时，仍不知何如是哉？若书付梓印行之后，淑君见之，方得其解。】

彼时，其走道中，心下不时琢磨："叶淑君者，甚佳女生也。长相甚美，且绘画天分犹高。若能善培，定成大材。诚然，吾心喜其甚也。惟其读初三，年仅十五六，龄尚小，且为学生，若与其恋之，恐有非议。待其稍大，或上高中，方可想之。如今，惟能目视。再说，彼为生，吾为师，两厢有距，俗世之论亦不利。若恋之，必引轩然大波。至时，能否在此生存，亦不为多虑也。当下之人，语斯事，孰言情乎？若生事，必斥师之不德也。吁！生斯世，不能尽心也。"再思之，见淑君之美，又觉心有不甘。正当其徘徊难解之际，杨风岗之事忽袭心头，思前想后，颇不是滋味。【杨风岗之事，乃师之镜鉴，缠人也。书前所示，映照之后。处处萦带也。】

彼时，晨曦忽忆起杨风岗卷宗内女生证词。其中，所写男女身体之语甚为粗鄙，用词极为丑陋。观此语，觉人身躯亦丑之。暗曰："人体为罪乎？人体为丑乎？然西方者不若是观。青春之躯，美之美也，且将其彰显于世。古希腊之罗马，多将男女裸体雕塑矗立街头，置于广场或大厅之中。美甚。何丑之有？曩者，吾学绘画，上裸体模特儿课，亦诚自然也。"语此，则思昔日之事。暗曰："彼时，初上裸体模特儿课，学生不能适之，少女裸体模特儿犹不能适之。其模特儿乃城外农家少女，年约十三四，比淑君犹小。彼时，其甚为害羞。课前，衣虽尽脱，身披蓝色罩布，事先坐于模特儿台上，上课之时，师生方入。然当所陪女生揭罩布时颇费难矣。尽管少女模特儿背对师生，晨曦女同学在其耳旁不断语之，仍半日无果。言之良久，方将罩布勉强除去。彼时，女同学令少女模特儿将身姿稍侧，以成绘画之姿，然少女弗动。师生见状，亦不强其所难，则绘其背。彼少女形体绝佳，肤色嫩而白皙，臀部皮肤白里透红。晨曦初见少女真实裸体，惊艳无比，心内赞赏不已，慨叹造物主诚神奇伟大。众生方绘之时，课堂上忽有一男生，不满足画少女模特儿之后背，竟提画夹，转其翼侧。众生心头皆骂彼生不已，言其对女孩何逼急哉？是课之后，斯少女再未至也。然校内有兄妹二人者，远方人，以裸体模特儿为职，所职久之，已为常事。师生对其皆格外敬重，平等以待，互话共语。人体，众同也，彼能摒弃封建旧观念，坦然裸身置堂，以资美术教学，此之隆举何不受人敬重乎？绘事，所注者绘律也。课堂气氛庄重神圣。学生笔下，惟形体、结构、块面、色彩、虚实、空间诸等，置身其中，崇高生焉。目正思正，淫邪之意丝毫不入也。”【忽插是段，不为闲文。吾亦不多置评。】晨曦且走且思，忽笑曰：“所思何也？何思乱也？”

晨曦走出学校大门，穿过马路，径往校外旧院走去。其方入西院豁口，陡闻德志坚号内疾传噼啪之声、呐喊之音。再近之，声宏语阔，唯闻“吃炮”“打马”“滚卒”！【未入其室，先闻其声。】彼时，德志坚号门扉半掩。晨曦近前，呼而入之。但见数人围坐床上，拥作一团，皆低头、伸臂、狂呼。晨曦入门，诸不及顾。德志坚端坐迎面，余为梁竹青、劳雄固、车和友、樊康世诸位。德志坚见晨曦至，忙谓诸位曰：“来人矣。棋，吾不能下也。汝等下之。”众不允。德志坚曰：“无论如何，尔等亦下不赢也！”语罢，伸腿下床。梁竹青、劳雄固、车和友、樊康世诸等正下兴头，安能令其走之，忙伸手拽住，呼曰：“噫！莫走！今非将汝杀败【原文乃“杀死”。】不可！汝不能走耶！”德志坚大笑曰：“今已来人，吾尚不得脱乎？”众仍不依。德志坚笑谓晨曦曰：“此乃一伙懒皮也！”晨曦见状，笑曰：“德老师，汝将棋下之。吾无事，惟来转悠哉。”德志坚无奈曰：“潘老师，请椅上稍坐！此等无赖，在此胡搅蛮缠，棋下不过人，尚不放人走也。”且说且笑。

梁竹青、劳雄固、车和友、樊康世曰：“汝走，下棋有何乐趣耶？”德志坚笑曰：“汝等皆为无懒。此时偷我一炮，彼时偷我一车。此棋何下？”梁竹青、劳雄固、车和友、樊康世曰：“惟此，方显汝水平高哉！”德志坚笑曰：“吾已让尔一子，尚嫌不足乎？”劳雄固曰：“多让数子不愈佳乎？”德志坚迭笑曰：“赖皮也！赖皮也！”梁竹青、车和友、樊康世曰：“此盘，吾等再不能乱偷棋子，当以规矩下之。”德志坚笑曰：“下不赢则胡搅，何盘守规矩哉？”语毕，车和友一把推倒劳雄固，曰：“尔棋甚臭！汝言能赢，何又败哉？尔不行，起身让位！吾下之！吾则不信，将德老师杀不败【原为“死”

字。】耶！”德志坚笑曰：“汝再换人亦枉然也。”车和友谓梁竹青、劳雄固、樊康世曰：“汝等惟说，莫动手乱抓棋子。若是，听谁乎？”德志坚笑曰：“汝等议好，莫等下棋时再要无赖也。”车和友曰：“此盘不赖！”德志坚笑曰：“善！让汝何子？”车和友曰：“一子不让！让子，即便不下，亦乃负也！”梁竹青、劳雄固、樊康世曰：“若棋再下不赢，将德老师老将拿去，不则成乎？”德志坚笑曰：“嘻！尔等胡搅蛮缠若是，此为，令潘老师观之。吾言尔等皆为赖皮，是也乎？”【好热闹之文。】【彼时之景若是，景写活也。】

晨曦看诸等正玩热闹，又无心听其打嘴官司，则闲看四壁，只见满墙皆地理挂图，花花绿绿，好看煞也。屋内，备课桌置窗前，桌上堆放教科书、备课本、红蓝墨水瓶、粉笔盒及数摞学生作业本诸等。迎门口倚西墙砌一火台。【于此，后有故事也。】晨曦四下稍观，见彼等下棋正酣，知少时不能驻之，则与德志坚言之数语，告辞而去。

晨曦走出德志坚号门，猛一扭头，见隔壁师号之门敞开，李载重正招呼学生取蓝球、铅球于此。晨曦知其又欲忙矣。李载重曰：“体育组学生，训练热情甚高，天天自由活动时皆训练之。”双方言过数语，晨曦告辞，乃走往小院南端之两排平房，走至近排平房东头，方拐弯，则见房首之门敞开，望之，女老师贾甜芳在内也。彼见晨曦至，急迎出，正手拿香菜择之。其住三小间，夫与子皆吃住于内。其夫见晨曦至，亦忙搭话。晨曦与贾甜芳于门口小谈。斯年，贾甜芳三十余岁，教政治课。两下稍语之后，话题则转言时下美国军队入侵格林纳达之事。贾甜芳曰：“以实践看，帝国主义本性并未改变。当下，美军又入侵格林纳达。马克思列宁主义真理并未过时。只要帝国主义存在，战争就不可避免。今观，此话仍不谬也。”晨曦曰：“汝不愧为政治老师，此理甚明。”贾甜芳曰：“曩日，吾年年为学生授此课，宁能忘乎？”【记史。】

言过一阵，晨曦为不打扰贾甜芳做饭，与之告辞，继往南排平房走去。贾甜芳曰：“潘老师，有空常来耶！”晨曦诺。有诗为证：

> 男着蓝装女衣灰，路土墙泥茅草垂。
> 尔来我往走不断，笑声穿房打天雷。

晨曦往平房之西走去。心下思曰：“贾老师待人真诚。其家人众，又教书，又顾一大家人生活，甚不易也。”正思时，忽见此排平房西侧，有空屋数间，窗户无纸，门且敞开。晨曦先自窗口瞅之，见内有火台，尚完好无损。细辨，原来此为旧时教室，间口甚小，已弃多年不用。【伏其后事。】

看毕，晨曦走向南排平房。当其拐过房角，则见房头首门惟悬布帘，不知是否杜贤慎号，乃呼，人应于内，果也。顷间，杜贤慎忙褰帘而出，迎之。晨曦入，见其号有两小间，空间稍大。两人坐床沿聊之。杜贤慎曰：“汝弟晨明文学天赋甚高，诸多文章诗词皆背滚瓜烂熟。其对小说犹为喜爱。其看书，过目不忘也。”晨曦曰：“多谢师君栽培之。”杜贤慎曰：“汝弟颇有文学才华，未来，定成大器也。吾闻同学言，文学历史之题，彼常谈论，且颇有见地。”【言晨明之才，反衬晨明后之殇也。此事不敢忆也。痛哉！】晨曦曰：“彼于汝班，当严教方是。”杜贤慎曰：“其诚为难得之材，吾喜甚焉。”

少时，话题扯远。晨曦问曰：“汝来南泉中学前，教书何处欤？”杜贤慎曰：“尧都也。”【故乡地名。】又曰：“曩昔吾教书之地尚多，尝教书大河山，前后达数年矣。”晨曦奇曰：“噫！大河山比桑林犹远，汝亦至乎？”杜贤慎曰：“彼地茂林甚广，且多为原始森林也。”晨曦曰：“彼乃甚远之地，汝何至哉？”杜贤慎曰：“两腿走之。”晨曦惊曰：“曩日，吾工作于县教育局时，乘汽车至桑林，犹觉甚远，况步行乎？”杜贤慎曰：“吾抄小道而行，稍近之。”晨曦曰：“需走多长时哉？”杜贤慎曰：“整一日也。天不明则走，日落而至。”【类杨风岗也。】晨曦叹甚不易。杜贤慎曰：“唯教书斯地，当有佳处也。”晨曦诧曰：“何佳之？”杜贤慎曰：“吾至大河山，乃渴求之果。”晨曦犹为不解。杜贤慎曰：“彼地皆林，广有木材，价甚廉。吾教书于斯，前后数年，则备齐建房木材也。后，汽车载归，房立矣。”【此话，对晨曦影响甚大。知农家之事，需早绸缪。农家结婚盖房，心头压力极大。若男孩皆多，此压犹甚。晨曦亦为此早作打算，后见影也。丰中园。】晨曦闻之，佩服不止，谓曰：“噫！汝预早也。”杜贤慎曰：“为人父母者，则需早预。为儿盖房娶妻，犹早谋。否则，儿大无房，奈何？至时，做父母者不能交手也。”【彼时，农家大人多如是语。】晨曦闻之，忽觉别有洞天，深受启发，连夸杜贤慎不迭。杜贤慎曰：“此乃逼上梁山，无法之法也。”二人笑之。

晨曦问曰：“至东山工作之人，皆若是乎？”杜贤慎曰：“亦不尽然。东山之大，亦非皆有木材，惟大河山有之。缘斯地甚远，人难至耳。而他处，木多稀疏，少有也。”晨曦曰：“吾闻君语，明也。曩昔吾尝至东山之地，见山多秃也。”杜贤慎曰：“往日，狄忠尔尝教书东山，无获其木，白待也。”晨曦问：“彼尝教书东山乎?”杜贤慎曰：“然。彼比我所待之时犹长也。”晨曦曰：“其教书于东山何地?”杜贤慎曰：“黑虎寨。”一语未了，晨曦浑身大颤，惊曰：“黑虎寨?”杜贤慎见晨曦异状，问：“何也?”晨曦忙摇头笑曰：“吾想起一事，唯不知其知杨风岗乎?”杜贤慎曰：“杨风岗者何人?”晨曦又忙笑，曰：“昔之师也。”杜贤慎曰：“不识也。彼亦教书黑虎寨乎?”正说间，忽闻门外脚步声响，帘起，杜贤慎之女教室归也。晨曦忙起身，曰：“话之，时速矣。盖吾弟亦归。走哉!”乃辞。杜贤慎送出门外。

晨曦返号，心思杜贤慎所提黑虎寨之事，心跳甚急。自语曰：“今方知，狄忠尔尝教书黑虎寨，想必知其杨风岗事。曩昔狄忠尔之名，吾似有闻，然记之模糊，抑或此非彼乎?”倏地，晨曦心头又翻江倒海也。正是：

黑虎寨名久不提，提起犹似昨过溪。
溪喧叶荡飘摇去，群壑连绵人语稀。

欲知后事如何，且阅下篇经传。

史公曰：“南泉中学之事，所记鲜活，观如昨日耳。后，其生与师，晨曦甚为怀念。若今，三十年已过，书中之人逝者多矣。然尚存之人，苍桑写面，亦非昨耳。叶淑君送晨曦小物之事，乃青春故往，晨曦终难忘怀，久铭于心，记之恒永。”

二十五经

晚自习，狄忠尔号，牖窗大敞，户开半隙。

女生问疑。

晨曦入。

狄忠尔陡闻黑虎寨事，恍如隔世，忆昔日山林风月。

话正浓，顽师吴骄伍高声踏入，戏说歪理。狄忠尔曰，再解放思想，亦不能胡为。

又师者数，破门踏入，笑闹一阵。

晨曦返号卧炕，梦回鹊山，睹田野劳作之女，两下思融。

狂飙骤起。

女拽晨曦布衣，同飞九天。

二十五传

稀客来女生笑语别　幽梦入翠袖狂飙飞

诗曰：

娇颜羞面溢春风，莺语燕歌画堂明。
丽影婷婷绕房渺，温情脉脉随廊丰。
推门犹见晶莹雪，阖户可闻玲珑声。
水月镜花零泪照，柳浓荷盛看绣屏。

话说晨曦至南泉中学，随时日增长，渐与众师日益熟稔，课间或闲暇之时常彼此走动。且说斯日，晨曦自校外旧院返号，晨明果归，兄弟二人执碗筷径往食堂而去。晚饭后，晨曦思杜贤慎所言狄忠尔事，萦绕不去。岳思遥归，晨曦问曰："东山之中，有名黑虎寨者，君尝往乎？"岳思遥曰："未也。东山所至者，老教师多，然吾未至也。吾惟闻其名，未往之。"

晨曦将杜贤慎所言之事语过。谓曰："曩日，君识狄忠尔乎？"岳思遥曰："不识也。"晨曦曰："吾知黑虎寨昔有师待过，不知其识乎？"岳思遥曰："吾至此，犹晚于君，君犹不知，吾何知乎？"聊过一阵，晨曦木然。其观书，不能注神，思想乱纷，心扰不定，莫能静处。于是合书起身，越门而出。

彼时，天已黑。晨曦径往狄忠尔号去也。彼至东排房前，遥见狄忠尔号窗扇敞开，灯大亮，户启半隙。隔窗而望，见有学生人头晃动。至号前，高声曰："狄老师！"号内狄忠尔听出其声，忙应曰："潘老师，快进哉！"说间，人已起身相迎。晨曦推门入，见有两女生手持作业本，并立备课桌前。【彼时，学校常景也。凡师者，有女生入，或窗开，或门开，皆如是也。有女生至男师号，多相伴而往。此习，以防不测，亦免闲话矣。故学校鲜有秽事生焉。癸巳夏，补记。丰中园。】狄忠尔忙将门口之椅扶正，招呼晨曦坐之。又谓两女生曰：“尔等暂去，将书上之题先做，课外之题，吾再寻时讲之。”两女生相视一笑，临走之际，偷眼瞥向晨曦，低首含笑而去。

两女生走后，晨曦谓曰：“吾至，打扰哉！”狄忠尔笑曰：“君至，喜之不及，何谓打扰。欢迎光临。学生做题，题多如海，焉能做尽乎？先令其做他题哉！”晨曦一笑。狄忠尔再招呼其坐。晨曦落座，客套一阵。随后，两人聊之。晨曦问曰：“曩日，君教学辗转多地，东山待多年，可知黑虎寨乎？”狄忠尔曰：“岂知之，吾于斯地教书长达数年矣。”【果也。】晨曦曰：“黑虎寨者，昔有虎乎？”【先外而内。】狄忠尔曰：“先日有之。乡人云，彼时万山之中，沟壑皆林，山有乔松，隰有游龙，榛林郁盛，葩华覆盖，常有虎豹猛兽出没其间。随人渐众，彼少而绝也。”晨曦曰：“豺狼虎豹吃人，凶极。然，人终将其灭也。古人有猎言：‘豺狼窜榛莽，麋鹿罹艰虞。’人主宰耳。”狄忠尔曰：“诺。吾至东山之时，尚有豹也。”【前后呼应。】晨曦曰：“大山之中，有诸利，可陶情怡性，舒身爽心，犹如世外仙境，可凭虚御风，乐无穷也。”狄忠尔曰：“山之地，景景殊异。与世隔绝，诚隐之妙。此胜，平川之地莫能比之。”晨曦笑曰：“昔赤松子、王子乔，仙隐深山。隐者，天然自在，无拘无束，朝看红日，夕览明月，何其畅哉！后人效之，若不为松乔，即须作皋夔，又仙境出耳。”【谈之远矣。】

二人畅谈。少时，晨曦问：“君教书黑虎寨，可识杨风岗乎？”一语未了，狄忠尔心头暗惊，语曰：“君识之乎？”晨曦曰：“不识也，惟闻也。”狄忠尔曰：“君自县局来，所知事众。此乃多年前之事也。然无人说起，久不忆耳。今，君又提起。思之，恍如隔世耳。”又疑曰：“君问彼事乎？”晨曦一笑，曰：“曩日，吾惟耳闻，不辨就里。”狄忠尔曰：“杨风岗此人，教书犹善，惟有此瑕。斯事，知之，惟久前之事矣。彼时，虽为小学，然生之龄大者已届婚龄耳。”【前隐此现，终露耳。观书需细，著者隐多藏深。弗细，不得其钥耳。此乃深山藏古寺之法。雅艳斋。】晨曦倾听。

狄忠尔曰：“昔者，人多步行。东山路远，回家一趟甚为不易。彼处大山之中，四围苍野莽岭，沟壑纵横，人烟稀少，故有山高皇帝远之称。然人长年置此，倘志不坚，极易出事。杨风岗生活作风之事，彼时闻之，然后之下山如何？人各两地，再不知耳。”晨曦曰：“别后，君尝见彼乎？”狄忠尔曰：“吾下山后，偶见之。然今多年未见矣。”言讫，诘曰：“君知其况乎？”晨曦曰：“惟知其所在学校，而未曾谋面，不识也。”狄忠尔曰：“吾思，当下彼不再年轻，外加环境亦变，盖有所转也。惟人有污点，其黑则难抹去。后，国家甚严此事，遂所滋事者少也。【彼时，视生活作风为头等大事，孰有此污者，多身败名裂。吾睹斯事非一二也。国之严打，绝不姑息，以保妇幼不受侵害。此乃三十年前之事矣。癸巳夏，丰中园。】不过，仍有偶出者。前些日，县城某学校有师与女生发生性关系，被捕之。”晨曦曰：“彼女生怀孕，家长察之，师被告发，逮也。近日，已判刑矣。”狄忠尔曰：“此乃闹出事者也。”晨曦曰：“彼师，吾早年则识也。其素喜咋咋唬唬，高窟窿狂嗓子。甚早，则闻有此苗头也。彼时，尝闻众师聚议，言其时常打妻，说有一日，两人正吃饭，一语不快，碗撇其妇，妇断肋骨数根。事出，尚不以为然，语曰：‘一碗撇之，肋何断乎？’”

狄忠尔曰：“噫！彼愚甚焉。人肋，极脆弱之处，宁承碗撇之力乎？闻此，则知此人差大矣。”晨曦曰：“万物皆有所系，若变，自有其源也。”狄忠尔曰：“心者，行之先导也。有何心则有何行。心若坏，做坏事乃迟早事也。吾等为师，首律，乃生活作风务须过关。【紧要。此书善书也。】否则，贻害大矣。倘师为流氓，后果不堪设想耳。”【照女生入师号，师开窗启户之为。书写甚细。】

正话间，忽闻门外有人高呼：“何语哉？”一语未讫，一人破门而入，吴骄伍也。其大笑曰：“何‘流氓’哉？吾已听之！”狄忠尔笑迎，赐坐。吴骄伍快语曰：“不坐，立则可也！”【是此脾性。】狄忠尔将方才之语语之。吴骄伍高声曰：“汝等所见陋也。此已何时代欤，汝思何旧哉？【惊语，亦彼时新语。】此事，有何怪哉？师者与生者、医者与患者、捕者与囚者，等等诸类，此事所滋者常也，何大惊小怪乎？”【昔日，彼确如是语。今闻，又见其人也。】一语未已，晨曦、狄忠尔大惊，皆曰：“尔何出此语？”吴骄伍曰：“汝言，吾语是乎？”二人曰：“非也！歪理也！”吴骄伍曰：“歪理亦为理也。”又曰：“今者改革开放，汝须紧随时代，解放思想耳。”狄忠尔笑曰：“再解放思想，亦不能胡为也。”

一阵乱语之后，晨曦笑谓吴骄伍曰：“往日，闻众人语尔之话，尝不信。惊闻其语，果奇才耳。”吴骄伍大笑一阵，乐足，始拉门而出。正开门之际，忽门扉被人骤然撞开。吴骄伍猝不及防，手指猛地被撞，哎哟一声，急握手指，连蹦带跳，疼痛难忍。门外之人踏门而入，高呼曰：“奇才者孰?”原来，所入者，乃紫造新、辛荼滋也。吴骄伍见之，高声曰：“原为尔等贼皮!几将吾手指撞断乎？汝烂干之人，急何？报丧乎？”又厉曰：“尔等之相，人不咋样，驴耳朵尚长哉!”紫造新、辛荼滋曰：“未将尔撞老乎？汝破锣嗓子如此高呼，且窗大开，孰不听之？惟恐翔山背后之人亦闻之也。汝之能耐，尚称‘人才’？吾看，‘熊才’亦不够格也!”烈火浇油，又是一阵热闹。有诗为证：

师者教书传新知，故史千年当昨字。
多少知识薪火传，皆是正统春秋诗。
日夜聒耳正襟范，孔丘夫子圣人言。
美貌如花娇艳滴，对生从不言女男。
教室不讲堂下论，饭厅也曾作勾栏。
粗俗不避先生身，一笑还原人始然。
师不论小皆可听，生不论大莫相闻。
嬉笑闹骂风情诵，方知大欲皆人伦。
劝君莫笑师道貌，道貌不惟师独标。
情淫云雨两难辨，风送杏红绿英桃。

笑语毕，人各散去。

晨曦返号，见岳思遥仍灯下批改学生作业。晨曦简言数语，则手执一书，歪倒炕上。斯时，彼虽两眼盯书，然心绪翻腾，不能平静。心下忖曰：“吾至南泉中学已有时焉。而吾睹校外，无遇可意之人，反观校内诸多女生，且貌美若花，才华横溢，不乏人耳。然师生之间，当有伦理阻隔。有思，亦乃非分之想。若此，长期以往，奈何?”思乱纷，心悲凉。少时，其又思吴骄伍之言，貌似有理，诚乃谬论。然众女生日日于前，亦水中月、镜中花，不能越雷池一步。为师者应知也。乃叹曰：“校者，师驻生流之地也。有女生佳者，或年稍幼，待长，又离校而去，再无缘也。此地，师生莫能相恋；若恋，定上下诛之，左右斥之。若事出，有善果者，从未闻也。”

又思曰：“初中，高中，乃学生过渡之地。思未成形，职未分明。若校内有风吹草动，家长亦紧盯不放。汝谓爱恋，彼谓流氓。风声四起，名誉扫地。或终身再难为师，亦未可知。”思此，自又忆起教工食堂之议。诸师言谈中学生恋爱之事，众说纷纭，惟一条，皆共识：纵情重一时，不能割舍，而终难成之。何也？缘毕业后，各奔东西，无缘相聚，情则消耳。有师曰：“莫言中学男女之恋不得其果，吾敢言百之二百不能成之！曩日所见，海誓山盟者有之，然毕业后，身隔两处，终个个吹灯，未见有一对成之也。”【当年，饭厅之中，是如此语。】思此，心下又忖曰：“惟学生之恋犹此，况师生乎？今之校园，学生恋爱，多侧目之。倘若师生再恋，何不炸锅乎？今，吾若将女生排外，又于何地寻其芳哉？”思此，一阵茫然。心下暗曰：“抑或所见之景终为水中月，镜中花，空以对，终虚化乎？”正是：

笑笑娉娉不能得，虚虚幻幻枉作思。

如此思之，不由苦情难抑，悲从中来。

晨曦将手中之书反扣脸面，不知不觉呼噜睡去。少时，忽见眼前顿明，光亮一片，如同白昼，煞是耀眼。其左右相顾，鹊山也。彼临西海之上，多桂树，多金、多玉，多喜鹊，有草，状如韭菜，长青花，食之不饥。鹊山上有自家地头，晨曦正拉粪于地，满载而奔。粪，乃自家猪圈出之。彼时，其母亦至地。恍惚间，晨曦见路边有数女纳地，看似本村某户，只见锨翻，不见土起，甚是纳罕。正斯时，见中有一女，年十七八岁，从未见之，甚觉诧异。再睹其样，辨其形，瞬间明矣，想乃为斯家新妇也。然此女之龄，与晨曦学校高中女生相仿，甚或略小。彼时，晨曦家地内干活人少，彼处却热闹非凡，反差极大。晨曦母面有赧颜，愧曰：“吾家晨曦，媒人数至，不应也。若今，地里之活无帮手耳。”彼地有女曰：“晨曦何愁哉？明日定娶嘉女也！”众女和之。惟斯女对此不明，其见如此俊男，竟独身一人，心甚纳罕。于是，两眼瞥至，满目生惑。不谓目光瞅时正与晨曦目光相对，彼忙低头慌乱避之。心惊之余，仍然不明，忖曰：“彼如此英俊，吾从未识也。惜吾已嫁人。然说媒之人，何不与我说眼前之人乎？其本一村，且居不远，宁不知乎？然令我嫁如此丑夫。噫！悔甚焉。”又思曰：“乡村之人，独言家境，少论貌之妍媸，语不缺胳膊不折腿则是也。焉知女心乎？貌者，首之大事也。家境陋而可荣，然貌丑，焉能复美乎？人自爱美，焉爱丑乎？惟世人惧贫之极，心态扭曲，犹有是观。吁！吾心中之泪，无声滴也。”彼女思此，长叹一声，又不住低眉偷觑，眸中饱含深情。思曰：“吾观之，吾与汝，彼此相配，天生一对。起初，吾何不知彼也？若知，定托媒人，或许成之。唯悔今日，吾命苦也。”晨曦观彼女，亦惊其美，颇觉动人。斯女性自温厚，身自质朴，心底极善。晨曦暗曰：“若此佳女，何与我无缘，而为彼妇乎？诚应古人语，好女难嫁好男，好男难娶好女哉？”

斯时，晨曦再望是女，见其且作且思，心情颇为沉重。是时，晨曦看彼户之地已开纳，己地尚正拉粪，已慢半拍，心下萧然。晨曦拉粪至地，高举车辕，等距而倒，母将粪以锨扬之。正斯时，忽见远处金山、玉山之间，有飓风旋转而至，其速甚疾，呼啸有声。过处，尘飞土扬，扑打脸面。霎时，飓风将人吞没，昏天黑地，呼呼作响，人眼不得睁也。母呼曰：“旋风起哉，鬼缠人也！”霎时，惟闻风声呼啸，对面不辨人影。正慌恐间，彼女忽至晨曦身边，拉起晨曦则走。晨曦欲言，女柔声曰：“莫语之！吾则快走，此乃绝佳之机。倘若风驻，不能走也！”

一语未了，二人早已腾空离地，乘风而起，飘荡九天。斯时，但见宇宙莽莽，混沌迷迷，风声呼啸，不辨东西。再看脚下，喜鹊成阵，群鸟翼托。晨曦谓曰：“汝乃何人？神仙乎？”女曰：“吾本天上仙女，下凡托生于此。今始见君，心已足矣。吾等上天哉！”晨曦曰：“今日遇汝，一见倾心，汝乃我心中之女也。不想，汝乃仙女乎？”女曰：“吾心亦然。未遇君前，心想，吾托生人间，何终不遇所期之男乎？不谓今则遇之，甚为庆幸。方才，吾闻姑嫂语，君家寒，母有病，父又不善理生计，不懂稼穑，致使家境久难改观也。【家之恙，于此一泄。】听罢，心生怜意。若君不嫌，吾愿随君而去。人佳，光景自会兴也。吾睹君，则觉君属我也，吾属君也。吾二人乃绝佳之偶也。”晨曦曰：“吾亦如是想之，何我心中之女不遇身边乎？”【心之病。】女曰：“今，吾来矣。”晨曦闻之，彼音甜美之极。霎时，两心紧系，两情相融，甜甜蜜蜜。倏地，两厢忘情，乃于云中相拥缠绵。晨曦吻女，女泪滚落。如此之蜜，永愿恒久。不谓两情正浓之际，忽闻“叭”响一声，怀中之女瞬间而逝，不见踪影，身旁顿时昏暗无光，浑濛幽暝。有诗为证：

婚姻人生两难说，心中人儿常差错。
见面纭纭西施容，不是心中那一个。
怦然心动刹那间，四目相觑心惊愕。
女悔昨日已嫁时，男恨今已娶妇阅。
人生伴侣十称心，人间难得在天阙。
天上得之隔昊空，嫦娥桂影捣药月。
月挂苍溟寂寥夜，仍将心事付烟阁。
天上人间两难似，两难不难心花波。
情投意合携手走，闹市华街美青娥。
羡煞众生足骋怀，两情意浓赛梅歌。
芙蓉娉婷梦绝色，筑屋黄金不为奢。
人生难得称心意，红颜佳偶畅山河。

正情急时，忽闻耳边有声曰：“嗟！潘老师，电灯泡摧耶！”晨曦惊闻其声，倏地坐起，原为南柯一梦。

其吃梦疙喳半日，方才回过神来，揉眼四望。谓岳思遥曰：“吾抽斗内尚备灯泡一盏，不过瓦数略小。”对曰：“有则幸矣。今夜凑和一时，明日可至后勤处领之。”晨曦下炕，摸向桌边。彼时，屋内陡黑，而屋外教室灯光反射于内，将屋外杨树枝叶，掠窗而入，悉投素壁。劲枝密叶，满映于墙，花花斑斑，摇摇荡荡。全无色彩，墨影晕张。晨曦慨曰：“好一幅水墨画图耶！”正是：

鸳鸯对对浴横塘，乳燕双双帘幕翔。
白月明明吟碧海，清风飒飒叩轩窗。

欲知后事如何，且阅下篇经传。

史公曰：“晨曦适南泉，正值青春，校内满目女生，佳丽多也。笑语盈盈，眼前而过，嫣红姹紫，日夜映照。其近可触，呼可前，惟师生之界大隔，终乃虚化空空。晨曦觅伴，心无着落，怅怅终日，不知心宿何处也。”

二十六经

校园，女生满目，笑语盈盈，青春弈弈。

周日，校园死寂。

晨曦正年轻，孤寂难熬。

至德志坚号，闲话共语。

大西北，戈壁大漠，劲风猛沙，地极劣，人稀少。

晨曦云，大西北者，吾向往久之，然无机缘可至。

晨曦曰，考入大学，莫嫌农家女，莫以为己贵彼贱。大学教育，非权贵教育。若是，教育之罪。

杨廷松被划右派，出囹圄，不改红志。

家悬毛主席像，众问。彼答：子错，母击一掌，焉能嫉恨母乎？

二十六传

周末静寂寥袭心头　校园空清幽话女生

诗曰：

纶巾羽扇志鸿鹄，山脚蜗居师道初。
六日不闲神怡荡，一天难捱野寂孤。
芙蓉花靥春风媚，冰雪肌肤夏月酥。
风皱池波摇黄叶，满怀思绪望烟浮。

话说晨曦至南泉中学，只见满目女生，青春盈盈，笑语阵阵，娉婷窈窕，飞彩流韵。远望，皎若红日升朝霞；迫察，灼如芙蕖出渌波。是处转眄流光，气若幽兰，华容婀娜，令人忘餐，于是思绵绵而增慕，夜耿耿而不寐。惜师生两界重隔，彼此分明。言可语，情不可萌；目可望，人不可及。晨曦怅望，风流云逝，慌慌凤求鸾，遥遥无极道，遂心生悲秋，慵懒无力，倚被而卧。不谓竟做一梦，心头酸楚。遂由梦生发，吟曰：

高天厚土，吾之故园，年年月月，劳作于斯。老少青壮，垂髫红颜，新添之丁，故去之人，嫁走之女，娶来之妇。人生来斯，全无多思。勤劳而为，辛苦而作，流血流汗，欣喜悲怆。不离故土，亘古为是。生为尔子，死葬尔穴，日月轮回，生生不息。苍天黄土之间，石乃尔犁，木乃尔兵，雷电乃尔法，神鬼乃尔律。高祖没于土，子孙摧人老。世界虽为大，五世共庭话。星月运转，朔风流动。云朵飘移，雷电轰鸣。人生六如，旧枯新荣，纷纷来去，千山依旧。昨日，乳臭未干，哇哇啼哭；今日，蹒跚扶杖，呜呜含混。童自幼来，幼至老去，若风若烟。风弗逝，烟不断。歌不歇，哀未绝。

纷纷扰扰，一阵乱思。

倏忽间，悲从中来，郁闷沉沉，徘徊半日，难遣其怀，于是走至桌边，展纸而记。霎时，笔迹沙沙响，心潮滚滚动。【彼不忘故土，不忘斯人，亦书之魂也。《大荒外》者，情话之书。】写毕，将蘸笔在墨水瓶口稍刮，插入瓶盒隙缝，再举纸端详，半日不离。后，茫然遥望窗外，暗夜沉沉，树影婆娑，昊穹杳冥，又遐想一阵。回思梦中之事，喟然长叹。岳思遥正备课，见其状，问曰："何也?"晨曦曰："方才打盹，似梦似幻，甚奇。"语毕，乃将梦境以告。岳思遥曰："君所梦之事，尘世多尔，不为罕哉!"晨曦曰："是乎?"正话间，门外忽有女生高呼："报告!"其入，原为岳思遥班课代表交作业本也，话题遂止。正是：

繁花昙梦锦生烟，碑拓石面诉身前。
蜉蝣苦短衣楚楚，芳草无寻望天边。

时光匆匆。彼时，晨曦正年轻，浑身之力当使不尽。其见好学之生，恨不得一日将知识授尽，故心劲甚大，教学热情甚高。每周教学六日，则觉霎时工夫，叹校内时日速也。每逢周六下午，校园内四处皆见高呼回家之生。彼时，晨曦与众生同，亦欲归之。平素，其骑自行车载二弟晨明以归。至家，可食祖母与母饭，己勿动手，【均之。】尚可与父言之，又可见三弟晨亮及小妹晨花，返校时再拿馍而至。后，晨曦有诗曰：

家寒人多负担重，归家带馍周周同。
我与二弟周六回，母及祖母忙锅笼。
所带多乃窝窝头，粗粮有吃心乐融。
偶尔一次得口福，下水弄来熰烟囱。
母亲开心令吃好，走时令弟带莫空。
弟带一包至校园，日日用碗伴吃宏。
肥肠切块调作羹，爱弟吃香不问钟。

回首半世头变白，当年黑屋不忘踪。
我替寒家扛梁起，虽累亦如看花丛。
至今忆起当年付，掷身一场皆空淙。
自从梦破花去后，忘我一跃不悔胸。
去时杨柳伴我道，归来花落冰摧重。
花开花落花不同，人是人非人不终。
眼泪流干尘上下，日月旋急风西东。
从此走出两命分，翔山昆仑长烟浓。
人生大跌拼挣起，祸叠苦加夜沉沦。
一朝稍缓催命松，黑发悄逝白发生。
至今跌撞往前行，前头依然荆棘凶。
三十年后返故场，校园全变旧时样。
院落不见树不在，楼房参差水泥墙。
携伴同入寻一圈，不见旧日排排房。
操场昨日置校外，若今蜗居校内藏。
侧身问询门房客，他言操场旧操场。
我则头蒙难理清，不辨昔往旧地方。
若今忆起斯时景，匆匆不觉时日长。
旧校尚是物已非，方知半世临头上。
潜得深海擒蛟龙，而今缚龙始上航。
故地已废心绞痛，望校思故实堪伤。
他日折桂仙官还，犹想再睹旧模样。

初入南泉，则如是也。

后，时日渐长，晨曦亦不每周必回，晨明独自骑车以归。晨曦何归家稀哉？乃有一因，缘儿时诸多伙伴皆已成家，而己二十已过，仍如少年郎，光棍一条，独来独往，无人伴之，遂自觉脸面无光，甚而进至村内，遇村人，彼虽不言，亦面烧若炭，无地自容。【是其因。自愧矣。】故周六下午令弟归，己留之。

学校欢乐气氛，乃师生共酿。生走，师走，校园顿为空寂之地。有时，寥见数人，更添空荡与愁肠。晨曦于校百无聊赖，静而面墙、面窗、面树、面天。长风轻拂，杨叶飘动，翻卷波涌，姿态万千。如是者，倍觉凄苦。其茫然伫立，凭窗静眺，又见杨林丛中，麻雀跳跃，鸣声不绝，闹声不止。【以动写静，反衬之法。】正是：

鸟雀私语声正浓，不解窗内孤寂人。

晨曦呆坐，空空，孤孤，寂寂。

晚饭，食堂寥无数人。其匆匆打罢饭，返号食之。夜，至教导处会议室看电视，观者十余人。常至者有林锦凤、薛翠竹、薛翠莺、浙坞泽、浙丽萍诸等。晨曦观之一阵，觉无甚趣味，又不愿将时光轻抛浪掷，故又返号。【晨曦一生对己律严也。】至号，或坐桌前，或歪炕头，或看书，或写文，或静思。

星期天，无人语，寂坐难捱，晨曦则思起德志坚来，【性情相投。】起而往之。其方出门，至院内，则见薛翠竹自北房掀门帘而出。其见晨曦，又返身揭帘入内。晨曦拐过月亮门，径往校大门口走去。彼时，门房小卖部门口放自行车一辆，崭新。晨曦经过之时，往内一瞅，见丁老汉正与子语之。晨曦心曰："丁师之子进货矣。"【一路细写，是此景。】其出学校大门，越马路，过豁口，踏入校外旧院。扭头北望，见德志坚房门半掩，知其人在号也，心下顿喜，乃远呼一声，德志坚号内忙应。入门，但见德志坚正拾掇碗筷。晨曦曰："德老师，汝常自炊，何不至灶偶吃一顿乎？"德志坚曰："久已成习。自做，甚为便利。想吃甚则做甚，吃得好，亦甚方便。"晨曦曰："吾见众师自炊，再过一段，若天冷时，吾亦有意自炊也。"德志坚曰："自炊，省也。食堂吃，开销大也。"晨曦曰："然。吾与弟二人，虽每周回家带馍，但食堂吃饭，每月下来，伙食费亦高矣。然自己做饭，则费时哉！"德志坚曰："吾等饭者，一二人也，和少许面，炒少许菜，片时工夫则成，不费时也。"【琐事不琐。事小意隆。】

又周日，晨曦再往德志坚号。德志坚曰："平素上课下课，热热闹闹，自不觉甚，惟至周末，倏寂之日，尔等年轻之人，则觉孤身难熬也。"晨曦闻言，心头暗惊，不谓己之心思彼看透也，微觉难堪。德志坚曰："甚难熬者，寂寞也。颇煎熬人也。曩日，吾被划右派，于煤矿劳动之际，几犯错误也。”晨曦平时，惟闻他人语，然今德志坚不避自说，心下尚惊，听之。德志坚曰：“吾唇边之疤，则为彼时所创。”晨曦曰：“何故耶？”德志坚曰：“彼时，吾下巷道作业。有段巷道，甚险，他人言不可进也。吾则入，果塌。木桩倒倾，砸之。是时，脸划一口，鲜血直流。后，治愈，留此疤也。”【实情实写，一丝不谬。】晨曦哀痛。少时曰：“吾少年之时，有一同学，集体劳动中，臂膀被他生不慎镰刀割之，鲜血顿流，后至大队保健站包扎，方好。后亦留有一疤。”德志坚曰：“彼时，斯地煤矿医院，医疗条件好，医生技术高，诚万幸也。”……少时，德志坚又说煤矿劳动之事。彼言一事，令晨曦闻之乍惊，浑身一紧，不敢置信。德志坚曰：“彼时，矿上有言，说邻村，有人令妇做彼事换钱。一日，吾则遇之。是时，吾至一户，其男借故而出，吾则知其然。彼时，人甚寂寞。做此事，顺其理也。然事至临头，吾终自控，无为也。否则，有污点耳。不过，彼时之景，若做也做矣。一切皆成，彼妇亦愿也。”语毕，晨曦浑身震颤，眼睛大睁，不知世有如此者也。【大千世界，何事无也。】

俄顷，德志坚曰：“汝今已参加工作，则应思寻偶之事也。”晨曦一笑，不知作何答。德志坚问曰：“曩日，汝上大学，无寻偶乎？”晨曦曰：“无也。”德志坚问其详。晨曦叹曰：“是年，心有表妹也。”德志坚惊曰：“表妹何人？”晨曦语之。【风筝不断线。】德志坚曰：“彼所寻之男，比尔强乎？”晨曦曰：“比我差也。”德志坚惊曰：“何也？”晨曦又言其详。德志坚曰：“婚姻之事，虽千差万别，然有两则异之。”晨曦问：“何异之？”德志坚曰：“一则，年轻人眼中，多以人、以情为重。二则，女家选婿，多以男方家境为重。当下，又添一因，大学生寻偶，兴大学生寻大学生，再不兴寻农家姑娘也。若寻，已不相称也。”【彼时，社会现状。】晨曦曰：“此乃新门当户对乎？”德志坚曰：“据尔所述，女家所思无谬。时下之论亦皆若是。”晨曦曰：“何考入大学，则嫌乡村乎？吾亦出身农家，若高考未中，吾今日定为田间夫也。何走出农村，则嫌农村，则嫌农家乎？今选偶，何又犹斥农家姑娘乎？倘大学尽育斯人，尽嫌农村，皆不愿与底层人民同处。其所育者，又有何益？若此者，教育之罪也。人生来平等，何所生之户不同，命则不同哉？此乃新封建血统论。天下本是一家。普天下兄弟姐妹应同手足。焉能此高彼低乎？焉能此乐彼苦乎？焉能惟逐己利而莫顾他人乎？若上大学，则富贵自至，高人一等，而忘其土地，忘其土地所育，忘其土地上劳作姑娘，忘根，忘本，惟顾己，莫顾彼，自私自利，唯利是图，如此之人与世何益？如此教育又有何益？惟知为己打算之人，焉有为国家、民族、人民、世界而奋斗之理乎？无也。独自私自利社会可怕也。彼时，不为人之社会，而为动物世界也。莫说天下一家之梦，不能圆之，共产主义大同世界亦不能实现之，甚者，人已不为人也，动物也。"

德志坚叹曰："吁！汝言极是。此非人社会必亡也！社会发展史告之人们，人类社会必向前发展。共产主义乃人类社会发展之最高历史阶段，此乃人类社会发展规律使然，如同太阳必出东方，乃不以人意志为转移，何人亦不能改变也。彼作历史倒退痴梦者，终被历史车轮碾之粉碎。"晨曦曰："不谓德老师亦有此语乎?"德志坚曰："人类寻求解放理论皆熟也，虽身受坎坷，然大事不昏也，大德不丢也！与尔谈，知尔有大情怀也。尔境界崇高，思之深邃，非凡夫俗子也。汝有与劳苦大众难以割舍之情感。早年，吾亦有此情怀。彼时，吾远走新疆，垦荒戍边，不畏戈壁大漠、狂风猛沙，今思来，亦不为不壮也!"【笔往大西北写也。】晨曦曰："吾常闻师语大西北之话，心亦多向往之，惟无机缘耳。"德志坚曰："大西北条件艰苦，风沙犹大，人少至，势利琐屑之人不敢往也。"晨曦曰："风沙之大，条件艰苦，有何惧哉？愈艰苦之地，愈能磨练人也。"【大荒外之笔。】德志坚曰："当下，少有如是之人。凡夫俗子者，多为己盘算也。"晨曦曰："求田问舍，原无大志，掀天揭地，方为奇才！万兆之内，非皆庸辈耳!"德志坚曰："吾观，汝与同辈殊不同也。汝心佳之，人厚重之，不似彼年轻之人，整日轻飘飘，惟思将己小日子过佳，余则不顾也。惜，汝表妹家人不知尔思，否则，自成一对也。"晨曦曰："若彼订婚稍晚，或许成之。惟其早之一步，吾晚之一步，终成憾也。"德志坚曰："此事已无可挽回，汝需重做打算，另觅佳偶哉!"晨曦叹之。有诗为证：

思起表妹心酸楚，身自婀娜面丽姝。
那年彼小初长成，吾走亲戚独话舒。
农家多出淑婉女，锅台田间走罗敷。

其意我意同心意，千里求学心牵枢。
美貌女子不多看，妖冶之态不思凫。
日日念及云台妹，夜夜盼归睹旧厨。
娇妹云浮不敢想，越想越思越迷糊。
数次错讹别路去，心乱如麻不知途。
我自归来欲与语，父告表妹已他许。
顿时天崩地又塌，走田越沟急驰驱。
命不该成天又错，老屋不现妹襟裾。
归来空与绵山对，长日丽影化太虚。
多年风雨吹山过，旧塘痴看新芙蕖。

德志坚曰："婚姻之事，多玄奥。有时亦天意耳。"

俄顷，德志坚忽言一语，将晨曦惊之半晌。其曰："尔莫说自高中女生中选之，何如?"一语未了，晨曦大惊，忙曰："何能若是？吾为师，彼为生，焉能当乎?"德志坚笑曰："噫！何难哉？尔非男，彼非女乎？尔乃年轻之人，彼非年轻人乎？此有何碍哉？此事，倘若于昔，彼女生早抱子于怀也。今之未上高中之女，同龄者，早有婚也。有子者，亦不鲜耳。【是实情。】汝以为，彼女生不思此事乎？彼亦思哉，惟口不语耳。"晨曦闻之，心咚咚跳之。曩昔，彼亦有如此之思，惟不敢语耳。不谓今德志坚语之，仍觉卒然。德志坚曰："莫看高中教室内，若多之生，焉有几人能考入大学乎？惟一二也。或一人亦无也。彼女生，出校门，必思嫁人之事耳。"【言实情。】

晨曦闻之，一时无语，仍觉心理之距犹大，无法逾越。其望女生，秀丽若花、袅娜若柳、婉约妩媚者，多也。置身其中，何能不动心乎！畅思之时，昔之赵小娥、林兰兰、夏枣儿之形象又不时浮现。卷宗之中，纤纤红指印并排而置，赫然在目，不能忘也。【阴影在矣。此写，照前明后也。】思此，晨曦苦笑一声。有诗为证：

初为师表做人师，性自纯真洁玉姿。
处处桃花吐嫩蕊，纤尘不染面芳枝。

欲知后事如何，且阅下篇经传。

史公曰："晨曦弱冠归乡，独撑青天，有鲤鱼跳龙门之志。然逆水行舟，途多波折，横生枝节。纵光灿之炫，亦转瞬即逝，擦肩而过也。临灾难，全不顾己，奋身向前，晨曦之性也。老天历人，有其数，非人力可更。天授其命，自降其苦，终有竟时。"

二十七经

周六，漆黑之夜。

某中学，子虚如厕，途经师号，灯光明亮。

蹑步窗前，窥窗探洞，魂飞天外。

师号，惊现春宫隐秘之事。女生雪肤腻肉，一丝不挂，明晃耀眼，毫发俱见。子虚立傻。

归，思乱难眠。

某日，男生宿舍，县城吃商品粮子弟，数男压一男，脱裤玩翘，高呼狂喊，景甚难堪。

众生正食，神情难表。

子虚嗤笑：焉知吾观。

二十七传

漆黑夜窥窗惊魂骇　蛮顽少登炕乱身纷

诗曰：

人人皆有顽少年，上高爬低胡乱旋。
二月早春花不放，四野苞蕾雨已喧。
云迷怯想鸳鸯事，雾缭羞思芙蓉仙。
偷觑瞎浑飞鸡犬，稍长一笑入云烟。

话说周末，校园四下俱静。晨曦不堪孤寂之苦，坐卧不宁。实无聊，犹难打发时日，则至德志坚号闲话。德志坚说起生与师事。晨曦思之纷多。除赵小娥、林兰兰、夏枣儿外，其又猛思起上大学之时，同窗言说中学之事，当有一折，所述倍细，令人印象深刻，经久不去。

话说某夜，周六，彼中学师生多数已归，宿校者寥寥。是夜，有生名曰林子虚者，住校未归，独宿学生宿舍。彼时，校皆平房。师号，生舍，教室，盖如是也。学生宿舍皆大，多乃三间一室者，室内土炕通铺，前后两排，生之被褥相并，人挤人也。其厕则置于数排平房间。如厕，多数学生走之较远，需经平房数排，越众多学生宿舍、教师之号。

且说是夜，天甚黑，无星无月，伸手不见五指。三更时分，学生林子虚起而小解。摸黑穿衣，跌撞而出，迷迷糊糊，径往茅房。彼时房外漆黑，浑物不辨，惟凭路熟，摸黑往之。彼转数弯至厕，厕所犹黑，不敢贸入，乃于池边乱解之。罢，仍半睡半醒。返途，忽见侧排平房尽头，有室灯光亮之，窗前之路稍明。其往前少走，本想电灯即灭，然其长亮不熄。斯室乃师号。素周末师归，有号则有女生宿也。彼想此，心生好奇，意欲上前窥之。及近，乃放慢脚步，轻踮脚尖，无声以往。至，暗寻窗隙，贴面而窥。不谓不看则罢，一看则惊得魂飞魄散，浑身震颤。彼时，其神乱心跳，血脉贲张，呼吸紧促，瞬间立不住也。

且问子虚窥之何景，而如是乎？原来其猛瞥间，只见屋内有秃师【是秃顶乎？著者恶彼，丑其形耳。一笑。】抱女生光腿，正往盆内撒尿也。子虚大惊，不由倒退一步，腿一歪，脚几踒也。彼时，其知绝不能出声。而斯时，六神无主，头脑昏胀，驻乎？离乎？一时无措。耳畔，犹闻女生洒尿击盆之声。且说子虚，自小至大，何见过如此光景，顿惊得心颤肉跳，不能自已。方才如厕之时，犹半睡半醒，噫梦疙渣，然今睹室内之景，顿时惊得睡意全无。惟眼前所窥之景，令其又恐又诱。一怕房内之人察之，觉有人在外窥也；二怕有生如厕，看之难堪。欲走，又舍不下眼前之景，意欲再睹一阵。顷而稍定神思，再贴窗以窥。只见女生洒尿未毕，两人皆净光其身……女生大腿酥白，浑身肉软。乌云散乱，睡眼惺忪。子虚欲再凝望，忽见女生抬头看窗，倏地心惊，慌忙退去。至暗处，心方稍缓。再回头，灯已灭矣。愣之半日，摸回宿舍。

且说师号之内，灯灭后，女生谓曰："方才，汝抱我洒尿嬉戏，不知窗外可有人窥乎？"秃【何用此谓？贬意也。】曰："深更半夜，何有人哉？"女生曰："方才，吾觉窗外似有动静。"秃曰："尔多虑也。何有若巧之事？汝心影【土语】也。"女生再望窗，无言。秃曰："今夜，睡之何如？"女生曰："甚喜。惟下处疼也。"秃曰："吾想汝甚焉。今夜成之，贪耳。"女生曰："汝劲甚大，发狂哉。方歇，则又来欤。"秃曰："汝知吾心，吾心爱汝。今夜成之，非数番，焉能止乎？"又曰："汝何知吾心耶？"女生曰："汝家远，东山之上，【又与东山连耳。】久弗归。吾乃女生，已长大，自知也。看汝整日无精打采，则知其由也。"【是书，多记有情女也。】秃曰："观尔，秀目明明，自会语也。望其目，则知汝心也。眸中皆语，无须口传耳。"女生曰："眸语，胜口语也。"语毕，两人于被中，又乱摸一阵。秃曰："汝与我好，弗怕彼等知之？"女生曰："吾行慎之，何人知焉？吾观汝远家至此，为吾等教书，甚不易。吾见汝孤，则心生怜意。汝人好，吾则爱之，固寻之也。"闻言，秃将女生搂之尤紧……秃曰："今日有幸。触其身，颇觉酥软。

搂之，魂儿亦无也。不贪，也难矣。”……一夜快活，不在话下。【此处所记，与前大为不同。所描，皆动物之性也。作者所记，与前有别。在此者，女呼师为“汝”，不称师也。作者用笔，各有偏重。阅者细读，方解书之蕴奥。雅艳斋。】

且说子虚观后，回宿舍，躺于学生通炕上，难以入眠。其身入被，则思方才之窥，口骂曰：“咄！何师哉？白天见尔光光堂堂、仁仁义义，何至夜则如禽兽哉？若非今夜所窥，汝不知骗我至何时欤？”又骂：“方才吾窥，汝不害臊，竟抱女生洒尿。诚乃大流氓也。”且说某日下午，子虚自由活动时身返宿舍。方入，猛见一景，甚觉异样。只见炕上有数生环围一圈，狂呼乱叫，怪声怪气。旁边之生则个个表情殊异，默不作声。其心甚为纳罕。走近一观，大惊之。原乃县城吃商品粮子弟，按住彼之一生，有压腿者，有压臂者，将裤抹膝。一男生骑彼男之身，握其阳，上下捋之。众压者大呼。彼生挣扎，仍不得解脱，且闹者愈压愈紧，齐声狂呼乱叫。【此记，真事也。其中之顽生，多年后相见，性情大变，乖之甚焉，无法与昔联之。少年之劣，顽笑以过。】

子虚看罢，心下好笑曰：“诚怜也。尔之闹，有何趣味？吾已见女生之物，汝何见之。笑哉！”

此乃晨曦所闻大学同学之语。今思来，以供喷饭耳。且说一日，晨曦门外有师呼曰：“潘老师！”晨曦于号内应之，该师入，隗居南也。彼见晨曦正看书，书且发黄。则问：“君观何书？古书乎？”晨曦曰：“《史记》也。”隗居南近而观之，果也。曰：“此乃古书，古注，汝能看懂乎？”晨曦曰：“吾祖之文，心有灵犀，血脉一统，不生疏也。”隗居南闻而奇之。

两人言说一阵。少时，隗居南曰：“吾今至，与君语一事也。”晨曦问：“何事？何如此正经乎？”隗居南笑曰：“元旦之时，吾想办学生画展，君观何如？”晨曦笑曰：“大好之事。吾赞之！”忽转念一思，曰：“若办学生画展，非轻松之事，尚得下工夫组画也。”隗居南曰：“正为此，吾求君助之。若君助，吾则不愁也。”晨曦笑曰：“切莫靠我！素至吾号者，爱画之生多。倘办画展，其量大，爱画者此至彼来，岂不将吾号挤塌乎？再说，爱好文学之生亦多怪我哉！”隗居南曰：“爱画之生敬师之才甚焉，常于吾前夸师也！”

晨曦笑曰："吾不上尔当也！"两下阔笑。

隗居南曰："君绘画功力深厚，可写生，可创作。绘之人像，毕肖也。君为门房丁老汉所绘国画半身像，四尺整纸大，人见，无不言其形似与传神极耳。尚有为于益地所绘油画头像，远看，则如镜中人物一般。前两日，钟钱蟠谓我言，其欲令君为其绘油画头像也。其道，此次若画，尺幅当大。绘就，悬其壁，以候君之成名，赚大钱耳！"【彼有识也。】晨曦笑曰："吾何未闻哉？"隗居南曰："不久，彼定言之。"又曰："君所绘国画、油画皆专业耳。君至，乃爱画学生福音也。君若不至，彼何能见识如此高超画作乎？"晨曦笑曰："噫！若是观之，往后，吾弗能如此。若是，不务正业耳！"

隗居南曰："君至，爱画之生众也。君若不教，彼则无处学耳！"晨曦曰："吾一人顾不得两面，况吾之职非教画也。吾曩学绘画，亦甚刻苦用功，然上帝弗令我走此途也。且导我以文学，亦算幸运耳。"【一生体验。】又曰："若论影响人类文明进程，文学大于绘画，且任何艺术形式无以匹敌。以《金瓶梅》《红楼梦》为例，何绘画作品之社会影响力出其右哉？"隗居南曰："文学，分量甚重，其他艺术门类不可比拟。然当下，孰又能写出似《金瓶梅》《红楼梦》之旷世奇作乎？眼下之人，心情浮躁，今日疯传一暴发户，明日疯传又一暴发户，人心惶惶痒痒。若此心态，焉能诞生文学巨著乎？【真言。】吾观之，文学之败落则在今日耶！"晨曦曰："当下，若出现艺术水准如《金瓶梅》《红楼梦》者，诚难矣。然吾静思，不久将来，定能诞之，并可比肩也，甚有越其上者也未可知。"隗居南曰："若是，则老天佑我。不过，吾观难矣。"【众观亦难矣。然思晨曦之语，有理也。莫论何之大作，皆乃人为。若是，彼为人，吾岂不为人乎？前人为梯，吾站其肩，比前人高，自在其理，若比前人尚低，反怪也。以侏儒自居，荣乎？哀乎？叹叹！雅艳斋。】【后人力不达，多是未下古人之功也。雅艳斋。】

正说间，门外一声高呼："报告！"其声清脆。晨曦回曰："进来！"门被推开，原为两女生，一人执画，一人随之。两女生皆笑盈盈也。晨曦接过画作稍睹，则递隗居南，并谓两女生曰："尔后，其有画作则多呈隗老师教之。莫有画作，则径至吾处也。"隗居南曰："潘老师，君莫推辞，切莫辜负学生学画之心也。"晨曦笑曰："君莫再与我灌迷魂汤也。"晨曦问两人名姓，一曰："徐秋蓉!"一曰："姜婉萍!"徐秋蓉乃为持画者，姜婉萍乃为相随者。徐秋蓉皮肤白皙，脸蛋粉红，身架稍宽，一说一笑，其音清脆。姜婉萍眉目清秀，体态婀娜，双目一眨一闪，似可说话。其不时眼望晨曦，芳面尽透俏媚，娇身尽展流韵。再细观之，犹若梨花带雨，芍药笼烟。

隗居南曰："汝等当随潘老师好好学画，将来成为大画家，也未可知。"两女生哧哧而笑。晨曦又与两女生言之数语。随后，两女生走之。晨曦目送出门。正当其走出房门时，姜婉萍忽地扭头，冲晨曦回眸一笑。顿时，只见其两目明明，皓齿莹莹，爱意盈盈。四目相对之际，晨曦浑身一震，心头猛颤，一时乱之。【又出一女也。】有诗为证：

惊鸿一瞥裂山川，犹听雷声杳雨天。
春阑葳蕤人扶醉，花情柳意落阶前。

欲知后事如何，且阅下篇经传。

史公曰："晨曦学生出身，后又长日为师，校园内诸多奇事，耳闻目睹者众。著者不愿多着笔墨于此，然信手一二，亦妙趣横生，使校园之记不枯索耳。"

二十八经

朔风劲吹，天娠雪。

晨曦、晨明起床。

晨明启户，大雪铺地，雪涌而入，大声喜呼，兄弟傍门齐观。

望外，雪甚厚，仍小雪飘落。

晨明外出扫雪。

兄弟欢言。晨明触景生情，吟诗。

周六午后，校园再寂。晨曦慵倦卧炕，忽睹一物，心大惊。

大寒天，拆褥而洗，火台烘烤，缝如旧。

心，纷乱难安。

二十八传

大雪落晨明咏诗语　酷寒笼晨曦拆褥洗

诗曰：

绵山绘水记少踪，阡陌榆杨手足同。
二弟寡言人实在，长兄繁重虑郁浓。
风清月朗长影瘦，露重烟微野渡空。
东入晋都挣奇命，长河落日寂云松。

话说校园周末，诚乃晨曦孤寂之时。彼思故往见闻，亦颇有趣。惟今日人正青春，颇惧寂阒。且说隗居南至，言说一事，晨曦自知其累。两女生至号，姜婉萍回眸一笑，春风浩荡，晨曦呆之半日。却说日子过得甚快。眨眼工夫，暑去秋来，冬又悄至。彼时，北风呼啸，嘶嘶呜呜。杨枝光秃，咿哑摇摆。寒风过处，瑟瑟而冷。近日，天气甚为阴沉，灰蒙昏冥，有翁媪行道，曰："老天娠雪矣。"天甚冷，路上行人稀少。是夜，晨曦与二弟号内而寐，一夜无话。

且说次日，一觉醒来，窗纸蒙蒙亮，透莹莹玉光。少时，则闻校园大铁门被门房丁老汉推开之声，咣当作响。须臾，屋檐下响起麻雀叫声，顷间，叽叽喳喳，吵闹一片。后，又闻麻雀追逐翻滚于杨枝之音。晨曦睁眼，稍待，坐起，轻拍身旁尚睡二弟，曰："晨明，起床！天亮矣。"晨明瘪梦疙渣，应曰："大哥，天亮乎?"晨曦曰："麻雀【对麻雀情有独钟。是书多现。】已叫矣。"俄而，晨明坐起，始披衣裳。昨夜，屋内炕上惟晨曦、晨明二兄弟。岳思遥因事，近日请假未归。斯时，两兄弟披衣在肩，顿觉衣甚冰凉，嘘唏曰："好冰也!"晨曦穿衣毕，下炕靸鞋，未及束带，先提裤蹭至火台旁，伸颈瞅火，见炉火尚红，喜曰："晨明，火未灭也！"晨明曰："善！前两日，火未封好，灭之，大哥又费劲生也。"少顷，晨明穿罢棉袄，蹬好棉裤，谓曰："大哥，岳老师数日未至，炕宽展多矣。"晨曦曰："此炕虽大，然睡三人，亦挤也。其未至，吾亦觉宽敞，夜敢翻身也。学校则如是，人多房少，得凑合者也。"【舍县教育局之职，而入中学，生活则这般矣。能为晨明，晨曦心里甜也。公历2014年元旦日，记之。丰中园。】

晨曦踮脚尖，观罢炉火，始放心，乃提裤系带，枕下拿袜，坐木椅，鞋袜穿妥。斯时，晨明亦穿衣毕，下炕。晨曦复近火台，自乏料坑内拨出火箸捅火，曰："火炉捅开，屋则暖矣。"且说且捅。骤间煤尘直冲屋顶，四下飘曳。继，再捅火炉脐孔，炉口倏展蓝焰，噗呼闪烁。喜曰："火焰上矣。"随后，将绿色铁皮烧水壶移至炉口。顷间，壶内之水嗞嗞而响。晨明将衣穿妥，拨开门关，拉门而出。门扉开际，寒气顿入，雪团扑进。晨明立打寒噤，猛再关门，不由后退一步，惊喜曰："大哥！快看，大雪耶！"晨曦闻声，忙惊而前观。晨明又喜语一阵。兄弟两人望门缝之外，只见门外地上皆白，对面教室窗台边沿亦堆雪甚高，兄弟两人连呼好雪不止。喜曰："不谓一夜之间，天降如此大雪哉！"

斯时，天空中仍飘零星雪花，片片瓣瓣，飞飞扬扬，未驻也。白雪映衬之下，对面教室窗户黑黝。窗台上，前沿叠雪，状若白馒头，而沿后无雪。窗下墙根处三寸之地，亦无雪，色墨黑。两人望之，甚觉其奇。又见未落雪处，麻雀飞至，于此欢闹跳跃，或依偎，或亲喙，颇为有趣。彼时天极寒，麻雀绒毛浑厚、圆圆敦敦，可爱之极。【赞美麻雀。】兄弟二人相依欣赏一阵。屋外麻雀亦与之对视。兄弟二人犹奇，激情一呼，麻雀则扑噜噜飞往空中，落身旁杨树高枝。枝头积雪顺落而下，大团大块。两兄弟忙将头缩回。少焉，晨明曰："大哥，天下雪，今日不能出操，吾扫雪哉！"语过，手拿笤帚而出。晨曦望曰："屋外甚寒，将棉帽戴之。"说罢，摘虎头帽于壁橛，为二弟戴之，且放帽耳，两手压之，摇弟头，【常有此动作。】笑曰："噢噢噢！此则暖和矣。"【兄弟情深，衬后祸之惨。】晨明笑之。两兄弟乐毕，晨明出屋，自门口脚下扫起。晨曦门缝望外。晨明曰："大哥，外冷。速掩门进之！"【兄弟之情。】晨曦一笑，内之。

少顷，晨明将门前之雪扫出一片，又扫房后小道。彼时，其抬头望天，见天尚灰蒙，雪花仍零星飘之，瓣瓣落面，片片凉也。尚有雪花飘落眼内，眼眨化水，森森凉也。少时，晨曦出，立于晨明扫过之地，四下观景，只见一片银白世界。地上乃雪，树上乃雪，墙头乃雪，屋顶乃雪，校园之内，一夜之间更样，满目雪国。彼时之景，黑白转换，玉树仙宫，美不胜收。晨曦陶醉其中，慨大自然鬼斧神工，造如此绝妙仙境，宛如画也。其坦张双臂，手心向上，仰首望天，大呼曰："美哉，大自然！壮哉，大自然！"呼声方出，声震枝头群雀。群雀踏枝展翅，积雪嗖下。晨曦躲闪不及，雪落一身，嘻哈笑之，极具妙趣。

转身，则闻屋后晨明扫雪之声。呼曰："晨明！稍扫则可，快进屋，别冻着，烤火哉！"晨明屋后应之。俄顷晨曦进屋，见炉台上绿皮水壶已热气升腾，吱吱作响，再扭头望炕，将被叠之。后，将茶缸剩水浇煤，铡之。【尧舜之地，冬日用煤，悉铡之，堆砌。干后甚硬。用时，浇水以软，复铡之。】少时，晨明入，摘帽拍雪。曰："大哥，吾将屋后之路扫通，窗前之路亦扫矣。"晨曦回首望之，见二弟头冒热气，忙谓曰："快至炉前，烤火取暖。"晨明曰："大哥，方出时觉冷，稍扫之，身则暖矣。"语罢，将帽放于炕沿，将笤帚放至炕侧空隙内。晨曦往脸盆内倾倒热水，毛巾放入，谓二弟曰："快乘水热，洗脸也。"晨明曰："大哥先洗。"晨曦曰："汝已扫雪出汗，快用热水洗之，舒也。"晨明见说，则解领扣，挽衣袖，洗之。

洗脸罢，谓曰："大哥，扫雪时见如此大雪，则思起朱元璋诗。"晨曦问："扫雪，引发诗意也。然不知汝思朱元璋何诗乎？"晨明曰："《葬母诗》也。"晨曦问："尚记清乎？"晨明诺，吟曰："'天葬我母地亦忧，山川百草白了头。明日太阳来吊孝，家家户户泪长流。'"晨曦曰："此诗，吾尚记一二，不能全记也。不想，弟能通诵也。"【晨明聪也，反照其后。令人心痛泪下。】晨明曰："朱元璋诗虽文词粗鄙，然气魄甚大，所谓文人，亦未必能做出如此好诗。其诗吾甚喜。读之，觉有力，浑身爽快。"晨曦曰："古语云：'自古英雄多磨难，纨绔子弟少伟男。'此乃写照也。当年，朱元璋乃讨饭之人，上无片瓦，下无寸土。其母大雪逝，孰怜乎？读此诗，亦觉悲也。"晨明曰："大哥，朱元璋尚有一诗，亦乃大冬天所写，此诗亦在嘴边也。"晨曦曰："是乎？请诵之。"晨明曰："此云：'天为罗帐地作毡，星辰河汉伴我眠。一夜仔细不敢展，惟恐蹬倒江河山。'"

后，晨明又诵朱元璋诸多之诗。晨曦盛赞二弟学功。晨明曰："吾向闻家父咏之。父曰：'吾家穷，而朱元璋早年亦家穷。其当年要饭，后做皇帝，以慰吾等心也。'"【是此言。】晨曦曰："吾家苦寒，父深知其味，故而喜朱元璋之诗。今日，闻弟吟朱元璋诗，吾心又震。故往，凡天下者，则穷人多富人少。朱元璋诗，能予穷人以鼓舞，能予穷人以力量，令天下贫寒之士，能于艰难困苦之极时，有生之冀盼。此乃朱元璋诗之魅力也。"两兄弟和之。

少焉，晨曦又谓曰："汝文甚有天赋。书看颇多，且记忆力犹强，常能出口成章。汝多灾多难之后，尚能如此，大哥心慰也。"【读此心酸。】晨明曰："大哥，吾于班内，语文之师甚器重之。常令我起而诵读，亦常褒奖之。"晨曦曰："吾识汝之长。语文老师亦识汝长也。杜老师学识渊博，阅历丰富，颇具慧眼。"语毕，忽思一事曰："噫！彼尚懂医学，且有深研。"晨明曰："吾班女生自习时尝小声而语，言其有空时找杜老师看病也。"晨曦曰："杜老师颇能钻研学问，医道亦精湛也。"

晨明洗罢，欲将水倒之门外。晨曦曰："外面天冷，将水不倒外也，倒乏料窟坨【即炉下灰坑也。乡语。】则可。汝方洗手洗脸，若急出门，则手脸易皲也。"晨明言诺，将水倒入乏料窟坨。谓曰："大哥洗之。"晨曦诺。晨明将毛巾放入脸盆，倾倒热水，手试，曰："大哥，水稍烫，洗时注意。要不，稍等再洗。"【陡闻吾弟昔语，吾泪淌哉。】晨曦曰："天冷，片时则凉。吾慢洗之。"有诗为证：

> 日毒炙烤卷田秧，雹厉劲摧荷叶伤。
> 舟济扬帆篷皆洞，步临悬苇越大荒。

此日天降大雪，学校早操自消。校外家中所住学生亦自然来迟。校内住宿师生按时起床。

少时，校外所住之生亦三三两两、四五成伙陆续来之。渐渐，校园之生多矣。生至，欢快追逐声、嬉闹声及大扫帚扫雪声，远闻之。且驱冷跺脚之声，亦耳闻之。偶间，学生打闹喊叫声，亦甚为尖厉，越墙翻屋，传之犹远。【如闻其声，如睹其景，觉又回中学矣。】

且说本周六下午，晨明归家，众师生归家，校园复寂。是时，晨曦孤处，凄苦之情再次来袭。彼浑身慵乏，躺于炕上，百无聊赖，四顾茫然。其无意中一扭头，忽见两褥挨处，岳思遥褥上有异样，倏地心头一紧，忙伏身察看，大唬之。原为精斑也。霎间，晨曦头皮发麻，浑身抽紧，一身冷汗呼地直冒出来，心怦怦急跳。其苦曰："噫！何如是哉？此乃晨明所污。然何污彼人之褥，尚不识乎？吾何前未察之？"其未怪二弟，直谓二弟不意也。

晨曦望其污处，何以处之？心内七上八下，骤然翻腾。彼卧观许久，觉事严重，自谓曰："此物污人褥，不知岳老师尝睹乎？"思之一阵，又曰："或许，彼未察也。因前，未见其有异态也。"想此，心内稍缓，然眼下之事何以处之，不禁心生慌恐。思曰："明日乃礼拜天，而明日傍晚彼则至也。彼倘若察之，可将奈何？丢死人耶！"于是骤然心乱如麻，心急如焚。有诗为证：

故往故事烟雨过，烟雨丛中泪山河。
少小家寒人口多，老者老矣少者弱。
父不理家母有恙，一家八口车坠坡。
稍长担起兴者任，照顾弟妹近湾泊。
二弟在兄心最重，苦难最多祖母托。
当年秽事分记明，身颤心抖苦吟哦。
大寒天冷外兼雪，拆褥洗搓除污落。
只恨冰凌垂瓦楞，雀缩头脖屋檐窝。
褥表褥里挂一屋，不知日升可干否。
捅火烘烤心揪紧，移面看秽秽犹有。
办法用尽再无法，苦走针线缝絮旧。
脸上火烧心慌跳，无奈赧颜对山秋。
早岁只知丢人迹，半世方醒是沉疴。
远走城市求良医，头霜无语背弯驼。

晨曦知此污难除，端详半日，苦无良法。

终，痛下决心，自曰："拆而洗之！"此思一出，可又忧虑，心下语曰："秽斑且多且大，可否去之？若弗能去，复又何为？"思忖少时，惟有心苦，乃曰："去秽者，惟肥皂、洗衣粉也。别无他法。惟多打肥皂，多撒洗衣粉，看可否去之。目下，亦惟能如此试也。"此思一出，转又一虑，忖曰："今大寒天，若将褥拆洗，明日可干乎？瞎遵【瞎遵 ma dao：翼城黄帝语，明日。黄帝造字：瞎者，目、夜睡也；若，晨梳头也。隔夜至晨。】后晌，人至之前，定须将褥缝妥，勿令其察也。"晨曦如此想过，又思曰："褥拆后，吾可缝之。然身边无针线也。"转思曰："南泉商店应售针线。今日先将褥拆之，明日再买针线。"稍思，又觉大为不妥。曰："倘若今日拆褥，明日买不到针线，可奈何？为防万一，亦得今日先买针线，后拆之。否则，可麻烦大矣。一旦褥拆，明日却无针线缝起，而岳老师又至，不丢死人乎？"

至此，扭头看外，见时尚早，料南泉商店尚开门，乃当机立断，即刻拔行。至，果有针线、顶针，买而立返。归屋，先提水烧水，再将褥拆洗。其将秽处多打肥皂，多洒洗衣粉，反复搓洗，以观其效。然无数遍后，出水观之，仍隐约可见。复又再洗，反复者无数。斯时，其将秽处周边已洗之过白。终，觉其不能再洗，方住手作罢。洗毕，在室内拉一长绳，靠近火炉。将褥里褥表，悉搭绳上。霎时，屋内大黑。其祷曰："大寒之天，吾拆褥而洗。彼人见之，定生诧异。倘若张扬于外，必成笑柄。甚而惹出诸多闲话，也未可知。"又忖曰："目下，师生皆归。礼拜天，素无人至。然有一忧，惟此院内，尚有人走动，若有他故，忽进门来，可奈何？彼见之，定难堪也！此事，是否会再生枝节，亦难预料。然今俱无法也，惟听天由命哉！"思此，其心翻滚，惟期褥里褥表速干。于是，其将炉火烧之通红、甚旺，火苗展之甚高。因褥里为粗棉布，其厚，水分大，不易干，搭后稍晾，则又持手烘烤。烤之许久，仍干甚慢。良久，身累，乃搭绳再晾。

是夜，其令炉火大着，且起观多次，冀其速善。翌日清晨，始睁眼，则速爬起，迫近观之，见褥表已干多半，惟褥里方半干。其再细望秽处，见其比原先浅淡多也，惟仍可辨，其心隐隐揪之，以待干后再变。晨曦又往炉内添煤添炭，将火虚之，火苗复蹿。然此，心仍急，于是将褥里又拿下烘烤。后，再前后倒置搭于绳上。午时，褥里终干。晨曦察其果，虽不甚佳，然秽处明显淡矣，尚可接受。斯时，其先铺褥里，再置内套，再罩褥面，伸手缝之。彼时，其心再紧，祈祷曰："今，外人切莫入耳。"许时，将褥依样缝妥。再看秽处，尚能应付。后，其将褥铺炕，且以己褥边处压彼褥边处，稍遮之。然晨曦心下甚明，当有一日，彼定知之。

此事后不久，岳思遥则搬至大号。大号房内，有师四五人同住。岳思遥走时，晨曦心里打鼓不已，猜不明所搬之故。心思，不知彼之所为与此事相关乎？然岳思遥说话客气，无漏丝毫破绽。惟晨曦心虚，仍惶惶然也。有诗为证：

校家两地道望遥，七日两走浍水桥。
洋马弟载来复去，手足同过鹊鸣巢。

欲知后事如何，且阅下篇经传。

史公曰："晨曦家艰。昔者祖父、祖母年事高，父母不善治家，兄弟中晨明犹弱。祖母生前数告晨曦，望其长后，多照顾二弟。后祖父母离世，其忧果现。今晨曦半百已过，晨明仍孑孑于世。四季挎一竹篮，戴一草帽，踟蹰乡里。晨曦每归乡望之，心如刀割，泪如雨下。其愧对祖母，辜负其托，不能赎己也。"

二十九经

冬，天酷寒，师梁远新授历史课。

唐蕃古道。

师谓文成公主和亲，嫁松赞干布，时年十六岁。一语出，众生大哗。

顽生谑语，激怒女生徐晓霞。

徐晓霞大斗白耀东，将其奋扑于地。教室震天响。众生起哄，大呼太过瘾。

梁远新断喝而止。

生告，白耀东谓徐晓霞，今年十六，亦该嫁人矣。众生再狂乱而呼。

白雪咏问师，日月山、倒淌河名称由来，师弗能答。

窗外雪飞，浩天遥思。

二十九传

白雪咏激荡思西域　徐晓霞愠怒斗顽生

诗曰：

昆仑西海雄千载，女儿红颜粉妆奁。
冰裂山魂寒天际，花怒春梦俏枝巅。
西行日月吐蕃地，脸匀胭脂鸾镜鬟。
谁言婵娟肩酥嫩，轮台戎羌酣阑干。

话说晨曦至南泉中学教书，自此拉小扯大，日陷其中，岁月磨砺。且说一日，屋外朔风紧吹，寒冷刺骨，校园内白杨树枝光光秃秃，随风摇曳。晨曦在号内搬个小房儿【小房儿：翼城黄帝语，小凳。房：车也，房星也。房星四星，一字排开，成条形，同独辕车。小凳面似之。】蜷坐火台，一手烤火，一手捧古书读之。火炉口半坐绿皮烧水壶，壶水嗞嗞鸣响。炉火内，火苗伸展，蓝焰扑闪。是时，晨曦号前斜对面之班正上历史课。授课之师，梁远新也。彼时，其正高声而宣，讲唐蕃古道一课。

斯时，教室内有女生名曰白雪咏者，年龄十六，身穿彩花棉袄，蓝色棉裤，脚蹬黑色条纹棉鞋，颈缠腥红围巾，剪学生式短发，面庞俊俏，眉目秀丽，肌肤若雪，身姿婀娜，性情温婉，学习用功，颇为聪慧。曩日，其考南泉中学初中部，成绩名居公社【旧称。】魁首。目下，正上初三，依然学业优异，名列前茅。此时，其正一手托腮，一手握笔，聑课入神。【不凡之女。】【聑 tie：翼城黄帝语，听。黄帝造字：听者，双耳也。】

讲台上，梁远新手执粉笔，唾星四溅，俯仰身躯，倾心而教。梁远新者，中年之师，人瘦，干练，肤色微黑，面戴眼镜，讲课声若宏钟，穿窗越室，传之甚远。彼时，其正讲唐蕃古道之历史地名、山名、水名、族称诸等，且讲且书，且圈且画，粉笔划过黑板，吱吱啦啦，颇为刺耳。其曰："唐蕃古道，自大唐都城长安出发，沿途所经城池地域，当有长安、临州、龙支城、鄯城、绥戎城、恰卜恰、那录驿、星宿海、阁川驿、逻些诸等。所经山脉，当有秦岭、陇山、日月山、阿尼玛卿山、巴颜喀拉山、唐古拉山、喜马拉雅山诸等。彼时，西之古领地，当有党项、吐谷浑、吐蕃、天竺诸等。所经河流，当有渭水、洮水、湟水、倒淌河、清水河、通天河、雅鲁藏布江诸等。"白雪咏心随师语，飞荡千里之外，仿佛身置大西北，山川人物皆朝其走来。【笔往大西北写之。】此刻，其脑海里闪过曩昔一幕。

某夜，宿舍内高中女生刘秀艳、杨梨花、姚慧琴、孟丽菲、郭迎春、杨桂娥诸生，言谈大西北之事。此言彼语，热闹甚焉。刘秀艳曰："惜哉！大西北甚远也。倘若不然，吾等往而睹之，何美哉！"杨梨花笑曰："汝脑有病乎？北京上海不往，何偏往大西北哉？彼有何美？"刘秀艳曰："闻师言，大西北迷人甚也。历史老师如是说，地理老师亦如是说也。"贾翠青曰："嗟！莫骗人也。若其善，何地理老师不留大西北，而千里归乎？"姚慧琴曰："彼乃落叶归根，人老思乡，亦乃人之常情。"刘秀艳曰："此者，国风古来是也。"孟丽菲曰："大西北之地充满诗意，疆自辽阔，天自高远，尽可纵马驰骋，放声高歌哉！"刘秀艳曰："大西北之地，有绿草如茵之草原，满山遍野之牛羊，成群飞舞之天鹅，碧水浩瀚之仙湖。"孟丽菲曰："尚有大雁行阵，高飞云天，声鸣碧霄耶！"【吾睹之，亦热血沸腾也。笔往大西北写也。】杨桂娥曰："噫！此曰'雁叫声声、诗意行行'也！"郭迎春曰："尚有一批批男儿女儿，为建设新中国，骑骆驼，踏沙漠，为祖国建功立业，此乃'驼铃叮当，情深意长'耶！"孟丽菲曰："驼队背后，尚有高原红日，大大圆圆，光芒四射。彼与太阳同行。此乃'朝霞满天，欢声笑语，身披万道霞光，脚踏朵朵云彩'也！"姚慧琴曰："照尔等之语，彼则为仙子，欲往西海边，赴王母娘娘蟠桃盛会乎？"【一串串，好美之语也。大西北之美也。作者溢美之词。无此情怀者，无此语言也。雅艳斋。】

斯时，又有数女生插语。有女生曰："噫！尔等皆为诗人乎？【书中人不语，吾正欲语焉。彼抢吾先也。】何所言俱诗哉？"孟丽菲曰："大西北者，诗之圣地也。人有思，诗则来，况至是地乎？”杨梨花曰：“噫！彼地如此之好，汝则嫁之耶！”孟丽菲曰：“嗟！汝当思嫁乎？”一语未了，众女生哄笑。有女生曰：“方入高一，已思嫁事。若是，可如何学哉？”有女生笑曰：“满脑思嫁，何思学乎？”众女生阔笑，一时闹极。正乱间，有女生高声止曰：“莫说耶！兴奋如此，何以入睡？如此吵闹，明日尚起床乎？倘若晚之，孰承果乎？”室内沸腾照旧，无人能止。【中学校园，写活矣。作者常年为师，男女学生各神态，闭目若在眼前。此又乃不潜深水者，不能得蛟龙是也。丰中园。】

且说此时房外，正好有男生走过。【此等手法，乃《金瓶梅》惯用之法，人物甚忙，应接不暇。著者应用娴熟耳。雅艳斋。】彼男生则为开夜车者。其为夏曙亮、贺志朋、马长林、赵宏举和唐景明诸生。彼闻女生宿舍内叽喳闹声，众男生胡思兴起。夏曙亮曰：“何女生宿舍如此热闹哉？”贺志朋笑曰：“汝入而瞅，不则知乎！”马长林曰：“若不，尔趴门缝窥之？”夏曙亮猛推其身，力曰：“咄！”贺志朋、马长林踉跄数步，几仆。赵宏举、唐景明嘻笑而过。有诗为证：

> 青瓦朱牖树绿葱，夜半灯黑曲径空。
>
> 忽闻女舍畅话语，藏声西海觅雪踪。

彼时，女生宿舍内，白雪咏、郭淑媛、苏翠萍并铺而睡。郭淑媛谓白雪咏曰：“高中女生所言不休，何时能止？”白雪咏欲言，苏翠萍曰：“彼正兴头，何能止之。彼等之言，逞能耳。”白雪咏笑之，而高中女生之话，暗藏其心也。【藏字妙。伏而不露。】

且说今日课堂之上，梁远新正讲大西北之事。白雪咏听得格外留心，分外专注。梁远新授课生动，功夫扎实，板书且多。是时，其正画图形，有山，有水，有地名，所画皆到位，众生称奇。彼先画一小圈，旁注“长安”二字。又画一大“几”形，斜向，蜿蜒而行。语曰：“此乃黄河。”众生以书比之，形似无误。少时，又画两圈，语曰：“此乃‘柏海’，今曰鄂陵湖、扎陵湖是也。”在图形之上，又标“星宿海”之位。继之，则画三角，语曰：“此乃日月山也。”并注之。又曰：“日月山之西，有一湖，名曰青海湖，【始出此地名，故事已近之。】又曰西海、仙海，又曰王母娘娘之瑶池。放眼望去，是湖清澈净透，圣洁不染，水面浩瀚，不见其边。人置其境，若天镜倒悬，如入画焉。晴空之日，仙水碧蓝若练。其色青蓝，其大如海，故曰青海。”言毕，画出湖形，侧注“青海湖”三字。罢，又于日月山与青海湖之间，画一蜿蜒短线，语曰：“此乃倒淌河也。”【精细刻划。】

白雪咏观之，听之，神情渐渐痴迷，无限神往。惟心下纳闷曰：“师解青海湖之名，何不解日月山，倒淌河之名乎？此山此河，名之甚怪，师何不解哉？”自思一阵，疑惑不释。然乱猜之，又觉好笑。同桌叶淑君【介绍两人之位。颇有戏剧性。后文观之，阅者叹也。】以臂触之，低语曰：“何笑哉？”白雪咏扭头一望，抿嘴，未言。后，晨曦有诗曰：

黄河九曲来天半，奔腾到海穿烟岚。
真容不睹凭纸观，雷哮海溢料始难。
地图五彩悬壁张，上下南北空错连。
讲堂有立先生语，课桌在坐学生勘。
忽有一日提问女，语方出口师愕然。
女问黄河几字形，何能水往高处涓。
师者聆罢无言对，托墙扶门心怅惭。
吾教地理数十年，生怎提问出此言。
试问课堂教如何，一语盖过阖棺缄。
东西南北平地看，上下左右竖壁观。
不识平地与竖壁，差错常在两者巅。
此语虽系一女出，多生犹自识同般。
出言有笑有不笑，笑与不笑皆茫淹。
此今忆起雪咏话，我也怅茫不笑差。
地广万里不着际，何谈长蜷农户家。
君若饮过黄河水，驰马扬鞭岂错鸦。
豪情云畔江河头，莽野在下搏浪沙。

梁远新又画“V”形，曲曲弯弯，续画“W”形，又甚大，画毕言曰：“此乃长江。”众生照书以勘，惊曰：“纹丝不谬!”师又画双圈，旁注“逻些”二字。语曰：“逻些城，今名拉萨也。”学生再观，赞声不绝。

少焉，梁远新放下粉笔，拍手上白灰，告曰："方才，吾绘黄河、长江示意图，并标注其名。同学们当记，唐版图颇大。北者，贝加尔湖括其内也，古称北海。西者，巴尔喀什湖、咸海图其中也。唐时，李白则诞斯地。南者，疆域至越南北部也。"且讲且画。少顷，又曰："文成公主进藏，为公元七世纪前期。彼时，吐蕃杰出政治家松赞干布为赞普，统一青藏高原，定都逻些。此后，松赞干布求婚大唐，唐太宗将文成公主嫁之，乃有文成公主进藏事也。"众生静听。梁远新又告众生曰："当年，文成公主进藏，松赞干布千里迎亲。是年，松赞干布二十五岁，文成公主十六岁。"一语未讫，生则高声大叫，怪声不断。有生惊曰："噫！方才十六欤？"有生惊曰："吁！十六则嫁之？"有生哄曰："嘻！此乃早婚耶！"有生怪曰："于！不合婚姻法也！"一阵乱语。有生笑曰："噫！诚未思之，文成公主出嫁，竟如此幼乎？"其愈说愈乱。一时，教室内，众生狂笑不止，动作甚大，有笑而推人者，有拍肩拉臂者，有挤眉弄眼者，有左右乱看者，有笑泪而落者，诸等之况纷乱不止，姿态万千。梁远新见众生所乐过甚，则双臂示意，迭曰："静之！静之！"【炸锅之语。此话，师莫课堂语之。彼生之龄与之相仿，自当比之，宁能静乎？】

正说间，忽闻"哎哟"一声，继闻"啪"之巨响，又闻"哐啷哐啷""扑嗵扑嗵""咚""哐"之声，其音甚大，穿墙越室，如震山岳。【故事陡然而来。作者好手笔也。读此书，断使人放不下书也。高潮迭起，悬念丛生。作者腕力劲挺，功力非凡也。雅艳斋。】众生及梁远新扭头望去，只见男生白耀东，在其座位处身已大斜，几仆。同桌女生徐晓霞愤而推之，色怒，满面涨红。彼时，眼看白耀东即将倒地，彼则于情急之中乱抓课桌，急乱间，一手将桌上文具盒、书本打翻在地，一阵乱响，然身仍未倒也。徐晓霞见状，尤愤，乃一鼓作气，拚却全身之力，两手尽推，不给白耀东半点喘息之机。梁远新望之，忙止。惟此当儿，何能止住？常言道，再恶者，亦怕不要命者。斯时，说时迟，那时快，就在梁远新喊话当儿，又是一阵嘀哩咣铛山响。俄顷，白耀东终四肢朝天，连人带杌仆地也。【高潮一也。】众生睹之，连声呼曰："太过瘾耶！"【吁！一气读来，未喘息也。所写精彩甚焉。我为老友击掌以赞。】【校园生活，作者颇谙熟。无此熟者，无此笔墨也。】

是时，白耀东仆地，身旁一片狼藉。书、作业本、文具盒诸等皆打落地上。其中文具盒早已分家，钢笔、圆珠笔、铅笔、米打尺、三角板、橡皮、圆规散之四地。【一一写俱。】犹奇者，有一小纸片翩然落下，花花绿绿。【有重有轻也。妙哉。作者所写，如同观画。有山水，还得有云烟。作者得其三昧也。雅艳斋。】身旁一男生眼尖，抢先一步，拾之。乍看，暴笑也。身旁男生问："何也？"彼生笑曰："嘻！请观之。"身旁男生接手以观，亦暴笑如旧。原来，此乃自制袖珍课表，上已乱涂不堪。惟醒目处画有女生头像，像中女生扎两根羊角辫。像旁，用彩色笔书写英文一行："I love you！"侧处，又画红色桃心二也，黑箭穿过。【彼时之真。】

却说白耀东仆地，被杌凳所夹，半日不起。梁远新厉喝徐晓霞："嗟！何如是哉！"徐晓霞手拢秀发，望师，脸红曰："师问彼也！"白耀东仆地之处，乃课桌之间过道，甚窄，又因腿脚绊于杌内，周边之生又不助，更有甚者反使绊也，故其半日难起。彼终立后，浑身皆土，众生大笑。其将杌扶起，又试图拾书，拾文具。梁远新观之，断喝曰："白耀东！站好！吾问之，何事欤？"白耀东闻言，立正，欲回师话，又张口难言，唯唯半日，不得一语。于是低头看下，不敢望师。隙间，其偷窥徐晓霞，只见其怒目所向，脸仍彤红，心又慌然。师再问，彼又拧头眨眼，手蹭鼻脸，嘴里哼哼诺诺，终未言一句整话。是时，其后排男生甚为活跃，高语曰："报告老师！其言徐晓霞今年十六，该嫁人耶！"【高潮二起。】

一语未落，教室立哗，嚷声震天，喊声震耳。有男生拍桌尖叫，尚不断眼瞅徐晓霞及众女生。众女生闻言，又见被众男生尽看，则羞颜难挡，低头趴桌。梁远新闻之，方知其故，厉声喝曰："白耀东！尔心整日何思乎？尔令师费劲甚焉！尔学毫无心思，整日调皮捣蛋出洋相。尔不知，此乃课堂，岂为自由市场、放羊坡乎？【彼时真语。】尔想说甚则说甚乎？尔之为，太出格耶！"后排所坐男生数人，平素则非省油之灯，【多校是也。】今日闻师如此训斥，犹幸灾乐祸。齐高声语曰："梁老师！令其站于教室外耶！"【幸灾乐祸，实顽之语。】语毕，一阵嘻闹。梁远新目光严厉扫之，众起哄男生，则忙低头，静而无声。【正确之法。否则课堂乱而不止，课何上哉？】顷间，教室内复静之。后，晨曦有诗曰：

早为学生后为师，为生为师伴校痴。
抬头则见学生面，落枕犹闻学生诗。
好生勤学时时有，差徒恶顽处处滋。
十年书匠阅生众，恶顽之事常心辞。
有师课堂数落生，生不听言反厉嘶。
师愠执帚打生股，生夺帚把反击师。
师羞道没无尊立，长叹师不如枯枝。
件件故事故往过，种种情形情态知。
别辞教馆从经传，精研文章诵古诗。
若今翻说往年事，犹记当日乱堂姿。
闭目可睹顽生面，掩书犹忆学泮池。
顽生旧时见多少，百般怪样常铭兹。
当年恶少今犹见，疲塌松垮无神持。
若言顽少当年狂，人不信言错认斯。
谈笑一过数十年，梦回常伴旧学祠。

白耀东者，顽生也。诸代课之师说起彼生，无不微词。何也？原来白耀东为校南兵工厂职工子弟，调皮捣蛋，全校闻名，师生无人不晓。因其吃商品粮，生活养尊处优，毕业后不愁工作，则不在乎考大学之事。故学习无动力，无压力，乃无事生非，为校内一患。今课堂一幕，乃平素诸事之一。曩日，有师上课，白耀东捣乱，破坏课堂纪律，师愤曰："白耀东！尔尚耀东乎？吾观之，尔则黑东也。若以家言，尔家白养汝也！若以师言，师则白教汝也！若以校言，校则白育汝也！若以尔言，尔则乃白吃白穿，造粪机器也！"【曩日，果如是语。】众生听罢，皆呼师言极是。

今之课堂，又遇斯事。梁远新仍斥曰："尔父母送尔至校，尔用心学乎？尔愧对父母甚焉！倘若双亲知此，彼将奈何？"有生曰："梁老师！呼其父母来，令其父母惩之！【又是顽生幸灾乐祸之语，亦闹事之语。师见此顽生，对其颇熟矣。】一语未讫，手捡白耀东纸条男生者，立而语曰："报告梁老师！白耀东有一纸条，画女生，上写'我爱你'！"【不想纸条，又在此出焉。我已将此事忘矣。作者真细针密线，一丝不乱耳。】众生大笑。梁远新亦闻之一愣。正斯时，彼男生不失时机速至讲台，将纸条递师。此生方落座，白耀东扭头，厉曰："下课后，尔候之！"【事不断也。】斯生曰："吾怕尔乎？"梁远新看罢小纸，谓曰："白耀东！尔整日想何哉？若此之态能学佳乎？"全班之生大笑。【一浪推一浪也。】

梁远新又训一阵，令白耀东坐下。彼方落座，徐晓霞则目瞪之，因余怒未消，又桌下以脚踢之。【余波。】白耀东疼得呲牙裂嘴，啧啧数声，不敢发作。斯时，彼望徐晓霞，只见其杏眼圆瞪，怒火冲冲，威不可犯。白耀东不得不低头俯桌，莫敢再吱声也。教室内方静。梁远新继授其课。少时，白耀东又旧病复发，当其瞅师正写字于黑板之际，忙扭首，谓身后男生曰："尔等稍候！下课再说！"身后男生曰："早候之，下课试试！"一语未了，后排男生又猛蹬其机，顿时再发吱啦响声。【连绵不断也。】梁远新扭头望之，后排男生弗敢再为。

梁远新授课毕，与众生布置习题。罢，则放下粉笔，拍手上白灰，又弹衣上所落白灰，走下讲台，背手巡视。是时，白雪咏见状，则想趁师至时将疑问之。然课堂犹静，欲言，又乏勇气，心下打鼓，甚慌。正斯时，稍远处，忽有男生起而问师，师答之。若此，课堂肃寂破之，白雪咏胆则少壮，遂定决心。少焉，梁远新至，白雪咏壮胆问曰："梁老师！日月山、倒淌河，觉其名怪，何解乎？"一语未已，梁远新猛怔，不谓白雪咏会有如此之问，半日语曰："诚言，吾也不明矣。国之大，地名之多。书若无载，师亦不知也。"语毕，稍作凝思。顷而梁远新走上讲台，谓众生曰："白雪咏所问之疑，甚好！师者，传道授业解惑也。惑之不解，师之责也。然大西北之地甚为遥远，当中之疑，书亦弗能尽解。若欲尽解，则需亲身历之。古人云，读千卷书，行万里路，则乃此理。大西北，祖国之宝地。其多宝藏，尚待开发。未来，祖国召唤，诸生定当响应之。"又曰："彼乃八十年代中国青年，当胸有鸿志。祖国大西北，最广袤之地。戈壁，沙漠，广阔无垠；草原，高山，湖泊，辽阔壮美；众多少数民族，风俗迥异；诸多宝藏，蕴藏丰厚。新中国诞生后，无数中华儿女不畏艰险，不怕困难，为了祖国与人民利益，绝然响应国家召唤，挺进大西北。大西北者，乃中华儿女英雄辈出之地，乃中国版图最壮美之处，乃历史最传奇之域。尔等长大后，当效前贤，义无反顾，勇敢往之，至祖国最需之地耶！

【感召之语。彼时，彼年代，激励无数人也。豪迈故事，豪迈情怀。】男学生理应往之，女学生亦应往之！【能践行者，方为英雄。】吾授中国历史，则告众生当记中华民族之伟大精神。未来，汝若能至，或翻日月山，或跨倒淌河，【日月山，倒淌河，大荒外书生命之语。亦天域之始者也。】彼时，其疑自解也。汝归后，反将奥告师，何不乐欤！”

梁远新愈说愈兴奋，愈说愈慷慨激昂。一阵语过，又谓曰：“吾观之，白雪咏同学乃不凡之生。明日，定有大作为耶！”一语未了，白雪咏倏地脸红。叶淑君以臂触曰：“嗨！嗨！嗨！”白雪咏推之：“去！去！去！”【两女生之故事，贯穿全书也。阅者当细看。方有所品味。感慨多也。】一时，教室内春意盎然，唯室外仍寒风凛冽，房顶残雪卷起，窗前杨树摇摆。斯时，华北大地正处寒冷之季。

室内，白雪咏眼望窗外，思绪不断沸腾。其思当下节令，大西北当为何景欤？想其天犹寒彻，冰飞雪漫，越发苍莽也。忖曰：“大西北，吾心颇思之地。未来，吾能成行乎？日月山，倒淌河，千万里之遥，吾能至乎？人言，好男儿志在四方，吾一女孩家，尚可若是乎？”【千里伏线。】有诗为证：

若羌西域天边垂，长雪昆仑青海飞。
少女芙蓉花簇地，执书凝翠眺烟霏。

欲知后事如何，且阅下篇经传。

史公曰：“人生何远？事业何隆？皆取决于心。心自何立？立于少年。人生或雄或平，少年之志，决者多矣。少年之心，壮岁之图，不为枉也。人各有异，然少年境遇，抉人生去向，不为偏颇耳。此乃前人证，后人又证之者也。”

三十经

雪天，学生扫教室，有女生欲做作业，值日生不顾，生发龃龉。

女生愤，出门踢毽。

叶淑君独至晨曦号。

观书，聊天下之话。凡王朝者，难逃周期率，其兴亦悖，其亡亦忽。

晨曦言，巴黎公社原则依然永存。

尧舜之治，公立天下。人类史初，华夏政治文明倡先。

天下经，淑君始览。

晨曦言周日雪天登翔山绝顶，油画写生。淑君言，愿同往。

晨曦有虑而拒。两下痛，终生悔。

三十传

潘晨曦畅怀谈故往　叶淑君痴情言雪山

诗曰：

浍汾涟荡入大河，尧舜古唐艳丽多。
书院清幽踞云岭，娥眉窈窕临烟波。
潭潭泉水齐映月，阵阵清风半卷荷。
天妒意浓两情重，凭栏日暮绝宿窠。

话说南泉中学，地处乡村僻壤，生多农家子，课堂秩序原本安好，惟厂矿子弟一二，无心学，成日惹是生非，祸害其中，鸡飞狗跳，不得安宁，亦时有日矣。幸人少，弗能兴风作浪，难成气候，又为幸事。梁远新授唐蕃古道之课，白雪咏听之入神，思绪翩翻，魂系西域大荒，放眼若见莽山、天河、仙海、草原、白云、冰雪、流沙、藏民、帐房诸等，满目似睹奇山、异水、迥天、殊地、胡服、羌羽诸等。若是者，林林总总，纷纷纭纭，穿时越空，排沓而来。白雪咏心血滚沸，只觉身轻欲飞，似将千里往也。同桌叶淑君坐而聆听，内心另番天地，五彩缤纷，繁花似锦，蝶飞蜂舞，腾腾闹闹。

倏地，门房丁老汉将门前杨树高枝上金钟敲响，传遍校园，声声清悠。【校园内，常写是钟是人，复出复现，身临其境。】上课之师闻声宣布下课，众男生疯般冲出教室之门，彼此追逐，大呼小喊，出门则打雪仗，闹将起来。女生走出教室，立房檐之下，拱手并肩，互语。男女学生，各自为营，彼此界线分明，极少说话，多不交往。【此乃彼时农村中学特征。】

下午，自由活动之时，教室内打扫卫生。多数学生已走出教室，惟有少许写作业者。彼时，蔡海燕、徐秀芹、张姿洁、吕思慧诸女生仍伏案写之，而值日生嚷叫起来，彼为林淑琼、肖丽红、孙志宏三人。林淑琼喊曰："尔等尽快收拾，吾欲打扫卫生耶！不然，时不及焉。"蔡海燕曰："噫噫噫！何急哉？今日，师布置作业多，尚需再做少时，催何哉？"肖丽红曰："晚自习，不能再做乎？尔等不走，地将何扫？地若不扫，吾等何时归家吃饭乎？"徐秀芹曰："莫喊耶！尔则稍候，立就之。"一语未了，值日男生孙志宏颇不耐烦，谓曰："莫跟彼等罗嗦，说多何用，即扫之！吾先将杌凳摆桌上欤！"【顽生之话。】说罢，则自后排起，噼哩乓唧，将杌凳摔之桌上。顷间，响声四起，极震耳也。【所写极活，常遇之事。】

若此，何能再做作业乎？徐秀芹不满曰："咄！片时工夫亦不予耶？"说无果，则谓蔡海燕曰："罢！吾等不做也。遇此恶顽，有何法哉？吾等玩去。莫看，彼男生无一人做作业乎？"【男生贪玩，自控力差。】言毕，忽思一事，又谓蔡海燕曰："汝昨言，今将携毽。如何？"【笔锋忽转。】一语未了，蔡海燕咿咿呀呀，顿时惊呼。喜曰："诺诺！汝若不言，吾则忘矣！"一语未了，众女生闻讯，齐惊喜曰："速持出，以观之！"蔡海燕将桌上书本、作业本、文具盒诸等稍作收拾，则自抽斗内拉出书包，掏出毛毽。众女生乍睹，顿时惊喜不已。只见其五颜六色，花花绿绿，煞是好看，忙围观之，欢喜雀跃。蔡海燕见毛毽被压，将其扶正捋顺，摆弄一番。毛毽复挺拔劲秀。数女生竞相持观，呼曰："噫！甚美哉！极品也！"一时热闹不已。

徐秀芹手执毛毽，反复把玩，喜曰："此毛毽美极也。毽毛犹长，且红、黄、蓝、白各色俱有，颇赏心悦目耳。"又赞曰："汝果不凡，所做甚佳也。"蔡海燕曰："汝等惟观其佳，焉知寻毽毛之苦乎？"张姿洁曰："汝家无此公鸡乎？"蔡海燕曰："诺！若有，何需如此费力乎？此乃吾母走东串西，四寻于邻家比厦，方得之。"吕思慧笑曰："汝做一毽，动静大矣。"蔡海燕曰："吾母为此，颇费心也。母观我执意而为，倾心以助。吾家无大红公鸡，则出外寻之。终于东巷，见有户人家有大红公鸡，其毛甚好，然其凶猛，鸽人也。母至，获毛而归，方成其毽。"【细极。】众女生问曰："此毛何获？自公鸡之身拔之？"蔡海燕正欲回话，吕思慧曰："若是，大红公鸡岂不疼死乎？"徐秀芹笑曰："咄！尔乃吃斋念佛之徒？将毽做成则是，问多作何？"

众女生正说着，孙志宏又不满曰："尔等恣已，【乡语，玩也。】则至门外去。在此碍手碍脚，人连机凳亦摆不成耶！”众女生嚷曰：“嗟！尔劣甚也！吾等在此，尔摆彼处，非挤不成乎？”孙志宏弗听，谓肖丽红、林淑琼曰：“尔等先拿笤帚扫之，将土扬起，彼则自走耶！”众女生愤曰：“咄！尔恶甚焉！恶顽之心天生也。吾辈走之，踢毽去，莫理之！彼恶之甚，恶无屁眼也。明日看有女嫁尔乎？”一语未尽，孙志宏脸窘通红，欲张口反驳，又不知如何语之，憋之半晌，说不出一句话来，遂又将机凳甩之山响。

众女生且愤且语且拾掇书包，相牵而出，再不理之。彼至屋外空地，将毽一扬，围踢之。霎时，门外众女生聚于一处，有观者，有踢者，有语者，甚是热闹。有女生见踢毽甚佳，谓曰：“吾归，亦扎毽矣。”彼时，踢毽者，扭身翻腿，腾挪身腰，一起一落，姿态优美。毽飞空中，此来彼往，砰砰直响。毽之外围，众男生打雪仗，横冲直撞，乱奔狂呼，将雪团四掷，间或砸于女生之身，或落于女生之头，更有甚者，则入女生脖颈。女生低首弯腰扑出，对而骂之。【吾观古今中外众多小说，写校园生活者，无人出其右也。大荒外是书，对此体味颇深，所写人物众多，且性格鲜明。笔者长期浸润其间，无数学生于心，呼之即出，从不概念也。雅艳斋。】

且说叶淑君下课后，先入其东排宿舍，后折身西返，经教导处小院，过校主干道，正欲入西院月亮门时，陡遇薛翠竹。薛翠竹问曰：“何往欤？”叶淑君曰：“潘老师号也。”两女生相视而笑，分走之。彼时，叶淑君抬头望天，但见天色青灰，冬云阴沉，偶有雪花零星飘之。身旁，疏林斜枝，麻雀叫雪。风过处，疏林霰飞，阵阵寒冷。淑君手拽袖套，上拉围脖。忽而有思，又复原样。【人物心理，细极。】彼时，在此仍闻教室前学生欢闹之声，叽喳之语。

转过房角，则至晨曦号门前。淑君低头稍拽棉袄下摆，将皱处拉平。【细微之处见文章锦绣。】呼曰：“报告！”其声极为柔绵悦耳。晨曦屋内曰：“进来！”淑君款启门扉，半推而入。【何半推耶？冬天天冷，大推，门内热气不全跑乎？写此，有生活也。细腻之极。人物动作甚是到位。雅艳斋。】斯时，则见晨曦坐小房儿【乡语，凳也。】于火台，执书以观。号内别无他人。火塘内炉火通红，绿皮烧水壶吱吱而响。晨曦半身红光。淑君至，两人笑而共语，谈东说西，言语自多。

缘乃故知，晨曦坐火台未移，与淑君近语。晨曦问："汝乃多日未至也。"淑君曰："吾觉亦有天数也，故今来之。"晨曦与其相视而笑。淑君见晨曦所读，皆线装古书，颇旧，纸已脆黄。问曰："师所观者，何书也?"晨曦曰："《十三经注疏》也。"淑君问："吾可观乎?"晨曦忙曰："诺！书属大众也，焉能独享乎?"二人笑之。随后，晨曦将书递于淑君。淑君观之，曰："噫！此乃古书，满篇古文，吾读之，甚难懂耳。"晨曦曰："汝辈须继承吾祖优秀文化也。文言文需下功夫学之不可。中华文脉所承者，文言文也。白话文方数十年之时。国之经典，悉文言文也。倘若文言文不通，则与吾祖失之交臂。不能神交，诚为憾也。"淑君聊翻数页，忽见有数句眼熟。再观，惊曰："噫！是句，原出此乎?"晨曦问："何句哉?"淑君曰："'其兴也悖焉'，'其亡也忽焉'之句也。"晨曦曰："此句出斯书《春秋左传》庄公十一年之文。其文曰：秋，宋大水。公使吊焉。曰：'天作淫雨，害于粢盛，若之何不吊?'对曰：'孤实不敬，天降之灾。又以为君忧，拜命之辱。'臧文仲曰：'宋其兴乎！禹、汤罪己，其兴也悖焉；桀、纣罪人，其亡也忽焉。且列国有凶称孤，礼也。言惧而名礼，其庶乎！'既而闻之曰：'公子御说之辞也。'臧孙达曰：'是宜为君，有恤民之心。'"【冰山一角之法。】淑君以书对之，果然如是。淑君惊曰："噫！师之背诵，一字不谬耳。"晨曦曰："名文名句，焉能不爱，焉能不知乎?"淑君之心敬服师之不已。晨曦问："尔解其意乎?"淑君曰："全文之意不明，然彼之二句昔尝睹之，粗知也。然不知细哉。请师教之。"晨曦曰："'禹、汤罪己，其兴也悖焉；桀、纣罪人，其亡也忽焉'之句，语不深奥，洞明其理。后人，以此借指朝代更替之征也。"淑君曰："何也?"晨曦曰："中国封建王朝，有数千年矣。朝代者，家天下也。一朝朽之，一朝风摧之；再朝朽之，再朝风摧之。兴焉，亡焉，无朝不若是耳。盖权倾之时，王天下，罪黎民，焉不亡乎?"淑君曰："莫避乎?"晨曦曰："凡王朝者，概莫能避也。"淑君曰："何也?"晨曦曰："若论，长则三日不尽，短则一句而明。"淑君曰："何句哉?"晨曦曰："私也。"淑君曰："何谓之?"晨曦曰："大凡政体，虽繁夥，惟二字别之。"淑君曰："何二字欤?"晨曦曰："'公'也，'私'也。"【见深。】再为之详语，淑君静听。

语过，晨曦手拿一书，递于淑君。淑君看之，《天下经》也。【此书名于元经传出之，不想千里应此也。】淑君翻其书，无作者名姓，问曰："此书何人所著?"晨曦曰："无名氏也。"淑君曰："何朝代欤?"晨曦曰："无年号可考也。"淑君披阅览之，见有二十八章。前数章如下：

一章

天下者，人居之域也。人之先，有天，有地，有山，有水，有木，有粟，有千草，有百兽。人之所诞，惟其后也。

人出其后，而颇聪于前，劫百难而延，艰之艰也。人死于病，人死于兽，人死于天，人死于地，人死于人。人之存，诚不易也。

二章

人出之，世诞之。人之体，逊百兽。人之聪，逾百兽。益人者，虽兽而亲；害人者，兽猛而损。人力极，害人之兽亡。

人聪慧正，则为万物主；人聪恶邪，必为万物害。正，皆荣；邪，俱毁。荣则万物昌，毁则百代殁。

三章

人之团，抵恶也。人之分，恶己也。

善，财货也；恶，财货也。源者，心也；促源者，物也。

有物而贪，私心生焉。以物损类，层级生焉。

四章

人类史长，共御恶境。层级当生，如同犬豕。以人役人，以人畜人，以人物人，吸血夺命，譬如草芥，何为人乎?

五章

天下之物者，公也；天下之属者，公也。公者，人赖之本，世之源也。私者，公之害也。昔往，私生于公；明日，私灭于公。天下大道，九九归公。

天下万物始公也，天下之势归公也。属公则顺，逆公则扼，古今同理。

淑君观此，曰："斯文，似老子《道德经》也，盖老子所作乎?"晨曦曰："观其文，非也。此书大有新意耳。"又曰："社会制度以本质属性分，惟公有制、私有制两类也。社会者，众之营也；社会财富者，众劳之果也。归众，归劳，社会根本也。故'公'，政权之本，固也；'私'，政权所覆，蚀也。故王朝者无不倾覆也。"【观文至此，趣想一事。今，盗寇猖，不胜防。天下维稳是安。城内，有私家汽车丢者，累案也。车主想尽诸法，尝有锁方向盘者。然贼，尚有盗汽车轮者。晨起，有私家汽车车轮尽无，四轮之处，皆垫砖头一摞。见状，令人喷笑。然亦有一奇，乃公交车，既不锁门，且门敞开，随意放置，竟无人盗哉！何也？乃公者，私不染也。癸巳夏，唱叹轩。】

淑君曰："王朝者，家天下，专制也。然资产阶级所谓民主制度可避乎?"晨曦曰："否!"淑君曰："何也?"晨曦曰："此亦私之故也。王朝为私，覆也；资本主义剥削制度乃私，亦必覆也。"淑君曰："吾明之，人类社会发展史告之，共产主义乃宇宙真理。世界，劳动者创造也。天下者，理应归劳动者所有。惟劳动阶级掌握政权，天下公立方可安然无虞。否则，皆欺人也。"晨曦曰："诺！马克思主义乃劳动者寻求解放之真理。共产主义社会必定实现，此乃人类历史规律使然，亦乃天下发展之大势。共产主义社会并不遥远耳。"

淑君曰："吾父母亦如是言。其曰：'共产主义天下并非遥不可及。'且以国营工厂为例，言诸多之处，早已按需分配。如住房、福利、劳保诸等皆然。"【此出工厂例，前有农村例。全矣。】晨曦曰："人民公社时期，农村生产队里，社员所分人口粮则乃按需分配也，每户发放广播喇叭，亦乃按需分配也。五保户之供养，盖如是也。"【再提。】淑君曰："社会主义社会中，吾等已睹共产主义之曙光。共产主义社会并不遥远。何资产阶级不若是言乎?"

晨曦曰："社会主义、共产主义得以实现，资产阶级剥削制度则摧毁之，彼则无法实现资产阶级专政也。此乃资产阶级贪婪自私、狭隘反动之阶级本性所决定之。资本主义制度与封建制度同为剥削制度，资产阶级与诸封建帝王，在剥削、压迫、掠夺劳动人民方面别无二致。资产阶级依靠剥削、压迫、掠夺劳动人民而生存，彼乃寄生虫、吸血鬼、毒蛇猛兽。《国际歌》若是言，不谬也。资本主义制度乃人类不平等社会制度。在资本主义社会里，资产阶级政权实行剥削制度，首先利用资本占有他人劳动，利用资本奴役他人。二者，资产阶级政权实行以权分配，利用政权之专政工具直接掠夺劳动人民财富，以饱私囊，此在后起资本主义国家愈加明显。劳动者与机器同般，皆为其发财致富工具，成为其榨取血汗与驱使牛马，而剥削者则为上等人，此与封建制度别无二致。在资本主义社会制度里，社会财富决定社会地位。劳动者创造社会财富，而不能拥有社会财富，反被这些社会财富压榨得愈发没有财富。安有其理乎？资本主义政权乃维护资产阶级剥削制度之政权。资本主义制度乃使劳动者贫困之制度。资本主义制度乃野蛮制度、魔鬼制度，其毁灭人类，毁灭大自然，已达无以复加之地步。近当代，资本主义制度毁灭人类、毁灭大自然之严重程度远比人类历代毁灭之和犹大、犹多，且有永不复生者也。”正是：

果实挂树汗流尽，蠛蠓附身物遭殃。

淑君言师曰：“潘老师，当下，有人疯传马克思主义过时也，是否？”晨曦曰：“谬极矣！时至今日，纵观天下，资本主义剥削、压迫、掠夺之丑恶本性，永不能成为人类社会发展之旗帜，犹非人类信仰。资本主义制度存在一日，马克思主义真理则不可磨灭，永放光芒。劳动大众必在马克思主义真理照耀下，将人类解放大旗扛向共产主义！”淑君曰：“时下，尝有人说，资本主义制度乃民主制度，社会主义制度乃专制制度，资本主义制度优于社会主义制度也。”一语未了，晨曦大笑曰：“嘻！如此之人，蠢哉！不学无术，所见陋极。专政与专制，两概念也。二者，风马牛不相及也。专政，非专制也。在资本主义制度下，资产阶级实行资产阶级专政；在社会主义制度下，无产阶级实行无产阶级专政。此乃阶级社会中之阶级专政，而非封建专制。若论民主，资产阶级政权建立于剥削制度之上，替剥削者服务，此乃剥削者之民主；无产阶级政权建立于劳动人民当家作主之公有制基础之上，此乃无产阶级之民主，亦乃劳动人民之民主，亦乃最广大人民之民主，亦谓阶级社会之最高民主，故彼言谬极也。再者，社会主义制度乃向共产主义之无阶级社会过渡之制度。人类将通过劳动阶级掌握政权，消灭剥削者，消灭压迫者，之后，人类将进入共产主义阶段，彼时，无剥削，无压迫，天下者，皆劳动者之天下。天下资源、财富供天下人共有共享。彼时，随着剥削制度之消亡，人类争斗消亡，阶级消亡，国家消亡，天下人终成一家也。彼时之劳动，此社会财富产生之惟一方式，将成为人类最大愉悦也。【经历过资本主义社会失业之苦者，方体验劳动权力不可剥夺之伟大。不经三冬严寒者，不知春之温暖也。人乃社会主宰，人性中有不可排斥之社会属性。人非独处动物，人不能离开社会而独立存在。人被剥夺社会属性则乃囚徒。故无剥削、压迫之集体劳作、社会聚合乃人最大快乐。丰中园。】【昔日，在农村时，望着广袤土地，整日劳动于斯，虽有愉悦，然无时无晌劳作，仍有烦词厌句。彼时，多数人以跳出农家为奋斗目标。今人涌入城市，远离土地，钢筋水泥为牢。斯时，又渴望拥有土地，纵有巴掌之地也好。在劳动光荣年代里，人不知劳动珍贵。今远离劳动，人却渴望劳动，并创造一切条件劳动。此乃昔日之人不能想也。彼时认为，让你吃好喝好勤躺着睡着，你肯定幸福。今看，大错矣！乙未秋日，丰中园。】【吾楼下住有一对老年夫妇，老者八十矣。彼拿铁锹在单元楼前草地栽花植树，端水施肥，忙个不停。且越栽越多，不断拓地，物业看后，曾将其铲之，又发生争执。有日，老者谓我曰，尔忙，尔种橘树干旱，吾为其浇水，且将拔草放于树根，以作肥料。吾忙谢之。老年夫妇独居小区，儿女不在身边。彼家在此小区有房数套，且有门面房出租。因无人住，彼将一套空房专放垃圾。老者拾破烂，相当勤快。不日，屋内垃圾已堆积若山，且废纸箱堆至窗口，屋外亦是。火灾隐患极矣。有日，吾妻外扔快递废纸箱，为不使老者捡拾，无予之。老者窗口见之，冲屋而出。适时，一妇亦拾，二人抢夺。妻曰，吾顿觉难堪也。吾慨半日，人已耄矣，劳动之欲犹如是强，况壮者乎？故劳动意义非凡。今日得识，劳动等同生命也。可劳，生命存焉。弗劳，生命休焉。争劳、抢劳，争抢生命也。昔者不知，今日方明，慨叹甚哉！呜呼！乙未秋九月，丰中园。】天下兄弟姐妹一家也。再无民族、肤色之分，人类皆以生产需求为动。社会组织再不是国家、政府，而是统领全局之生产调配组织。彼时，你有，我有，大家都有。因天下资源、财富共有，贫富差异消亡，阶级消亡，犯罪消亡，监狱消亡，军队消亡，国家消亡，战争消亡，天下将成为人类共有乐园。天下以愉悦劳动而进，互助友爱，物质与精神充分满足与享受。人类一旦摆脱阶级社会之束缚，其在文化、科技领域之创造，将会更加前无古人。人类将会不断开拓新领域。人类终将摆脱地球束缚，走向其他星球，走向浩瀚宇宙。彼时，宇宙中将会有更多更大星球供人类居住与生活。人类将与地外文明进行广泛接触与联系，互借文明，共享宇宙。故人类不断探索与进步步伐不会因进入共产主义而终止，相反，至共产主义社会人类前进步伐将会更快更大。”

淑君喜曰：“嘻！师之描述好辽阔也！”晨曦曰：“本应若是。”淑君曰：“昔言，共产主义社会乃物质发达社会。何时物质才发达欤？”晨曦曰：“物质与人类需求关系永为动态概念，而物质发达则为相对概念。人类乃不断发展，生产力乃不断提高。人类社会不断有新产品出现。人类物质发展将不断满足人类新需求，此步伐永远不会停止，永远没有休止符，而阶级压迫关系却有休止符。强加于人身之桎梏，人类注定将其粉碎。因人类需不断解放自己，需不断革命，故人类在解放大道上不断迅跑，任何腐朽力量皆不可止。”淑君曰：“唯唯，明也。”晨曦曰：“随人类科技不断发展，生产力不断提高，劳动生产率大幅提升，社会产品将在人类正常劳动之下，满足人类之需。斯时可言，物质满足人类需求也。再者，人类物质之需，不外衣食住行。能供衣穿，能供食给，能供安居，能供捷行，足矣。再者，人类之需，必须能够持续发展，过分贪欲、索取，则毁灭地球，毁灭人类，此乃物欲不能过分膨胀之理。二者须平衡为之。故物欲概念又为不难达到之标准。以当代满足为满足，以时代发展为发展。故物之按需分配，并非遥远概念。”淑君曰：“有何社会标准乎？”晨曦曰：“在剥削制度下，当资本主义经济危机即生产过剩危机反复出现之时，按需分配条件即具也。”淑君大喜曰：“噫！若是说，甚好解也！吾心亦明之。从理论言，共产主义社会并不遥远，且大大提前也。”晨曦笑曰：“诺，然也！”【吾写共产主义一节时，天发生奇迹。时秋末将冬，天久阴而雨，甚为凄冷。今，正写共产主义时，天骤然阳光大射，天地洞明，灿烂彤红，光亮甚足。大地立由昏暗倏转光明，温暖立时普照大地。陡遇斯变，惊喜万分。霎间天人呼应，倍觉神灵显矣。仿佛天知我也，天观吾书也。仿佛神居吾身，神居吾书也。一时浑身震颤，心荡不已。此乃平生所遇天人感应之首验也。吾慨曰，噫！神佑天下也！此刻乃公历 2015 年 10 月 31 日，星期六，下午 1 点 25 分，农历乙未年九月十九日未时。写作地，西安王家坟。作者，天陵尧尧生。】

淑君曰："昔日，言共产主义社会乃大工业也。是否，至共产主义，农村亦变工厂耶?"晨曦曰："彼言工农差别也，即劳动方式改变也，远非所有农村亦变工厂也。无论生产力多么发达，有一项不能更之，即土地生长庄稼、生长植物不能改变。土地一万年，还得是土地也。即使至共产主义，钢铁亦不能吃也。祖祖辈辈，世世代代，必须将土地善传下去。须知地球，三山六水一份田，土地极其珍贵。破坏土地，破坏大自然，终为人类罪人，地球罪人也。"

语过一阵，师生两人又海阔天空漫谈。少顷，淑君又翻阅晨曦身边之书，见尚有《尚书》《列子》《战国策》《山海经》《括地志》《社会契约论》《论法之精神》《共产党宣言》诸等，不一而足。淑君且观且语曰："倘若似今日之学，轻松自然，亦学牢耳。而当今，皆做偏题、怪题、难题，无休无止，学生成做题机器，大煞学趣，诚亦苦役也。"晨曦曰："惟头悬高考之刃，不得不僵学耳。"淑君曰："潘老师，曩日，师亦如是乎?"

晨曦笑曰："高考未恢复之前，吾所学乐也。高考恢复后，则与诸生竞争，其果迥然不同。今之累积，多为趣学所致。无趣者，早抛远也。昔者吾为高考，苦学半年，录之。后言，倘若是年不能及第，再考，定疯耳。"晨曦又言无高考时之状，淑君曰："彼时，如此轻松乎?"晨曦曰："此事虽隔数年，恍如隔世。吾求学高中时，班级尝为连队制也。"淑君诧异，愕然不解，晨曦言详。

淑君曰："彼时，师将何学?"晨曦曰："学则学矣，无考也。平素作业，即课本之题，且师将难题所删又多，作业减之又减，生喜煞也。"淑君笑曰："如是学，能不喜乎?"晨曦曰："某题虽删不做，吾试图做之。此乃逆反心理也。"淑君曰："师逢好岁月也。"晨曦曰："彼时之学，重实践耳。"淑君曰："何实践乎？"晨曦曰："以生物课为例。某日，吾等尝学将玉米变小麦之课哉！"一语未了，淑君大惊曰："玉米变小麦，能有此事乎？"晨曦曰："唯，然！"淑君倍问其详，晨曦答之。又曰："彼时授业者，女师也。女师上课至，端玻璃缸，内浸玉米种。授其生物之理，并绘图以示，又教生动手为之。"淑君急问："何为之？"晨曦曰："师先令生平切玉米粒之顶，留一丝相连，针挑粒内黄粉，留苞芽莫伤，再内填麦粉。毕，合盖封蜡，则成。女师言，粒入土，长之，则中带小麦之粉。一茬微之，然代代而为，久则显矣。"【此事记清。】语毕，淑君心内震撼，曰："人，竟有如此奇思妙想乎？诚乃神仙也！"有诗为证：

文塔双立浍河畔，学业如烟风雨翻。
半百犹思仙业课，玉米金粒变麦山。

后，晨曦有诗曰：

十四那年高中居，课业不多时日徐。
学以致用终受益，呼友奇谈仙太虚。
生物老师教新知，玉米能换白面躯。
惊讶之余动手做，师者为女尊姓吕。
点起酒精灯一盏，拿起金粒剖腹腔。
保护蓓芽填麦粉，封口上蜡待入田。
一年四季一点变，十年半百日日渐。
总有一日蛹化蝶，脱胎换骨变丽颜。
多少枉知云烟过，真知犹记梦未破。
山川皆变旧模样，仍怀绮梦灿山河。
若能科学利人间，何不尽做怡农园。
秋田玉米皆麦粮，山屋胜过平川檐。
但愿人间步步锦，醅酩珍馐赛神仙。

语毕，淑君、晨曦二人皆开心而笑。

少选，晨曦又思一事，噗嗤而笑。淑君曰："何也？"晨曦笑曰："吾女师之夫，亦为师，然眼力甚弱，走路甚慢，一步一移，步子甚碎。生见其走路之姿，常笑之。缘其弗代吾课，素近观少之。某日，吾生数人至女师家，见其夫坐于炕沿，衣着甚为整洁，手捧书而观，旁若无人，一言不发。吾与其对面而坐，近观仔细，只见其两眼距书仅有寸余，书几贴面。其眼镜片圈圈道道，密密匝匝，不得数也。”晨曦扮其相，淑君笑之。晨曦曰：“无论学之好坏，须将视力保护佳之。否则，双目戴镜，人则称其四眼矣。”淑君笑曰：“四眼乃骂人之话！”

晨曦曰：“唯唯，然！乡人言四眼者，犬也。”言之犬字，晨曦又兴至。曰：“吾年少之时养一犬，花者也。彼为四眼。两假眼金黄，所观甚佳。彼乃我早年所养，至大，情深也。吾放学归，近家门，则口呼一声：‘哈巴嘟海！’【笑哉。是此呼也。】彼速跑而出，蹿之吾前，趴衣，绕行，四处撒欢，乐甚。吾入院内，高声呼父母曰：‘吾归哉！’”【是此景。】淑君笑曰：“童年所历，甚为有趣。吾长于工厂，不能养狗。无此乐，亦无其历也。”

晨曦曰：“吾长于农村，农村各家有院，有养狗之地，又有所食，自能养之。此乃农村之利也。”淑君言诺。晨曦曰：“凡养狗之人，自知狗通人性。有年冬日，吾随父同宿于本村七年制学校。翌日晨，开门，门外大雪，不想吾花狗竟依门而卧，身披厚雪。霎时，吾且惊且喜，忙将狗唤入，狗身抖之，雪落一地。吾心疼之极，忙弯腰搂狗，亲之又亲。父见此景，亦甚感动，皆言不谓狗能若是。归家，吾将其事告于祖母。祖母曰：‘不谓狗尝两处看门也。’吾则心疼曰：‘天之大雪，其竟卧门前，无遮无拦。大雪地里，宁不冷乎？’”【真事，真景。】淑君听之，亦甚动容，曰：“不想为一犬，师竟如此难忘哉！”晨曦曰：“有情，自难忘也。吾父善画，用麻纸画花狗数幅。今观，亦为纪念耳。”语毕，心下忽地凄然。后，晨曦有诗曰：

小狗唤作哈巴嘟，与我亲热相互搂。
伴我少年岁月稠，多少往事历历勾。
狗小抱来尾巴尖，碾盘巨石友刀裁。
我自心疼莫须做，友说剪尖尾巴卷。
狗小冬日卧炉渣，捅火落炭叫凄呱。
我自上手拨火炭，从此捅火定下看。
放学归来狗群斗，我自挥石砸他狗。

狗见我来斗志凶，我却石出落己狗。
狗仍不减斗顽志，凯旋闹罢心方悠。
一日冬夜观电影，伸手不见五指踪。
全家归来入大院，狗出狂吠奔东撵。
我自随狗往东冲，一大黑兽越墙垣。
全家齐赞狗真灵，颇有智慧守家门。
大雪卧护两边人，开门见狗我心疼。
我与花狗两不分，彼非兽犬同家人。
一日晨起不见面，我狗从此无影踪。
闻说某顽害我狗，我心与他隔千秋。
岁月半百已成旧，心犹难释与他仇。

稍过，晨曦笑曰："噫！所说愈远矣。"淑君望师一眼，甜笑曰："潘老师，吾乐听也。"

少时，晨曦言说正事。曰："数日来，天降大雪，玉树琼枝，仙境耳。吾观翔山，峰峦皑皑，姿容铮铮，路寂村静，孤烟袅袅，想必山人负薪，一行雪印，亦诗情画意也。吾想周日登临翔山，领略雪中极寒风光。至峰顶，再绘油画写生一幅。"一语未了，淑君脱口曰："师往翔山，吾愿随之！"语出，晨曦浑身一震，忙看淑君。不料，淑君竟说出如此之话。晨曦心下无备，眼大睁，呆看淑君半日，竟一时不知何答。

彼时，晨曦思大雪天中，苍莽山野，沟壑无人，其与淑君同入翔山，一弱冠男师，一美丽女生，众人见之，何思哉？流言又将何播耶？孤男寡女之嫌，瓜田李下之忌，古今多有鉴耳。为师者宁不知乎？若知，何能为之？倘若不慎，而毁一旦，蒙不白之冤，何能承之？昔者大才子唐伯虎科场冤案，焉忘乎？前车之覆后车之鉴，宁不知乎？凡此种种，晨曦心头翻腾半日，方曰："此乃大雪天，登临翔山绝顶，天甚冷也。"淑君两眼大睁，目光明明，凝望爱师，曰："我不怕！"【读此三字，吾大哭哉！淑君当年如是语耳。此三字，字字敲我心也。事隔三十一年矣。淑君之语音犹在耳，悔极矣！读此，吾心仍颤不止。惜时光不能倒流，若是，我二人同登翔山矣！呜呼，悲也夫！吾愧对淑君一片情也。癸巳荷月。】淑君之言，言词铮铮，情深意笃。

纵使前有刀山火海，亦绝不惧之。正是：

芳心爱烈鬼神泣，花季情痴山岳移。

晨曦惊闻，亦为之动容，其深知淑君之心。心思，淑君乃绝佳姑娘，纵上天入地，亦难觅二也。惟眼前之景，又不得不顾之。俗世之嫌，仍有所忌。其心翻腾激荡，阵阵不息。然其真心，何尝不思与其同登翔山乎？惟思依理不能耳。心下曰："淑君正上初三，年方十五六。倘若师生若此，定为两情相恋，公之世人，可奈何？"心下激荡，又沉重若铅，极难矣。

少顷，晨曦决之。曰："汝莫去也。"此语一出，晨曦顿觉自己形秽不堪，丑陋无比。一时，又恨己不已。淑君闻言，不谓如是之果，心如刀割，身打寒颤。彼望晨曦，咬唇，目光顿时茫然。顷间，其神消形散，人立傻矣。后，晨曦有诗曰：

淑君是我难忘情，件件往事铭记心。
斯时年龄皆且少，性自雪纯苗正青。
稚嫩心灵不熟成，错过雨霁彩虹升。
天不假道人错径，桃花开在梅时庚。
你来我往交最多，月清水幽两空忙。
冬日翔山话履时，心自犹痛半世戕。
如今忆起当年事，犹乃虑多空劳伤。
当年若能随其愿，踏山跃岭又何妨。
过后风掠常思量，雪山冰峰寒摧芳。
女儿真情日月证，汤火刀剑何彷徨。
日记繁密暮山紫，前记后追嫩花枝。
嗟叹铁水已铸锅，烟云散尽日出迟。
推窗常思云岭事，阖户时捡肺腑辞。
彼年天寒雪正大，不忘炉旁立玉姿。
南泉岁月共一岁，续续断断书相连。
情多意厚年亦长，可惜风吹散重渊。
待到步步至仙台，仙人已在别山颠。
奋臂抽刀劈落水，花落潭溪空茫然。

心内春秋对天写，意中锦绣与壁言。

苍天青云阔旷野，西隅小屋风阿卷。

后，淑君走出师号，热泪滚落。晨曦在屋，心亦颇受煎熬，责己不已。心下思曰："淑君者，以姑娘之身，犹所不惧，吾何惧之?"一时，心内乱纷，不知所以。惟闻屋外朔风阵阵，呼啸而过。有诗为证：

寒风凛冽雪鹅毛，炉火正红玉女娇。

携手不曾同越壑，青峦山麓静村坳。

欲知后事如何，且阅下篇经传。

史公曰："晨曦与淑君，首回情烈之举也。淑君之言，半世已过，然字字句句，撕肝裂肺。彼时，两者皆诚，惟晨曦为师，年稍长，忌其果也。然伤其情，亦大痛哉！大雪天，流言虑，淑君皆不惧，惟愿同往。其情其意，何等撼山震岳！若是者，今尚能觅其二乎？叹叹！"

三十一经

晨曦号，生多，拥挤。

贺艳梅，携大画四条屏至，花鸟画，色彩绚丽。

徐秋蓉与师约周日来校，未至，言说其由。

晨曦闻之，心灭神殇。

俄顷，晨曦后背忽有女生酥胸紧倚，柔软绵团，旖旎不去。

晨曦暗惊莫动，恐伤女生之心。少时扭首，乃姜婉萍，笑盈于后。

两下情飞，恒永绵久。

世之大家，五百年当出一人，非短时可为。

诞金瓶梅、红楼梦之国度，定能再诞文学巨著。

三十一传

徐秋蓉赧颜语父意　姜婉萍酥胸贴师背

诗曰：

人生故事缈云烟，不期鸾鸣岁月添。
黑夜沉沉寻路径，繁星熠熠闪闱帘。
可人匆匆旧坊过，故地倏倏新面连。
只是踏访苦不遇，土墙瓦厦废多年。

话说叶淑君至晨曦号，师生二人攀谈，古今中外，涉猎甚广，话语犹浓，不胜热闹。惟语周日雪天登翔山，淑君愿同往。晨曦闻惊，有虑难诺，终拒之。淑君甚为伤悲。人走后，晨曦亦难过不已。后，晨曦甚为懊悔，然彼时之断，久塞于胸，是焉非焉，纠缠永永。此拒，晨曦心痛不已，觉愧对淑君甚焉。此情折磨，久长未息。

且说，随时日俱增，有生至晨曦号者愈来愈多，如潮似水。许多男女学生持画而至，挤也，呼也，嚷也，以期晨曦赐教为盼。生者波波而来，从未间歇，热闹之极。隔壁沈第业见之，亦觉纳罕。一日，有女生数人持画经过，欢声笑语，叽叽喳喳。沈第业问曰："曩日，从未见汝等爱好绘画，何今如此不同哉？"女生曰："吾等颇爱绘画，惟无专业之师教之，其好隐之，无处显耳。当下校办学生画展，自想参与哉！"又有女生曰："潘老师水平高，为吾等点拨数语则明，提高甚快。"正话间，吴骄伍走来。高声语曰："汝等将潘老师号挤塌耶！何陡地冒出哉？汝等如此爱好画乎？"女学生见彼，则低头笑走，不言一语。【女生以何态对诸师，心下皆明，从不含糊。不深谙者，不明其奥也。晨曦与生打成一片，自知其深处之思也。故作者体

验生活须深，浮光掠影，轻飘若纸，难为佳文也。雅艳斋。】

晨曦见众生如潮涌来，亦不便推辞，乐于施教，两厢凑成，遂盛况空前，乃成校内一大景也。有诗为证：

白日课业上六堂，活动时间分外忙。
涟摆随风波不穷，求知少女又少郎。

所来之子多为初中生，且多女生。彼多生性活泼，不免大声叫喊，叽哩哇啦，常天翻地覆。热闹时人多如山，挤挤嚷嚷，若同鼎沸。

凡生来，则将晨曦号围之满溢。随接触渐多，晨曦亦甚爱其生，自不拒也。如此女生，虽身处农村，然颇有才华，天资明敏，美丽俊秀。晨曦觉有责，凡来学者必教之。思曰：“众生潜质极大，师若引道，必焕其能，未来定取惊人成就。吾愿诸生皆成材也。”

一日，下午活动时至，晨曦正在号内批改学生作文，爱画之生则三三两两结伴而至。少时，又塞满一屋。且说正热闹之际，门口忽有女生高呼：“报告!”晨曦被学生紧围，抬头不见来者，听其声音乃贺艳梅也，乃高声回曰：“进来!”贺艳梅手持大画一卷，摇头晃脑，嘻哈而至。【是此状。贺艳梅活泼矣。】彼见所围学生众多，里三层外三层，乃仰头呼曰：“潘老师！吾来耶!”一语未了，已高举画卷挤之，且挤且呼，嗓门宏大。外层女生被挤出，忙呼曰：“何如此挤哉?”贺艳梅曰：“不挤能入乎?”内层女生被挤动，急曰：“莫挤耶!”贺艳梅曰：“尔等不拿画，围此作甚?”又力挤之。数回合挤入，大笑曰：“吾终进之也。”众女生不满曰：“人不大，挤劲不小!”

贺艳梅挤至晨曦身边，气喘吁吁，忙与师打招呼。晨曦见其持画，喜曰：“噫！又有新画乎?”贺艳梅将画猛置案上，晨曦见乃整张大纸。叹曰：“好大画也!”说罢，展画而观。彼时，众生亦急观，又蜂拥而动。贺艳梅见状，急呼曰：“莫挤哉！将吾画挤烂也!”晨曦拿字典、厚书压画角，挺身以观，连连称奇不已。此花鸟画乃整纸之上绘两幅，上下叠两大张四幅画也。晨曦览毕，惊曰：“吁！此乃四条屏也。尔龄不大，进步甚快也!”观之许时，又望此女，见其风风火火，一脸喜悦。乃赞赏曰：“汝画构图饱满，色彩艳丽，线条沉稳，有大家风范!”又夸曰：“画之甚好！不想今作如此大画，且为四条屏，诚出人意料耳。”众生看罢，亦皆惊叹。贺艳梅受师夸奖，心中甚喜，自豪不已。

晨曦谓曰："汝将画交隗老师，以备展出。"贺红梅应之，卷画挤出。许时，晨曦又送走一批学生。大波走后，顿觉轻松。彼方扭头观其身后，只见号内惟余徐秋蓉、姜婉萍、林淑琼、刘秀珍、朱雅琴、陈紫薇诸生。其伸腰舒臂，谓曰："方才学生甚多。是时，令吾稍微透气，暂缓之。"说罢，则面对诸生，活筋舒骨。少焉，又言归正传。徐秋蓉曰："潘老师，吾有一画，请师教之。"遂将画作展于师前，晨曦再观。

徐秋蓉者，乃初三学生，家居西乡村，位学校西南，距校二里许。其常与姜婉萍同至晨曦号。此乃冬日，大寒之天，因风哨之故，其面颊泛现朱晕红斑，远望，脸色粉艳也。彼戴自织湖蓝色毛线手套，其手套编织有一绝，乃右手拇指、食指、中指三指前半截编有豁口，可以外翻。写字时，三指前端外露，以便写字。不写时，合之取暖。【智慧所在。】

今，晨曦辅导徐秋蓉之画，则心思前之一事，然不便问，稍有沉郁。原来日前，周末之时，晨曦未归家，徐秋蓉欲作画以备画展，晨曦谓曰："本周星期天吾在校，汝可与姜婉萍同来，至校绘画，以便教之。素日，生所来者众，轮至每生，时不多矣。周日皆不上课，方有时也。"徐秋蓉与姜婉萍闻言颇喜，忙应之。然周日之时，晨曦早起，候之半日，彼亦未至。晨曦又候之日已过午，亦不见至。次周上学后，其与婉萍来，携画令晨曦指导之。毕，欲走时，曰："潘老师，吾星期天未至，吾父令我在家画也。"【是此语。】一语未了，晨曦心头倏然一震，听其意，其父话中有话也。晨曦乃凝望徐秋蓉半天。徐秋蓉只是脸笑身扭，【是此样。】自觉愧疚。然其毕竟心胸坦然，无半点恶意。【看之明了。】晨曦则知原委也。

知此，晨曦心头叫苦不迭，内心责己不已，乃长叹一声。悔己年轻，遇事思寡，欲善人，反招人疑，遂心内恨己连连。忖曰："校内，虽为周日，然亦有人。作画于教室，前后皆玻璃大窗，里外看之清澈，何有鬼生哉？再者，小院内，校长全家居此，人不时进出，能生何事？彼父邪思，恐我不轨也。噫！其辱大焉！"思之良久，又能何为？惟自作自受，打掉牙肚中吞也。此乃好心肠操之驴肝肺，哀曰："嘲讽之极耳！"【好心无好报，适得其反。】

晨曦若此思之，面对徐秋蓉心下倍觉难堪。今徐秋蓉又至，晨曦唯辅导之，再无语他事。【插前由。】且说其正在惆怅难忍之际，忽觉后背有女生靠之，再觉异样，顿时心惊，倏忽知其然也。原来，晨曦身后女生将酥胸紧贴晨曦之背，其乳已觉。晨曦心下骤乱，始想不意之为，即去。然久贴不离，且愈实。则明其意也。斯时，虽隔衣，然感觉真切，双乳丰满，酥软绵绵。此觉浑身震颤。此前，晨曦从未遇也。紧张兴奋之余，不敢异动，恐生误会，以失女尊。然斯时，若此之为，绝非别人，必所猜之人也。晨曦弗动，悉以纳之。稍过，方扭头以观，果为斯女，姜婉萍也。

姜婉萍者，极美女生也。斯时，晨曦望彼，彼望晨曦。姜婉萍满目深情，笑盈盈也。其痴迷之态，极为妩媚好看。霎时，两厢四目相对，霎蹦火花。【若此，两情倏地贴近。】晨曦轻声谓曰："姜婉萍！"姜婉萍柔情回曰："潘老师！"两情缠绵，语音轻柔。晨曦两眼尽望婉萍，惟恐将婉萍心内之秘及可爱之处遗露半分。姜婉萍两眼望师，目光甚明，悉承师情，毫不躲闪。此刻，晨曦体内激流奔腾，浑身酥酥然也。至此，晨曦受辱之情，顿时烟云化尽。后，晨曦有诗曰：

那年我入南泉校，身自弱冠人自少。
不比学生大几岁，谈谈论论热情高。
所学知识逾十年，十年期化一日天。
自早至晚对生忙，四时光阴难得闲。
尤为绘事学生宜，天天帮扶日日提。
一天渐有大变化，十日已是刮目期。
那日亦乃授生业，后背突觉酥乳依。
绵绵软软挨且紧，不离不弃共与熙。
我自浑身血脉涨，挚诚情怀谢婉伊。
两者相视四目凝，同身沟壑命共溪。
从此你我相知近，夜半晨启早闻鸡。
话语睹人情不同，心自相许眼迷离。
可惜各忙命途事，半年匆匆相别离。
从兹一别再无音，至今尚觉背酥弥。
惟恨运途不相遂，娇态甜容身醉泥。

当年女儿倾身与，身无机缘话荼蘼。
半世忆及青春景，悔将红颜空娉婷。
女儿若花花自贵，花开馨付心上人。
人生纷纭过花多，心中留痕寂寥朵。
宜得拚身尚不顾，尽伴花神舞婆娑。

晨曦与婉萍二人私密之举，两下惊心动魄，惟旁人浑不知也。

此举，二人之距倏近，两下心心相印。顷间，师生鸿沟皆平，惟余青青子男与嫩嫩少女之纯情。两下望之，感知颇深。彼时，四目相触，全无半点惊愕，亦无丝毫诧异与难堪之色。昔往，姜婉萍常至师号，其美丽外表之下，犹蕴真挚、善良、高洁之品。【婉萍，美其外，善其内。】若是者，晨曦感知早也。而姜婉萍心头，亦暗呼晨曦不一回也。今日之举，诚出自然。其思："吾身属师也，能将身交师，心愿早矣。"故无半点难堪之情。其觉师悉纳己意之时，心头殊为畅快。自此，亦觉两心始通，乃心下将师感激不尽。霎时，其心头滚过阵阵蜜意。少时，晨曦将徐秋蓉之画教毕，则转身倚桌，面诸女谈论。期间，晨曦频望婉萍，婉萍悉知其心。

常言，人逢喜事精神爽。缘此故，晨曦兴至，与诸生谈兴犹浓。少焉，徐秋蓉曰："师至，授吾等绘画、文学，方知其趣。曩日弗明也。"晨曦曰："往日，不是有师乎？"林淑琼曰："非也。"刘秀珍曰："隗老师非正式之师，乃校后勤之人。因其裱天花板之技佳，则教美术也。"众女生笑之，晨曦亦笑之。林淑琼曰："平素，校无美术专职教师，亦无音乐专职教师。为满足学生学音乐之愿，学校令彼师凑数。然彼师不明乐理，吼数歌毕矣。"晨曦笑曰："吾亦非美术专职之师也。"陈紫薇曰："噫！潘老师则不同哉！师虽教高中语文，然师之绘画乃正规所学。吾闻，师之初师乃徐悲鸿学生，是否？"晨曦笑曰："然！惟此事早矣。"朱雅琴曰："吾等观师绘人像与真人同般，逼真极矣。尤其所绘油画比照片犹真之。"语毕，朱雅琴则拉林淑琼衣袖，语曰："是否？"林淑琼曰："师为钟钱蟠师所绘油画肖像，高悬其号，极逼真传神。【为钟钱蟠所绘肖像，在此示之。仙人指路之法。省去诸多笔墨。亦乃虚实相生之法。】……"语未罢，晨曦阔笑。诸女生亦此摇彼推，乐作一团。

晨曦与诸女生笑说之时，惟姜婉萍少言，其扶彼生肩头静听晨曦说话，不时抬臂拢袖，极温柔也。【又是一幅画也。】晨曦时而望之。彼时，但见姜婉萍愈发俊俏秀丽，妩媚动人，冰清玉洁，故亦望而痴之。

许时，待各自言过一阵，姜婉萍婉然一笑，方谓师曰："师教语文之课，且画又佳。请问吾师，若将文学与绘画比之，孰犹佳哉?"一语未讫，徐秋蓉、林淑琼、刘秀珍、朱雅琴、陈紫薇诸生皆惊，【笔锋急转，好快也。方才始语婉萍静之，不谓片语过后，则动生焉。】不谓姜婉萍问出如此话来。晨曦眼望姜婉萍，稍思之，对而笑曰："文学与绘画，不同类也，然各有所长。昔者吾尚言：文学，美哉；绘画，亦美哉。吾自少年始，则喜文学，上大学，又为文学专业，与文学浸染久之。文学之美，以文字所显。文学之佳者，亦同绘画也。绘画，自有其美，以色彩、线条显之，其佳者，亦同文学也。佳者，皆有意境。文学、绘画，两者虽表相不同，然皆为艺术，而艺术则有相通之处。此乃绘画之美，美中有文；文学之美，美中有画。吾等所谈文学，多指小说。小说乃流动之画，亦乃小说魅力所在，神奇所在。"姜婉萍曰："老师所言极是。吾村有酷爱读小说者，吃饭时碗亦不放。其妻斥，亦不改，依然故我。问其何其贪也，彼曰如同观画，真也。"

陈紫薇曰："吾等学生观小说，亦皆喜能写真、写活者也。"姜婉萍曰："小说劣者，稍翻，不见真景，无画面之感，则扔矣。"众生笑。晨曦曰："小说者，最大功效乃娱乐功能也。在娱乐中得其知也。小说所传者，众观也。无人观，小说死也。若需人观，必有画面。无画面，废纸一张，废字一堆也。"婉萍曰："无可览者，死文也。孰花钱买乎?"众生称是。晨曦笑曰："故小说作者写小说时，需有画面之感。眼前必须有活生生画图。否则，白垒字也。"朱雅琴曰："白垒之文，人不爱看，书不能传，写之何用?尚不如回家种地也。种地尚得五谷、瓜果也。"众生又笑。婉萍曰："潘老师，小说乃创作，是否可以随意虚构之。"晨曦猛望婉萍一眼，婉萍一笑，脸儿灿烂好看。晨曦曰："姜婉萍总能问之核心处、要害处。"徐秋蓉曰："婉萍爱思，所思常稀奇古怪。素之所问，亦皆非吾之所思。"婉萍忙以臂捅之。曰："乱说何耶?"徐秋蓉曰："非乎?"婉萍曰："非也!"众生笑，晨曦亦笑。晨曦曰："小说所传者，真也。小说所写者，真也。假者，伪者，不能传也。虚构者，亦非虚也。伪情、伪书，其命活不过当代也，绝无生命力也。人所阅者，真也，诚也。未见假伪骗人之作能传千古者也。”婉萍曰：“写小说，是否以离奇为佳?”晨曦曰：“斯生活之离奇，抑或虚假之离奇？传世小说有奇书，非虚假之奇，乃真事演化之奇。小说不以追奇为本，以写真为本。若大山、大野、大川，何有人为之奇乎，焉能又无奇乎？以追奇为作，乃假山也，作之再玲珑，亦假之也，无生命力也。故小说以真为上也，纵千万年，仍活也。”诸生思旷视阔，齐悟其理。

少时，话题又回绘画与文学。晨曦曰：“人一生，多学无碍，宏积博累，方能大成。若所学面窄，则根基薄狭，所垒大厦自不高也，此至老愈显。故年轻之时，多学无害。然绘画与文学，又侧重不同。当据本人之况，有所倚重。所选学业，亦与人性格、志趣相关。吾自小与诸生相同，生长农家。吾虽年轻，然经苦尚多，又磨砺多年，故同情弱者，不怕恶顽，当有胸怀天下之志。然此志此品，绘事难图。吾生于新中国，长于红旗下，沐浴社会主义阳光，体悟劳动人民当家作主之幸福，乃以共产主义之天下大同为信仰，永立劳动人民身边。当历史需吾辈为劳动阶级最高利益冲锋陷阵、赴汤蹈火时，吾定置个人生死于度外，虽粉身而不顾!”姜婉萍曰：“闻师言，热血沸腾，亦知师之情怀也。吾与师所思同耳!”晨曦喜曰：“大幸哉！汝乃我红颜知己也!”说罢，姜婉萍立时红晕满面。众女生闻语四惊，左右顾盼。

姜婉萍闻师之语，两眼亮光闪烁。曰：“潘老师，为何有人言，今之时代不能诞文学巨著乎?”【彼时，常说之话。】晨曦笑曰：“昔有人问我。今，汝又问我。其理甚简，文学巨著所诞不易。然今不诞，不远之将来必能诞之。”婉萍曰：“是否?”晨曦曰：“天下者，能诞《金瓶梅》《红楼梦》之国度，必能再诞文学巨著，且能与之比肩。此者，不远也!”婉萍曰：“当今文学，是否无历史大家乎?”晨曦曰：“昔往能光耀千秋者，亦稀耳。古人有言，五百年当出一人，并非短暂年代可为之。昔，巨著所诞之史皆可示也。司马迁云：‘先人有言，自周公卒，五百岁而生孔子，孔子卒后，至于今五百岁，有能绍明世，正易传，继春秋，本诗书礼乐之际，意在斯乎？意在斯乎？小人何敢让焉。’《史记》及《金瓶梅》《红楼梦》之作者，皆历大苦，历大难，饱尝人生辛酸也。”婉萍曰：“潘老师，可否若是言：辉煌出于磨难。辉煌有多高，磨难则有多深?”晨曦两眼顿明，急视婉萍，语曰：“诸诺！汝甚聪慧，所悟亦疾。此语正同都邑城池之构，城墙多高，护城河多深也！今者，大都长安所遗不是乎？【作者居长安多年。对长安大都情有独钟。彼时，大雁塔、丝绸之路、唐蕃古道之魅力令作者遐思不已，终西行寻之。后文重笔记之。然在此稍现，以肇后也。丰中园。】古有言，自古英雄多磨难，纨绔子弟少伟男，乃此理也。凡文学巨著者，当有沉雄博大气象，斯非磨难不能炼出，故大家不易得也。”【精辟之言。一生所悟。】

晨曦谈起文学，犹比绘画生动。徐秋蓉、林淑琼、刘秀珍、朱雅琴、陈紫薇诸女生闻之，皆觉耳目一新。姜婉萍犹陶醉其中，曰：“潘老师，吾喜文学甚也。喜诗词，喜文章，惟所作不能如意耳。”晨曦曰：“汝年方几何？目下，汝乃方学之时，焉能一日成就乎？倘若汝今成之，不成人精乎？”一语未已，众女生大笑。晨曦又曰：“再者，文学与阅历关也，阅历为文学增厚重也。阅历浅，文则浅。大书，焉乃少年为者乎？为大书大文，莫图速成。小器早成，大器晚成。垒一猪圈，安能与构长城同比乎？”婉萍欣然，曰：“潘老师，吾以后所至，师可教我文学乎？吾最喜闻师语也。曩日，师于高中班授文学课外之学，吾闻之，然不能前睹，则抄彼班女生笔记也。”【千里伏线。有故事在后。】晨曦闻之，大感意外，曰：“不想汝爱文学如此深也。若是，以后汝来，有所求，吾必予之。”婉萍笑曰：“多谢恩师。倘若以后吾有诗词、文章等作，则径拿来，令师教之。”语毕，两人骤望，双目含情。晨曦即曰：“诺诺！”婉萍喜乐，拍手以贺，谢师恩不迭。

语之欢恰，不觉时长。终，吃饭之时将至，众女生不得不走也。临走之际，姜婉萍又回眸一笑，晨曦还以笑对。婉萍出房门，转院内而去。晨曦忙转身，趴于窗前，手擦玻璃，望其背影，骋目以送，心底爱煞，直至诸生出西院月亮门方止。有诗为证：

少小情钟神仙事，儿女意浓窈窕辞。
莫要轻觑一瞥送，终身也无几回诗。

欲知后事如何，且阅下篇经传。

史公曰：“中学，青春萌动之所。杏之灿灿，桃之夭夭，流翠溢彩也。爱笃，当有激勃之声。是时，清纯年少，惟美惟真，高洁无瑕。虽前景难料，然彼此心下融融，澈澈明明也。”

三十二经

周六，姜婉萍归家，喜极，蹦蹦跳跳，刷锅洗碗，欢甚。

母睹，颇觉诧异。

秋，姜婉萍新纸糊窗，洁白光亮。兄不知意，语阻。母允。

婉萍夜寝，寐香梦甜，晨醒，披衣裸坐，观体自赏，玉人儿，觉可俦偶于师。

阳光洒窗，与太阳公语，俏皮话。

婉萍揽镜，手搽雪花膏，左瞅右看，精心梳妆打扮。

草草饭罢，蹦跳而去。

至徐秋蓉家，约事大变，其父不允，其言辱师。

姜婉萍为师争讼。

三十二传

花容艳酥肤孤芳语　世事艰寒雪高洁吟

诗曰：

人生长漫日复天，好梦青春不数年。
池水涟漪波鹭暖，碧空浩渺阵雁寒。
绝诗妙句长林寂，锦章绣文空涧喧。
花朵正开情浓郁，娇姿羞颜挡风坚。

话说晨曦号内女生所至者众，然晨曦多不授其课，故生之名多不知，惟数人熟者，姜婉萍则是也。徐秋蓉至师号请教绘画，姜婉萍常伴之，日复日，从不间断。婉萍胸靠师背，两下情意融融。婉萍素恋晨曦已久，而遇辱师之事，心甚愤不平，替师难过，乃酥胸靠师，以爱付之。过后，两情相知，婉萍喜极。此举，乃少女情爱所致，爱笃之生，诚大美大纯也。此事，本真自然，行云流水，儿女相悦之绝佳境也。

回溯上周，晨曦与徐秋蓉、姜婉萍相约，周日至校教画。婉萍闻言甚喜，蹦跳欢乐不已。心下忖曰："若此，吾与师可周日见耳。素生多，所言之时甚少，若言，亦匆匆也。若明日至，无彼生，惟吾与师三人，时则足矣，话自多矣。吾与师一处，当有语之不尽之话，幸极矣。明日来，乃周日，不上课，则无平素正经刻板，气氛适甚。想此喜极。吾当乘此良机，与师尽情而谈。不知为何，倘能与师语之，吾心已喜甚焉。"若此思之，婉萍径直至家。

归家后，婉萍欢喜雀跃，兴奋异常，稍时不闲。夜暮，与家人吃饭，无人催，无人令，则主动忙东忙西，收拾碗筷。彼时，其将围裙自椅把上一把扯来，系于腰间，将棉袖尽挽。走至炉火前，揭开铁锅，见内有玉米糊少许，立倾泔水桶内，又铲锅巴，复倾于桶。倾急，泔水激溅，数点射面。母曰："吾女慢哉！"婉萍一笑，将铁锅放火台，再以手拭面，继以围裙擦之。然后，将锅置于火眼之上，掀水缸木盖，拿缸内葫芦瓢，舀水锅内。又至小饭桌处拾掇碗筷，悉放铁锅。又左手持空碗，右手拿抹布，复至饭桌边将饭渣划于碗内，再拭净桌面。【一番农家火台之活，所记备细，鲜活也。】【此连番动作描写，是写主人公心情也。婉萍有此乐，作者特赐之。后婉萍生活甚悲，作者令其喜，不惜笔墨与之，特付婉萍。后，婉萍未获其爱，彼又付出甚多，且纯且真，天不作合，终未结果。作者今始写来，格外用意，以补其憾，以忏前情。于此凡有婉萍之喜情，则文字毫不落也。若是，稍减心中之罪耳。叹叹！丰中园。】且一边拾掇一边哼唱小曲。曲曰："泉水叮咚，泉水叮咚响。跳下山岗，走过草地，来到我身旁。泉水呀泉水，你到哪里，你到哪里去，唱着歌儿，弹着琴弦，流向远方。"【以此曲记主人公所处历史时段。】【以喜补忧，吾落泪也。若萍儿能常如此之乐，多好哉！罪过！罪过！】

斯时，父母坐于饭桌边小憩，见女洗碗抹桌，则未动弹。且说姜婉萍之父名曰姜金瑞，母曰李桂枝。彼时，母见女殊异，诧曰："萍儿！何若是哉？今何如此勤快，如此喜乎？"姜婉萍手执笤帚正扫火台，一时未答，然口中仍哼唱小曲不止。【将少女之情写活。】【还是菩萨之笔。】姜金瑞曰："噫！尚不许女儿喜乎？"李桂枝曰："昔我做饭，令其刷锅洗碗，其总懒洋洋也。催紧，则语曰：'吾尚做作业矣。'或曰：'时已不及，吾欲上晚自习耶。'总之，弗为之。"姜金瑞曰："今乃周末，不上晚自习也。"李桂枝曰："昔者亦有喜之，然非今之喜法。"姜金瑞扭脸、撇嘴、瞪眼，语曰："神经病也！"【母察细哉。】

夫妇闲说一阵。铁锅内所添之水热气已冒。姜婉萍乘此洗涮锅碗，嘀哩哐啷一阵。且洗且歌，歌声不绝。少时，洗出大碗一摞、小碗一摞，先置火台，后则双手端之，叠倾滴水，摞放碗柜。瞬间，又噼哩乓啷、嘀哩哐当声响。稍时，碗筷拾掇停当，婉萍又铡煤、添煤、火箸窜眼。罢，复将铁锅置火上，又添水。罢，谓父母曰："吾至西房耶！"未等父母回话，彼早哼唱小曲，掀帘而出，蹦跳去也。【所记，好畅快哉。】【但愿萍儿能如此常乐多好。

惜哉！叹哉！】李桂枝曰："鬼丫头！"又言曰："吾女长大矣。"

是夜，婉萍睡之香甜，且做美梦，醒来喜不自胜。睁眼观之，小屋未明，四周仍黑咕隆咚。彼拉被翻身，又思天亮后欲做之事，浑身兴奋，难以入睡，乃仰头望窗，曰："天未亮，尚需睡之。"于是复钻被中，扭动光滑身躯，翻来覆去，思昨日之事，又憧憬天明之景，心生甜蜜，面露笑容。斯时，其欲强睡，欲不能寐。折腾半日，方有蒙胧之意。忽地，公鸡唱明，将其惊醒。彼忙爬起，睁眼而观，见窗纸尚泛微光，叹曰："唬死人也，吾以为天大亮也。"又复入被，面窗而思，心荡涟漪不止。【写得好精细也。仿佛婉萍在眼前睡觉也。】【愿萍儿好哉！萍儿，好人也。我心中至爱也。惜后时易，痛心也哉！】

稍时，室内光有稍明，其翻身数次，手推炕后所堆之书，中有小说，乃多借者，时以观之。【千里伏线，为后铺陈。】其再扭身面壁，见炕后壁上新糊报纸，字迹隐约可辨。因距起床之时尚早，醒而未起。然于被中又无事可做。无聊之际，则眼瞅墙糊报纸，胡乱看之。有字曰：

> 李少林在近两年中，共经办三万多张电影票，买进买出，往返跑路，从不嫌麻烦。然而，他却不是专职售票员。……十一年未间断，李少林义务理发五千多人次，为老工人代笔写信，为病休退休职工汇款寄粮票，为患病职工求医买药，组织女工为单身男工拆洗衣服被褥，更是难以数计。……建筑施工队流动分散，队里没专职理发员。李少林用自己的钱买了一套理发工具，推剪吹烫，样样来。不论谁去找他，总是随到随理。炎夏酷暑的中午，上床刚要休息，有人敲门要理发，他拿起推刀就理。晚饭后常常理到十一、二点钟，只要有人来，他就不停地理，还找上门去服务。有位工人患急性黄疸性肝炎住进医院，头发长得老长，李少林知道后赶到医院，给他理了个干净整齐，感动得这位工人淌着眼泪一个劲地连连致谢。【此乃白话文。记史。亦与本书之文比较之。】

览毕，见报纸眉额处印着：山西日报，1982年10月14日。【以点醒书中故

事发生时段。记史。】

且说窗纸渐渐白亮，房内之物亦渐清晰分明。婉萍看着亮光，倏地坐起。瞬间，上身裸露被外，其望己身，肌肤光洁，触之滑腻，两乳早已丰隆浑圆、酥软温香。彼触触摸摸，孤芳自赏，又手抚而掂，颤巍波荡，涌雪翻浪。斯时，其手揉乳头，见之红润、鲜嫩、娇艳，若熟透仙桃，倘若稍拧，似能滴水。【私密之作。作者细写婉萍在此也。并非初遇之时。此亦乃未料之笔。作者所写，无程法也。】【婉萍之身，娇花空艳，伤情落泪。】婉萍笑之，语曰："吾能配师也！"【自信之语。】语罢，因天寒冷，忙自晒被之下拉出棉衣，披于身上。曰："吾想师甚焉。倘两日不至师号，与师见面共语，则觉心头空荡，难受极矣。当下，师悉占吾心。吾心亦日日念师。倘若弗思，心下慌慌不安也。"【笔下多记婉萍之思。】

婉萍扭头望窗。窗纸新糊。曩日，其不居斯屋，屋内多放杂物。秋时，【点醒与晨曦相见时间。】其将内略加拾掇，独自居之。所居之初，窗纸为旧。前些日，则撕旧糊新。【喻婉萍心事。】为此，其兄姜世平尚将其数落。谓曰："汝窗纸多半尚好，何撕之重糊？今又非过年哉！"婉萍反嘴曰："汝管甚宽！斯事，需汝管乎？吾之事，汝莫管之！"兄曰："此不需又花钱乎？"婉萍曰："买张纸能花几钱？"兄曰："能省则省，何处不需钱乎？"婉萍曰："又非花尔银，汝心疼作何？吝啬鬼也！"彼时，母正提泔水喂猪而至，见兄妹龃龉，曰："世平！女孩家事汝莫管之。"姜世平曰："吾见窗纸尚可，稍有破洞，补之则成。何必撕之重糊，不浪费乎？再说，当下又非过年，孰家糊新窗纸哉？过年时，其窗纸尚换不换乎？"母曰："换与不换，随妹去也。女大，爱洁爱美。焉能与男孩比哉？"【母知女心。】姜世平闻母是语，眼瞅其妹，再不言之。婉萍见母护己，则撅嘴向兄，又扮鬼脸，嘻之数语。【婉萍调皮活泼。】其兄嗟叹，转身出院而去。【无奈。】

且说斯时，姜婉萍身披棉衣坐于被中，悠思往事，嘴儿笑之。少时，窗纸犹亮，其忙系好上衣纽扣，复揭晒被，拉出棉裤，伸腿提腰，穿袜登鞋。窸窣一阵，整好衣裳。再叠被平褥，忙活一阵。又将小屋拾掇齐整。再捅炉火，烧热水，梳洗，对镜而妆。婉萍鉴之倩影，左瞅右瞧，微微一笑，颇为自赏。【婉萍长相甚美。】后，拉开抽屉，取出雪花膏，以手尖蘸之，敷面，敷颈，敷手。打扮之后，阳光透窗上玻璃而入，其色淡黄，光束中有尘粒万千，飘荡飞舞。婉萍喜之，伸手则抓，尘不及手，倏地飞去。【农家子女，常有此历。】婉萍低头侧身，隔窗玻璃，见红日初升于院外白杨树之后，杨树高枝上高挂喜鹊窝。婉萍遥望太阳，眨眼伸手，托腮而语。调皮曰："太阳公公，汝早乎？在下婉萍向公问好耶！"语毕，太阳融融，似有语声。太阳公曰："姑娘，今日歇息，何起早哉？"婉萍曰："公欲知乎？"太阳公曰："唯，然！"婉萍调皮曰："嘻！吾不告之耶！"太阳公笑曰："鬼丫头，汝尚给我乎？尔事，吾自知也。"婉萍曰："吾事，公何知之？"太阳公曰："天下之事莫我不知，焉独尔事不知乎？"婉萍曰："公何知之？"太阳公笑曰："莫忘，吾乃太阳公也。人之事，天则见，焉能瞒天乎？"语毕，捋胡而笑。婉萍曰："噫！讨厌甚也！吾不理公哉！"【好一番新鲜之语。作者刻画婉萍形象真丰腴也。观此段之文，似观连环画，又似观电影，其情其景颇生动也。一位十几岁少女从内到外活脱脱呈现画面。此者焉是观文，而是观画，观真景也！此是明明将读者引入婉萍之屋也。似婉萍就在眼前，伸手则能触之，开口则能语之！作者之笔诚鬼斧神工也。雅艳斋。】【婉萍可爱之处又活显眼前矣。】语间，直觉脸烧半边。有诗为证：

天寒道寂木萧疏，红日挂林玉臂酥。
心事浩茫无与语，私私俏俏沐金乌。

斯时，家人也皆起床，婉萍则至北房大屋忙之一阵。

其谓母曰："少时，吾至秋蓉家也。今日学校有事，吾与其同往哉！"李桂枝闻之，无多语，曰："诺！汝尚未饭哉！"婉萍曰："冲碗鸡蛋汤，烤块馍馍，吃块红薯，则成。"李桂枝曰："今乃礼拜天，汝至校，不知何时归之，莫饿肚也。"婉萍笑曰："饿不着也。校距家不远，一拃之距。若饿，自归之。"李桂枝曰："吾拌疙瘩汤，喝罢再走。"婉萍曰："弗为也，麻烦哉！"说罢，则冲鸡蛋汤，烧馍，掰块红薯。草草吃毕，跨门槛而出。

至院，见日已高，阳光将院内西侧照之淡黄。【冬天之景。】斯时，婉萍心情舒畅，轻哼小曲，蹦跳而走。【喜也。】彼至徐秋蓉家，见徐秋蓉方才梳洗，样子慵懒漫散。婉萍暗自一惊，惑曰："汝何起床如此晚乎？"徐秋蓉愁容满面，撅嘴曰："父令勿往之。"一语未了，婉萍心头大震，愣之半日不能回神。问曰："吾等已与潘老师约定，何能变卦乎？"徐秋蓉曰："昨归，吾将事言之，遭父拒也。"说罢，将手中之镜倏扔炕上。婉萍乍闻，头嗡嗡直响，不知该何处之。心下苦曰："昨晚，吾期盼一宿，喜之一夜。何今晨，一风吹乎？"心下顿时沮丧之极，仿佛心自九天而落，倏地跌碎也。其思后果，身立打颤，竟觉站立不住。稍控，细问曰："尔何谓之？"徐秋蓉曰："实告之。吾方言，父则否也。"婉萍急曰："彼何语之？"徐秋蓉曰："其言，女孩大，则应提防。言师乃弱冠之男，尚未婚配。周日往，不成也。"一语未讫，婉萍直觉头发竖起，愤曰："尔父之言，何意哉？汝明乎？"徐秋蓉曰："何不知哉！"婉萍气曰："汝何不驳乎？"徐秋蓉曰："彼言吾年少不谙事也。"婉萍愤曰："汝不谙何事耶？稚童乎？"徐秋蓉立时无语。婉萍仍愤曰："尔父何能如此议师乎？吾等常至潘老师号，来往近半年矣，汝不知师乃何人乎？非尔父所指之人乎？"徐秋蓉曰："当然非也。"婉萍曰："若此，尔父尚有何疑哉？"再问："尔母知乎？"徐秋蓉曰："知也。然不能当父之家也。"婉萍长叹，两眼直望徐秋蓉，立时屋内静之可怕。

斯时，姜婉萍将脸一扭，瞥见炕上徐秋蓉所扔之镜，无可奈何半日。少焉，忽闻门外有脚步声，随即闻其骂语："嗟！这伙死鸡，又到处乱哉！大清早，屙得遍地皆是！"语音未落，则闻踢鸡之声，群鸡咯咯惊飞。【此乃未见其人，先闻其声。】婉萍闻之，问秋蓉："尔父来乎？"秋蓉曰："孰知耶？"话语未落，则闻门外徐秋蓉之父呼女之声，随后外间门响，彼入也。俄顷，彼掀内房门帘一隙，探头瞅之。见婉萍在内，稍吃一惊，随后脸色铁青而入。婉萍紧盯其面，不知其肚内装啥货色。徐秋蓉之父名曰徐长廷，其满脸胡茬，眼睛极刁。彼谓婉萍曰："萍儿！吾来本想与蓉蓉语之，汝来正好，一同说也。今日，汝欲随蓉儿至校乎？"婉萍肃然曰："然！"徐长廷闻婉萍如是应之，竟无语可出，想半日，曰："礼拜天，汝两人至校。其师语时，汝在侧乎？"婉萍肃然曰："诺！"徐长廷曰："师为生教之，尚需礼拜天乎？"斯语方出，婉萍甚觉不快，立诘曰："汝话何意耶？"徐长廷干笑曰："吾欲知之。"婉萍两眼厉瞅。徐长廷曰："彼年轻之师令汝至校，尚有他人乎？"婉萍闻语，立正色曰："汝莫谓'年轻之师'，谓'潘老师'也！"徐长廷笑曰："诺！潘老师也。"婉萍曰："汝有何惑哉？"徐长廷将头拧之半日，觉语甚不好出。婉萍曰："汝何疑哉？潘老师乃何人，秋蓉不知乎？"徐长廷曰："女长大，父母操心也。"婉萍曰："汝以为吾等不识人乎？吾等将校内之师看之甚清。诸师何般？品行操守若何？吾等皆心明若镜。有他师者，莫说星期天令吾等往之，惟素日，吾等亦不至其号也。吾等观人，比汝眼亮甚耶！"语出，徐长廷顿时哑然，不想婉萍尚有此话，立时无语也。姜婉萍曰："潘老师者，汝应百个放心。莫看其年轻，然人甚是正直。教书颇优，人品极佳。从无乱七八糟之事。其令吾等周日以往，乃筹画展，诚心所教也。适周日，则有时也。平素皆上课，学生又多，何能从容教之？今日事，昨已说定。今日潘老师在校候之，焉能变卦乎？"【其语，句句铿锵，言之铮铮。婉萍果不凡也。】【苦婉萍哉。】徐长廷曰："吾闻汝等之言，知其对潘老师极有好感也。"婉萍闻声，杏眼圆瞪，立曰："汝言，何如此逆耳耶？"徐长廷曰："吾所忧者正如是也。蓉儿归家，亦同语之，将潘老师言之甚好，如何有才华，如何精心教之，如何随和，如何能与学生打成一片。吾闻之，则觉不对味也。"

一语未尽，婉萍愤曰："何不对味耶？吾非乎？师非乎？"徐长廷曰："汝等句句所言，皆曰潘老师好。此言彼好，彼言此好。若是者，何不令人担心乎？"婉萍厉问曰："尔担何心乎？"徐长廷曰："此正我忧处。"婉萍愤曰："汝又何忧哉？"徐长廷曰："尔等已喜，何不忧哉？"话音未落，姜婉萍骤然色变，怒曰："汝乃大人，何出此言？吾观当疑者，尔也！非我也！非师也！尔心何丑陋邪恶污秽之极耶！"说罢，两眼直盯徐长廷。徐长廷见婉萍义正词严，怒火中烧，【彼若是言，婉萍能不怒乎？】不觉心头猛震。然，彼恃长辈，死不认错，曰："非吾心邪恶，依长辈之见，对人当须提防。俗曰：'害人之心不可有，防人之心不可无。'汝等已成大姑娘也，恐汝年轻，遇事观之不透，倘若上当，悔之晚矣。"一语未讫，姜婉萍愈发恼火，又愤语还击。徐长廷曰："不论汝等如何说之，吾心不变，不能往也！"婉萍立曰："以尔之心，且莫令女上学哉！尔应将女以绳拴之，则安心耶！"【婉萍所言极是。好一段智斗之文。】

语毕，徐长廷倏地脸烧。少时曰："吾闻蓉儿语，潘老师年方二十，与尔等年龄相仿。"说此，婉萍怒视之。斯时，婉萍觉眼前之人，非他日之人，而乃怪兽恶魔。徐长廷又语一番，曰：“吾语有理乎?”婉萍曰：“岂有此理!”此语一出，则似尖刀直戳徐长廷之心，脸色犹为难看。有诗为证：

佳人二八嫩芳枝，妾意郎情两厢知。
纤手珍掩心至爱，酥胸温护仙玉姿。

婉萍心头怒火升腾，其绝不许他人侮师也。

两厢所思，差距甚大，终说不拢也。姜婉萍谓徐长廷曰：“不谓今日尔思如此愚顽！尔心内有鬼作祟耶！潘老师者，吾师也，其乃正大光明之人。方才，尔胡言乱语，辱师甚焉！尔等若此，蓉儿今后将无法再学，将来亦定无出息耶!”【婉萍所见深远也。】语毕，徐长廷浑身一震，陡间又觉有石压心。一时不断眨眼，无言以对。

少时，婉萍谓曰：“倘若吾师闻彼之语，心定寒也。吾师尝言，昔往求学京城之时，为能多学，凡有名家讲座，皆往之。师云，其听讲座需付钱也，并语为此花销亦大。且曰，有时身边竟无分文也。【真事。】当下，师为吾等授业解惑，从不收一分钱，而汝却说如此风凉之话。倘师闻之，将作何思欤?”语讫，徐长廷两眼圆睁，看姜金瑞家之女，似不识也。【观婉萍对师之诚，颇动心也。多好之女哉!】【萍儿甚聪而不得，憾极焉!】有诗为证：

世间万物有蹊跷，肺腑至怀倒糟糕。
一心一意全为彼，到头落得脸灰焦。

欲知后事如何，且阅下篇经传。

史公曰：“师者，尊也。倾心而教，毫无遗焉。晨曦初为师，颇为热心肠。传授知识，日夜不绝。他师尝谓曰，授生莫语尽，尽可奈何?晨曦笑对，依然固我。然出徐秋蓉事，甚剜其心，思之良多。不谓又有姜婉萍亲密之举，心又转喜，感激不尽。世事，皆难前料耳。”

三十三经

周日，晨曦与生约，生不至。

徐长廷邪思，狐疑，冥顽。姜婉萍愤而不平，争讼。

对牛谈琴。

徐长廷谓妇，师教生且哥且妹且爱，莫不将生教坏乎？师者教唆犯！妇曰，天下皆然，非师之过。

徐长廷言，天下好歌无数，何不教哉？

窗纸破洞，作业纸糊，上作数学题，随风飘摇。

徐秋蓉闻父话无望，怒甚，掷帚于壁，草芥崩飞。

终无果，姜婉萍踏雪而去，心下万苦。

思乱缤纷，内外寒彻。

三十三传

姜婉萍孤寂立雪中　花衣妹娇痴思道央

诗曰：

翔山麓脚走校西，间隔二一村落栖。
块块花石埋土埂，盏盏明镜亮田畿。
小路大道春秋走，细雨疏风花叶离。
纵是裸枝凛冰雪，根扎千丈誓不移。

话说周日，姜婉萍天方亮则起床，梳洗罢，胡乱吃过，则径往徐秋蓉家。至，陡遇其变，心颤惊。后与徐长廷一阵交锋，缘其冥顽不化，半日无果。徐长廷谓婉萍曰："萍儿！吾心有数也。今日事，自这般，蓉蓉弗去也!"语毕，姜婉萍狠目瞪之。徐秋蓉见父如此冥顽，心越发气恼，其望婉萍，目含哀怨。正此时，忽闻徐秋蓉之母陈芸芝于西房呼曰："蓉儿！吃饭哉！饭熟也!"【农村之中，常高声呼之。】话音未落，又闻窗外雄鸡打架，"咯咯咯""嘟嘟嘟""扑扑扑""呼呼呼"也。

姜婉萍见此景，知该散场矣。然又转而一思，谓徐长廷曰："汝有何不放心哉？吾与蓉儿同往，会出何事乎?"【婉萍再努力。】此语一出，徐长廷倏地静默。姜婉萍则一眼不眨望之。徐长廷高举其头，眼瞅天花棚，又看墙壁。是时，只见壁贴一画，乃电影画报。画上一女，麻花大辫，斜披胸前，身置油菜花中，手揽一簇，笑脸盈对。画上印有"小花"二字。此画乃徐秋蓉南泉集市所购。买回，贴此也。【记史。】画旁，徐秋蓉有小字数行写其上。曰：

妹妹找哥泪花流，泪花流。我的哥哥在哪头，在哪头？梦里见你笑不停，笑不停。醒来怀里空悠悠，空悠悠。喜鹊闹，灯花跳。你说让我愁不愁。啊，愁不愁。

徐长廷望其画，则思起徐秋蓉天天所唱“妹妹找哥泪花流，不见哥哥心忧愁。啊，心忧愁。哦哦哦……啊啊啊……”之歌来。

其每闻此歌心则不适。【歌惹祸也。】一日，其谓妇曰：“噫！恼人甚也！”妻曰：“何也？”徐长廷曰：“当今吾女天天归家则唱妹妹哥哥之曲。吾闻之，心里颇不是滋味。学校当教正经，何教此哉？若是，必将孩子教坏也！”陈芸芝曰：“处处皆此，尔有何法。汝总不能将女囚之，整日不出门乎？当今，无处不若是。尔何躲之？前两日，吾自北村小学门前走过，其学生之龄才五六岁，身无大人腿高，师者则已教其‘哥耶’‘妹耶’‘爱耶’之歌。彼日，吾数妇正遇途中。师者率幼童之队，童则齐唱此歌。众大人在旁观之，齐笑憨也。”【真事。记史。】徐长廷曰：“故吾所不放心者，则为是也。师者何能教童是歌乎？童尚幼小，则教其男女相爱之事。此不将童诱坏乎？彼与教唆犯又有何异哉？师思邪甚焉！【原来彼之邪思出此乎？】昔者，当有众多好歌何不教哉？譬如‘我们是共产主义接班人’‘我在马路边捡到一分钱’，把它交到警察叔叔手里边’诸等，如此好歌何一概不教，偏教此乎？”【忧而不解。】陈芸芝曰：“莫怪师也。现当今，四处皆然。孰能阻之？”徐长廷曰：“吾则担心，若此，吾后代将毁彼手也。”陈芸芝曰：“唱支歌儿则能毁乎？吾不信。譬如彼稚童，光屁股蛋蛋尚露外也，其知何谓‘哥耶’‘妹耶’‘亲耶’‘爱耶’哉？惟听此曲，吾觉肉麻，皆唱不出口，反令童唱，不笑死人乎？”

且说斯时徐长廷观画，思之良多。心下曰：“当今社会在变。作为女儿家长，当须提防。师如此教生，何事不能为哉？且女大亦唱此歌，思必邪也。倘师生皆如此，哥也，妹也，亲也，爱也，何果哉？若女陷之，定出大乱，不可收拾也！”【其歪思不论，然苦婉萍、晨曦也。】徐长廷思此，心则立断，谓婉萍曰：“吾意已决。今日，蓉儿弗往也！”婉萍听罢，长叹一声，自知必此果也。一时心凉之极，半日无语。

少顷，姜婉萍拽徐秋蓉衣襟。【婉萍再努力。】徐秋蓉领意，咬唇，谓父曰："吾不明，父何固执若是？吾等皆言，不会出事，父何不信哉？"又曰："孰无家长，孰家长似汝耶？将女酷束，女何学哉？女何活哉？汝诚军阀作风也！又疑神疑鬼，将人想之甚坏。其思，正常乎？"【问得极好。】徐秋蓉愤言。徐长廷闻女若是言，极不自然，而心中又油烟火着。谓曰："汝等年轻，知何轻重？吾乃为汝好也！"徐秋蓉曰："如此之为，则好乎？此乃害人，害女也！何有半点'好'字可言？"语毕，目瞪其父。徐长廷闻声，骤而愣之，两眼直望其女。徐秋蓉将脸横过，看窗。彼时，其见窗糊一纸，纸乃作业本上所撕。纸上为旧做作业。中有一题，曰：

3. 解关于 x 的方程：$(a^2-b^2)x^2-4abx=a^2-b^2$

解：(1) 当 $a^2-b^2=0$，即 $|a|=|b|$ 时，方程为 $4abx=0$

当 $a=b=0$ 时，x 为任意实数。当 $|a|=|b|=0$ 时，$x=0$

(2) 当 $a^2-b^2\neq0$，即 $a+b\neq0$ 且 $a-b\neq0$ 时，方程为一元二次方程。

分解因式，得 $[(a+b)x+(a-b)][(a-b)x-(a+b)]=0$

$\because a+b\neq0$ 且 $a-b\neq0$

$\therefore x_1=\frac{b-a}{a+b}$　　$x_2=\frac{a+b}{a-b}$

【插彼时习题，记史也。】

前些日，窗破一洞，鸡钻入。一时无纸，徐秋蓉则撕旧日作业本纸糊之。今，外有寒风，纸角揭处，飘然而动。

半晌，徐秋蓉见父无语，扭头而望，见其面色略有柔和，遂死寂之心稍动。然徐长廷未回女之话，则转身谓婉萍曰："汝今日至校，尔父母知乎？"【所写又向深处走之一步，步步深也。吾观之，此事应了也，不想又奇峰独出耳。观作者之文，常出其不意。因而也鲜活甚。读之绝不使人困倦耳。看此不知彼也。非庸俗之书，看头则知结尾，毫无艺术性可言。雅艳斋。】婉萍曰："何也？"【婉萍聪，警惕性高。】徐长廷笑曰："吾想知之。"婉萍曰：

"吾父母向来为我所思，犹上学之事，从未阻也。"徐长廷曰："礼拜天，亦放心乎？"婉萍听其话，觉其恶念又生，无好气曰："汝有何不放心哉？潘老师乃绝对好人、好师，吾百个放心，万个放心，吾家人亦皆放心哉！"【善人遇善人，皆善而不疑也。】徐长廷见婉萍如是说，顿时无语。稍微沉默后，其眼珠旋转，终曰："吾思，蓉儿仍不能往之！"一语未了，徐秋蓉无名之火陡窜头顶，乃拿起炕上笤帚疙瘩【农家常物。】愤然砸至墙上。顿时，则闻"叭"之一声，继又"吱啦"一声，陡见半片墙纸砸下，笤帚疙瘩碎屑四飞。徐长廷见女暴怒，心亦怒之，大吼曰："汝使何性子？发脾气亦不能往耶！"

婉萍见是状，知事终了也。一时，心头滴血，凄苦不已。正斯时，又闻徐秋蓉母呼曰："蓉儿！饭早做熟，呼其一阵，何不至哉？再不吃，饭坨也！"彼时，姜婉萍立谓徐秋蓉曰："吾走耶！"未等徐秋蓉回声，早褰帘而出，径走之。方至院内，陈芸芝正从西房出来，围裙擦手，猛见婉萍，则曰："噫！萍儿来哉？何不再坐坐，则走乎？吾正将饭做好，吃罢饭再走哉！"【客套之语。农家有言："让人乃礼，锅无其米。"千万莫将让人之话当真。倘若当真，则为呆也。看来，千古之人则知礼乃虚者，礼乃骗人者也。一笑。】婉萍头亦不抬，胡乱应之一句，径出院而去。正是：

> 热情欢来，败兴苦走。心纯意真日思夜，柳绿花红人想春。急切切，盼今晨轻步书院去；昏惨惨，伤昨宵浓语虹霓散。一脸贼相冥顽不化，浑身臭味粪坑腌臜。皎容愤懑身别，洁雪旷寥枝立。

徐秋蓉见婉萍愤走，忙追赶而出。婉萍未与其多言，则低头去矣。

姜婉萍走出徐秋蓉家院门，独行街巷。且说冬日天气，寒风掠过，路上行人稀少。彼时，太阳已爬甚高，眼看已有半饭时【土语。饭时，乃早上十点钟左右。】焉。其想，如此耽误工夫，白废力气，甚为懊悔，自觉白浪费时光。彼时，北方冬日，太阳假样，色淡黄，无半点暖意。路边杨、榆、桑、桐、槐诸树，枝干光秃，瘦削枯索，朔风凛处，摇摆作响，一派萧杀之景。

婉萍踟蹰道中，踏雪而行，昂首相望，心亦随寒雪凉去。其身着碎花棉袄，虽袄絮厚，然觉周身寒彻。其思斯事，心甚绞痛，乃鼻子一酸，眼泪涌出也。其思甚多。唯见徐秋蓉父之嘴脸，心甚愤。骂曰："彼乃何人？罪该万死！尔为人数人乎？满肚子皆是坏水。尔，死去耶！尔疑人是，疑人非；莫非尔是斯人乎？【反击之语。】尔之歪头，何能将人思善欤！咄！此乃好心操至驴肝肺也！"【痛也。】婉萍望天，倏觉身子沉重，腿若灌铅。额前乌发，眸坠秀目，亦无心拨弄，任其垂落，随风飘飒。

斯时，其思起心爱之师来。心下谓曰："潘老师！今日之事，吾师深受大辱也。此情此景，师未睹之。若睹，肺当气炸也！【婉萍甚爱师也。】徐秋蓉之父非人数之人。吾固为师辩护，然彼乃茅坑之石，且臭且硬。欲令其邪思归正，难如登天也。原本说妥，吾等今日至师处，岂料中途横生枝节，不能如愿耳。显然今遭变故，不能往矣。然吾等今日不至，师何思哉？吾心有话明师：吾婉萍思今日之会甚焉，且早备之。【女儿之想。】昨夜，吾做一梦，师欲知乎？"彼时，空中寒风飕飕，似师言之。婉萍谓曰："何也？师欲知之？嗯！吾不告师也！"又曰："噫！师莫怪我，吾今不语，乃暂不语，过后定语于师也！"

是时，婉萍笑颜方开，脚步亦觉有力。心下忖曰："吾可否独往师处，将徐秋蓉事告之，使师莫候也。"然思不妥，又云："蠢哉！若言，何语之？师定知其故也。吾能言徐秋蓉父疑师，恐师奸其女乎？噫！此话，吾何能说出口哉？未语，脸已红焉。"又曰："莫若吾撒一谎，语彼或事或病如何？"转思曰："然彼又会有何事欤？又会有何病哉？此非欲盖弥彰乎？倘若假言语师，师何观之？弄巧成拙，不令我反陷死地乎？吾假话于师，师再不信我。吾将何为？吾不失于师乎？"【婉萍思深，是此理也。】其愈思，愈觉不能若是。然又何为，一时无措。正是：

左思右想实为难，前去后退涌波澜。
心中情事放不下，翻江倒海山连峦。
吁！
心甚苦，天正寒。
雪飘落，莫凭栏。

婉萍长叹一声，又自语之。

其曰："潘老师，诚言，师来校，吾初见之，则眼前明亮也。师甚美，颇迷我哉！且师又知广业精，师生皆敬服也。吾见师生良多，然无一人逾师也。初逢师，吾心乍惊。仿佛师拽吾心，使吾魂离身，至师身也。惜师授高中语文，不授吾课。幸师尚善画，初中之生多至师号，吾则随之。惟吾绘事不善，若善，则利耳。吾无此长，心甚愧之。然吾喜文学，与师有共同之语，故言之，也算幸耳。吾，女之佼也。论貌，倘师不谦，无女比者也。【婉萍甚美。内外皆美。晨曦未忘矣。三十年后，睹此重文所记，知彼时晨曦胸臆难平也。怅怅！癸巳夏，丰中园。】吾自信，吾可配师也。郎才女貌，吾等理应成为比翼之鸟。吾心喜师甚焉，然吾观师，师亦喜我欤！”

婉萍且思且行，心中不时自语。少焉，唉叹一声，内心忽沉。悲曰：“今日，事糟甚也。徐秋蓉父毫不近人情，不讲道理，抑星期天，师将其女将何欤？潘老师，吾师也，吾知甚焉。师绝非随意之人，犹非淫邪龌龊之辈。师眼光甚高，非俗女能入师目，况脏事者乎？徐秋蓉，吾友也。其长相不丑，然亦不算出众。彼比之我，差多矣。吾母尝曰：‘吾萍儿，大美人也。远惭西施，近愧王嫱，已日定寻如意郎君耳。俗子凡夫，弗配吾女也。’母言不谬，吾亦自信若是。吾与师初见，心底乍喜，胸忽畅，眼忽明，自言寻得心中郎君耳。于是兴兴勃勃，周身力焕，以纳君也。吾初见师，身若电击，好一阵酥麻。吾能遇师，幸甚也。否则，天无日月，生活无味也。【真情之语。】吾自见师，恨不得时时见之，睹之，片刻不离。此乃我心里话也。”

许时又曰：“潘老师，师莫笑我。徐秋蓉之父尚限其女与师会之，诚乃乌鸦尚怕凤凰恋，自不量力，笑也。彼父语，吾心下自明，彼恐师奸其女也。噫！彼之思，恐污吾师高洁之身也，亦污吾师耳目也。潘老师，吾闻此语甚愤！嗟！彼有其思，莫谓吾师愿乎？诚陋甚焉。潘老师，彼言此话时，吾心想，若师孤寂，心思女孩，自有我也，何能轮至彼女乎？吾师若需，吾自会将吾清纯女儿之身尽献师也，令师享之。莫说不谓强奸，纵使是之，吾亦心甘情愿也。吾爱师甚焉。吾欲令师尽享女孩之乐于我也。吾自愿将身奉师也。何需犯师奸彼女乎？若奸彼女，笑死人也。莫说师尚需提心吊胆也。吁！吾窃谓师，吾言是乎？”【真诚之言。】

彼时，天极寒，雪后甚冷。姜婉萍低头而行，不断思之。纷纷纭纭，无禁无止……婉萍行走于寒风之中，其不断低头暗语。许时，亦不知已走何程，亦不知走之何地。正当其思绪纷乱之际，忽有人呼曰："萍儿！"婉萍立打扑愣，浑身一震。有诗为证：

天边丽霞送红云，娇妹婉容波荡心。
风过竹摇一霎雨，水流花逝越长林。

欲知后事如何，且阅下篇经传。

史公曰："姜婉萍，姿容婉美，甚爱晨曦。平素常随同伴至晨曦号，说说笑笑。晨曦与其语，如沐春风。婉萍身姿窈窕，每见晨曦，笑语盈盈，甚动人也。晨曦凝望，常痴思不已。今睹文，缕缕若新如昨。彼记，细极焉。"

三十四经

村道，残雪凝冰，姜婉萍独行野外，不知何往。

村妇呼之，如梦初醒。

径往学校而去，寻师。

至师屋后，数师屋檐椽瓦排。心颇爱师，爱师及屋。

至校门口，犹豫徘徊，不敢进。恐见师，羞以言对。

姜婉萍作诗呈师，师喜誉。

众生言今，当下嘲讽革命，否公扬私，纵恶灭善，赞丑贬美；文多男欢女爱，无病呻吟，是非颠倒，毫无灵魂。

婉萍言，犹喜文学，长大定立高峰。

晨曦喜甚。

天寒冻热血数茅椽

院静幽乱心望月门

三十四传

天寒冻热血数茅椽　院静幽乱心望月门

诗曰：

人生最美乃真情，情至烈时火焰腾。
冰冷天寒无所惧，山崩地裂又何惊。
魔妖挡道踢腿过，鬼魅狰狞笑脸迎。
五彩灿霞猛雨后，你我相拥翠画屏。

话说徐长廷闻女周日至校绘画，百般不愿，绝阻之。姜婉萍与其对锋，以护师尊，力辩之。然徐长廷疑神疑鬼，终冥顽不化。姜婉萍见事已休，愤走之。其出彼院，入巷道，任由朔风劲吹。天酷寒，其一心念师，心下曰："有约不至，师何思哉？吾将何为？"一时心头乱纷，毫无撋挖。且说彼正乱时，忽闻有人呼之，惊望，乃本村刘美玲也。

刘美玲者，婉萍同村妇也。其见婉萍孤身独行寒道，奇曰："萍儿！何往哉？"【大雪之天，四下无人，又乃周日，更无学生。在此见之，能不奇乎？】婉萍倏地见问，毫无反应，愣之半日，方曰："南泉也。"刘美龄曰："赶集去？"【又出奇语。何赶集哉？】婉萍不知所以，胡乱应曰："唯。"刘美龄又言数语而过。斯时，婉萍巡视四围，怔呆半日，内心迷惑，驻足曰："吾至何地欤？"稍定神，四下再观，心明也。彼时，其再回望刘妇，见其臂挎竹篮，头裹蓝花围巾，身穿厚棉袄，脚踏残雪，嘎嘣嘎嘣往西去也。【雪化后再冻，方为此也。】其曰："原来，吾往南泉中学走矣。难怪刘婶那般问我。"少焉，又自语曰："潘老师！今日，吾何若是哉？莫非中邪乎？吾师，吾心下诚思汝甚焉。吾爱汝甚哉！倘若有污师者，抹黑于师，吾心自不允也。【爱师，情深。】吾师，吾两人相见近半年矣。不知不觉间，遂与师交往愈密，爱愈深也。当下，吾已深陷其中不能自拔也。此情，师可知乎?”婉萍喃喃而语，启步又前。

少时，清溪村则至。转过一弯，则见南泉中学南墙矣。再行，墙内教室排房亦睹之。斯时，心下暗曰：“潘老师，吾已至学校墙外也。少行，则睹师号后墙矣。此时，师定在号内，吾心慌跳甚也。若是，吾敢入校见师乎?敢乎？弗敢乎？吾心好难决断矣。入，吾将何言？不入，吾又何处？如今，好生令我做难也。”少焉，婉萍至师号后墙外，抬头望师号，又自曰：“吾师，吾已见师号也，已见师号房檩头也。曩日，吾每经此地，见师号房上之物，时常数之。今至，望而爱之，不由又欲数之。【爱师及屋。】吾想，将我所见言师。师听耶！师屋者，房檩五也，脊者一，前后坡各二也。”又走数步，尽见后檐之椽，又曰：“潘老师，曩昔吾每至师号屋后，则必数房檐椽头。今过之，再数与师。吾自南数起：一根，两根，三根，四根，五根，六根，七根，八根，九根，十根，十一根，十二根，十三根，十四根，十五根，十六根，十七根，十八根，十九根……噢，不能再数之，再数则为彼师之房也。吾师，尚有师号房上瓦排之数，曩日每经斯地，亦常逐排数之。今日数椽，则无法数瓦也。昔日数瓦时，知师号房瓦二十七排矣。”【痴情女也。】又曰：“潘老师！吾每经此地，皆如是也，久已成习，已为必做功课。吾师，吾爱汝，爱汝所有。吾爱闻师之话语，爱睹师之笑容，爱与师常厮伴一处，说说笑笑，热热闹闹，何等快乐无比。除此，吾犹爱师之小屋，虽极平凡普通，然于我心中重千均耳。”【入其心也。】

婉萍端详此屋，又曰：“此小屋，载我恋师之思多也，载我情丝多也，载我向往多也。吾每观是屋，如睹师面。吾日见师，夜思师。每与师近，则期师能揽我于怀。吾真若是想也。吾师！汝莫嫌我。【又剖肺腑。】吾每见师，则情不能抑，兴兴勃勃焉。此之情痴，太阳公公可作证也。其笑吾傻，言我傻女也。傻女则傻女也。傻女者，痴女也。傻也，痴也；痴也，专也。何丑之有？【是哉。】吾师，吾言是乎?”姜婉萍心头语之，腿则前行不止。少焉，其猛抬头，将至学校大门也。倏地，其心又陡然跳起。【观此，移我性也。】语曰：“潘老师，吾将至校门也。汝言，吾进乎？退乎？吾心跳急焉。”婉萍身随脚走，至，心头反重，茫然凄苦。悲鸣一曲。曲曰：

> 叫一声我的老师，我的心儿早已跑到你怀里。叫一声我的至爱，从昨儿天黑，我的身儿就由不得我自己。本想急匆匆今儿天明将你见，那料想晴天霹雳事又变。昏惨惨，我强忍怒火跟鬼辩；凄残残，鬼也魔也总难缠。身蔫蔫，浑身无力出庭院；意落落，天寒受冻独走吾情愿。至你墙后吾心跳，不知如何见师面。心又乱，腿又软，磨磨蹭蹭不敢前。噫！好生令我作难！

大门至，婉萍往校内一瞅，见校内主干道上空无一人。

此日，乃周日，又兼寒冬清晨，校本无人亦乃自然之理。姜婉萍手扶门口水泥砖垛，徘徊良久，踟蹰不前。学校大门，以水泥砖垛为柱，门扇乃钢筋栅门。中为大门，两侧各有一小门。素日，非放学之际，中间两扇钢筋栅门多关而不启，惟开东侧小栅门也。【一字不谬。】

且说斯时，婉萍望校内静穆肃然，试过数次，不敢贸然进，恐撞见熟人不好语之。正做难之际，忽闻校内房门响之，婉萍心头一惊，细听，乃为学校门房关门声。此处距门房三四十步远。稍时，则见丁老汉身披黑色棉大衣，背略驼，手提黑色大铁皮水壶，往校后而去。【是这般，记清。】其方走数步，习惯性扭头回望大门。一瞥之时，见大门口有人停留，再望乃女生，复低头走之。婉萍见丁老汉回头一望，心头猛惊，其忙后退数步，躲于水泥垛后矣。

姜婉萍受此一惊，犹不敢进校矣。其注视良久，反复思忖。心下暗曰：“潘老师小院内，住有校长一家。薛翠竹与我乃同级同学，两人熟知。若入小院，彼窥之，或撞之，何如哉？再者，校长三丫头薛翠莺，虽为初一，然其机灵活泼，话多，心眼多，吾若入小院，径往潘老师号，彼若见之，心必生疑，则吾名扬也。”婉萍思前想后，手足无措，心下痛歌。

歌一：

> 校门之前四下看，无人无影心自乱。跨步直想入师屋，笑笑喜喜把话言。而身至前，腿难抬，一段路儿好生

觉得似天堑。嗳！何这般？

歌二：

今临场，我心儿却似在翻山，左试右探，身儿沉重四下观。真情欢，事难堪，我进退两难，身若木杆。心纷乱，如捣蒜。

婉萍进退不得，极为难处。

少时，其心下又曰："何也？吾乃止此乎？"再思，心又不甘。乃曰："吾已走来。宁再返乎？若是，所归之景犹难受也。"思此，忽觉力从中来，心下一横，又自曰："今日，说千道万，必进也！纵刀山火海亦闯之！"【爱之极矣。】思此，乃全然不顾，抬腿而入。

婉萍终迈步踏入大门。彼时，为己战胜胆怯而庆幸。且走，且观，且闻。顷间，则至东西月亮门前，至此，其心果跳骤剧。彼往西院望去，见小院甚为静寂，空无一人。晨曦牖窗在前，望之心跳，不敢进也。斯时，其心颇想见师，然又恐见师。不知若遇之，该如何作答？此乃最难为之事，想之一路亦无法也。于是婉萍立西院月亮门外，少觑之，心跳甚慌，急掉头东去。入教导处小院，再往东乱转一圈，见之不相干之生一二，又转身西返。复至西院月亮门前，又将爱师之号稍望，未见师，惟睹师窗。至此，其想今日之行，则如是也，不能再深入也，亦不能再停留也。否则，多待则险多也。如果遇师，无法开口，则倒大霉耳。【为难婉萍了。此情师知也。】

婉萍望小屋，心曰："潘老师，今，吾惟能做至此也。请原谅我哉！吾不能进小院也。今日，吾已尽最大之力耳。倘若今日不发生如此变故，乃我最喜之时，不想竟落空也。吾于极喜之时，猛遭一棍，身立垮矣，神立失矣。吾心仿佛九天而坠，摔成碎瓣，四处见也。方才，吾一路走，一路思，一路迷迷糊糊，想不出个所以然来。反鬼使神差，走往师号也。"又曰："潘老师，吾终进校内也。虽不能见师，然心稍慰。斯时，吾正思之：纵今日不能见师，明日定见师也。若见师，吾则大胆爱之，使师能知吾心，明明也。吾爱师苦哉！潘老师！汝莫急，今者他人辱师，吾定为师补之。师则稍待，吾必如是为也。吾师！吾观之，师乃天下雄才也。今之天下，无男可匹之。师莫灰心，莫难过。姑娘之爱，定为师赐予也。师当为天下最幸福之人也。

吾师，俟我哉！吾必与师补之。吾必力为也！”【思之备也。】语毕兴起，心唱数曲。

曲一：

叫一声老师原谅我，唤一声宝贝等着我，叮嘱一声你挨过这一辙。至明日，寒夜逝去，太阳东升，我拚命，也要给你惊喜一个。

曲二：

你的心儿金子纯，你的人儿出众矣。见到你，眼发亮，身难移，日日夜夜想煞你。喜鹊喳喳枝上闹，我与你，没距离。

后来，婉萍复至，见机，胸贴晨曦之背，终了心愿。此之绝意一靠，恒之，勇之，久之，毫不犹豫彷徨。晨曦之心，体验切也。

此举，瞬间拉近彼此距离，两下皆知。【两女两性。女最为热烈之举，何人不动心哉?】婉萍为不使晨曦诚挚之心受之伤害，乃以姑娘之躯抚慰之。此刻，晨曦深感其诚，两人会意，粲然一笑。后，婉萍暗曰：“当时，倘若身边无旁生，师必有所举，或伸臂揽我于怀，也未可知。”【冀盼也。】若此，婉萍以胸坚定紧贴，两厢瞬间心知，其距近也。此后，两人再处，自不同耳。

且说一日，天大寒。下午最终一节课，众生不时在教室跺脚缓冻，声音轰然，此起彼伏。【常有此景。】好不容易挨至下课铃响，师宣布下课，众生欢呼。师方走，则有男生紧随窜出。姜婉萍扭头，瞥见徐秋蓉，则隔数生曰：“少时，吾等至潘老师号，何如?”徐秋蓉曰：“吾无新画也。”姜婉萍曰：“吾有诗作，请师教之。”【今者，婉萍始为主角也。】语讫，徐秋蓉眼前一亮，惊曰：“汝已作诗乎?”一语未了，众生闻言，皆探头而问，甚奇之。林淑琼曰：“彼日，吾等至潘老师号，汝方语作诗，今则成乎？此方数日，何其速哉?”姜婉萍正欲回言，陈紫薇曰：“汝速将诗拿出，吾等近水楼台，先赏之。”姜婉萍曰：“拙作，拙诗，焉能示人乎?”陈紫薇曰：“弗能示人，而能示师乎?”婉萍不由脸泛红晕。林淑琼曰：“师乃师，尔乃尔，何以比之?”众女生纷言乱语。徐秋蓉将书包收拾停当，语曰：“尔等莫说耶！吾与姜婉萍先往师号也。尔等若往，则随之!”【又见徐秋蓉之另面也。】说过，则谓婉萍曰：“汝携诗作，吾等走之。”姜婉萍打开书包，取出塑料皮本，自封套内掏出叠好之纸，装入棉袄兜内，随后再将书包放妥，乃拉徐秋蓉之臂径往师号也。数女生见之，大呼曰：“稍等，吾亦往耶!”

至号，姜婉萍、徐秋蓉高呼一声：“报告!”晨曦在内答曰：“进来!”【校之标志音。】二人推门入。则见房间内已立杨玉莲、史红香、唐景明三人。【一一交待清。】彼此相见，相互点头。【皆熟悉也。】杨玉莲、史红香乃送作文本者也。唐景明则携水墨新画，请师指教也。杨玉莲曰：“潘老师，作文本收齐，尚有两生缺之。”晨曦问：“孰谁也?”杨玉莲曰：“孙国兵、陈立军也。”晨曦问：“何故哉?”杨玉莲回曰：“孙国兵言，作文尚需再改。陈国军言，尚未写毕也。”晨曦曰：“孙国兵学习实在，再等无妨；陈国军则需催之，弗能常拖沓也。”杨玉莲曰：“谨诺！吾将二人名姓写一纸条，夹作文本中也。”【极细之文。】

晨曦谓杨玉莲曰：“汝小说投稿可有回音乎?”【又提前事，映带之法。】杨玉莲摇头曰：“尚无也。”晨曦曰：“汝再耐心以待。吾尚有信心哉!”杨玉莲曰：“吾已急之。”史红香谓师曰：“其念叨无数回也。每回则言：‘何无消息哉？何无消息哉?’”晨曦曰：“投稿，有无信心，惟看作品艺术水准耳。艺术水准高，自有信心，心底亦踏实。【实话。】吾看，成之大也。”唐景明谓杨玉莲曰：“倘若汝文发表，则成名也。”杨玉莲曰：“今八字不见一撇，何想那般多哉?”唐景明曰：“噫！有潘老师精心辅导，发表之时，指日可待也。”杨玉莲眼望晨曦，笑谓曰：“潘老师！此两日，吾心跳甚也，眼皮亦跳急哉!”史红香立问：“何眼跳之？左眼皮乎？右眼皮乎?”杨玉莲伸手抹之，曰：“此也。”唐景明曰：“左眼皮也。”史红香笑曰：“恭喜哉！左眼跳财，右眼跳灾。吾猜想，小说发表，则在近日也!”众大笑。史红香曰：“潘老师，此兆挺灵也，汝信乎?”晨曦笑曰：“信哉，信哉！昔日，尔尝有遇乎?”史红香曰：“有之。吾中考之时，录取之前，左眼皮猛跳。吾母曰：‘吾女定考中也。’不久，分数公布，吾果考取南泉中学也。”众又乐。晨曦曰：“惟愿杨玉莲亦能如此灵验也。”史红香迭曰：“灵验也！灵验也!”众又笑。杨玉莲见姜婉萍、徐秋蓉有事而至，则捅史红香之臂，谓曰："吾等走之。"遂告辞而出。

此时，姜婉萍自棉袄兜内掏出诗稿，将其打开，谓师曰："潘老师！近日，吾作一诗，不知何如，请师赐教。"语间，将诗稿铺于桌上。且说斯时，史红香已走出房门，杨玉莲正待出之，不想忽闻此语，乃急驻步，忙拉住史红香之臂，急谓曰："莫走！快返哉！"【笔锋急转。鷂子回头之法。】史红香不知就里，被杨雨莲急拽而入。唐景明本欲走之，闻此言，亦身定之。晨曦将诗稿摊平，略观，大惊曰："噫！不得了哉，唐人再世也！"一语未了，众生齐攒头拢聚，端看仔细。其诗曰：

印家耕耱舜故庄，思越牖窗尧帝乡。
云去圣贤播沃土，君来风流拓新荒。
芳心纭乱桃花绽，媚态娇妍柳絮扬。
何事春风薰人醉，帘卷明月照慵香。

晨曦再阅，连呼好诗不止。众生望之，皆觉其诗颇具模样，不由敬服。然见所写隐晦，则曰："此诗犹有意味，师可解乎？"晨曦笑曰："师者，姜婉萍也。姜先生与尔解之。"一语一出，姜婉萍扭捏半日，羞颜满面，娇灿若花。

晨曦把纸，一字一句念来，粗解之，众生已听呆矣。忽地，唐景明曰："诗作甚好，惟开头一字，多不见耳，生字也。若换熟字则好。"晨曦曰："吾想，此字乃婉萍匠心独运之故耳。"又问曰："是字，果不见乎？"唐景明曰："师如此问，又似曾相识也。"晨曦笑曰："《诗经》之句，可忘乎？此'卬'【故乡之音，何能忘哉。】字，吾地口语仍用之。"众生曰："噫！吾地之卬音，乃为是字乎？"晨曦曰："然。"众生皆称奇。晨曦曰："婉萍将此口语活用于诗，则令世人知其诗出吾地耳。"【授书外诸法。】旋谓婉萍曰："是乎？"婉萍灿笑不答。晨曦曰："再者，婉萍虽为初三学生，已见其所学用心也。其诗之悟，心甚灵耳。"晨曦此番夸奖，众生犹敬服有加。

观诗毕，晨曦又望婉萍，心内依然难掩惊喜之情。婉萍见师赞之，心甚感激，两眼望师，目含秋水。倏地，两下心内又融融然也。晨曦曰："吾观汝诗，何人敢言中国诗歌死耶？相反，中国诗歌正枯枝发新芽也。期盼姜婉萍再用功而学，作出更好之诗，以扬国粹也！"婉萍曰："潘老师！古之诗歌吾喜之。古之小说尤喜之。有人言，中国文学自《金瓶梅》《红楼梦》之后，再无人出其右也。吾常思，历史何昙花一现，瞬时凋谢。古人所创之高峰，吾何不能超越哉？【惊世之声。】未来，吾长大，定欲写之。”

一语未了，晨曦犹惊。再望，似不识耳。惊语曰：“婉萍有其宏志，国之大幸也。”又谓曰：“少年之时，应有如此豪情，如此壮志！古之优秀文化，吾当继承之，且发扬光大之。前人所创高峰，汝辈自应立其上，再创新高峰哉！【倘立历史新高峰，民族大幸也。】且莫望峰而叹，自畏也。若是，则必处下也！”婉萍曰：“师语，常激我心，催我奋进也。”晨曦曰：“汝当用功为之。吾信之，汝未来定为文学大家也！”又问：“汝心何如此波澜壮阔乎？”婉萍曰：“受师之染，吾则思之、观之、学之。读古之小说，以师言而思，则云彩生焉。读古书，察其心，则觉吾心与古人之心通也。斯时，似觉古人立我面前也。吾当用心为之。然时下，吾尚腕力不足，才疏学浅，不能胜任耳。”晨曦曰：“巨著者，当需终生之力悟察。昔往高峰作者多乃苦寒所历，绝非少年之辈能为之。汝有心，则待阅尽风雨，且腕力劲挺、笔力老辣之时，以铸巨著耳。”婉萍曰：“唯唯，诺！吾定遵师之嘱。冀吾师常教我哉！”【所望也。】晨曦曰：“汝有鸿志，吾当鼎力相助。”【应之。愧后落空也。其远走大西北，人则不见，又何助之？悲也夫！】婉萍曰：“多谢吾师也！”【吾悲婉萍也。】两人目光再遇，的的明亮，熠熠光采。晨曦曰：“婉萍者，人之凤也。见其古诗，心甚聪也。其志尚大，明日定当不凡，庶成栋梁，祈天佑之！”【文章托天，乃有心也。】少顷，又谓众生曰：“汝等皆有才，愿根深叶茂，以成大器。若是者，师之幸也。”

姜婉萍曰：“潘老师，吾读当下小说，多见风花雪月，男欢女爱，纯悦人感官，然乏史之博大雄浑气象也。”【惊世之语。出婉萍之口，婉萍不凡所在。】晨曦曰：“不想汝尚有如此之思乎？”婉萍曰：“吾思，文学者，首推精神也。作品之高者，首推精神之崇高也。【亦乃灵魂也。见解高哉。世人早忘矣。惟图粪土之利。孰思史乎？叹叹！唱叹轩。】不知，可是此理乎？”晨曦曰：“唯唯，诺！言之有理。婉萍之学，不虚耳！”唐景明曰：“今日时风渐变。精神崇高之文，多不见矣。”史红香曰：“当下，革命一词也遭嘲讽欤！吾父母曰，今者之风扬私灭公，去正树邪，纵恶灭善，赞丑贬美，总之悉以是非颠倒为能事也。”杨雨莲曰：“吾父母对此亦颇多微词，言时下之风，否其昔日无私奉献之生也。”正说间，忽门外一声喊：“报告！”门开处，又来一群女生。正是：

文学观念两相联，观念不清是非淹。
是非不知文何做，一驴走过呼象颠。

欲知后事如何，且阅下篇经传。

史公曰：“晨曦号者，生往来不绝也。是号所论，或文学，或绘画，或理想，无一囿也。此地，生多才，晨曦爱之，庶成栋梁也。然，三年后，晨曦响应国家号召，远走青海，奔赴西北大荒，从此两相分离，不得呼应。悲也夫！”

三十五经

迷茫，弗迷茫。混沌，弗混沌。

文学，社会，庙堂，纷纭缠绕。

或曰，今者历史迷茫期，以颠覆真理为荣，然又不知何荣何耻。

迷茫世界观，不能诞文学巨著。文学可记迷茫之事，然不诞于迷茫之思。

饭堂，师聚，所言惊骇。

有师曰，吾对尔庙堂之辞甚烦，时是时非，究竟是乎非乎？汝能断言，汝今之语，再不被日后指非乎？

一语出，四座寂然。

姜婉萍偎晨曦身侧，温柔娇嗔，聆师言语。

两厢暖融，彼此心知。

三十五传

混沌日当述混沌景　迷茫时难辨迷茫事

诗曰：

诗歌文学灿千年，日翻月览书伴眠。
伐檀逍遥赏黄脆，金瓶红楼味青烟。
垂髫鹤发摇首颂，银钿金钗交口谭。
今日蔓草无花绽，瓦缶击筑月江湾。

话说姜婉萍出徐秋蓉家，心甚悲凉，本期灿花飞霞，无奈悉化泡影，灰飞烟灭，不胜伤悲。后，婉萍胸靠晨曦之背、持诗请教于师，又两情渐近渐浓。师号内，众生观婉萍之诗，皆惊。正当其谈兴犹浓之时，陈紫薇、林淑琼、刘秀珍、朱雅琴诸女生又至。一时生多，再添热闹。

且说众生说起当时思潮，因来势凶猛，不知何处，亦不知何以观之，乃说纷纭，且多骇句。唐景明谓师曰："方才语崇高之话，吾读当今杂志、小报，莫说崇高，真识亦无。彼文，抹杀崇高，宣扬奢侈，崇尚大款，贬低劳动。善恶不辨，是非颠倒，不知荣耻。私人办铁厂者，烟尘满天，垃圾遍地，污水横流，空气呛人。粉尘飞渣落于四野，庄稼被染，麦粟被污，不能食也。且人为之得怪病，多倍于前。甚者，尚有炉破人死之事。【金阳庄私营铁厂，正月初一，高炉乍破，铁水奔流，亡数人。其中，晨曦同学之弟亡矣，其少年伙伴重残矣。丰中园。】犹可恨者，且将圣山圣景，且炸且挖，面目全非，望之千疮百孔，令人痛心疾首。"姜婉萍曰："向日，吾自潘老师处借《天下经》观之，茅塞顿开，感触良多。"杨雨莲曰："吾已将全文抄录。"唐景明曰："吾亦抄之。觉《天下经》谈天下之本，有醍醐灌顶之感。”徐秋蓉曰：“姜婉萍将全文悉能背诵。”唐景明曰：“吾亦能背之。”遂诵《天下经》第六章：

善，助人之进也。大善，助世之公也。人归于公，事行于公，公普天下，善之极矣。

姜婉萍曰：“《天下经》谈‘公’‘私’甚多。阅之，其理甚明。向日，师令我读黄宗羲《原君》之文，其有言：‘有人者出，不以一己之利为利，而使天下受其利；不以一己之害为害，而使天下释其害。’亦言‘天下’‘公私’之话。然《天下经》比其境界犹高哉!”遂诵《天下经》第七章：

公，大善之源也。私，万恶之首也。公，取乎天，法乎地。日月、星辰、雷电、风雨，日夜交替，四时之变，皆天之同，盖无私也。故天下，得其公利者鸿也。地，出土，隆山，长万物，赐茂林，供百姓所栖，与万民所取，何有私害者欤？故公，顺乎天，得乎地也。

天存大公，毁其贪私。天降大公之德于人，人方昌于兽；兽行私害，方不能逾人。豺狼之道，弱肉强食也。人性之道，扶弱济困也。弱肉强食者，强者必亡；扶弱济困者，德者必昌。故人行公而逾兽，然兽犹不能逾人之理也。是故天下大道，立于公也。

杨雨莲曰：“吾自潘老师处睹《天下经》，亦熟读之，其第八章吾犹记清也。”遂诵曰：

存世之人，公者必为人尊，私者必为人毁。公者必为人长，私者必为人损。公者，昌行天下人且敬之；私者，大道难行人则弃之。大公者，始于人初，尧舜之祖犹明彰之。是时，天下勃兴、清风朗月者是也。极私者，夏桀商纣也。帝王朝代者，私也，家天下也。私者，无不倾覆也。朝代将亡，恶行遍地也。其覆，定也。

公者，流芳百世；私者，遗臭万年。

杨雨莲诵毕，史红香抢语曰：“其第九章，吾亦知之。”遂诵曰：

人世，天下也，人存世之赖也。天下者，众之所处也。故天下之道，公行而不得私为也。

公者，护天下也；私者，毁天下也。

唐景明曰："即是此理。"姜婉萍曰："言天下之论，谈公私之说，《天下经》又有专文论之，其第十章如是言。"遂诵曰：

公者，出于民而终于民。众者所需，公者所为。人之病，公之病；人之困，公之济；人之需，公之给。天下之财，为众所有。公普天下，衣食住行得其所，文戏舞乐得其娱。人之为人，天下一家，难则同承，乐则同享。天下者，四方八极之地，民皆同也，物共享也。天下当公，世界福也。

私者，其力愈强，其毁愈大。毁天，毁地，毁山，毁水，毁食，毁人。天不得晴空，地不得良田，山不得其貌，水不得其清，食不能食，人不能生。罪万物，万物不得济。当世所不保，百代何所依。呜呼！力强私恶者，绝人寰也。

刘秀珍曰："吾地绵山之毁，正如是也。"姜婉萍曰："言其毁极，刺心痛骨。吾地南官庄大陵，天陵也，乃轩辕之丘，黄帝所居，又乃尧诞之地，焉不知其史乎？天陵之绵山，古称中山，尧山，【此山列《山海经·中山经》之首，曰"甘枣之山"，形似甘枣。西南有一小山，形豆，曰豆山，亦都山。南官庄村古称唐称，《帝王世纪》曰"唐城城北去尧山五里。"南官庄村之北五里恰乃尧山、甘枣山。】以炸药炸之，焉不知其罪乎？"朱雅琴曰："彼之恶，罄竹难书也。"

杨雨莲曰："绵山者，又寒食节之源起也。吾地人皆知，外地人知者稀也。昔介子推，原名王光，介子推之名乃晋文公所赐之号。介者，耿直也；推者，推禄不受也。吾乡尚有王光村，位绵山之东，有十里许。"晨曦曰："吾校之师权盛纳则为王光村人。其语历史传说，倍细也。"姜婉萍曰："绵山之东北，有村名孝义者，亦缘出介子推之典故。"徐秋蓉曰："何也？"姜婉萍曰："孝，言介子推孝母事；义，言介子推割股奉君事。故为孝义。"晨曦曰："孝义村，吾老姨家村也。幼时，常往之。其院，有核桃树一株，甚为高大，枝叶繁茂，荫蔽半院。某年吾方五六岁，随祖母至，夜初黑，蹲树下方便，吾亲戚家之表姐率同伴之女四五人自外而入，有女以手电筒照我不去。表姐曰：'男孩也，莫照之。'"众生皆笑。【彼年，吾表姐声音柔软。是年，盖十三四岁也。处处写青春。】

笑过。唐景明曰："资本贪婪，马克思早有明言。然私欲横流者，为饱一己之私囊，而害百姓之万利，残千秋之名胜，毁华夏之遗存，万劫不复，乡人共愤。恶毁迭迭，不知何时止也。"陈紫微曰："难止也。"刘秀珍曰："何故也？"陈紫微曰："今有歌曰：'吾糊里又糊涂。'且将'人生难得一糊涂'之句，张悬于壁。君不见，春节集市购字画，惟此字最为抢手，何也？众以此句为警语也。"婉萍曰："庙堂倡也。"晨曦闻婉萍之语，心下震惊，又对婉萍敬爱一步，少时，晨曦语之他题，曰："杨雨莲所写《山朵儿》，取材平民之家，极小人物，倾心写之，不鄙视低层之民。关切其命运，发现其闪光之美，小中见大，以彰其宏。此乃世界观不同也。"朱雅琴曰："潘老师，吾闻之，今者，乃历史迷茫期也。当今世人，以颠覆真理为荣，然又不知何是何非，如此混沌迷茫，如无头苍蝇，可使华夏挺立于世界乎？可铸中国魂乎？"姜婉萍问师曰："潘老师，上回闻师语，迷茫世界观，不能诞文学巨著也。何也？"晨曦曰："迷茫者，混沌也。不辨其向，不晓其理。理之不存，道何有哉？老子曰：'道生一，一生二，二生三，三生万物。'道之不存，何有万物。万物不生，何有文学巨著乎？文学可记迷茫之事，然不诞于迷茫之思。颂何？鞭何？其思极清也。若以混沌之思记混沌之事，定疯人癔语。何成文哉？"姜婉萍、徐秋蓉、杨雨莲、史红香、唐景明、陈紫薇、林淑琼、刘秀珍、朱雅琴诸生，皆随晨曦之解思去。

陈紫薇曰："师言极是。吾观，昔之名著经典，朗朗上口，今日名著经典何在哉？"晨曦曰："大浪淘沙，历史向前。未来，小说、诗歌诸文学定当开花结果，扛鼎之作定当诞之。受挫之时，当积力蓄势。今之姜婉萍、杨雨莲者，未来蓬勃而出，明耀神州，也未可知。固莫为时迷，而失其志。趁今青春之际，勤学苦练，锻其劲腕，以待明日鹤飞冲天，一鸣惊人也！"众生听之奋奋，心绪勃勃。

姜婉萍谓师曰："潘老师，昔之文学当讲崇高。今，师亦如此言之。然言崇高，当颂何也？"晨曦笑曰："文学，精神之物，有颂有斥也。扬善惩恶，仍为其职也。"【记清。】林淑琼曰："今之人，张口皆言发财、万元户。人钻钱眼，铜臭无比。损人利己之彻，而能颂乎？"晨曦笑曰："以西方为例。资本主义制度下，诸多杰出文学家，依然高举人类道德旗帜，鞭挞唯利是图、唯财是举之丑行。故有大家诞之，名著生之。莫泊桑之《项链》、巴尔扎克之《高老头》、雨果之《悲惨世界》诸等，皆如是也。西方有句名言：'少女可歌所失爱情，守财奴永不能歌其所失钱财。'则为是理。"众生颔首笑之。杨雨莲曰："近日，吾观一文，言新者，皆指西方也。而将我国文学，漠然视之，且语陈旧也。"晨曦笑曰："中国文学，世界巅峰也。今之洋奴，矮子哲学，不学无术，德薄才疏，竟忘祖经典，而捧他人洗脚水以为琼浆玉液，可笑乎？悲也夫哉！"众生哄笑。

正说间，忽门外一声高呼："潘老师！"一语未了，人已推门而入。众观之，杜贤慎也。彼探头侧身而瞅，见内学生甚多，则笑而走之。晨曦忙问："杜老师，有事乎？"杜贤慎曰："无事，闲聊也。"彼走后，话题又转入书画。晨曦曰："今日书画，其价甚高。有画，卖万元者也。"众生皆惊，面面相觑，不解。姜婉萍曰："一画尚卖若此，焉不成金山银山乎？农家，挣钱甚难。或卖鸡蛋，或卖家兔，能换几钱？纵卖猪一头，也需整年，所卖不过百元，且饲粮无数。然彼绘一画则抵农民劳作何许年耶？一辈子乎？"史红香曰："吾家人迭年累月而劳，亦不见钱也。"杨雨莲曰："何能有钱，吾家亦不见钱也。"

晨曦曰："昔日新中国时，文学地位甚高。吾县作家赵文泰，其工资一百有余，比县长犹高。然今日，与书画相比，彼之钱亦不算钱也。文学，乃思想之物。倘若缺乏灵魂，文学则失存世价值也。"有诗为证：

文坛圣殿立云台，才小识少难入斋。
思乱神迷心不定，珠玑锦绣焉能来。

少时，晨曦曰："文学与社会、生活密不可分，亦与时代密不可分。且说古代之《金瓶梅》《红楼梦》，则与社会生活紧密关联，彼时场景跃然纸上，以成后世探知前世之直接范本。其书，除文学价值外，其社会功能亦概莫大焉。昔革命文学，亦诞诸多杰作。如《林海雪原》《暴风骤雨》《太阳照在桑干河上》诸等，今日观之，仍不乏文学魅力、道德光辉，亦感人至深也。”

姜婉萍曰：“潘老师！吾闻，赵树理尝遭批判乎？”晨曦曰：“此乃后话。赵树理后期作品中，有写思想较为落后者，如……”正说此，婉萍接曰：“‘糊涂涂’‘常有理’，‘铁算盘’‘惹不起’。”晨曦大惊，诧曰：“汝悉知乎？”婉萍笑曰：“吾读过《三里湾》也。徐秋蓉曰：“潘老师！姜婉萍颇爱读书，常于村中借书而读。”晨曦惊望婉萍，曰：“昔者，吾闻汝观书多哉，不想果如是也！”婉萍一笑，晨曦凝望。倏地，其对婉萍又生敬爱之意多也。

晨曦曰：“赵树理之书，土味甚浓，彼长期深入生活，所知颇细。人之外号及社会落后形象，赵树理亦体察入微，擅长写之。”姜婉萍曰：“对此，师何观之？”晨曦曰：“后，或言赵树理有抹黑社会之嫌，故遭批判。”姜婉萍曰：“吾不知其细也。”语毕，秀目以对，静闻师语。晨曦曰：“彼时，如此消极之人，非社会主流，然其真实存在。社会丰富多面，思想改造，亦乃社会之职。反映此者，亦无可厚非，然须看如何写之，且需把握宏观与微观、主流与末节，当为是也。”众人见师与婉萍说得热闹，而多生对其又不知情。刘秀珍谓婉萍曰：“是书，可在乎？亦令我观之。”姜婉萍言诺，且曰：“观后需速还。吾借他人也。”陈紫薇亦插语曰：“吾亦观之！”一阵热闹。

杨雨莲谓师曰：“吾闻赵树理，吾山西人也。然不知彼乃山西何地欤？”晨曦正欲言，婉萍曰：“沁水人也。”史红香曰：“沁水，何处耶？”【彼时，人少有地图，亦少看地图，不知者多矣。】婉萍笑曰：“与吾县毗邻，过东西坞岭则是。”【故乡坐标。】史红香曰：“不谓此事，汝亦知之清也！”徐秋蓉曰：“姜婉萍读书多，且读细，又好问。如此知识，不能难之也。”婉萍忙拍徐秋蓉。徐秋蓉曰：“打我作何？非乎？”婉萍曰：“众言正事，切莫打岔！”众人笑之。婉萍谓师曰：“潘老师！吾读他书时，见有谓山西作家为‘山药蛋派’者，此谓何起？”杨雨莲、史红香、唐景明、徐秋蓉、陈紫薇、林淑琼、刘秀珍、朱雅琴诸生，闻之皆惊。齐诧曰：“‘山药蛋派？’”晨曦曰：“然！彼以‘山药蛋派’言山西作家之文学特色。‘山药蛋派’之代表人物乃赵树理也。其作品多为农村题材，所记极具农村土味，故冠其名。”唐景明曰：“不想山药蛋尚能称派，甚奇哉！不过，如此比方形象耳。”

姜婉萍谓师曰：“潘老师！据闻，赵树理因写落后人物挨批。往日，其写作时，则无此思乎？”晨曦曰：“方才吾言之，彼等人物，非进步人士，亦非世之主流。然尘世者，进取于矛盾之中，成长于斗争之间。写此，亦不为过，而其主导者，乃作者所审之态也。因有人陋识而疑，故遭此批。传闻，城内有小年轻者批斗赵树理，曰：‘汝写‘小腿疼’‘惹不起’诸等人物，污蔑社会主义，有斯人乎？’不谓赵树理能将其所属之地叙说备细，且曰：‘汝若不信，可往而察之。’年轻人倏蔫矣。归，上报之。上笑曰：‘尔何如是问耶？汝莫忘，彼乃大作家，农村生活极为熟悉，非尔等所识。如此斥问，莫非自寻苦乎？’年轻人曰：‘何问佳哉？’上笑矣。吁！观文观大者，观其精神也，观其主旨也，观其以表赋内之实也。切莫简化之。彼不懂文，所识浅陋，故出此笑话耳。”【文以正立。千古所传者，文之正也。文不为邪恶歌也。为恶而歌，其书不存也，世不容也。此乃为文至理，千古尽然。雅艳斋。】【赵树理之文为正气之文。然其不回避落后者。改造落后乃社会责任。倘人皆光灿，亦失其实，亦失去社会人物之复杂性。若是，文必浅薄。任重道远，改造旧世界观，改造旧习惯，亦乃光明之世所为也。赵树理，人民作家，无可非议也。其文颂正鞭邪也。吾甚爱赵树理之文。观其文，如入土地，所记所录，真实可信。其歌颂社会主义之光明，鞭挞落后之丑行，大道义也。此为其首要者也。其文甚有土地之味，能觉田中土疙瘩之存在。赵树理者，人民群众中所诞大作家也。作家反映生活乃人民群众之生活，乃大时代之生活。作大书者，需感情真挚，身心合一。吾之吾记，崇高也。富贵不能淫，贫贱不能移，威武不能屈，仍是其操守者也。见风使舵，不问清浊，终不是大家所为。书者，大义之作也，真诚之作也。倘无气节，为不义骚首弄姿，终为正书所斥也。书者，大众者也。不以大众善恶为善恶，而以私利邪念为衡准，其论定谬，其书必臭。书品者，人品也。人品高，书品高。人品劣，书品自不得高也。雅艳斋。】【大作家诞生于泥土者也，从不诞生于高楼大厦、富贵窝也。《金瓶梅》《红楼梦》作者盖如是也。历史上彪炳千秋之作盖如是也。一例明之，生活如黄世仁、南霸天者，其文定不能感染人也；感染人者自是喜儿、吴清华之文也。故作家应与最底层人民群众同体，与最底层人民群众同劳共息，同甘共苦，且是其中一员，方能出不朽之作。生活常年沉淀，一旦触发，其文必如火山喷发，不能扼制，不吐不快，岂是为文而文、无病呻吟之作、隔靴搔痒之闲文能比之者乎？知识普及年代，非作家深入生活，乃作家诞生于生活。以作家自居者，非作家也。那种田间地头一转，高处一站，拿个小本本一记者，定为笑料，亦将文看之太浅。雅艳斋。】

史红香曰："文学若是难，何不弃之？"晨曦笑曰："宁能因噎废食乎？古因文造祸者，累案也，然文学弗灭耳。"语此，晨曦忽思一事，笑之。生问："师笑何也？"晨曦曰："吾上高中时，有同学吴源理，某日谓我曰：'吾县出一作家，写长篇小说，近日出版之。'吾闻后，心头一震。因乃同乡，有人出书，则为大喜事也，乃与同学至书店，果见其书。吴源理购之。吾问曰：'汝何见之，彼写吾县之事乎？'吴源理翻书，令我观某段之文，果见有写浍水之名，且有极为熟悉之景，故信之。然观彼段之文，则为批搞副业、破坏社会主义集体经济，同资本主义作斗争之文。"一语未了，姜婉萍曰："噫！今者，此书命休矣。"晨曦曰："唯，然！一书成之，费作者多年之功，因庙堂变故，顷间化烟。其所付心血，瞬间没矣。其苦，作者自知耳。"众生曰："诚可惜也！"晨曦曰："此乃从事文学之残状。凡写长篇小说者，作者所付精力甚昂，若局势大变，其长篇小说之命运则随之而更，此亦乃众叹之处。"【彼时，人皆如是说。晨曦父则常对晨曦如是言。故往日长篇小说稀之，亦乃一因也。今之人，亦如是观。雅艳斋。】【为人民而写，为正义而写，文永远长久。】林淑琼曰："紧随形势，而形势多变。今此乎，明彼乎，永难立矣。"史红香曰："怪不得今日之文，多写风花雪月，原有其故哉！"

晨曦曰："尚有一事，时犹近之。"史红香曰："何事也？"晨曦曰："此乃吾大学即将毕业之时，惊传一讯，说有新拍电影当禁之。有生纳罕：'影片未放，则遭禁乎？'知情者曰：'此乃真事，不诳言。'学生曰：'当下，不是言论自由乎？何又出事哉？'众心慌之。正传浓时，忽一日，学校贴海报，言其'禁片'将内部放映，令生观之。"众生忙问："吾师观乎？"晨曦曰："未也。"众生惑曰："何也？"晨曦曰："此非公演，售票也。吾则未至。"

众生问："票价昂乎？"晨曦曰："彼时，吾等上学，零用之钱，家供也。然一毛两毛，吾等亦不轻抛浪掷，所用慎量，故未往之。"众生曰："影片何名？"晨曦曰："《萨恩与皮泼》。"【有此名乎？】众生问："所演何事乎？"晨曦概述之。众生问："有何疑哉？"晨曦将故以言，且曰："彼有一句台词，遭斥甚焉。"众生问："何词也？"晨曦曰："'汝爱国，国爱汝乎？'"【记史。标时。】众生不解，面面相觑，热议一阵。

少顷，晨曦曰："文学者，起源于文字，以文记事，且多记庙堂之事，故难与庙堂分之。千百年来，盖如是也。后有好事者，欲隔断之，终徒劳也。有人言，史写故也。若写今，则有虑耳。一日，有师辩于饭厅，闻者惊骇。"生问："何语哉？"晨曦曰："所争者乃薛学阁与岳思遥二师也。薛师谓岳师曰：'吾对尔庙堂之辞甚烦也。时而是焉，时而非焉。究竟是乎非乎？尔敢语，汝今课堂之言，则是乎？保不定日后又非乎？'众师哄笑。岳师亦愣半晌，终曰：'吾观之，今语是也。'薛师曰：'咄！昔者，汝等不亦如是说乎？今，何指非哉？汝能断定，汝今之语，再不被日后指非乎？'众师闻，陡然静默，无一人笑耳。"【此骇语之事，彼时为是，一句不虚。其情其景，其神态，历历可忆。】

刘秀珍曰："吾父言，历过多番庙堂变故，犹惧也。"晨曦曰："此乃谈虎色变。故诸家长，教子所学，应从理而避文也。"婉萍曰："有人言，写小说多写爱情。爱情乃文学永恒主题。无论何朝代，皆能读而传之，且多以《红楼梦》为例耳。"晨曦曰："众不知，《红楼梦》者，则为大庙堂之文也。儿女之情仅为表象，内事所隐极深。倘有一日，大谜所揭，众皆魂飞魄散也。"【何大谜？】语过，又闲聊一阵。姜婉萍紧倚晨曦身侧，闻之，语之，心甚乐之。晨曦曰："今日，东拉西扯，皆为废话，聊当闲语耳。"婉萍曰："吾愿听也。闲谈之中，得知识无数哉！"又语一阵，众生方散，然姜婉萍仍依恋不舍。晨曦望之，婉萍两眼一眨，面如绽放之花，两厢又神迷也。

晨曦目送众生而走。女学生互扯衣袖，拽拉奔跳而去，叽叽喳喳，欢声笑语一路。众生走，晨曦号内顿时静之。晨曦将众女生思之，心下融融，颇多感慨。有诗为证：

月明林下茅屋静，雪满山中人语响。

地冻天寒偎红袖，轩窗纱帐溢馨香。

欲知后事如何，且阅下篇经传。

史公曰："晨曦于南泉中学，置女生堆中，如入女儿国也。校园生活甚板，犹难写之。然读《大荒外》之书，叶叶新颖。此情此景，乃三十年前之事。今睹文，鲜活如初，众生呼之欲出。有是文，文学之幸耳。"

三十六经

数学课堂，师出难题，令生解，无生敢应。

白雪咏登讲台，提笔解之，如同剥笋，层层而入，众生惊呼。

或曰神人，或曰天才，或曰大家，或曰女华罗庚。

师赞不已。

元旦，校办学生画展。

画作布于露天粉墙，甚长，绵延三壁，浩浩皇皇，前所未有。

叶淑君未备新作，旧作充数。

铅笔稿，甚小，未展平素潜质。

何待人才？晨曦深虑。

三十六传

白雪咏题解震生魂　叶淑君画展落榜首

诗曰：

路长道直通衢地，山麓崎岖风物旎。
霞抹丽炫明柳岸，云蒸灵秀氲桃溪。
风清淑女仙河浣，月朗雄男戎羌栖。
多少故往怀旧事，花容娇语梦依稀。

话说晨曦故里，轩辕之丘，尧舜之地，此时正值隆冬时节，岁弊寒凶，雪虐风饕。校园内，瓦屋排排默踞，白杨行行肃立。月亮门内，晨曦号中，姜婉萍、徐秋蓉、杨雨莲、史红香、唐景明、陈紫薇、林淑琼、刘秀珍、朱雅琴诸生，齐与晨曦谈文学，论绘画，海阔天空，无所不及，热闹不止。却说近日，学校因办学生画展，晨曦号内学生来往熙熙，门庭若市。惟晨曦见诸多学生之中，独缺叶淑君身影，不知何故，甚是纳闷。心想画展之日已近，叶淑君该来方是，何久而不见其踪？纷思之，心绪怅然。彼知叶淑君绘画悟性甚强，其才难得，倘若精心培育，定成栋梁，故觉有责育之，弗能轻抛浪掷。然眼下久时不见其人，心慌阵阵。【职责重哉。】

且说时下，叶淑君内心明之，画展在即，其心亦紧。或上课，或吃饭，或小憩，或与诸生同处，概言稀少，有时且目光呆滞，失神无光。师教室授课，所讲者何？则神情恍惚，难以入耳。同桌白雪咏观之，见其忧闷不乐，抑郁寡欢，知其当有心事也。

某日数学课，师者侯启星正授课解惑。彼时，课堂上叶淑君僵坐，一语未能入耳。雪咏见状，知其走神，忙以肘捅之，彼身震之后，又复原样。雪咏低声谓曰："何也?"叶淑君闻之，左右摇首，赧然一笑。彼时，其秀发遮目，以手拂之，再朝雪咏一笑，始将书本稍动，再眨眼、咬牙、看书、观黑板。正斯时，侯启星高声问曰："此惑，可解乎?"数生高声语曰："唯！可也!"侯启星曰："此惑不解，后则难继。知否?"数生拉长腔曰："唯唯！知也!"【顽生，常如此。】叶淑君闻之，又听学生高呼，则忙看黑板所书，如坠云雾。侯启星曰："吾已讲多番，尔等倘再不明，莫怪师也。此者当需明晰，谙熟于心。否则，此之不知，则乃美国人不知华盛顿，法国人不知拿破仑，中国人不知毛泽东!"【昔者师果有此言。】一语未讫，众生互望，大笑不止。

旋而，侯启星转首面生，谓曰："吾今出题，察尔学何如?"语毕，将题板书。书讫，扭头望生，其状各异，有高举手者，有茫然者，有低头伏桌者诸等。叶淑君则为后者也。高举手者，争语曰："侯老师！吾做之!"侯启星放目四顾，选之所求犹烈者。彼生急跑台上，手持粉笔，写之数行，毕矣。侯启星环谓众生曰："此题所解是乎?"众生呼曰："是也!"侯启星令生归座，彼生嘻哈而下。顷间，侯启星曰："方才，吾出之题，无大难，众生多数可解。今者，吾再出一题，看其何如?"语毕，又写一题。写罢转身，将手中粉笔扔粉笔盒内，然后拍手，粉沫四扬。彼望众生，生皆瞪目而静，无一举手者。侯启星问曰："孰登台做之?"生皆屏气，面面相觑，无一人应之。侯启星又问曰："孰为之?"仍无人应。师目四扫，生皆慌躲。

叶淑君望题，茫然不解，心下顿时慌乱，头忙低之。祈曰："求师万莫选我，倘若选我，一步不能做，岂不羞死人乎!"心下打鼓不已。少焉，叶淑君无意抬头望之，但见侯启星目光直扫而来。霎时心头一紧，气喘不得，头嗡之一响，暗呼曰："糟哉，吾命休矣!"正恐间，忽闻侯启星呼曰："白雪咏!"一语出之，叶淑君紧张之心骤松。暗曰："噫！躲过此劫也。"众生齐望白雪咏，不知其将何如。白雪咏闻师点己之名，则放下手中之笔，从容站起。叶淑君余悸未消曰："太悬也，差点选我哉！若是，奈何?"众生齐望白雪咏，似救世主也。只见其甚为沉着，从容不迫，将书本推开，方机蹬后，叶淑君倾身于前，白雪咏侧身挤出。至过道，拉衣襟，拢秀发，走往讲台。众生与师目光齐聚白雪咏。白雪咏伸手取出粉笔，稍望黑板之题，则跨步伸臂而做。侯启星谓生曰："白雪咏台上做之，众生台下做之。"

然众生执笔，多数滞阻难为，而驻笔观雪咏做之。雪咏立于黑板前，仪态从容，神定气闲，挥臂而写。沙沙声中，宛若春蚕吐丝。只见其做题之时，思之缜密，目之犀锐，由表及里，层层剥入。俄顷，黑板上已推演一片。众生再观，雪咏仍思理不尽，绵延不绝，沙沙声继起。至此，众生已无一人做题，而齐观雪咏做之。雪咏做题之始，众生方屏息静观。随雪咏步步研进，入冥探幽，生则愈观愈奇，愈观愈呆，不时发出赞许之声。再观之，雪咏仍未停笔，其思不竭，推演不绝。是时，惟闻雪咏写于黑板之"沙沙""吱吱""当当"之声。渐地，众生愈发观之惊愕，情不能控，赞叹声由小至大，渐而声隆。或曰："噫！真乃神人耶！"或曰："吁！天才也！"或曰："已！大家也！"或曰："嘻！女华罗庚也！"乱嚷之声，不绝于耳。侯启星立于雪咏之侧，两目紧盯，怕稍漏片刻，内心犹喜不迭。叹曰："妙！绝妙耶！此题当解，诚非白雪咏莫属。其名远播于外，果不虚传耳！"【雪咏之长。】

少时，雪咏做题毕。侯启星览之甚喜，谓生曰："尔等当学白雪咏耶！此题难度甚大，而白雪咏则能解之，且解甚畅。诸同学应多解如是之题，历年中考、高考之题皆难，故须多做难题方是。若无此砺，至考场，遇题不能解，何金榜题名乎？【是此理。惟多做难题，方能高考得分。否则，名落孙山也。过来人，皆如是语。】吾出此题，无望有生能解。不期，白雪咏则能解之，且解甚畅，诚不易也！"又问曰："不知众生尚有解出者乎？"师问再三，无人应也。侯启星又将雪咏褒奖一番，令其入座。白雪咏轻拍手上粉笔灰，灿然一笑，满面春风而下。【雪咏轻松哉。】众生望之，敬服有加。女生以笑而迎，男生互扮鬼脸，以示非凡。雪咏走之淑君身边，淑君忙将己杌前移，急前倾其身，雪咏轻松而入。【雪咏出，雪咏入，淑君之姿不同，阅者当细察其味。著者思之缜密，用笔极细，体察人物极深。身外之举皆出心也。不动声色之中，极有丘壑耳。雅艳斋。】雪咏落座，淑君曰："今者，汝终露一手，令彼等臣服也！"雪咏笑之。

淑君轻松之情稍过，内心又升别思。其暗曰："白雪咏功课扎实，与其上课用心听讲密不可分。近日来，吾心烦乱，上课魂不守舍，思不能专，时常走神。若此，课堂之学定走下坡路也。当下，课程越发紧迫，越发难矣，倘不全力以赴，其果定残。倘不善为，定辜负父母与姊之托也。”【在此点其家人，草蛇灰线，为后铺陈。】其思于此，心则猛惊。再思，又神情凝重。心下呼曰：“吾师，吾不能再乱思也。若此，吾将废也。”又叹曰：“然我又不能不思师也。噫！好生令我难处，煎熬甚焉。”【情，折磨人也。】淑君之心深陷难拔。少顷，侯启星又写数题，令生抄作。彼时，淑君甚费大力，拔其思，专其心，用力摇头，大睁双眼，抄起题来。【亦为难淑君也。多年后，心不能忍。】

且说时日飞速而过，说话间则至阳历年终。是日午后，隗居南率数生，怀抱众多画卷，置校中心大道东西月亮门前。其眼望两侧，见粉壁长墙，白净光洁，平整无缺，诚举办露天画展绝佳之地。斯时，天虽寒，然无风，庆幸甚也。少时，隗居南又望墙一阵，端详半日，虑学生画作众多，何以布展，心下无数。于是西入月亮门，径往晨曦号走去，老远则呼，入室急曰：“潘老师，吾已将画悉数持来。然何以布展，尚犯难矣。君当教我，快走哉！”晨曦曰：“汝将画钉墙则是，有何难哉？”隗居南不由纷说，拉晨曦而出。至月亮门外，二人望东西粉壁。晨曦问：“若此长墙，画足乎？”隗居南曰：“弗知也。然觉画作不少也。当下紧要之处，乃画何以上墙，心无数也。”晨曦曰：“自西墙始，由北侧钉之。将画幅大小相配，张壁则是。”【专业哉。】隗居南曰：“有君在旁，吾心踏实也。”晨曦笑之。斯时，隗居南则率数生将画作以图钉钉于粉壁。少顷，钉画一片。过往师生，皆争相观看。有远闻者，急奔而至。少时壁前，观者纷纭。师者奈余牢、南大梧、薛学阁、狄志日、权盛纳、紫造新、李载重、吴骄伍、薛至孝、贾甜芳、年竹涵、侯启星诸等先后而至，生者犹多，齐注目观之，应接不暇，且不断间出呼声。

薛学阁方睹数画，赞曰：“噫！生之画竟如此佳哉？”狄志日曰：“之前，何未见诸生有如此才华耶？”贾甜芳曰：“吁！诚出意料之外。观此数画，与商店所卖之画似也。不谓学生中尚有如此好苗，若善培育，定出大家也！”【众师昔日从未见之。】许时，壁上之画成片，而地上余画仍夥。晨曦看此况，曰：“噫！画作如此多也。现观之，两侧粉壁少时则满，而余画尚有一堆哉！”隗居南望地上卷卷画作，谓曰：“奈何？”晨曦曰：“若两壁钉满，可续钉于东墙之东壁也。”隗居南曰：“方才，吾尚恐两壁钉不满矣，不谓画剩多哉！”少时，两壁皆满，余者果多。隗居南依晨曦言，又率生将余画钉于东墙东壁。彼时，师生闻者渐众，观者犹多，见而热论不已。奈余牢曰：“此四条屏所画甚好，又大又美哉！”紫造新曰：“于！尚有漫画耶！尚有画中人物言英语也！”年竹涵曰：“此荷花图甚好，叶上水珠，甚为逼真，似能滚动也。”师生称赞者众。吁！凡至者，皆此呼彼喊，热闹非凡也。

学生画展展于学校主干道两侧，露天地里，两墙三壁皆满，阵容壮观，连展数日，影响甚大。【当年，好气派。今有生者，得其益也。】然画展至终，无损一幅，无失一件。展期将终，隗居南谓晨曦曰：“潘老师，吾等为生评奖哉！”晨曦应之。隗居南又寻两师同评。众评师过叶淑君画前，皆无人留意此画。晨曦忙语，言其乃创作之画，曰：“诸师当观此画！此画者，乃画展中惟一创作也。创作画不同临摹，其难度甚大。该画表现力极强，乃作者将其所见之景追忆而画，功力不足者弗能为之。彼虽为铅笔画，且尺幅不大，然以专业水平论之，诚难得也。”【晨曦为难哉！知难，亦得语也。其为淑君，极尽力也。晨曦知此画展对初学者影响甚大，故力争之，为淑君以后学画铺路，使其莫中途夭折也。丰中园。】众评师听晨曦如是说，则将其选上，终获第二名也。事毕，晨曦心下甚为难受。曰：“以能力论，淑君定夺画展之魁无疑。然其半途而废，终为憾焉。”【晨曦不想事会如此。】晨曦返号，倒于坑上，心内仍愤愤不平，气曰：“淑君何能若是？何能如此任性？且对画展持如此态度？画展准备之际，不动一笔，亦不见其人，惟将原铅笔稿应付了事。若是，安能获好评哉？幸我力言，否则获奖无名也。”晨曦深知，学生正处成长期，苗正嫩时，倘若稍有所摧，则有彻毁之虞。故极力以护，以待未来。【着眼未来。】

画展过后，叶淑君久而不至晨曦号也。晨曦于校园内亦极难与其碰面。叶淑君反常之态，颇令晨曦不安。其心下自思，久而无果。是时，北方冬夜，寒冷漫长。晨曦走至火台旁，自乏料坑内拔出火箸，将炉火捅旺。随后，则在号内转圈，思绪翻腾，久而不息。良久，其坐至备课桌前，拉开抽屉，拿出日记本，翻至新页，将此事记之。其记，当有数页，密密麻麻，甚长也。【三十年后睹之，一言难尽。癸巳夏。】后，晨曦有诗曰：

年少情萌心暗动，顺时语浓逆时空。
多少往事随流水，此事半生不忘踪。
天降大才落我畔，仔细呵护柳郁葱。
惟恐不慎伤折腰，嫩芽细枝断林丛。
女儿正直意态淑，话语不多韵味淙。
玉腕雪肤对面立，小物相赠情意融。
所惜相聚时日短，断断延延山隔重。
心底烈火覆难灭，大风吹隙烧苍穹。
此番真情付旧事，至今不堪忆相从。
天涯两隔泯故长，丹青不染史卷红。

晨曦将日记记罢，晚自习钟声尚未敲响。教室内仍旧灯光明亮，色青紫，排排若阵。师号内亦电灯盏盏，浑浑黄黄。

彼时，晨曦背靠木椅，两眼怅望窗外，神情若痴。其隔窗而眺，只见小树林墨影团团，灯火明灭。晨曦百无聊赖，将所记日记复观之，轻叹一声，合而推去。随后漫目四顾，只见号内壁也、窗也、门也、桌也、墨水瓶也、蘸笔也、作业本也、炕也、火台也……若此诸物，日日夜夜，周周月月，纹丝未更，与己清冷相伴。少焉，门房丁老汉方将晚自习钟敲响也。【又记钟声。】

一日之时则如此逝矣。眨眼，春节将至，校放寒假，晨曦与二弟回家过年。正月十三，晨曦又骑自行车，带二弟，至南泉中学也。是时，又过一年，龄又添一岁。彼回思至南泉中学之事，心绪纷纭。思曰："吾来此执教，见众多之生，心亦欣喜。吾教之生，生所学渐长，亦算报国为民，无白入大学一场。然至学校教书，课复一课，日复一日，碌碌而过。惟吾终生之事却终日空空，未有着落。"【女学生之事，虽有爱生，亦有情萌，然终不敢思其有果也。吾将此况说之，否则阅者不知故事何如是哉？】晨曦教书热闹之余，若静之，心则隐慌。有诗为证：

弱冠独处身寂寥，满目女生念奴娇。
只是云烟山岚外，芙蓉鸾镜照碧霄。

终生之事，反复思之，惟有校外以觅，然半年已过，校外之女亦无处所寻。

惟眼前，女生满目，娇花朵朵。而知，女生再好，亦乃水中月、镜中花，徒思也。【此念，日悬头顶。悲哉。】晨曦心下明之，不胜伤悲。

且说极静之时，晨曦则思相遇数女，皆貌美若花，又性自纯正，情真意切，亦不乏有动心扉者。然每思及此事，仍觉有高山深渊重隔。是焉，非焉，无法决断。真也，幻也，无法厘定。纷纷扰扰，不能终也。彼思淑君，绘画中绝代才女，性格沉稳，虽平时不多言语，然内心一团火也。其认准之事，神凝笃定，而不易也。其又容颜秀美，皮肤白皙，身姿丰盈，绝佳女也。少时，再思婉萍，其温婉俊秀，窈窕婀娜，一笑一颦，妩媚百生。其酥胸紧贴己背，情真意切，令人难忘也。尚有绵山后小庙村之奇遇姑娘，其绝姿仙容，质朴大方，犹捧面汤以待，笑语盈盈，煞是动人。彼时断墙夕阳，侍立身傍，久而不去。其有国母之仪容，倘若驰骋天下，纵横五洲，必为佳偶。姑娘极美，纯而无瑕。虽时日俱长，仍眷恋于心，不能忘怀。【虽一一道来，清晰可具，然皆觉飘渺虚化。】

以上数女，晨曦番思，皆有其难。其思淑君，曰："彼乃学生，初三也。至后，尚考高中、入大学，若以为偶，上学之时何休哉？彼又出身工人之家，全家吃商品粮。吾家则为农家，两厢之距甚大。从无闻，有农家之子娶工人家之女也。【新门当户对。】纵然淑君情愿，然其家人亦未必愿也。至时，言吾高攀，传声于外，自取其辱耳。"少时，又思婉萍，心下语曰："彼乃学生，又初三也。其美丽可爱，年龄十五六，与其言婚，纵世人亦觉早也。何况，其仍有考高中、考大学之说。倘今爱之，则毁人一生也。"【菩萨心肠。】言毕摇头。叹曰："苦哉！苦哉！"少时，又思小庙村所遇姑娘，语曰："青山重隔，不为其难，然所遇之地非彼家，若至，将如何开口哉？"【觉难为情也。】想半日，亦觉惆怅。是故日日忧郁难遣，事无寸进。【细言其非，交待极清。否则，阅者误读耳。叹叹！唱叹轩。】

晨曦望校兴叹，出早操至操场，东望巍峨翔山，常思绪翩翻。正是：

> 青峰无语重阻隔，仙妹柴门窈窕阿。
> 一面赢得久不忘，半生千里泪落河。

欲知后事如何，且阅下篇经传。

史公曰："此回，作者记二事也。白雪咏也，叶淑君也。白雪咏，功课

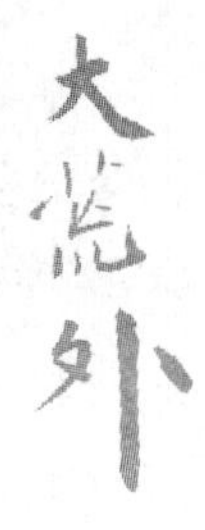

之绝佳，极善钻研，犹喜难题，彼生弗能比。叶淑君，绘画天赋极高，晨曦极佑之。二女与晨曦，后话绝为传奇。人意乎？天意乎？山之峥峥，风之萧萧，云逝无声也。”

三十七经

春，二月，大地回暖，堰草吐绿。

晨曦与众生春游翔山。

师生同游野外，人轻松，话语多。

白雪咏，言村外有白果树两株，雌雄并立，千年苍桑，人曰夫妻树。

翔山，状如大鸟，其形甚巨。雄鹰乎？蝙蝠乎？鲲鹏乎？齐语庄周逍遥游。

初中女生问，师教我语文何时欤？

高中男生戏语，言考高中，不录者众。

姜婉萍闻声色变。

诸初中女生闻之，色亦多变。

三十七传

春风薰师生入翔山　喜鹊闹溪涧过翠鬟

诗曰：

青峰东竦半天边，浮图七级高入巅。
煦日暖衣杨吐穗，薰风酥骨柳生烟。
弟子娇媚踏春闹，师长潇洒赏景闲。
田垄堰道深山去，你笑我谈绿翠鬟。

话说晨曦将数女细均，倍觉惆怅，事无寸进。且说大年过后，眨眼春至。不久，大地微微，暖风劲吹。校内，白杨枝头芽苞怒放。田垅地堰，枯叶脱尽，嫩芽冒出，吐绿怒翠。斯时，大地萌动，蛰虫苏醒。房前屋后，麻雀犹为活跃，飞快鸣叫，忽东忽西。又南国燕来，迎风飞舞，高低翩跹，唧唧而鸣。

校园之东，翔山巍峨。彼时抬头望去，遥见青翠隐隐，头顶青蓝朗朗。校园诸生，蜗缩整冬。当下，春风滋煦，心胸放荡，神采怡扬。有生约朋呼友，意欲踏青翔山，然苦无人率之，心倍怅然。忽一日，有生将此情告于晨曦。晨曦曰："生欲往之，师则往之。"生曰："师若率之，生必从之。"语定，生奔走相告。一时，消息不胫而走，滚过校园。知者奔曰："潘老师率生游翔山，往乎?"有生初闻，弗信，再问曰："率队者孰?"知者曰："潘老师也!"闻者拍手乐曰："噫！若此大喜，何不往哉!"于是，知者奔告，复知者复奔告。一时，愿往者众。

且说次日，日上竿头，晨曦号前已聚满众生。只见有来回转悠者，有低首相语者，有高声喧闹者，有嘻笑追打者。正乱间，校长薛风清自北房褰帘而出，见众生集聚，问曰："尔等何往？"生曰："翔山也。"薛风清问："孰率之？"生曰："潘老师也！"薛风清眼望晨曦号，脸上一笑，出月亮门去也。

彼时，学生仍叽喳奔跳，欢闹不止。晨曦抬头以眺窗外，见生聚已众，乃呼唐景明入。告曰："生至者众。若出，当以律之。请清点人数。"唐景明领命而出，数之。有姜婉萍、徐秋蓉、叶淑君、张洪喜、王世壮、白雪咏、苏翠萍、郭淑媛、王长青、赵峰、李进、朱雅琴、林淑琼、杨雨莲、史红香、贺艳梅、徐秀芹、陈淑雯、李成善、袁俊峰、朱晨光、刘建中、王春雨、李艳萍、吴素芳、刘红英、崔青香、郭红花、杨灵芝、张玉珍诸生。

数毕，回复曰："三十一人。"晨曦曰："于！何其多哉！"又问："尚有未至者乎？"唐景明复出询问。问毕，回曰："悉至也。"晨曦曰："立行之。"随后，晨曦至号外，令众生列队，毕，谓曰："今日吾等春游翔山，踏青野外，以求游目澄怀，舒心爽身。然吾人数众多，至校外，四野开阔。若登山，山道崎岖陡峭，地形错综。为确保安全，当律如下：一则，统一号令，悉听指挥；二则，集体而行，不能擅自离队；三则，尊民为亲，不能毁坏一草一木。是以约法三章，众可记乎？"【嘻！刘邦入咸阳乎？】众生呼曰："唯！"晨曦曰："可遵守乎？"众生曰："唯唯！谨诺！"晨曦曰："可遵守者，往；不遵守者，弗往。有生不遵守者乎？"众生齐曰："无也！"晨曦曰："善！走之！"【好畅快也！】晨曦关窗锁门，同诸生前往翔山。

众生列队而出，晨曦随之。众生方出月亮门，晨曦迎面遇校长，忙打招呼。薛风清笑曰："春游翔山乎？"晨曦回曰："生欲往，率之。"薛风清曰："天气始暖，当应游哉！是队，人不少也。"晨曦曰："诚出预料之外！"薛风清曰："噫！年轻人殊为不同，甚有活力哉！"语过，两厢走之。彼时，队伍前首已驻。晨曦问："何也？"生曰："请问师，走何路哉？"晨曦曰："出操场，抄小道也。"令出，众生穿东月亮门，过教导处小院，越操场大门，至操场，斜插东北角，翻地堰，过柿树，走田间垄道，至南泉村南大道，再径东至头，南折，再走少时，东向入田间小道，则径直端往翔山脚下而去也。【一一叙清，纹丝不谬。】

是时，众入田野。是地，无村庄，无房屋。走过一阵，众回首望之，已不见校影。南泉村亦渐抛身后远矣。彼时，四周阒静，全无鸡飞狗跳、人声嘈杂之闹。但见：

> 方方校园，条条农田。操场有墙惟是模样，田野无路总能阡陌。折转东行，地势渐高连山麓；回旋西向，垄亩终平广纳粮仓。日升起，烟岚峰腰；人行处，话语道中。你学我耕两恬然，他出我入四安定。

师生进入山前田野，田中麦苗已吐绿返青。小道旁，偶有高大白杨数株，众生仰望，只见枝头芽苞尽吐，杨穗始出，串串累累，赭红一片。偶有落地者，好事之生捡之，以唬彼生曰："毛毛虫！咬尔哉！"彼生笑曰："汝当我三岁之童乎？"众生笑。小道左侧，坡下，有一小河。河边，又有垂柳数株。彼时，只见柳条已绿，远望生烟。小道右侧，有高坡层叠，坡上有柿树一行。柿树枝干黑挺，身姿遒劲，皮若龙鳞。晨曦与众生且行且赏。忽地，耳闻"喳喳"叫声，极为清脆。有生眼尖，指而呼曰："喜鹊！快看哉！喜鹊！"众生眺望，遥见河沟处核桃树上，有喜鹊欢跳。【三叠之法。】晨曦喜曰："方至山脚，则有喜鹊相迎，喜气也！"众生曰："喜鹊叫，贵客到。彼能不迎乎？"有生呼曰："嘻！喜鹊！甚谢哉！吾来矣！"正是：

> 久蜗学校面檐房，教室四墙日日忙。
> 今日春暖游山壑，踏枝喜鹊叫声长。

且说山野之气犹为清新，晨曦与众生走至山前小道，两侧麦田之中气浪微腾，阵阵而袭，两腿直觉烘暖。再走，觉有隐隐异香，丝丝缕缕，飘飘荡荡，悠悠扬扬也。众生嗅之，甚觉惬意。然不知香自何来？有生问之，晨曦曰："泥土之香也。"【土地情深。】众生诧异，再嗅，果也。又走一程，众生倏地激奋。一时觉奇香又至，轻轻渺渺，怡怡袅袅。有生罕曰："噫！此乃何香？淡淡雅雅耶？"杨雨莲曰："此乃花草之香。"生诧曰："香自何来？"杨雨莲曰："山脚峡谷也。"众生曰："何以见之？"杨雨莲曰："弗信？前行睹之。"众生无言。

转一弯，果见峡谷。谷中溪水潺鸣。溪侧，草早发，生绿一片。众生再瞅，嚷曰："未见花耶？"雨莲曰："性何急哉？河谷蜿蜒，幽出深山，香自前来，再行则是。"众生抬头望去，笑之。待逶迤再行，忽转一弯，有生狂呼，撒腿疾奔。呼曰："巍巍翔山，吾来也！"有生呼曰："美丽大自然，吾来也！"有生呼曰："花花喜鹊，吾来也！"一语未落，众生大笑。有生曰："尔何不呼'花花媳妇，吾来也？'"生则追打。彼时，唐景明告曰："诸生莫乱呼之！观是景，欲多思多赏。尔等乱呼，何以赏景？且所呼之语，颇为粗俗，闻之，不爽也！"张洪喜曰："彼等远离学校，始则发狂。抑得狂犬病乎？"众生又闹。

晨曦被众生簇拥，且行，且语，且乐。所与晨曦同走者，一波一波也。彼时，姜婉萍紧随晨曦之侧，与晨曦并肩而行，且不时手臂相碰。途中，其问此问彼，一刻未闲。少时，晨曦扭头，见叶淑君随其身后，不近不远，时随时离。晨曦驻步，俟至，问曰："今日，汝亦来哉？"叶淑君紧随而上，笑诺。晨曦问："汝家路远，赶来亦早，不易也。"淑君嘴儿一笑，曰："今晨，吾起甚早。至校，尚有诸生未至也。"晨曦曰："辛苦也！吾观众生，惟尔最远也。"正说着，赵峰曰："李成善犹远之！"王长青曰："彼家虽远，然昨日未归也。"晨曦曰："其不归家，馍何带之？"【心贴彼生。】语毕，赵峰呼李成善至前。李成善曰："令吾村同学捎之。"晨曦醒悟："此乃一法。往昔，吾于县城中学上高中时，距家甚远之生，亦有如是者也。"

晨曦谓叶淑君曰："春游于斯，何如？"淑君曰："大地回春，一派暖意，心情自是不同，犹随师同游，浑身倍觉有力。倘一人游之，或数生游之，无此觉耳。"语毕，两相望之。晨曦闻其音，甚为悦耳，乃盛赞其普通话所言佳之。谓曰："汝普通话甚为标准。汝生活于吾乡，何不受吾乡方言之扰乎？"淑君曰："吾幼时，则语普通话哉！长大后，再无碍也。"晨曦曰："尔等厂矿子女能语此话，吾觉殊异。心想，同块天地。何语之差若是乎？"淑君曰："兵工厂职工来自五湖四海，则以普通话统之，故其子女亦如是语之。"晨曦叹曰："噫！甚稀罕也。四围之中，一片土语，惟尔等独说普通话，语音绵软，闻之清新。诚享其美也！"淑君会心一笑。晨曦曰："吾地土语乡音，语调生硬。【黄帝、尧舜之语。】然同乡人彼此言之，亦不觉耳。倘若与普通话比之，则两厢立明也。"崔青香曰："吾乡语音生硬如橛，难听之死，甚不好听耶！"淑君曰："吾听惯矣，不觉耳。"晨曦笑曰："汝怕伤我自尊心乎！"淑君笑曰："非也。诚闻惯哉，未觉其异。"

又走一程。晨曦见一女生紧随身后，始终不离，不语一言。晨曦再望，见其眉清目秀，则问曰："汝乃何名?"彼女生见师问，急走两步，笑曰："白雪咏!"晨曦乍听，觉名甚奇，再细问，雪咏言详。晨曦连呼好名不已，曰："汝名白雪咏。汝喜雪乎?"雪咏笑之。

一番话后，雪咏紧依晨曦而行。晨曦将其愈发看得真切。但见其剪学生短发，容颜绝秀，眼睛犹为水灵，一说一笑，似能语之。晨曦问曰："汝，何班生哉?"雪咏回之。晨曦望淑君，谓曰："与尔同班乎?"淑君笑曰："唯！且为同桌也。"晨曦曰："巧哉！无巧不成书也。"【果巧。天意。以后故事多哉。】雪咏、淑君笑之。晨曦谓雪咏曰："昔者，汝尝至翔山乎?"雪咏曰："未也。今者首至也。昨日，闻师率生往之，竟一宿未睡也。"晨曦问曰："如此兴奋乎?"雪咏曰："甚喜也！吾家距翔山虽不远，然从未往之。"【亦一奇，然果是。彼生，亦多未至也。】晨曦问："何也?"雪咏曰："无人率之。"晨曦笑。又谓曰："汝家何村耶?"雪咏回曰："溪涧村也。"晨曦思之半晌。雪咏曰："吾村位南泉村北，经溪峡村，则是也。"晨曦猛悟曰："于！如此说来，吾尝至焉！惟过其村，而不知其名也。吾记汝村之南，有一水，冬则热气蒸腾也。"【水则不凡。】雪咏曰："然。此水名曰天河，【河名惊人。实名，非臆造。】又曰晋水。其水出历山，源远流长，中有南泉汇入，冬夏奔涌，四季不绝。夏日，水大时，尚将桥淹没也。"晨曦叹曰："好大之水也。"雪咏曰："前年夏天，有日雨后，适遇河水暴涨。尚历险哉!"晨曦问："何险哉?"雪咏曰："彼时吾上学经过，天河之水奔腾咆哮，声震若雷，将桥淹没。岸畔众人呼曰：'噫！若是者，桥有冲塌之险也!'吾看斯景，心急如焚，惟思若不立渡，上学则迟到矣。于是别无他顾，眼望对岸，手提裤腿，判断水下桥位，摸索而过也。"晨曦惊曰："如此大水，尚能过乎?"雪咏曰："惟思上学，别无他顾。"晨曦曰："太冒险也!"雪咏曰："彼时，有推自行车者欲过之，亦效我法，然其方入水，尚未至桥位，看之水晕，则连人带车即倒水中也。岸畔之人惊呼，有好心而大胆者忙入水拽回，否则险极矣。"晨曦曰："此闹悬耶!"雪咏曰："过河后，吾回望，亦后怕甚焉。若被水冲倒，卷入河中，可非顽也。此水下游不远，则流入水库，若被水冲走不可想也。"晨曦曰："以后，可莫若是。纵使上学，亦得三思

之。”雪咏知意，微笑望师。【真事。天然雕饰，自感人也。】

少焉，雪咏又曰：“吾村尚有一景，甚奇。不知师知乎？”晨曦问曰：“何景耶？”雪咏曰：“吾村有古树两株，名曰白果树，芳名远播哉！”晨曦不解其名。雪咏曰：“官名银杏树也。”一语未了，晨曦惊曰：“噫！银杏树乎？闻此树，乃活化石也。据说，今存世稀少。不想汝村有之。果奇哉！”斯时，众女生曰：“其村白果树甚大，需数人环抱。斯树居村南，火车路经其侧也。”晨曦惊喜曰：“不谓吾身边有银杏树也！”雪咏曰：“师欲睹乎？”晨曦曰：“然！汝可为向导乎？”雪咏曰：“谨诺！若是，生之大幸也。”晨曦曰：“斯树何样？”雪咏曰：“甚奇哉！其叶状如扇，果实白色。两树并生，一雄一雌，日夜相守，传说已立千年。是地，人呼夫妻树也。”【是哉！二树今犹在。雪咏在此言，亦巧，果应此名也。癸巳伏日，丰中园。】晨曦闻之，浑身震颤，谓曰：“是否？”雪咏曰：“焉能诳师耳。”晨曦又惊，问曰：“树尚有雄雌乎？”雪咏曰：“一树结果，一树无果也。”晨曦曰：“噫！诚乃天下奇闻。吾定观之！”雪咏曰：“愿师早往哉！师往，吾定为前导也。”

二人相谈甚洽，走之一程。史红香眼望翔山，谓师曰：“翔山之形如若雄鹰，其名谓，果缘其形乎？”晨曦扭首望山，正欲言，王春雨曰：“然！非此，焉有他解乎？”晨曦再望之。雪咏谓师曰：“吾观，彼若蝙蝠也。”众生惊曰：“嗟！何有此谓？”晨曦环顾曰：“汝等再细观，何形尤类乎？”婉萍曰：“吾观之，亦蝙蝠也。”又曰：“惟蝙蝠名声不佳耳。”晨曦笑曰：“何不佳哉？”婉萍曰：“夜飞之物，类同吃鬼，【乡语，猫头鹰。】名声何佳？且长相怪异，令人惧之，不喜也。”雪咏曰：“翔山，乃我故乡标志之山，以形论，自喻其美，故多以雄鹰喻之。”晨曦笑曰：“汝等皆惧蝙蝠之象乎？”众生曰：“然！老人言，蝙蝠乃老鼠食盐而变。望之，浑身起鸡皮疙瘩也！”晨曦笑曰：“汝喜虎乎？”众生面面相觑，不知何意。有生曰：“喜也。”多数无语。晨曦曰：“民喜虎，惟喜所喻。若山林遇之，孰不骇乎？”婉萍笑曰：“此乃叶公好龙也！”晨曦与众生皆笑之。

婉萍曰：“虎与龙，皆众之褒喻，然蝙蝠形象不佳。若我翔山以此取名，多厌耳。”晨曦曰：“婉萍反应速也。惟尔等年幼，古俗未知也。”婉萍闻言，忙扭首谓师曰：“潘老师！莫言吾等年幼，吾等已不小耶！”【此语初现，后又有之，然非婉萍语。阅者留意哉。出此语，悲苦其间也。】晨曦一愣，方悟，乃曰："噫！然！尔等已长大矣。"婉萍喜曰："嘻！师终言吾等长大哉！"立时，面生笑容，灿烂如花。少时，方入正题。晨曦曰："汝等不知。旧时，蝙蝠乃褒喻也。"婉萍及众生皆为惊愕，曰："吾等素未闻也。"晨曦曰："今之老人，犹视蝙蝠为祥瑞也。"众生愕然曰："何也？"晨曦曰："蝙蝠者，遍地之福也。福之喻也。"【惜今人多不知。癸巳夏。】众生曰："何福之有？"婉萍曰："取同音者乎？"晨曦曰："婉萍之语，极是也。"雨莲曰："今闻师言，吾当忆幼时，见祖父纸上写画，常于纸角画图案，曲曲弯弯。吾问之，祖父曰：'蝙蝠也。'时则不知其详。今闻师语，则通悟耳。"一时，诸生多有所忆。

雨莲谓晨曦曰："吾闻，师毕业分配先入县教育局，后至南泉中学。师至此，当喜是地乎？"晨曦曰："然！甚喜也。"史红香曰："何也？"晨曦曰："曩日，吾尝来此。至，则喜之。若问犹早之因，可追溯于幼年之时也。"杨雨莲诧曰："何也？"晨曦曰："吾家居天陵，遥对翔山。吾幼时登梯趴墙头，东南远眺，可望翔山也。彼时，见斯地山青林翳，云缠雾绕，仿佛仙地，乃喜之。彼时而喜，不谓早乎？"【彼时，晨曦尚穿开裆裤也。文有删，作者嫌累赘耳。吾补之。弗知作者怪我乎？阅者怪我乎？或嫌吾多舌，讨人厌乎？晨曦家居村之东头，墙外乃大道与空地。趴之墙头，可览东山。晨曦幼时，常爱蹬梯趴看。墙内不远，有一石磨，其父母与祖母，常于此磨面。墙下，植有花椒树一株。一日，幼小晨曦趴墙头观耍之。不慎，一脚踏空，自墙头梯顶而落，身砸花椒树也。父母、祖母见状，急上前抱起，心疼甚也。忙扑其脸上身上之土，相互埋怨。丰中园。】众生笑。【因删多。前后不合。若无我补。众生何笑？不笑其笑乎？烦人之笔。丰中园。】晨曦曰："来此，是地遍走，愈走愈爱。是地，古之晋都也。"一语未了，众生大惊："何也？晋都在此乎？"晨曦细说之。言古唐国、晋国，且语故城。生曰："故城，四围深沟大壑，陡壁峭崖，地形十分险要。若建都，绝佳之地也。"雪咏曰："故城【实名。】之北，尚有吴寨，【实名。】常出瓦罐陶器也。"有诗为证：

故城村畔四壑沟，深涧大崖龙潭湫。

夏去冬来迎过客，地留天设赐帝洲。

继之，雪咏又讲一番旧日故事。

晨曦曰："故城之地绝佳，位居翔山脚下，山似展翅蝙蝠，是寓鸿福之地。是处，大河奔流，名曰天河。闻此名，则知帝王所属也。"众生顿悟。晨曦曰："是地多泉，泉水四季奔涌。有池，壁雕九龙，口吐泉水，池底泉水翻滚，轰隆作响。人置泉池之中，阴阴森森，望之眩晕。【晨曦在此，尚有油画写生。】盛夏之时，泉池甚凉，有一日三时之感。冬日，水自温，冰雪之中，热气蒸腾。是以天赐宝地，帝都于斯，能不佳乎？"

晨曦与众生且行且语。渐走，气温渐上，天自渐暖。晨曦与众生神情欢畅，说笑犹多。晨曦与生，两厢皆年轻，年岁相差无几。外人不知，师生莫辨。众愈走，离翔山愈近。彼时，其觉翔山愈发高昂。倏地，晨曦偶瞥间，忽心头大惊，浑身怵然，立谓众生曰："诸生速观！斯时翔山，何类之？"众生齐观，但见山体愈发宏伟，雄雄昂昂，不知师有何悟。晨曦曰："诸生观之，山似鲲鹏乎！"一语未了，生犹震骇。婉萍呼曰："噫！果是也！闻师语，愈观愈似。两相对视，惊愕不已！"晨曦谓婉萍曰："汝乃初中生，已知鲲鹏乎？"婉萍曰："师讲庄子《逍遥游》，虽授课高中，然吾借学生笔记以观，记其文，日诵之。知也！"【接前文线头。千里而应。】晨曦大惊曰："汝何如此善学乎？"婉萍赧颜一笑。语曰："吾尚能背诵之。"晨曦又惊曰："汝能背诵，背来以闻。"婉萍曰："庄子《逍遥游》开篇曰：'北冥有鱼，其名为鲲。鲲之大，不知其几千里也。化而为鸟，其名为鹏。鹏之背，不知其几千里也。'"稍顿，雪咏接曰："'怒而飞，其翼若垂天之云。是鸟也，海运则将徙于南冥。南冥者，天池也。'"

晨曦望雪咏，又大惊，谓曰："汝又何知乎？"【此地，出杰才也。】雪咏曰："吾亦同法也。"晨曦惊之半晌。两女生背诵过，众生掌鸣。晨曦见彼等如此好学，盛赞一番。【孰言，生不喜文学乎？】又曰："今再观翔山，其山为鸟，唯见身之一隅，而头尾则出视外也。其身之大，令人震撼哉！吾思，庄子生前不知至此地乎？若至，定当写《逍遥游》也。"婉萍曰："观此，吾当生发鲲鹏展翅，遮天蔽日、扶摇九万里之思哉！"雪咏曰："吾观亦然。"众生曰："若此，吾故乡之翔山犹奇哉！"师生又笑语一阵。少时，婉萍、雪咏等初三诸生，谓师曰："师何日可教我语文乎？"语毕，晨曦尚未言，有高中男生数人闻而讥语。或曰："痴想哉！潘老师教高中生，汝乃初中生，何教之？"或曰："欲上潘老师课，惟入高中方是！"或曰："倘若上高中，未入其班，亦枉然也！"或曰："倘若考高中落榜，岂非白思乎？"一语未讫，婉萍闻之，颜色陡变。【不祥之兆。】初三女生数人闻之，亦倏地芳容大凋。少时，彼则反唇相讥，猛攻恶语者。【能不攻乎？关人命途也。叹叹！】正是：

花开细雨正芳菲，不意谶言冰雹摧。

刹那天寒云罩来，艳阳急坠暮落晖。

欲知后事如何，且阅下篇经传。

史公曰："翔山，故里名山也。春日至，晨曦率生以游，数年内，不一回也。其间，多有女生相随，左右不离。翔山故事多，作者择要为之。凿壁透光，洞见一隙也。"

三十八经

高中男生恶语，甚刺初中女生之心，悉怒。

女生曰，嗟！不积阴德！莫忘，尔等尚临高考，不怕老天报应乎？

婉萍谓晨曦曰，吾酷爱文学，外无他长。弦外之音，哀极。

晨曦明意。

崖上酸枣刺，五彩鸟。山挂瀑布，喧声震天，彩虹飞桥，鸭鹅嬉戏。

沟底，磨盘旁，有男女两童，穿开裆裤，言童谣，说嫁娶事。

其声传上，众生闻，皆笑憨。

师倡说谣，众生欣应。

谣出，齐笑倒。

三十八传

寂深山忽闻稚童语　幽空谷奇说故里谣

诗曰：

大书一部蕴山川，越涧过溪漫步观。
史厚百车览不尽，景美万壑赏永绵。
临轩翠竹潇湘雨，对面稚童云阙仙。
豪迈开怀拥松柏，腕底风流换新天。

话说春风送暖，万物复苏，人乃筋骨始舒。晨曦与众生春游翔山，一路欢语，逶迤而行，其乐融融。初中女生兴说潘晨曦何时教其课，不谓反遭高中男生冷嘲热讽，语刺心中之疼，乃群起攻之。

王春雨曰："尔等何兴哉？半年之后，吾考上高中，气死尔等！"徐秀芹曰："丧门星！尔等臭嘴，尽言不吉利之话。吾等考不中，尔则喜乎？"杨灵芝曰："倘若吾考有失，则找尔等算账耶！"苏翠萍曰："吾等必将考上，气死彼小子。彼皆不得好死！"众女生愠怒，高中男生闻之，见不好惹，又觉理亏，缄默不语。晨曦谓彼女生曰："愿汝等考高中，皆能如愿。半年后，吾等尚聚一处也。"【晨曦菩萨之心。惟诚心祝愿，不伤女生之心也。】语毕，众初中女生转喜，纷曰："惟潘老师可解吾心，彼狗屁小子，龄尚几何？始上高中，则如此轻狂。彼见陋甚！莫忘之，尔等尚临高考，焉不惧老天报应乎？"但凡学生，皆惧此言。彼初三女生若此言之，其高中男生亦心慌不快。然姜婉萍闻彼等之言，犹觉寒气袭人，周身打颤。【学生心头所悬之刀，莫敢言也。】

少时，晨曦谓婉萍曰："方才，汝言《逍遥游》，知尔爱学甚也。"婉萍曰："吾爱师课甚焉。惟不能亲耳以闻，则抄录之。彼文甚好，吾日夜而诵，故能出口成之。"晨曦感叹不已，盛赞其才难得。婉萍曰："吾爱文学甚矣。除此外，亦无殊长。"【婉萍所语，指无绘画专长也。】语毕，忽地神伤。晨曦望其面，婉萍回眸视之，两人心下骤明。

少焉，晨曦与众生则至山脚之下，地形陡变。只见土崖耸立，荆榛杂陈，溪谷幽深，水声喧豗。稍入，小道婉蜒，人行山麓。至此，师生一行始进山也。彼时，晨曦谓众生曰："曩昔吾等远眺翔山，可谓司空见惯。今之前来，深入腹地，近观细览，类穷大山之书，叶叶捧读，何不快哉！自此始，山则一弯一景，景景殊异。斯时，翔山巍巍，似与吾等贴面而语也。"姜婉萍、白雪咏、叶淑君、杨雨莲皆曰："噫！师之言，极其形象有趣。此语，吾等心中虽有，然口中绝难出也。"史红香曰："倘若尔口中能有，莫不为师乎？"众生笑。许时，晨曦忽思一事，忙问雨莲曰："汝小说所记山朵儿，不知今日在家乎？"【风筝不断线也。】雨莲见师问，喜曰："嘻！今日礼拜天，不知也。但愿在哉！"晨曦曰："来此，则想睹之。"雨莲曰："登至山顶后，吾为向导，与师前往之。山朵儿若见师至，不知将何喜哉！"晨曦问："至山顶，离彼家尚远乎？"雨莲曰："近之。沿此路至山顶，北行不远，有岔口通往山后，稍走则至。"

彼时，队伍已入山麓谷道。斯地，两侧土崖愈陡，沟壑愈深。转一弯，陡闻水鸣溪涧，空谷传响，震耳欲聋。队前所走诸生，大呼曰："瀑布！瀑布之声！"腿快者不等令下，急跑而前。少时，大队人马至，师生齐至崖边，驻足观之。遥见崖外飞瀑悬壁，奔泻而下，水石相击，飞花若雪，声震若雷，水雾迷漫，彩虹生焉。众生见之，连声叫绝。再观谷底，只见弯柳垂丝，青绿若染，间有春花点缀其间。又见溪潭清澈，鹅鸭游曳，白毛红掌，戏水觅食，悠哉悠哉。

晨曦与众生驻足，赏过一番美景，方又前行。再转数弯，忽有一生大呼曰："快看！彩鸟儿！一对也！"众生急问："在何处耶？"对曰："酸枣树丛中也。"众生急曰："何有乎？不睹哉！"彼生烦曰："眼瞎乎！"有生见之，忽曰："唯唯唯！在彼处也。快看耶！跳也，跃也。"继而，有生惊曰："噫！果为彩鸟儿也。"有生曰："颈黄，翅、尾黑白相间也。"有生跃起曰："其冠甚长，且有黑白斑点也。噫！其冠张也，甚大，似伞，类凤凰也。”有生嘶曰：“噫！其喙红色，且长而弯也。”彼时，男生兴奋异常，胡乱嚷之。雪咏观树丛之鸟，望之分明清晰，谓晨曦曰：“酸枣刺中之鸟，师可睹乎？”晨曦曰：“未也。”雪咏以手指之，晨曦方见。后，晨曦问雪咏曰：“汝视力极佳也！”雪咏笑曰：“目光明明，吾之长也。”淑君笑曰：“其目若炬，千里眼耳！”晨曦曰：“视佳则福。倘视弱，则贻害终身也。”正话间，忽闻一声响，某生将土块掷往酸枣刺中，鸟惊而飞，翅尾而展，花色斑斓，美极。土块飞处，碎土四落，有掉女生颈者也，女生大呼。有生问：“掷土块者，孰也？”有曰：“赵峰也！”语毕，则有男生数人押赵峰而至，按头于地，大呼曰：“审判之。”女生曰：“活该！乱甚也！好好鸟儿，掷鸟作甚？”晨曦见状，止曰：“莫闹矣。”诸生方休。

少时，众出土崖，至涧边，放目瞭望，视野忽敞。蓦见溪谷对岸有数户人家，庭院二三，院小房矮。其墙石垒，其道石铺。房后一径，通山上下。侧有小道，直抵溪谷。山径小道过处，树林丛掩，蜿蜒若线。中散有小块平地，堆有麦秸积。【轩辕、尧舜之地景也。】山村小院内外，植诸多果木，有桃、杏、梨、山楂、核桃诸等，杂丛之。彼时，果树花放，粉也，红也，白也，团团簇簇，如云似霞。远眺之，但见轻烟缭绕，枝木横错，山户掩隐其间，别是一番趣味。众生皆呼佳景。有生言此乃仙境，此乃世外桃源者也。

倏地，史红香惊曰：“尔等速闻，又有奇香飘也！”众皱鼻嗅之，果如也。徐秋蓉曰：“此乃桃花之香也。”苏翠萍曰：“此乃杏花之香也。”史红香曰：“此乃梨花之香也。”忽地，贺艳梅曰：“快听！有奇声，‘嗡嗡’耶！”众侧首竖耳，王长青摇首曰：“无闻也！”郭淑媛、陈淑雯、徐秀芹、贺艳梅曰：“有何听之？蜜蜂之声！”袁俊峰侧耳半日，谓曰：“风声乎？”赵峰、李进、刘建中、张洪喜扭头晃脑，曰：“无闻也！”郭淑媛、陈淑雯、徐秀芹、贺艳梅曰：“耳，屎塞耶！”话方出，赵峰、李进、刘建中、张洪喜则齐目瞪之，众女生笑作一团，互谓曰：“噫！原来耳不聋也。”乱闹一阵。晨曦曰：“春花烂漫，常有蜜蜂乱舞，有诗曰‘红杏枝头春意闹’，则是也。”婉萍立师侧，谓曰：“潘老师，见斯景，吾则思起崔护之诗来。”晨曦曰：“‘人面桃花’乎？”婉萍曰：“然。其诗曰‘去年今日此门中，人面桃花相映红。人面不知何处去，桃花依旧笑春风。’诗情盎然，又隐伤感。吾常咏之，叹人间憾事多也。”【当为谶语。】晨曦叹曰：“昔者崔护踏青遇女，次年再至，不睹其面。汝女生，人面桃花，但愿彼时仍在侧也。”【情话。亦初透凉意也。】婉萍望师，婉然一笑。

师生在此少作停留，赏过美景，又拔行而去。少时转过数弯，忽闻空谷之中传来稚童之声。晨曦与众生至崖边，驻足观之。见涧下对面坡上，有男女二童，坐于碾盘之上，彼此四手相拉，嘴儿吟唱。众闻之，谣语也。其曰：

> 拉棘，【棘：翼城黄帝语，锯。黄帝造字：锯源棘，形亦棘。】宰棘，誐【誐 e：翼城黄帝语，我。黄帝造字：言我。】吃馒头你吃狗屁！【土语。】

晨曦与生笑之。

彼时，男童身着蓝花袄，粗布黑裤，脚蹬虎头绣鞋。女童身着红花袄，黄色灯芯绒裤，脚穿凤凰绣鞋。两童甚幼，尚穿开裆裤，屁股蛋蛋皆露于外。未几，两童拉手毕，溜下磨盘。男童弯腰拾一树棍，扛于肩，踏步走，口说谣语。谣曰：

> 蚂蚱蚱，莫老婆。有钱咾，咈【咈：音佛。翼城黄帝语，说。】五个。一竵【竵 wai：翼城黄帝语，个。黄帝造字：竵，摆放陶器，一个一个。】推，一竵箩，一竵㕣【㕣 cai：翼城黄帝语，在。黄帝造字：在翼城黄帝故里将人尊日。如：“日（音热）来！”入，厦也。人在房内，曰在。】屋里剥油馍。【土语。】

谣罢，男童谓女童曰：“汝长大嫁我，何如？”女童曰：“吾嫁汝，何为？”男童曰：“炸油馍伺我，吾最爱吃油馍也。”女童曰：“吾炸油馍伺汝，汝家有油乎？”男童曰：“有也。”女童曰：“汝家有油，何不见汝吃油馍哉？”男童曰：“吾母不炸馍于我也。”女童曰：“骗人！”

此番话自沟下传上，众生悉闻之。男生大笑，女生则羞得满面通红。李进曰：“噫！彼毛屁孩童，才几岁，则思婚耶？”赵峰笑曰：“孰言彼思婚哉？

谬也！莫看二童尚穿开裆裤乎？彼乃谈恋爱耶！”一语未讫，男生爆笑。女生闻之，面又火烧，纷骂之。吴素芳曰：“流氓！”王春雨曰：“身则不小，何不害臊！”杨灵芝曰：“脸皮甚厚，竟语是话耶！”郭红花曰：“人不要脸，何话不能语之？”

晨曦闻男女二童两小无猜之话，会心一笑，遂将童年之趣油然勾起，谓生曰：“方才两童所言，汝等皆闻。此乃顺口溜，亦谓童谣或民谣。吾幼时，常语之。惟不知众生幼小之时，尚说此谣乎？”众生谓曰：“此乃童谣？若是，吾等所语多也！”晨曦曰：“若有，语之何如？”众生曰：“此谣兼为土语所言，吾等则以土语说之，可乎？”有生笑曰：“汝倘以普通话说之，能乎？”晨曦曰：“在此，能语普通话者，惟叶淑君一人。汝等皆土生土长于斯，则以土言语之。乡野童谣，本自土生，带有土味方好。若失土味，反失其真，不鲜活耳。是以土语语之。”有生曰：“此谣，则像狗登登，【乡语。】不知盘嗯敬。【乡语。】不过，谣以土语语之，地道有味也。”晨曦侧身面淑君曰：“众生以土语语之，汝可明乎？”淑君笑曰：“唯，诺！明之也，无碍也。”晨曦环顾众生曰：“何生打头阵来？”【梁山乎？】袁俊峰曰：“吾先耶！”

晨曦与众生齐聚目望之。彼正欲言，身扭不止。众惑，晨曦问曰：“何难乎？”对曰：“吾亦有‘拉棘’、‘宰棘’之话。”晨曦曰：“莫重之。”对曰：“有异也。”晨曦曰：“汝则打首阵来！”袁俊峰眨眼而笑，清嗓，终语之。谣曰：

> 拉棘，宰棘，夫人【夫人 chang ren：翼城黄帝语，丈人。黄帝造字：夫，上辈人。】村里唱大戏。妮媋嗯勮咾【妮媋 ni xi：翼城黄帝语，女婿。黄帝造字：媋，与女合也。】【勮 lu：翼城黄帝语，累。黄帝造字：累用力也。】莫啥吃，夫母娘炒咾蠕豆儿屁。豆儿屁，炒熰【熰 ou：翼城黄帝语，锅糊了。】啦，气哩妮媋嗯疙扭疙扭就走啦。【土语。】

语罢，众生大笑。晨曦亦笑，谓曰：“汝起好头也。”扭首问诸生曰：“孰尚有乎？当续之！”张洪喜举手曰：“潘老师！吾语之！”晨曦曰：“但说无妨！”张洪喜身扭一番，说出。谣曰：

一布袋米，一布袋糠，一活䶂【䶂 bi：翼城黄帝语，背。动词，背人之背。黄帝造字：䶂，象形字，左上头下背，右上头下背，两人头背相叠，背也。】到王家庄。王家庄，一窝嗯小狗，汪汪汪汪鸟两口。不吃大娘泆，不喝大娘呋，单跟大娘要小狗。大娘啊！哎，干啥嘞？要小狗儿嘞。小狗儿还莫有张年窝恩嘞。不给不给罢，回㚒奶顿骂。【土语。】

众生又笑。彼时，王长青衣袖一挽，谓张洪喜曰："尔之谣有何趣哉！"话音未落，举臂曰："潘老师！吾言一谣！"晨曦曰："请语之！"王长青手推张洪喜，张洪喜踉跄一步，曰："尔推我做甚？"王长青曰："太挤也！"张洪喜曰："尔能语几车乎？反嫌地方不宽展？"王长青曰："尔将驴耳朵扎起，听之！"说罢，则语一谣。谣曰：

热头戳来照西墙，提上馍篮嗯看誐娘。誐娘给誐倒杯茶，嫂嫂过来年窝霞。誐娘给额倒杯酒，嫂嫂过来年窝瞅。提上馍篮嗯誐就走。嫂嫂把誐送咾炕楞哈，哥哥把誐送咾当院里，誐娘把誐送咾河边齐。桃花儿开，杭花儿红，誐再压不上嫂嫂门。【土语。】

语毕，众皆觉有趣，齐笑之。忽地，刘建中举手曰："潘老师！若如此民谣，吾亦有之。名曰《小白菜》，可语乎？"晨曦曰："诺！"刘建中谓众生曰："尔等闻哉！"众生曰："莫罗嗦！善与不善，语过方知。"刘建中兴语之。谣曰：

小北菜，地里黄，两三岁，死唠娘。亲娘死咾戴啥环，金环银环都是环。后娘死咾戴啥环，前后院里下磨环。亲娘死咾䶂啥板，松木北木都是板。后娘死咾䶂啥板，前后院里撇茅板。【土语。】

谣毕，有男生曰："噫！此谣甚好。尤其结语，说得甚为过瘾！"

而女生闻之则愤，曰："何好之有？何待后娘若是乎？"刘红英曰："吁！人家后娘非人乎？"杨灵芝曰："后娘亦不易也。"刘建中曰："后娘何好哉？”赵峰曰：“尔等莫闻，后娘心如蛇蝎，恶极也！”张玉珍曰：“世人有别，莫统论之。”李艳萍曰：“吾睹，后娘佳者，与亲母无别。”林淑琼曰：“古人言，后娘难做矣。”苏翠萍曰：“然。噫！同为一事，亲娘易做，后娘则难为也。”众生问：“何也？”苏翠萍曰：“若为亲娘，子错之，打亦罢，骂亦罢，皆成也。世人尚言：‘自得若是，不打不成材也。’若为后娘，可将奈何？打亦不是，骂亦不是，不打不骂更不是，倘若打骂，世人则语：‘快看，后娘打骂彼子也！’倘若不打不骂？世人又语：‘后娘自乃后娘。彼子错，亦不理不问也。倘若己出，能如是乎？’【挽歌。】众观之，后娘何是为？”众女生曰：“人常言，后娘难做，则乃此理。”女生尚未言毕，男生闻之惊诧。李进曰：“吾观之，彼等已日定为后娘也！”众男生齐瞥目偷笑。然见女生未闻，始放下心来。众男生谓李进曰：“彼女生若闻，够尔喝一壶也！”

晨曦闻同学所言民谣，又闻争议，心内翻腾。曰：“方才，众生言民谣者数也。闻之，良有趣味。民谣取材广泛，语言新鲜，寥寥数语，人物活脱而出，鲜活若生。令人印象深刻，经久难忘。不过，有民谣者理之弗正，乃谬。方才所言后母之说，则为一例。学民谣时，对其旧理，应甄别为是。”晨曦言罢，则问继语者孰。李成善举手曰：“潘老师！吾有之。然闻师话，不敢语也。”晨曦曰：“莫虑也！若理乃谬，鉴之则可。涉古谣，鉴而纳之。今日交流，但说无妨。”晨曦言罢，李成善欲言又止，嘴里嗫嚅。众生急曰：“尔何若是？师尝言，鉴而纳之。所言民谣，又非尔编，尔何虑哉？”晨曦笑曰：“大胆言之！”李成善目望众生，咳嗽两声，终开口而言。谣曰：

> 婇嗯【婇嗯 qin eng：翼城黄帝语，妗子。属女支。】
>
> 婇嗯你别怄，那个河里莫石头，那个媁舍【媁舍 wei she：翼城黄帝语，外甥。属女支。】恩莫婌婌，【婌婌 qiu qiu：翼城黄帝语，舅舅。属女支。亦俅俅。】誮是誮婌婌底小尉媁舍，誮是誮姥娘底心肝肺，誮是婇嗯年窝里底虱，咯吧咯吧挤到黑。【土语。】

言毕，众生曰：“言之何耶？无趣。”晨曦笑曰：“算其数也。”王世壮举手曰：“潘老师！吾言一首，此乃言小媳妇者也。”晨曦曰：“请道来。”彼言之。谣曰：

公公打，婆婆骂，没良心嗯哩小姑嗯压不添好话。有心跳河死咾罢，丢不哈三需底小娃娃。【土语。】

语毕，王春雨曰："此谣道，小媳妇难做也。"

晨曦曰："旧社会，劳动人民残遭封建制度之剥削压迫，社会等级分明，人与人处处不平等。此民谣则喻封建压迫关系。毛主席、共产党领导人民闹革命，推翻了人压迫人、人剥削人之罪恶社会制度，劳动人民翻身得解放，当家做主人。那种婆婆压迫媳妇之旧关系，乃依附于旧剥削制度之上，而新社会新生产关系之确立，彼旧关系则失其基。于是，人之间彼此平等与互助友爱之新社会关系，则将旧代之。彼婆婆压迫媳妇之事则随时代之变而渐逝也。"史红香举手曰："潘老师，吾言之!"晨曦曰："终有女学生欲言者。请语之！令男同学听也!"史红香环视众女生，一笑，则大胆而语。谣曰：

热头戳来哈雨嘞，西板院里姟妮【姟妮 gai ni：翼城黄帝语，嫁女。】嘞。【土语。】

语罢，众生惊问："仅此一句?"史红香曰："潘老师！一句可乎?"晨曦曰："一句也算。此句亦甚有趣也。"朱雅琴曰："倘一句也算，吾亦有之!"晨曦曰："请说来。"朱雅琴语之。谣曰：

月乜亞亞，【亞亞 ya ya：翼城黄帝语，爷爷。黄帝造字：亞，象形字，背驼也。喻老。】照娃娃。娃娃脸上有垢痂，睰谮【睰谮：ma dao：翼城黄帝语，明天。黄帝造字：睰者，目，夜睡也；若，晨梳头也。隔夜至晨。】就洗啦。【土语。】

婉萍曰："潘老师！吾语一谣。"晨曦望之，谓曰："汝亦有乎?"婉萍曰："潘老师，有也!"晨曦曰："当说之。"婉萍则语。谣曰：

猪舍柴，狗烧锅，猫儿菜炕家里捏窝窝。一活捏咾十八个。猫儿嘞？旁上嘞。干啥嘞？梳头嘞。啥头？金头宁头。遗巴上打咾个透菇楼。菇楼嘞？舀咾洑啦。洑嘞？活咾泥啦。泥嘞？泥咾茅嗯墙啦。墙嘞？拿猪涌啦。猪嘞？杀啦。肉嘞？吃啦。皮嘞？鞔嘞鼓啦。鼓嘞？花花媳妇㽑

上走啦。【土语。】

一谣未落，众笑憨也。晨曦言妙，众生亦夸佳之。

晨曦曰："诚有趣也。此应为古老童话耳。"徐秋蓉曰："姜婉萍所言之谣环环相扣，且长，且有趣。吾知姜婉萍肚内定有货也。"杨灵芝曰："闻其谣，则知吾祖智慧也！"杨雨莲曰："惟吾女生言谣者佳也。然彼男生所言，皆难听死也。"正当众生赞赏时，朱晨光忽地手臂一举，谓师曰："潘老师！吾说一谣！倘再不说，彼则悉说尽也！"晨曦曰："有则语之。请说来！"朱晨光扭头谓旁侧之生曰："吾所说谣儿极有趣焉，比彼等强多哉！"赵峰曰："尔尚未言，莫先自夸，说出来方知若何！"朱晨光谓晨曦曰："潘老师，吾语之！"晨曦笑曰："诺！若有新奇者，犹佳哉！"朱晨光一笑，语将起来。谣曰：

> 布谷，布谷，你合那里？誐合布州。布州今年好收調？好收。乩起里【乩導 qie dao，乩起里：翼城黄帝语，早晨。黄帝造字：乩者，白，日也；乙，治也。日出而治，明也。】吃哩啥哩？米盀【盀 qi：翼城黄帝语，面条。黄帝造字：下为碗盘，上为筷挑面条，象形字。】调醋。晌午吃哩啥哩？合合卷肉。黑咾吃哩啥哩？豆儿稀粥。合那里屙﨔？南墙后头。合那里围包﨔？小狗娃舌头。【土语。】

众生惊曰："小狗娃舌头？"数生曰："噫！此句甚有趣也！"

赵峰曰："朱晨光！尔幼之时，尝若是乎？拉屎毕则令小狗舔尔屁股哉？"朱晨光反唇曰："小狗舔尔屁股耶！"众生大笑，皆觉趣甚。晨曦当闻，兴致愈高，谓生曰："此有趣之谣，孰尚有之？"有生举手曰："潘老师！吾有之！"众人齐望之。正是：

> 民谣根扎土千层，辈辈云流传世声。
> 今日嘴边吟咏起，犹能体味故时风。

欲知后事如何，且阅下篇经传。

史公曰："晨曦故里，轩辕之丘，尧舜之地，华夏之根，文化根基深厚。

故时童谣，代代相传，黄口小儿皆可诵之。晨曦幼时，此谣多矣。彼与生登临翔山，谈笑道中，一路不寂也。少年欢声，活泼于耳，过来人犹思彼时之少也。”

三十九经

众生纷说童谣。

童谣，南场碾麦，碾姑姑屁股白白。

近视眼，看不远，拿起石头当洋碱，擦擦屁股擦擦脸，一下擦至十二点。

谜语，半截一窑，老婆嗥，生子无毛。

乡谣，日本侵略中国。

晨曦祖父遭日本人关押拷打，欲枪毙。晨曦祖父文记。

婉萍欲睹其文，晨曦允。婉萍喜甚，手舞足蹈，相视一笑，浑身力焕，蹦跳不止。

山西，华北屋脊，自古乃兵家必争之地。

山西不亡，华夏不亡。山西多浩然正气之歌。英雄辈出，儿女情长，多为骄傲。

三十九传

晨曦悟小谜引大谜　芳女随少梦连多梦

诗曰：

姚家碾麦在南场，茅粪臭扬老婆嚷。
近视石头当洋碱，倒霉麻雀作嫁妆。
一窝哺鸽滚河浴，两位将军利刃藏。
老汉八十吃咔嚓，兵荒逃难裹衣裳。

话说晨曦与众生进入翔山之麓，崖回路转，忽闻山涧中童稚之声，言儿谣，晨曦当触童思，令生言之，甚为有趣。且说朱晨光语罢，李进忽曰："若此，吾尚有一谣，比前者，犹为有趣。"众生曰："有则言，何藏哉？"李进问师曰："潘老师，吾可言乎？"晨曦诺。李进谓生曰："此谣殊异，吾若言，君莫笑之。"众生曰："尔速言之，莫说蛋二不扯三之话！【乡语。】"李进仍不放心，又谓曰："吾言时，诸生莫嘲笑。吾有言在先耳。"众生曰："速语之！莫罗嗦！"李进环顾左右，脸上怪笑。赵峰、王长青见状，将其手推脚踢一番，彼方语之。谣曰：

咕咚咚，碴雷了，姑姑戴上花蕾了。啥花？桃花。姑姑妶唠姚家。姚家一蹁放羊哩，把姑姑放到南场里。南场里一蹁碾魅哩，把姑姑屁股碾哩北北哩。【土语。】

谣罢，众生笑翻。男生皆摇首翻目，觑望女生。女生听至末句，皆羞颜垂首，脸红脖颈，半日无语。

男生闻之，言辞暴烈。张洪喜笑曰："何语'屁股'，且又'白白'

也?”王长青曰:“似尔所睹哉?”未几,女生言出。林淑琼曰:“彼男生何如此言之?”苏翠萍曰:“此话焉能说出口乎?”徐秀芹曰:“此谣,不言亦罢。”李艳萍曰:“然。彼之不语,尚有人逼乎?然言此语,不嫌难为情乎?”淑君生长工厂,封建思想不浓,心觉无甚。然众女生不同,彼时所闻,两颊绯红者多也。是时,婉萍望晨曦一眼,欲语又止。晨曦见状,笑曰:“嘻!民间谣语,丰也哉!”

众男生长笑不止。袁俊峰手戳李进曰:“吁!尔谣真有趣也!”李进忙曰:“方已说妥,有言在先,何忘乎?”唐景明笑曰:“此谣有‘色’也!”赵峰鬼笑曰:“莫胡说!彼言‘白’也,何来‘色’乎?”众生皆笑。彼时语此,众生热情激起,悉搜肠刮肚,纷纷请缨。【又将现高潮也。】

王长青举手曰:“潘老师!吾语一谣!”未等晨曦发话,刘建中曰:“尔则不怕笑乎?”王长青曰:“笑亦说耶!”晨曦曰:“众生畅言,莫有虑耳。言之,以助见识,以利学耳。”晨曦之话,再次减轻生虑。于是说谣者纷起,再涌峰峦。彼时,王长青言一谣。谣曰:

> 乒乒擦,佩娇娃,娇娃不雷可咋呀。爹雅哭,娘雅哭,一年打咾十担谷。碾成米,馇成粥。娃娃老亞吃不够。爹吃咾三钵碗,娃吃咾三疙楼。撇哈老婆莫,嘴撅哩刮咾个锅巴熰。【土语。】

语毕,李成善谓师曰:“吾言一谣。”晨曦诺。李成善言之。谣曰:

> 真菇蒌真,假菇蒌假,三匹骡嗯两匹马。马不跑,拿鞭打,一活打咾夫人哈。夫母娘不合家,尅尅门就是她。瓜子儿脸,红指甲,小叕【叕 jue:翼城黄帝语,脚。黄帝造字:又,籀文象形类脚丫,四脚丫,前二脚丫为人脚,后二脚丫为脚印。无脚印,鬼也。黄帝造字求生命全息。】儿翘咾上北马。【土语。】

袁俊峰谓师曰:“吾亦语之。”晨曦诺。袁俊峰始语。谣曰:

> 凑几几,尅门雷,看你小狮娃嗯惹人嘛。惹夫嘛?惹誐嘛。它想吃誐北馍嘛。【土语。】

张洪喜谓师曰："吾有一谣。可语乎？"晨曦曰："但说无妨。"张洪喜领命，谓众生曰："吾之童谣又有不同也。"众生曰："何不同哉？"张洪喜笑曰："言后方知。"乃献一首。谣曰：

> 拉棘，宰棘，姥娘门上唱大戏。啥戏？红灯记。哥哥㚰㚰【㚰㚰 jia jia：翼城黄帝语，姐姐。】都要卑。【卑 qi：翼城黄帝语，往，至，去。黄帝造字：由，缘由；下文二竖画形腿。强调主观性。】耳砣聑，【聑 tie：翼城黄帝语，听。黄帝造字：听者，双耳也。】心里记，要把革命干到底。【土语。】

徐秋蓉曰："噫！样板戏乎！"姜婉萍曰："新鲜哉！"晨曦闻之，忽觉眼前一亮，耳目一新，颇有触动，谓曰："民谣亦进矣。"

师生于翔山道中，且说且行。是时，张洪喜谓师曰："言说民谣，何尽为男生，而女生不语乎？"众男生附和。师尚未开言，女生则曰："莫胡言！方才史红香、姜婉萍皆说之，何谓弗语耶？"晨曦曰："尔之男生抢说，何轮至女生乎？"女生曰："然！男生自以为是，觉其能破天矣，何时想过吾等言之？"李进曰："今则该尔也。"晨曦问曰："何也？诸男生无谣乎？"刘建中曰："吾等欲闻女生语也。"晨曦笑曰："此乃实话。"众生大笑。

晨曦转身问女生。诸多女生仍有难色。倏地，张玉珍曰："潘老师！吾言一谣。"晨曦允。张玉珍语出。谣曰：

> 担茅粪，老臭气，回卑老婆不要你。【土语。】

众生听之，心里一愣。赵峰谓袁俊峰曰："汝闻乎？汝归，彼不纳也！"一语未了，袁俊峰将赵峰一把猛推，彼踉跄数步，几仆。晨曦闻之，语曰："算一首也。孰继之？"吴素芳曰："吾言一谣。"谣曰：

> 咕咕咕，将乜起，搭上小锅儿就哈米。北粥馇哩然然哩，滗菜炒哩香香哩。把小驴儿牵咾磨哈……【土语。】

吴素芳言此，话语忽卡，赧曰："噫！后之语，忘哉！"晨曦曰："谣半者，亦算也。"

斯时，崔青香紧走两步，谓曰："潘老师！吾有一谣。"晨曦曰："请语之。”崔青香正欲言时，脸先红也，曰：“不过……”晨曦曰：“何也?”崔青香曰：“吾言之谣，亦有一语不雅。”晨曦曰：“方才，言民谣者多矣。民谣直也，烈也，活也。上口，趣味良多。然不雅者，亦多矣，不为怪耳。倘若文绉绉，则非民谣也。”崔青香又忸怩一阵，仍怯之。晨曦曰：“大胆语之，无事也!”众女生亦催其快说。正此时，唐景明曰：“吾咂出味也。”刘建中曰：“何味耶?”唐景明曰：“吾觉越发难张口之谣，越为奇谣。倘若平溜而过，不起波澜，定无趣也。”刘建中曰：“尔聪甚焉。此说极是!”彼时，崔青香扭捏数番之后，终语焉。谣曰：

> 躿【躿 qin：翼城黄帝语，近。黄帝造字：立身边者近也。】视眼，看不远，拿起砥石当洋碱。擦擦屁股擦擦脸，一活擦到十二点。【土语。】

众生听罢，轰然笑翻。

袁俊峰喜泪溢出，大笑曰：“其谣甚美，孰亦不能比耳!”朱晨光弯腰而笑，语曰：“噫！此谣原出何人，诚笑死人也!”赵峰笑曰：“彼近视眼可擦过瘾哉!”刘建中笑曰：“此可将屁股擦白也!”王世壮曰：“妙则妙于先擦屁股后擦脸，尚一下擦至十二点!”众生笑闹不止。张洪喜笑曰：“此非近视眼，诚傻子也!”王长青笑曰：“此乃近视眼加傻子也!”李进笑曰：“此乃民谣之最也!”唐景明笑曰：“此乃民谣之精品也!”众生哄笑一阵，晨曦亦乐矣。

彼时，诸生言谣者众，且多风趣，晨曦甚喜。众走路越发有劲。少时，笑闹过后，晨曦谓曰：“诸生尚有新谣乎?”郭淑媛曰：“潘老师！吾尚知一谣。”晨曦允诺。有生奇曰：“若此多乎？层出不穷也。”郭淑媛见师生望之，心下顿升自豪之意，遂摆首摇发，语之。谣曰：

> 喜福麻蛋，往前滚，老婆骂哩叫买桶。买哈桶，莫人担，老婆骂哩叫买砖。买哈砖，莫人打，老婆骂哩叫买马。买哈马，莫人骑，老婆骂哩叫买驴。买哈驴，莫登登，老婆骂哩死杂种。【土语。】

一谣未了，众笑声再起。朱晨光曰：“此谣诚佳耳。”王世壮笑曰：“惟彼夫可怜也。”唐景明曰：“是妇劣甚！”李成善曰：“将其妇休之方是！”王世壮谓曰：“尔明日娶妇，盖若是也。”李成善曰：“是妇，孰娶乎？”刘建中曰：“尔思，汝定娶佳者乎？”李成善曰：“不佳亦不娶此妇耶！”李进曰：“有志气耶！”又嚷闹一阵。正乱间，赵峰举手谓师曰：“潘老师！吾语一谣！”晨曦诺之。赵峰语出。谣曰：

一窝北哺鸽，飞咾河楞上。玥哩山夫吼，死哩莫一个。

【土语。】

语毕，李进曰：“此乃民谣？”赵峰曰：“此乃谜语！”诸生曰：“谜语勿属！”晨曦闻之，曰：“谜语亦无妨。惟乡语说之，自有一番风味。凡有趣者，说来皆可。”李进曰：“若此，吾知多也。”晨曦曰：“若是，请语来，以供众赏！”

众生知此谣为谜语，乃换思路。李成善谓王世壮曰：“是谜，何谜底耶？”王世壮曰：“尔当猜，吾何知之？”李成善曰：“猜不出，始问尔哉！”王世壮曰：“吾亦不知也。”众生皆猜，半日无果。袁俊峰埋怨曰：“狗屁赵峰，半日不言一谣，言之，则为谜，谜则罢，何如此难哉？”王长青曰：“首谜则将人难倒，后则何猜之？”李成善曰：“诚不得其解也。”朱晨光曰：“将人头猜破也。”刘建中曰：“噫！将鼻猜歪也！”袁俊峰扭头问：“赵峰！尔知乎？”赵峰笑曰：“吾语之谜，何不知哉？”袁俊峰曰：“尔速语谜底，吾等猜不出也。”赵峰笑曰：“吾若揭底，尔定泄气也。汝再猜为好。”众生又猜之，仍无果。诸生问师，晨曦曰：“吾亦不知之。”众生又折腾一阵，终无果。诚无法，求赵峰出解。赵峰曰：“煮夹！”【乡语，饺子。】

谜底出，众傻，皆弗信其耳也。稍思，有女生惊呼：“懿！老天爷，诚是也！”众再思，果也。一片惊呼。呼过，则多泄气。王世壮曰：“方才，吾何想不出哉？”李成善曰：“依理，不难猜也。”唐景明曰：“当知谜底，自觉不难。谜底未破，难上加难。此乃谜之征也。”晨曦曰：“诺！小谜若此，大谜亦若此。诸如《金瓶梅》《红楼梦》作者之谜，亦属其例。【不忘大谜。】众所周知，自是书问世至今，甚久矣。然作书者谁？终大谜不解耳。以致成天下第一公案。天下读书之人，读其书，不知作者为谁，欲与共语而不得，苦情何堪？倘老天有眼，赐绝世奇才出之，将大谜告破，悉晓世人，彼时喜况之盛不可喻耳。【《金瓶梅》《红楼梦》作者之谜，缠天下读书人久而苦也。】今由是谜，则思彼谜，同理也。”少时，刘建中曰：“潘老师！吾有一谜！”晨曦诺。刘建中言之。谜曰：

两歪兄弟一般高，腰里别一嘛杀猪刀。【土语。】

众人曰：“此有何难？门闩也！”王长青曰：“潘老师！吾语一谜！”晨曦曰：“当讲。”王长青语之。谜曰：

咚咚板，咚咚桥，咚咚桥上黑驴跑。【土语。】

众生曰：“案板！”晨曦惊曰：“其猜何速哉？”众生笑曰：“早知其谜也。”唐景明曰：“潘老师！吾语一谜！”晨曦曰：“言之。”唐景明兴语。谜曰：

半截腰里一眼窑，一嘛老婆旮里头嚎。人乭问她嚎哩嚽，他咈要哈娃啦莫有毛。【土语。】

语毕，众生皆傻。愣半日，竟无一语。

郭红花奇曰：“生子无毛？老婆何哭？惟有毛，方为喜乎？”李艳萍曰：“咨！此乃何谜？有悖常理也。”杨灵芝曰：“若此，无法猜也。”正当众生为难时，忽地，白雪咏笑谓师曰：“潘老师！吾已猜出！”晨曦及众生惊问：“何也？”白雪咏曰：“草鸡下蛋。”【猜谜，雪咏之长也。】一语未了，众大惊，稍愣方悟，皆呼大妙。刘建中谓唐景明曰：“气煞人也。半日不整一句，整一句则有如此分量耶！”少时，杨雨莲谓师曰：“吾有一谜。”遂说之。谜曰：

一嘛老汉八十八，猪肉豆腐鸟不哈，咔嚓咔嚓吃菜瓜。【土语。】

语毕，众生又猜半日。杨雨莲曰：“尔等莫猜也，倘不知谜底，猜至天黑亦未必猜出也。”众生不服，再猜，仍无果。众问：“何物也？请出谜底！”杨雨莲笑曰：“吾也不知也。”众生曰：“尔何不知耶？”一阵乱问。倏地，白雪咏曰：“吾早猜出也。”众皆奇，问：“何也？”雪咏曰：“萝卜擦子。”【猜此等之谜，雪咏毫不费力也。】语出，众悟，又嘘唏一阵。史红香曰：“潘老师！吾说一谜。”晨曦曰：“请讲。”谜曰：

四四方方一座城，城里城外乭【乭 dou：翼城黄帝语，都，悉，皆。】是人。【土语。】

众生一听，皆曰：“此等好猜。院子也!”杨雨莲曰：“镜子也。”又辩一阵。忽，王世壮曰：“潘老师！吾语家乡话之绕口令，何如?”晨曦曰：“请语之。”王世壮言。其令曰：

小簸箕，光簸秕谷不簸谷皮。【土语。】

令出，众生学，愈说快则愈乱矣。继，复不得说。赵峰曰：“已！若此言，令人将话说不成也!”李进曰：“乌！此语，非人语也!”袁俊峰曰：“意！费劲死也!”刘建中曰：“熙！此乃吃闲饭、没事干之人所整，诚乃吃饱之人撑者也!”王长青曰：“言此语者，纯与己过不去耶!”王世壮曰：“尔等不行，尚怨人乎?”赵峰曰：“汝行，何说此语，令人难受哉？吾道，孰亦不能再说此语也。否则，立灭之!”一阵乱嚷。

少时，有女生数人递眼色于姜婉萍，婉萍会意，则手拽晨曦之衣，两眼深情而望，【斯时，笔墨多言婉萍，欲悲先喜。字里行间，透凄凉也。其故事，吾不忍往下读之。雅艳斋。】谓曰：“潘老师，众生欲闻师说童谣也。”晨曦笑曰：“汝愿闻乎?”婉萍曰：“早欲闻之。方才，众生已等急矣。”晨曦再望婉萍，见其满面春色，脸儿越发好看。走起路来，臂甩身跳，极其轻盈。望之，心头乐甚。婉萍随晨曦而走，心满意足。

晨曦闻婉萍语，心下稍思，曰：“方才，众生语家乡童谣，吾皆倾耳听之。众生所言乡谣甚好。此乃家乡昔日文化。今闻之，颇为丰富，内心自为家乡骄傲也。吾年幼之时所语童谣，亦众，然有与众生同者，则不语也。尚有谣者已忘矣。现将犹为谙熟者说之。”众生击掌，晨曦谣出。谣曰：

小热本，从东来，叕上穿哩牛皮㙇。【㙇 hai：翼城黄帝语，鞋。黄帝造字：海者，最低也。土者，鞋踩土上，土在鞋下。鞋为人身最低处。从海从土，合造斯字。】牛皮㙇，夸啦啦响。身上穿哩黄大氅。黄大氅，三滔儿，头上戴哩钢帽儿。钢帽儿，真不错，屁股底哈挫哩摩托车。摩托车，跑哩快，一活跑咾南门外。南门外，八路军，真

厉害，一人打他两布潼。有哩哭，有哩嚎，有人得哈稀屎痨。【土语。】

话毕，众生皆惊。语曰：“潘老师！不谓童谣中尚有抗日之说乎？”

晨曦曰：“然。吾故乡山西素有华北屋脊之称，雄立华北，护佑西北，屏障西南，俯瞰中原，战略地位十分重要，自古乃兵家必争之地。是以山西古来多战场。缘此，是地民风剽悍，人多尚武。抗日战争之时，山西又为抗战之重要战场。有语曰：山西在，华夏在；山西亡，华夏亡。山西者，华夏之脊梁。山西人，多刚正不阿，贫贱不移，威武不屈，富贵不淫。自古至今，是地多浩然正气之歌。英雄辈出，儿女情长，亦为之骄傲也。曩日，抗日战争时，吾祖父尝被日本人逮捕拷打。为此，祖父生前留有文字，以记之。”

一语未尽，婉萍曰：“当今，文尚存乎？”晨曦曰：“存也。”婉萍曰：“可令我一观乎？”晨曦曰：“然。”【伏线。】语毕，婉萍甚喜，望晨曦数眼，手舞足蹈。晨曦曰：“汝甚调皮也！”语极柔。婉萍闻之，心花怒放，眉舒眼亮，嘴笑甜甜，且不时狡黠眨眼，臂碰晨曦。两人对视一笑，继续前行。斯时，婉萍心生蜜意，波荡涟漪。其觉与晨曦之心愈发近之，乃浑身力焕，纵为上坡，亦蹦跳不止，笑声欢语。【吾读此，将下泪耳。婉萍命苦。稍过，其欢乐则不在矣。作者若是写，剜人心也。癸巳夏。】晨曦受之感染，亦荡气回肠、心清气爽，浑身暖融。

且说二人正在遐思之时，忽地，刘红英谓师曰：“吾闻祖母昔言一谣，亦乃日本侵略吾县之谣。”晨曦闻之，惊喜曰：“是否？汝速语，吾急欲闻耶！”刘红英语之。谣曰：

大炮响咾一后晌，不防热本到畴尚。畴尚人乭恓惶，拿上袱嗯裹霓裳。【土语。】

语毕，刘红英曰：“此谣未尽。谣后尚有句，惟吾不记也。”晨曦曰：“此乃日本人侵略吾家乡之又记。”众生皆曰：“日本侵略者恶劣之甚。闻其烧杀抢掠，无恶不作。”杨雨莲曰：“不谓此民谣中，尚有村名。”晨曦叹曰：“民谣广大，无所不包也。”

语过一阵。雪咏忽曰：“潘老师！吾尚知有颠倒话民谣也。”晨曦闻之，兴奋曰："何谓颠倒话民谣乎？汝且语之！"雪咏手拢短发，婉然一笑，语出之。有诗为证：

乡谣古语孩提说，千户万家辈辈多。
晋地民风淳厚朴，一人一话数筐箩。

欲知后事如何，且阅下篇经传。

史公曰："南泉者，山水绝佳之地也。是处姑娘秀美，女儿情深。晨曦教书于斯，常踏青校外。彼地广野疏林，天河龙池，处处留其影也。斯域，轩辕之丘，尧舜之地，晋国之都，兴兴勃勃焉。天降大任，择尔与此，其色郁郁，其德嶷嶷。民之幸，国之皇也。"

四十经

乡谣，颠倒话。

土语，以字表。

状若天书，读之笑翻。

纷说土音乡语。是地土语，多古音，可解古诗、古韵。

是地，轩辕之丘，尧舜之里，古中国之地。其言，华夏古语，黄帝、尧舜之言，贵而不陋。

山谷对岸，翁媪逢，言说童年趣事。沟后弃窑，静谧无人，脱裤以对。

师生欢声笑语，悦极。翔山峰巅四览。

晨曦移步翔山峰后，东南而眺，山峦重叠，群峰连绵，与山后姑娘心语。

大鸟惊起，盘旋头顶，良久不去。

四十传

翁媪逢聊说沟窑秘　青春伴尚作天书奇

诗曰：

翔山静卧语东南，聊看白云雨洗蓝。
幽话轩窗听风至，闲执书卷阅心翻。
犹忆仙阙两心近，岂绝尘寰一路远。
岁月蹉跎天不老，痴情日月寄当年。

话说晨曦与众生深入山谷沟壑，风景越发秀丽，童谣愈说愈夥，愈说愈奇，林林总总，良多趣味。晨曦乐甚，众生乐甚。忽，白雪咏又突起一峰，欲说颠倒话民谣。晨曦陡闻，不知何谓，心又喜之。其诺，雪咏语出。谣曰：

颠倒话，话颠倒，石榴树上结酸枣。天上没云下大雨，树枝不动刮大风。吃米汤，喝面包，提上火车上提包。下了提包往南走，看到一歪人咬狗。拾起狗来砸砖头，砖头咬了狗一口。【土语。】

一语未了，众生哗声四起。

有生曰："噫！从未闻也。如此颠倒话，何等生动有趣哉！"晨曦闻之，亦颇觉神奇，语曰："于！吾家乡民谣，何如此博大精深焉！"苏翠萍谓师曰："吾闻家人言，昔日故乡童谣甚多，今多不语耳。"晨曦问："何也?"郭淑媛曰："当下，学生学习负担甚重。生归家，作业犹多。彼时，生最怕家人扰之。然翁媪授谣之事，生多不喜，父母亦阻之，恐其扰子作业耳！"晨曦诧曰："是否?"郭淑媛曰："父母谓老人之语多废话。"苏翠萍曰："家长意：若教之，乃授生所考知识，否则统不学耳。"陈淑雯曰："是以当今之生，所学少矣。若再数年，童谣则失传耳。彼时，倘若有人问起，悉莫知之。"

正话间，忽见前方现一山民，身穿土布黑衣，肩搭毛裢，自山道而出。彼陡遇人众，倏地心惊，腿颤身摆，立愣，稍定方走。少时，彼与众擦肩而过，低头而去，弗敢正视。众注目观之，见其衣朴鞋破，腿裤皆尘。彼走远，又驻足回望。【鹞子回身。】

晨曦率队走，众生说说笑笑，甚为喧闹。倏地，袁俊峰谓师曰："方才众语童谣，说谜语，言颠倒话。然吾乡尚有俏皮话，可语乎?"晨曦惊曰："噫！尚有乎？层出不穷也！甚好！今之上山，本为放松身心，有何乐语，俱道之!"袁俊峰欲言忽止。赵峰猛击其背，谓曰："已！何也？声哑乎?"袁俊峰谓师曰："吾家乡俏皮话，以字表音而写，读之有趣。"晨曦与众生互望，皆觉新鲜。众生曰："倘若如是写，焉不悉为错别字乎?"袁俊峰曰："所讨，正此趣也。"晨曦曰："吾知意也。"众生曰："曩日，从无人若是书哉！倘以字音表土语，焉不罪字乎?"晨曦曰："前无试者，今写之，亦不失一鲜耳。"

袁俊峰欲写，手摸衣兜，无笔，讪然一笑。刘建中曰："于！尔为何生?生无笔，何能称生乎?"袁俊峰曰："尔有，拿来哉!"刘建中手摸衣兜，亦无。袁俊峰曰："早知汝好嘴耶!"唐景明见状，递已笔与之。袁俊峰执之，又曰："尚无纸也!"唐景明曰："乌！尔烦甚焉！尔既无纸无笔，何倡写字乎?"遂摸已兜，亦无。多生皆摸亦无。正难处时，苏翠萍曰："吾有也!"众齐扭首以观。苏翠萍自衣兜掏之，乃自缝纸本也。袁俊峰接过，谓师曰："若写，则无法前行矣。"众生望师，晨曦环顾众生，曰："幸好，众生走路已远，借此稍歇。"

令出，队伍驻之，众生原地歇息。霎时，众生又姿态各千。有生立于沟楞边观赏山景者。有生聚而说笑，追打嬉闹者。缘走路热，有男生解其衣领，有女生将围头纱巾披于肩上。斯时，忽深沟对岸传来鸟鸣之音："布谷！布谷！布谷谷！谷!"声声入耳。众生遥望。有生惊曰："布谷鸟!"有生问曰："何处哉?"朱晨光将手一指，谓曰："彼处也!"有生曰："不睹之。"朱晨光再指之。彼生急曰："诚不睹哉！何处乎?"朱晨光曰："柳树枝上，有鸟立矣。"众则凝目视之，少时辨出。有生喜曰："唯！是也!"彼时，刘建中曰："吾等以石掷之，观孰中哉!"李进曰："掷鸟乎?"刘建中曰："然!"王世壮曰："甚远，不能及也。"刘建中曰："不掷，何能知之。"赵峰曰："吾等试之。"语毕，拾石块奋臂以投。霎间，石块乱飞。【男生，多顽。】布谷鸟受惊，振动翅膀飞往犹远之树。女生观之，骂曰："嗟乎！尔等顽劣甚哉！布谷鸟，善鸟也，且音悦耳，彼何以石掷乎?"正闹间，袁俊峰将字写毕，兴冲冲将纸递师，晨曦展观，纸上书曰：

> 握天，諴开车拉炭嘞。一嫲小妮嗯佮前头挡住諴咈："教諴挫一活。你嫲车将好过諴屋里嘞。"諴咈："不行！车上头装哩满满一查炭，挫不哈。"小妮恩咈："嫲諴就挫到你嫲炭上。"諴想，她不嫌，就教她挫。真他妈个憨憨妮嗯，操蛋哩很！哈咾车，諴才看嫲炭，乫让压嫲沟恩给挫成碎渣渣啦！【土语。此语，非故乡人，弗能彻解之。若为故乡人，无一不通耳。】

晨曦望之，一头雾水。谓曰："噫！此乃何也？天书乎？何不能读哉?"一语未落，众生涌至。所睹，皆不成文辞，乱嚷曰："哑！瞎写乎？此乃何句，不成文也!"王世壮曰："比外国话尚难明之!"

袁俊峰将笔还于唐景明，将纸本还于苏翠萍，【一丝不乱。】至晨曦旁，聆闻师训。晨曦问："'握天'者，何意耶?天能'握'乎?"袁俊峰笑曰："潘老师！何忘哉？此乃以字表音也。师莫看字义，惟藉其声。再读之，听乃何如?"语毕，晨曦猛悟，再观，则惟听其音，心思乡语之义。试读数句，大笑不止，连呼曰："果不凡耳，妙文也!"后传生阅之，生读，皆喷笑，喜泪而出，齐声乱呼。

王长青曰："诚乃喜剧也，使人自始笑至终耳!"张洪喜谓师曰："若此，吾乡语可为国语也。不谓吾之乡语，以字写来，犹风趣有味。倘国人学之，则不逊今之国语也!"王世壮曰："于！何也？令国人语我乡语乎？且以是文记之？噫！尔之所思，令人笑掉大牙也!"张洪喜曰："尔何有此思，不知羞乎！”唐景明曰：“尚以推广普通话为佳！”众女生亦议纷之。王春雨曰：“彼等若此，不知世上有夜郎乎？”陈淑雯曰：“井底之蛙，何其愚哉！”吴素芳曰：“天下之民，有几人言尔乡语乎？”姜婉萍曰：“吾地，如师言，古之前贤辈出。昔黄帝及尧、舜、禹诸帝，皆乃吾祖，今之语，彼之语也。何陋之有？倘若留其语，遗其文，或另立高峰，雄哉伟哉，辉哉煌哉，也未可知。”【婉萍之语，总不同也。】

晨曦曰：“噫！婉萍所言极是！说起土音，数千年难更也。黄帝、尧舜皆诞吾乡，今之土音，多为彼时之音也。吾地遗存古音甚多。诸如唐诗，有诸多诗作若用官语来读，则无法成诗。若用吾地土音来读，悉通也。乃举其例。毕，曰：“在古诗中类此者多也。若是者，焉能笑我乡音土语乎？”众笑之。

正说间，忽见山鹊数只，唧唧而鸣，掠头而过，飞至崖顶榛莽丛中，欢跳纷跃。斯时，有诸生言师：“若此，吾亦能写之。”晨曦曰：“有类者乎？”诸生曰：“多矣！”晨曦喜曰：“有则写之。乐赏欤！”霎时，众生又讨苏翠萍纸本，此撕彼撕，顷间撕尽。苏翠萍心疼曰：“印本休矣！”郭淑媛睹之，谓撕者曰：“尔等劣甚！何不顾彼乎？”吴素芳亦不平曰：“所撕非己，自不心疼耶！”众男生闻之，则说风凉话。赵峰曰：“莫心疼，此乃为民利也！”李进曰：“此乃为中华民族奉献也！”刘建中曰：“吾辈字写其纸，未来，流传千古，亦未可知。”李进曰：“倘若流传千古，后人定不问书者何人？而考纸自何来？彼时，流传千古者，非己而彼也！”众生皆笑。苏翠萍曰：“嚚顽之众也！”少时，诸生写毕，交于晨曦。晨曦展观。其曰：

文甲：

> 除枝嗯上卧着两竵喜福麻，一竵女喜福麻，一竵男喜福麻。男喜福麻对女喜福麻咈：“你往过挪一活！”女喜福麻咈：“挪不成，再挪誠就栽哈起啦。”男喜福麻咈：“莫事，栽哈累誠搂着你！”女喜福麻害羞地骂：“你个哈屣！”【土语。】

文乙：

諓将一哈火车，不知那个捣屣，在諓登登上培咾一活，諓一活操蛋啦！他为咾表示歉意，他咈要请諓吃浆泔干乢嗯。諓咈：“吃你娘的个爵后跟兰。諓看你是想行死噷！”【土语。】

后则多矣。晨曦读之，喷鼻而笑。览毕，将纸片传于众生而观。谓曰：“此诚乐事也，好看煞！”众生展望，爆笑不止，沸腾不已。

彼时，断崖榛莽处飞来山雀，被众生笑闹声震动，飞往高枝，复落，扭头窥下。正斯时，山谷对面，数户人家院内，窜出一犬，跑至沟楞边，面南而吠。犬旁，群鸡震动，昂头四顾。正乱间，小院外，一翁一媪相遇，步履蹒跚，弯腰驼背，扶杖而行，立于沟边。【又生故事也。曲折波澜，全无安闲之笔。《大荒外》手笔也。】斯时，彼见沟南，热闹甚，遥望之。

彼翁媪者，幼年玩伴也。今媪归娘家，与翁遇。翁谓媪曰：“玉兰！今归，多住时日也。”媪曰：“噫！汝呼吾名乎？世人惟呼吾婆子矣。久，吾亦不知己之名姓也。”翁曰：“吾幼少之时，数数呼之也。”媪曰：“莫言之，吾今已为老妪也。”翁曰：“汝年少之时，姿容芳美也。”媪曰：“咨！人老，休莫提也。”翁曰：“今，吾等老之，犹思往矣。汝望沟南，山道上，姑娘小伙众多。曩昔吾等亦如此年少也。”媪曰：“汝目尚能看清乎？”翁曰：“虽不甚明，尚可。”媪曰：“噫！是也。今望少男少女，则思昔日吾等年少之时耳。”……正说间，山谷里又传来布谷叫声，一声一声，幽邃深远。

且说沟南，山之道中，晨曦与众生正在热闹处。史红香曰：“潘老师！今春游翔山，不亚学校上课也。”杨雨莲曰：“比上课犹有趣耶！”李艳萍曰：“倘若上课能若是，该何等佳之，既轻松，又好玩，且长知识哉！”张洪喜曰：“倘若如是学，脑亦变灵也。”王长青笑曰：“若是，笨猪亦变聪矣！”张洪喜抬脚踢之。王世壮曰：“如此之学，激发人智耳！”林淑琼曰：“游玩之中，潘老师教之甚多。”杨灵芝曰：“吾思之，倘若将课堂迁此，何其美哉！”张玉珍曰：“嘻！尔欲成仙乎？”杨灵芝曰：“何不能哉？”张玉珍曰：“除非尔为皇帝！”郭红花曰：“惜汝为女身，不能称帝耶！”崔青香笑曰：“何不能哉？武则天莫是乎？”众生大笑。

少时，大队人马又拔营进发。许时，队伍进至翔山青峰主体。山坡陡峭峻拔。师生手脚并用，攀登而上，欢语声声。又许时，众则登临绝顶。斯时，众皆气喘吁吁。忽地，众生瞥见峰顶之塔，矗立眼前，齐振臂一呼，径冲而去。至峰顶，众生兴奋不已，欢乐不止。

彼时，雪咏立于峰顶之上，四下望之。只见山峰独立，巍巍峨峨，大野远去，茫茫苍苍，惊谓师曰："噫！吾等登天耶！"晨曦曰："若为云中仙乎？"斯时，众生多为首至翔山，但见山顶浑圆缓平，大为惊愕，纷议之。史红香曰："未至之前，吾思山顶如削，不想则如是乎？"叶淑君叹曰："之前，吾远观山相，原以为山顶似刀锋。心想至此，不知该立何处焉，不想峰顶竟浑圆耶！"众男生则蜂拥山顶之塔。少时，有爬塔基者，有钻塔身空洞者，有绕塔环视者，亦有退而远赏者，众皆慨叹山顶之览神奇无比也。

且说少时，晨曦往翔山主峰背后走去。是时，则有女生紧随。晨曦行至山后崖边，驻足远眺，陡见深谷大涧，豁陈眼前，迷迷茫茫，蜿蜒于后。远处山峦重叠，群峰连绵，青霭幽幽，溪水溅溅，山重水复，不见其边。晨曦驻之，东南远眺，心潮起伏，思飞翩跹。【不忘小庙村所遇姑娘也。】惟神情凝肃，默然不语。彼时，其心内如汤似火，面对犹远群山，低声唤曰："山中姑娘！今者，我至翔山峰顶。在此，距汝甚近矣。汝可睹我乎？汝可知我心乎？汝可闻我心下思汝、呼汝之声乎？"【是此思。晨曦动真心也。一语说不尽。可怜天下有情人也。后，晨曦远走大荒，足弥四海，再无有遇类者也。小庙村所遇姑娘，其美大者，无与伦比，惟其独也。失之，憾终生哉！癸巳夏，天正雨时。丰中园。】

正心语间，脚下山谷忽起一只大鸟，扑噜噜飞冲而上，直抵晨曦面前。晨曦猛惊，忙注目以观。倏地，大鸟飞至头顶，盘绕回旋，经久不去。众女生大骇，急退崖后。晨曦屹立崖头，挺身而望，未挪半步。大鸟且旋且鸣，良久方去。已而，逝于东南大山深处。众女生惊曰："噫！此鸟绕人盘旋，经久不去，何异哉？见其状，似识人，莫非与人语乎？"【妙语。】

晨曦站立良久，慨叹不已。斯时，唯见山连山，谷复谷，苍茫之间，杳杳冥冥，不见尽头。有诗为证：

人生命渺迭云烟，奇遇一缘深海渊。
花木几兴几凋谢，回首山隔雾笼轩。

欲知后事如何，且阅下篇经传。

史公曰："翔山峰东，山重水复。晨曦伫立，且为一女。一女不见，心甚伤悲。念女美貌若仙，纯朴可爱，落落大方，佳人绝代。恨山之重隔，世之重阻，遥不可及，怅怅以终。"

【《大荒外》之文，煞伤情耗身。不计寒暑，握管濡翰，不得尽之。今四十经传节终付梓。时丁酉岁蒲月，轩辕之丘张笔魁记于大都长安。】